Nicholas Evans · Der Pferdeflüsterer

Nicholas Evans

Der Pferdeflüsterer

Roman

Aus dem Englischen von
Bernhard Robben

C. Bertelsmann

Titel der Originalausgabe:
»The Horse Whisperer«

Umwelthinweis:
Dieses Buch und der Schutzumschlag wurden auf
chlorfrei gebleichtem Papier gedruckt.
Die Einschrumpffolie (zum Schutz vor Verschmutzung) ist aus
umweltschonender und recyclingfähiger PE-Folie.

5. Auflage

Satz: IBV Satz- und Datentechnik GmbH, Berlin
Druck und Bindung: Graphischer Großbetrieb Pößneck
Printed in Germany
ISBN 3-570-12194-1

FÜR JENNIFER

Entsage den weltlichen Verlockungen,
Verweile nicht bei der inneren Leere,
Sei heiter in der Einheit der Dinge,
Und die Zwiespältigkeit verliert sich
von selbst.

Aus: *Über die Zuversicht im Herzen*
Seng-t'san, 6./7. Jh.

EINS

1

Am Anfang war der Tod, und auch am Ende fand er sich wieder ein. Doch ob sein flüchtiger Schatten die Träume des Mädchens streifte und sie an jenem merkwürdigen Morgen weckte, sollte sie nie erfahren. Als sie die Augen öffnete, wußte sie nur, daß sich die Welt irgendwie verändert hatte.

Die rot schimmernden Zeiger des Weckers verrieten ihr, daß ihr noch eine halbe Stunde bis zur eingestellten Weckzeit blieb, und sie lag ganz still, bewegte den Kopf nicht und bemühte sich, der Veränderung auf den Grund zu gehen. Es war dunkel, doch nicht so dunkel, wie es hätte sein sollen. Deutlich war auf den vollgestopften Regalen des Schlafzimmers der fahle Schimmer der Reittrophäen zu erkennen; darüber schwebten die Gesichter von Rockstars, von denen sie einst geglaubt hatte, daß sie ihr etwas bedeuten würden. Das Mädchen lauschte. Auch die Stille im Haus war anders, erwartungsvoll, wie die Pause zwischen Atemholen und Sprechen. Bald würde der Heizofen im Keller mit gedämpftem Fauchen anspringen, und die Dielen im alten Bauernhaus würden wie jeden Tag ihre knarrende Klage anstimmen. Das Mädchen schlüpfte aus dem Bett und trat ans Fenster.

Es hatte geschneit. Der erste Schnee des Jahres. Und an den Zaunpfosten am Teich erkannte das Mädchen, daß der Schnee fast knietief den Boden bedeckte. Kein Lufthauch hatte sich geregt, und der Schnee lag unberührt, ohne Verwehungen, zu komischen Proportionen auf den Zweigen der sechs Kirschbäume gehäuft, die ihr Vater letztes Jahr gepflanzt hatte. Ein einsamer Stern glitzerte im tiefblauen Keil zwischen den Wäldern. Das Mädchen ließ den Blick sinken und sah, daß sich am unteren Fensterrand eine Eisschicht gebildet hatte, und sie preßte einen Finger dagegen, taute ein Loch hinein. Das Mädchen zitterte nicht vor Kälte, sondern vor Aufregung bei dem Gedanken, daß diese verwandelte Welt ihr im Augenblick ganz allein gehörte. Sie drehte sich um und beeilte sich mit dem Anziehen.

Grace Maclean war am Abend zuvor mit ihrem Vater aus New York City gekommen, sie beide allein. Wie immer hatte ihr die Fahrt gefallen. Auf dem Taconic State Parkway hatte sie, geborgen im großen Mercedes, zweieinhalb Stunden lang Kassetten gehört und mit ihrem Vater über die Schule oder über einen Fall geplaudert, an dem er gerade arbeitete. Sie hörte ihn gern reden, wenn er am Steuer saß, liebte es, wenn sie ihn für sich allein hatte und dabei zusehen konnte, wie er sich nach und nach in seinen alten Freizeitsachen entspannte. Ihre Mutter nahm mal wieder an einem offiziellen Dinner oder etwas dergleichen teil und würde erst heute morgen mit dem Zug nach Hudson fahren, was sie sowieso viel lieber tat. Der zähe Verkehr am Freitagabend machte sie nervös und ungehalten, so daß sie wie zum Ausgleich stets das Kommando übernahm und Robert, Graces Vater, befahl, langsamer zu fahren, Gas zu geben oder eine Abkürzung zu nehmen, um Staus zu vermeiden. Er machte sich nicht die Mühe, ihr zu widersprechen, tat einfach, was sie ihm sagte, seufzte manchmal nur oder warf seiner auf den Rücksitz verbannten Tochter im Spiegel einen ironischen Blick zu. Die Beziehung ihrer Eltern war ihr seit langem ein Rätsel, eine komplizierte Welt, in der Macht und Unterwürfigkeit nie so ganz das waren, was sie zu sein schienen. Doch statt sich einzumischen, flüchtete sich Grace einfach in das Refugium ihres Walkmans.

Im Zug würde ihre Mutter pausenlos arbeiten, ungestört und ohne sich stören zu lassen. Grace hatte sie vor kurzem einmal begleitet, sie beobachtet und dabei erstaunt festgestellt, daß ihre Mutter nicht ein einziges Mal aus dem Fenster sah, höchstens mit verhangenem, leerem Blick, wenn sich irgendein prominenter Autor oder einer ihrer eifrigen Assistenten über Funktelefon meldete.

Auf dem Treppenabsatz vor Graces Zimmer brannte noch Licht. Auf Zehenspitzen huschte das Mädchen an der halb geöffneten Tür zum Schlafzimmer ihrer Eltern vorbei und blieb stehen. Sie konnte die Wanduhr im Flur ticken hören, dann das vertraute, leise Schnarchen ihres Vaters. Sie lief die Treppe hinunter in den Flur, dessen azurblaue Wände und Decken durch die unverhängten Fenster vom Widerschein des Schnees erhellt wurden. In der Küche trank sie mit einem einzigen langen Schluck ein Glas Milch aus, aß einen Schokoladenkeks und schrieb dabei ihrem Vater eine Nachricht auf den Notizblock am Telefon. »Bin reiten. Gegen zehn zurück. Kuß, G.«

Sie nahm sich noch ein Plätzchen und aß es auf dem Weg zum Flur am Hintereingang, wo sie ihre Mäntel aufhängten und die schmutzigen Stiefel abstellten. Sie griff nach ihrer Schaffelljacke und hüpfte, Keks im Mund, elegant auf einem Bein, während sie sich die Reitstiefel anzog. Sie schloß den Reißverschluß ihrer Jacke, zog sich die Handschuhe über, nahm den Reithelm vom Regal und fragte sich kurz, ob sie Judith anrufen sollte, um sie zu fragen, ob sie immer noch reiten wollte, obwohl es geschneit hatte. Aber eigentlich war das überflüssig. Judith war bestimmt genauso aufgeregt wie sie. Als Grace die Tür aufmachte und in die Kälte hinausging, hörte sie, wie unten im Keller der Heizofen ansprang.

Wayne P. Tanner starrte trübsinnig über den Rand seiner Kaffeetasse auf die Reihen schneebedeckter Trucks, die vor der Raststätte parkten. Er haßte Schnee, aber vor allem haßte er Schwierigkeiten. Und im Verlauf weniger Stunden war er gleich zweimal in Schwierigkeiten geraten.

Diese New Yorker State Troopers hatten jede Sekunde genossen, diese aufgeblasenen Scheißyankees. Sie waren ihm erst aufgefallen, als sie hinter ihm einscherten, aus Spaß einige Meilen an ihm dran blieben und verdammt genau wußten, daß er sie gesehen hatte. Dann stellten sie das Blaulicht an, ließen ihn an den Straßenrand fahren, und dieser Klugscheißer, dieser Bubi mit seinem Stetson, kam daherstolziert wie ein dämlicher Kinocop. Er wollte den Fahrtenschreiber sehen, und Wayne bückte sich, griff danach, reichte ihn aus dem Fenster und sah zu, wie das Bürschchen die Eintragungen las.

»Atlanta, soso«, sagte er und besah sich die Diagrammscheibe.

»Richtig«, antwortete Wayne. »Und dort ist es verdammt warm, das können Sie mir glauben.« Dieser Ton schlug bei Polizisten fast immer an, respektvoll, aber brüderlich, ein Hinweis auf die alte, kumpelhafte Brüderschaft der Landstraße. Aber das Bübchen blickte nicht einmal auf.

»Soso. Ich nehme an, Sie wissen, daß der Radardetektor da verboten ist, oder nicht?«

Wayne warf einen Blick auf den kleinen schwarzen, ans Armaturenbrett geschraubten Kasten und überlegte kurz, ob er den Unwissenden spielen sollte. In New York waren diese »Radarspitzel« für Trucks ab neun Tonnen verboten. Er hatte ungefähr das Drei- bis Vierfache geladen. Aber wenn er den Unwissenden mimte, machte das den kleinen Scheißer vielleicht noch bösartiger. Also drehte er sich mit gespielt reumütigem Lächeln wieder um, aber die Mühe hätte er sich sparen können, denn das Bübchen sah ihn immer noch nicht an. »Oder nicht?« fragte er noch einmal.

»Hm, ja, ich glaub schon.«

Das Bübchen reichte ihm den Fahrtenschreiber zurück und schaute ihn endlich an. »Also schön«, sagte er. »Und jetzt zeigen Sie mal den anderen her.«

»Wie bitte?«

»Den anderen Fahrtenschreiber. Den richtigen. Nicht dieses Lügenmärchen.« Irgend etwas schien Wayne plötzlich auf den Magen zu schlagen.

Seit fünfzehn Jahren benutzte er wie Tausende anderer Truckfahrer zwei Fahrtenschreiber, der eine gab die tatsächlichen Fahrzeiten, Meilen, Ruhepausen und so weiter an, der andere dagegen war ausschließlich für Situationen wie diese hier bestimmt, um nachweisen zu können, daß man die gesetzlichen Vorschriften eingehalten hatte. Und in all den Jahren war er auf seinen Fahrten von Küste zu Küste weiß Gott wie oft angehalten worden, aber so was war ihm noch nie passiert. Verflucht, alle Trucker hatten seines Wissens einen falschen Fahrtenschreiber, nannten ihn Comicheft. Herrgott noch mal, wenn man allein war und keinen Partner zum Abwechseln hatte, wie sollte man da die Lieferzeiten einhalten? Und wie zum Teufel sollte er sich seinen verdammten Lebensunterhalt verdienen? Verflucht! Die Firmen wußten alle Bescheid, sie drückten einfach ein Auge zu.

Er hatte noch versucht, die Sache eine Zeitlang hinauszuzögern, hatte den Unschuldigen gespielt und war sogar ein bißchen wütend geworden, obwohl er wußte, daß ihm das auch nicht mehr helfen würde. Der Partner des Bübchens, ein Riesenkerl, wollte sich den Spaß nicht entgehen lassen und stieg aus dem Streifenwagen. Sie wollten das Führerhaus durchsuchen, sagten sie, und er solle solange aussteigen. Da sie sich anscheinend vorgenommen hatten, ihm den ganzen Zug auseinanderzunehmen, beschloß er, lieber mit der Wahrheit rauszurücken, zog die Fahrtenscheibe aus dem Versteck unter der Koje und gab sie ihnen. Darin stand, daß er in vierundzwanzig Stunden über neunhundert Meilen gefahren war und dabei nur eine einzige Pause eingelegt hatte, und die war außerdem nur halb so lang gewesen wie die acht Stunden, die gesetzlich vorgeschrieben waren.

Also konnte er mit tausend, vielleicht sogar mit dreizehnhundert Dollar Strafe rechnen, mehr noch, wenn sie ihm den dämlichen Radardetektor anhängten. Unter Umständen verlor er sogar seinen Lkw-Führerschein. Die Polizisten gaben ihm eine Handvoll Papiere, fuhren bis zum Truckstopp hinter ihm her und ermahnten ihn, vor morgen früh lieber nicht an eine Weiterfahrt zu denken.

Er wartete, bis sie verschwunden waren, dann ging er zur Tankstelle und kaufte sich ein trockenes Truthahnsandwich und einen Sechserpack Bier. Die Nacht verbrachte er in der Koje hinten im Fahrerhaus. Sie war geräumig und bequem, und nach ein paar Bier fühlte er sich gleich besser, aber vor lauter Sorgen schlief er ziemlich unruhig. Und als er aufwachte und den Schnee sah, da wußte er, daß er schon wieder in Schwierigkeiten steckte.

Vor zwei Tagen hatte Wayne in der milden Morgenluft Georgias nicht daran gedacht, nach den Schneeketten zu sehen. Und als er sie heute morgen überprüfen wollte, waren die verdammten Dinger nicht mehr da. Es war einfach nicht zu fassen. Irgendein Vollidiot hatte sich offenbar die Ketten ausgeliehen oder sie gestohlen. Die Interstate würde kein Problem sein, das wußte Wayne, Schneepflüge und Streufahrzeuge waren bestimmt schon seit Stunden unterwegs. Aber er hatte zwei Riesenturbinen geladen, die zu einer Papierfabrik in einem kleinen Ort namens Chatham gebracht werden sollten, also mußte er runter von der Autobahn und über Land fahren. Der Weg war bestimmt voller Kurven und die Straße schmal und noch nicht geräumt. Wayne verfluchte sich noch einmal selbst, trank seinen Kaffee aus und legte einen Fünfdollarschein auf den Tisch.

Vor der Tür blieb er stehen, um sich eine Zigarette anzuzünden und die Braves-Baseballmütze zum Schutz gegen die Kälte tiefer ins Gesicht zu ziehen. Er konnte das Brummen der Trucks hören, die bereits auf der Interstate unterwegs waren. Unter seinen Stiefeln knirschte der Schnee, als er über den Parkplatz zu seinem Laster ging.

Vierzig oder fünfzig Trucks standen auf dem Platz, einer neben dem anderen, alle Neunachser, so wie seiner, hauptsächlich Peterbilts, Freightliners und Kenworths. Waynes Zugmaschine war eine schwarz- und chromfarbene Kenworth Coventional, wegen der langen, abfallenden Schnauze auch »Ameisenbär« genannt. Vor einem normalen Kühlauflieger sah sie zwar besser aus als mit den beiden Turbinen auf dem Tieflader, aber trotzdem hielt Wayne sie im winterlichen Licht der Morgendämmerung immer noch für die schönste Maschine auf dem Platz. Einen Augenblick blieb er stehen, bewunderte sie und rauchte die Zigarette zu Ende. Anders als die jüngeren Fahrer, die heutzutage keinen Finger mehr krumm machten, sorgte er stets dafür, daß sein Schlepper vor Sauberkeit nur so glänzte. Er hatte vorm Frühstück sogar den Schnee abgewischt. Doch im Gegensatz zu ihm, mußte er plötzlich denken, hatten sie bestimmt ihre gottverdammten Schneeketten nicht vergessen. Wayne Tanner trat die Zigarette im Schnee aus und schwang sich auf den Fahrersitz.

Ihre Spuren trafen sich vor der langgezogenen Auffahrt, die zu den Ställen führte. Mit untrüglichem Gefühl für den richtigen Zeitpunkt waren die beiden Mädchen fast gleichzeitig eingetroffen und zusammen den Hügel hinaufgegangen; ihr Lachen hallte nun hinab ins Tal. Die Sonne stand noch nicht am Himmel, doch der weiße Palisadenzaun, der ihre Spuren auf beiden Seiten säumte, wirkte vor dem Schnee bereits ein wenig schäbig, ebenso die Hindernisse auf dem Feld dahinter. Die Spuren der Mädchen führten den Hügel hinauf und verschwanden in einer Ansammlung niedriger Gebäude, die sich um eine riesige rote Scheune zu drängen schienen, in der die Pferde untergebracht waren.

Als Grace und Judith in den Hof einbogen, huschte eine Katze über den unberührten, ein wenig rutschigen Schnee davon. Sie blieben stehen und sahen zum Haus hinüber. Nichts rührte sich. Mrs. Dyer, der das Gestüt gehörte und die ihnen das Reiten beigebracht hatte, war um diese Zeit gewöhnlich schon auf den Beinen.

»Meinst du, wir sollten ihr sagen, daß wir ausreiten?« flüsterte Grace.

Die beiden Mädchen waren zusammen aufgewachsen und trafen sich, solange sie denken konnten, an den Wochenenden auf dem Land. Beide wohnten in der Upper Westside, gingen in der Eastside zur Schule und hatten beide einen Anwalt zum Vater. Trotzdem kamen sie nie auf den Gedanken, sich unter der Woche zu treffen. Ihre Freundschaft gehörte hierher und zu den Pferden. Judith war gerade vierzehn geworden, also fast ein Jahr älter als Grace, und in einer so schwerwiegenden Frage wie der, ob sie den Zorn der so leicht erregbaren Mrs. Dyer riskieren sollten, fügte sich Grace gern ihrem Urteil. Judith schniefte und zog die Nase kraus.

»Nee«, entschied sie. »Dann meckert sie uns doch nur an, weil wir sie geweckt haben. Komm schon.«

Die Luft in der Scheune war warm und schwer vom süßen Geruch nach Heu und Pferdedung. Als die Mädchen mit ihren Sätteln hereinkamen und die Tür schlossen, drehten sich ein Dutzend Pferde in ihren Boxen nach ihnen um, stellten die Ohren auf und spürten geradeso wie Grace, daß irgend etwas in der Dämmerung dort draußen anders war als sonst. Judiths Pferd, ein sanftäugiger, kastanienbrauner Wallach namens Gulliver, wieherte, als sie an seine Box trat, und streckte seinen Kopf vor, damit sie ihn streicheln konnte.

»Na, Kleiner«, sagte sie. »Wie geht's dir heute?« Das Pferd wich behutsam von der Tür zurück, um Judith mit Sattel- und Zaumzeug hereinzulassen.

Grace ging weiter. Ihr Pferd stand in der letzten Box am Ende der Scheune, und Grace redete im Vorbeigehen leise mit den anderen Pferden, grüßte sie mit Namen. Sie konnte Pilgrim sehen, der jeden ihrer Schritte reglos und mit hoch erhobenem Kopf verfolgte. Er war ein vierjähriger Morgan, ein Wallach von so dunklem Rotbraun, daß er unter bestimmtem Lichteinfall fast schwarz aussah. Ihre Eltern hatten ihr das Pferd letzten Sommer nach einigem Zögern zum Geburtstag geschenkt. Sie hatten gemeint, es sei zu groß und noch zu jung für Grace, viel zu feurig. Doch für Grace war es Liebe auf den ersten Blick gewesen.

Sie waren nach Kentucky geflogen, um sich den Wallach anzuschauen, und als sie auf die Weide fuhren, kam er gleich an den Zaun getrabt, um Grace genauer in Augenschein zu nehmen. Er ließ sich nicht anfassen, schnüffelte nur an ihrer Hand, strich sanft mit den Nüstern darüber. Dann warf er den Kopf in den Nacken wie ein hochmütiger Prinz und galoppierte mit gestrecktem Schweif davon; sein Fell schimmerte in der Sonne wie poliertes Ebenholz. Die Frau, die ihn verkaufte, ließ Grace auf ihm reiten, und erst als sie auf seinem Rücken saß, tauschten die Eltern einen vielsagenden Blick, und sie wußte, daß sie ihn haben durfte. Ihre Mutter war seit ihrer Kindheit nicht mehr geritten, aber sie konnte immer noch ein Rassepferd erkennen, wenn sie eines sah. Und Pilgrim war ein Rassepferd, daran bestand kein Zweifel. Er war außerdem ziemlich temperamentvoll und ganz anders als die Pferde, die Grace bisher geritten hatte. Doch als Grace auf ihm saß und dieses Leben pochen fühlte, da wußte sie, daß er in tiefster Seele ein gutes Pferd und bestimmt nicht bösartig war und daß sie prima miteinander auskommen würden. Sie würden ein Team sein.

Sie wollte ihm einen stolzeren Namen geben, Cochise etwa oder Khan, aber ihre Mutter, stets die liberale Tyrannin, meinte, zwar sei dies natürlich allein Graces Entscheidung, aber es würde Unglück bringen, den Namen eines Pferdes zu ändern. Also blieb es bei Pilgrim.

»He da, Prachtkerl«, sagte sie, als sie vor seiner Box stand. »Wie geht's uns heute?« Sie streckte die Hand aus, und er ließ sich das samtige Maul streicheln, wandte dann aber gleich wieder den Kopf ab und wich vor ihr zurück. »Du bist mir ja vielleicht ein Charmeur. Na komm, dann wollen wir dich mal fertig machen.«

Grace betrat die Box und nahm dem Pferd die Decke ab. Als sie ihm den Sattel überwarf, scheute Pilgrim ein wenig, wie er es immer tat, und sie befahl ihm mit fester Stimme, stillzuhalten. Sie erzählte ihm von der Überraschung, die draußen auf ihn wartete, schlang ihm den Gurt locker um und legte den Zaum an. Dann nahm sie einen Hufauskratzer aus der Tasche und entfernte sorgsam allen

Dreck aus seinen Hufen. Als sie hörte, daß Gulliver bereits von Judith aus dem Stall gebracht wurde, zog sie rasch den Gurt an – und dann konnte es losgehen.

Sie führten die Pferde auf den Hof, und Judith schloß das Scheunentor. Sie ließen sich Zeit, damit die Pferde sich mit dem Schnee anfreunden konnten. Gulliver senkte den Kopf, schnupperte und kam rasch zu dem Schluß, daß dies dasselbe Zeug sein mußte, daß er schon x-mal zuvor gesehen hatte. Aber Pilgrim war völlig verblüfft. Behutsam setzte er einen Huf in den Schnee und war erstaunt, als er nachgab. Dann wollte er daran schnuppern, wie er es bei dem älteren Pferd gesehen hatte, sog aber die Luft zu kräftig ein und mußte so heftig niesen, daß die Mädchen sich vor Lachen schüttelten.

»Vielleicht hat er noch nie Schnee gesehen«, sagte Judith.

»Sieht so aus. Gibt es denn keinen Schnee in Kentucky?«

»Weiß nicht. Glaub schon.« Sie warf einen Blick auf Mrs. Dyers Haus. »Komm, laß uns verschwinden, sonst wecken wir noch den alten Drachen auf.«

Sie führten die Pferde über den Hof zur oberen Weide, stiegen auf und trabten in einer weiten, langsam ansteigenden Linie auf den Wald zu. Ihre Spur schnitt in einer exakten Diagonalen über das makellos weiße Rechteck der Weide. Als sie schließlich den Waldrand erreichten, brach die Sonne hervor und füllte das Tal in ihrem Rücken mit langen, schrägen Schatten.

Zu den Dingen, die Graces Mutter an den Wochenenden am meisten haßte, zählten die Unmengen von Zeitungen, die sie zu lesen hatte. Wie drohende Lava häuften sie sich während der Woche an, und Annie stapelte rücksichtslos noch die Wochenzeitungen und jene Teile der *New York Times* dazu, die sie nicht fortzuwerfen wagte. Am Samstag wirkte der Haufen bereits viel zu beängstigend, um ihn noch länger ignorieren zu können, und da mit der *New York Times* vom Sonntag einige zusätzliche Tonnen Papier drohten, wußte sie, wenn sie jetzt nichts dagegen unternahm, käme sie nicht mehr gegen die Papierflut an und würde von ihr begraben werden. All diese Worte, die auf die Welt losgelassen wurden. All diese Mühe. Und das nur, damit man sich schuldig fühlte.

Annie warf wieder einen Packen auf den Boden und machte sich lustlos über die *New York Post* her.

Die Wohnung der Macleans lag im achten Stock eines prachtvollen alten Gebäudes am Central Park West. Annie saß mit angezogenen Knien auf dem gelben Sofa am Fenster. Sie trug schwarze Leggins und ein hellgraues Sweatshirt. Ihr kurzes, nach hinten zu einem kleinen Pferdeschwanz zusammengebundenes Haar leuchtete rostrot im Sonnenlicht, das ihren Schatten auf ein gleichfarbiges Sofa auf der anderen Wohnzimmerseite warf. Das Zimmer war langgezogen und blaßgelb gestrichen. Eine Wand wurde von Büchern bedeckt, hier und da gab es ein wenig afrikanische Kunst, und dort stand ein Flügel, auf dessen schimmernder Oberfläche sich jetzt die schrägen Strahlen der Sonne brachen. Wenn Annie sich umdrehen würde, könnte sie Seemöwen über das zugefrorene Reservoir watscheln sehen. Trotz Schnee und früher Stunde waren an diesem Samstagmorgen bereits einige Jogger unterwegs und drehten ihre Runden, so wie Annie ihre Runden drehen würde, sobald sie die Zeitung gelesen hatte. Sie nippte an ihrem Becher Tee und wollte die *Post* schon wegwerfen, als sie ihn sah: einen kleinen, zwischen Klatschspalten versteckten Artikel.

»Ich faß es nicht«, sagte sie laut. »Du miese Ratte!«

Sie knallte den Becher auf den Tisch und eilte wutentbrannt in den Flur, um das Telefon zu holen. Als sie ins Wohnzimmer zurückkam, hieb sie bereits auf die Tasten, stellte sich ans Fenster und wartete auf Antwort. Hinter dem Reservoir lief ein alter Mann Ski. Er trug einen lächerlich unförmigen Kopfhörer und glitt mit schwungvollen Schritten zu den Bäumen hinüber. Eine Frau schimpfte auf eine Schar winziger angeleinter Hunde ein, die farblich aufeinander abgestimmte Strickpullover trugen und deren Beine so kurz waren, daß sie nur hüpfend und rutschend im Schnee vorankamen.

»Anthony? Hast du die *Post* gelesen?« Annie hatte ihren Assistenten offensichtlich aus dem Schlaf gerissen, dachte aber nicht daran, sich zu entschuldigen. »Da steht was über Fiske. Der kleine Scheißer behauptet, ich hätte ihn gefeuert und die neue Auflagenzahl frisiert.«

Anthony sagte etwas Mitfühlendes, aber Annie wollte kein Mitgefühl. »Hast du Don Farlows Wochenendnummer?« Er ging, um sie zu holen. Draußen im Park hatte die Hundefrau aufgegeben und zerrte die Kleinen zurück zur Straße. Anthony kam mit der Nummer, und Annie kritzelte sie auf ein Blatt Papier.

»Gut«, sagte sie. »Leg dich wieder schlafen.« Sie unterbrach die Verbindung und wählte gleich danach Farlows Nummer.

Don Farlow war der Anwalt des Verlags und zuständig für knifflige Angelegenheiten. Er war ihr Verbündeter, wenn nicht gar ihr Freund geworden, seit man Annie Graves (beruflich hatte sie ihren Mädchennamen beibehalten) vor sechs Monaten zur Chefredakteurin ernannt hatte, um die Verlagszeitschrift, das Flaggschiff des Unternehmens, vor dem Untergang zu bewahren. Zusammen hatten sie sich daran gemacht, die alte Garde auszubooten. Blut war geflossen – neues herein, altes hinaus –, und die Medien hatten sich keinen Tropfen entgehen lassen. Einige aus der alten Garde, denen Annie und Farlow den Stuhl vor die Tür gesetzt hatten, waren Schriftsteller mit guten Verbindungen und hatten sich in den Klatschspalten der Zeitungen an ihnen gerächt. Die entsprechende Kolumne wurde unter dem Namen *Graves Yard*, also »Graves Friedhof« bekannt.

Annie konnte die Verbitterung verstehen. Manche von ihnen waren schon so lange beim Verlag gewesen, daß sie bereits geglaubt hatten, er gehöre ihnen. Gefeuert zu werden war beschämend genug. Doch von einer dreiundvierzigjährigen Frau gefeuert zu werden, noch dazu von einer Engländerin, war einfach die Höhe. Inzwischen war die Säuberung fast abgeschlossen, und Annie und Farlow hatten in letzter Zeit einiges Geschick beim Aufsetzen von Abfindungsverträgen entwickelt, die ihnen das Schweigen der Entlassenen erkaufen sollten. Annie hatte geglaubt, eben dies auch mit Fenimore Fiske, dem ältlichen und unerträglichen Filmkritiker der Zeitschrift, getan zu haben, der jetzt in der *Post* über sie herzog. Diese Ratte. Doch während Annie noch darauf wartete, daß Farlow ans Telefon ging, tröstete sie sich mit dem Gedanken, daß Fiske ein großer Fehler unterlaufen war, als er behauptet hatte, daß die erhöhte Auflagenzahl erlogen sei. Das war sie nicht, und Annie konnte es beweisen.

Farlow war nicht nur wach, er hatte sogar den Artikel schon gelesen. Sie vereinbarten, sich in zwei Stunden in Annies Büro zu treffen. Sie würden den alten Dreckskerl auf jeden Penny verklagen, mit dem sie ihn abgefunden hatten.

Annie rief ihren Mann in Chatham an, bekam aber nur ihre eigene Stimme auf dem Anrufbeantworter zu hören. Sie sagte Robert, daß es Zeit zum Aufstehen sei, daß sie einen Zug später kommen würde und daß er nicht ohne sie zum Supermarkt gehen solle. Dann fuhr sie mit dem Fahrstuhl nach unten und lief hinaus in den Schnee, um sich den Joggern anzuschließen. Natürlich joggte Annie Graves nicht. Sie rannte. Und obwohl man diesen Unterschied auf den ersten Blick weder an ihrem Tempo noch an ihrer Technik erkennen konnte, war er für Annie so klar und belebend wie die kalte Morgenluft, in die sie jetzt hinausstürmte.

Die Interstate war geräumt, genau wie Wayne Tanner es geahnt hatte. Allzuviel war nicht los an diesem Samstag, und er vermutete, daß er gut daran tat, auf der Siebenundachtziger zu bleiben, bis er die Neunziger kreuzte, und dann über den Hudson River zu fahren, um Chatham von Norden her anzusteuern. Er sah sich die Strecke auf der Karte an. Es war nicht gerade der direkteste Weg, aber so umfuhr er einige Landstraßen, die bestimmt noch nicht schneefrei waren. Ohne Ketten konnte er bloß hoffen, daß diese Zufahrt zur Fabrik, von der man ihm erzählt hatte, nicht nur so ein Sandweg war.

Als die Neunziger ausgeschildert wurde und Wayne Tanner ostwärts abbog, fühlte er sich allmählich besser. Die Landschaft glich dem Bild auf einer Weihnachtskarte, und mit Garth Brooks auf Kassette und den Sonnenstrahlen, die sich in der mächtigen Schnauze seines Kenworths spiegelten, kam ihm seine Lage schon nicht mehr so schlimm vor wie gestern abend. Verdammt, wenn es zum Schlimmsten kam und er seinen Führerschein verlor, konnte er jederzeit wieder als Automechaniker arbeiten, das hatte er schließlich gelernt. Sicher, er würde dann nicht mehr so viel verdienen. Es war schon ein gottverdammtes Elend, wie schlecht jemand bezahlt wurde, der eine jahrelange Ausbildung mitgemacht hatte und sich Werkzeug für zigtausend Dollar kaufen mußte. Aber in letzter Zeit war es ihm manchmal auch leid geworden, ständig so viel unterwegs zu sein. Vielleicht wäre es gar nicht schlecht, ein bißchen mehr Zeit daheim bei Frau und Kindern zu verbringen. Na ja, vielleicht. Wenigstens könnte er dann öfter Fischen gehen.

Auf einmal sah Wayne die Abfahrt nach Chatham vor sich auftauchen, und er machte sich an die Arbeit, hieb pumpend auf die Bremse und schaltete den Truck durch seine neun Gänge runter, so daß der vierhundertfünfundzwanzig PS-Cumminsmotor protestierend aufröhrte. Als Wayne von der Interstate abbog, drückte er auf den Schalter für Vierradantrieb und ließ die Vorderachse einrasten. Von hier aus waren es seiner Schätzung nach nur noch fünf oder sechs Meilen bis zur Fabrik.

Hoch oben im Wald war es an diesem Morgen so still, als würde das Leben selbst sich eine Pause gönnen. Weder ein Vogel noch sonst ein Tier regte sich, und der einzige Laut war hin und wieder ein dumpfes Geräusch, wenn der Schnee von überladenen Zweigen fiel. In diese erwartungsvolle Leere drang durch Ahorn und Birke das ferne Lachen der Mädchen.

Sie ritten langsam den gewundenen Pfad zum Hügelrücken hinauf und überließen sich dem Tempo der Pferde. Judith führte. Sie drehte sich um, stützte sich mit einer Hand auf dem hinteren Sattelrand ab, schaute Pilgrim zu und lachte.

»Mit dem könntest du im Zirkus auftreten«, sagte sie. »Er ist wirklich der geborene Clown.«

Grace konnte vor lauter Lachen nicht antworten. Pilgrim hielt den Kopf gesenkt und schob seine Nase wie eine Schaufel durch den Schnee. Dann schleuderte er eine Handvoll in die Luft, nieste, trabte an und tat, als habe er Angst vor dem, was da auf ihn niederregnete.

»He da, jetzt reicht's aber«, rief Grace, zog die Zügel an und brachte ihn wieder unter ihre Kontrolle. Pilgrim beruhigte sich, und die immer noch grinsende Judith schüttelte den Kopf und wandte sich wieder nach vorn. Gulliver hielt die Führung, gänzlich unbeeindruckt von dem Theater hinter ihm, und sein Kopf wippte auf und ab im Rhythmus seiner Schritte. Alle zehn Meter hingen leuchtend orangerote Plakate an den Bäumen und drohten jedem mit einer Strafanzeige, der beim Wildern, Fallenstellen oder unbefugten Betreten erwischt wurde.

Auf dem Hügelkamm, der die beiden Täler voneinander trennte, befand sich eine kleine, kreisrunde Lichtung, auf der man oft, wenn man sich ihr leise näherte, Hirsche oder wilde Truthähne sehen konnte. Doch als die Mädchen heute den Schutz der Bäume verließen und in die Sonne ritten, fanden sie nur einen blutigen Flügel. Er lag fast genau in der Mitte der Lichtung, beinahe wie eine Markierung auf einem grauenhaften Kompaß. Die Mädchen hielten an und betrachteten den Flügel.

»Was ist das? Ein Fasan?« fragte Grace.

»Glaub schon. Jedenfalls war es mal ein Fasan, ein Stück von einem Fasan.«

Grace runzelte die Stirn. »Und wie ist das hergekommen?«

»Weiß nicht. Vielleicht ein Fuchs.«

»Das kann nicht sein. Dann müßte man Spuren sehen können.« Es gab keine, auch keine Anzeichen von einem Kampf. Fast schien es, als wäre der Flügel aus eigener Kraft hergeflogen. Judith zuckte die Achseln.

»Vielleicht wurde er angeschossen.«

»Und der restliche Fasan ist mit einem Flügel weitergeflogen?«

Beide überlegten einen Augenblick. Dann nickte Judith weise. »Ein Falke. Ein Falke hat ihn fallengelassen.«

Grace dachte darüber nach. »Hm, könnte stimmen.« Sie trieben ihre Pferde an.

»Oder ein Flugzeug.«

Grace lachte. »Genau«, sagte sie. »Er sieht fast so aus wie ein Flügel von dem Hühnchen, das uns letztes Jahr auf dem Flug nach London serviert wurde. Nur irgendwie besser.«

Wenn sie zum Hügelkamm hinaufritten, ließen sie meist die Pferde über die Lichtung galoppieren und bogen dann in einen Pfad ein, der sie zurück zum Stall führte. Doch der Schnee, die Sonne und die klare Morgenluft hatten in den Mädchen die Lust auf einen längeren Ausritt geweckt. Sie beschlossen, etwas zu unternehmen, was sie bislang erst einmal getan hatten, vor ein paar Jahren, als Grace noch Gypsy ritt, das stämmige kleine Palomino-Pony. Sie würden ins nächste Tal reiten, quer durch den Wald, und zurück den weiten Weg nehmen, am Fluß entlang und um den Hügel herum. Dann mußten sie zwar ein oder zwei Straßen überqueren, aber Pilgrim schien sich beruhigt zu haben, und außerdem war an diesem verschneiten Samstagmorgen bestimmt noch kein Mensch unterwegs.

Als sie die Lichtung verließen und wieder in den Wald ritten, verstummten Grace und Judith. Auf dieser Seite des Hügelkamms standen Hickorys und Pappeln, zwischen denen kein erkennbarer Pfad verlief, so daß die Mädchen oft ihre Köpfe einziehen mußten, um unter tief hängenden Zweigen durchreiten zu können, und der herabfallende Schneestaub bedeckte sie und die Pferde bald mit einer feinen Schicht. Gemächlich folgten sie auf ihrem Weg nach unten dem Lauf eines Flusses. Eiskrusten hingen mit gezackten Rändern über die Ufer und gaben nur gelegentlich einen kurzen Blick auf das darunter rauschende, dunkle Wasser preis. Der Abhang wurde immer steiler, und die Pferde tasteten sich behutsam vor, prüften sorgsam den Untergrund, bevor sie ihre Hufe aufsetzten. Einmal glitt Gulliver auf einem versteckten Fels aus, fing sich aber gleich wieder, ohne in Panik zu geraten. Sonnenlicht fiel in schrägen Strahlen durch die Bäume, malte bizarre Schatten auf den Schnee und beschien die Atemwolken, die aus den Nüstern der Pferde aufstiegen. Doch die Mädchen achteten nicht darauf. Sie brauchten ihre ganze Konzentration für den Abstieg und dachten an nichts anderes als an die Bewegungen der Tiere, auf deren Rücken sie saßen.

Erleichtert sahen sie schließlich den Kinderhook Creek durch die Bäume schimmern. Der Abstieg war schwerer als erwartet gewesen, und erst jetzt wagten es die Mädchen, sich anzusehen. Sie grinsten.

»Nicht schlecht, he?« sagte Judith und zog sanft an Gullivers Zügeln.

Grace lachte. »Stimmt.« Sie beugte sich vor und rieb Pilgrims Hals. »Haben sich die beiden nicht prima gehalten?«

»Phantastisch.«

»Ich hatte ganz vergessen, wie steil der Abhang ist.«

»Er war damals auch nicht so steil. Wahrscheinlich sind wir einem anderen Bachlauf gefolgt. Ich schätze, wir sind ungefähr eine Meile weiter südlich, als wir eigentlich sein sollten.«

Sie wischten sich den Schnee von Helmen und Kleidern und spähten zwischen den Bäumen hindurch ins Tal. Hinter dem Wald senkte sich eine jungfräulich weiße Weide hinab zum Fluß. Am diesseitigen Ufer ließen sich gerade noch die Zaunpfosten der alten

Straße erkennen, die zur Papierfabrik führte. Die Straße war stillgelegt, seit man eine breitere und kürzere Zufahrt zur Autobahn gebaut hatte, die kaum eine halbe Meile weit hinter dem Fluß verlief. Die Mädchen würden der alten Fabrikstraße folgen müssen, wenn sie wieder auf den Weg stoßen wollten, der nach Hause führte.

Wie er befürchtet hatte, war die Straße nach Chatham noch nicht geräumt worden. Aber Wayne Tanner begriff bald, daß seine Sorgen unbegründet gewesen waren. Vor ihm hatten andere bereits die Straße befahren, und die achtzehn Allwetterreifen seines Kenworths griffen in ihren Spuren und fanden festen Halt. Letzten Endes hätte er die Ketten also gar nicht gebraucht. Ein Schneepflug fuhr auf der Gegenfahrbahn an ihm vorbei, und obwohl ihm das kaum etwas nutzte, war er so erleichtert, daß er dem Fahrer zuwinkte und fröhlich seine Fanfare ertönen ließ.

Wayne steckte sich eine Zigarette an und sah auf die Uhr. Er war früher dran als vereinbart. Nach seinem Stelldichein mit den Cops hatte er Atlanta angerufen und ihnen gesagt, sie sollten den Leuten von der Fabrik Bescheid geben, daß er die Turbinen erst am nächsten Morgen liefern könne. Keiner arbeitete gern an einem Samstag, also war er vermutlich nicht besonders beliebt, wenn er dort unten aufkreuzte. Aber das war nicht sein Problem. Er legte eine neue Garth-Brooks-Kassette auf und hielt Ausschau nach der Abzweigung zur Fabrik.

Nach dem Abstieg durch den Wald kamen sie auf der alten Fabrikstraße leicht voran, und die Mädchen ritten Seite an Seite im Sonnenschein und entspannten sich. Zu ihrer Linken spielten einige Elstern in den Bäumen am Flußufer. Trotz ihres heiseren Gekrächzes und dem Rauschen des über die Felsen dahinschießenden Wassers konnte Grace ein Brummen hören, das von einem Schneepflug auf der Autobahn zu kommen schien.

»Na also«, sagte Judith und wies mit einem Kopfnicken nach vorn.

Es war die Stelle, die sie gesucht hatten. Eisenbahnschienen kreuzten hier erst die Fabrikstraße und dann den Fluß. Die Bahn war zwar schon vor vielen Jahren stillgelegt worden, aber die

Brücke über den Fluß hatte man unbehelligt gelassen. Die Brücke über die Straße war allerdings abgerissen worden, nur die hohen Betonwände standen noch, ein Tunnel ohne Dach, durch den die Straße verlief, ehe sie hinter einer Kurve verschwand. Unmittelbar davor führte ein steiler Pfad die Böschung hinauf zu den Gleisen, und dort hinauf mußten die Mädchen, wenn sie über die Flußbrücke reiten wollten.

Judith ritt voran und lenkte Gulliver auf den Pfad. Er ging einige Schritte, dann blieb er stehen.

»Komm schon, Kleiner. Keine Angst.«

Das Pferd scharrte vorsichtig mit einem Vorderhuf über den Schnee, als wollte er ihn untersuchen. Judith gab Gulliver die Hakken und drängte ihn weiter.

»Los doch, Faulpelz, rauf mit dir.«

Gulliver gab nach und begann wieder, die Böschung hinaufzusteigen. Grace wartete unten auf der Straße und sah zu. Ihr war vage bewußt, daß das Brummen des Schneepflugs auf der Autobahn lauter geworden war. Pilgrim zuckte mit den Ohren. Sie tätschelte seinen schweißnassen Hals.

»Geht's?« rief sie zu Judith hinauf.

»Kein Problem. Aber sei vorsichtig.«

Es passierte, als Gulliver schon fast oben auf der Böschung war. Grace hatte mit dem Aufstieg begonnen, folgte der Spur so genau wie möglich und ließ Pilgrim viel Zeit. Sie war auf halber Höhe, als sie hörte, wie Gullivers Hufe übers Eis ratschten und Judith einen verängstigten Schrei ausstieß.

Wären die Mädchen in letzter Zeit einmal die Strecke abgeritten, hätten sie gewußt, daß seit dem Spätsommer Wasser aus einem defekten Abzugskanal über den Abhang geströmt war, den sie jetzt hinaufritten. Der Schnee verbarg eine geschlossene Eisdecke.

Gulliver taumelte, versuchte, mit den Hinterläufen Halt zu finden und trat einen Schauer von Schnee und Eissplittern los. Doch als sein Hufe keinen Widerstand fanden, glitt er, Hinterteil voran, über die vereiste Böschung. Ein Vorderfuß rutschte seitlich weg, und Gulliver ging in die Knie. Judith schrie auf, als sie nach vorn geschleudert wurde und einen Steigbügel verlor. Aber sie konnte sich in der Mähne festkrallen und blieb im Sattel.

»Aus dem Weg!« gellte sie. »Grace!«

Grace war wie gelähmt. Das Blut dröhnte in ihrem Kopf und schien sie erstarren zu lassen, als hätte sie nichts mit dem zu tun, was vor ihr geschah. Doch als Judith zum zweitenmal aufschrie, wachte sie auf und wollte Pilgrim die Böschung wieder hinunterlenken. Das Pferd riß verängstigt den Kopf hoch und kämpfte gegen sie an. Es trippelte zur Seite und reckte den Hals hangaufwärts, bis es auch ins Rutschen geriet und vor Schreck wieherte. Es stand jetzt direkt in Gullivers Bahn. Grace schrie und zerrte an den Zügeln.

»Pilgrim, beweg dich! Lauf!«

In der seltsamen Stille jener Sekunde vor dem Zusammenprall mit Gulliver wußte Grace, daß das Dröhnen nicht allein vom Rauschen des Blutes in ihrem Kopf kam. Dieser Schneepflug fuhr nicht auf der Autobahn. Dafür war er zu laut. Er mußte irgendwo in der Nähe sein. Der Gedanke zerstob, als Gulliver mit dem Hinterteil gegen Pilgrim prallte. Er rammte ihn mit voller Wucht, knallte gegen Pilgrims Schulter und riß ihn herum. Grace dachte, sie würde aus dem Sattel gerissen und wie von einem Katapult die Böschung hinaufgeschleudert. Und hätte sie nicht mit einer Hand Gullivers Hinterteil erwischt, wäre sie vom Pferd gefallen. Aber sie blieb oben und wikkelte eine Faust um Pilgrims seidige Mähne, als er den Abhang hinunterschlitterte.

Gulliver und Judith waren an ihr vorbeigedonnert, und Grace mußte mit ansehen, wie ihre Freundin hintenüber vom Pferd gefegt wurde wie eine leblose Puppe, dann zurückgerissen und hin und her geschleudert, da sie mit einem Fuß im Steigbügel hängengeblieben war. Judith schlug auf dem Boden auf, drehte sich um sich selbst, und als sie mit dem Hinterkopf aufs Eis krachte, verfing sich ihr Fuß mit einer weiteren Drehung im Steigbügel, verhakte sich unauflöslich, so daß Gulliver nun Judith hinter sich herschleifte. In einem einzigen wirren, sich überschlagenden Durcheinander rasten die beiden Pferde mit ihren Reiterinnen auf die Straße zu.

Wayne Tanner sah sie, als er um die Ecke bog. Da man in der Fabrik damit gerechnet hatte, daß er von Süden kam, hatte niemand daran gedacht, ihm von der alten Zufahrtsstraße weiter nördlich zu erzählen. Wayne hatte die Abzweigung gesehen, war abgebogen und hatte erleichtert registriert, daß die Reifen seines Kenworths auf dem unberührten Schnee offenbar ebenso gut griffen wie auf der Autobahn. Als er um die Kurve fuhr, sah er etwa hundert Schritt voraus die Betonmauern der Brücke und dahinter, von ihnen umrahmt, irgendein Tier, ein Pferd, das etwas hinter sich herzog. Wayne drehte sich der Magen um.

»Was, zum Teufel...«

Er stieg auf die Bremse, aber nicht zu hart, denn wenn er zu rasch bremste, würden die Reifen blockieren, also zog er am Hydraulikventil am Steuer, um den Bremsschub auf den hinteren Reifen zu verringern. Keine Reaktion. Er würde mit dem Motor abbremsen müssen, also hieb er mit dem Handballen gegen den Schalthebel und ging zwei Gänge runter. Die sechs Zylinder des Cumminsmotors röhrten gequält. Verdammt, er war zu schnell. Jetzt waren zwei Pferde auf der Straße, auf einem saß ein Reiter. Was, zum Teufel, trieben die da? Warum machten sie nicht die Scheißstraße frei? Sein Herz raste, und er spürte, wie ihm der Schweiß ausbrach, als er Bremsen und Schaltknüppel seines Schleppers bearbeitete und einen Rhythmus im Mantra fand, das ihm durch den Kopf ging: auf die Bremse, runterschalten; auf die Bremse, runterschalten. Aber die Brücke kam viel zu rasch näher. Um Himmels willen, hörten die ihn denn nicht kommen? Konnten sie ihn nicht sehen?

Sie konnten. Sogar Judith in ihrer Qual bekam ihn kurz zu Gesicht, während sie sich schreiend im Schnee wälzte. Beim Sturz vom Pferd war ihr Oberschenkelknochen gebrochen, und als sie auf die Straße herunterrutschten, waren beide Pferde auf sie getreten, hatten ihr die Rippen angeknackst und einen Unterarm zertrümmert. Mit dem ersten Stolperschritt hatte Gulliver sich die Kniescheibe gebrochen und die Sehne gezerrt. Schmerz und Angst zeigten sich im Weiß seiner Augen, als er über die Straße taumelte und versuchte, sich von diesem Ding zu befreien, das da an seiner Seite hing.

Grace sah den Truck, als sie mit Pilgrim auf die Straße schlitterte. Ein Blick genügte. Irgendwie war es ihr gelungen, nicht vom Pferd zu fallen, also mußte sie jetzt dafür sorgen, daß sie alle die Straße räumten. Wenn sie Gullivers Zügel zu fassen bekam, konnte sie ihn mit Judith im Schlepp in Sicherheit bringen. Aber Pilgrim war genauso verschreckt wie das ältere Pferd, und die beiden drehten sich wie verrückt im Kreis und schürten gegenseitig ihre Panik. Mit aller

Kraft zerrte Grace an Pilgrims Trense und gewann für einen Augenblick seine Aufmerksamkeit. Sie trieb ihn zu Gulliver hinüber, beugte sich gefährlich weit aus dem Sattel und griff nach seinem Zaumzeug. Er wich vor ihr zurück, aber Grace blieb hart an ihm dran und reckte ihren Arm, bis sie ihn sich beinahe verrenkte. Sie konnte die Zügel schon fast mit den Fingern berühren, als der Fahrer auf die Hupe drückte.

Wayne sah, wie sich beide Pferde bei dem Klang aufbäumten und erkannte jetzt erst, was hinter dem reiterlosen Pferd hing.

»Verdammter Mist.«

Er sagte es laut und merkte im gleichen Moment, daß sich der Motor nicht weiter runterschalten ließ. Er fuhr bereits im ersten Gang, aber die Brücke und die Pferde kamen so schnell auf ihn zu, daß ihm keine Wahl blieb, er mußte es mit den Bremsen der Zugmaschine versuchen. Wayne murmelte ein Stoßgebet und trat fester aufs Bremspedal, als ratsam war. Einen Augenblick lang schien es zu klappen. Er spürte, wie die Hinterräder des Schleppers Halt fanden.

»Yeah! Braves Mädchen!«

Dann blockierten die Räder, und Wayne begriff, daß vierzig Tonnen Stahl haltlos ihrem Schicksal entgegensteuerten.

Gravitätisch donnerte der Kenworth mit zunehmendem Tempo zwischen den Brückenträgern durch, ohne auch nur im geringsten auf Waynes Bemühungen am Steuer zu reagieren. Wayne war jetzt nur noch Zuschauer, und er sah, wie der Kotflügel auf der Fahrerseite in einem anfangs nur flüchtigen Funkenkuß die Betonmauer berührte. Als aber dann das Eigengewicht des Aufliegers nachdrückte, brachte ein schrilles Knirschen und Reißen die Luft zum Vibrieren.

Wayne konnte jetzt sehen, daß sich das schwarze Pferd zu ihm umdrehte und daß die Augen der Reiterin, ein junges Mädchen, unter dem schwarzen Schirm des Reithelms schreckensweit aufgerissen waren.

»Nein, nein, nein!« schrie er immer wieder.

Doch das Pferd bäumte sich trotzig vor ihm auf. Das Mädchen wurde zurückgeworfen und fiel auf die Straße. Nur kurz berührten die Hufe den Boden, denn noch ehe der Truck das Tier überrollen konnte, sah Wayne, wie das Pferd den Kopf hob und sich erneut aufbäumte. Doch diesmal schien es ihn anzuspringen. Mit der ganzen Kraft seiner Hinterbeine warf sich das Pferd über die Schlepperschnauze und sprang über die starre Front des Kühlergrills, als wäre es ein Parcourshindernis. Es landete mit den Hufeisen auf der Motorhaube und schlitterte in einem Funkenregen über das Metall. Als ein Huf gegen die Windschutzscheibe prallte, gab es einen lauten Knall, das Glas zersprang zu einem wirren Netz von Splittern, und Wayne sah überhaupt nichts mehr. Wo war das Mädchen? Mein Gott, es mußte irgendwo unter ihm auf der Straße liegen.

Wayne hieb mit Faust und Unterarm gegen die Windschutzscheibe, und als sie zerbrach, sah er, daß das Pferd immer noch auf der Motorhaube hockte. Es hatte sich mit dem rechten Vorderbein in den V-förmigen Streben des Seitenspiegels verhakt und schrie ihn an. Es war mit Glassplittern übersät, Blut und Schaum standen ihm vor dem Maul. Das andere Pferd versuchte, vom Straßenrand fortzuhumpeln; seine Reiterin hing immer noch mit einem Bein im Steigbügel.

Und der Truck raste unaufhaltsam weiter. Der Auflieger war jetzt an der Brückenmauer vorbei, und da ihn seitlich nichts mehr aufhielt, stellte er sich langsam, aber unerbittlich quer, fegte mühelos den Zaun hinweg und schob eine Bugwelle Schnee vor sich her, als wäre er ein Ozeanriese.

Als der Schwung vom Auflieger so groß wurde, daß er die Zugmaschine überrollte und ihre Geschwindigkeit abbremste, unternahm das Pferd auf der Motorhaube eine letzte verzweifelte Anstrengung. Es zerbrach die Streben des Seitenspiegels, rollte sich von der Haube und verschwand aus Waynes Blickfeld. Einen Augenblick lang herrschte jene erwartungsvolle Stille wie im Auge eines Hurrikans, und Wayne sah, daß sich der Auflieger an Zaun und Feldrand vorbeischob und sich im weiten Bogen drehte, um ihm von vorn wieder entgegenzukommen. Eingepfercht im lautlos sich schließenden Winkel von Zugmaschine und Auflieger stand das zweite Pferd und schien zu überlegen, in welche Richtung es flüchten sollte. Wayne meinte, die Reiterin am Boden erkennen zu können, wie sie den Kopf hob, um ihn anzuschauen, ohne etwas von der Welle zu ahnen, die sich hinter ihr auftürmte. Dann war sie verschwunden. Der Auflieger pflügte über sie hinweg, schleuderte das Pferd vor die Zugmaschine, als wäre es leicht wie ein Schmetterling, und zermalmte es mit einem letzten, metallischen Knirschen.

»Hallo? Gracie?«

Robert Maclean blieb mit zwei großen Tüten Lebensmitteln im Flur am Hintereingang stehen. Als ihm niemand antwortete, ging er in die Küche und stellte die Tüten auf den Tisch.

Er kaufte gern fürs Wochenende ein, ehe Annie eintraf. Falls er es nämlich nicht tat, würden sie zusammen in den Supermarkt gehen müssen, und das dauerte ewig, da Annie sich stundenlang über die feinen Unterschiede zwischen den einzelnen Marken aufhalten konnte. Es erstaunte ihn jedesmal aufs neue, wie jemand, der in seinem Arbeitsleben blitzschnell Entscheidungen treffen mußte, in denen es um Tausende, gar Millionen Dollar ging, am Wochenende zehn Minuten mit der Frage zubringen konnte, welche Art von Pesto vorzuziehen war. Außerdem lebten sie viel billiger, wenn er allein einkaufte, da Annie sich letztlich doch nicht entscheiden konnte, welche Marke die bessere war, und am Ende alle drei Gläser kaufte.

Der Nachteil war natürlich die unvermeidliche Kritik, die ihn daheim erwartete, da er angeblich mal wieder die falschen Sachen eingekauft hatte. Doch mit jener juristischen Sachlichkeit, die er auf alle Bereiche seines Lebens anwandte, hatte Robert beide Seiten der Angelegenheit erwogen und dem Einkauf ohne seine Frau eindeutig den Vorzug gegeben.

Graces Notiz lag beim Telefon. Robert sah auf seine Uhr. Es war erst kurz nach zehn, und er konnte verstehen, daß die beiden Mädchen an einem solchen Morgen länger ausbleiben wollten. Er drückte auf die Wiedergabetaste des Anrufbeantworters, zog seinen Parka aus und räumte die Einkäufe fort. Es waren zwei Nachrichten auf Band. Über die erste, die von Annie, mußte er lächeln. Offenbar hatte sie angerufen, als er gerade zum Supermarkt gefahren war. Zeit zum Aufstehen, das war mal wieder typisch. Die zweite Nachricht kam von Mrs. Dyer, der Besitzerin des Gestüts. Sie sagte nur, daß er sie bitte zurückrufen möchte. Aber irgend etwas in ihrer Stimme jagte Robert einen Schauder über den Rücken.

Der Hubschrauber hing eine Weile über dem Fluß, als wollte er das Bild in sich aufnehmen, sackte ab, stieg über dem Wald wieder auf und füllte das Tal mit dem tiefen, vibrierenden Dröhnen seiner Rotoren. Der Pilot flog noch eine Kurve und sah dabei aus dem Fenster nach unten. Vor dem riesigen Schlepper mit quergestelltem Anhänger standen fächerförmig auf dem Feld verteilt Krankenwagen, Rettungsfahrzeuge und Streifenwagen der Polizei mit blinkendem Blaulicht. Man hatte einen Landeplatz für den Helikopter markiert, und ein Polizist gab mit weit ausladenden Armen völlig überflüssige Signale.

Sie hatten kaum zehn Minuten gebraucht, um von Albany herüberzufliegen. Die vier Sanitäter hatten während des ganzen Fluges ihre Instrumente routinemäßig überprüft. Jetzt waren sie fertig und schauten dem Piloten schweigend über die Schulter, als er eine letzte Runde flog und zur Landung ansetzte. Der Fluß blendete sie, als die Sonne sich in ihm spiegelte, dann folgte der Hubschrauber seinem eigenen Schatten über die Straßensperre und überholte einen roten Geländewagen, der sich ebenfalls auf dem Weg zum Unglücksort befand.

Durch das Fenster des Streifenwagens beobachtete Wayne Tanner den Hubschrauber über dem Landeplatz, sah, wie er langsam niederschwebte und einen Schneesturm um den einweisenden Polizisten aufwirbelte. Wayne saß auf dem Beifahrersitz, eingewickelt in eine Decke, in der Hand eine Tasse mit etwas Heißem, das er noch nicht probiert hatte. Das Treiben draußen ergab für ihn ebensowenig Sinn wie das barsche Geschnatter, das in unregelmäßigen Abständen über Funk zu hören war. Seine Schulter tat ihm weh, und er hatte einen kleinen Schnitt an der Hand. Eine Krankenpflegerin hatte darauf bestanden, die Wunde aufwendig zu verbinden. Das wäre nicht nötig gewesen. Fast schien es, als wollte sie nicht, daß er sich von dem allgemeinen Gemetzel dort draußen ausgeschlossen fühlte.

Wayne sah, wie sich der junge Deputy Koopman, in dessen Wagen er saß, drüben beim Truck mit Leuten von der Rettungsmannschaft unterhielt. Der kleine Trapper mit Pelzmütze, der den Alarm ausgelöst hatte, lehnte ganz in der Nähe an der Motorhaube eines alten blauen Pickups und hörte das Gespräch mit an. Er war oben in den Wäldern gewesen, hatte gesehen, wie der Truck gegen die Brükkenmauer knallte und war sofort zur Fabrik gelaufen, von wo aus man den Sheriff angerufen hatte. Als Koopman eintraf, saß Wayne im Schnee auf dem Feld. Der Deputy war noch ziemlich jung und hatte noch nie zuvor einen derart schlimmen Unfall gesehen, bekam die Sache aber schnell in den Griff und wirkte fast ein wenig enttäuscht, als Wayne ihm sagte, daß er über Kanal neun auf seinem CB bereits einen Notruf ausgesandt hatte. Der Sender wurde von der Bundespolizei abgehört, die nur Minuten später eintraf. Inzwischen wimmelte es von Bundespolizisten, und Koopman schien ein wenig sauer, daß man ihm die Show gestohlen hatte.

Im Schnee unter dem Truck spiegelte sich das gleißende Licht der Schweißbrenner, mit denen sich die Männer vom Rettungsdienst durch das verkeilte Wrack von Sattelschlepper und Turbinen schnitten. Wayne senkte den Blick und kämpfte gegen die Erinnerung an jene langen Minuten, die anbrachen, nachdem der Schlepper zum Stehen gekommen war.

Erst hatte er nichts gehört. Garth Brooks sang unverzagt, und Wayne war so verblüfft, noch am Leben zu sein, daß er sich fragte, ob er selbst oder sein Geist es war, der da aus dem Fahrerhaus kletterte. Elstern zankten sich in den Bäumen, und zuerst dachte er, dieses Geräusch käme auch von hinten. Aber es klang zu verzweifelt, zu flehentlich, ein anhaltender, gequälter Schrei, und Wayne begriff, daß das Pferd unter dem Anhänger im Sterben lag, und er preßte seine Hände auf die Ohren und rannte hinaus aufs Feld.

Man hatte ihm bereits gesagt, daß ein Mädchen noch am Leben war, und er konnte sehen, wie die Sanitäter sich an der Trage zu schaffen machten, um die Kleine für den Flug im Hubschrauber vorzubereiten. Einer preßte ihr eine Maske über das Gesicht, ein anderer hielt zwei Plastikflaschen hoch, die durch Schläuche mit ihren Armen verbunden waren. Der Leichnam des anderen Mädchens war schon abtransportiert worden.

Ein roter Geländewagen fuhr soeben vor, und Wayne sah einen großen, bärtigen Mann aussteigen und hinten aus dem Wagen eine schwarze Tasche holen. Er warf sie sich über die Schulter und ging zu Koopman, der sich zu ihm umdrehte und ihn begrüßte. Sie sprachen kurz miteinander, dann führte ihn Koopman aus seinem Blickfeld, auf die andere Seite des Trucks, dorthin, wo die Schweißbrenner bei der Arbeit waren. Als sie wieder auftauchten, sah der Bärtige ziemlich grimmig drein. Sie gingen zu dem kleinen Trapper, der ihnen zuhörte, nickte und etwas aus dem Pickup holte, das wie eine Gewehrtasche aussah. Dann kamen alle drei auf ihn zu. Koopman öffnete die Wagentür.

»Alles in Ordnung?«

»Klar, alles okay.«

Koopman wies mit einem Kopfnicken auf den Bärtigen.

»Mr. Logan hier ist Tierarzt. Wir müssen das andere Pferd finden.«

Durch die offene Tür konnte Wayne jetzt das Fauchen der Schweißbrenner hören. Bei dem Geräusch wurde ihm schlecht.

»Irgendeine Ahnung, wo es hingelaufen sein könnte?«

»Nein. Aber weit ist es bestimmt nicht gekommen.«

»In Ordnung.« Koopman legte Wayne eine Hand auf die Schulter. »Wir lassen Sie hier bald rausholen, okay?«

Wayne nickte. Koopman schloß die Tür. Sie blieben vor dem Wagen stehen und unterhielten sich, aber Wayne konnte kein Wort verstehen. Hinter ihnen hob der Hubschrauber vom Boden ab und brachte das Mädchen fort. Irgend jemand verlor in dem plötzlichen Schneesturm seinen Hut. Aber Wayne nahm von alldem nichts wahr. Er sah nur den blutigen Schaum vor dem Maul des Pferdes und die Augen, die ihn über die zackigen Splitter der Windschutzscheibe hinweg anstarrten, geradeso, wie sie ihn noch lange Zeit in seinen Träumen anstarren würden.

»Wir haben ihn, stimmt's?«

Annie stand an ihrem Schreibtisch und sah Don Farlow über die Schulter, als er den Vertrag las. Er antwortete nicht, hob nur eine sandfarbene Augenbraue und las die Seite zu Ende.

»Es stimmt«, sagte Annie. »Ich weiß es.«

Farlow ließ den Vertrag sinken.

»Tja, ich glaube, wir haben ihn wirklich.«

»Ha!« Annie stieß eine geballte Faust in die Luft, durchquerte das Büro und goß sich noch eine Tasse Kaffee ein.

Vor einer halben Stunde hatten sie sich getroffen. Annie war mit einem Taxi bis zur Dreiundvierzigsten, Ecke Sechste gefahren, im Verkehr steckengeblieben und die letzten zwei Häuserblocks zu Fuß gegangen. Die New Yorker Autofahrer reagierten auf den Schnee wie seit eh und je: Sie hupten und schrien sich an. Farlow wartete bereits in Annies Büro und hatte die Kaffeemaschine angestellt. Es gefiel ihr, daß er sich benahm, als wäre er hier zu Hause.

»Er wird natürlich abstreiten, jemals mit dir gesprochen zu haben«, sagte er.

»Das ist ein direktes Zitat, Don. Sieh dir doch die Details an. Er kann einfach nicht leugnen, daß er das gesagt hat.«

Annie nahm die Tasse und ging zurück an ihren Tisch, ein riesiges, asymmetrisches Ungeheuer aus Ulme und Walnuß, das ein Freund in England für sie vor vier Jahren angefertigt hatte, als sie – zur allgemeinen Überraschung – das Schreiben aufgegeben hatte, um eine Stelle als Chefredakteurin anzunehmen. Der Tisch war ihr aus dem ersten Büro zu dieser weit bedeutenderen Zeitschrift gefolgt und hatte ihr augenblicklich die Mißbilligung des Innenarchitekten eingetragen, der für viel Geld engagiert worden war, damit er das Büro des einstigen Chefredakteurs nach Annies Geschmack umgestaltete. Er hatte sich auf geschickte Art gerächt und behauptet, da der Tisch nicht ins Zimmer passe, dürfe auch alles andere im Zimmer nicht zueinander passen. Das Resultat war ein Chaos aus Farbe und Form, das der Designer ohne allen Sinn für Ironie »eklektischen Dekonstruktivismus« nannte.

Stimmig waren höchstens einige abstrakte Farbtupfbilder, die Grace im Alter von drei Jahren ausgeführt hatte und die Annie (zum anfänglichen Stolz und zur späteren Verlegenheit ihrer Tochter) einrahmen ließ. Sie hingen an den Wänden zwischen Annies Auszeichnungen und all den Fotografien, die sie Seite an Seite mit irgendwelchen erlesenen Berühmtheiten zeigten. Auf dem Schreibtisch, ein wenig versteckt, so daß nur Annie sie sehen konnte, standen die Bilder von denen, die ihr wirklich wichtig waren – Grace, Robert und ihr Vater.

Über diese Photos hinweg betrachtete Annie Don Farlow. Es war eigenartig, ihn ohne Anzug zu sehen; die alte Jeansjacke und die Turnschuhe hatten sie überrascht. Eigentlich hatte sie ihn eher der Sorte *Brooks Brothers* zugerechnet – Halbschuhe, Hose mit Bügelfalte und gelber Kaschmirpullover. Er lächelte.

»Also willst du ihn verklagen?«

Annie lachte. »Natürlich will ich ihn verklagen. Er hat eine Abmachung unterschrieben, laut der er kein Wort mit der Presse reden darf, außerdem erfüllt seine Behauptung, daß ich die Auflagenzahl frisiert hätte, den Tatbestand der Verleumdung.«

»Eine Verleumdung, die man hundertfach wiederholt, wenn wir ihn verklagen, und die zu einer viel größeren Geschichte aufgeblasen wird.«

Annie runzelte die Stirn.

»Willst du jetzt etwa kneifen, Don? Fenimore Fiske ist ein verbitterter, talentloser, gehässiger alter Molch.« Farlow hob grinsend die Hände.

»Laß es raus, Annie, sag mir, was du tatsächlich von ihm hältst.«

»Als er hier war, hat er nichts als Ärger gemacht, und jetzt ist er nicht mehr da und macht immer noch Ärger. Ich will ihm Feuer unter seinen runzligen Arsch machen.«

»Ist das eine englische Redewendung?«

»Nein, ›seine ältlichen vier Buchstaben erwärmen‹ würden wir sagen.«

»Na ja, du bist der Boß.«

»Ganz genau.«

Ein Telefon auf dem Schreibtisch klingelte, und Annie nahm den Hörer ab. Es war Robert. Er berichtete ihr mit tonloser Stimme, daß Grace einen Unfall gehabt hatte. Sie sei ins Krankenhaus von Albany geflogen und auf die Intensivstation gebracht worden; sie war immer noch bewußtlos. Annie solle den Zug bis Albany nehmen. Er würde sie am Bahnhof abholen.

2

Annie war erst achtzehn, als sie Robert kennenlernte. Es war der Sommer des Jahres 1968, und statt direkt von der Schule nach Oxford zu gehen, wo ihr ein Studienplatz angeboten worden war, zog Annie es vor, ein Jahr auszusetzen. Sie trat einer Organisation namens *Voluntary Services Overseas* bei und absolvierte einen zweiwöchigen Intensivkurs über das Unterrichten der englischen Sprache und darüber, wie man Malaria vermied und den Annäherungsversuchen der Einheimischen widerstand (sag laut und deutlich »nein« und laß dich nicht beirren).

Derart vorbereitet flog sie nach Senegal und stieg nach kurzem Aufenthalt in der Hauptstadt Dakar in einen offenen, mit Menschen, Hühnern und Ziegen vollgestopften Bus, um zu einer staubigen, fünfhundert Meilen langen Fahrt in den Süden aufzubrechen, wo sie in einer kleinen Stadt die nächsten zwölf Monate verbringen sollte. Als der Abend des zweiten Tages anbrach, erreichten sie die Ufer eines großen Flusses. Die Nacht war heiß und feucht, der Lärm der Insekten erfüllte die Luft, und Annie konnte die Lichter der Stadt auf der anderen Wasserseite schimmern sehen. Doch die Fähre fuhr erst wieder am nächsten Morgen, und der Fahrer und die Passagiere, mit denen sie sich inzwischen angefreundet hatte, fragten sich besorgt, wo Annie die Nacht verbringen sollte. Es gab kein Hotel. Sie selbst würden gewiß mühelos ein Plätzchen für die Nacht finden, aber die junge Engländerin brauchte eine wohnlichere Unterkunft.

Sie sagten ihr, daß ein »Tubab« in der Nähe wohne, der sie bestimmt beherbergen könne. Ohne auch nur zu ahnen, was ein Tubab sein könnte, wurde Annie von einem großen Aufgebot, das ihre Taschen trug, über einen gewundenen Dschungelpfad zu einem kleinen Lehmhaus unter Affenbrot- und Papayabäumen geführt. Der Tubab, der ihr die Tür öffnete – später sollte sie erfahren, daß »Tubab« weißer Mann bedeutet –, war Robert.

Er hatte sich freiwillig zum Friedenskorps gemeldet und wohnte hier seit einem Jahr, unterrichtete Englisch und legte Brunnen an. Er war vierundzwanzig, ein Harvard-Absolvent und der klügste Mensch, den Annie je kennengelernt hatte. An diesem Abend kochte er ihr ein wundervolles Essen, gewürzten Fisch und Reis, dazu gab es kaltes Bier zum Nachspülen, und bei Kerzenschein redeten sie bis um drei Uhr in der Früh. Robert kam aus Connecticut und wollte Anwalt werden. Es sei angeboren, entschuldigte er sich, und seine Augen funkelten hinter der goldrandigen Brille. Solange man sich erinnern könne, habe es in seiner Familie nur Anwälte gegeben. Es sei der »Fluch der Macleans«.

Und wie ein Anwalt nahm er Annie ins Kreuzverhör, fragte sie über ihr Leben aus, drängte sie, es zu beschreiben und auf eine Weise zu analysieren, die es ihr selbst in neuem Licht darstellte. Sie erzählte ihm, daß ihr Vater Diplomat gewesen war und daß sie die ersten zehn Jahre ihres Lebens von einem Land ins andere gereist sei. Sie und ihr jüngerer Bruder waren in Ägypten geboren, lebten in Malaysia, später in Jamaika. Dann starb ihr Vater überraschend an einem schweren Herzanfall. Annie konnte erst seit kurzem so darüber reden, daß die Unterhaltung nicht stockte und ihr Gegenüber plötzlich auf die Schuhe starrte. Ihre Mutter war nach England zurückgekehrt, hatte bald wieder geheiratet und sie und ihren Bruder in einem Internat untergebracht. Obwohl Annie diesen Teil ihrer Geschichte mit wenigen Worten abtat, erriet sie, daß Robert den tiefen, ungelinderten Schmerz dahinter spürte.

Am nächsten Morgen brachte Robert sie in seinem Jeep zur Fähre und lieferte sie anschließend wohlbehalten im katholischen Kloster ab, in dem sie ein Jahr unter dem nur gelegentlich mißbilligenden Blick der Oberin, einer freundlichen und zum Glück recht kurzsichtigen Frankokanadierin, wohnen und unterrichten sollte.

Im Verlauf der nächsten drei Monate traf Annie sich jeden Mittwoch mit Robert, wenn er in die Stadt kam, um Vorräte einzukaufen. Er sprach fließend Jola – die Sprache der Einheimischen – und gab ihr jede Woche eine Stunde Unterricht. Sie wurden Freunde, aber kein Liebespaar. Statt dessen verlor Annie ihre Jungfräulichkeit an einen schönen Senegalesen namens Xavier, zu dessen Annäherungsversuchen sie laut und ehrlich »ja« sagte.

Dann wurde Robert nach Dakar versetzt, und am Abend vor seiner Abreise fuhr Annie zu einem Abschiedsessen auf die andere Flußseite. Amerika wählte einen neuen Präsidenten, und mit wachsender Niedergeschlagenheit hörten sie aus dem knisternden Radio, daß Nixon einen Staat nach dem anderen gewann. Fast schien es, als wäre ein naher Verwandter von Robert gestorben, und Annie war sehr gerührt, als er ihr mit gequälter Stimme erzählte, was diese Wahl für sein Land und für den Krieg bedeutete, in dem viele seiner Freunde in Asien kämpften. Sie umarmte ihn, drückte ihn an sich und fühlte sich zum erstenmal nicht länger als Mädchen, sondern als Frau.

Erst als er fort war und sie andere Freiwillige vom Friedenskorps kennenlernte, begriff sie, was für ein ungewöhnlicher Mann er war. Seine Nachfolger waren zumeist Junkies oder Langweiler oder beides. Einer von ihnen hatte glasige, rot unterlaufene Augen, trug ein Stirnband und behauptete, seit einem Jahr high zu sein.

Sie traf Robert noch einmal im nächsten Juli, als sie über Dakar nach Hause flog. Hier sprachen die Einheimischen Wolof, und auch diese Sprache beherrschte er fließend. Er wohnte so nahe beim Flughafen, daß man nicht weiterreden konnte, wenn ein Flugzeug über das Haus flog. Um aus einer Not eine Tugend zu machen, hatte er sich ein riesiges Verzeichnis aller Flüge von und nach Dakar besorgt und es zwei Nächte lang studiert. Dann kannte er es auswendig. Sooft er danach ein Flugzeug hörte, sagte er den Namen der Fluggesellschaft, den Heimatflughafen, die Reiseroute und den Bestimmungsort auf. Annie lachte, und er schien ein wenig beleidigt. Sie flog in jener Nacht nach Hause, in der der erste Mensch den Mond betrat.

Sieben Jahre lang sahen sie sich nicht wieder. Annie schaffte ihr Studium in Oxford mit links, gründete eine radikale und unverschämt freche Studentenzeitung und schloß zum Entsetzen ihrer Freunde das Studium in Anglistik mit Auszeichnung ab, scheinbar ohne jemals einen Handschlag getan zu haben. Sie wurde Journalistin, weil sie sich das noch am besten vorstellen konnte, und arbeitete für eine Abendzeitung im Nordosten Englands. Ihre Mutter kam sie dort ein einziges Mal besuchen und fand die Landschaft und die mit einer Rußschicht bedeckte Bruchbude, in der ihre Tochter hauste, derart demprimierend, daß sie auf dem Rückweg nach London nicht aufhören konnte zu weinen. Annie selber hielt es ein Jahr aus, dann packte sie ihre Siebensachen, flog nach New York und staunte über sich selbst, wie sie sich mit einigen Bluffs einen Job bei *Rolling Stone* verschaffte.

Sie spezialisierte sich auf schräge, knallharte Porträts von Berühmtheiten, die eher Bewunderung gewohnt waren. Ihre Kritiker – und davon gab es viele – prophezeiten, daß ihr bald die Opfer ausgehen würden, aber sie sollten sich irren. Der Strom der Interviewpartner riß nicht ab. Es wurde zu einer Art Statusfrage, einmal von Annie Graves erledigt und hingerichtet worden zu sein.

Eines Tages rief Robert sie in ihrem Büro an, und einen Moment lang wußte sie mit seinem Namen nichts anzufangen. »Der Tubab, der dir für eine Nacht im Dschungel ein Bett besorgt hat?« half er ihrem Gedächtnis nach.

Sie trafen sich auf einen Drink, und er sah viel besser aus, als Annie ihn in Erinnerung hatte. Zu ihrem Erstaunen stellte sie fest, daß er jeden ihrer Artikel besser zu kennen schien als sie selbst. Inzwischen war er stellvertretender Staatsanwalt und unterstützte, soweit seine Arbeit dies zuließ, die Wahlkampagnen für Jimmy Carter. Er war Idealist und platzte vor Enthusiasmus, doch vor allem brachte er sie immer wieder zum Lachen. Außerdem war er sehr offen zu ihr und trug sein Haar kürzer als irgendein Mann, mit dem sie in den letzten fünf Jahren ausgegangen war.

Während Annies Garderobe vor schwarzen Ledersachen und Sicherheitsnadeln überquoll, fanden sich bei ihm ausschließlich dezente Hemden und Kordhosen. Wenn sie zusammen ausgingen, konnte man glauben, L. L. Bean hätte die Sex Pistols getroffen. Und ohne daß sie ein Wort darüber verloren, genossen sie beide den Nervenkitzel dieser unkonventionellen Mischung.

Im Bett, diesem so lang ausgeklammerten Bereich ihrer Beziehung, vor dem Annie, ehrlich gesagt, ein wenig zurückschreckte, erwies sich Robert erstaunlich frei von jenen Hemmungen, die Annie bei ihm erwartet hatte. Eigentlich war er sogar weit einfallsreicher als die meisten drogenschlaffen, coolen Typen, mit denen sie seit ihrer Ankunft in New York hin und wieder das Bett geteilt hatte. Als sie Wochen später eine entsprechende Bemerkung machte, überlegte Robert einen Augenblick, so wie er es früher stets getan hatte, ehe er eine Eintragung aus dem Flugverzeichnis von Dakar zum besten gab, und antwortete mit vollem Ernst, daß er schon immer der Ansicht gewesen sei, daß man den Sex ebenso wie das Gesetz mit angemessener Sorgfalt zu pflegen habe.

Sie heirateten im nächsten Frühjahr, und Grace, ihr einziges Kind, wurde drei Jahre später geboren.

Annie hatte sich nicht bloß aus Gewohnheit Arbeit für die Zugfahrt mitgenommen, sondern auch gehofft, sich damit ablenken zu können. Sie legte die Papiere hin, Fahnen eines längeren Artikels, von dem sie erwartete, daß er sich als wichtiger Bericht über die Befindlichkeit der Nation entpuppte und den sie gegen eine nicht gerade gering zu nennende Summe bei einem berühmten Schriftsteller in Auftrag gegeben hatte. Einer ihrer Starschreiber, wie Grace sagen würde. Annie hatte den ersten Abschnitt bereits dreimal gelesen.

Robert rief sie über ihr Funktelefon an. Er war im Krankenhaus. Graces Zustand war unverändert; noch immer war sie bewußtlos.

»Das heißt, sie liegt im Koma?« fragte Annie, und ihr Ton forderte ihn auf, offen und ohne Umschweife mit ihr zu reden.

»Das sagt hier zwar keiner, aber ich denke, ja, das ist es.«

»Und sonst?« Robert schwieg. »Jetzt red doch um Himmels willen!«

»Ihr Bein sieht ziemlich schlimm aus. Offenbar ist der Truck darübergefahren.« Annie zuckte zusammen und schnappte nach Luft. »Sie sehen es sich jetzt an. Hör zu, Annie, ich gehe lieber zurück. Ich hol dich am Zug ab.«

»Nein, tu das nicht. Bleib bei ihr. Ich nehme mir ein Taxi.«

»In Ordnung. Ich ruf dich wieder an, sobald ich etwas Neues weiß.« Er schwieg. »Sie wird's schon schaffen.«

»Ja, ich weiß.« Sie drückte einen Knopf am Telefon und legte es hin. Draußen huschten sonnenbeschienene Felder von makellosem Weiß vorüber. Annie durchwühlte ihre Tasche nach der Sonnenbrille, setzte sie auf und lehnte sich zurück.

Gleich mit Roberts erstem Anruf war ein Gefühl der Schuld in ihr aufgekommen. Sie hätte bei ihr sein sollen. Das hatte sie auch zu Don Farlow gesagt, sobald sie aufgelegt hatte. Er war sehr lieb gewesen, hatte einen Arm um sie gelegt und all die richtigen Dinge gesagt.

»Damit wäre niemandem geholfen gewesen, Annie. Du hättest es nicht verhindern können.«

»Doch, hätte ich wohl. Ich hätte ihr den Ausritt verbieten können. Was hat sich Robert nur dabei gedacht, sie an einem solchen Tag reiten gehen zu lassen?«

»Es ist ein wunderschöner Tag. Du hättest sie auch nicht zurückgehalten.«

Farlow hatte natürlich recht, aber das Schuldgefühl blieb, und sie wußte, daß es nicht darum ging, ob sie gestern abend besser mitgefahren wäre oder nicht. Sie sah die Spitze eines großen Eisberges der Schuld vor sich aufragen, der in den dreizehn Jahren seit der Geburt ihrer Tochter stetig angewachsen war.

Als Grace geboren wurde, hatte Annie sich sechs Wochen Urlaub genommen und jeden Augenblick dieser Tage genossen. Stimmt, eine Reihe der weniger liebenswerten Augenblicke hatte sie Elsa überlassen, ihrem jamaikanischen Kindermädchen, das bis auf den heutigen Tag die Stütze ihres häuslichen Lebens geblieben war.

Wie so viele ehrgeizige Frauen ihrer Generation hatte Annie sich fest vorgenommen, den Beweis für die Vereinbarkeit von Mutterschaft und Karriere zu führen. Doch während andere Medienfrauen diese Einstellung gerne publik machten, hatte Annie nie damit angegeben und so viele Anfragen nach einem Foto mit ihr und Grace abschlägig beschieden, daß die Frauenzeitschriften sie bald nicht länger danach fragten. Erst vor kurzem hatte Annie Grace dabei überrascht, wie sie sich in einer Zeitschrift einen Artikel über eine Topmoderatorin ansah, die stolz ihr Neugeborenes präsentierte.

»Warum haben wir das nie gemacht?« hatte Grace ohne aufzublicken gefragt. Annie hatte ein bißchen schroff geantwortet, daß sie so etwas unmoralisch finde, fast wie Reklame für ein neues Produkt. Und Grace hatte nachdenklich genickt, immer noch ohne sie anzuschauen. »Hm«, hatte sie nüchtern gesagt und weitergeblättert. »Wahrscheinlich hält man dich für jünger, wenn du so tust, als hättest du noch gar kein Kind.«

Diese Bemerkung und die Tatsache, daß sie ohne alle Böswilligkeit geäußert worden war, versetzten Annie einen derartigen Schock, daß sie einige Wochen lang kaum an etwas anderes als an ihre Beziehung – oder an ihre mangelnde Beziehung, wie sie jetzt fand – zu Grace denken konnte.

Das war nicht immer so gewesen. Bis vor vier Jahren, als Annie die erste Redakteursstelle angenommen hatte, war sie eigentlich sogar stolz darauf gewesen, daß sie und Grace sich näherstanden als die meisten Mütter und Töchter in ihrem Bekanntenkreis. Als gefeierte Journalistin, die berühmter war als viele der Leute, über die sie schrieb, hatte sie bis dahin über ihre Zeit völlig frei verfügen können. Wenn ihr danach war, konnte sie daheim arbeiten oder sich einen Tag frei nehmen. Wenn sie Reisen unternehmen mußte, nahm sie Grace meistens mit. Einmal hatten sie beide fast eine Woche lang in einem berühmten Pariser Nobelhotel darauf gewartet, daß eine primadonnenhafte Modeschöpferin Annie ein versprochenes Interview gewährte. Jeden Tag waren sie meilenweit herumspaziert, hatten einen Einkaufsbummel nach dem anderen gemacht, sich die Stadt angesehen und die Abende vor dem Fernseher verbracht, aneinandergekuschelt im vergoldeten Himmelbett wie zwei unartige Schwestern.

Das Leben als Chefredakteurin war völlig anders. Und bei all der Anstrengung und Begeisterung, ein spießiges, kaum gelesenes Blatt in die gefragteste Lektüre der Stadt zu verwandeln, wollte Annie sich anfangs einfach nicht eingestehen, welch hohen Preis sie dafür zu zahlen hatte. Sie und Grace verfügten nun über »Vorzugszeit«, wie Annie sich stolz ausdrückte. Doch schien ihr das Hauptmerkmal dieser Stunden nun vor allem in Zwängen zu bestehen.

Am Morgen verbrachten sie eine Stunde zusammen, in der sie Grace zwang, ihre Übungen am Klavier zu machen, und zwei Stunden am Abend, in denen sie Grace drängte, die Hausarbeiten zu erledigen. Bemerkungen, die von ihr als mütterliche Ratschläge gemeint waren, wurden unweigerlich als Kritik aufgefaßt.

Am Wochenende sah es etwas besser aus, und das Reiten half, ein dünnes Band der Zuneigung zwischen ihnen zu knüpfen. Annie ritt zwar selbst nicht mehr, hatte aber im Gegensatz zu Robert Verständnis für die seltsame Welt der Pferdenarren und Springreiter. Es machte ihr Spaß, Grace und das Pferd zu den Veranstaltungen zu fahren. Doch selbst zu ihren besten Zeiten stellte sich zwischen ihnen nie jenes Vertrauen ein, das Grace mit Robert verband.

In abertausend Kleinigkeiten wandte sich das Mädchen immer zuerst an den Vater. Und Annie hatte sich inzwischen damit abgefunden, daß sich die Geschichte in diesem Fall unerbittlich zu wiederholen schien. Sie war selbst der Liebling ihres Vaters gewesen, da ihre Mutter über die goldene Gloriole nicht hinaussehen konnte oder wollte, die ihrer Ansicht nach Annies Bruder umgab. Und Annie sah sich von mitleidlosen Genen getrieben, die gleiche Beziehungskonstellation mit Grace zu wiederholen.

In einer langen Kurve wurde der Zug langsamer und hielt in Hudson. Annie blieb reglos sitzen und sah hinaus auf den Bahnsteig mit seinen gußeisernen Säulen. Ein Mann stand genau dort, wo Robert gewöhnlich auf sie wartete. Er breitete die Arme aus und ging einer Frau mit zwei kleinen Kindern entgegen, die gerade aus dem Zug stiegen. Annie sah, wie er sie der Reihe nach umarmte und dann zum Parkplatz führte. Der Junge wollte unbedingt die schwerste Tasche selbst tragen, und der Mann lachte und ließ ihn gewähren. Annie wandte den Blick ab und war froh, als der Zug sich wieder in Bewegung setzte. In fünfundzwanzig Minuten würde sie in Albany sein.

In einiger Entfernung von der Straße nahmen sie Pilgrims Spuren auf. Zwischen den Hufabdrücken waren im Schnee Blutflecken zu sehen. Der Trapper hatte sie zuerst entdeckt, und er ging ihnen nach und führte Logan und Koopman zwischen den Bäumen hindurch zum Fluß.

Harry Logan kannte das Pferd, nach dem sie suchten, allerdings nicht so gut wie das, dessen zermalmter Kadaver gerade aus dem Wrack des Lastwagens befreit worden war. Gulliver gehörte zu jenen Pferden in Mrs. Dyers Gestüt, die von ihm betreut wurden; die Macleans waren jedoch mit einer anderen Tierärztin befreundet und hatten sich immer an sie gewandt. Logan hatte einige Male den auffällig schönen Morgan vor dem Stall gesehen. Nach dem Blutverlust zu urteilen, mußte das Pferd ziemlich schwer verletzt sein. Logan war immer noch ziemlich mitgenommen von dem Anblick, der sich ihm geboten hatte, und er wünschte sich, er hätte früher an Ort und Stelle sein können, um Gulliver von seiner Qual zu erlösen. Aber dann hätte er vielleicht auch den Abtransport von Judiths Leichnam mit ansehen müssen, und das wäre ziemlich schlimm geworden. Sie war so ein nettes Mädchen. Es machte ihm schon zu schaffen, daß er das Mädchen der Macleans gesehen hatte, dabei kannte er die Kleine kaum.

Das Rauschen wurde lauter, und dann konnte er den Fluß zwischen den Bäumen sehen. Der Trapper blieb stehen und wartete auf sie. Logan stolperte über einen trockenen Ast und wäre beinahe hingefallen; der Trapper betrachtete ihn mit kaum verhohlener Verachtung. Kleiner Machoarsch, dachte Logan. Wie alle Trapper hatte ihm auch dieser Kerl schon auf den ersten Blick nicht gefallen. Hätte er ihm doch bloß geraten, das verdammte Gewehr im Wagen liegenzulassen.

Die Strömung war stark, das Wasser schoß gegen die Felsen und umschäumte eine Silberbirke, die von der Böschung herabgestürzt war. Die drei Männer sahen auf die Stelle, wo die Spur im Wasser verschwand.

»Hat bestimmt versucht, auf die andere Seite zu kommen«, meinte Koopman hilfsbereit. Aber der Trapper schüttelte den Kopf. Das gegenüberliegende Ufer war steil, und es führten keine Spuren hinauf.

Sie schwiegen und folgten dem Uferlauf. Dann blieb der Trapper stehen und hob warnend die Hand.

»Da«, sagte er mit leiser Stimme und wies mit dem Kopf voraus.

Sie standen etwa zwanzig Schritte von der alten Eisenbahnbrücke entfernt. Logan schirmte seine Augen gegen das Sonnenlicht ab und starrte angestrengt nach vorn. Er konnte nichts erkennen. Dann war da eine Bewegung unter der Brücke, und schließlich sah er das Pferd. Es stand auf der anderen Seite im Schatten und blickte sie direkt an. Das Gesicht war feucht, und aus seiner Brust tropfte es dunkel ins Wasser. Unterhalb des Nackenansatzes schien irgend etwas an ihm zu kleben, aber auf diese Entfernung konnte Logan nicht erkennen, was es war. Hin und wieder riß das Tier den Kopf nach unten oder zur Seite und blies blutroten Schaum in langen Fäden aus, die rasch flußabwärts getragen wurden und sich dann auflösten. Der Trapper nahm die Gewehrtasche von der Schulter und zog den Reißverschluß auf.

»Tut mir leid, Kumpel, aber der hat Schonzeit«, sagte Logan so beiläufig wie nur möglich und drängte sich an ihm vorbei. Der Trapper sah nicht einmal auf, zog einfach nur das Gewehr hervor, eine elegante, deutsche Repetierbüchse Kaliber .308 mit einem Teleskop so dick wie eine Flasche. Koopman betrachtete sie mit bewundernden Blicken. Der Trapper nahm einige Kugeln aus einer Tasche und begann gelassen, das Gewehr zu laden.

»Das Vieh verblutet«, sagte er.

»Ach nee?« sagte Logan. »Sind Sie auch Tierarzt?«

Der Kerl stieß ein kurzes, höhnisches Lachen aus. Er ließ eine Kugel in die Kammer gleiten und lehnte sich mit dem aufreizenden Gehabe eines Mannes zurück, der weiß, daß er am Ende recht behalten wird. Logan hätte ihn am liebsten erwürgt. Er drehte sich wieder zum Tier um und ging einige Schritte näher heran. Sofort scheute das Pferd und stand jetzt im Sonnenlicht am anderen Ende der Brücke. Nun konnte Logan erkennen, daß ein rosiger Hautlappen von einer fürchterlichen, etwa einen halben Meter langen und wie ein L geformten Wunde herabhing. Blut schoß aus dem offenen Fleisch und lief über die Brust ins Wasser. Logan sah jetzt auch, daß der Kopf des Pferdes feucht von Blut war. Und selbst aus dieser Entfernung war nicht zu übersehen, daß das Nasenbein des Pferdes eingedrückt war.

Logan schlug der Anblick auf den Magen. So ein verteufelt schönes Pferd. Er haßte die Vorstellung, es einschläfern zu müssen. Aber selbst wenn er nahe genug herankam, um die Blutung stillen zu können, würde das Pferd wahrscheinlich an seinen Verletzungen eingehen. Er ging noch einige Schritte näher heran, und Pilgrim wich wieder zurück, warf den Kopf herum und musterte den Fluchtweg stromaufwärts. Hinter ihm ertönte ein metallisches Klicken; der Trapper hatte den Abzugshahn an seinem Gewehr gespannt. Logan drehte sich zu ihm um.

»Nehmen Sie das verdammte Ding weg!«

Der Trapper gab keine Antwort, warf Koopman aber einen vielsagenden Blick zu. Logan lag daran, eine sich anbahnende Vertraulichkeit im Keim zu ersticken. Er stellte seine Tasche ab, hockte sich hin, entnahm ihr einige Dinge und redete dabei mit Koopman.

»Ich will versuchen, an ihn ranzukommen. Könnten Sie einen Bogen zum anderen Ende der Brücke schlagen und ihm da den Weg versperren?«

»Ja, Sir.«

»Am besten besorgen Sie sich einen Ast oder so was und wedeln damit herum, wenn er in Ihre Richtung fliehen will. Kann sein, daß Sie nasse Füße kriegen.«

»Ja, Sir.« Er verschwand bereits wieder zwischen den Bäumen.

Logan rief ihm nach: »Rufen Sie, wenn Sie soweit sind. Und kommen Sie ihm nicht zu nah.«

Logan zog eine Spritze mit einem Beruhigungsmittel auf und stopfte sich ein paar Sachen, die er vielleicht gebrauchen konnte, in die Taschen seines Parkas. Er spürte, wie ihn der Trapper beobachtete, achtete jedoch nicht weiter auf ihn und stand auf. Pilgrim hielt den Kopf gesenkt, beobachtete aber jede Bewegung. Sie warteten, umgeben vom Tosen des Wassers. Dann hörten sie Koopman rufen, und als das Pferd sich zu ihm umdrehte, stieg Logan vorsichtig in den Fluß und verbarg die Spritze in seiner Hand so gut es ging.

Vereinzelte, von Schnee freigewaschene Felsbrocken ragten aus dem reißenden Strom, und Logan sprang von einem Stein zum nächsten. Pilgrim drehte sich wieder um und sah ihn herankommen. Er wurde unruhig, wußte nicht, wohin er flüchten sollte, hieb mit den Hufen auf das Wasser und schnaubte eine blutige Schaumfahne aus. Logan hatte den letzten Trittstein erreicht und wußte, daß er es nicht länger vermeiden konnte, naß zu werden. Er tastete sich mit einem Bein in den Fluß vor und spürte, wie die eisige Flut über seinen Stiefelrand spülte. Das Wasser war so kalt, daß Logan vor Schreck nach Luft schnappte.

Jetzt sah er Koopman in der Flußbiegung hinter der Brücke. Wie er selbst stand er bis zu den Knien im Wasser, und in einer Hand hielt er einen großen Birkenzweig. Das Pferd blickte von einem zum anderen. Logan konnte die Angst in den Augen des Tieres erkennen, aber da war noch etwas zu sehen, und das machte ihm ein wenig Angst. Mit leiser, sanfter Stimme redete er auf das Pferd ein.

»Ruhig, Kumpel. Ist alles okay.«

Es waren noch etwa zehn Meter bis zum Pferd, und Logan fragte sich, wie er vorgehen sollte. Wenn er den Zügel zu fassen bekam, konnte er Pilgrim die Spritze vielleicht in den Hals geben. Und für den Fall, daß etwas schiefging, hatte er mehr Sedativum aufgezogen, als nötig war. Konnte er die Spritze an einer Halsader ansetzen, brauchte er weniger, als wenn er in einen Muskel spritzen mußte. Er mußte nur darauf achten, daß das Tier nicht zuviel abbekam. Ein Pferd in einer derart schlechten Verfassung durfte auf keinen Fall das Bewußtsein verlieren. Er würde versuchen müssen, gerade so viel zu spritzen, daß das Pferd sich beruhigte und aus dem Fluß an einen sicheren Ort gebracht werden konnte.

Jetzt trennten ihn nur noch wenige Meter von Pilgrim, und Logan konnte die Brustwunde ein wenig genauer in Augenschein nehmen. Sie sah schlimmer aus, als er vermutet hatte, und er wußte, daß ihm nicht mehr viel Zeit blieb. Der Blutfluß verriet ihm, daß das Pferd ungefähr vier Liter Blut verloren haben mußte.

»Ruhig, Kumpel. Ich tu dir ja nichts.«

Pilgrim schnaubte, wich zurück, ging einige Schritte auf Koopman zu und stolperte, so daß Wasser aufspritzte und die Sonne sich in allen Regenbogenfarben darin brach.

»Schwenken Sie den Ast!« schrie Logan.

Koopman gehorchte, und Pilgrim blieb stehen. Logan nutzte die Aufregung, um sich näher an ihn heranzupirschen, trat dabei aber in ein Loch und wurde bis zum Schritt hinauf naß. Gütiger Himmel, war das kalt. Das Pferd sah ihn mit weißumränderten Augen an und hielt wieder auf Koopman zu.

»Noch einmal!«

Der Ast verschreckte Pilgrim, und Logan sprang vor und griff zu. Er bekam die Zügel zu fassen, wand sie sich ums Handgelenk und spürte, wie das Pferd alle Muskeln anspannte und sich zu ihm hindrehte. Logan versuchte, sich ihm an die Schulter zu stellen, um einen möglichst großen Abstand zu den Hinterhufen zu wahren, die bereits nach ihm ausschlugen, faßte rasch hoch und stach dem Pferd die Nadel in den Hals. Kaum spürte Pilgrim die Nadel, explodierte er. Er bäumte sich auf, schrie vor Entsetzen, und Logan blieb nur noch der Bruchteil einer Sekunde. Doch im selben Augenblick stieß ihn das Pferd mit solcher Wucht in die Seite, daß Logan die Balance verlor. Unwillkürlich spritzte er Pilgrim das ganze Beruhigungsmittel in den Hals.

Jetzt wußte das Pferd, von welchem der beiden Männer die größte Gefahr ausging. Mit einem Satz sprang es auf Koopman zu. Da Logan die Zügel noch um die linke Hand gewickelt hielt, wurde er von den Füßen gerissen und kopfüber ins Wasser geschleudert. Das eisige Naß drang durch seine Kleider, als er durch den Fluß gezogen wurde. Außer Gischt konnte er nichts sehen. Die Zügel schnitten ihm ins Fleisch, und seine Schulter prallte gegen einen Felsen. Er schrie vor Schmerz. Dann bekam er seine Hand frei, hob den Kopf und holte tief Luft. Er sah, wie Koopman aus dem Weg hechtete und das Pferd an ihm vorbeispritzte und sich die Böschung hinaufkämpfte. Die Spritze hing noch immer an seinem Hals. Logan stand auf und sah dem Pferd nach, wie es zwischen den Bäumen verschwand.

»Scheiße«, sagte er.

»Alles in Ordnung?« fragte Koopman.

Logan nickte bloß und begann, seinen Parka auszuwringen. Irgend etwas auf der Brücke erregte seine Aufmerksamkeit, und als er aufblickte, sah er den Trapper, wie er sich über die Brüstung beugte. Er hatte zugesehen und grinste nun von einem Ohr zum anderen.

»Warum, zum Teufel, verschwinden Sie nicht einfach«, sagte Logan.

Sie entdeckte Robert, sobald sie durch die Schwingtür trat. Am Ende des Flurs gab es einen Aufenthaltsbereich mit blaßgrauen Sofas und einem niedrigen Tisch. Robert stand umflutet von Sonnenlicht an einem hohen Fenster und blickte nach draußen. Beim Klang ihrer Schritte drehte er sich um und mußte die Augen zusammenkneifen, um in der Dunkelheit des Flurs etwas erkennen zu können. Annie fand es rührend, wie verletzlich er in diesem kurzen Augenblick wirkte, ehe er sie erkannte, das Gesicht halb von der Sonne erleuchtet, die Haut so blaß, daß sie fast durchsichtig schien. Jetzt hatte er sie gesehen und kam mit schmalem, grimmigem Lächeln auf sie zu. Sie umarmten sich und blieben eine Weile wortlos stehen.

»Wo ist sie?« fragte Annie schließlich.

Er faßte sie an den Armen und hielt sie ein wenig von sich ab, damit er sie anschauen konnte.

»Man hat sie nach unten gebracht. Sie wird gerade operiert.« Er sah ihr Stirnrunzeln und redete schnell weiter, ehe sie etwas sagen konnte. »Es wird alles wieder gut. Sie ist noch ohne Bewußtsein, aber man hat alle möglichen Untersuchungen gemacht, und es sieht nicht so aus, als ob ihr Hirn etwas abbekommen hat.«

Er hielt inne und schluckte. Annie wartete, beobachtete sein Gesicht. Er strengte sich so sehr an, seine Stimme unter Kontrolle zu halten, daß das einfach noch nicht alles sein konnte.

»Und weiter?«

Er brachte es nicht fertig. Er begann zu weinen. Ließ einfach den Kopf hängen und stand da mit zuckenden Schultern. Er hielt Annie immer noch fest, und sie machte sich sanft von ihm los, um nun ihn in den Arm zu nehmen.

»Weiter. Erzähl's mir.«

Er holte tief Luft, warf den Kopf in den Nacken und blickte zur Decke hinauf, ehe er Annie wieder in die Augen sehen konnte. Er setzte an, brach wieder ab und stieß dann hervor:

»Sie nehmen ihr das Bein ab.«

Später sollte sich Annie über ihre Reaktion an diesem Nachmittag zugleich wundern und schämen. Sie hatte sich in Augenblicken der Krise nie für besonders unerschütterlich gehalten, außer wenn es sich um ihre Arbeit handelte; dort genoß sie diese Momente sichtlich. Normalerweise fiel es ihr auch nicht schwer, Gefühle zu zeigen. Vielleicht lag es einfach daran, daß Robert ihr die Entscheidung abnahm, als er zusammenbrach. Er weinte, also weinte sie nicht. Irgend jemand mußte die Kontrolle behalten, oder sie würden alle den Boden unter den Füßen verlieren.

Annie zweifelte allerdings nicht daran, daß es ebensogut auch hätte anders kommen können. So aber durchfuhr sie die Mitteilung, was man ihrer Tochter in diesem Gebäude in eben diesem Augenblick antat, wie ein eisiger Dolch. Außer dem rasch unterdrückten Drang, aufschreien zu wollen, kam ihr nur eine Reihe von Fragen in den Sinn, die so vernünftig und praktisch waren, daß sie beinahe herzlos wirkten.

»Bis wohin?«

Er runzelte verwirrt die Stirn. »Was?«

»Ihr Bein. Bis wohin wird es abgenommen?«

»Von oberhalb …« Er verstummte, mußte sich zusammenreißen. Die Details schienen so entsetzlich. »Oberhalb des Knies.«

»Welches Bein?«

»Das rechte.«

»Wie hoch über dem Knie?«

»Verdammt, Annie! Was, zum Teufel, macht das schon?«

Er wich zurück, befreite sich von ihr und wischte sich mit dem Handrücken über das nasse Gesicht.

»Ich denke doch, daß das nicht ganz unwichtig ist.« Sie war über sich selbst erstaunt. Er hatte recht, natürlich war das im Augenblick unwichtig. Es war höchstens von akademischem Interesse, sogar ein bißchen makaber, aber sie konnte jetzt nicht aufhören. »Direkt über dem Knie oder verliert sie auch den Oberschenkel?«

»Direkt über dem Knie. Die genauen Maße kann ich dir nicht sagen, aber warum gehst du nicht nach unten? Es hat bestimmt niemand was dagegen, wenn du zusehen willst.«

Er drehte sich zum Fenster um, und Annie sah, wie er ein Taschentuch hervorzog, Rotz und Tränen abwischte und sich darüber ärgerte, daß er geweint hatte. Hinter ihr im Flur waren Schritte zu hören.

»Mrs. Maclean?«

Annie sah sich um. Eine junge, ganz in Weiß gekleidete Schwester warf einen raschen Blick auf Robert und entschied, sich an Annie zu wenden.

»Ein Anruf für Sie.«

Die Schwester ging mit kleinen, raschen Schritten voran, ihre weißen Schuhe machten auf den glänzenden Fliesen kein Geräusch, so daß sie über den Flur zu schweben schien. Sie zeigte Annie das Telefon und stellte den Anruf vom Büro durch.

Es war Joan Dyer vom Gestüt. Sie entschuldigte sich für die Störung und fragte besorgt nach Grace. Annie sagte, sie liege noch im Koma. Über das Bein verlor sie kein Wort. Mrs. Dyer redete nicht lange um den heißen Brei herum. Der Grund ihres Anrufs war Pilgrim. Man hatte ihn aufgespürt, und Harry Logan hatte sie angerufen und gefragt, was er tun solle.

»Wieso? Was meinen Sie?« fragte Annie.

»Das Pferd sieht ziemlich schlimm aus. Knochenbrüche, tiefe Fleischwunden, außerdem hat es eine Menge Blut verloren. Selbst wenn Pilgrim überlebt und alles getan wird, um ihn zu retten, wird er nie wieder so sein wie vorher.«

»Wo ist Liz? Kann sie nicht runterkommen?«

Liz Hammond war Pilgrims Tierärztin und eine Freundin der Familie. Sie hatte sie im letzten Sommer auch nach Kentucky begleitet, um sich Pilgrim vor dem Kauf mit ihnen anzusehen, und war von dem Pferd genauso begeistert wie sie alle.

»Sie ist auf irgendeiner Konferenz«, sagte Mrs. Dyer, »und kommt erst am nächsten Wochenende zurück.«

»Will Logan das Pferd töten?«

»Ja. Tut mir leid, Annie. Pilgrim steht unter Beruhigungsmitteln, und Harry meint, daß er wahrscheinlich nicht durchkommt. Er hätte gern Ihre Einwilligung.«

»Um ihn zu erschießen, wollen Sie sagen.« Sie merkte, daß sie es schon wieder tat, daß sie auf unwichtigen Details beharrte, wie sie es gerade bei Robert getan hatte. Was, zum Teufel, machte es schon aus, wie das Pferd getötet wurde?

»Eine Spritze, denke ich.«

»Und wenn ich nein sage?«

Am anderen Ende war es still.

»Na ja, ich schätze, dann wird er Pilgrim irgendwo hinbringen müssen, wo man ihn operieren kann. Vielleicht nach Cornell.« Joan Dyer schwieg erneut. »Aber von allem anderen einmal ganz abgesehen, Annie, würde das letztlich weit mehr kosten, als die Versicherung abdeckt.«

Es war die Erwähnung von Geld, die die Frage für Annie entschied, denn der Gedanke mußte erst noch reifen, daß es eine Verbindung zwischen dem Leben dieses Pferdes und dem Leben ihrer Tochter geben mochte.

»Ist mir scheißegal, wie teuer es wird«, fauchte sie, und sie konnte beinahe spüren, wie die ältere Frau am anderen Ende zusammenzuckte. »Sagen Sie Logan, wenn er das Pferd umbringt, hat er einen Prozeß am Hals.«

Sie legte auf.

»Weiter. So ist's gut. Komm schon.«

Koopman ging rückwärts den Abhang hinunter und gab dem Fahrer mit beiden Armen Zeichen. Der Truck folgte ihm langsam unter die Bäume, und die Ketten an der Winde baumelten und schleppten beim Anfahren. Es war der Laster, mit dem die Fabrikarbeiter ihre neuen Turbinen hatten abladen wollen, aber Koopman hatte ihn mitsamt den Arbeitern für diese neue Aufgabe beschlagnahmt. Dicht auf folgte ein Tieflader mit einem großen Lastwagen im Schlepp. Koopman sah sich nach Logan und der kleinen Schar von Hilfswilligen um, die neben dem Pferd auf dem Boden knieten.

Pilgrim lag auf der Seite in einer riesigen Blutlache, die sich im Schnee bis unter die Knie jener Leute ausbreitete, die ihn zu retten versuchten. Bis hierher war er gekommen, als das Beruhigungsmittel zu wirken begann. Seine Vorderbeine waren eingesackt, und er war in die Knie gegangen. Einen Augenblick hatte er noch versucht, dagegen anzukämpfen, doch als Logan und Koopman bei ihm eintrafen, war er bereits außer Gefecht gesetzt.

Logan hatte Koopman gebeten, über sein Mobiltelefon Joan Dyer anzurufen. Er war froh, daß der Trapper nicht in der Nähe war und mit anhörte, wie er sie bat, die Erlaubnis der Besitzer einzuholen, das Pferd zu erschießen. Dann hatte er Koopman losgeschickt, Hilfe zu holen, hatte sich dann neben das Pferd gekniet und versucht, die Blutung zu stillen. Er griff tief in die dampfende Brustwunde, fuhr mit der Hand durch Schichten zerrissenen Gewebes und steckte bald bis zum Ellbogen in Blut. Er suchte nach der Ursache der Blutung und fand eine geplatzte Arterie, die zum Glück ziemlich klein war. Er spürte, wie ihm heißes Blut in die Hand spritzte und erinnerte sich an die Klemmen, die er sich in die Tasche gesteckt hatte. Er tastete mit der anderen Hand danach, setzte eine Klemme an, und das Blut hörte auf zu spritzen. Aber noch lief es rot aus hundert zerrissenen Venen, also riß sich Logan den nassen Parka vom Leib, leerte die Taschen aus und wrang mit aller Kraft Wasser und Blut aus dem Mantel. Dann rollte er ihn zusammen und stopfte ihn so behutsam wie möglich in die Wunde. Er fluchte laut. Transfusionen waren das, was er jetzt am dringendsten brauchte. Der Plastikbeutel mit Plasmaexpander war in seiner Tasche unten am Fluß. Er stand auf. Halb rannte er, halb taumelte er den Weg zurück, um den Beutel zu holen.

Als er zurückkam, waren die Rettungssanitäter da und deckten Pilgrim mit einer Plane zu. Einer von ihnen hielt ein Mobiltelefon in der Hand.

»Mrs. Dyer möchte Sie sprechen«, sagte er.

»Herrgott noch mal, ich kann jetzt nicht mir ihr reden«, sagte Logan. Er hing Pilgrim den Fünf-Liter-Beutel mit Plasmaexpander um den Hals und gab ihm eine Spritze Steroide gegen den Schock. Der Atem ging flach und unregelmäßig, außerdem kühlten die Gliedmaßen rasch aus, und Logan schrie, sie sollten dem Pferd noch mehr Decken um die Beine wickeln, sobald sie die Wunden verbunden und die Blutung gestoppt hatten.

Ein Sanitäter der Rettungsmannschaft brachte ihm grüne Stoffbahnen aus dem Krankenwagen, und Logan zog behutsam seinen blutgetränkten Parka aus der Brustwunde und stopfte statt dessen den Stoff hinein. Außer Atem ging er in die Hocke und begann, eine Spritze mit Penicillin aufzuziehen. Sein Hemd hatte sich dunkelrot verfärbt, es war triefnaß, und Blut tropfte ihm über die Ellbogen, als er die Spritze hochhielt, um die Luftblasen auszuspritzen.

»Das hier ist völlig verrückt«, murmelte er.

Er spritzte Penicillin in Pilgrims Hals. Das Pferd war so gut wie tot. Die Brustwunde allein würde ausreichen, um ihn verenden zu lassen, aber das war noch längst nicht alles. Das Nasenbein war grausam eingedrückt, zweifellos waren einige Rippen gebrochen, über dem linken Sprungbein verlief ein häßlicher Riß und weiß Gott, wie viele kleine Schnittwunden und Prellungen das Tier hatte. An der Art, wie das Pferd den Abhang hinaufgelaufen war, hatte Logan auch erkennen können, daß es auf dem rechten Vorderbein lahmte. Das beste wäre, das arme Tier einfach von seiner Qual zu erlösen. Aber mittlerweile wollte er verdammt sein, wenn er diesem kleinen schießwütigen Dreckskerl von einem Trapper die Befriedigung gönnte, von Anfang an recht gehabt zu haben. Wenn das Pferd von selbst starb, nun gut, dann sollte es wohl so sein.

Koopman hatte jetzt den Fabriklaster und den Tieflader zu ihnen dirigiert, und Logan sah, daß sie irgendwo eine Leinentragschlinge aufgetrieben hatten. Der Sanitäter hielt ihm immer noch das Telefon hin, und Logan nahm den Apparat entgegen.

»Ja?« sagte er, hörte zu und wies stumm die Rettungsmannschaft an, wie sie die Schlinge anzubringen hatten. Als ihm die arme Mrs. Dyer mit möglichst schonenden Worten Annies Nachricht übermittelte, lächelte er nur und schüttelte den Kopf.

»Prima«, sagte er. »Wie nett von ihr.«

Er gab das Telefon zurück und half, die beiden Schlingengurte unter Pilgrims Brust hindurchzuziehen, die kaum mehr als ein roter Brei war. Die Männer standen auf, und Logan fand, daß sie mit ihren roten Knien komisch aussahen. Irgend jemand reichte ihm eine trockene Jacke, und zum erstenmal, seit er in den Fluß gefallen war, spürte er, wie kalt ihm war.

Koopman und der Fahrer hängten die Enden der Schlinge in die Ketten der Winde und traten zurück, als Pilgrim langsam in die Luft gehoben und wie ein Kadaver auf den Tieflader gehievt wurde. Logan kletterte mit zwei Sanitätern auf den Anhänger und schob die Beine zurecht, damit das Pferd schließlich wieder wie zuvor auf der Seite lag. Dann reichte Koopman Logan die Tasche, während die Sanitäter das Pferd zudeckten.

Logan gab dem Pferd noch eine Spritze mit Steroiden und schloß einen weiteren Beutel mit Plasmaexpander an. Er fühlte sich plötzlich sehr müde. Er konnte sich ausrechnen, daß das Pferd keine guten Chancen besaß, bei der Ankunft in der Klinik noch am Leben zu sein.

»Wir rufen an«, sagte Koopman, »damit die Klinik weiß, wann Sie ungefähr eintreffen.«

»Danke.«

»Alles soweit klar?«

»Ja, ich denk schon.«

Koopman schlug mit der flachen Hand gegen die Seitenwand des großen Lastwagens, den man an den Tieflader angehängt hatte, und rief dem Fahrer zu, er solle sich in Bewegung setzen. Langsam schob sich das Gefährt den Abhang wieder hinauf.

»Viel Glück«, rief Koopman ihnen noch nach, aber Logan schien ihn nicht mehr zu hören. Der junge Deputy wirkte ein wenig enttäuscht. Es war alles vorbei, und jeder ging wieder nach Hause. Hinter sich hörte er das Geräusch eines Reißverschlusses, und er drehte sich um. Der Trapper steckte sein Gewehr zurück in die Gewehrtasche.

»Danke für Ihre Hilfe«, sagte Koopman. Der Trapper nickte, warf sich die Tasche auf den Rücken und ging davon.

Erschrocken fuhr Robert aus dem Schlaf auf und glaubte einen Moment lang, in seinem Büro zu sein. Der Computer spielte verrückt, grüne Linien tanzten über den Bildschirm, jagten einander über zerklüftete Gipfelketten. O nein, dachte er, ein Virus wütet durch meine Aufzeichnungen über den Fall des Dunford Sicherheitsdienstes. Dann sah er das Bett und die Decke, ein akkurat gefaltetes Zelt über dem, was vom Bein seiner Tochter übriggeblieben war, und er wußte wieder, wo er war.

Er sah auf seine Uhr. Es war kurz vor fünf Uhr früh. Das Zimmer war dunkel bis auf einen Kokon aus sanftem Licht, in den die Gelenklampe am Bett Graces Kopf und ihre nackten Schultern hüllte. Ihre Augen waren geschlossen, und ihr Gesicht sah so friedlich und gelassen aus, als würden sie all die Plastikschläuche nicht stören, die sich in ihren Körper drängten. Ein Respiratorschlauch steckte in ihrem Mund, ein zweiter Schlauch, durch den sie ernährt werden konnte, verschwand in ihrer Nase und endete im Magen. Weitere Schläuche baumelten von Flaschen und Plastikbeuteln herab, die über ihrem Bett hingen, und vereinten sich an ihrem Hals zu einem wirren Knäuel, als stritten sie sich untereinander darum, wer als erster an den Dreiwegehahn angeschlossen wurde, den man ihr in die Jugularvene gelegt hatte. Der Hahn wurde von einem fleischfarbenen Pflaster verdeckt, ebenso die Elektroden auf Stirn und Brust und das Loch, das man ihr über der linken Brust in den Körper geschnitten hatte, um ein kleines Glasfaserröhrchen ins Herz zu führen.

Ohne Reithelm, sagten die Ärzte, hätte das Mädchen tot sein können. Als der Kopf auf der Straße aufschlug, war der Helm und nicht der Schädel gebrochen. Bei einer zweiten Untersuchung hatte man allerdings eine kleine Blutung im Hirn festgestellt, so daß man ein winziges Loch in ihren Schädel gebohrt und etwas eingeführt hatte, was nun den Druck im Kopf maß. Der Respirator, hieß es, würde die Schwellung im Hirn abklingen lassen. Sein rhythmisches Zischen klang wie der Wellenschlag eines mechanischen Meeres auf einem Kieselstrand und hatte Robert in den Schlaf gelullt. Er hatte Graces Hand gehalten, und sie lag immer noch da, die Innenfläche nach oben, als sie ihm unabsichtlich entglitten war. Er umschloß sie jetzt wieder mit seinen beiden Händen und fühlte die so trügerisch beruhigende Wärme ihrer Haut.

Er beugte sich vor und drückte sanft ein Pflaster an, das sich von einer Kanüle an ihrem Arm gelöst hatte. Sein Blick wanderte zu der Batterie von Geräten. Robert hatte darauf bestanden, ihre genaue Funktion erklärt zu bekommen. Und so konnte er, ohne sich zu bewegen, eine systematische Überprüfung durchführen. Er kontrollierte jeden Bildschirm, die Katheter und die Infusionen, um sicherzugehen, daß sich während seines Schlafs nichts verändert hatte. Er wußte, daß sämtliche Geräte von Computern gesteuert und in der einige Schritte entfernten Überwachungsstation ein Alarm ausgelöst wurde, wenn irgend etwas nicht stimmte, aber er mußte es mit eigenen Augen sehen. Er hielt immer noch Graces Hand, als er sich schließlich zufrieden zurücklehnte. Annie schlief am anderen Flurende in einem kleinen Zimmer, das man ihr zur Verfügung gestellt hatte. Sie hatte ihn zwar gebeten, sie um Mitternacht zu wekken, damit sie die zweite Hälfte der Nachtwache übernehmen konnte, aber da er selbst eingenickt war, beschloß Robert, sie schlafen zu lassen.

Er starrte Graces Gesicht an und dachte, daß es inmitten dieser brutalen Geräte wie das Gesicht eines Kindes wirkte, das erst halb so alt war wie Grace. Sie war immer so gesund gewesen. Von einer Schnittwunde am Knie einmal abgesehen, die nach einem Fahrradunfall vernäht werden mußte, war sie seit ihrer Geburt nicht mehr im Krankenhaus gewesen. Damals hatte sie allerdings auch soviel Theater gemacht, daß es für ein paar Jahre gereicht hatte.

Sie war mit einem Kaiserschnitt zur Welt gekommen. Nach zwölf Stunden Wehen hatte man Annie eine Rückenmarksanästhesie gesetzt, und da eine Weile nichts zu passieren schien, war Robert in die Cafeteria gegangen, um sich ein Sandwich und eine Tasse Kaffee zu holen. Als er eine halbe Stunde später auf die Station zurückkehrte, war die Hölle los. Es sah aus wie auf dem Deck eines Kriegsschiffes, überall rannte Krankenhauspersonal in grünen Kitteln herum, schob man Geräte hin und her und schrie Anweisungen. Während seiner Abwesenheit, erklärte man ihm, hatte der Kardiograph angezeigt, daß das Baby in Schwierigkeiten steckte. Wie ein Held aus einem Kriegsfilm der vierziger Jahre war der Gynäkologe in den Saal gestürmt und hatte seinen Truppen erklärt, daß er jetzt in die »Offensive« gehen würde.

Robert hatte immer angenommen, daß ein Kaiserschnitt eine friedvolle Angelegenheit sei. Kein Keuchen, Pressen und Schreien, nur ein einfacher Schnitt entlang einer vorgezeichneten Linie, und dann wurde das Baby mühelos herausgehoben. Deshalb war er überhaupt nicht auf den Ringkampf vorbereitet, der nun stattfand. Die Schlacht hatte bereits begonnen, als er in den Kreißsaal vorgelassen wurde und sich mit weit aufgerissenen Augen in eine Ecke stellte. Annie war jetzt vollständig betäubt, und Robert sah, wie diese fremden Männer in sie hineingriffen, die Arme bis zu den Ellbogen in Blut getaucht. Dann dehnten sie das Loch mit Metallhaken und grunzten und rissen und zupften, bis der eine, der Kriegsheld, es plötzlich in den Händen hielt und die anderen verstummten und zusahen, wie er dieses kleine, mit marmorweißer Käseschmiere bedeckte Etwas aus Annies klaffendem Bauch hob.

Er hielt sich auch noch für einen Komiker, dieser Mann, und meinte beiläufig zu Robert gewandt: »Vielleicht klappt's beim nächstenmal besser. Es ist ein Mädchen.« Robert hätte ihn umbringen können. Doch nachdem man das Kleine rasch gewaschen und nachgesehen hatte, ob es die richtige Anzahl Finger und Zehen besaß, reichte man ihm das in eine weiße Decke gewickelte Kind, und Robert vergaß seine Wut und hielt die Kleine in den Armen. Dann legte er sie auf Annies Kissen, damit Grace das erste war, was Annie beim Aufwachen sah.

Vielleicht klappt's beim nächstenmal besser. Es sollte kein nächstes Mal geben. Sie hatten sich beide noch ein Kind gewünscht, aber Annie erlitt vier Fehlgeburten, und die letzte verlief ziemlich gefährlich, da die Schwangerschaft schon weit fortgeschritten war. Man gab ihnen zu verstehen, daß es unklug wäre, es noch einmal zu probieren, aber das hätte man ihnen nicht mehr sagen müssen. Denn mit jedem Verlust vervielfachte sich der Schmerz, und letzten Endes sahen sich beide nicht mehr in der Lage, noch einmal all das durchzumachen. Nach der letzten Fehlgeburt vor vier Jahren wollte Annie sich sterilisieren lassen. Er ahnte, daß sie sich damit bestrafen wollte, und hatte sie gebeten, es nicht zu tun. Schließlich hatte Annie widerwillig nachgegeben, sich statt dessen eine Spirale einsetzen lassen und mit grimmigem Humor gemeint, daß die ja mit etwas Glück denselben Effekt haben könnte.

Genau zu dieser Zeit wurde Annie ihr erster Redakteursposten angeboten, den sie dann, zu Roberts großem Erstaunen, auch annahm. Als er sah, wie aggressiv sie diese neue Aufgabe anging, begriff er, daß sie so ihre Wut und Enttäuschung kanalisierte und daß sie die Stelle angenommen hatte, um sich damit entweder abzulenken oder aber um sich zu bestrafen. Vielleicht sogar beides. Und so war er kein bißchen überrascht, als sie ihre Arbeit mit einem derartigen Erfolg bewältigte, daß fast jede größere Zeitschrift des Landes sie abwerben wollte.

Ihr gemeinsames Versagen, noch ein zweites Kind zeugen zu können, war ein Kummer, den sie beide nie ansprachen, doch er war stumm bis in die letzten Winkel ihrer Beziehung gedrungen.

Er hatte heute nachmittag unausgesprochen zwischen ihnen gestanden, als Annie ins Krankenhaus kam und er idiotischerweise zusammengeklappt war und geweint hatte. Er wußte, daß Annie annahm, er würde ihr Vorwürfe machen, weil sie ihm kein zweites Kind schenken konnte. Vielleicht hatte sie deshalb so schroff auf seine Tränen reagiert, weil sie in ihnen eine Spur dieses Vorwurfs entdeckte. Vielleicht hatte sie sogar recht. Denn dieses zarte Kind, verstümmelt vom Messer des Chirurgen, war alles, was ihnen blieb. Wie vorschnell, wie gemein von Annie, nur dieses Kind zu gebären. Glaubte er das wirklich? Bestimmt nicht. Aber wieso drängte sich dieser Gedanke dann so mühelos auf?

Robert war schon immer davon überzeugt gewesen, daß er seine Frau stärker liebte als sie ihn. Er zweifelte allerdings nicht daran, daß sie seine Liebe erwiderte. Ihre Ehe war gut, verglichen mit vielen anderen Ehen, die er kannte. Sowohl geistig wie auch körperlich hatten sie sich beide noch einiges zu geben. Kaum ein Tag in all den

Jahren war vergangen, an dem er sich nicht glücklich pries, mit Annie verheiratet zu sein. Warum diese dynamische Frau einen Mann wie ihn hatte heiraten wollen, konnte ihn noch heute in Erstaunen versetzen.

Dabei litt Robert keineswegs an einem Gefühl der Minderwertigkeit. Objektiv gesehen – und Objektivität war, wenn er es objektiv bedachte, seine Stärke – war er einer der begabtesten Rechtsanwälte, die er kannte. Außerdem war er ein guter Vater, ein guter Freund den wenigen Freunden, die er hatte, und trotz der vielen heutzutage kursierenden Anwaltswitze ein Mann mit überaus moralischen Grundsätzen. Er hätte sich also niemals für einen Langweiler gehalten, und trotzdem wußte er, daß ihm Annies Funkeln fehlte. Nein, nicht ihr Funkeln, ihr Sprühen! Und das hatte ihn immer schon fasziniert, bereits in jener ersten Nacht in Afrika, als er die Tür öffnete und sie mit ihren Taschen vor ihm stand.

Er war sechs Jahre älter als sie, aber der Altersunterschied war ihm oft größer erschienen. Und bei all den namhaften, einflußreichen Menschen, die sie kennenlernte, schien es Robert ein kleines Wunder zu sein, daß sie mit ihm verheiratet bleiben wollte. Mehr noch, er war sich sogar sicher – soweit sich ein vernünftiger Mann in diesen Dingen sicher sein konnte –, daß sie ihn niemals betrogen hatte.

In letzter Zeit jedoch, seit Annie diesen neuen Job angenommen hatte, war das Leben anstrengend geworden. Die Säuberungswelle in ihrem Büro hatte sie gereizter werden lassen. Grace und sogar Elsa war der Unterschied aufgefallen, und sie rissen sich zusammen, wenn Annie im Haus war. Elsa wirkte jedesmal erleichtert, wenn er und nicht Annie als erster von der Arbeit nach Hause kam. Sie teilte ihm rasch alles Wissenswerte mit, zeigte ihm, was sie für das Abendessen vorbereitet hatte und verabschiedete sich schleunigst, ehe Annie eintraf.

Robert fühlte eine Hand auf seiner Schulter, blickte auf und sah Annie an seiner Seite stehen. Dunkle Ringe lagen unter ihren Augen. Er nahm ihre Hand und preßte sie an seine Wange.

»Hast du geschlafen?«

»Wie ein Baby. Du solltest mich doch aufwecken.«

»Ich bin auch eingeschlafen.«

Sie lächelte und betrachtete Grace. »Keine Veränderung?«

Er schüttelte den Kopf. Sie hatten leise miteinander gesprochen, als fürchteten sie, das Mädchen wecken zu können. Eine Zeitlang schauten sie auf ihr Kind. Annies Hand lag noch immer auf seiner Schulter, das Zischen des Respirators maß ihr Schweigen. Dann überlief Annie ein leises Zittern, und sie nahm ihre Hand fort. Sie zog die Wolljacke enger um sich und kreuzte die Arme vor der Brust.

»Weißt du, ich glaube, ich fahre nach Hause und besorg ihr ein paar Sachen«, sagte sie. »Damit sie vertraute Dinge sieht, wenn sie aufwacht.«

»Ich mach das. Du willst doch jetzt bestimmt nicht Auto fahren.«

»Nein, laß nur. Ich möchte es gern, wirklich. Kannst du mir deine Schlüssel geben?«

Er fand sie und gab sie ihr.

»Ich pack uns auch eine Tasche. Brauchst du was Bestimmtes?«

»Nur etwas zum Anziehen, vielleicht noch den Rasierer.«

Sie beugte sich zu ihm herunter und küßte ihn auf die Stirn.

»Fahr vorsichtig«, sagte er.

»Mach ich. Ich bleib nicht lang.«

Er sah ihr nach. An der Tür blieb sie stehen und sah sich noch einmal nach ihm um. Er merkte, daß sie ihm etwas sagen wollte.

»Was ist?« fragte er, aber sie lächelte nur und schüttelte den Kopf. Dann drehte sie sich um und war fort.

Die Straßen waren geräumt und um diese Zeit bis auf ein oder zwei einsame Streufahrzeuge auch ziemlich verlassen. Annie fuhr auf der Achtundsiebzigsten nach Süden, dann ostwärts auf der Neunzigsten und nahm dieselbe Ausfahrt, die der Truck am Morgen zuvor genommen hatte.

Es hatte nicht getaut, und die Scheinwerfer des Mercedes beleuchteten die niedrigen Mauern aus verdrecktem Schnee entlang der Straße. Robert hatte Winterreifen aufziehen lassen, und sie dröhnten dumpf über den bestreuten Asphalt. Im Radio lief eine Sendung mit Höreranrufen, und eine Frau erzählte, daß sie sich Sorgen um ihren halbwüchsigen Jungen mache. Vor kurzem hatte sie sich einen neuen Wagen gekauft, einen Nissan, und der Junge schien sich in das Auto regelrecht verliebt zu haben. Stundenlang hockte er auf dem Fahrersitz, streichelte den Wagen, und als sie heute in die Garage ging, hatte sie ihn dabei ertappt, wie er es mit dem Auspuff trieb.

»Hat wohl 'ne Fixierung, wie?« sagte der Moderator namens Melvin. Alle Hörersendungen schienen heutzutage einen rücksichtslosen Klugscheißer zum Moderator zu haben, und Annie begriff einfach nicht, warum die Leute trotzdem immer wieder anriefen, obwohl sie doch wußten, daß man sie demütigen und bloßstellen würde. Vielleicht gerade deshalb. Diese Anruferin jedenfalls redete unverdrossen weiter.

»Tja, kann man wohl so nennen«, sagte sie. »Aber ich weiß nicht, was ich dagegen machen soll.«

»Machen Sie gar nichts«, kreischte Melvin. »Der Trieb verpufft von selbst. Der nächste...«

Annie fuhr vom Highway ab und auf die Straße, die sich über den Hügelabhang bis zu ihrem Haus schlängelte. Glitzernder, festgedrückter Schnee bedeckte die Straße. Vorsichtig fuhr Annie durch den Tunnel aus Bäumen und bog in die Auffahrt ein, die Robert heute früh offenbar gefegt hatte. Die Scheinwerfer schwenkten über die weißen Dachschindeln ihres Hauses, dessen Giebel sich unter den turmhohen Buchen verlor. Es brannte kein Licht, aber der Flur leuchtete kurz blau auf, als ihn der Leuchtkegel der Scheinwerfer streifte. Als Annie zur Rückseite des Hauses fuhr und darauf wartete, daß sich die Tür zur Tiefgarage öffnete, ging automatisch eine Außenlampe an.

Die Küche sah noch genauso aus, wie Robert sie verlassen hatte. Schranktüren standen offen, und auf dem Tisch lagen zwei volle Einkaufstüten. Eiscreme war geschmolzen, über den Tisch gelaufen und in einer kleinen rosigen Pfütze auf den Boden getropft. Am Anrufbeantworter blinkte ein rotes Licht und meldete, daß jemand angerufen hatte. Aber Annie hatte keine Lust, die Nachrichten anzuhören. Sie sah die Notiz, die Grace Robert hinterlassen hatte, starrte sie an und traute sich irgendwie nicht, sie zu berühren. Dann wandte sie sich abrupt um und machte sich daran, die Reste der Eiscreme aufzuwischen und die unverdorbenen Lebensmittel fortzuräumen.

Als sie oben einige Sachen für sich und Robert einpackte, fand sie sich seltsam roboterhaft, als wäre jede ihrer Handlungen vorprogrammiert. Sie führte diese seltsame Benommenheit auf den Schock zurück, aber vielleicht lag es auch an einer Art Verweigerungshaltung.

Jedenfalls ließ sich nicht bestreiten, daß Grace nach der Operation so fremd, so anders ausgesehen hatte, daß sie ihren Anblick nicht ertragen konnte. Sie hatte fast eifersüchtig auf den Schmerz reagiert, den Robert so offensichtlich litt. Sie hatte gesehen, wie seine Blicke über Graces Körper glitten, wie ihm jeder Eingriff, den man an ihr vorgenommen hatte, Qualen bereitete. Annie dagegen konnte sie einfach nur anstarren. Dieses neue Bild ihrer Tochter ergab für sie überhaupt keinen Sinn.

Ihre Kleider und ihr Haar rochen nach Krankenhaus, also zog sie sich aus und ging unter die Dusche. Sie ließ das Wasser eine Weile über ihren Körper laufen, dann drehte sie den Warmwasserhahn so heiß auf, daß sie es fast nicht mehr aushalten konnte. Sie langte nach dem Duschkopf und stellte einen möglichst harten Strahl ein, damit das Wasser wie heiße Nadeln auf sie niederprasselte. Sie schloß die Augen und hielt ihr Gesicht in den Strahl, bis sie vor Schmerz aufschrie. Aber sie zuckte nicht zurück, sie freute sich, daß es weh tat. Ja, das fühlte sie. Wenigstens etwas.

Das Badezimmer war voller Dampf, als sie aus der Dusche stieg. Sie fuhr mit dem Handtuch über den Spiegel, wischte einen Streifen frei, trocknete sich dann ab und betrachtete das verschwommene Bild eines Körpers, der ihr nicht recht zu gehören schien. Sie war mit ihrer Figur immer zufrieden gewesen, auch wenn sie etwas fülliger war als die grazilen Mädchen, die den Modeteil ihrer Zeitschrift bevölkerten. Doch der beschlagene Spiegel warf ein verzerrtes, rosafarbenes Abbild ihrer selbst zurück, das einem Gemälde von Francis Bacon zu gleichen schien, und dieser Anblick verstörte Annie so sehr, daß sie das Licht ausmachte und rasch wieder ins Schlafzimmer ging.

Im Zimmer ihrer Tochter war alles noch so, wie Grace es am Morgen zuvor verlassen hatte. Ihr Nachthemd, ein langes T-Shirt, lag am Fußende des ungemachten Bettes. Eine Hose lag auf dem Boden, und Annie bückte sich, um sie aufzuheben. Es war die Jeans mit den zerfransten Löchern an den Knien, die Annie mit Fetzen von einem alten, blumenbedruckten Kleid geflickt hatte. Jetzt fiel ihr auch wieder ein, daß sie Grace angeboten hatte, die Flicken aufzunähen, und wie verletzt sie gewesen war, als Grace ihr unbekümmert erklärte, daß es ihr lieber wäre, wenn Elsa das in die Hand nehmen würde. Mit ihrem üblichen Trick, einem kurzen, beleidigten Zucken der Augenbraue, sorgte Annie dafür, daß Grace sich schuldig fühlte.

»Tut mir leid, Mom«, sagte sie und nahm sie in den Arm. »Aber du weißt doch, daß du nicht nähen kannst.«

»Kann ich wohl«, sagte Annie trotzig und versuchte, mit Humor zu nehmen, was sie beide nicht lustig fanden.

»Mag schon sein. Aber nicht so klasse wie Elsa.«

»Nicht so gut wie Elsa, heißt das.« Annie mußte ständig an Graces Wortwahl herummäkeln und verfiel dabei unweigerlich in ihren hochnäsigsten Gouvernantenton. Grace konterte darauf jedesmal im breitesten Slang.

»Klar, Mom, voll in Ordnung, Mom. Is' gebongt.«

Annie faltete die Jeans, räumte sie fort und machte das Bett. Dann stand sie da, sah sich im Zimmer um und überlegte, was sie ins Krankenhaus mitnehmen sollte. In einer Art Hängematte über dem Bett lagen mehrere Dutzend Kuscheltiere, ein ganzer Zoo; von Bären über Büffel bis zu Kätzchen und Killerwalen war alles vorhanden. Sie kamen aus allen Teilen der Erde, waren von Verwandten und Freunden hergebracht worden und lagen nun hier vereint und schliefen abwechselnd in Graces Bett. Jeden Abend suchte sie mit gewissenhafter Fairneß zwei oder drei von ihnen aus, je nachdem, wie groß sie waren, und setzte sie auf ihr Kissen. Gestern nacht war es ein Stinktier und irgendein grausiges Drachengeschöpf gewesen, das Robert ihr einmal aus Hongkong mitgebracht hatte. Annie legte die beiden zurück in die Hängematte und suchte nach Graces ältestem Freund, einem Pinguin namens Godfrey, der ihr von Roberts Arbeitskollegen am Tag ihrer Geburt ins Krankenhaus geschickt worden war. Ein Auge hatte inzwischen durch einen Knopf ersetzt werden müssen, und die vielen Ausflüge in die Wäscherei ließen ihn schlaff und blaß aussehen, aber Annie fischte ihn unter den übrigen Tieren hervor und stopfte ihn in ihre Tasche.

Sie ging zum Tisch am Fenster und packte Graces Walkman und das Kästchen mit Kassetten ein, das ihre Tochter stets mit auf Reisen nahm. Der Arzt hatte ihnen geraten, es mit Musik zu versuchen. Auf dem Tisch standen zwei gerahmte Fotografien. Die eine zeigte sie zu dritt in einem Boot, Grace in der Mitte, die Arme um die Schultern ihrer Eltern, und alle drei lachten. Das Bild war vor fünf Jahren auf Cape Cod gemacht worden, während eines wunderschönen Familienurlaubs. Annie steckte es in die Tasche und griff nach dem zweiten Foto. Es war Pilgrim, aufgenommen auf der Weide beim Gestüt, kurz nachdem sie ihn letzten Sommer gekauft hatten. Er war weder gesattelt noch aufgezäumt, trug nicht einmal einen Halfter, und sein Fell schimmerte in der Sonne. Das Bild zeigte ihn von hinten, aber er hatte den Kopf gewandt und blickte direkt in die Kamera. Annie hatte sich das Foto noch nie genauer angeschaut, und jetzt fand sie den unverwandten Blick des Pferdes ziemlich beunruhigend.

Sie hatte keine Ahnung, ob Pilgrim noch lebte. Durch eine Nachricht, die Mrs. Dyer gestern abend im Krankenhaus hinterlassen hatte, wußte sie nur, daß man ihn zum Haus des Tierarztes in Chatham transportiert hatte und daß er von dort nach Cornell gebracht werden sollte. Als sie jetzt das Bild betrachtete, meinte sie sich plötzlich Vorwürfen ausgesetzt zu sehen. Nicht, weil sie sein Schicksal nicht vorhergesehen hatte, nein, es ging um etwas anderes, etwas Bedeutsameres, das sie in diesem Augenblick noch nicht verstand. Sie legte das Bild in die Tasche, machte das Licht aus und ging nach unten.

Durch die hohen Fenster im Flur fiel schon die erste, fahle Tageshelle. Annie stellte die Tasche ab und ging in die Küche, ohne Licht zu machen. Bevor sie die Nachrichten auf dem Anrufbeantworter abhörte, wollte sie sich noch eine Tasse Kaffee aufbrühen. Während sie darauf wartete, daß das Wasser im alten Kupferkessel zu kochen begann, trat sie ans Fenster.

Draußen, nur wenige Schritte entfernt, stand eine Herde Weißwedelhirsche. Sie standen völlig reglos und starrten in ihre Richtung. Waren sie auf Futter aus? Nie zuvor hatte Annie so nah am Haus Wild gesehen, selbst im härtesten Winter nicht. Was hatte das zu bedeuten? Sie zählte die Tiere. Es waren zwölf, nein, dreizehn. Eins für jedes Lebensjahr ihrer Tochter. Sei nicht lächerlich, ermahnte sich Annie.

Der Kessel gab ein tiefes, zunehmend schriller werdendes Pfeifen von sich. Die Tiere fingen den Laut auf, warfen sich wie auf Kommando herum und stürmten davon. Ihre Schwänze wippten wie irrsinnig, als sie am Teich vorbei in den Wald flohen. Allmächtiger, dachte Annie, sie ist tot.

3

Harry Logan parkte seinen Wagen unter einem Schild, auf dem VIEHGROSSKLINIK stand und fand es merkwürdig, daß eine Universität keine Formulierung finden konnte, die etwas genauer besagte, ob nun das Vieh oder die Klinik groß war. Er stieg aus und stapfte durch die grauen Matschfurchen, die letzten Überreste des Schnees vom Wochenende. Drei Tage waren seit dem Unfall vergangen, und als Logan sich seinen Weg durch die Reihen geparkter Autos und Lastwagen suchte, dachte er daran, wie erstaunlich es doch war, daß das Pferd immer noch lebte.

Er hatte fast vier Stunden für die Brustwunde gebraucht. Sie war voller Glassplitter und schwarzer Lackpartikel vom Truck gewesen, die erst entfernt werden mußten. Dann hatte er die Wunde ausgespült, ihre zerfetzten Ränder mit der Schere gestutzt, die Arterie verklemmt und Drainagen gelegt. Und während seine Assistenten sich um die Narkose, die Sauerstoffversorgung und eine schon längst überfällige Bluttransfusion kümmerten, hatte sich Logan mit Nadel und Faden an die Arbeit gemacht.

Er mußte die Wunde in drei Schichten vernähen: zuerst die Muskeln, dann das Fasergewebe und schließlich die Haut, etwa siebzig Stiche für jede Schicht, wobei die beiden unteren Schichten mit Katgut vernäht wurden. Und all das für ein Pferd, das seiner Meinung nach nicht durchkommen würde. Aber der Teufelskerl hatte es geschafft. Es war unglaublich. Und nicht nur das, er zeigte auch noch fast ebenso viel Kampfgeist wie unten am Fluß. Als Pilgrim sich in der Krankenbox aufrappelte, konnte Logan nur beten, daß die Nähte nicht platzten. Er hätte es nicht ertragen, die ganze Arbeit noch einmal machen zu müssen.

Die ersten vierundzwanzig Stunden hatte man Pilgrim mit Sedativa ruhiggestellt, danach sollte er sich eigentlich soweit erholt haben, daß er die vierstündige Fahrt nach Cornell überstehen konnte.

Logan kannte sich in der Universität und ihrer Tierklinik gut aus, auch wenn sie sich ziemlich verändert hatte, seit er in den sechziger Jahren als Student hier gewesen war. Dieser Ort weckte eine Menge schöner Erinnerungen, und fast alle drehten sich um Frauen. Herrje, waren das Zeiten gewesen. Besonders an den Sommerabenden, wenn man unter den Bäumen liegen und über den Cayugasee blicken konnte. Diese Universität hatte den schönsten Campus, den er kannte, auch wenn er heute nicht gerade danach aussah. Es war kalt und begann zu regnen, man konnte nicht mal den verdammten See erkennen. Außerdem fühlte er sich beschissen. Den ganzen Morgen mußte er schon niesen, bestimmt, weil er sich im Kinderhook Creek die Eier abgefroren hatte. Rasch trat er in die Wärme des von Glaswänden umstellten Empfangsraumes und fragte die junge Frau hinter dem Tresen nach Dorothy Chen, der Ärztin, die Pilgrim betreute.

Auf der gegenüberliegenden Straßenseite wurde eine riesige neue Klinik gebaut. Während er wartete, musterte Logan die verkniffenen Gesichter der Bauarbeiter und fühlte sich gleich viel besser. Er empfand sogar etwas wie Aufregung bei dem Gedanken, Dorothy wiederzusehen. Ihr Lächeln war der Grund, weshalb es ihm nichts ausmachte, jeden Tag ein paar hundert Meilen zu fahren, um nach Pilgrim zu sehen. Sie war wie eine jungfräuliche Prinzessin aus einem dieser chinesischen Avantgardefilme, die seine Frau so toll fand. Außerdem hatte sie eine höllisch gute Figur und war so jung, daß er besser die Finger von ihr ließ. Er sah ihr Spiegelbild in der Tür näher kommen und drehte sich zu ihr um.

»Hallo Dorothy! Wie geht's?«

»Mir ist kalt. Und auf dich bin ich nicht gerade gut zu sprechen.« Sie drohte ihm mit dem Finger und runzelte mit gespieltem Ärger die Stirn.

Logan hob abwehrend die Hände. »Dorothy, ich fahre meilenweit für ein einziges Lächeln von dir, was habe ich nur falsch gemacht?«

»Du schickst mir so ein Ungeheuer, und ich soll dich anlächeln?«

Aber sie tat es dennoch. »Komm schon. Die Röntgenbilder sind fertig.«

Sie ging durch ein Labyrinth von Gängen voran, und Logan hörte ihren Erklärungen zu und versuchte, den verführerischen Schwung ihrer Hüften unter dem weißen Kittel zu ignorieren.

Es gab so viele Röntgenbilder, daß sie damit eine kleine Ausstellung eröffnen konnten. Dorothy heftete sie an den Lichtkasten, und gemeinsam betrachteten sie die Aufnahmen. Wie Logan vermutet hatte, gab es einige gebrochene Rippen, fünf insgesamt, und das Nasenbein war eingedrückt. Die Rippen würden von selbst heilen, und am Nasenbein hatte Dorothy bereits operiert. Sie hatte den Knochen herausgestemmt, Löcher gebohrt und das Nasenbein in der ursprünglichen Position wieder verdrahtet. Die Operation war gut verlaufen, nur die Tupfer in Pilgrims Stirnhöhle mußten noch entfernt werden.

»Da weiß ich doch, an wen ich mich wenden muß, wenn mit meiner Nase mal was nicht stimmt«, sagte Logan.

Dorothy lachte. »Wart's ab, bis du ihn gesehen hast. Er wird eine Visage wie ein Preisboxer haben.«

Logan hatte sich besorgt gefragt, ob Pilgrim sich nicht auch am rechten Vorderbein oder an der Schulter etwas gebrochen hatte, aber da war nichts zu sehen. Der ganze Bereich war vom Aufprall nur mit Schwellungen übersät, und das Adernetz, das für die Durchblutung des Beins sorgte, war ernstlich verletzt.

»Wie sieht die Brust aus?« fragte Logan.

»Gut. Du hast prima Arbeit geleistet. Wie viele Stiche?«

»An die zweihundert.« Er errötete wie ein Schuljunge. »Sollen wir ihn uns anschauen?«

Pilgrim stand in einer der Krankenboxen, und lange bevor sie ihn sahen, konnten sie ihn hören. Er schrie, und seine Stimme war heiser von all dem Lärm, den er geschlagen hatte, seit die Wirkung der letzten Dosis Beruhigungsmittel nachgelassen hatte. Die Wände der Box waren gut gepolstert, schienen aber trotzdem unter dem unablässigen Donner der Hufe zu beben. Ein paar Studenten standen in der Nachbarbox, und das Pony dort reagierte offensichtlich verstört auf Pilgrims Radau.

»Wollen Sie sich den Minotaurus ansehen?« fragte ein Student.

»Sicher«, sagte Logan. »Hoffentlich habt ihr ihn schon gefüttert.«

Dorothy schob den Riegel beiseite, um die obere Türhälfte öffnen zu können. Kaum geschehen, verstummte der Lärm. Dorothy öffnete die Tür einen Spaltbreit. Pilgrim war bis in die letzte Ecke zurückgewichen, hielt den Kopf gesenkt, die Ohren angelegt und stierte sie an, als sei er einem Horrorcomic entsprungen. Jeder Teil seines Körpers schien in blutige Bandagen gewickelt zu sein. Er schnaubte sie an, dann hob er das Maul und bleckte die Zähne.

»Freue mich ebenfalls, dich wiederzusehen«, sagte Logan.

»Hast du jemals ein derartig ausgeflipptes Pferd gesehen?« fragte Dorothy. Er schüttelte den Kopf.

»Ich auch nicht.«

Eine Zeitlang schauten sie ihn sich an. Was, um alles in der Welt, sollten sie nur mit dem Pferd anfangen, fragte sich Logan. Diese Maclean hatte ihn gestern zum erstenmal angerufen und war richtig nett gewesen. Wahrscheinlich schämte sie sich ein bißchen, überlegte er, für die Nachricht, die sie ihm durch Mrs. Dyer geschickt hatte. Logan war deshalb nicht sauer, und wenn er daran dachte, was ihrer Tochter zugestoßen war, tat ihm diese Frau eigentlich sogar leid. Wahrscheinlich hängte sie ihm doch noch einen Prozeß an den Hals, wenn sie das Pferd sah – weil er es durchgebracht hatte.

»Wir wollten ihm noch ein Beruhigungsmittel verpassen«, sagte Dorothy. »Aber uns gehen die Freiwilligen aus. Ist nämlich eine ziemlich halsbrecherische Angelegenheit.«

»Glaub ich. Aber man kann ihm das Zeug ja auch nicht ewig spritzen. Er hat jetzt so viel intus, daß man ein Schlachtschiff damit versenken könnte. Ich werde mal sehen, ob ich nicht einen Blick auf seine Brust werfen kann.«

Dorothy zuckte mit den Schultern. »Du hast hoffentlich dein Testament gemacht.«

Sie begann, die untere Türhälfte zu öffnen. Pilgrim sah Logan kommen, scharrte unruhig mit den Hufen und schnaubte. Doch kaum hatte Logan die Box betreten, fuhr das Pferd herum und holte mit den Hinterhufen nach ihm aus. Logan preßte sich an die Seitenwand und versuchte, an Pilgrims Schulter zu gelangen, aber davon konnte keine Rede sein. Das Tier stürzte nach vorn, zur Seite und schlug zugleich nach hinten aus. Logan stolperte, hielt einen raschen, würdelosen Rückzug für angemessen und brachte sich mit einem Satz in Sicherheit. Dorothy warf die Tür hinter ihm zu. Die Studenten grinsten. Logan stieß einen leisen Pfiff aus und klopfte sich den Mantel ab.

»Das hat man davon, wenn man einem das Leben rettet.«

Es regnete acht Tage ohne Unterlaß. Das war kein Niselregen mehr, wie er für Dezember typisch ist, sondern ein Regen mit Format. Dieser rauhe Nachkomme eines karibischen Hurrikans mit lieblichem Namen kam nach Norden gezogen, mochte es dort und blieb. Flüsse im Mittleren Westen traten über die Ufer, und die Nachrichtensendungen im Fernsehen wurden überschwemmt mit Bildern von Menschen, die auf Hausdächern kauerten, und von aufgequollenen Kadavern, die wie herrenlose Luftmatratzen über Swimmingpoolfelder trudelten. Im Missouri war eine fünfköpfige Familie in ihrem Wagen ertrunken, während sie vor einem McDonalds-Drive-in wartete, und der Präsident flog zum Unglücksort und nannte das Hochwasser eine Katastrophe, doch das hatte sich so manch einer auf den Hausdächern auch schon gedacht.

Von alledem nichts ahnend, lag Grace Maclean, deren ramponierte Zellen sich stumm neu gruppierten, in der Abgeschiedenheit ihres Komas. Nach einer Woche hatte man ihr den Lungenschlauch aus der Kehle gezogen und statt dessen durch ein kleines Loch im Hals gesteckt. Sie erhielt eine milchig braune Flüssigkeit über den Schlauch in der Nase, der bis in den Magen führte. Und dreimal am Tag kam ein Physiotherapeut und arbeitete wie ein Puppenspieler mit ihren Armen und Beinen, damit ihre Muskeln nicht verkümmerten.

Nach der ersten Woche wechselten Annie und Robert sich an ihrem Bett ab, einer hielt Wache, während der andere entweder in die Stadt fuhr oder versuchte, in ihrem Haus in Chatham zu arbeiten. Annies Mutter bot sich an, aus London herüberzufliegen, war aber leicht von diesem Plan abzubringen. Statt dessen kam Elsa und bemutterte sie, kochte, nahm Anrufe entgegen und erledigte Botengänge zum Krankenhaus. Sie blieb auch bei Grace, als einmal Annie und Robert zur selben Zeit fort waren, am Morgen von Judiths Beerdigung. Auf dem nassen Rasen des Dorffriedhofs hatten sie neben all den anderen Trauergästen unter einem Himmel schwarzer Regenschirme gestanden und waren dann stumm wieder ins Krankenhaus zurückgefahren.

Roberts Partner in der Anwaltskanzlei hatten sich wie immer sehr verständnisvoll gezeigt und entlasteten ihn weitgehend von seiner Arbeit. Crawford Gates, Annies Boss und Präsident des Verlagskonzerns, rief sie an, sobald er von dem Vorgefallenen erfahren hatte.

»Meine liebe, liebe Annie«, sagte er mit einer Stimme, die tragischer klang, als ihm zumute war – wie sie beide nur allzu genau wußten. »Ehe das kleine Mädchen nicht wieder hundertprozentig gesund ist, darfst du nicht einmal daran denken, hierher zurückzukommen, hast du mich verstanden?«

»Crawford...«

»Nein, Annie, ich meine es ernst. Grace ist jetzt das einzige, was zählt. Nichts in dieser Welt ist so wichtig wie sie. Wir kommen hier schon klar.«

Doch statt beruhigend zu wirken, versetzten sie seine Worte in eine derartige Panik, daß sie gegen den plötzlichen Drang ankämpfen mußte, der ihr riet, mit dem nächsten Zug in die Stadt zurückzufahren. Sie hatte den alten Fuchs gern – schließlich hatte er sie angeworben und ihr den Job besorgt –, aber sie traute ihm keinen Zollbreit über den Weg. Gates war ein gewohnheitsmäßiger Ränkeschmied, er konnte nichts dafür.

Annie stand am Kaffeeautomaten im Flur vor der Intensivstation und betrachtete den Regen, der in breiten Schwaden über den Parkplatz fegte. Ein alter Mann mühte sich mit einem widerspenstigen Regenschirm ab, und zwei Nonnen wurden wie Segelboote auf ihr Auto zugetrieben. Die Wolken hingen tief und wirkten so bedrohlich, als wollten sie ihnen auf den Kopf fallen.

Die Kaffeemaschine gab ein letztes Glucksen von sich, und Annie zog die Tasse aus dem Schacht und trank einen Schluck. Der Kaffee schmeckte genauso widerwärtig wie die aberhundert Tassen mit dieser Flüssigkeit, die sie bereits aus dem Automaten gezogen hatte. Aber wenigstens war er heiß und enthielt Koffein. Langsam ging sie zurück auf die Station und begrüßte eine der jüngeren Schwestern, deren Schicht gerade zu Ende gegangen war.

»Sie sieht heute schon viel besser aus«, sagte die Schwester im Vorbeigehen.

»Finden Sie?« Annie sah sie an. Die Schwestern kannten sie inzwischen gut genug, um so etwas nicht leichtfertig zu sagen.

»Ja, ich denke schon.« Sie war an der Tür stehengeblieben, und einen Augenblick schien es, als wollte sie noch etwas sagen. Doch dann änderte sie ihre Absicht, drückte die Tür auf und ging.

»Und immer schön Gymnastik mit ihr machen«, sagte sie.

Annie salutierte. »Jawohl, Ma'am!«

Gut aussehen. Was heißt schon gut aussehen, fragte sich Annie, als sie an Graces Bett trat, wenn man seit elf Tagen im Koma liegt und die Glieder so schlaff wie ein toter Fisch sind. Eine andere Schwester wechselte den Verband an Graces Bein. Annie stand da und sah zu. Die Schwester blickte auf, lächelte und beugte sich wieder über Grace. Es war die einzige Arbeit, zu der Annie sich nicht überwinden konnte. Man ermunterte die Eltern und Verwandten, sich an der Pflege der Kranken zu beteiligen, und Annie und Robert waren schon ziemliche Experten in der Krankengymnastik und jenen anderen Dingen geworden, die getan werden mußten, etwa Graces Augen und Mund auswaschen oder ihren Urinbeutel wechseln, der am Bettrand hing. Doch allein der Gedanke an Graces Stumpf löste in Annie eine Art panischer Starre aus. Sie konnte ihn kaum ansehen, berühren schon gar nicht.

»Es verheilt prima«, sagte die Schwester. Annie nickte und zwang sich, den Blick nicht abzuwenden. Vor zwei Tagen waren die Fäden gezogen worden, und die lange, geschwungene Narbe leuchtete rosarot. Die Schwester sah den Ausdruck in Annies Augen.

»Ich glaube, die Kassette ist zu Ende«, sagte sie und deutete mit einem Kopfnicken auf Graces Walkman neben dem Kopfkissen.

Die Schwester bot ihr an, dem Anblick der Narbe zu entfliehen, und dankbar ergriff Annie die Gelegenheit. Sie nahm die abgelaufene Kassette heraus, einige Suiten von Chopin, und fand im Nachtschränkchen eine Oper von Mozart, »Die Hochzeit des Figaro«. Sie legte sie auf und rückte die Kopfhörer zurecht. Sie wußte, daß Grace mit ihrer Wahl nicht gerade einverstanden gewesen wäre. Sie hatte stets behauptet, Opern zu hassen. Aber Annie dachte nicht daran, eine der Kassetten einzulegen, die sich Grace immer im Auto anhörte. Wer wußte schon, wie *Nirvana* oder *Alice In Chains* auf ein derart verletztes Hirn wirkten? Hörte sie überhaupt etwas da drinnen? Und wenn, würde sie dann aufwachen und Opern lieben? Wahrscheinlich würde sie nur ihre Mutter noch ein bißchen mehr für diesen erneuten Akt der Tyrannei hassen, dachte Annie.

Sie wischte einen Speichelfaden aus Graces Mundwinkel und schob ihr eine Locke aus dem Gesicht. Dann ließ sie die Hand sinken und betrachtete ihre Tochter. Nach einer Weile merkte sie, daß die Schwester mit dem Verbinden fertig war und sie ansah. Sie mußten beide lächeln. Doch in den Augen der Schwester schimmerte etwas, das gefährlich nah an Mitleid grenzte, und sofort durchbrach Annie das Schweigen.

»Turnstunde!« rief sie.

Sie krempelte ihre Ärmel auf und zog sich einen Stuhl ans Bett. Die Schwester sammelte ihre Sachen ein, und bald war Annie wieder mit Grace allein. Sie fing stets mit der linken Hand an und nahm sie auch jetzt zwischen ihre Hände und bearbeitete die Finger, einen nach dem anderen, dann alle zusammen. Vor und zurück, jedes Gelenk öffnen und schließen, spüren, wie die Gelenke knackten, wenn sie sie zusammendrückte. Dann den Daumen, drehen, die Muskeln mit den Fingern pressen und kneten. Aus Graces Kopfhörer drang der blecherne Klang der Mozartoper, und Annie fiel in einen Rhythmus, arbeitete im Takt und ging zum Handgelenk über.

Annie fand diese neue Intimität mit ihrer Tochter eigenartig sinnlich. Seit Grace ein Baby gewesen war, hatte sie diesen Körper nicht mehr so gut gekannt. Es war eine Offenbarung, fast wie eine Rückkehr in ein Land, das sie vor langer Zeit einmal geliebt hatte. Da waren Makel, Leberflecken und Narben, von denen sie nichts geahnt hatte. Die Haut auf Graces Unterarm war ein Firmament aus winzigen Sommersprossen und von so weichem Flaum bedeckt, daß Annie ihn am liebsten mit ihrer Wange gestreift hätte. Sie drehte den Arm um und musterte die durchscheinende Haut an Graces Handgelenk und das darunter liegende Delta ihrer Venen.

Sie arbeitete sich zum Ellbogen vor, öffnete und schloß das Gelenk fünfzigmal und massierte dann die Muskeln. Es war anstrengend, und Annies Hände und Arme schmerzten nach jeder Gymnastikstunde. Gleich würde sie mit der anderen Seite beginnen. Annie ließ Graces Arm sanft auf das Bett sinken und wollte schon aufstehen, als sie etwas zu sehen meinte.

Es war so winzig und geschah so rasch, daß Annie dachte, sie hätte sich nur etwas eingebildet. Aber als sie Graces Hand ablegte, schien einer ihrer Finger kurz gezuckt zu haben. Annie saß da und wartete darauf, daß es sich wiederholte. Nichts. Also faßte sie noch einmal nach der Hand und drückte sie.

»Grace?« sagte sie leise. »Gracie?«

Nichts. Graces Gesicht blieb ausdruckslos. Nur ihre Brust bewegte sich, hob und senkte sich im Takt des Respirators. Vielleicht hatte Annie nur gesehen, wie die Hand unter ihrem eigenen Gewicht nachgab. Annies Blick wanderte vom Gesicht ihrer Tochter zu der Batterie von Beobachtungsgeräten. Annie kannte die einzelnen Aufgaben der Bildschirme immer noch nicht so gut wie Robert. Vielleicht vertraute sie einfach ihren eingebauten Alarmsystemen mehr als er. Aber sie wußte ziemlich genau, was die wichtigsten Geräte anzeigen sollten, jene, die Graces Herzschlag, ihre Hirnströme und ihren Blutdruck maßen. Auf dem Bildschirm für die Herztöne war ein kleines, orangefarbenes Digitalherz zu sehen, ein Motiv, das Annie seltsam rührend fand. Seit vielen Tagen hatte die Herzschlagrate konstant bei siebzig Schlägen gelegen, aber jetzt war sie gestiegen. Fünfundachtzig, doch noch während Annie zusah, sackte sie wieder auf vierundachtzig ab. Annie runzelte die Stirn. Sie blickte sich um. Es war keine Schwester zu sehen. Sie würde nicht in Panik geraten, wahrscheinlich hatte es nichts zu bedeuten. Wieder sah sie Grace an.

»Grace?«

Diesmal drückte sie Graces Hand, blickte auf und sah, wie der Herzmonitor verrückt spielte. Neunzig, hundert, hundertzehn...

»Gracie?«

Annie stand auf, drückte kräftig Graces Hand und beobachtete ihr Gesicht. Sie drehte sich um und wollte um Hilfe rufen, doch das war nicht mehr notwendig, da eine Schwester und ein junger Assistenzarzt bereits hinter ihr standen. Die Veränderung war von den Bildschirmen auf der zentralen Überwachungsstation registriert worden.

»Sie hat sich bewegt«, sagte Annie. »Ich habe es gesehen. Ihre Hand...«

»Drücken Sie weiter«, sagte der Assistenzarzt. Er holte eine kleine Stablampe aus seiner Brusttasche, beugte sich über Grace und öffnete eins ihrer Augen. Er leuchtete hinein und wartete auf eine Reaktion. Die Schwester beobachtete die Monitore. Der Herzschlag hatte sich bei hundertzwanzig beruhigt. Der Assistenzarzt nahm Grace die Kopfhörer ab.

»Reden Sie mit ihr.«

Annie schluckte. Einen Augenblick lang fehlten ihr dummerweise die Worte. Der Assistenzarzt sah sie an.

»Einfach nur reden. Egal, was.«

»Gracie? Ich bin's. Liebling, es ist Zeit zum Aufwachen. Bitte, wach jetzt auf.«

»Sehen Sie nur«, sagte der Assistenzarzt. Er hielt immer noch Graces Auge offen, und Annie konnte ein Flackern der Augenlider erkennen. Sie mußte plötzlich nach Luft schnappen.

»Ihr Blutdruck ist auf hundertfünfzig«, sagte die Schwester.

»Was bedeutet das?«

»Das heißt, daß sie reagiert«, sagte der Arzt. »Darf ich?«

Er nahm ihr Graces Hand ab und hielt mit seiner anderen Hand ihr Auge offen.

»Grace«, sagte er. »Ich drücke jetzt deine Hand, und ich möchte, daß du zurückdrückst, wenn du kannst. Drück so fest du kannst, okay?«

Er drückte und beobachtete dabei unablässig ihr Auge.

»Na bitte«, sagte er und gab Annie die Hand des Mädchens. »Jetzt möchte ich, daß du es noch einmal für deine Mutter machst.«

Annie holte tief Luft und drückte... und spürte Graces Antwort. Es war wie das erste, schwache Zucken eines Fisches an der Angel. Dort unten in diesen dunklen, stillen Wassern schimmerte etwas und wollte an die Oberfläche.

Grace steckte in einem Tunnel. Er erinnerte sie ein wenig an die U-Bahn, nur war er dunkler und mit Wasser geflutet, und sie schwamm darin. Das Wasser war überhaupt nicht kalt. Genaugenommen fühlte es sich nicht einmal wie Wasser an. Es war zu warm und zähflüssig. In der Ferne schimmerte ein Lichtkreis, und irgendwie wußte sie, daß sie entscheiden mußte, ob sie darauf zugehen oder sich umdrehen und in die andere Richtung gehen wollte, in der ebenfalls ein Licht leuchtete, wenn auch schwächer und nicht so einladend. Sie hatte keine Angst. Es war einfach eine Frage der Wahl. Beide Wege waren möglich.

Dann hörte sie Stimmen. Sie kamen aus der Richtung, in der das schwächere Licht leuchtete. Sie konnte zwar nicht sehen, wer dort draußen war, aber sie wußte, daß eine der Stimmen ihrer Mutter gehörte. Sie konnte auch die Stimme eines Mannes hören, aber es war nicht ihr Vater. Es war irgendein anderer Mann, ein Mann, den sie nicht kannte. Sie versuchte, ihnen durch den Tunnel entgegenzuschwimmen, aber das Wasser war zu zäh. Es war wie Klebstoff, sie schwamm in Klebstoff, und sie kam nicht durch. Der Klebstoff läßt mich nicht durch, der Klebstoff... Sie versuchte, um Hilfe zu rufen, aber ihre Stimme wollte ihr nicht gehorchen.

Sie schienen nicht zu wissen, daß sie da war. Wieso konnten sie sie nicht sehen? Ihre Stimmen klangen so fern, und plötzlich hatte Grace Angst, sie würden gehen und sie allein lassen. Doch jetzt, ja, jetzt rief der Mann sie beim Namen. Sie hatten sie entdeckt. Und obwohl sie immer noch niemanden sehen konnte, wußte sie, daß sie ihr helfen wollten. Und wenn sie nur eine letzte Anstrengung unternahm, einen letzten großen Kraftakt, dann würde der Klebstoff sie vielleicht durchlassen, und die da draußen konnten sie herausziehen.

4

Während Robert im Farmshop zahlte und hinausging, umwickelten die beiden Jungen den Baum bereits mit einer Schnur und luden ihn hinten auf den Geländewagen, einen Ford Lariat, den er sich letzten Sommer gekauft hatte, um Pilgrim aus Kentucky abzuholen. Grace und Annie waren ziemlich überrascht gewesen, als er an einem frühen Samstagmorgen mit passendem silberfarbenem Anhänger vorgefahren kam, und stürzten auf die Veranda, Grace begeistert, Annie eher empört. Aber Robert hatte nur die Achseln gezuckt, gelächelt und gesagt: Hab dich nicht so, man kann doch kein neues Pferd in einer alten Schachtel transportieren.

Er dankte den beiden Jungen, wünschte ihnen fröhliche Weihnachten und fuhr vom schlammigen, mit Schlaglöchern übersäten Parkplatz auf die Straße. Noch nie hatte er den Weihnachtsbaum so spät besorgt. Meistens holte er am Wochenende vor den Feiertagen zusammen mit Annie einen Baum, wartete aber immer bis Heiligabend, ehe er ihn zum Schmücken ins Haus brachte. Wenigstens war sie dabei und konnte schmücken helfen. Morgen war Heiligabend, und Grace kam nach Hause.

Die Ärzte zeigten sich nicht gerade erfreut. Schließlich war Grace erst vor zwei Wochen aus dem Koma erwacht, aber Robert und Annie hatten darauf bestanden, daß es ihr guttun würde, und schließlich siegte Gefühl über Vernunft: Grace durfte nach Hause, aber nur für zwei Tage. Sie konnten sie morgen nachmittag abholen.

Er hielt vor der Bäckerei in Chatham, um ein Brot und einige Muffins zu kaufen. Das Frühstück in der Bäckerei war für sie zu einem Wochenendritual geworden, und die junge Frau hinter der Theke hatte manchmal auf Grace aufgepaßt.

»Wie geht's Ihrem hübschen Mädchen?« fragte sie.

»Sie kommt morgen nach Hause.«

»Wirklich? Das ist ja prima!«

Einige Kunden hörten ihrem Gespräch zu. Alle schienen über den Unfall Bescheid zu wissen, und Menschen, mit denen Robert nie zuvor geredet hatte, fragten ihn jetzt nach Grace. Ihm fiel allerdings auf, daß man nie über ihr Bein sprach.

»Grüßen Sie sie von mir.«

»Mach ich. Fröhliche Weihnachten.«

Sie sahen ihm durch das Schaufenster nach, als er wieder in den Lariat stieg. Er fuhr an der Tierfutterfabrik vorbei, bremste ab, als er die Gleise überquerte und fuhr dann durch das Stadtzentrum zurück nach Hause. Weihnachtsgirlanden schmückten die Ladenfenster in der Main Street, und Käufer drängten sich über die schmalen Gehsteige. Robert winkte im Vorbeifahren einigen Bekannten zu. Die Krippe auf dem Markt sah hübsch aus – ohne Frage eine etwas einseitige Auslegung der Religionsfreiheit –, aber wenn schon, hübsch war sie trotzdem, und schließlich war Weihnachten. Nur das Wetter wußte offenbar nicht Bescheid.

Seit dem Tag, an dem der Regen aufgehört und Grace ihre ersten Worte gesprochen hatte, war es lächerlich warm. Medienklimatologen, deren Konten mit den Hurrikanfluten schon einen Rekordstand erreicht hatten, feierten ihre schönste Weihnacht seit Jahren. Die Welt wurde offiziell zum Treibhaus erklärt, zumindest war sie völlig verdreht.

Als er heimkam, steckte Annie in ihrem Arbeitszimmer und telefonierte mit ihrem Büro. Sie machte mal wieder jemanden zur Schnecke, bestimmt einen der stellvertretenden Herausgeber. Während Robert die Küche aufräumte, hörte er, daß der arme Kerl offenbar seine Einwilligung für ein längeres Interview mit einem Schauspieler gegeben hatte, den Annie widerlich fand.

»Ein Star?« fragte sie ungläubig. »Ein Star? Er ist das absolute Gegenteil von einem Star. Der Typ ist ein verdammtes Schwarzes Loch!«

Normalerweise hätte Robert über diesen Vergleich vielleicht gelächelt, aber die Aggression in ihrer Stimme vertrieb die weihnachtliche Vorfreude, mit der er nach Hause gekommen war. Er wußte, wie frustrierend es für Annie war, ein edles Großstadtmagazin von einem Bauernhaus oben im Norden aus führen zu müssen. Aber das war nicht der einzige Grund. Seit dem Unfall schien Annie so voller Wut zu stecken, daß er selbst beinahe Angst vor ihr bekam.

»Was? So viel wollen Sie ihm bezahlen?« tobte sie. »Sie sind ja verrückt! Oder gibt er das Interview vielleicht nackt?«

Robert stellte die Kaffeemaschine an und deckte den Frühstückstisch. Er hatte Annies Lieblingsmuffins geholt.

»Tut mir leid, John, mit mir nicht. Du wirst ihn anrufen und absagen... Ist mir völlig egal... Ja, du kannst mir das Fax schikken. Okay.«

Er hörte, wie sie auflegte. Kein »Auf Wiederhören«, aber das bekam man von Annie selten zu hören. Doch als sie über den Flur ging, klangen ihre Schritte eigentlich nicht wütend, eher resigniert. Er sah auf und lächelte sie an, als sie in die Küche kam.

»Hungrig?«

»Nein. Ich hab schon Corn-flakes gegessen.«

Er versuchte, sein enttäuschtes Gesicht zu verbergen. Sie entdeckte die Muffins auf dem Tisch.

»Tut mir leid.«

»Kein Problem. Bleibt mehr für mich übrig. Wie wär's mit einem Kaffee?«

Annie nickte, setzte sich an den Tisch und blätterte ohne allzu große Neugier in der Zeitung, die Robert gekauft hatte. Eine Weile sprachen beide kein Wort.

»Hast du den Baum geholt?« fragte sie.

»Na klar. Ist nicht so gut wie letztes Jahr, aber ganz hübsch.«

Wieder verstummten sie. Er goß ihnen Kaffee ein und setzte sich zu ihr. Die Muffins schmeckten köstlich. Es war so still, daß er sich kauen hören konnte. Annie seufzte.

»Ich denke, wir bringen es am besten heute abend hinter uns«, sagte sie und nippte an ihrem Kaffee.

»Was?«

»Der Baum. Wir sollten ihn schmücken.«

Robert runzelte die Stirn. »Ohne Grace? Warum? Sie ist bestimmt sauer, wenn sie nicht dabei sein kann.«

Mit lautem Klirren setzte Annie ihre Kaffeetasse ab.

»Sei nicht blöd. Wie zum Teufel soll sie auf einem Bein den Baum schmücken?«

Annie stand auf, ließ dabei den Stuhl über den Boden scharren und ging zur Tür. Einen Augenblick starrte Robert sie entsetzt an.

»Ich glaub schon, daß sie das schafft«, sagte er ruhig.

»Unsinn, natürlich schafft sie das nicht. Wie denn auch? Soll sie herumhüpfen? Himmel, sie kann doch selbst mit den Krücken kaum stehen.«

Robert zuckte zusammen. »Ach, Annie, hör auf…«

»Nein, du hörst jetzt auf«, sagte sie und wollte gehen, kam dann aber noch einmal zurück. »Du willst, daß alles so bleibt wie es war, aber es wird nie wieder so sein. Kapierst du das denn nicht?«

Einen Augenblick lang blieb sie stehen, umrahmt vom blauen Flur. Dann sagte sie, daß Arbeit auf sie warte und ging. Und ein dumpfer Schmerz tief in seiner Brust sagte Robert, daß sie recht hatte. Nie wieder würde es so sein wie früher.

Wirklich geschickt, wie man dafür gesorgt hatte, daß sie dahinter kam, was mit ihrem Bein los war, dachte Grace. Denn wenn sie zurückdachte, konnte sie nicht sagen, wann genau sie es eigentlich erfahren hatte. Wahrscheinlich waren sie in diesen Dingen richtige Künstler und wußten genau, wieviel sie verraten durften, ohne daß die Patienten ausflippten. Noch ehe Grace reden oder sich wieder bewegen konnte, hatte sie gespürt, daß da unten etwas passiert war. Sie hatte so ein merkwürdiges Gefühl, und ihr fiel auf, daß die Schwestern sich um die Stelle da unten mehr als um alles andere kümmerten. Und als man sie aus dem Tunnel voller Klebstoff zog, schien dieses Wissen wie so viele andere Fakten einfach in ihr Bewußtsein zu gleiten.

»Ab nach Hause?«

Sie sah auf. Die große freundliche Frau, die immer fragte, was sie essen wollte, lehnte in der Tür. Grace lächelte und nickte.

»Soll welche geben, die tun das gern«, sagte die Frau. »Aber denk dran, du verpaßt mein Weihnachtsessen.«

»Sie können mir ja was aufheben. Ich komm übermorgen zurück.« Ihre Stimme klang noch ziemlich heiser. Ein Heftpflaster an ihrem Hals klebte über dem Einschnitt, in dem der Respirationsschlauch gesteckt hatte. Die Frau zwinkerte ihr zu.

»Mach ich, Honey.«

Sie ging, und Grace schaute auf die Uhr. Ihre Eltern kamen erst in zwanzig Minuten, aber sie saß schon angezogen und reisefertig auf dem Bett. Eine Woche nachdem sie aus dem Koma erwacht war, hatte man sie in dieses Zimmer gebracht und vom Respirator befreit, so daß sie wieder sprechen und die Worte nicht nur mit den Lippen andeuten konnte. Es war ein kleines Zimmer mit idyllischem Blick auf einen Parkplatz und in jener deprimierend blaßgrünen Farbe gestrichen, die offenbar ausschließlich für Krankenhäuser hergestellt wurde. Aber wenigstens gab es einen Fernseher, und da sämtliche freie Flächen mit Blumen, Karten und Geschenken überladen waren, ließ es sich hier aushalten.

Sie sah auf ihr Bein, dahin, wo die Schwester die untere Hälfte ihrer grauen Jogginghose sorgfältig hochgesteckt hatte. Wenn einem ein Arm oder ein Bein amputiert wurde, hatte Grace mal gehört, war das fehlende Glied trotzdem nicht empfindungslos. Und das stimmte. Nachts juckte ihr Bein zum Verrücktwerden. Und jetzt juckte es auch. Unheimlich war nur, daß dieses komische halbe Bein, das man ihr gelassen hatte, selbst dann nicht ihr zu gehören schien, wenn sie es mit eigenen Augen sah. Es gehörte jemand anderem.

Ihre Krücken lehnten an der Wand neben dem Nachttisch, dahinter hing das Foto von Pilgrim. Es war eins der ersten Dinge gewesen, die sie beim Aufwachen gesehen hatte. Ihrem Vater war aufgefallen, daß sie sich das Bild betrachtete, und er hatte gesagt, daß es dem Pferd gutgehe, und da hatte sie sich gleich besser gefühlt.

Judith war tot. Und Gully. Das hatten sie ihr ebenfalls erzählt. Und es war wie mit dem Bein; sie konnte die Nachricht nicht ganz fassen. Das Problem war nicht, daß sie ihnen nicht glaubte, warum sollten sie schließlich auch lügen? Sie hatte auch geweint, als ihr Vater es ihr beigebracht hatte, doch vielleicht waren daran die Drogen schuld, die man ihr gegeben hatte, jedenfalls hatte es sich nicht wie richtiges Weinen angefühlt. Fast hatte sie gemeint, sich selbst beim Weinen beobachten zu können. Und wann immer sie seither daran gedacht hatte (und es war wirklich erstaunlich, wie gut sie diesen Gedanken vermeiden konnte), schien die Tatsache, daß Judith tot war, in ihrem Kopf irgendwie aufgehoben zu sein, sorgsam weggepackt, so daß sie keinen allzu genauen Blick darauf werfen konnte.

Ein Polizist war letzte Woche gekommen, hatte ihr Fragen gestellt und sich Notizen über den Hergang der Ereignisse gemacht. Der arme Kerl war schrecklich nervös gewesen, und Robert und Annie waren für den Fall, daß sie sich aufregen sollte, in ihrer Nähe geblieben. Sie hätten sich keine Sorgen zu machen brauchen. Sie erzählte dem Polizisten, daß sie sich nur bis zu dem Moment erinnern konnte, wo sie die Böschung hinuntergerutscht war. Das stimmte nicht. Sie wußte, wenn sie wollte, könnte sie sich an viel, viel mehr erinnern. Aber sie wollte nicht.

Robert hatte ihr bereits erklärt, daß sie später noch eine weitere Erklärung abgeben mußte, eine eidesstattliche Aussage oder dergleichen, für die Leute von der Versicherung, aber darüber sollte sie sich erst Gedanken machen, wenn es ihr besser ging. Was immer damit gemeint war.

Grace starrte immer noch auf das Bild von Pilgrim. Sie hatte bereits entschieden, was zu tun war. Sie würde ihre Eltern bitten, Pilgrim wieder nach Kentucky zurückzubringen. Sie konnte den Gedanken nicht ertragen, ihn in der näheren Umgebung zu verkaufen, so daß sie ihm eines Tages vielleicht mit einem anderen Reiter begegnete. Sie wollte ihn noch einmal sehen und sich von ihm verabschieden, aber das war dann auch alles.

Pilgrim kam auch zu Weihnachten nach Hause, eine Woche früher als Grace, und niemand in Cornell weinte ihm eine Träne nach. Er hatte mehreren Studenten Zeichen seiner Zuneigung hinterlassen, ein halbes Dutzend Schnittwunden etwa und viele blaue Flecke, eine Studentin trug sogar ihren Arm in Gips. Dorothy Chen, die sich eine Art Matadortechnik ausgedacht hatte, um ihm die täglichen Spritzen verabreichen zu können, behielt zur Belohnung einen perfekten Abdruck seiner Zähne auf ihrer Schulter.

»Ich kann sie nur im Badezimmerspiegel sehen«, erzählte sie Harry Logan. »Sie haben in allen Rottönen geleuchtet, die man sich nur vorstellen kann.«

Logan konnte sich sehr gut vorstellen, wie Dorothy Chen ihre nackte Schulter im Badezimmerspiegel begutachtete. O Mann!

Joan Dyer und Liz Hammond fuhren mit ihm, um das Pferd abzuholen. Logan hatte sich mit Liz immer gut verstanden, auch wenn sie sich mit ihren Praxen Konkurrenz machten. Liz war eine große, herzliche Frau, etwa in seinem Alter, und Logan war froh, sie dabei zu haben, denn er fand Joan Dyer immer ein bißchen anstrengend.

Er schätzte Joan auf Mitte Fünfzig; sie hatte eins dieser strengen, wettergegerbten Gesichter, die einem stets das Gefühl gaben, abgeurteilt zu werden. Joan saß am Steuer und hörte ihnen zu, während er sich mit Liz über berufliche Dinge unterhielt. Als sie in Cornell eintrafen, setzte Joan den Lieferwagen geschickt zurück und hielt direkt vor Pilgrims Box. Aber obwohl Dorothy ihm ein Beruhigungsmittel gab, brauchten sie trotzdem noch eine Stunde, bis sie ihn verladen hatten.

In den letzten Wochen war Liz sehr hilfsbereit gewesen. Gleich im Anschluß an ihre Konferenz war sie auf Bitten der Macleans nach Cornell gekommen, denen es offensichtlich lieber gewesen wäre, wenn sie die Betreuung von Pilgrim übernommen hätte – ein Verzicht, der Logan nicht allzu schwergefallen wäre. Aber Liz berichtete den Macleans, daß Logan phantastische Arbeit geleistet hatte und daß sie ihn nicht von diesem Fall abziehen sollten. Als Kompromiß bot sie ihnen an, eine Art Kontrollfunktion auszuüben. Logan fühlte sich dadurch nicht bedroht. Er fand es angenehm, in einem derartig schwierigen Fall die Meinung einer Kollegin hören zu können.

Joan Dyer, die Pilgrim seit dem Tag des Unfalls nicht mehr gesehen hatte, war entsetzt. Die Narben in seinem Gesicht und auf der Brust waren schlimm genug, aber eine derart wilde, fast wahnsinnige Feindseligkeit hatte sie noch nie zuvor bei einem Pferd beobachtet. Während der gesamten Rückfahrt konnten sie – vier Stunden lang – hören, wie er mit den Hufen gegen die Seitenwände der Box donnerte. Der ganze Wagen bebte, und Joan schien beunruhigt.

»Wo soll ich ihn bloß unterbringen?«

»Wie meinen Sie das?« fragte Liz.

»Na ja, so kann ich ihn nicht wieder in die Scheune stellen. Das ist nicht sicher genug.«

Als sie das Gestüt erreichten, ließen sie Pilgrim im Lieferwagen stehen, während Joan und ihre beiden Söhne in einem Stall hinter der Scheune einen Verschlag saubermachten, der seit Jahren nicht mehr benutzt worden war. Eric und Tim waren Anfang Zwanzig und gingen ihrer Mutter bei der Arbeit auf dem Hof zur Hand. Während er ihnen zusah, fiel Logan auf, daß sie beide das lange Gesicht der Mutter und ihren sparsamen Umgang mit Worten geerbt hatten. Sobald sie den Verschlag vorbereitet hatten, fuhr Eric, der älter und etwas mürrischer als sein Bruder Tim war, den Lieferwagen rückwärts an den Stall heran. Aber das Pferd wollte nicht herauskommen.

Schließlich befahl Joan ihren Söhnen, sich dem Pferd mit Stöcken durch die Seitentür des Lieferwagens zu nähern, und Logan sah, wie sie auf das Pferd eindroschen und Pilgrim sich vor ihnen aufbäumte, ebenso erschrocken wie die beiden Jungen selbst. Ihr Vorgehen schien ihm nicht richtig, aber er hatte auch keine bessere Idee, und er fragte sich besorgt, ob die Brustwunde nicht wieder aufplatzen konnte. Zu guter Letzt wich das Pferd vor den Stöcken zurück, ging in den Stall, und die Jungen schlugen die Tür hinter ihm zu.

Als er an diesem Abend nach Hause zu seiner Frau und zu seinen Kindern fuhr, war Harry Logan ziemlich niedergeschlagen. Er mußte an den Trapper denken, diesen kleinen Kerl mit Pelzhut, der ihn von der Eisenbahnbrücke herunter angegrinst hatte. Der Widerling hatte recht gehabt. Sie hätten das Pferd einschläfern sollen.

Das Weihnachtsfest begann nicht gut bei den Macleans und wurde immer schlechter. Sie fuhren mit Roberts Wagen heim, Grace saß hinten, die Beine hochgelegt auf dem Rücksitz. Und kaum hatten sie das Krankenhaus hinter sich gelassen, fragte Grace nach dem Tannenbaum.

»Können wir ihn schmücken, wenn wir nach Hause kommen?«

Annie sah stur geradeaus und überließ es Robert, ihrer Tochter zu erklären, daß sie den Baum bereits geschmückt hatten, aber er erzählte ihr nichts von dem freudlosen Schweigen am späten gestrigen Abend, nichts von der aufs äußerste gespannten Atmosphäre.

»Ich dachte, du würdest dich nicht fit genug fühlen«, sagte er. Annie wußte, daß sie gerührt oder dankbar für die selbstlose Art sein sollte, mit der Robert alle Schuld auf sich lud, und es irritierte sie, daß sie nichts dergleichen empfand. Beinahe verärgert wartete sie darauf, daß Robert die Wogen mit einem Scherz glättete.

»Nichts da, junge Dame«, fuhr er fort. »Dir bleibt genug Arbeit, wenn wir nach Hause kommen. Da ist noch Holz zu hacken, Wäsche zu waschen, Essen zu kochen...«

Grace lachte gehorsam, und Annie ignorierte Roberts langen verstohlenen Blick während des anschließenden Schweigens.

Als sie daheim waren, gaben sie sich Mühe, ein wenig fröhlich zu sein. Grace behauptete, der Baum im Flur sähe wunderschön aus. Sie blieb einige Zeit allein auf ihrem Zimmer, legte *Nirvana* auf und drehte laut auf, damit sie wußten, daß alles okay war. Mit den Krükken war sie recht geschickt, kam sogar mit der Treppe zurecht und fiel nur einmal hin, als sie eine Tüte mit einigen kleinen Geschenken herunterbringen wollte, die die Schwestern auf ihre Bitte hin für ihre Eltern gekauft hatten.

»Alles in Ordnung«, sagte sie, als Robert zu ihr lief. Sie war mit dem Kopf heftig an die Wand geschlagen, und Annie, die aus der Küche auftauchte, konnte sehen, welche Schmerzen sie litt.

»Bist du sicher?« Robert betrachtete sie besorgt, aber Grace verzichtete weitestgehend auf seine Hilfe.

»Klar, Dad. Mir geht's wirklich prima.«

Annie sah, wie Robert die Tränen kamen, als Grace ihre Geschenke unter den Tannenbaum legte. Der Anblick machte sie so wütend, daß sie sich rasch umdrehte und zurück in die Küche ging.

Sie schenkten sich jedes Jahr einen Weihnachtsstrumpf. Annie und Robert füllten gemeinsam Graces Strumpf, und dann jeder einen für den anderen. Am Morgen brachte Grace ihren Strumpf ins elterliche Schlafzimmer, setzte sich zu ihnen aufs Bett, und dann packten sie abwechselnd die Geschenke aus und machten Witze darüber, wie klug der Weihnachtsmann doch gewesen war, oder darüber, daß er vergessen hatte, das Preisschild abzumachen. Doch wie das Baumschmücken schien Annie dieses Ritual auch unerträglich geworden zu sein.

Grace ging früh zu Bett, und als Robert sicher wußte, daß sie schlief, schlich er sich auf Zehenspitzen mit dem Strumpf in ihr Zimmer. Annie zog sich aus und lauschte dem Ticken der Uhr unten im Flur. Sie war im Bad, als Robert zurückkam, dann hörte sie es rascheln und wußte, daß er nun den Strumpf unter ihr Bett schob. Was für ein Theater!

Er kam ins Bad, als sie sich die Zähne putzte. Er trug seinen gestreiften, englischen Pyjama und lächelte ihr im Spiegel zu. Annie spuckte und spülte sich den Mund aus.

»Du mußt mit dieser Heulerei aufhören«, sagte sie, ohne ihn anzuschauen.

»Was?«

»Ich habe dich beobachtet, als sie hinfiel. Hör auf damit, sie zu bedauern. Mitleid hilft ihr auch nicht weiter.«

Er stand da und starrte sie an. Als sie sich umdrehte, um ins Schlafzimmer zu gehen, trafen sich ihre Blicke. Er runzelte die Stirn und schüttelte den Kopf.

»Du bist unglaublich, Annie.«

»Danke.«

»Was ist bloß los mit dir?«

Statt zu antworten, ging sie an ihm vorbei ins Schlafzimmer. Sie legte sich ins Bett und machte ihr Licht aus, und sobald er im Bad fertig war, tat er es ihr nach. Sie drehten sich die Rücken zu, und Annie blickte auf das scharf geschnittene gelbe Rechteck, das die Lampe am Treppenabsatz auf den Schlafzimmerboden warf. Sie hatte nicht aus Wut geschwiegen, sondern nur, weil sie die Antwort nicht kannte. Wie hatte sie nur so etwas sagen können? Vielleicht reagierte sie so wütend auf seine Tränen, weil sie eifersüchtig darauf war. Sie hatte seit dem Unfall nicht ein einziges Mal geweint.

Sie drehte sich um, legte schuldbewußt ihre Arme um ihn und schmiegte sich an seinen Rücken.

»Tut mir leid«, murmelte sie und küßte seinen Nacken. Einen Augenblick verharrte Robert regungslos. Dann drehte er sich langsam auf den Rücken und legte einen Arm um sie. Annie kuschelte sich an seine Brust. Sie hörte, wie er einen tiefen Seufzer ausstieß, und lange blieben sie reglos liegen. Dann glitt ihre Hand langsam über seinen Bauch hinunter, berührte ihn sanft und spürte, wie er sich regte. Sie richtete sich auf, kniete sich über ihn, zog sich das Nachthemd über den Kopf und ließ es auf den Boden fallen. Er war jetzt hart, und als er, wie er es immer tat, zu ihren Brüsten hinauf griff, führte sie ihn in sich hinein und spürte, wie ein Beben durch seinen Körper lief. Sie sagten beide keinen Ton. Und sie sah in der Dunkelheit auf diesen guten Mann, der sie seit so langer Zeit kannte, und entdeckte in seinen Augen eine furchtbare, untröstliche und vom Verlangen verschleierte Traurigkeit.

Am ersten Weihnachtstag wurde es kälter. Wie in einem Film, der vorgespult wird, rasten metallfarbene Wolken über die Wälder. Der Wind sprang nach Norden um und warf arktische Luftwirbel hinab ins Tal. Im Haus hörten sie auf das Heulen im Kamin, während sie vor einem mächtigen Feuer Scrabble spielten.

Beim Auspacken der Geschenke hatten sich am Morgen alle sehr zusammengerissen. Nie zuvor in ihrem Leben, auch nicht, als sie noch sehr klein war, hatte Grace jemals so viele Geschenke bekommen. Beinahe alle Bekannten hatten ihr etwas geschickt, und Annie kam zu spät auf den Gedanken, ihr einige Präsente für den nächsten Tag aufzuheben. Grace merkte bald die mildtätige Absicht hinter den Geschenken und ließ viele ungeöffnet liegen.

Annie und Robert hatten nicht gewußt, was sie ihr kaufen sollten. Früher war es immer eine Kleinigkeit für die Reiterei gewesen. Aber das einzige, was ihnen jetzt einfiel, wirkte allein deshalb schon aufgesetzt, weil es nichts mit dem Reiten zu tun hatte. Robert hatte ihr schließlich ein Aquarium voller tropischer Fische gekauft. Sie wußten, daß Grace sich ein Aquarium wünschte, aber Annie hatte Angst, daß sich selbst mit diesem Geschenk eine Botschaft verband: Setz dich hin und schau zu, schien es zu sagen. Was bleibt dir auch anderes übrig.

Robert hatte das Aquarium im hinteren Wohnzimmer aufgestellt und in Weihnachtspapier eingewickelt. Sie führten Grace hinein und sahen, wie ihr Gesicht strahlte, als sie das Geschenk auspackte.

»Wahnsinn!« rief sie. »Das ist einfach super.«

Als Annie am Abend das Essen abräumte, sah sie Grace und Robert im Dunkeln auf dem Sofa vor dem Aquarium liegen. Das Becken war erleuchtet, Blasen stiegen auf. Die beiden hatten den Fischen zugesehen und waren Arm in Arm eingeschlafen. Die wogenden Pflanzen und die vorübergleitenden Fische warfen gespenstische Schatten auf ihre Gesichter.

Beim Frühstück am nächsten Morgen sah Grace sehr blaß aus. Robert faßte nach ihrer Hand.

»Alles in Ordnung, Kleines?«

Sie nickte. Annie stellte einen Krug Orangensaft auf den Tisch, und Robert ließ Graces Hand los. Annie sah ihrer Tochter an, daß sie etwas sagen wollte, was ihr nicht ganz leichtfiel.

»Ich habe über Pilgrim nachgedacht«, sagte sie mit tonloser Stimme. Es war das erste Mal, daß sie den Namen wieder erwähnte. Annie und Robert rührten sich nicht. Annie fand es beschämend, daß seit dem Unfall oder zumindest seit Pilgrims Rückkehr zu Mrs. Dyer noch niemand von ihnen nach dem Pferd gesehen hatte.

»Ähäm«, sagte Robert. »Und?«

»Und ich denke, wir sollten ihn zurück nach Kentucky schikken.«

Sie schwiegen.

»Gracie«, sagte Robert. »Wir müssen jetzt noch keine Entscheidungen treffen. Vielleicht...« Grace unterbrach ihn.

»Ich weiß, du willst sagen, daß Menschen mit einer solchen Verletzung wieder mit dem Reiten angefangen haben, aber ich...« Sie schwieg einen Augenblick, riß sich dann aber zusammen. »Ich will nicht. Bitte.«

Annie schaute Robert an, und sie wußte, daß er ihren Blick spürte, daß sie ihn damit warnen wollte, auch nicht die Spur einer Träne zu zeigen.

»Ich weiß nicht, ob sie ihn wieder zurücknehmen«, fuhr Grace fort. »Aber ich will nicht, daß ihn einer aus unserer Gegend kauft.«

Robert nickte langsam und zeigte ihr, daß er sie verstand, auch wenn er nicht derselben Meinung war. Doch Grace schien fest entschlossen.

»Ich will mich von ihm verabschieden, Daddy. Können wir ihn heute morgen besuchen? Bevor ich ins Krankenhaus zurück muß?«

Annie hatte nur einmal mit Harry Logan gesprochen. Es war ein unangenehmes Telefongespräch gewesen, und obwohl sie beide kein Wort über Annies Drohung verloren, ihm den Prozeß zu machen, wurde doch jedes ihrer Worte davon überschattet. Logan hatte sehr charmant geklungen, und Annie war, zumindest im Tonfall, einer Entschuldigung so nahe gekommen, wie es ihr nur möglich war. Seither hatte sie alles Wissenswerte über Pilgrim durch Liz Hammond erfahren, aber die Tierärztin hatte ihre Sorgen nicht unnötig vermehren wollen und ihr einen ungefähren Eindruck von Pilgrims Genesung vermittelt, der ebenso beruhigend wie falsch war.

Die Wunden verheilten gut, sagte sie. Die Hautverpflanzungen am Sprungbein waren vom Körper angenommen worden. Die Nasenbeinkorrektur sah besser aus, als sie gehofft hatten. Das waren keine Lügen, und doch hatten sie Annie, Robert und Grace nicht auf das vorbereitet, was sie erwartete, als sie über die lange Auffahrt fuhren und vor Joan Dyers Haus parkten.

Mrs. Dyer kam aus dem Stall, ging ihnen über den Hof entgegen und wischte sich die Hände an der alten blauen Steppjacke ab, die sie tagein, tagaus trug. Der Wind peitschte ihr graue Haarsträhnen ins Gesicht, und sie lächelte, als sie sich das Haar aus den Augen strich. Das Lächeln war so merkwürdig und ungewohnt, daß Annie sie verwirrt anschaute. Aber wahrscheinlich machte sie nur der Anblick von Grace verlegen, der Robert beim Aussteigen mit den Krücken half.

»Hallo, Grace«, sagte Mrs. Dyer. »Wie geht's dir, Liebes?«

»Sie hält sich prima, nicht wahr, Kleines?« sagte Robert. Warum kann er sie nicht selbst antworten lassen, dachte Annie. Grace lächelte tapfer.

»Klar, mir geht's gut.«

»Hattest du eine schöne Weihnacht? Viele Geschenke?«

»Massenhaft«, sagte Grace. »Es war phantastisch, nicht wahr?« Sie blickte zu Annie auf.

»Phantastisch«, bestätigte Annie.

Keiner schien zu wissen, was sie als nächstes sagen sollten, und einen Augenblick standen sie verlegen im kalten Wind herum. Wolken stürmten über ihren Köpfen dahin, und als die Sonne plötzlich hervorbrach, schienen die Wände der Scheune rot aufzuglühen.

»Grace möchte Pilgrim sehen«, sagte Robert. »Ist er in der Scheune?«

Ein Schatten huschte über Mrs. Dyers Gesicht. »Nein. Er steht hinten.«

Annie spürte, daß hier irgend etwas nicht stimmte, und Grace ging es offenbar ähnlich.

»Schön«, sagte Robert. »Können wir ihn uns anschauen?«

Mrs. Dyer zögerte den Bruchteil einer Sekunde. »Natürlich.« Sie drehte sich um und ging vom Hof. Die Macleans folgten ihr hinüber zu den alten Stallgebäuden.

»Passen Sie auf, wo Sie hintreten. Hier draußen ist es ein bißchen matschig.«

Mrs. Dyer sah sich nach Grace und ihren Krücken um, dann warf sie Annie einen Blick zu, als ob sie sie warnen wollte.

»Sie ist verdammt gut auf diesen Dingern, was meinen Sie, Joan?« sagte Robert. »Ich kann kaum mit ihr Schritt halten.«

»Ja, das sehe ich.« Mrs. Dyer lächelte flüchtig.

»Warum steht er hier hinten?« fragte Grace. Mrs. Dyer gab keine Antwort. Sie hatten jetzt die Ställe erreicht. Mrs. Dyer blieb vor der einzigen Tür stehen, die verschlossen war, und drehte sich zu ihnen um. Sie schluckte schwer und sah Annie an.

»Ich weiß nicht, was Harry und Liz Ihnen gesagt haben.«

Annie zuckte die Achseln.

»Na ja, er hat Glück, daß er noch lebt, soviel wissen wir«, sagte Robert. Sie schwiegen und warteten alle darauf, daß Mrs. Dyer fortfuhr, doch die schien noch nach den richtigen Worten zu suchen.

»Grace«, sagte sie. »Pilgrim ist nicht mehr, wie er mal war. Die Ereignisse haben ihn sehr verstört.« Grace blickte plötzlich sehr besorgt drein, und Mrs. Dyer schaute sich hilfesuchend nach Annie und Robert um. »Ehrlich gesagt bin ich mir nicht sicher, ob es so eine gute Idee ist, daß Ihre Tochter ihn zu Gesicht bekommt.«

»Warum? Was...?« begann Robert, doch Grace schnitt ihm das Wort ab.

»Ich will ihn aber sehen. Machen Sie die Tür auf.«

Mrs. Dyer sah Annie an und wartete auf eine Entscheidung. Annie fand, sie waren schon zu weit gegangen, als daß sie jetzt noch umkehren könnten. Sie nickte. Widerwillig zog Mrs. Dyer den Riegel von der oberen Türhälfte zurück. Im selben Moment brach im Stall ein Höllenlärm aus, der sie alle erschreckt zusammenfahren ließ. Dann war es still. Langsam öffnete Mrs. Dyer die obere Tür, und Grace starrte in den Stall. Annie und Robert standen hinter ihr.

Die Augen des Mädchens brauchten eine Weile, bis sie sich an die Dunkelheit gewöhnt hatte. Dann sah sie ihn. Ihre Stimme klang so zart und zerbrechlich, daß die anderen sie kaum hörten.

»Pilgrim? Pilgrim?«

Dann stieß sie einen Schrei aus, drehte sich um, und Robert mußte sie rasch festhalten, sonst wäre sie hingefallen.

»Nein, Daddy! Nein!«

Er legte seine Arme um sie und führte sie fort. Ihr Schluchzen wurde vom Wind davongetragen.

»Es tut mir schrecklich leid, Annie«, sagte Mrs. Dyer. »Ich hätte es nicht erlauben dürfen.«

Annie starrte sie mit leerem Blick an, dann ging sie näher an die Stalltür heran. Plötzlich schlug ihr beißender Uringestank ins Gesicht, der Boden starrte vor Dreck und Pferdedung. Pilgrim war in den Schatten der entferntesten Ecke zurückgewichen und beobachtete sie. Er hielt die Beine gespreizt und streckte den Hals so tief nach unten, daß sein Kopf kaum einen Fußbreit über der Erde hing. Sein grotesk vernarbtes Maul reckte er nach oben, als wollte er sagen: Wag es ja nicht, dich zu rühren! Und er schnaubte in kurzen, unruhigen Stößen. Annie spürte, wie es ihr kalt über den Rücken lief, und das Pferd schien ähnlich zu empfinden, denn es legte die Ohren zurück und starrte sie heimtückisch und mit zähnefletschendem Grinsen an, gleichsam die schauderhafte Parodie einer Drohgebärde.

Annie sah in das blutdurchschossene Weiß seiner Augen und verstand zum erstenmal in ihrem Leben, wieso es Menschen gibt, die an den Teufel glauben.

5

Die Konferenz schleppte sich nun schon über eine Stunde hin, und Annie langweilte sich. Überall in ihrem Büro hatten es sich Leute bequem gemacht, die in eine heftige Debatte darüber verwickelt waren, welche Pinkschattierung auf dem nächsten Cover am besten aussehen würde. Die diversen Entwürfe lagen vor ihnen ausgebreitet. Annie fand sie allesamt ziemlich gräßlich.

»Ich glaube einfach nicht, daß unsere Leser Leute sind, die derart phosphoreszierende Farben mögen«, sagte jemand.

Der Chefgraphiker, der offensichtlich anderer Meinung war, fühlte sich immer stärker in die Defensive gedrängt. »Das ist keine phosphoreszierende Farbe«, sagte er. »Das ist Lachsrosa.«

»Ich glaube auch nicht, daß sie Lachsrosa mögen. Das erinnert zu sehr an die Achtziger.«

»An die Achtziger? Das ist doch absurd!«

Normalerweise hätte Annie diese Debatte längst abgebrochen. Sie hätte ihnen einfach gesagt, was sie von alldem hielt, und damit wäre die Sache erledigt gewesen. Das Problem war nur, daß sie es beinahe unmöglich fand, sich zu konzentrieren, und daß es ihr noch schwerer fiel, diese Diskussion ernst zu nehmen.

So ging das schon den ganzen Morgen. Angefangen hatte es mit einem Frühstücksmeeting, auf dem sie Frieden schließen mußte mit dem Hollywoodagenten, der diesen Schauspieler vertrat, den Annie als »Schwarzes Loch« bezeichnet hatte und der sich entsetzlich darüber aufgeregt hatte, daß sein Porträt nicht veröffentlicht worden war. Dann hatte sie zwei Stunden lang die Leute von der Herstellung in ihrem Büro gehabt, die ihr etwas über die steil anwachsenden Kosten der Zeitschrift vorgejammert hatten. Einer von ihnen benutzte ein dermaßen grauenhaftes After-shave, daß Annie hinterher alle Fenster aufreißen mußte. Sie hatte den Geruch immer noch in der Nase.

In den letzten Wochen hatte sie sich immer stärker auf ihre Freundin und Stellvertreterin Lucy Friedman verlassen, die in allen Lifestyle-Fragen tonangebend war. Das Cover, über das sie im Moment diskutierten, spielte auf einen von Lucy in Auftrag gegebenen Artikel über Salonlöwen an und zeigte das Foto eines grinsenden, alternden Rockstars, dessen Falten vertragsgemäß vom Computer bereits fortretuschiert worden waren.

Lucy hatte zweifellos längst gemerkt, daß Annie mit ihren Gedanken woanders war, und stillschweigend die Leitung dieses Treffens übernommen. Sie war eine große, streitsüchtige Frau mit einem hintergründigen Sinn für Humor und einer Stimme wie ein rostiger Auspuff. Es machte ihr Spaß, die Dinge ein wenig durcheinanderzuwirbeln, und das tat sie auch nun, als sie ihre Meinung änderte und sagte, der Hintergrund des Covers sollte nicht pinkfarben, sondern von einem fluoreszierenden Lindgrün sein.

Als der Streit wieder aufflammte, ließ Annie ihre Gedanken erneut ziellos treiben. In einem Büro auf der anderen Straßenseite stand ein Mann mit Brille, Anzug und Schlips vor dem Fenster und führte eine Reihe von Tai-Chi-Bewegungen aus. Annie betrachtete den präzisen, dramatischen Schwung seiner Arme, die reglose Kopfhaltung und fragte sich, was diese Übungen wohl für ihn bewirken mochten.

Dann nahm sie aus dem Augenwinkel eine Bewegung wahr und sah Anthony, ihren Assistenten, durch das breite Glasfenster, wie er die Lippen bewegte und auf seine Uhr deutete. Es war fast Mittag, und sie war mit Robert und Grace in der orthopädischen Klinik verabredet.

»Was meinst du, Annie?« fragte Lucy.

»Entschuldige, Lucy, was hast du gesagt?«

»Lindgrün. Mit pinkfarbenem Titel.«

»Klingt gut«, sagte sie. Sie beugte sich vor und preßte ihre Hände flach auf den Tisch. »Hört mal, können wir für heute Schluß machen? Ich muß los.«

Draußen wartete ein Wagen. Sie gab dem Fahrer die Adresse und lehnte sich zurück, als sie Richtung Uptown zur East Side fuhren.

Die Menschen draußen sahen ebenso grau und trostlos aus wie die Straßen. Die Jahreszeit des Trübsinns war angebrochen, denn das neue Jahr dauerte bereits so lange, daß alle wußten, es würde genau so schlecht wie das alte sein. Als sie vor einer Ampel warteten, sah Annie zwei Obdachlose, die sich in einen Hauseingang drängten, der eine deklamierte mit großen Gesten zum Himmel hinauf, der andere schlief. Ihre Hände waren kalt, und sie vergrub sie noch tiefer in den Manteltaschen.

Sie kamen in der 84. Straße am Café Lester vorbei, in das Robert seine Tochter vor der Schule manchmal zum Frühstück einlud. Sie hatten noch nicht über die Schule geredet, aber Grace mußte bald zurück und sich den Blicken der Mädchen stellen. Es würde nicht leicht sein, aber je länger sie es hinausschob, um so schwieriger wurde es. Wenn das neue Bein paßte, das Bein, das sie heute in der Klinik ausprobieren wollten, würde Grace bald wieder laufen können. Und sobald sie mit der Prothese zurechtkam, sollte sie wieder zur Schule.

Annie kam zwanzig Minuten zu spät, und Robert und Grace waren bereits bei Wendy Auerbach, der Orthopädietechnikerin. Annie verneinte, als die Empfangsdame ihr den Mantel abnehmen wollte, und wurde über einen schmalen weißen Gang zum Anpaßraum geführt. Sie konnte ihre Stimmen hören.

Die Tür stand offen, und niemand sah sie hereinkommen. Grace saß im Slip auf einem Bett. Sie sah auf ihre Beine, die Annie aber nicht sehen konnte, da Wendy Auerbach davor kniete und irgend etwas nachstellte. Robert stand daneben und schaute zu.

»Wie ist das?« fragte Wendy. »Besser?« Grace nickte. »Okey-dokey. Dann wollen wir mal sehen, wie es sich im Stehen anfühlt.«

Sie trat zur Seite, und Annie sah, wie Grace vor Anspannung die Stirn runzelte, langsam vom Bett aufstand und zusammenzuckte, als sie das künstliche Bein belastete. Dann sah sie auf und entdeckte Annie.

»Hi«, sagte sie und versuchte zu lächeln. Robert und die Orthopädietechnikerin drehten sich zu ihr um.

»Hi«, sagte Annie. »Na, wie geht's?«

Grace zuckte die Achseln. Wie blaß sie aussieht, dachte Annie. Wie zerbrechlich.

»Die Kleine ist ein Naturtalent«, sagte Wendy Auerbach. »Nur schade, daß wir schon ohne ihre Mom anfangen mußten.«

Annie hob beschwichtigend die Hand. Die unbarmherzige Fröhlichkeit dieser Frau ärgerte sie. »Okey-dokey« war schon schlimm genug, aber wer als Fremde sie »Mom« nannte, der forderte den Teufel heraus. Ihr fiel es schwer, den Blick von der Prothese abzuwenden, und sie spürte, daß Grace ihre Reaktion beobachtete. Das künstliche Bein war fleischfarben und bis auf Gelenk und Ventilloch am Knie dem linken Bein sogar ein wenig ähnlich. Annie fand, es sehe schrecklich aus, richtig abscheulich. Sie wußte nicht, was sie sagen sollte. Robert kam ihr zu Hilfe.

»Der neue Schaft paßt hervorragend.«

Nach der ersten Anprobe hatte man einen neuen Gipsabdruck von Graces Stumpf gemacht und diesen neuen, besseren Schaft angefertigt. Roberts Begeisterung für den technischen Vorgang machte es ein wenig einfacher. Er hatte Grace die Werkstatt gezeigt und so viele Fragen gestellt, daß er sich inzwischen wahrscheinlich gut genug auskannte, um selbst Orthopädiemechaniker werden zu können. Annie wußte, daß er nicht nur Grace, sondern auch sie selbst damit von dem Schrecken des Vorgangs ablenken wollte. Es funktionierte auch, und Annie war ihm dankbar.

Man brachte ihnen einen Gehbock, und Robert und Annie sahen zu, wie Grace die Benutzung des Geräts gezeigt wurde. Sie würde den Bock nur ein oder zwei Tage brauchen, hieß es, bis sie ein Gefühl für das neue Bein habe. Dann dürfte ein Stock ausreichen, und ziemlich bald würde sie feststellen, daß sie selbst auf den verzichten konnte. Grace setzte sich wieder, und die Orthopädietechnikerin ratterte fröhlich eine Liste mit Gebrauchshinweisen und Hygienetips herunter. Sie wandte sich hauptsächlich an Grace, versuchte aber auch, die Eltern mit einzubeziehen. Sie beschränkte sich allerdings bald auf Robert, da er allein die Fragen stellte; außerdem schien sie Annies Abneigung zu spüren.

»Okey-dokey«, sagte sie schließlich und klatschte in die Hände. »Ich glaube, wir sind soweit.«

Sie begleitete sie bis zur Tür. Grace ließ das Bein umgeschnallt, ging aber auf Krücken. Robert trug den Gehbock und eine Tüte voller Mittelchen zur Beinpflege, die Wendy Auerbach ihnen mitgab.

Er dankte ihr, und sie warteten, während Wendy die Tür öffnete und Grace noch einen letzten Ratschlag mit auf den Weg gab.

»Denk dran. Es gibt kaum etwas, das du vorher getan hast und jetzt nicht mehr machen kannst. Also ab mit dir, junge Dame, steig einfach möglichst schnell wieder auf deinen verflixten Gaul.«

Grace sah zu Boden. Robert legte ihr eine Hand auf die Schulter. Annie scheuchte sie vor sich her durch die Tür.

»Sie will aber nicht«, sagte sie mit zusammengebissenen Zähnen, als sie an Wendy Auerbach vorbeiging. »Und auch der verflixte Gaul nicht. Okey-dokey?«

Pilgrim verfiel zusehends. Die gebrochenen Knochen und die Narben waren verheilt, aber die verletzten Schulternerven ließen ihn lahmen. Nur eine Kombination von Stallruhe und Physiotherapie konnte ihm helfen. Aber er explodierte jedesmal beim geringsten Anlaß derart, daß sich ihm kein Mensch nähern konnte, ohne Gefahr zu laufen, ernstlich von ihm verletzt zu werden. Also blieb ihm nur die Stallruhe. Im Gestank seiner düsteren Box hinter der Scheune wurde Pilgrim immer magerer und schwächer.

Harry Logan besaß weder den Mut noch die Geschicklichkeit, mit deren Hilfe Dorothy Chen ihre Spritzen verabreicht hatte. Und um ihm zu helfen, verfielen die Dyers auf einen üblen Trick. Die beiden Jungen sägten eine kleine Klappe in die untere Türhälfte, durch die sie Pilgrims Fressen und Wasser schoben. War eine Spritze fällig, hungerten sie ihn aus. Und wenn Logan dann die Spritze bereit hielt, stellten sie die Futtereimer vor die offene Klappe. Die Jungen bekamen oft richtige Lachanfälle, wenn sie sich versteckten und darauf warteten, daß Hunger und Durst Pilgrims Angst überwältigten. Kaum schob er zögernd das Maul vor, um an den Eimern zu schnuppern, rammten sie die Klappe zu und hielten seinen Kopf gerade so lange gefangen, daß Logan ihm die Spritze in den Hals jagen konnte. Logan haßte diesen Job, und das Lachen der Jungen haßte er ganz besonders.

Anfang Februar rief er Liz Hammond an, und sie trafen sich am Stall. Lange betrachteten sie Pilgrim durch die Stalltür, dann setzten sie sich in Liz' Auto. Eine Weile schwiegen beide und sahen Tim und Eric zu, die den Hof abspritzten und herumalberten.

»Mir reicht's«, sagte Logan. »Jetzt gehört er dir allein.«

»Hast du schon mit Annie geredet?«

»Ich habe sie bestimmt zehnmal angerufen. Ich habe ihr schon vor einem Monat gesagt, daß man das Pferd einschläfern lassen sollte. Sie hat mir gar nicht zugehört. Aber ich ertrag's nicht länger. Diese beiden dämlichen Jungs machen mich verrückt. Ich bin Tierarzt, Lizzie. Ich soll Tiere von ihrem Leid erlösen, nicht es ihnen zufügen. Mir reicht's.«

Einen Augenblick sagten beide kein Wort. Eric versuchte, sich eine Zigarette anzuzünden, aber Tim zielte immer wieder mit dem Schlauch auf ihn.

»Sie hat mich gefragt, ob es so etwas wie einen Pferdepsychiater gibt«, sagte Liz.

Logan lachte. »Das Pferd braucht keinen Seelenklempner, sondern eine Leukotomie.« Er kämpfte kurz mit sich. »Es gibt da diesen Chiropraktiker drüben in Pittsfield, aber der nimmt solche Fälle nicht an. Sonst fällt mir keiner ein. Dir vielleicht?«

Liz schüttelte den Kopf.

ZWEI

6

Amerika ist das Land, dessen Weiten zuerst die Pferde durchzogen. Eine Million Jahre vor der Geburt des ersten Menschen weideten sie auf den riesigen Prärien und zogen zu anderen Kontinenten über Felsbrücken, die bald unter dem Schmelzwasser der Gletscher verschwanden. Anfangs kannten die Pferde den Menschen nur, wie der Gejagte den Jäger kennt, denn lange bevor der Mensch sie zu Verbündeten in der Jagd auf andere Tiere machte, wurden sie selbst um ihres Fleisches willen getötet.

Höhlenbilder zeigen, wie dies geschah. Löwen und Bären stellen sich, um zu kämpfen, und das war der Augenblick, in dem der Mensch sie aufspießte. Aber das Pferd ist ein Geschöpf der Flucht, nicht des Kampfes, und mit einfacher, tödlicher Logik nutzte der Jäger diesen Trieb, um sie zu vernichten. Ganze Herden wurden von Klippen in den Tod getrieben. Davon zeugen Ansammlungen von abertausend gebrochenen Knochen. Und auch wenn der Mensch später vorgab, ein Freund der Pferde zu sein, blieb der Bund stets zerbrechlich, denn die Furcht, die er in ihren Herzen geweckt hatte, saß zu tief.

Seit jenem weit in die Steinzeit zurückliegenden Augenblick, als dem ersten Pferd ein Halfter angelegt wurde, gab es unter den Menschen einige wenige, die um diese Furcht wußten. Sie konnten in die Seele der Tiere schauen und ihren Schmerz lindern. Oft hielt man sie für Zauberer, und vielleicht waren sie das auch. Manche übten ihre Magie mit gebleichten Krötenknochen aus, die sie in mondhellen Nächten sammelten. Andere, so hieß es, konnten mit einem einzigen Blick die Hufe eines Gespanns an die zu pflügende Krume binden. Zigeuner und Schauspieler waren unter ihnen, Schamanen und Scharlatane. Und jene, die tatsächlich die Gabe besaßen, waren gut beraten, sich in acht zu nehmen, denn es hieß, wer den Teufel austreiben könne, der könne ihn auch hineintreiben. Vielleicht schüttelte der Besitzer eines Pferdes, das sie geheilt hatten, ihnen erst die Hand und tanzte dann um das Feuer, in dem man sie auf dem Dorfplatz verbrannte.

Und da sie Geheimnisvolles leise in gespitzte und geschundene Ohren flüsterten, nannte man sie die Flüsterer.

Meistens schienen es Männer zu sein, und darüber wunderte sich Annie, als sie bei abgeschirmtem Lampenlicht im höhlenartigen Lesesaal der Bücherei davon las. Sie hatte angenommen, daß Frauen mehr von solchen Dingen verstünden als Männer. Viele Stunden saß sie an den langen, glänzenden Mahagonitischen, eingepfercht von den Büchern, die sie zu diesem Thema aufgetrieben hatte, und blieb, bis die Bücherei schloß.

Sie las von einem Iren namens Sullivan, der vor zweihundert Jahren gelebt und wilde, verstörte Pferde gezähmt hatte, was viele Zeugen bestätigen konnten. Er führte die Tiere fort in eine abgedunkelte Scheune, und niemand wußte genau, was hinter dem verschlossenen Tor geschah. Er behauptete, einzig und allein die Worte einer indianischen Beschwörungsformel anzuwenden, die er einem hungrigen Reisenden um den Preis eines Mittagessens abgekauft hatte. Niemand wußte, ob er die Wahrheit sprach, denn er nahm sein Geheimnis mit ins Grab. Die Zeugen wußten nur, wenn Sullivan die Pferde wieder aus der Scheune führte, war alle Wildheit verschwunden. Manche behaupteten, sie wirkten eingeschüchtert.

In Groveport in Ohio hatte es einen Mann namens John Soloman Rarey gegeben, der sein erstes Pferd im Alter von zwölf Jahren zähmte. Die Kunde seiner Gabe verbreitete sich, und im Jahr 1858 wurde er ins Windsor Castle nach England gerufen, um ein Pferd der Königin Viktoria zu heilen. Die Königin und ihr Gefolge sahen mit Erstaunen, wie Rarey dem Tier die Hände auflegte und ihm befahl, sich vor ihnen auf den Boden niederzulassen. Er legte sich daneben und barg seinen Kopf zwischen den Hufen. Die Königin gluckste vor Vergnügen und gab Rarey einhundert Dollar. Er war ein bescheidener, ruhiger Mann, doch nun war er berühmt, und die Presse verlangte nach weiteren Beweisen seiner Kunst. Man suchte nach dem wildesten Pferd in ganz England.

Es wurde bald gefunden.

Es war ein Hengst, der auf den Namen Cruiser hörte, einst das schnellste Rennpferd des Landes. Inzwischen jedoch war er, dem Bericht zufolge, in dem Annie las, der »leibhaftige Teufel« und trug einen acht Pfund schweren Maulkorb aus Eisen, damit er nicht allzuviele Stalljungen umbrachte. Seine Besitzer hielten ihn nur am Leben, um ihn für die Pferdezucht zu nutzen, und wollten ihn blenden, um den Umgang mit ihm zu erleichtern. Gegen allen Rat begab Rarey sich in den Stall, in den sich sonst niemand hineintraute, und schloß die Tür. Drei Stunden später tauchte er wieder auf und führte Cruiser ohne Maulkorb und sanft wie ein Lamm an der Leine. Die Besitzer waren so beeindruckt, daß sie ihm das Pferd schenkten, und Rarey kehrte mit ihm nach Ohio zurück, wo Cruiser am 6. Juli 1875 starb.

Annie verließ die Bibliothek und ging zwischen den steinernen Löwen, die die Treppe bewachten, zur Straße hinunter. Der Verkehr brauste an ihr vorbei, und der eisige Wind fegte durch die Häuserschluchten. Sie mußte noch für drei oder vier Stunden zurück ins Büro, aber sie wollte etwas zu Fuß gehen. Die kalte Luft würde vielleicht Ordnung in die Geschichten bringen, die ihr durch den Kopf wirbelten. Wie immer sie hießen, wo oder wann sie auch gelebt hatten, die Pferde in den Geschichten hatten alle dasselbe Gesicht: das von Pilgrim. In Pilgrims Ohren hatte der Ire geflüstert, und es waren Pilgrims Augen hinter dem eisernen Maulkorb gewesen.

Etwas ging mit Annie vor, was sie noch nicht verstand, irgend etwas tief in ihr. Im Verlauf des letzten Monats hatte sie ihre Tochter beobachtet, wie sie über die Flure ihrer Wohnung ging, zuerst mit dem Gehbock, dann mit dem Stock. Sie hatte, wie alle anderen auch, Grace bei der brutalen tagtäglichen Schinderei der Gymnastik geholfen, Stunde um Stunde, bis ihre Glieder ebenso schmerzten wie die von Grace. In körperlicher Hinsicht gab es eine Reihe winziger Triumphe. Aber Annie blieb nicht verborgen, daß gleichzeitig etwas in dem Mädchen verkümmert war.

Grace versuchte, es vor ihnen – ihren Eltern, vor Elsa, ihren Freundinnen, selbst vor der Armee von Beratern und Therapeuten, die gut bezahlt wurden, um sich dieser Dinge anzunehmen – mit einer gleichsam beharrlichen Fröhlichkeit zu verbergen. Aber Annie durchschaute sie, sah, wie sich Graces Gesicht veränderte, wenn sie sich unbeobachtet glaubte, sah das Schweigen, das ihre Tochter wie ein geduldiges Ungeheuer in seine Arme schloß.

Warum nun das Leben eines wahnsinnigen Pferdes, eingesperrt in einem verdreckten Stall auf dem Land, so entscheidend mit dem psychischen Verfall ihrer Tochter verknüpft sein sollte, konnte Annie nicht sagen. Es war einfach unlogisch. Sie respektierte Graces Entscheidung, nicht wieder reiten zu wollen, ihr gefiel nicht einmal der Gedanke, daß sie es tatsächlich noch einmal versuchen könnte. Und wenn Harry Logan und Liz ihr immer wieder sagten, daß es besser sei, Pilgrim einzuschläfern, und daß sein Dahinvegetieren ein Elend für alle Beteiligten war, dann wußte sie, daß sie recht hatten. Warum also wehrte sie sich dagegen? Und warum hatte sie sich zwei Nachmittage frei genommen, um über irgendwelche Spinner nachzulesen, die Tieren etwas ins Ohr flüsterten? Weil sie eine Närrin war, schalt sie sich selbst.

Die meisten Menschen fuhren von der Arbeit nach Hause, als sie ins Büro zurückkehrte. Sie setzte sich an ihren Tisch, und Anthony reichte ihr eine Liste mit Nachrichten und erinnerte sie an ein Frühstücksmeeting, das sie eigentlich ausfallen lassen wollte. Dann wünschte er ihr eine gute Nacht und ließ sie allein. Annie erledigte eine Reihe von Telefonaten, die laut Anthony nicht warten konnten, und rief dann zu Hause an.

Robert erzählte ihr, daß Grace gerade ihre Übungen machte. Es gehe gut, sagte er. Das sagte er immer. Annie erzählte ihm, daß sie spät kommen würde und er mit dem Essen nicht auf sie warten sollte.

»Du klingst müde«, sagte er. »Einen schweren Tag gehabt?«

»Nein. Ich habe über Pferdeflüsterer nachgelesen.«

»Über wen?«

»Erzähl ich dir später.«

Sie begann, den Stapel Papiere durchzuarbeiten, den Anthony ihr dagelassen hatte, aber ihre Gedanken schweiften ab und verloren sich in weithergeholten Phantasien über das, was sie in der Bibliothek gelesen hatte. Vielleicht gab es irgendwo noch einen Ururenkel von John Rarey, der seine Gabe geerbt hatte und Pilgrim helfen konnte? Vielleicht sollte sie eine Anzeige in der *Times* aufgeben, um ihn ausfindig zu machen. Pferdeflüsterer gesucht.

Sie konnte hinterher nicht sagen, wie lange sie so dagesessen hatte, ehe sie eingeschlafen war, aber sie fuhr erschrocken auf, als ein Wachposten die Tür zu ihrem Büro öffnete, sich entschuldigte und sagte, er überprüfe routinemäßig alle Zimmer. Annie fragte ihn nach der Zeit und war entsetzt, als sie hörte, daß es bereits nach elf Uhr war.

Sie rief sich ein Taxi und starrte den ganzen Weg zum Central Park West trübsinnig vor sich hin. Das grüne Vordach über dem Eingang zum Wohnblock schien im gelben Licht der Straßenlampen farblos zu sein.

Robert und Grace waren beide zu Bett gegangen. Annie stand in der Tür zu Graces Zimmer und ließ ihren Augen Zeit, sich an die Dunkelheit zu gewöhnen. Das künstliche Bein stand in der Ecke wie ein Spielzeugsoldat. Grace regte sich im Schlaf und murmelte etwas. Und dann kam Annie plötzlich der Gedanke, daß ihr dringlicher Wunsch, Pilgrim am Leben zu erhalten und jemanden zu finden, der sein gequältes Herz besänftigen konnte, gar nichts mit Grace zu tun hatte. Vielleicht ging es dabei um sie selbst.

Behutsam zog Annie die Decke über Graces Schultern und ging zurück über den Flur in die Küche. Robert hatte eine Nachricht auf den gelben Notizblock auf dem Tisch gekritzelt. Liz Hammond hat angerufen, stand dort. Sie hatte den Namen eines Mannes herausgefunden, der ihnen vielleicht helfen konnte.

7

Tom Booker wachte um sechs auf und sah sich beim Rasieren die Nachrichten im Fernsehen an. Ein Kerl aus Oakland hatte mitten auf der Golden Gate Bridge angehalten, seine Frau und seine beiden Kinder erschossen und war dann in die Tiefe gesprungen. Es kam zu einem riesigen Stau. Irgendwo in den östlichen Vororten hatte ein Berglöwe eine Frau getötet, die in den Hügeln hinter ihrem Haus joggte.

Das Licht über dem Spiegel ließ sein sonnenverbranntes Gesicht unter dem Rasierschaum grün aussehen. Das Bad war winzig und schmutzig, und Tom mußte sich bücken, wenn er unter der Dusche in der Wanne stand. Motels wie dieses schienen für irgendeine Miniaturrasse gebaut worden zu sein, der er noch nie begegnet war, Menschen mit winzigen, geschickten Fingern, die Seife in der Größe von Kreditkarten bevorzugten.

Er zog sich an, setzte sich aufs Bett, um seine Stiefel anzuziehen, und schaute über den kleinen Parkplatz, auf dem dicht an dicht die Pickups und Geländewagen der Kursteilnehmer standen. Gestern abend hatte es so ausgesehen, als würde er zwanzig in der Hengstfohlenklasse und zwanzig in der Reitklasse haben. Das waren eigentlich zu viele Teilnehmer, aber er schickte die Leute nur ungern wieder heim, wenn auch eher den Pferden als ihren Besitzern zuliebe. Er zog sich die grüne Strickjacke an, nahm seinen Hut und trat auf den engen Flur, der zur Rezeption führte.

Der junge chinesische Hoteldirektor stellte ein Tablett mit grauenhaft aussehenden Donuts neben die Kaffeemaschine. Er strahlte Tom an.

»Guten Morgen, Mr. Booker! Wie geht's Ihnen?«

»Gut, danke«, sagte Tom. Er legte seinen Schlüssel auf den Tisch. »Und selbst?«

»Prima. Ein Donut auf Kosten des Hauses?«

»Nein, vielen Dank.«

»Alles klar für den Kurs?«

»Ach, wir wursteln uns schon irgendwie durch. Bis später.«

»Wiedersehn, Mr. Booker.«

Es war ein klammer, kalter Morgen, als er zu seinem Pickup ging, doch die Wolken standen hoch am Himmel, und Tom wußte, daß sich die Luft bis Mittag erwärmt haben würde. Daheim in Montana lag die Ranch noch immer unter zwei Fuß hohem Schnee, und als sie daher gestern abend ins Marin County gekommen waren, hatten sie gemeint, in den Frühling zu fahren. Kalifornien, dachte er. Die hatten hier unten wirklich alles im Griff, sogar das Wetter. Er konnte es kaum erwarten, wieder nach Hause zu kommen.

Er steuerte den roten Chevy auf den Highway und fuhr dann über die Hunderteins zum Reithof, der sich einige Meilen außerhalb der Stadt in ein sanft abfallendes, bewaldetes Tal schmiegte. Er hatte den Hänger gestern abend hergefahren und Rimrock auf die Weide gebracht, ehe er ins Motel gegangen war. Tom sah, daß bereits Pfeile entlang der Straße aufgestellt worden waren, auf denen BOOKERS PFERDEKURS stand, und er wünschte sich, man hätte es nicht getan. Wenn der Ort nicht leicht zu finden war, würden die Dümmsten vielleicht gar nicht erst auftauchen.

Er fuhr durch das Tor und parkte neben der großen Arena, in der man den Sand ordentlich geharkt hatte. Niemand war zu sehen. Rimrock entdeckte ihn vom anderen Weidenende aus, und noch ehe Tom über den Zaun klettern konnte, wartete sein Pferd bereits auf ihn. Es war ein acht Jahre altes braunes Quarterhorse mit einer Blesse im Gesicht und vier hübschen weißen Söckchen, die ihn so adrett aussehen ließen, als sei er auf dem Weg zu einer Tennisparty. Tom hatte ihn selbst gezüchtet und aufgezogen. Er tätschelte Rimrocks Hals und ließ sich von ihm das Gesicht beschnuppern.

»Dich erwartet heute eine ganze schöne Strapaze, alter Junge«, sagte Tom. Normalerweise zog er es vor, zwei Pferde zu einem Kurs mitzubringen, um die Arbeit unter ihnen aufteilen zu können, aber Bronty, seine Stute, würde bald fohlen, und deshalb hatte er sie in Montana gelassen. Ein weiterer Grund, weshalb er bald wieder nach Hause wollte.

Tom drehte sich um, lehnte sich an den Zaun und betrachtete gemeinsam mit Rimrock den leeren Platz, auf dem es in den nächsten fünf Tagen von nervösen Pferden und noch nervöseren Pferdehaltern nur so wimmeln würde. Nachdem sie beide mit ihnen gearbeitet hatten, würden die meisten etwas weniger nervös nach Hause fahren, und das allein war schon der Mühe wert. Allerdings war dies sein vierter Kurs in ebenso vielen Wochen, und es konnte verdammt anstrengend sein, dieselben dämlichen Probleme wieder und wieder auftauchen zu sehen.

Zum erstenmal seit zwanzig Jahren wollte er sich Frühjahr und Sommer freinehmen. Keine Kurse, keine Fahrerei. Hübsch daheim auf der Ranch bleiben, ein paar von seinen Jungpferden einarbeiten, seinem Bruder ein bißchen zur Hand gehen. Mehr nicht. Vielleicht wurde er langsam zu alt. Er war fünfundvierzig, fast sechsundvierzig. Als er mit den Kursen anfing, konnte er jede Woche einen Kurs abhalten und jeden Augenblick davon genießen. Wenn die Menschen doch nur genauso klug wären wie die Pferde.

Rona Williams, die Frau, der dieser Reithof gehörte und die jedes Jahr einen Kurs organisierte, hatte ihn entdeckt und kam ihm aus den Ställen entgegen. Sie war eine kleine, drahtige Frau mit den Augen einer Fanatikerin, die ihr Haar noch in zwei langen Zöpfen trug, obwohl sie auf die Vierzig zuging. Ihr herber, männlicher Gang bildete einen deutlichen Kontrast zu dieser Mädchenhaftigkeit. Es war der Gang einer Frau, die es gewohnt war, daß man ihr aufs Wort gehorchte. Tom mochte sie. Sie hatte hart gearbeitet, um diesen Kurs zu einem Erfolg zu machen. Er tippte an seinen Hutrand, und sie lächelte, um dann zum Himmel aufzublicken.

»Wird schön heute«, sagte sie.

»Denk schon.« Tom wies mit einem Kopfnicken zur Straße. »Ich habe gesehen, daß ihr euch ein paar schöne neue Schilder angeschafft habt. Ich nehme an für den Fall, daß sich eins dieser vierzig verrückten Pferde verirren sollte.«

»Neununddreißig.«

»Ach? Ist einer abgesprungen?«

»Von wegen. Neununddreißig Pferde und ein Esel.« Sie grinste.

»Der Typ mit dem Esel ist ein Schauspieler oder so was. Kommt aus Los Angeles.«

Er seufzte und warf ihr einen vernichtenden Blick zu.

»Was bist du doch für eine herzlose Frau, Rona. Eines Tages läßt du mich noch mit Grizzlybären ringen.«

»Keine schlechte Idee.«

Sie gingen zusammen zur Arena und besprachen den Tagesablauf. Er würde heute morgen mit den Jungpferden anfangen und sich eins nach dem anderen vornehmen. Bei zwanzig Tieren würde das so ziemlich den ganzen Tag dauern. Morgen gab es dann den Reitkurs, und später für diejenigen, die wollten, noch ein bißchen Vieharbeit.

Tom hatte neue Lautsprecherboxen gekauft und wollte eine Klangprobe machen, also half Rona ihm, die Boxen aus dem Chevy zu holen und sie neben der Zuschauertribüne aufzustellen. Eine Rückkopplung ließ die Boxen beim Einschalten aufjaulen, doch dann beruhigten sie sich und gaben nur noch ein drohendes, erwartungsvolles Summen von sich, als Tom über den Sand der Arena schritt und in das Funkmikrofon seines Kopfhörers sprach.

»Hallo Leute.« Seine Stimme dröhnte über die Bäume, die reglos in der windstillen Luft des Tales standen. »Dies ist die Rona-Williams-Show, und ich bin Tom Booker, Eselbändiger der Leinwandstars.«

Nachdem sie alles durchgeprüft hatten, fuhren sie in die Stadt zu dem Lokal, in dem sie immer gemeinsam frühstückten. Smoky und TJ, die beiden Jungs, die Tom aus Montana mitgebracht hatte, damit sie ihm bei den vier Kursen zur Hand gingen, saßen bereits am Tisch. Rona bestellte sich Granola, Tom wollte Rühreier, Weizentoast und einen großen Orangensaft.

»Habt ihr von der Frau gehört, die von einem Berglöwen beim Joggen gerissen wurde?« fragte Smoky.

»Der Löwe war auch joggen?« fragte Tom mit großen blauen Unschuldsaugen. Alle lachten.

»Warum nicht?« fragte Rona. »Mensch, Leute, schließlich sind wir hier in Kalifornien.«

»Klar«, sagte TJ. »Es heißt, er hätte eine Radlerhose angehabt und so kleine Kopfhörer getragen.«

»Meinst du so einen Sony Killerman?« fragte Tom. Smoky blieb gelassen. Sie hatten es sich angewöhnt, ihn jeden Morgen zu foppen. Tom mochte ihn gern. Er war zwar kein Nobelpreisträger, aber wenn es um Pferde ging, hatte er einiges drauf. Wenn er hart arbeitete, würde er eines Tages ziemlich gut sein. Tom fuhr ihm liebevoll durchs Haar.

»Bist schon in Ordnung, Smoke«, sagte er.

Ein Bussardpärchen kreiste träge am strahlend blauen Nachmittagshimmel. Es schwebte mit der aus dem Tal aufsteigenden Thermik immer höher hinauf und ließ hin und wieder im weiten Raum zwischen Baum und Hügelkuppe ein unheimliches Kreischen ertönen. Hundertfünfzig Meter unter ihnen entfaltete sich unter einer Staubwolke ein weiteres Drama der zwanzig Aufführungen dieses Tages. Die Sonne und vielleicht auch die Schilder an der Straße hatten eine so große Menschenmenge angelockt, wie Tom sie hier selten zu Gesicht bekommen hatte. Die Tribüne war bis auf den letzten Platz besetzt, und immer noch strömten die Menschen in Scharen zu Ronas Leuten am Tor, um ihre zehn Dollar zu bezahlen. Die Frauen am Erfrischungsstand machten ein gutes Geschäft, und der Geruch nach Barbecue hing in der Luft.

Mitten in der Arena befand sich ein kleiner Korral, etwa dreißig Schritt im Durchmesser, und hier arbeiteten Tom und Rimrock. Der Schweiß rann Tom in hellen Rinnsalen über das staubbedeckte Gesicht, und er wischte sich mit dem Ärmel des verwaschenen, blauen Hemdes die Stirn. Ihm war heiß unter den alten Lederchaps, die er über den Jeans trug. Mit elf Pferden war er bereits fertig, und dies nun war das zwölfte, ein wunderschönes, schwarzes Vollblut.

Tom redete zuerst immer ein Wort mit dem Besitzer, um die »Geschichte« des Pferdes herauszufinden, wie er es gern nannte. War es schon geritten worden? Gab es irgendwelche besonderen Probleme? Die gab es immer, aber meistens verriet sie das Pferd, nicht der Besitzer.

Dieses kleine Vollblut war dafür ein Paradebeispiel. Seine Besitzerin meinte, er sei ein bißchen bockig und hätte keine Lust zu galoppieren. Er sei faul, vielleicht sogar ein wenig verrückt, sagte sie. Doch als das Pferd in den Korral lief und Tom und Rimrock umkreiste, erzählte es eine andere Geschichte. Tom gab über Funkmikro einen fortlaufenden Kommentar ab, damit die Menge sein Tun verfolgen konnte. Er gab sich Mühe, die Besitzerin nicht für dumm zu verkaufen. Jedenfalls nicht für allzu dumm.

»Hier zeigt sich eine andere Geschichte«, sagte er. »Es ist immer interessant, die Sache aus der Sicht des Pferdes zu betrachten. Wäre es verrückt oder faul, wie Sie behaupten, würden wir es jetzt mit zuckendem Schweif und vielleicht auch mit angelegten Ohren vor uns sehen. Aber dies ist kein verstörtes Pferd, sondern ein verängstigtes. Sehen Sie, wie sehr es auf der Hut ist?«

Die Frau lehnte am Zaun des Korrals und schaute zu. Sie nickte. Rimrock piafierte auf flinken, weißen Söckchen, damit Tom das ihn umkreisende Vollbut immer im Blick hatte.

»Und wie es mir ständig die Hinterhand zeigt? Ich glaube, dieses Pferd galoppiert so ungern, weil es dann jedesmal Ärger bekommt.«

»Wissen Sie, beim Schrittwechsel ist er nicht besonders gut«, sagte die Frau. »Wenn er zum Beispiel vom Schritt in Trab übergehen soll.«

Wenn Tom solchen Unsinn hörte, mußte er sich zusammenreißen.

»Aha«, sagte er, »aber ich sehe hier etwas anderes. Vielleicht wollen Sie ja Trab reiten, aber ihr Körper sagt etwas anderes. Sie stellen dem Pferd zu viele Bedingungen. Sie sagen ›Los‹, aber ihr Körper signalisiert ›geh nicht!‹ Oder vielleicht auch ›Los, aber nicht zu schnell!‹ Es spürt, wie Sie sich fühlen. Ihr Körper kann nicht lügen. Haben Sie das Pferd schon mal getreten, um es anzutreiben?«

»Sonst rührt es sich gar nicht.«

»Und dann läuft es los, und Sie finden, es läuft zu schnell, also reißen Sie die Zügel zurück?«

»Na ja, manchmal.«

»Manchmal. Soso. Und dann bockt er.«

Sie nickte.

Eine Zeitlang sagte er kein Wort. Die Frau hatte seinen Fingerzeig verstanden und setzte eine trotzige Miene auf. Sie legte offensichtlich viel Wert auf ihr Äußeres, war wie Barbara Stanwyck mitsamt entsprechendem Schnickschnack herausgeputzt. Allein für den Hut hatte sie bestimmt an die dreihundert Dollar hingeblättert.

Weiß der Himmel, was das Pferd gekostet hatte. Tom brachte das Vollblut dazu, sich völlig auf ihn zu konzentrieren. Er hatte ein zwanzig Meter langes Lasso dabei und warf dem Pferd jetzt die Schlinge an die Flanke, so daß es mit einem Satz in den Trab wechselte. Tom zog das Lasso wieder ein und wiederholte den Wurf. Immer wieder ließ er das Tier vom Schritt in den Trab wechseln, ließ es langsamer werden und trieb es dann wieder an.

»Ich will ihn soweit kriegen, daß die Übergänge ganz weich werden«, sagte er. »Langsam ahnt er was. Er ist längst nicht mehr so auf der Hut und angespannt wie am Anfang. Sehen Sie, wie sich die Hinterhand lockert? Und daß er den Schweif nicht mehr so einklemmt? Er merkt, daß es in Ordnung ist, wenn er lostrabt.«

Wieder warf er das Seil, und diesmal fiel der Wechsel zum Trab sehr weich aus. »Haben Sie das gesehen? Das nenne ich eine Veränderung. Er wird schon besser. Wenn Sie dran bleiben, wird er bald alle Schrittwechsel am lockeren Zügel machen.«

Und Schweine lernen fliegen, dachte er. Sie nimmt das arme Tier wieder mit nach Hause und wird es reiten wie bisher, und die ganze Arbeit war umsonst. Der Gedanke spornte ihn an. Wenn er das Pferd gründlich trainierte, konnte er das arme Ding vielleicht gegen die Dummheit und Angst seiner Besitzerin wappnen. Das Vollblut griff jetzt gut aus, aber Tom hatte bislang nur die eine Seite bearbeitet, also ließ er es in die andere Richtung laufen und begann die ganze Arbeit von vorn.

Er brauchte fast eine Stunde. Das Vollblut war schweißbedeckt, als er aufhörte, wirkte aber fast ein wenig enttäuscht, als Tom schließlich von ihm abließ.

»Der könnte noch den ganzen Tag weiterspielen«, sagte Tom, und an die Besitzerin gewandt: »Er ist ganz in Ordnung – solange Sie nicht an seinen Zügeln herumreißen.« Die Frau nickte und versuchte zu lächeln, aber Tom sah, wie geknickt sie war. Plötzlich hatte er Mitleid mit ihr. Er lenkte Rimrock zu ihr hinüber und stellte das Mikro ab, damit nur sie ihn hörte.

»Es ist eine Frage der Selbsterhaltung«, sagte er sanft. »Wissen Sie, Pferde haben so große Herzen, daß sie nichts lieber tun würden, als Ihnen zu gehorchen. Aber wenn die Befehle unklar sind, können die Tiere nur versuchen, sich selbst zu schützen.«

Er lächelte sie einen Augenblick an und sagte dann: »Warum holen Sie nicht einfach Ihren Sattel und probieren es aus?«

Der Frau kamen fast die Tränen. Sie kletterte über den Zaun und ging auf ihr Pferd zu. Das kleine Vollblut beobachtete jeden Schritt. Er ließ sie an sich herankommen und rührte sich nicht, als sie seinen Hals streichelte. Tom sah ihr zu.

»Er ist Ihnen nicht böse, wenn Sie es nicht tun«, sagte er. »Pferde sind die versöhnlichsten Geschöpfe, die Gott je erschaffen hat.«

Sie führte das Pferd hinaus, und Tom lenkte Rimrock langsam zurück in die Mitte des Korrals und ließ das Schweigen noch eine Weile andauern. Er nahm den Hut ab, blinzelte zum Himmel hinauf und wischte sich den Schweiß von der Stirn. Die beiden Bussarde hingen noch immer in der Luft. Tom dachte daran, wie kummervoll ihr Kreischen klang. Er setzte sich den Hut wieder auf und knipste das Mikro an.

»Okay, Leute. Wer ist der nächste?«

Es war der Kerl mit dem Esel.

8

Über hundert Jahre waren vergangen, seit Joseph und Alice Booker, Toms Urgroßeltern, in Richtung Westen aufgebrochen waren, angelockt, wie so viele tausend andere Menschen auch, vom verheißenen Land. Sie bezahlten die lange Fahrt mit dem Leben zweier Kinder, eines starb an Scharlachfieber, das andere ertrank, aber sie kamen bis zum Clark's Fork River in Montana und steckten sich dort ein Gebiet von einhundertundsechzig fruchtbaren Morgen ab.

Als Tom geboren wurde, war die Ranch auf zwanzigtausend Morgen angewachsen. Daß der Hof den grausamen Wechsel von Dürre und Überflutung nicht nur überlebt hatte, sondern derart gut gediehen war, lag an Toms Großvater John. Es entbehrte daher nicht einer gewissen Logik, daß auch er es war, der die Ranch zugrunde richtete.

John Booker, ein Mann von großer körperlicher Kraft und noch größerer Sanftmut, hatte zwei Söhne. Hinter dem Ranchhaus, das schon lange die geteerte Siedlerhütte ersetzt hatte, erhob sich ein felsiger Vorsprung, auf dem die Jungen Versteck spielten und nach Pfeilspitzen suchten. Von der Anhöhe aus konnte man den Fluß sehen, der sich wie ein Burggraben um ihren Felsen wand, und in der Ferne erhoben sich die schneebedeckten Gipfel der Pryor und Beartooth Mountains. Manchmal saßen die Jungen dort Seite an Seite, ohne miteinander zu reden, und schauten über das Land ihres Vaters. Was der jüngere der beiden Brüder sah, bedeutete für ihn die ganze Welt. Daniel, Toms Vater, liebte die Ranch von ganzem Herzen, und wenn seine Gedanken je über ihre Grenzen hinauswanderten, dann nur, damit er um so deutlicher fühlen konnte, daß alles, was er begehrte, von ihnen umschlossen wurde. Die fernen Berge schienen tröstliche Wände zu sein, die vor jeglicher Unbill beschützten, was ihm lieb und teuer war. Für den um drei Jahre älteren Ned waren diese Wände ein Gefängnis. Er konnte es kaum erwarten, ihnen zu entfliehen, und als er sechzehn wurde, war er nicht mehr zu halten. Er ging nach Kalifornien, um sein Glück zu suchen, und brachte statt dessen das Vermögen einer Reihe leichtgläubiger Geschäftspartner durch.

Daniel blieb und half dem Vater auf der Ranch. Er heiratete ein Mädchen namens Ellen Hooper aus Bridger, und sie bekamen drei Kinder: Tom, Rosie und Frank. Zu dem Land, das John den ursprünglichen Morgen am Fluß hinzufügte, gehörte viel schlechtes Weideland und rauhe, salbeibewachsene Berge auf rotem, von schwarzem Vulkangestein durchzogenen Schlick. Die Arbeit mit dem Vieh geschah zu Pferde, und Tom konnte beinahe früher reiten als laufen. Seine Mutter erzählte gern, wie sie ihn einmal mit zwei Jahren schlafend in der Scheune gefunden hatte, zusammengerollt im Stroh zwischen den mächtigen Hufen eines Percheronhengstes. Es hätte ausgesehen, als ob das Pferd auf ihn aufpassen würde, pflegte sie zu sagen.

Im Frühjahr gewöhnten sie die Jährlinge an das Halfter, und der Junge saß auf der oberen Zaunlatte des Korrals und schaute zu. Sein Vater und sein Großvater hatten beide eine sanfte Art, mit Pferden umzugehen, und erst später sollte Tom feststellen, daß es noch andere Wege gab.

»Es ist, als wollte man eine Frau zum Tanz auffordern«, hatte der alte Mann immer gesagt. »Traust du dir nichts zu und hast Angst vor einem Korb, kommst herangeschlichen und starrst auf deine Stiefel, dann lehnt sie dich ganz sicher ab. Du kannst sie dir natürlich mit Gewalt schnappen und auf den Tanzboden zerren, aber dann werdet ihr beide nicht viel Vergnügen miteinander haben.«

Sein Großvater war ein toller Tänzer. Tom konnte sich noch gut daran erinnern, wie er jeweils am vierten Juli mit seiner Großmutter unter den bunten Lichterketten dahinglitt. Ihre Füße schienen keinen Boden zu berühren. Und wenn er ritt, war es ganz genauso.

»Tanzen und Reiten, das ist die gleiche verdammte Geschichte«, sagte er dann. »Es geht um Vertrauen und Verständnis. Man ist aufeinander angewiesen. Der Mann führt, aber er zerrt seine Dame nicht hinter sich her, er bietet sich ihr an, und sie spürt das und geht mit. Man bewegt sich in Harmonie und im wechselseitigen Rhythmus, man folgt einfach dem Gefühl.«

Aber das wußte Tom bereits, er wußte nur nicht, wieso er es bereits wußte. Er verstand die Sprache der Pferde auf die gleiche Art, wie er den Unterschied zwischen Farben oder Gerüchen verstand, und er konnte jederzeit sagen, was in den Köpfen der Tiere vor sich ging. Das galt auch umgekehrt. Mit kaum sieben Jahren begann er, mit seinem ersten Pferd zu arbeiten (nie sprach er von zureiten).

In dem Jahr, in dem Tom zwölf wurde, starben seine beiden Großeltern rasch hintereinander. John hinterließ Toms Vater die gesamte Ranch. Ned flog von Los Angeles herüber, um bei der Testamentseröffnung dabeizusein. Er kam nur selten, und Tom erinnerte sich vor allem an seine ausgefallenen, zweifarbigen Schuhe und den gehetzten Blick in seinen Augen. Onkel Ned nannte ihn immer »Freundchen« und brachte sinnlose Geschenke mit, irgendeine Verrücktheit, die die Stadtkinder gerade toll fanden. Diesmal verließ er sie ohne ein Wort. Dafür meldete sich kurz danach sein Anwalt.

Der Prozeß zog sich über drei Jahre hin. Tom hörte seine Mutter oft nachts weinen, und die Küche schien immer voll mit Anwälten, Maklern und Geld witternden Nachbarn zu sein. Tom kümmerte sich nicht darum und gab sich fast nur noch mit Pferden ab. Er schwänzte die Schule, um bei ihnen sein zu können, und seine Eltern waren so beschäftigt, daß sie nichts merkten; vielleicht war es ihnen auch egal.

In seiner Erinnerung an diese Jahre waren die drei Tage im Frühling, an denen sie das Vieh auf die Sommerweide trieben, die einzige Zeit, in der sein Vater glücklich zu sein schien. Seine Mutter, Frank und Rosie kamen mit, und alle fünf saßen den ganzen Tag auf den Pferden und schliefen unter freiem Himmel.

»Wenn dieser Augenblick doch nur ewig dauern könnte«, sagte Frank eines Nachts, während sie auf dem Rücken liegend einen riesigen Halbmond über dem dunklen Berghang aufsteigen sahen. Sie hatten alle geschwiegen und über seine Worte nachgedacht. Irgendwo, weit fort, heulte ein Kojote.

»Ich glaube, es gibt in alle Ewigkeit nichts anderes«, sagte sein Vater schließlich. »Nur eine lange Abfolge von Augenblicken. Und ich denke, man kann nur versuchen, jeden einzelnen Augenblick ganz für sich zu leben, ohne sich allzu viele Gedanken um den letzten oder den nächsten Augenblick zu machen.«

Tom fand das ein gutes Lebensrezept.

Nach drei Jahren Rechtsstreit war sein Vater ein gebrochener Mann. Die Ranch wurde an eine Ölgesellschaft verkauft, und nachdem die Anwälte und das Finanzamt sich ihren Anteil genommen hatten, wurde das restliche Geld durch zwei geteilt. Von Ned hörten sie nie wieder ein Wort. Daniel und Ellen zogen mit Tom, Rosie und Frank nach Westen. Sie kauften sich siebentausend Morgen und ein altes Ungetüm von einem Ranchhaus am Rande der Rocky Mountains, ein Ort, an dem die Prärie frontal auf eine hundert Millionen Jahre alte Kalksteinwand traf, eine herbe Schönheit, die Tom später lieben lernen sollte. Aber vorerst war er dazu noch nicht bereit. Sein eigentliches Zuhause war ihm unter den Füßen fortgerissen worden, und jetzt wollte er sein Leben allein in die Hand nehmen. Sobald er seinen Eltern geholfen hatte, sich auf der neuen Farm zurechtzufinden, machte er sich auf und davon.

Er ging nach Wyoming und verdingte sich als Hilfsarbeiter. Er sah, was er nie für möglich gehalten hätte. Cowboys, die mit Peitschen auf ihre Pferde einhieben und ihnen die Sporen gaben, bis sie bluteten. Auf einer Ranch in Sheridan sah er mit eigenen Augen, was es hieß, einem Pferd beim Zureiten »den Willen zu brechen«. Er beobachtete einen Mann, der einen Jährling eng an den Zaun band, die Hinterläufe fesselte und das Pferd dann mit einem Zinkrohr gefügig prügelte. Tom würde nie die Angst in den Augen des Tieres vergessen, auch nicht den stupiden Triumph im Blick des Mannes, als sich das Pferde viele Stunden später aus reinem Selbsterhaltungstrieb nicht länger gegen den Sattel wehrte. Tom schimpfte den Mann einen Narren und wurde auf der Stelle gefeuert.

Er zog nach Nevada und arbeitete dort auf einigen großen Farmen. Überall erklärte er sich stets bereit, die verstörtesten Pferde zu reiten. Die meisten Männer, die mit ihm zusammen ritten, hatten bereits in diesem Job gearbeitet, als er noch nicht einmal geboren war, und verspotteten ihn hinter vorgehaltener Hand, wenn er irgendein verrücktes Vieh bestieg, das selbst den besten Reiter der Ranch ein dutzendmal abgeworfen hatte. Aber sie schwiegen bald kleinlaut, wenn sie sahen, wie der Junge sich hielt und wie das Pferd sich veränderte. Tom konnte die Pferde bald nicht mehr zählen, die durch die Dummheit und Grausamkeit der Menschen verdorben worden waren, aber ihm war noch kein Pferd über den Weg gelaufen, dem er nicht hatte helfen können.

Fünf Jahre lang führte er dieses Leben. Er kam nach Hause, sooft er konnte, und versuchte immer dann dazusein, wenn sein Vater am meisten auf seine Hilfe angewiesen war. Ellen kamen diese Besuche wie eine Reihe von Schnappschüssen vor, die ihr die Entwicklung ihres Sohnes zum Mann zeigten. Er war groß und schlank und sah von ihren drei Kindern am besten aus. Sein sonnengebleichtes Haar trug er länger als früher, und sie schalt ihn deswegen, aber insgeheim gefiel es ihr. Selbst im Winter war sein Gesicht braungebrannt, so daß seine klaren, blaßblauen Augen um so lebhafter leuchteten.

Das Leben, von dem er seiner Mutter erzählte, schien ihr einsam zu sein. Er erwähnte einige Freunde, doch gab es da offenbar niemanden, der ihm wirklich nahezustehen schien. Er ging mit einigen Mädchen aus, aber mit keiner war es ihm ernst. Seinen eigenen Worten zufolge verbrachte er in seiner Freizeit die meiste Zeit mit Lesen und büffelte für einen Fernkurs, zu dem er sich angemeldet hatte. Ellen fiel auf, daß er ruhiger geworden war, daß er jetzt nur noch dann redete, wenn er etwas zu sagen hatte. Im Gegensatz zu seinem Vater haftete dieser Stille aber nichts Trauriges an; sie glich eher einer Art in sich ruhender Stille.

Im Laufe der Zeit sprach sich sein Name herum, und wo er auch arbeitete, kam man zu ihm, um ihn zu bitten, sich dieses oder jenes Pferd anzuschauen, mit dem man mal wieder Ärger hatte.

»Was nimmst du eigentlich dafür?« fragte ihn sein Bruder Frank eines Abends beim Essen, als Tom daheim war, um beim Brandmarken der Rinder zu helfen. Rosie war auf dem College, und Frank mit seinen neunzehn Jahren arbeitete jetzt ganztägig auf der Ranch. Er besaß ein sicheres Gespür fürs Geschäft und führte die Ranch eigentlich fast allein, da sein Vater sich immer weiter in jene Schwermut zurückzog, die die Prozesse in ihm geweckt hatten.

»Ach, gar nichts«, sagte Tom.

Frank legte seine Gabel hin und blickte ihn an. »Du machst es umsonst? Immer?«

»Ja.« Er aß ungestört weiter.

»Aber zum Teufel, warum denn? Diese Leute haben doch Geld, oder etwa nicht?«

Tom dachte einen Augenblick nach. Die Blicke seiner Eltern waren auf ihn gerichtet. Scheinbar war diese Angelegenheit von allgemeinem Interesse.

»Ach, weißt du, ich mach's ja nicht für die Leute. Ich mach's für die Pferde.«

Sie schwiegen. Frank lächelte und schüttelte den Kopf. Offensichtlich hielt er ihn für ein wenig verrückt. Ellen stand auf und stapelte trotzig die Teller übereinander.

»Also ich finde das nett«, sagte sie.

Das brachte Tom ins Grübeln. Allerdings dauerte es noch einige Jahre, bevor die Idee mit den Kursen Gestalt annahm. Vorher überraschte er sie alle mit der Ankündigung, daß er nach Chicago an die Universität gehen würde.

Er belegte einige geistes- und sozialwissenschaftliche Fächer und hielt es achtzehn Monate aus. Und das auch nur, weil er sich in ein schönes Mädchen aus New Jersey verliebte, die in einem Studentenstreichquartett Cello spielte. Tom ging in fünf Konzerte, fand aber nicht den Mut, sie anzusprechen. Sie trug eine Mähne aus schwerem, schimmerndem, schwarzem Haar, das ihr über die Schultern fiel, und silberne Ohrreifen wie eine Folksängerin. Tom beobachtete ihre Bewegungen beim Spiel, die Musik schien durch ihren Körper zu schwimmen. Er hatte noch nie etwas derartig Aufregendes gesehen.

Beim sechsten Konzert schaute sie ihn unablässig an, und anschließend wartete er draußen auf sie. Sie kam heraus und hakte sich wortlos bei ihm unter. Sie hieß Rachel Feinerman, und später auf ihrem Zimmer glaubte Tom, er sei gestorben und in den Himmel aufgefahren. Er sah ihr zu, wie sie Kerzen anzündete und sich dann umdrehte, um ihn anzuschauen, als sie aus ihren Kleidern stieg. Er fand es seltsam, daß sie ihre Ohrringe anbehielt, doch ihm gefiel, daß sich das Kerzenlicht in ihnen spiegelte, als sie sich liebten.

Sie schloß nicht ein einziges Mal ihre Augen, krümmte sich, um ihn tiefer in sich aufzunehmen, und schaute ihn unablässig an, schaute zu, wie seine Hände voller Erstaunen über ihren Körper strichen. Ihre Brustwarzen waren groß, von schokoladenbrauner Farbe, und das üppige Haardreieck unter ihrem Bauch glitzerte wie die Schwinge eines Raben.

Zum Erntedankfest nahm er sie mit nach Hause, und sie behauptete, sie hätte noch nie in ihrem Leben so gefroren. Sie verstand sich gut mit jedermann, selbst mit den Pferden, und hielt die Farm für den schönsten Ort, der ihr je vor Augen gekommen war. Tom brauchte seine Mutter nur anzusehen, um ihre Gedanken zu erraten. Daß diese junge Frau mit ihren unpassenden Schuhen und ihrer Religion nämlich verdammt noch mal keine Frau für einen Rancher war.

Als Tom kurz danach Rachel gestand, daß er von den Geisteswissenschaften und von Chicago genug habe und zurück nach Montana wolle, wurde sie fuchsteufelswild.

»Du willst zurück und Cowboy spielen?« fragte sie bissig. Tom meinte, ja, das sei in etwa, was er sich vorgestellt habe. Sie waren in seinem Zimmer, und Rachel wirbelte herum und schloß in ihre verzweifelte Geste all die übervollen Bücherregale ein.

»Und was ist damit?« sagte sie. »Bedeutet dir das gar nichts?«

Er dachte einen Augenblick nach, dann nickte er. »Doch«, sagte er. »Das bedeutet mir schon etwas. Das ist einer der Gründe, weshalb ich aufhören will. Als ich noch Hilfsarbeiter war, konnte ich abends gar nicht schnell genug zurück zu dem, was ich gerade las. Bücher besaßen eine Art Zauber. Aber die Lehrer hier mit all ihrem Gerede, na ja. Offenbar verliert sich der Zauber, wenn man zuviel über diese Dinge spricht, und dann bleibt eben bald nur noch Gerede übrig. Manche Dinge im Leben… *sind* nur.«

Sie betrachtete ihn einen Augenblick, den Kopf in den Nacken gelegt, dann schlug sie ihm hart ins Gesicht.

»Du blöder Idiot«, sagte sie. »Willst du mich denn gar nicht fragen, ob ich dich heiraten will?«

Also fragte er sie. Und in der darauffolgenden Woche fuhren sie nach Nevada, um sich trauen zu lassen, und beide wußten, daß sie wahrscheinlich einen Fehler machten. Rachels Eltern waren wütend, Toms Eltern einfach nur wie benommen.

Tom und Rachel wohnten fast ein Jahr bei der Familie im Ranchhaus, während sie das Cottage ausbesserten, ein altes, baufälliges Häuschen mit Blick über den Fluß. Es gab dort einen Brunnen mit einer alten, gußeisernen Pumpe, die Tom wieder in Gang setzte. Er mauerte auch die Umrandung und schrieb seine und Rachels Initialen in den feuchten Beton. Sie zogen gerade noch rechtzeitig ein, so daß Rachel ihren Sohn bereits im Cottage zur Welt bringen konnte. Sie nannten ihn Hal.

Tom arbeitete mit seinem Vater und Frank auf der Ranch und sah, wie seine Frau immer schwermütiger wurde. Sie telefonierte stundenlang mit ihrer Mutter, weinte dann die ganze Nacht und erzählte ihm, wie einsam sie sich fühle und wie dumm das sei, da sie ihn und Hal doch so sehr liebe, daß es ihr eigentlich an nichts fehlen dürfte. Sie fragte ihn immer wieder, ob er sie liebe, weckte ihn manchmal sogar mitten in der Nacht auf, um ihm dieselbe Frage zu stellen, und dann nahm er sie in den Arm und sagte ja, ich liebe dich.

Toms Mutter meinte, so etwas könne schon mal passieren, wenn eine Frau ein Kind bekommen hatte, und vielleicht sollten sie eine Weile fortgehen, irgendwo Urlaub machen. Also ließen sie Hal in ihrer Obhut zurück und flogen für eine Woche nach San Francisco, und obwohl ein kalter Nebel über Frisco hing, begann Rachel wieder zu lachen. Sie gingen in Konzerte, ins Kino und in schicke Restaurants und taten all das, was Touristen so tun. Aber als sie nach Hause kamen, war es schlimmer als zuvor.

Der Winter kam, und es war der kälteste Winter seit zwanzig Jahren in Montana. Der Schnee trieb in die Täler hinab und ließ die riesigen Pyramidenpappeln am Bach wie Zwerge aussehen.

Rachels Cellokasten stand in der Ecke und sammelte Staub an. Als Tom sie fragte, warum sie nicht mehr spiele, antwortete Rachel, daß es hier keine Musik gäbe. Sie sei einfach verlorengegangen, sagte sie, verschluckt von all der Luft. Einige Tage später machte Tom morgens den Kamin sauber und entdeckte eine geschwärzte Metallsaite. Beim Durchsieben der Asche fand er die verkohlte Schnecke vom Cellohals. Er sah im Kasten nach, aber da stand nur noch der Bogen.

Als der Schnee schmolz, sagte Rachel, daß sie zusammen mit Hal zurück nach New Jersey gehen würde. Tom nickte nur, küßte sie und nahm sie in die Arme. Ihre Welten seien zu verschieden, sagte sie, aber das hatten sie beide schon immer gewußt, ohne es sich je einzugestehen. Sie konnte in dieser schmerzenden Weite ebensowenig leben wie auf dem Mond. Sie fühlten keine Verbitterung, nur eine dumpfe Traurigkeit. Und es war keine Frage, daß das Kind bei ihr bleiben würde. Tom schien es nur fair zu sein.

Es war am Morgen des Gründonnerstags, als er ihre Sachen auf den Pickup lud, um sie zum Flughafen zu bringen. Eine Wolkendecke verhüllte die Berge, und ein kalter Nieselregen trieb von der Prärie herüber. Tom hielt seinen in eine Decke gewickelten Sohn, den er kaum kannte und den er kaum je richtig kennenlernen würde, und sah Frank und seine Eltern unbehaglich vor dem Ranchhaus stehen, um Rachel Lebewohl zu sagen. Rachel umarmte sie alle nacheinander, seine Mutter zuletzt. Beide Frauen weinten.

»Es tut mir leid«, sagte Rachel.

Ellen drückte sie an sich und strich ihr über das Haar. »Nein, Liebling. Mir tut es leid. Uns allen.«

Im folgenden Frühjahr hielt Tom Booker seinen ersten Pferdekurs in Elko, Nevada. Er wurde ein voller Erfolg.

9

Am Morgen nachdem sie die Nachricht erhalten hatte, rief Annie vom Büro aus Liz Hammond an.

»Ich habe gehört, daß du einen Flüsterer für mich gefunden hast«, sagte sie.

»Einen was?«

Annie lachte. »Ist schon in Ordnung. Ich habe da gestern nur so was gelesen. So hat man diese Leute früher genannt.«

»Flüsterer. Hm, gefällt mir. Aber dieser hier klingt mehr nach Cowboy. Lebt irgendwo in Montana.«

Sie erzählte Annie, wie sie von dem Mann erfahren hatte. Es war eine lange Geschichte: eine Freundin, die jemanden kannte, der sich daran erinnerte, wie jemand was über einen Typen erzählt hatte, der Probleme mit seinem Pferd gehabt und es zu jemandem nach Nevada gebracht hatte... Liz war der Spur gefolgt und hatte sich nicht abschütteln lassen.

»Mensch Liz, das muß dich ja ein Vermögen gekostet haben! Ich übernehme die Telefongebühren.«

»Ach, ist schon in Ordnung. Offenbar gibt es nur noch wenige Leute im Westen, die so was machen, aber es heißt, er sei der Beste. Jedenfalls habe ich mir seine Nummer besorgt.«

Annie schrieb sie auf und bedankte sich bei Liz.

»Kein Problem. Aber wenn er wie Clint Eastwood aussieht, gehört er mir, okay?«

Annie bedankte sich noch mal und legte auf. Sie starrte die Nummer auf ihrem gelben Notizblock an. Sie wußte nicht warum, aber plötzlich hatte sie Angst. Dann sagte sie sich, sei nicht verrückt, nahm den Hörer ab und wählte.

Am ersten Kursabend gab es bei Rona immer Barbecue. Es brachte etwas zusätzliches Geld ein, und das Essen war gut, also blieb Tom gern noch ein wenig länger, auch wenn er sich lieber das dreckige, verschwitzte Hemd ausgezogen und sich in eine Badewanne gelegt hätte.

Sie aßen an langen Tischen auf der Terrasse vor Ronas geräumigem Haus, und Tom fand sich neben der Frau wieder, der das kleine Vollblut gehörte. Er wußte, daß dies kein Zufall war, da sie schon den ganzen Abend hinter ihm her war. Sie hatte ihren Hut abgelegt und trug das Haar jetzt offen. Sie war Anfang Dreißig, eine gutaussehende Frau. Und sie wußte es. Sie starrte ihn wie gebannt mit ihren großen, dunklen Augen an, übertrieb es aber, stellte zu viele Fragen und hörte ihm zu, als hätte sie in ihrem Leben noch nie so einen unglaublich interessanten Typen wie ihn getroffen. Sie hatte ihm bereits verraten, daß sie Dale hieß, daß sie Maklerin war und ein Haus am Meer bei Santa Barbara besaß. Ach ja, und daß sie geschieden war.

»Ich kann es einfach nicht fassen, wie er sich angefühlt hat, als Sie mit ihm fertig waren«, sagte sie noch einmal. »Er war, ich weiß nicht, wie gelöst oder so.«

Tom nickte und zuckte die Achseln.

»Na ja, das passiert«, sagte er. »Er mußte einfach nur wissen, daß es okay war, und Sie mußten ihm nur ein bißchen aus dem Weg gehen.«

Brüllendes Gelächter scholl vom Nachbartisch herüber, und sie drehten sich um. Der Mann mit dem Esel gab irgendeinen Hollywoodklatsch über zwei Schauspieler zum besten, von denen Tom noch nie etwas gehört hatte und die man in einem Wagen überrascht hatte, als sie etwas taten, wovon er sich kein rechtes Bild machen konnte.

»Wo haben Sie das alles gelernt, Tom?« hörte er Dale fragen. Er drehte sich wieder zu ihr um.

»Was denn?«

»Sie wissen schon, das mit den Pferden. Waren Sie bei einem Guru, einem Lehrer oder so?«

Er sah sie bedeutungsvoll an, als wollte er sie an seiner Weisheit teilhaben lassen.

»Ach, wissen Sie, Dale, was ist schon dabei. Keil und Hammer reichen doch völlig aus.«

Sie legte die Stirn in Falten. »Was soll das denn heißen?«

»Na ja, ist der Reiter behämmert, keilt das Pferd.«

Sie lachte viel zu laut und legte ihre Hand auf seinen Arm. Mein Gott, dachte er, so gut war der Witz nun auch wieder nicht.

»Nein«, sagte sie und schmollte. »Jetzt mal ernsthaft.«

»Das meiste kann man keinem beibringen. Man kann höchstens eine Situation schaffen, in der die Leute lernen können, wenn sie lernen wollen. Die besten Lehrer, die ich kennengelernt habe, sind die Pferde selbst.«

Sie schenkte ihm einen Blick, der offenbar zu gleichen Teilen eine Art religiöses Erstaunen über seinen großen Tiefsinn wie auch etwas eher Fleischliches vermitteln sollte. Es wurde Zeit aufzubrechen.

Er brachte irgendeine Entschuldigung vor, meinte, er müsse noch einmal nach Rimrock sehen, der schon lange gefüttert und auf die Weide gebracht worden war, stand auf und wünschte Dale eine gute Nacht. Sie wirkte ein wenig eingeschnappt, weil sie soviel Energie an ihn verschwendet hatte.

Es war wohl kein Zufall, überlegte er, als er wieder ins Motel fuhr, daß Kalifornien das bevorzugte Land für jede Art von Kult war, der Sex und Religion miteinander vermengte. Die Leute hier waren einfach umwerfend. Hätte sich dieser Verein in Oregon mit den orangefarbenen Kleidern und diesem Kerl mit seinen neunzig Rolls-Royces in Kalifornien niedergelassen, dann hätten sie vielleicht immer noch regen Zulauf.

Frauen wie Dale hatte Tom im Laufe der Jahre auf seinen Kursen zu Dutzenden getroffen. Sie schienen alle etwas zu suchen, und für viele war dieses Etwas auf seltsame Weise mit Furcht verknüpft. Sie hatten sich ungestüme, teure Pferde gekauft und ängstigten sich vor ihnen. Sie suchten nach einer Möglichkeit, diese Angst zu überwinden, vielleicht auch die Furcht ganz allgemein. Sie hätten sich ebenso für Drachenfliegen, Bergsteigen oder einen Zweikampf mit einem Killerhai entscheiden können. Zufällig war es nun mal das Reiten.

Sie kamen zu seinen Kursen und sehnten sich nach Erleuchtung und Trost. Tom wußte nicht, wieviel Erleuchtung sie gefunden hatten, aber getröstet hatte er sie oft genug – und sie ihn. Hätte Dale ihn vor zehn Jahren mit einem solchen Blick wie eben angeschaut, wären sie beide ins Motel gestürzt und hätten sich die Kleider vom Leib gerissen, noch ehe die Tür ins Schloß gefallen wäre.

Auch heute schlug er solche Gelegenheiten keineswegs immer aus, nur schien es ihm kaum noch der Mühe wert zu sein. Denn meistens gab es irgendwelchen Ärger. Allzuoft richteten sich unterschiedliche Erwartungen an solche Begegnungen. Tom hatte eine Weile gebraucht, um das zu begreifen und seine eigenen Erwartungen zu verstehen, von denen der Frauen ganz zu schweigen.

Er hatte sich nach Rachels Abreise eine Zeitlang Vorwürfe gemacht. Die Gegend war nicht allein schuld gewesen am Scheitern ihrer Beziehung, das wußte er. Rachel hatte sich etwas von ihm erhofft, was er ihr nicht geben konnte. Wenn er ihr gesagt hatte, daß er sie liebte, hatte er es auch so gemeint. Und als sie und Hal gingen, blieb eine Leere in ihm zurück, die er mit Arbeit allein nicht füllen konnte, sosehr er sich auch bemühte.

Er hatte die Gesellschaft von Frauen schon immer geschätzt und gemerkt, daß sich Sex oft wie von selbst ergab, ohne daß er danach suchen mußte. Und als die Kurse bekannter wurden und er Monat für Monat durch das Land zog, fand er auf diese Weise einigen Trost. Meist waren es kurze Affären, doch gab es ein oder zwei Frauen, die diese Dinge ebenso gelassen sahen wie er und die ihn auch heute noch, wenn er auf der Durchreise vorbeikam, in ihren Betten wie einen alten Freund willkommen hießen.

Doch das Schuldgefühl blieb. Bis er schließlich begriff, daß Rachel nichts anderes von ihm gebraucht hatte als das Gefühl, gebraucht zu werden. Sie wollte, daß er sie so sehr brauchte wie sie ihn. Aber Tom wußte, daß dies unmöglich war. Weder für Rachel noch für eine andere Frau würde er jemals etwas Derartiges empfinden. Denn ohne alle Überheblichkeit und ohne es in Worte gefaßt zu haben wußte er, daß er in seinem Leben eine Art natürliche Harmonie gefunden hatte, etwas, nach dem viele Menschen ihr Leben lang vergebens streben. Er kam gar nicht auf den Gedanken, daß dies etwas Besonderes sein könnte. Er empfand sich nur als Teil einer größeren Ordnung, eines Zusammenhalts von belebten und unbelebten Dingen, mit denen er durch Geist und Herkunft verbunden war.

Er lenkte den Chevy auf den Parkplatz des Motels und fand einen freien Platz direkt vor seinem Zimmer. Die Wanne war zu kurz für ein langes Bad; er hatte die Wahl zwischen kalten Schultern oder kalten Knien. Also stieg er aus der Wanne und trocknete sich vor dem Fernseher ab. Die Geschichte mit dem Berglöwen sorgte immer noch für beträchtlichen Wirbel. Man wollte ihn jagen und töten. Männer mit Gewehren und leuchtendgelben Jacken durchkämmten den Hügel. Tom fand es irgendwie rührend. Ein Berglöwe konnte diese Jacken aus hundert Meilen Entfernung sehen. Er legte sich aufs Bett, schaltete den Fernseher aus und rief daheim an.

Sein Neffe Joe, der älteste der drei Jungs von Frank, war am Apparat.

»Hi, Joe, wie geht's dir?«

»Gut. Und selbst?«

»Ach, ich liege hier in einem gottverlassenen Motel in einem Bett, das fast einen halben Meter zu kurz ist. Wahrscheinlich muß ich mir doch noch Stiefel und Hut ausziehen.«

Joe lachte. Er war zwölf und ein stiller Junge, fast so wie Tom in seinem Alter. Außerdem konnte er ziemlich gut mit Pferden umgehen.

»Was macht die alte Brontosaurus?«

»Der geht's gut. Sie ist richtig dick geworden. Dad glaubt, daß sie Mitte nächster Woche fohlt.«

»Vergiß nicht, deinem Alten zu zeigen, was er machen muß.«

»Mach ich. Willst du mit ihm reden?«

»Klar, wenn er in der Nähe ist.«

Er konnte hören, wie Joe seinen Dad rief. Der Fernseher im Wohnzimmer lief, und Franks Frau Diane fuhr mal wieder einen der Zwillinge an. Er fand es immer noch seltsam, daß sie in dem großen Ranchhaus wohnten. Für ihn blieb es stets das Haus seiner Eltern, obwohl beinahe drei Jahre vergangen waren, seit sein Vater gestorben und seine Mutter zu Rosie nach Great Falls gezogen war.

Nachdem Frank und Diane geheiratet hatten, zogen sie ins Haus am Bach, das Tom und Rachel kurze Zeit bewohnt hatten. Aber mit drei heranwachsenden Jungs wurde es bald ziemlich eng, und als seine Mutter auszog, bestand Tom darauf, daß sie zu ihm ins Ranchhaus kamen. Er war viel unterwegs, gab Pferdekurse, und wenn er daheim war, schien ihm das Haus viel zu groß und zu leer. Er hätte nichts dagegen gehabt, wenn sie einfach getauscht hätten und er zurück in das Haus am Bach gezogen wäre, aber Diane meinte, sie würden nur einziehen, wenn er im Haus bliebe, Platz sei schließlich genug für alle. Besucher, Verwandte wie Freunde, übernachteten oft im Haus am Bach, aber meistens stand es leer.

Tom konnte Franks Schritte hören.

»Heda, Bruderherz, wie geht's dir da unten?«

»Kann nicht klagen. Rona versucht, den Weltrekord an Pferden pro Tag zu brechen, und das Motel wurde offenbar für die Sieben Zwerge gebaut, aber abgesehen davon ist alles okay.«

Eine Zeitlang sprachen sie über die Arbeit auf der Ranch. Es war gerade Kalbzeit, und sie mußten nachts zu den unmöglichsten Stunden aus dem Bett, um die Herde auf der Weide zu kontrollieren. Die Arbeit war hart, aber bisher hatten sie noch kein Kalb verloren, und Frank klang zufrieden. Er erzählte Tom, daß eine Menge Anrufer gefragt hatten, ob er seine Entscheidung, in diesem Sommer keine Kurse mehr abzuhalten, nicht noch einmal überdenken wollte.

»Und was hast du ihnen gesagt?«

»Ach, ich hab ihnen bloß erklärt, daß du langsam alt wirst und ziemlich abgeschlafft bist.«

»Danke, Kumpel.«

»Und dann war da noch ein Anruf von irgendeiner Engländerin aus New York. Sie wollte nicht sagen, um was es ging, nur daß es dringend sei. Hat mir ganz schön die Hölle heiß gemacht, als ich ihr deine jetzige Nummer nicht verraten wollte. Ich habe ihr gesagt, daß ich dich bitten würde, sie anzurufen.«

Tom griff nach dem kleinen Notizbuch auf dem Nachttisch und schrieb sich Annies Namen und die vier Telefonnummern auf, die sie hinterlassen hatte; eine davon gehörte zu einem Funkanschluß.

»Das ist alles? Nur vier Nummern? Und was ist mit dem Telefon in ihrer Villa in Südfrankreich?«

»Tja, das ist alles.«

Sie redeten noch eine Weile über Bronty, dann legten sie auf. Tom starrte auf den Notizblock. Er kannte nicht besonders viele Menschen in New York, eigentlich nur Rachel und Hal. Vielleicht hatte dies hier etwas mit ihnen zu tun, obwohl diese Frau, wer immer sie auch war, das bestimmt gesagt hätte. Er sah auf seine Uhr. Es war halb elf, also halb zwei in New York. Er legte den Block zurück auf den Nachttisch und machte das Licht aus. Er würde sie morgen anrufen.

Er sollte keine Gelegenheit dazu finden. Es war immer noch dunkel, als das Telefon klingelte und ihn aufweckte. Er machte das Licht an, ehe er den Hörer abnahm. Es war erst Viertel nach fünf.

»Sind Sie Tom Booker?« Am Akzent erkannte er sofort, mit wem er es zu tun hatte.

»Ich glaub schon«, sagte er. »Ist noch ein bißchen zu früh, um mir da ganz sicher zu sein.«

»Ich weiß. Tut mir leid. Ich nahm an, daß Sie früh anfangen, und wollte Sie nicht verpassen. Ich heiße Annie Graves. Ich habe gestern mit Ihrem Bruder telefoniert. Vielleicht hat er Ihnen davon erzählt.«

»Ja, er hat's mir erzählt. Ich hätte Sie heute noch angerufen. Er sagte, er hätte Ihnen diese Nummer nicht gegeben.«

»Hat er auch nicht. Ich habe sie von jemand anderem. Jedenfalls rufe ich an, weil man mir sagte, daß Sie Leuten helfen, die Probleme mit ihren Pferden haben.«

»Nein, Ma'am, tu ich nicht.«

Am anderen Ende blieb es still. Tom wußte, daß es ihr die Sprache verschlagen hatte.

»Ach«, sagte sie. »Tut mir leid, ich dachte…«

»Eigentlich ist es eher anders herum. Ich helfe Pferden, die Probleme mit ihren Leuten haben.«

Das fing ja nicht gerade gut an, und Tom bedauerte bereits, sich als Klugschwätzer aufgeführt zu haben. Er fragte, was das Problem sei, und hörte ihr lange schweigend zu, als sie von ihrer Tochter und dem Pferd erzählte. Es war entsetzlich, erst recht, weil sie mit beherrschter, fast leidenschaftsloser Stimme redete. Er ahnte, daß sie ihre Gefühle tief vergraben und fest unter Kontrolle hatte.

»Das ist schrecklich«, sagte er, als Annie schwieg. »Tut mir wirklich leid.«

Er hörte, wie sie tief Luft holte.

»Hm, ja. Werden Sie sich das Pferd ansehen?«

»Was, in New York?«

»Ja.«

»Ich fürchte, Ma'am…«

»Ich komme natürlich für die Kosten auf.«

»Ich wollte sagen, Ma'am, daß ich so etwas nicht mache. Ich tät's nicht, selbst wenn Sie in der Nähe wohnen würden. Ich gebe Kurse. Und auch die in nächster Zeit nicht. Dies ist der letzte vor dem Herbst.«

»Also hätten Sie Zeit herzukommen, wenn Sie wollten.«

Das war keine Frage. Die Frau war ziemlich aufdringlich. Vielleicht lag es aber auch nur am Akzent.

»Wann ist Ihr Kurs zu Ende?«

»Am Mittwoch. Aber…«

»Könnten Sie am Donnerstag kommen?«

Es lag nicht nur am Akzent. Sie hatte sein leichtes Zögern bemerkt und gleich nachgehakt. Es war wie bei den Pferden: Nimm den Weg des geringsten Widerstandes und nutz ihn aus.

»Tut mir leid Ma'am«, sagte er bestimmt. »Ich bedaure sehr, was geschehen ist, aber ich muß zurück zu meiner Arbeit auf der Ranch. Ich kann Ihnen nicht helfen.«

»Sagen Sie das nicht. Bitte, sagen Sie das nicht. Denken Sie drüber nach.« Das war wiederum keine Frage.

»Ma'am…«

»Ich muß jetzt los. Tut mir leid, daß ich Sie geweckt habe.«

Und ohne seine Antwort abzuwarten oder sich zu verabschieden, legte sie auf.

Als Tom am nächsten Morgen in die Rezeption trat, übergab ihm der Moteldirektor einen Eilbrief. Er enthielt das Foto eines Mädchens auf einem wunderschönen Morgan und ein Flugticket nach New York.

10

Tom legte seinen Arm über den plastikbezogenen Rücksitz und sah seinem Sohn zu, der hinter dem Tresen des Diners Hamburger briet. Wie er das Fleisch auf dem Grill wendete, es lässig hin und her schob und dabei mit einem Kellner schwatzte und lachte, schien es, als hätte er sein Leben lang nichts anderes getan. Dies hier war, versicherte ihm Hal, der coolste Diner in ganz Greenwich Village. Er jobbte hier drei- bis viermal die Woche und wohnte dafür umsonst im Loft des Besitzers, einem Freund von Rachel. Wenn er nicht arbeitete, besuchte er die Filmhochschule. Er erzählte Tom von einem »Short«, den er gerade drehte.

»Es geht dabei um einen Mann, der Stück für Stück das Motorrad seiner Freundin ißt.«

»Klingt eisenhart.«

»Ist es auch. Eine Art Roadmovie, spielt aber alles an einem einzigen Ort.« Tom war sich zu neunzig Prozent sicher, daß dies ein Witz sein sollte. Er hoffte es jedenfalls. Hal fuhr fort: »Sobald er mit dem Motorrad fertig ist, macht er sich über seine Freundin her.«

Tom dachte darüber nach und nickte: »Junge trifft Mädchen, Junge ißt Mädchen.«

Hal lachte. Er hatte das dichte schwarze Haar seiner Mutter und ihr dunkles, gutes Aussehen, seine Augen aber waren blau. Tom mochte ihn. Sie sahen sich nicht allzuoft, schrieben sich aber, und wenn sie sich trafen, verstanden sie sich prima. Hal war in der Stadt aufgewachsen, kam hin und wieder nach Montana, und ihm gefiel es auf dem Land. Er konnte sogar ziemlich gut reiten.

Es war einige Jahre her, seit Tom seine Mutter gesehen hatte, aber am Telefon unterhielten sie sich oft. Rachel erzählte ihm dann, wie Hal sich machte und daß er kein besonders schwieriger Junge war.

Sie hatte einen Kunsthändler namens Leo geheiratet und drei weitere Kinder bekommen, die jetzt im Teenageralter waren. Hal war zwanzig und hatte offenbar eine glückliche Kindheit gehabt. Die Möglichkeit, ihn wiederzusehen, hatte letztlich den Ausschlag dafür gegeben, nach Osten zu fliegen und sich das Pferd dieser Engländerin anzusehen. Tom wollte sie am Nachmittag treffen.

»So, das hätten wir. Ein Cheeseburger mit Bacon.«

Hal stellte den Teller vor Tom auf den Tisch, setzte sich ihm gegenüber und grinste ihn an. Er hatte sich nur einen Kaffee gemacht.

»Ißt du nichts?« fragte Tom.

»Ich mach mir später was. Probier mal.«

Tom nahm einen Bissen und nickte zustimmend.

»Nicht schlecht.«

»Ein paar von den Typen hier lassen den Burger einfach auf dem Grill liegen. Aber man muß sie hin und her schieben, dann verschließen sich die Poren und das Fleisch bleibt saftig.«

»Kriegst du keinen Ärger, wenn du jetzt eine Pause machst?«

»Ach was. Wenn es hektisch wird, leg ich wieder los.«

Es war erst kurz vor zwölf Uhr, und im Diner war noch nicht viel los. Tom nahm mittags eigentlich nur eine Kleinigkeit zu sich, und seit einiger Zeit aß er fast gar kein Fleisch mehr, aber Hal hatte ihm unbedingt einen Burger braten wollen, und deshalb hatte er so getan, als ob er hungrig wäre. Am Nachbartisch saßen vier Männer in Anzügen und mit reichlich Schmuck am Handgelenk. Sie unterhielten sich lautstark über ein Geschäft, das sie gerade abgeschlossen hatten. Nicht die typischen Gäste, hatte Hal ihm zugeflüstert, aber Tom hatte sie amüsiert beobachtet. Er war immer wieder beeindruckt von New Yorks Energie. Nur gut, daß er hier nicht wohnen mußte.

»Wie geht's deiner Mutter?« fragte er.

»Großartig. Sie spielt wieder. Leo hat ein Konzert für sie arrangiert, am Sonntag in einer Galerie gleich hier um die Ecke.«

»Sehr schön.«

»Sie wollte heute vorbeikommen, um dich zu sehen, aber gestern abend hat es einen Riesenkrach gegeben. Der Pianist hat abgesagt, und jetzt sucht man voller Panik einen Ersatz. Ich soll dir liebe Grüße ausrichten.«

»Vergiß nicht, sie auch von mir zu grüßen.«

Sie sprachen über Hals Studium und seine Pläne für den Sommer. Er sagte, er würde gern für einige Wochen nach Montana kommen, und Tom hatte nicht den Eindruck, als sei das nur dahergesagt, um ihm zu schmeicheln. Tom berichtete ihm, wie er mit den Jährlingen und einigen älteren Pferden aus der eigenen Zucht arbeiten wollte. Als er davon erzählte, hätte er am liebsten gleich damit angefangen. Sein erster Sommer seit Jahren ohne Pferdekurse, keine Umherfahrerei, einfach nur in den Bergen bleiben und sehen, wie das Land im Sommer wieder zum Leben erwacht.

Allmählich wurde es voll im Diner, und Hal mußte wieder arbeiten. Er wollte von Tom kein Geld annehmen und begleitete ihn nach draußen. Tom setzte seinen Hut auf und bemerkte Hals Blick, als sie sich die Hände schüttelten. Hoffentlich war es dem Jungen nicht allzu peinlich, mit einem Cowboy gesehen zu werden. Tom fand, daß es immer etwas verkrampft zuging, wenn sie sich verabschiedeten. Vielleicht, dachte er, sollte er den Jungen umarmen, aber es war ihnen zur Gewohnheit geworden, sich einfach nur die Hand zu geben, und auch heute blieb es dabei.

»Viel Glück mit dem Pferd«, sagte Hal.

»Danke. Und dir viel Glück mit dem Film.«

»Ja. Ich schick dir eine Kassette.«

»Prima. Bis dann, Hal.«

»Mach's gut.«

Tom entschloß sich, ein paar Schritte zu Fuß zu gehen, ehe er sich ein Taxi nahm. Es war ein kalter, grauer Tag. Dampf quoll in wehenden Schwaden aus den Kanalschächten. Er ging an einem jungen Mann vorbei, der bettelnd in einer Ecke stand. Auf dem Kopf schien er ein verfilztes Gewirr von Rattenschwänzen zu tragen, und seine Haut hatte die Farbe von zerknittertem Pergament. Seine Finger staken in fadenscheinigen Wollhandschuhen, und da er keinen Mantel trug, hüpfte er von einem Bein aufs andere, um sich warm zu halten. Tom gab ihm einen Fünfdollarschein.

Man erwartete ihn um vier auf dem Gestüt, aber als er am Bahnhof eintraf, stellte er fest, daß es noch eine frühere Verbindung gab, und er beschloß, diesen Zug zu nehmen. Je mehr Tageslicht, um sich das Pferd ansehen zu können, desto besser. Außerdem konnte er das Pferd dann vielleicht ungestört in Augenschein nehmen. Es war immer einfacher, wenn einem der Besitzer nicht im Nacken saß. Meistens übertrug sich ihre Anspannung auf die Pferde. Und die Engländerin hatte bestimmt nichts dagegen.

Annie hatte sich gefragt, ob sie Grace von Tom Booker erzählen sollte. Seit dem Tag, an dem sie Pilgrim im Stall gesehen hatte, war sein Name kaum noch gefallen. Einmal hatten Annie und Robert versucht, mit ihr über das Pferd zu reden, da sie es besser fanden, Grace mit Pilgrims Schicksal zu konfrontieren, aber Grace hatte sich schrecklich aufgeregt und war Annie ins Wort gefallen.

»Ich will nichts davon hören«, schrie sie. »Ich habe euch gesagt, was ich will. Ich will, daß er nach Kentucky zurückgebracht wird. Aber du mußt ja immer alles besser wissen, also entscheide auch.«

Robert hatte ihr besänftigend eine Hand auf die Schulter gelegt und wollte etwas sagen, aber Grace schüttelte seine Hand ab und schrie: »Nicht, Daddy!« Also beließen sie es dabei.

Letzten Endes aber entschlossen sie sich doch, ihr von dem Mann in Montana zu erzählen. Grace sagte nur, daß sie nicht in Chatham sein wollte, wenn er kam. Also einigten sie sich darauf, daß Annie allein fahren sollte. Sie nahm den Abendzug, verbrachte die Nacht im Farmhaus, erledigte einige Anrufe und versuchte, sich auf den Text zu konzentrieren, der ihr über Modem aus dem Büro auf den Bildschirm geschickt worden war.

Es war unmöglich. Das langsame Ticken der Wanduhr, das sie sonst so tröstlich fand, kam ihr heute beinahe unerträglich vor. Und mit jeder langen Stunde, die vorüberschlich, wurde sie unruhiger. Sie fragte sich verwirrt nach dem Grund und fand keine befriedigende Antwort. Am ehesten schien ihr noch das ebenso lebhafte wie irrationale Gefühl schuld zu sein, daß sich durch den Fremden heute auf irgendeine unerklärliche Weise nicht nur Pilgrims Los, sondern ihrer aller Schicksal – Graces, Roberts und das ihre – entscheiden würde.

Es standen keine Taxis am Bahnhof in Hudson, als der Zug einfuhr. Es begann zu nieseln, und Tom wartete fünf Minuten unter dem von Eisensäulen getragenen Glasdach des Bahnsteigs, bis ein Wagen vorfuhr. Er stieg mit seiner Tasche hinten ein und nannte dem Fahrer die Adresse des Gestüts.

Hudson sah aus, als wäre es früher mal recht hübsch gewesen, aber jetzt wirkte es ziemlich deprimierend. Ehemals prächtige Gebäude wirkten verfallen, viele Geschäfte entlang der Straße, die Tom für die Hauptstraße hielt, waren mit Brettern vernagelt, und die Läden, die noch geöffnet waren, schienen nur Ramsch zu verkaufen. Wer über die Bürgersteige stapfte, zog zum Schutz vor dem Regen den Kopf ein.

Es war kurz nach drei, als das Taxi in Mrs. Dyers Auffahrt einbog und zum Gestüt auf der Anhöhe fuhr. Tom sah über die schlammigen Felder und betrachtete die im Regen stehenden Pferde. Sie spitzten die Ohren und beobachteten den vorbeifahrenden Wagen. Die Einfahrt in den Hof wurde von einem Anhänger versperrt. Tom bat den Fahrer, auf ihn zu warten, und stieg aus.

Als er sich durch den Spalt zwischen Mauer und Anhänger zwängte, konnte er Stimmen und das Klappern von Pferdehufen hören.

»Rein da! Rein mit dir, verdammt noch mal!«

Joan Dyers Söhne versuchten, zwei verschreckte Fohlen in den offenen Anhänger zu schieben. Tim stand auf der Ladefläche und wollte das erste Fohlen am Halfter in den Wagen zerren. Es war ein Seilziehen, das er bestimmt verloren hätte, wäre Eric nicht hinter dem Tier gewesen, um es mit einer Peitsche anzutreiben. Er versuchte, den Hufen auszuweichen, und hielt an einem Seil das zweite Fohlen fest, das mittlerweile genauso verängstigt war wie das erste. Tom erfaßte die Lage mit einem Blick, als er hinter dem Anhänger auf den Hof trat.

»Heda, Jungs, was treibt ihr da?« rief er. Die beiden Jungen drehten sich um und sahen ihn einen Augenblick an. Keiner sagte ein Wort. Und als würde er nicht existieren, wandten sie den Blick wieder von ihm ab und machten da weiter, wo sie aufgehört hatten.

»Scheiße, das bringt nichts«, sagte Tim. »Versuch's zuerst mit dem anderen.« Er zerrte das erste Fohlen vom Anhänger fort, so daß Tom rasch an die Wand zurücktreten mußte, als sie vorbeikamen. Schließlich sah Eric ihn wieder an.

»Kann ich Ihnen helfen?« In seiner Stimme und in der Art, wie der Junge ihn ansah, lag eine derartige Verachtung, daß Tom nur lächeln konnte.

»Danke. Ich suche ein Pferd namens Pilgrim. Es gehört einer gewissen Mrs. Annie Graves.«

»Wer sind Sie?«

»Ich heiße Booker.«

Mit einem Kopfzucken wies Eric auf die Scheune. »Da reden Sie besser mit meiner Mom.«

Tom dankte ihm und ging zur Scheune. Er hörte einen der Jungen höhnisch kichern und etwas über Wyatt Earp sagen, drehte sich aber nicht noch mal um. Mrs. Dyer trat im selben Moment aus der Scheune, als er das Tor öffnen wollte. Er stellte sich vor, und Mrs. Dyer gab ihm die Hand, nachdem sie sie an ihrer Jacke abgewischt hatte. Sie sah sich nach den Jungen auf dem Anhänger um und schüttelte den Kopf.

»Das ist nicht gerade die feine Art«, sagte Tom.

»Ich weiß«, sagte sie müde, wollte sich aber offensichtlich nicht weiter darüber auslassen. »Sie sind früh dran. Annie ist noch nicht da.«

»Tja, tut mir leid. Ich bin einen Zug früher gekommen. Ich hätte Sie anrufen sollen. Haben Sie was dagegen, wenn ich ihn mir ansehe, bevor Mrs. Graves kommt?«

Sie zögerte. Er schenkte ihr ein verschwörerisches Lächeln und hätte beinahe noch mit den Augen gezwinkert, um ihr anzudeuten, daß sie sich doch mit Pferden auskenne und bestimmt verstehe, was er ihr sagen wolle.

»Sie wissen schon, manchmal ist's irgendwie einfacher, sich ein Bild zu machen, wenn der Besitzer nicht dabei ist.«

Sie schluckte den Köder und nickte.

»Er steht da hinten.«

Tom folgte ihr um die Scheune herum zu einer Reihe alter Ställe. Als sie vor Pilgrims Tür standen, drehte sie sich zu Tom um. Plötzlich wirkte sie sehr aufgewühlt.

»Das Ganze war von Anfang an eine Katastrophe, das muß ich schon sagen. Ich weiß nicht, wieviel Annie Ihnen erzählt hat, aber die Wahrheit ist nun mal, daß alle – sie ausgenommen – schon lange der Meinung sind, daß man dieses Pferd endlich von seinem Elend erlösen sollte. Ich weiß nicht, warum die Tierärzte auf Annie gehört haben. Ehrlich gesagt, ich find es dumm und grausam, dieses Tier am Leben zu halten.«

Ihr eindringlicher Ton überraschte Tom. Er nickte langsam und schaute dann auf die verriegelte Tür. Die gelblich braune Flüssigkeit, die darunter hervorrann, hatte er bereits gesehen, und er konnte die Sauerei dahinter schon riechen.

»Ist er da drin?«

»Ja. Seien Sie vorsichtig.«

Tom zog den Riegel zurück und hörte gleich darauf ein lautes Krachen. Der Gestank war widerlich.

»Himmel, macht denn hier keiner sauber?«

»Wir haben einfach zuviel Angst«, sagte Mrs. Dyer leise.

Behutsam öffnete Tom die obere Türhälfte und beugte sich vor. Er sah das Pferd, das ihn mit angelegten Ohren und gebleckten gelben Zähnen aus dem Dunkel heraus anstarrte. Plötzlich stürzte es vor, bäumte sich auf und schlug mit den Hufen nach ihm aus. Tom zog sich blitzschnell zurück. Die Hufe verfehlten ihn um wenige Zentimeter und krachten gegen die Untertür. Tom schloß die obere Hälfte und schob den Riegel ins Schloß.

»Wenn das ein Inspektor sieht, schließt er Ihnen den ganzen verdammten Laden«, sagte er. Die stille, beherrschte Wut in seiner Stimme ließ Mrs. Dyer zu Boden blicken.

»Ich weiß, ich habe ja versucht...«

Er schnitt ihr das Wort ab. »Sie sollten sich schämen.«

Er drehte sich um und ging zurück zum Hof. Er hörte, wie ein Motor aufheulte, dann das verschreckte Wiehern eines Pferdes, als eine Autohupe ertönte. Kaum bog er um die Scheune, sah er, daß ein Fohlen bereits auf dem Anhänger festgebunden worden war. An der Hinterhand klebte Blut. Eric versuchte, das zweite Fohlen in den Wagen zu zerren, und hieb mit der Peitsche auf das Hinterteil ein, während sein Bruder in dem alten Pickup saß und das Pferd antrieb, indem er kräftig auf die Hupe drückte. Tom ging zum Wagen, riß die Tür auf, packte den Jungen am Genick und zerrte ihn heraus.

»Verdammt, was glauben Sie, wer Sie sind?« rief der Junge, schrie die letzten Worte aber schon mit einer Fistelstimme, denn Tom wirbelte ihn herum und schleuderte ihn zu Boden.

»Wyatt Earp«, sagte Tom, ließ ihn liegen und ging geradewegs auf Eric zu, der vor ihm zurückwich.

»He, Cowboy, hör mal...«, sagte er. Tom packte ihn an der Kehle, befreite das Fohlen und verdrehte dem Jungen die Hand, so daß er aufjaulte und die Peitsche fallen ließ. Das Fohlen raste über den Hof und brachte sich in Sicherheit. In einer Hand hielt Tom die Peitsche, mit der anderen umklammerte er immer noch Erics Kehle, so daß die Augen des verängstigten Jungen hervortraten. Tom zog ihn an sich heran, bis ihre Gesichter keinen Fußbreit mehr auseinander waren.

»Wenn es mir nicht viel zu anstrengend wäre«, sagte Tom, »würde ich dir dein verdammtes Fell grün und blau gerben!«

Er stieß ihn fort, und der Junge krachte mit dem Rücken gegen die Wand, daß ihm die Luft wegblieb. Tom blickte sich um und sah Mrs. Dyer auf den Hof kommen. Er wandte sich ab und ging um den Anhänger herum.

Als er sich durch die Lücke zwängte, sah er eine Frau aus einem silberfarbenen Lariat steigen, der neben dem wartenden Taxi hielt. Einen Augenblick stand er Annie Graves von Angesicht zu Angesicht gegenüber.

»Mr. Booker?« fragte sie. Tom war ein wenig außer Atem und nahm eigentlich nur das rostrote Haar und die besorgten grünen Augen wahr. Er nickte. »Ich bin Annie Graves. Sie sind etwas zu früh gekommen.«

»Nein, Ma'am. Viel zu spät.«

Er stieg ins Taxi, schloß die Tür und befahl dem Fahrer, ihn zurück zum Bahnhof zu bringen. Als sie das Ende der Auffahrt erreichten, merkte Tom, daß er noch immer die Peitsche in der Hand hielt. Er kurbelte das Fenster herunter und warf sie in den Graben.

11

Es war Roberts Vorschlag, endlich mal wieder im Lester's zu frühstücken. Zwei Wochen hatte er gebraucht, um sich zu diesem Entschluß durchzuringen. Sie waren nicht mehr dort gewesen, seit Grace wieder zur Schule ging, und diese unausgesprochene Tatsache lastete schwer auf ihnen. Der Grund aber, weshalb sie nicht darüber redeten, war der, daß das Frühstück im Lester's nur einen Teil des Rituals ausmachte. Der andere und ebenso wichtige Teil war die Busfahrt zum Café quer durch die Stadt.

Es gehörte zu jenen albernen Dingen, die angefangen hatten, als Grace noch kleiner war. Manchmal war Annie mitgekommen, aber meistens fuhren Robert und Grace allein. Sie taten dann so, als stürzten sie sich in ein großes Abenteuer, setzten sich hinten in den Bus und spielten flüsternd ein Spiel, in dem sie sich abwechselnd komplizierte Geschichten über die anderen Passagiere ausdachten. Der Fahrer war eigentlich ein androider Killer und die kleinen alten Damen verkleidete Rockstars. Seit einiger Zeit tratschten sie manchmal auch nur, doch seit dem Unfall hatte keiner von ihnen vorgeschlagen, wieder einmal den Bus zu nehmen. Außerdem wußten sie nicht, ob Grace mit dem Einsteigen zurechtkam.

Bislang war sie nur zwei bis drei Tage pro Woche zur Schule gegangen, und das auch nur am Vormittag. Robert brachte sie im Taxi hin, und Elsa holte sie mittags mit dem Taxi wieder ab. Robert und Annie versuchten, möglichst beiläufig zu fragen, wie ihr Tag gewesen war. Prima, sagte sie jedesmal. Alles war prima. Und wie ging es Becky und Cathy und Mrs. Shaw? Denen ging es auch prima. Robert sah ihr an, daß sie ganz genau wußte, was sie fragen wollten, aber nicht zu fragen wagten. Starrte man ihr Bein an? Wurde sie danach gefragt? Hatte sie andere darüber reden hören?

»Frühstück bei Lester's?« fragte Robert an diesem Morgen in möglichst lässigem Ton. Annie war bereits unterwegs zu einer frühen Konferenz. Grace zuckte die Achseln und sagte: »Klar. Wenn du magst.«

Sie fuhren mit dem Fahrstuhl nach unten und grüßten Ramon, den Türsteher.

»Soll ich Ihnen ein Taxi besorgen?« fragte er.

Robert zögerte, doch nur eine Sekunde lang.

»Nein. Wir nehmen den Bus.«

Während sie an zwei Häuserblocks vorbei zur Bushaltestelle gingen, schwatzte Robert drauflos und tat, als sei es völlig normal, so langsam zu laufen. Er wußte, daß Grace ihm nicht zuhörte. Ihr Blick war starr auf den Bürgersteig vor ihnen gerichtet. Sie suchte den Boden nach Stolperfallen ab, konzentrierte sich ganz darauf, wohin sie die Gummispitze ihres Gehstocks setzte, und schwang ihr Bein unter ihm durch. Als sie zur Bushaltestelle kamen, war Grace trotz der Kälte in Schweiß gebadet.

Als der Bus vorfuhr, stieg sie ein, als wäre sie es seit Jahren so gewohnt. Der Bus war voll, und eine Zeitlang standen sie nahe am Eingang. Ein alter Mann sah Graces Stock und bot ihr seinen Platz an. Sie dankte ihm und versuchte, sein Angebot abzulehnen, aber er wollte nichts davon hören. Robert hätte ihn am liebsten angeschrien, daß er seine Tochter in Ruhe lassen solle, aber er sagte nichts, und Grace wurde rot, gab nach und setzte sich. Sie sah zu Robert auf und schenkte ihm ein schmales, gedemütigtes Lächeln, das ihm das Herz zerriß.

Als sie ins Café gingen, überfiel Robert plötzlich der panische Gedanke, daß er womöglich anrufen und Lester hätte warnen sollen, damit kein unnötiges Aufsehen entstand und niemand peinliche Fragen stellte. Aber er hätte sich keine Sorgen zu machen brauchen. Vielleicht hatte jemand aus der Schule bereits Bescheid gesagt; Lester und die Kellner waren jedenfalls so eifrig und gut gelaunt wie eh und je.

Sie saßen an ihrem üblichen Platz am Fenster und bestellten sich, was sie sich immer bestellten, Bagel mit Philadelphia und geräuchertem Lachs. Während sie auf ihr Essen warteten, gab Robert sich alle Mühe, die Unterhaltung nicht ins Stocken geraten zu lassen. Es war neu für ihn, dieses Schweigen zwischen ihnen überbrücken zu müssen. Sich mit Grace zu unterhalten, war immer so leicht gewesen. Ihm fiel auf, daß ihre Blicke immer wieder zu den Menschen draußen wanderten, die auf ihrem Weg zur Arbeit an ihnen vorbeigingen. Lester, ein adretter, kleiner Mann mit Bürstenschnauzer, hatte hinter dem Tresen das Radio angestellt, und ausnahmsweise war Robert für das unablässige Gedudel dankbar. Als die Bagel serviert wurden, rührte Grace sie kaum an.

»Möchtest du in diesem Sommer gern nach Europa fahren?« fragte er.

»Wieso? Meinst du im Urlaub?«

»Warum nicht? Ich dachte, wir könnten nach Italien fliegen. Uns ein Haus in der Toskana oder sonstwo mieten. Was hältst du davon?«

Sie zuckte die Achseln. »Okay.«

»Wir müssen nicht.«

»Doch. Wär ganz nett.«

»Und wenn du dich anständig benimmst, nehmen wir dich vielleicht mit nach England zu deiner Großmutter.« Wie auf ein Stichwort verzog Grace ihr Gesicht. Die Drohung, sie zu Annies Mutter zu schicken, war ein alter Familienwitz. Grace schaute aus dem Fenster und sah dann wieder Robert an.

»Ich glaube, ich geh jetzt, Dad.«

»Keinen Hunger?«

Sie schüttelte den Kopf. Er verstand. Sie wollte in der Schule sein, bevor der Hof vor glotzenden Mädchen nur so wimmelte. Hastig trank er den Kaffee aus und zahlte.

Grace wollte, daß er sich an der Ecke von ihr verabschiedete, statt sie bis zum Schuleingang zu begleiten. Er küßte sie zum Abschied und unterdrückte den Wunsch, sich noch einmal umzudrehen und Grace hineingehen zu sehen. Er wußte, wenn sie sah, wie er sich nach ihr umdrehte, würde sie seine Sorge vielleicht für Mitleid halten. Mit raschen Schritten ging er zurück zur Third Avenue und eilte dann weiter in Richtung Innenstadt zu seinem Büro.

Während sie im Café gesessen hatten, war der Himmel aufgeklart. Offenbar würde es einer dieser klaren, eisigblauen Tage werden, die für New York so typisch waren und die Robert so sehr liebte. Es war das ideale Wetter für einen Spaziergang, also schritt er rasch aus und versuchte, das Bild der einsamen, zur Schule humpelnden Gestalt zu verdrängen, indem er an die Arbeit dachte, die auf ihn wartete.

Zuerst würde er wie jeden Tag den Anwalt anrufen, den sie beauftragt hatten, sich um das komplizierte juristische Theater zu kümmern, zu dem Graces Unfall sich zu entwickeln schien.

Nur ein vernünftiger Mensch konnte naiv genug sein zu glauben, daß sich der ganze Fall auf die Frage zuspitzen ließ, ob die Mädchen fahrlässig gehandelt hatten, als sie an jenem Morgen über die Straße ritten, oder ob der Fahrer fahrlässig gehandelt hatte, als sein Laster sie überfuhr. Statt dessen machte natürlich jeder jedem den Prozeß: die Krankenversicherungen der Mädchen dem Lastwagenfahrer, dessen Versicherung der Transportfirma in Atlanta, deren Versicherung jener Firma, die dem Fahrer den Lastwagen vermietet hatte, deren Versicherung wiederum den Herstellern des Lastwagens, den Fabrikanten der Lastwagenreifen, dem County, der Papierfabrik und der Eisenbahngesellschaft. Niemand hatte bislang einen Prozeß gegen Gott angestrengt, weil der es an dem Tag hatte schneien lassen, aber noch war nicht aller Tage Abend. Das Ganze war das reinste Paradies für Kläger und Verteidiger, und Robert fand es sehr seltsam, dem Vorgang einmal von der anderen Seite beiwohnen zu müssen.

Zum Glück war es ihnen wenigstens gelungen, Grace das meiste davon zu ersparen. Abgesehen von der Erklärung, die sie im Krankenhaus gemacht hatte, brauchte sie nur noch im Beisein einer Anwältin eine eidesstattliche Erklärung abzugeben. Grace hatte die Frau bereits einige Male bei gesellschaftlichen Anlässen getroffen und schien von dem Gedanken, den Unfall noch einmal durchgehen zu müssen, nicht sonderlich beunruhigt. Wieder sagte sie aus, daß sie sich nur bis zu dem Augenblick erinnern könne, als sie die Böschung hinabrutschten.

Anfang des Jahres hatte der Lastwagenfahrer einen Brief geschrieben und gesagt, daß es ihm leid täte. Robert und Annie hatten lange überlegt, ob sie Grace diesen Brief zeigen sollten oder nicht. Schließlich hatten sie entschieden, daß sie ein Recht darauf habe.

Grace hatte den Brief gelesen, ihn zurückgegeben und nur gesagt, das fände sie nett von dem Fahrer. Für Robert lautete eine beinahe ebenso wichtige Frage, ob er diesen Brief seinem Anwalt zeigen sollte, der sich natürlich hämisch die Hände reiben und den Brief als Schuldgeständnis werten würde. Der Anwalt in Robert riet ihm, den Brief vorzulegen; die menschliche Seite riet ihm, es nicht zu tun. Er ging auf Nummer Sicher und heftete den Brief in seinen Unterlagen ab.

Am Horizont konnte er jetzt den kalten Sonnenschein auf dem gläsernen Turm seines Bürogebäudes glitzern sehen.

Ein amputiertes Glied, hatte er kürzlich in irgendeiner juristischen Publikation gelesen, konnte heutzutage bis zu drei Millionen Dollar Schmerzensgeld wert sein. Er stellte sich das blasse Gesicht seiner Tochter vor, die aus dem Caféfenster nach draußen starrte. Was waren das doch für phantastische Experten, dachte er, die derartige Kosten errechnen konnten.

In der Eingangshalle der Schule ging es lebhafter zu als gewöhnlich. Mit raschem Blick überflog Grace die Gesichter und hoffte, keine ihrer Klassenkameradinnen zu sehen. Beckys Mutter sprach mit Mrs. Shaw, aber beide schauten nicht zu ihr herüber, und von Becky war keine Spur zu sehen. Wahrscheinlich hockte sie schon vor einem der Computer in der Bücherei. Wäre alles so wie früher gewesen, so hätte Graces erster Weg auch dahin geführt. Sie wären herumgetobt und hätten sich per E-Mail witzige Nachrichten hinterlassen. Nach dem Klingeln wären sie alle die Treppe hinauf ins Klassenzimmer gestürmt, hätten gelacht und sich gegenseitig aus dem Weg geschubst.

Da Grace jetzt nicht mehr die Treppe hochkam, würden sie sich alle verpflichtet fühlen, mit ihr im Aufzug zu fahren, einem langsamen und uralten Apparat. Um ihnen diese peinliche Situation zu ersparen, machte sich Grace sofort allein auf den Weg zu ihrem Klassenzimmer, so daß sie schon an ihrem Tisch sitzen würde, wenn die anderen hereinkamen.

Sie ging zum Aufzug, drückte auf den Knopf und hielt den Blick zu Boden gerichtet, damit zufällig vorbeikommende Freundinnen Gelegenheit hatten, ihr ausweichen zu können.

Sie waren alle so nett zu ihr, seit sie wieder zur Schule ging. Aber gerade das war das Problem. Sie wollte doch einfach nur, daß sich alle wieder normal benahmen. Und da gab es noch mehr, was sich verändert hatte.

Während ihrer Abwesenheit schienen sich die Beziehungen ihrer Freundinnen unmerklich verändert zu haben. Becky und Cathy, ihre beiden besten Freundinnen, waren jetzt enger zusammen als früher. Vorher waren sie zu dritt unzertrennlich gewesen. Jeden Abend hatten sie am Telefon zusammen geschwatzt, sich geneckt, ihr Herz ausgeschüttet, gegenseitig getröstet. Sie waren ein ideales Kleeblatt gewesen. Jetzt gaben sich Becky und Cathy Mühe, sie in alles mit einzubeziehen, aber es war nicht mehr wie früher. Wie konnte es auch?

Der Fahrstuhl kam, und Grace ging hinein. Sie war froh, daß sie allein davor wartete und den Fahrstuhl für sich haben würde. Doch gerade als sich die Tür schloß, stürzten zwei jüngere Mädchen herein, die aufgeregt miteinander lachten und schnatterten. Doch kaum sahen sie Grace, verstummten sie.

Grace lächelte und sagte: »Hallo.«

»Hallo.« Sie sagten es gleichzeitig und schwiegen dann. Verlegen standen sie zu dritt im Aufzug, während der alte Apparat seinen mühsamen, knarrenden Aufstieg begann. Grace merkte, wie die Blicke der beiden Mädchen über die nackten Wände und die Decke glitten, wie sie überall hinschauten, nur nicht auf das eine, von dem Grace wußte, daß sie es sich liebend gern ansehen würden: ihr Bein. Es war immer dasselbe.

Sie hatte mit der »Traumapsychologin« darüber gesprochen, einer weiteren Spezialistin, zu der sie ihre Eltern jede Woche schickten. Die Frau meinte es gut mit ihr und war wahrscheinlich eine Expertin auf ihrem Gebiet, aber Grace fand die Stunden mit ihr die reinste Zeitverschwendung. Wie konnte diese Fremde – wie konnte überhaupt jemand – wissen, wie es für sie war?

»Sag ihnen, es ist in Ordnung, wenn sie es sich ansehen wollen«, hatte die Frau gesagt. »Sag ihnen, es ist in Ordnung, darüber zu reden.«

Aber darum ging es nicht. Grace wollte nicht, daß sie sich das Bein anschauten, sie wollte nicht, daß sie darüber redeten. Reden!

Diese Seelenklempner schienen zu glauben, daß man mit Reden alles heilen konnte, aber das stimmte einfach nicht.

Gestern hatte die Frau versucht, mit ihr über Judith zu reden, aber das war wirklich das letzte, wozu sie Lust gehabt hatte.

»Wie fühlst du dich, wenn du an Judith denkst?«

Grace hätte am liebsten laut geschrien, statt dessen sagte sie kühl: »Sie ist tot, was glauben Sie, wie ich mich da fühle?« Schließlich hatte die Frau kapiert und das Thema fallengelassen.

Genauso war es vor einigen Wochen abgelaufen, als die Frau versucht hatte, mit ihr über Pilgrim zu reden. Pilgrim war ein Krüppel und nutzlos, so wie sie, und jedesmal, wenn sie an ihn dachte, sah sie diese schrecklichen Augen in einer Ecke dieses stinkenden Stalls der Mrs. Dyer vor sich. Wie um alles in der Welt sollte es helfen können, daran zu denken oder darüber zu reden?

Der Fahrstuhl hielt ein Stockwerk unter dem von Grace, und die beiden Mädchen stiegen aus. Grace hörte, wie sie über den Flur liefen und gleich wieder zu reden anfingen.

Wie sie gehofft hatte, war noch niemand da, als sie ihr Klassenzimmer betrat. Sie holte ihre Bücher aus der Tasche, verbarg den Stock sorgsam auf dem Boden unter ihrem Tisch und setzte sich langsam auf den harten Holzstuhl. Er war so hart, daß ihr Stumpf am Ende des Vormittags vor Schmerz pochen würde. Aber damit wurde sie fertig; die Art Schmerz war leicht zu ertragen.

Es vergingen drei Tage, bevor Annie mit Tom Booker sprechen konnte. Sie hatte bereits eine ziemlich klare Vorstellung von dem, was an jenem Tag im Gestüt geschehen war. Nachdem sie verblüfft dem Taxi nachgesehen hatte, wie es die Auffahrt hinunterfuhr, ging sie in den Hof und konnte den größten Teil der Geschichte bereits von den Mienen der beiden Jungen ablesen. Mrs. Dyer erklärte Annie kühl, daß Pilgrim bis Montag aus ihrem Stall verschwunden sein müsse.

Annie rief Liz Hammond an, und gemeinsam fuhren sie zu Harry Logan. Er hatte gerade einer Chihuahua-Hündin den Uterus entfernt und trug noch seinen Operationskittel, als er die beiden Frauen sah, »o nein« sagte und tat, als wollte er sich verstecken. Hinter der Klinik gab es einige Pflegeboxen, und nach einigen tiefen

Seufzern erklärte er sich bereit, Pilgrim in einer von ihnen unterzustellen.

»Aber nur für eine Woche«, sagte er und drohte ihr mit dem Finger.

»Zwei«, sagte Annie.

Er sah Liz an und verzog grinsend das Gesicht.

»Eine Freundin von dir? Also gut, zwei. Aber das ist das absolute Maximum. Bis sie etwas anderes gefunden hat.«

»Harry, du bist ein Schatz«, sagte Liz.

Er hob die Hände hoch. »Ich bin ein Idiot. Dieses Pferd. Es beißt mich, tritt mich, schleift mich durch einen eiskalten Fluß, und was tu ich? Ich lad es in mein Haus ein.«

»Danke, Harry«, sagte Annie.

Zu dritt fuhren sie am nächsten Morgen zum Gestüt. Die Jungen waren nicht zu sehen, und Joan Dyer ließ sich nur kurz hinter einem Fenster im oberen Stock ihres Hauses blicken. Nach zwei Stunden harter Arbeit, mehreren blauen Flecken und der dreifachen Dosis Beruhigungsmittel, die Harry für ratsam gehalten hatte, fuhren sie mit Pilgrim im Hänger zurück zur Klinik.

Einen Tag nach Tom Bookers Besuch in New York versuchte Annie, ihn in Montana anzurufen. Die Frau am Telefon – Bookers Frau vermutlich – erklärte Annie, daß er erst am nächsten Abend zurückerwartet wurde. Die Frau klang nicht besonders freundlich, und Annie nahm an, daß sie wußte, was vorgefallen war. Die Frau sagte, daß sie Tom von ihrem Anruf berichten würde. Annie wartete zwei lange Tage, aber er meldete sich nicht. Am zweiten Abend, als Robert im Bett lag und las und Grace bereits schlief, rief sie nochmals an. Wieder war die Frau am Apparat.

»Er ißt gerade zu Abend«, sagte sie.

Annie hörte eine Männerstimme fragen, wer dran sei, und das kratzende Geräusch, als sich eine Hand über die Sprechmuschel legte. Trotzdem konnte sie die Frau sagen hören: »Es ist wieder diese Engländerin.« Dann folgte eine längere Pause. Annie merkte, wie sie den Atem anhielt und versuchte, sich zu beruhigen.

»Mrs. Graves? Hier ist Tom Booker.«

»Mr. Booker. Ich möchte mich für den Vorfall im Gestüt entschuldigen.« Am anderen Ende blieb es still, und so fuhr sie fort:

»Ich hätte wissen müssen, was da vor sich geht, aber ich glaube, ich habe einfach die Augen davor verschlossen.«

»Ich kann Sie verstehen.« Sie nahm an, daß er weiterreden würde, aber er schwieg.

»Jedenfalls haben wir Pilgrim woanders hingebracht, an einen besseren Ort, und ich habe mich gefragt, ob Sie vielleicht...« Sie begriff, wie vergeblich, wie dumm ihre Bitte war, noch ehe sie sie ausgesprochen hatte. »Ob Sie in Erwägung ziehen würden, noch einmal herzukommen und ihn sich anzuschauen.«

»Es tut mir leid. Ich kann das nicht machen. Selbst wenn ich die Zeit hätte, weiß ich ehrlich gesagt nicht, ob es sinnvoll wäre.«

»Könnten Sie nicht ein oder zwei Tage opfern? Mir ist egal, was es kosten wird.« Sie hörte ihn leise lachen und bedauerte ihre letzte Bemerkung.

»Ma'am, ich hoffe, Sie nehmen es mir nicht übel, wenn ich offen zu Ihnen bin, aber eines müssen Sie verstehen: Tiere können nur ein gewisses Maß an Leid ertragen. Und ich glaube, dieses Pferd hat inzwischen allzu lange im Dunkeln gelebt.«

»Ich soll ihn also einschläfern lassen? Ist es das, was Sie mir raten? So wie alle anderen?« Sie schwieg. »Wenn es Ihr Pferd wäre, Mr. Booker, würden Sie es einschläfern lassen?«

»Nun, Ma'am. Es ist nicht mein Pferd, und ich bin froh, daß es nicht meine Entscheidung ist. Aber wenn ich in Ihren Schuhen stecken würde, ja, dann würde ich das machen.«

Sie versuchte noch einmal, ihn umzustimmen, aber sie spürte, daß es keinen Sinn hatte. Er war höflich, ruhig und absolut nicht zu erweichen. Sie dankte ihm und legte auf, dann ging sie über den Flur ins Wohnzimmer.

Kein Licht brannte, und das Piano schimmerte schwach in der Dunkelheit. Sie ging langsam hinüber ans Fenster und starrte lange Zeit hinaus über die Baumwipfel und den Park zu den hoch aufragenden Wohnhäusern an der Ostseite. Der Anblick glich einem Bühnenbild, zehntausend winzige Fenster, stecknadelkopfgroße Lichtflecken, vor einem künstlichen Nachthimmel. Es war kaum zu glauben, daß sich hinter jedem Fenster ein anderes Leben abspielte mit seinen ureigenen Schmerzen und seinem jeweiligen Schicksal.

Robert war eingeschlafen. Sie nahm ihm das Buch aus den Händen, knipste die Bettlampe aus und zog sich im Dunkeln aus. Lange lag sie neben ihm wach, lauschte auf seinen Atem und beobachtete die apfelsinenfarbenen Konturen, die das unter der Jalousie hervorquellende Licht der Straßenlampen an die Decke warf. Sie wußte bereits, was sie tun würde. Aber sie würde weder Robert noch Grace davon erzählen, bevor sie nicht alles vorbereitet hatte.

12

Sein Talent, junge und rücksichtslose Neulinge für sein mächtiges Imperium zu rekrutieren, hatte Crawford Gates unter vielen weit weniger schmeichelhaften Namen auch den Titel des »Herrn, der mit tausend Arschlöchern zu Mittag aß«, eingebracht, weshalb es für Annie stets mit gemischten Gefühlen verbunden war, mit ihm in der Öffentlichkeit gesehen zu werden.

Er saß ihr gegenüber und aß seinen gegrillten Schwertfisch mit äußerster Präzision, ohne jedoch seinen Blick von ihr abzuwenden. Während sie auf ihn einredete, beobachtete Annie fasziniert, wie seine Gabel unfehlbar und wie von einem Magnet angezogen den nächsten Bissen fand und auf ihn niederstieß. Vor fast einem Jahr hatte Crawford sie in dasselbe Restaurant eingeladen, um ihr die Chefredaktion anzubieten.

Sie wußte, daß ein Monat viel verlangt war, aber sie meinte, ihn sich verdient zu haben. Bis zum Unfall hatte sie kaum jemals frei genommen, und selbst danach waren es nicht gerade viele Tage gewesen.

»Ich bin über Telefon, Fax, Modem zu erreichen«, sagte sie. »Sie werden kaum spüren, daß ich nicht da bin.«

Sie hätte sich am liebsten auf die Zunge gebissen. Seit fünfzehn Minuten redete sie nun auf ihn ein und war in die völlig falsche Tonlage gerutscht. Es klang, als würde sie ihn um etwas bitten, dabei sollte sie aus einer Position der Stärke heraus reden, ihm direkt und unverblümt sagen, was sie vorhatte. Nichts in seinem Benehmen deutete an, daß er ihren Entschluß mißbilligte. Er hörte ihr einfach zu, während dieser verdammte Schwertfisch wie von selbst zu seinem Mund fand. Wenn sie nervös war, hatte sie diese dämliche Angewohnheit, zwanghaft die Pausen im Gespräch zu füllen. Also entschloß sie sich zu schweigen und auf eine Reaktion zu warten. Crawford Gates kaute, nickte und nippte langsam an seinem Perrier.

»Wollen Sie Robert und Grace auch mitnehmen?«

»Nur Grace. Robert hat zu viel zu tun. Und Grace muß einfach mal raus. Seit sie wieder zur Schule geht, läßt sie den Kopf etwas hängen. Eine Abwechslung würde ihr guttun.«

Sie sagte ihm allerdings nicht, daß bisher weder Grace noch Robert auch nur die geringste Ahnung von ihren Plänen hatten. Ihnen zu erzählen, was sie vorhatte, war fast das einzige, das ihr noch zu tun übrig blieb. Alles andere war, dank ihrem Assistenten Anthony, erledigt.

Sie hatte sich ein Haus in Choteau gemietet, der ersten Stadt von nennenswerter Größe, die in der Nähe von Tom Bookers Ranch lag. Annie hatte keine allzu große Auswahl gehabt, aber das Haus war möbliert und, den Unterlagen des Maklers nach zu urteilen, groß genug. Außerdem hatte sie in der Nähe eine Physiotherapeutin für Grace ausfindig gemacht sowie ein Gestüt, das bereit war, Pilgrim aufzunehmen, obwohl Annie den Zustand des Pferdes nicht gerade offen und ehrlich beschrieben hatte. Am schwierigsten würde die Fahrt mit dem Hänger durch die sieben Bundesstaaten werden. Aber Liz Hammond und Harry Logan hatten einige Anrufe für sie gemacht und entlang der Strecke eine Reihe von Übernachtungsmöglichkeiten arrangiert.

Crawford Gates tupfte sich die Lippen ab.

»Annie, meine Liebe, ich habe es schon einmal gesagt und sage es jetzt wieder. Nehmen Sie sich alle Zeit der Welt. Kinder sind kostbare, gottgegebene Geschöpfe, und wenn etwas schiefgeht, müssen wir ihnen einfach zur Seite stehen und tun, was für sie das Beste ist.«

Aus dem Munde eines Mannes, der vier Ehefrauen und doppelt so viele Kinder verlassen hatte, klang das für Annie etwas dick aufgetragen. Er hörte sich an wie Ronald Reagan am Ende eines schlechten Tages, und der salbungsvolle Hollywoodton bewirkte nur, daß sie sich noch mehr über ihren eigenen, elenden Auftritt ärgerte. Wahrscheinlich würde der alte Widerling morgen schon mit ihrem Nachfolger am selben Tisch zu Mittag essen. Halb hatte sie darauf gehofft, daß er gleich damit herausrücken und sie feuern würde.

Als sie in seinem absurd langen, schwarzen Cadillac zurück zum Büro rollten, beschloß Annie, Robert und Grace heute abend alles zu erzählen. Grace würde sie anschreien und Robert sie für verrückt erklären, aber schließlich würden sie nachgeben, so wie sie es letztlich immer taten.

Die einzige Person, die sie noch informieren mußte, war der Mensch, von dem alles abhing: Tom Booker. So mancher hätte es bestimmt seltsam gefunden, dachte sie, daß ihr diese Tatsache am wenigstens Sorge bereitete. Aber als Journalistin hatte Annie mit dieser Methode schon oft Erfolg gehabt. Einmal war sie fünftausend Meilen weit zu einer Insel im Pazifik gereist, um vor der Tür eines berühmten Schriftstellers aufzukreuzen, der keine Interviews gab. Es endete damit, daß sie zwei Wochen bei ihm wohnte, und der Artikel, den sie darüber schrieb, gewann mehrere Preise und wurde in die ganze Welt verkauft.

Wenn eine Frau – und das war in ihren Augen eine simple und unerschütterliche Lebenswahrheit – epische Entfernungen zurücklegte, um sich der Gnade eines Mannes auszuliefern, dann würde dieser Mann sie nicht abweisen, ihm blieb gar keine Wahl.

13

Scheinbar endlos zog sich die Straße vor ihnen zwischen endlosen Zäunen zur gewitterschwarzen Kuppel des Horizonts hin. An ihrem entferntesten Punkt, an dem die Straße in den Himmel aufzusteigen schien, zuckten immer wieder Blitze auf, als wollten sie den Asphalt zu Wolken atomisieren. Hinter den Zäunen erstreckte sich auf beiden Seiten flach und ungebrochen das wogende Meer der Prärien Iowas, vereinzelt von kräftigen, durch jagende Wolken brechende Sonnenstrahlen erhellt, so daß es aussah, als hielte ein Riese nach seiner Beute Ausschau.

In einer solchen Landschaft gerieten Zeit und Raum aus den Fugen, und Annie spürte ein Gefühl in sich aufkeimen, das in Panik enden würde, wenn sie sich nicht zusammenriß. Sie suchte den Horizont ab, suchte ein Lebenszeichen, ein Futtersilo, einen Baum oder auch nur einen einsamen Vogel, irgendwas, an das sie sich klammern konnte. Und da sie nichts fand, begann sie die Zaunpfähle oder die Mittelstreifen zu zählen, die ihr vom Horizont entgegenströmten, als hätten Blitze sie ausgeschickt. Sie konnte sich vorstellen, wie der silberne Lariat und sein projektilförmiger Hänger von oben aussahen, wie sie diese Streifen unablässig in sich hineinschlangen.

In nur zwei Tagen waren sie mehr als zwölfhundert Meilen gefahren, und in all der Zeit hatte Grace kaum ein Wort geredet. Die meiste Zeit schlief sie, so wie jetzt, zusammengerollt auf dem Rücksitz. Wenn sie aufwachte, blieb sie hinten sitzen, setzte ihren Walkman auf oder starrte mit leerem Blick nach draußen. Einmal, und nur dieses eine Mal, blickte Annie in den Rückspiegel und sah, daß ihre Tochter sie beobachtete. Als ihre Blicke sich trafen, lächelte Annie, aber Grace wandte sich sofort ab.

Sie hatte beinahe genauso auf den Plan ihrer Mutter reagiert, wie Annie es vorhergesagt hatte. Sie schrie und tobte und sagte, sie würde nicht mitkommen, sie könnten sie nicht dazu zwingen, und damit sei die Sache für sie erledigt. Dann stand sie vom Eßtisch auf, ging auf ihr Zimmer und knallte die Tür zu. Annie und Robert blieben eine Weile stumm sitzen. Annie hatte ihm bereits von ihrem Vorhaben erzählt und jeden seiner Einwände aus dem Weg geräumt.

»Sie kann dem Problem nicht ewig ausweichen«, sagte sie. »Schließlich ist es ihr Pferd, Herrgott noch mal!«

»Annie, denk dran, was die Kleine durchgemacht hat.«

»Aber es hilft ihr auch nicht, wenn sie allem aus dem Weg geht, das macht es nur noch schlimmer. Du weißt doch, wie gern sie Pilgrim gehabt hat. Und du hast gesehen, wie sie im Gestüt reagiert hat. Glaubst du nicht, daß sein Anblick ihr zu schaffen machte?«

Er gab keine Antwort, blickte einfach zu Boden und schüttelte den Kopf. Annie griff nach seiner Hand.

»Wir können was dagegen tun, Robert«, sagte sie mit sanfter Stimme. »Ich weiß es. Pilgrim kann wieder gesund werden. Dieser Mann bringt ihn wieder in Form. Und dann geht es Grace auch wieder gut.«

Robert sah sie an. »Ist er wirklich davon überzeugt, daß er es schaffen kann?« Annie zögerte, doch nicht so lange, daß Robert etwas bemerkt hätte.

»Ja«, sagte sie. Es war das erste Mal, daß sie in dieser Sache log. Robert nahm natürlich an, daß Tom Booker über Pilgrims Fahrt nach Montana Bescheid wußte, eine Illusion, die Annie auch vor Grace aufrechterhalten hatte.

Wie Annie vermutet hatte, gab Grace klein bei, als sie in ihrem Vater keinen Verbündeten fand. Doch ihre Wut erstarrte zu einem vorwurfsvollen Schweigen, das länger anhielt, als Annie erwartet hatte. Früher, in den alten Tagen vor dem Unfall, konnte Annie solche Stimmungen meist mit einer kleinen Neckerei beenden oder sie fröhlich ignorieren. Das jetzige Schweigen jedoch besaß eine neue Qualität. Es schien so endlos und unabänderlich wie dieses Unterfangen, zu dem sie das Mädchen gezwungen hatte, und als sich die Meilen hinzogen, konnte Annie ihren Durchhaltewillen nur bewundern.

Robert hatte ihnen beim Packen geholfen und sie am Morgen der Abreise zu Harry Logan begleitet. In Graces Augen machte er sich dadurch zum Komplizen. Als Pilgrim in den Hänger geladen wurde, saß sie reglos im Lariat, hatte sich die Kopfhörer aufgesetzt und tat, als lese sie in einer Zeitschrift. Das Wiehern des Pferdes und das Donnern der Hufe gegen die Seitenwände des Hängers hallten über den ganzen Hof, aber Grace blickte nicht ein einziges Mal auf.

Harry verabreichte Pilgrim ein starkes Sedativum und gab Annie eine Schachtel von dem Mittel und einige Spritzen für den Notfall. Er kam ans Fenster, um Grace zu begrüßen und ihr zu sagen, wie sie Pilgrim auf der Reise füttern sollte, aber Grace unterbrach ihn.

»Erzählen Sie das lieber meiner Mom.«

Als sie aufbrechen wollten, erwiderte sie Roberts Abschiedskuß nur mit einer flüchtigen Umarmung.

An jenem ersten Abend hatten sie bei Freunden von Harry Logan übernachtet, die am Rande einer Kleinstadt südlich von Cleveland wohnten. Elliott hatte zusammen mit Harry Tiermedizin studiert und teilte sich jetzt mit einem Partner eine große Praxis. Es war dunkel, als sie eintrafen, und Elliott bestand darauf, daß Annie und Grace ins Haus kamen und sich frisch machten, während er sich um das Pferd kümmerte. Er sagte, daß er es gewohnt sei, Pferde zu beherbergen, und daß er für Pilgrim einen Stall in der Scheune vorbereitet habe.

»Harry meinte, wir sollen ihn im Hänger lassen«, sagte Annie.

»Was, während der ganzen Fahrt?«

»Das hat er gesagt.«

Er zog eine Augenbraue in die Höhe und betrachtete sie mit einer Art herablassendem, fachmännischem Lächeln.

»Gehen Sie nur ins Haus. Ich schau ihn mir an.«

Es begann zu regnen, und Annie wollte sich mit ihm auf keine Diskussion einlassen. Elliotts Gattin hieß Connie. Sie war eine kleine, fügsame Frau mit einer Dauerwelle, die aussah, als wäre sie erst am Nachmittag gelegt worden. Connie zeigte ihnen ihre Zimmer. Das Haus war groß und hallte wider vom Schweigen der Kinder, die erwachsen geworden und fortgegangen waren.

Grace wurde im Kinderzimmer der Tochter untergebracht, und Annie schlief im Gästezimmer am Ende des Flurs. Connie zeigte Annie, wo das Badezimmer war, und sagte beim Hinausgehen, daß das Abendbrot auf sie warten würde, sobald sie fertig waren. Annie dankte ihr und ging über den Flur, um nach Grace zu sehen.

Connies Tochter hatte einen Zahnarzt geheiratet und war nach Michigan gezogen, aber ihr altes Zimmer sah aus, als hätte sie es nie verlassen. Da waren ihre Bücher, Schwimmtrophäen und Regale voller kleiner Glastiere. Mitten in diesem Durcheinander einer fremden Kindheit stand Grace vor dem Bett und wühlte in der Tasche nach ihrem Kulturbeutel. Sie sah nicht auf, als Annie eintrat.

»Alles okay?«

Grace zuckte die Achseln und blickte immer noch nicht auf. Annie gab sich ungerührt und tat, als interessiere sie sich für die Bilder an der Wand. Sie streckte sich und stöhnte.

»Mein Gott, fühl ich mich steif.«

»Was haben wir hier verloren?«

Ihre Frage klang kalt und feindselig, und als Annie sich umdrehte, hielt Grace die Hände in die Hüften gestemmt und starrte sie an.

»Wie meinst du das?«

Graces verächtliche Handbewegung umfaßte das ganze Zimmer.

»All dies hier. Ich meine, was wollen wir hier eigentlich?«

Annie seufzte, aber noch bevor sie antworten konnte, sagte Grace: »Vergiß es, ist ja doch egal«, schnappte sich ihren Stock und den Kulturbeutel und ging zur Tür. Annie merkte, wie wütend das Mädchen war, weil es nicht dramatischer aus dem Zimmer stürmen konnte.

»Grace, bitte.«

»Vergiß es, hab ich gesagt, okay?« Und weg war sie.

Annie sprach mit Connie in der Küche, als Elliott vom Hof hereinkam. Er sah blaß aus und war offenbar in den Dreck gefallen. Außerdem schien er ein Humpeln zu unterdrücken.

»Ich habe ihn im Hänger gelassen«, sagte er.

Am Tisch stocherte Grace lustlos in dem Essen und redete nur, wenn sie angesprochen wurde. Die drei Erwachsenen gaben sich redlich Mühe, das Gespräch in Gang zu halten, aber es gab lange Pausen, in denen man nur das Besteck klappern hörte. Sie sprachen über Harry Logan, Chatham und eine neue Epidemie der Lyme-Arthritis, deren Verlauf überall sorgenvoll beobachtet wurde. Elliott erzählte, daß er ein junges Mädchen in Graces Alter kenne, das angesteckt und deren Leben völlig zerstört worden sei. Als Connie ihm einen warnenden Blick zuwarf, lief Elliott rot an und wechselte rasch das Thema.

Kaum war das Essen zu Ende, sagte Grace, daß sie müde sei und es ihnen wohl nichts ausmache, wenn sie zu Bett gehe. Annie wollte mitkommen, aber Grace wehrte ab. Höflich wünschte sie Elliott und Connie eine gute Nacht. Als sie zur Tür ging, klapperte der Stock über den Boden, und Annie sah den Blick in den Augen des Paars, mit dem sie Grace nachschauten.

Am folgenden Tag – gestern also – brachen sie früh auf und fuhren mit wenigen kurzen Unterbrechungen den weiten Weg durch Indiana und Illinois bis hinein nach Iowa. Und während der riesige Kontinent sich vor ihnen auftat, bewahrte Grace den ganzen Tag über ihr Schweigen.

Gestern nacht blieben sie bei einer entfernten Kusine von Liz Hammond, die einen Farmer geheiratet hatte und in der Nähe von Des Moines wohnte. Die Farm stand einsam am Ende einer schnurgeraden, fünf Meilen langen Auffahrt, als stünde sie allein auf ihrem eigenen, braunen Planeten, den in alle Himmelsrichtungen makellose Ackerfurchen durchzogen.

Sie waren ein stilles, gottesfürchtiges Völkchen, Baptisten, vermutete Annie, und grundverschieden von Liz. Der Farmer sagte, daß Liz ihnen alles über Pilgrim berichtet hatte, aber Annie merkte ihm an, daß ihn trotzdem schockierte, was er zu sehen bekam. Er half ihr, Pilgrim zu füttern und zu tränken, dann kratzte er unter den Hufen des wild ausschlagenden Pferde die nasse, kotverdreckte Streu zusammen und ersetzte sie durch frisches Stroh.

Sie aßen an einem langen Holztisch zu Abend, zusammen mit den sechs Kindern der Familie. Die Kleinen hatten alle das blonde Haar und die großen, blauen Augen des Vaters und beobachteten Annie und Grace mit einer Art höflicher Verwunderung. Das Essen war einfach und nahrhaft, und es gab Milch zu trinken, die sahnig und noch kuhwarm in Glaskrügen serviert wurde.

Heute morgen hatte die Frau ihnen zum Frühstück Eier, Bratkartoffeln und selbstgeräucherten Schinken aufgetragen. Und als Grace bereits im Auto saß und sie gerade abfahren wollten, drückte der Farmer Annie etwas in die Hand.

»Wir möchten, daß Sie dies hier behalten«, sagte er.

Es war ein altes Buch mit einem ausgebleichten Ledereinband. Die Frau des Farmers stand neben ihrem Mann, und beide sahen zu, als Annie das Buch aufschlug. Es war *The Pilgrim's Progress – Des Pilgers Reise* von John Bunyan. Annie konnte sich daran erinnern, daß man es ihr in der Schule vorgelesen hatte, als sie gerade erst sieben oder acht Jahre alt gewesen war.

»Es schien uns ein passendes Geschenk«, sagte der Farmer.

Annie schluckte und dankte ihnen.

»Wir werden für Sie alle beten«, sagte die Frau.

Das Buch lag immer noch vorn auf dem Beifahrersitz. Und jedesmal, wenn Annies Blick darauf fiel, mußte sie an die Worte der Frau denken.

Trotz der vielen Jahre, die Annie in diesem Land gelebt hatte, reagierte sie auf derart offene, religiöse Worte mit einer tiefwurzelnden Zurückhaltung, so daß sie sich etwas unbehaglich fühlte. Doch weit mehr beunruhigte sie, daß diese ihnen völlig unbekannte Frau so klar erkannt hatte, wie sehr sie der Gebete bedurften. Nicht nur Pilgrim und Grace – das wäre noch verständlich gewesen –, sondern auch Annie. Und etwas Derartiges hatte noch niemand zu Annie Graves gesagt.

Unterhalb der Blitze am Horizont erregte eine Bewegung ihre Aufmerksamkeit. Es begann mit kaum mehr als einem zuckenden Pünktchen, wurde zusehends größer und nahm allmählich die flirrende Gestalt eines Trucks an. Dahinter erkannte sie jetzt die Türme der Getreideheber und bald auch andere, flache Gebäude, eine Stadt schien aus dem Boden zu wachsen. Ein Schwarm kleiner, brauner Vögel stob vom Straßenrand auf und wurde vom Wind fortgeweht. Der Truck war jetzt fast auf ihrer Höhe, und Annie sah, wie der chromglitzernde Kühlergrill größer und größer wurde, bis der Schlepper mit einem plötzlichen Windstoß an ihr vorbeidonnerte, der Wagen und Hänger erzittern ließ. Grace regte sich.

»Was war das?«

»Nichts. Nur ein Lastwagen.«

Annie sah im Spiegel, wie Grace sich den Schlaf aus den Augen rieb.

»Dahinten ist eine Stadt. Wir brauchen Benzin. Hast du Hunger?«

»Ein bißchen.«

Die Abfahrt führte in einer langen Schleife um eine weiße, einsam aus einem verdorrten Grasfeld aufragende Holzkirche. Davor stand ein kleiner Junge mit einem Fahrrad. Plötzlich erstrahlte die Kirche in hellem Sonnenlicht. Fast rechnete Annie damit, einen Finger aus den Wolken auf die Kirche deuten zu sehen.

Neben der Tankstelle gab es ein Restaurant, und nachdem sie getankt hatten, aßen Grace und Annie wortlos ihre Sandwiches mit Ei und Salat, umgeben von Männern, auf deren Baseballmützen die Namen von Farmprodukten prangten und die mit gedämpften Stimmen von Winterweizen und dem Preis für Sojabohnen redeten. Soweit es Annie betraf, hätten sie ebenso in einer fremden Sprache reden können. Sie bezahlte die Rechnung und kam wieder an den Tisch, um Grace zu sagen, daß sie auf die Toilette gehen wollte und daß Grace am Wagen auf sie warten möchte.

»Könntest du dich bitte darum kümmern, daß Pilgrim sein Wasser bekommt?« fragte sie. Grace gab keine Antwort.

»Grace? Hast du mich verstanden?«

Annie hatte sich über sie gebeugt und merkte plötzlich, daß die Farmer um sie herum verstummt waren. Sie hatte die Konfrontation absichtlich herbeigeführt, bedauerte jetzt aber den plötzlichen Impuls, sie in aller Öffentlichkeit stattfinden zu lassen. Grace blickte nicht auf. Sie trank ihre Coke aus, und das Geräusch, mit dem sie ihr Glas abstellte, schien die Stille noch zu betonen.

»Kümmere dich selbst darum«, sagte sie.

Das erste Mal hatte Grace an Selbstmord gedacht, als sie im Taxi saß und von der Orthopädietechnikerin nach Hause fuhr. Der Schaft ihres künstlichen Beins bohrte sich in die Unterseite ihres Schenkelknochens, aber sie tat, als wäre alles in Ordnung und stimmte in die entschlossene Fröhlichkeit ihres Vaters ein, während sie überlegte, wie sie es am besten anstellen sollte.

Vor zwei Jahren hatte sich ein Mädchen aus der achten Klasse vor einen Subwayexpress geworfen. Niemand schien den Grund für diese Tat zu kennen, und Grace war ebenso schockiert gewesen wie alle anderen. Aber insgeheim war sie auch beeindruckt. Wieviel Mut dazu gehörte, dachte sie, in diesem letzten, entscheidenden Augenblick. Grace wußte noch, daß sie nie geglaubt hatte, solchen Mut aufbringen zu können, und daß, selbst wenn sie es könnte, ihr die Muskeln diesen letzten Dienst verweigern würden.

Jetzt sah sie den Vorfall allerdings in einem ganz anderen Licht und konnte die Möglichkeit eines Selbstmordes – wenn auch nicht gerade seine genauen Umstände – mit einer gewissen Sachlichkeit für sich in Betracht ziehen. Daß ihr Leben zerstört war, entsprach einer schlichten Tatsache, die das fieberhafte Bemühen von Freunden und Familie, sie vom Gegenteil überzeugen zu wollen, nur noch bekräftigte. Grace wäre am liebsten mit Judith und Gulliver an jenem Tag im Schnee gestorben. Doch als die Wochen vergingen, begriff sie, beinahe mit einer gewissen Enttäuschung, daß sie nicht zu der Sorte Mensch gehörte, die Selbstmord beging.

Nur ihre Unfähigkeit, die Sache egoistisch, allein aus ihrer Sicht zu sehen, hielt sie zurück. Es schien ihr so melodramatisch, so überspannt, ein extremes Verhalten, wie es eher ihrer Mutter anstand. Grace kam gar nicht auf den Gedanken, daß es vielleicht das Erbe der Macleans in ihr war, diese verwünschten Juristengene, die dafür sorgten, daß sie den Fall ihres eigenen Ablebens derart objektivieren konnte. Denn Vorwürfe waren in dieser Familie immer nur gegen eine Person erhoben worden: Stets war Annie an allem schuld.

Grace liebte und verabscheute ihre Mutter beinahe gleichermaßen und oft aus demselben Grund. Für ihre Unbeirrbarkeit zum Beispiel und dafür, daß sie immer so verdammt recht hatte. Vor allem dafür, daß sie ihre Tochter so gut kannte. Daß sie wußte, wie Grace auf bestimmte Dinge reagieren würde, was ihr gefiel und was ihr nicht gefiel, welche Ansicht sie zu irgendeinem Thema haben mochte. Vielleicht besaßen alle Mütter einen derartigen Einblick in die Seele ihrer Töchter, und manchmal war es schön, so verstanden zu werden. Doch immer öfter, und das vor allem in letzter Zeit, kam es ihr wie eine ungeheuerliche Invasion ihres Privatlebens vor.

Dafür und auch für tausend weniger genau benennbare Ungerechtigkeiten nahm Grace jetzt Rache. Denn mit ihrem großen

Schweigen schien sie endlich eine brauchbare Waffe in der Hand zu haben. Sie sah, welche Wirkung das Schweigen auf ihre Mutter hatte, und registrierte dies mit Genugtuung. Normalerweise übte Annie ihre Tyrannei ohne eine Spur von Schuld oder Selbstzweifel aus, doch jetzt konnte Grace beides an ihr wahrnehmen. Offenbar hatte Annie sich bereits eingestanden, daß es falsch gewesen war, Grace zu dieser Eskapade zu zwingen. Vom Rücksitz des Lariats aus wirkte ihre Mutter wie eine Abenteurerin, die mit der letzten, schwungvollen Umdrehung des Rades ihr Leben aufs Spiel setzte.

Sie fuhren westwärts zum Missouri und bogen dann nach Norden, während der Fluß breit und braun zu ihrer Linken dahinströmte. In Sioux City überquerten sie die Grenze nach South Dakota und fuhren dann wieder westwärts auf der Neunzig, die sie bis nach Montana bringen würde. Sie durchquerten die nördlichen Badlands und sahen die Sonne über den Black Hills in einem blutroten Himmelsstreifen untergehen. Sie fuhren, ohne miteinander zu reden, und ihr stummes Leid schien zu wachsen und sich auszudehnen, bis es sich mit jenem millionenfachen Leid mischte, das diese weite, gnadenlose Landschaft heimsuchte.

Weder Liz noch Harry besaßen Freunde in dieser Gegend, und so hatte Annie ein Zimmer in einem kleinen Hotel nahe am Mount Rushmore gebucht. Sie hatte das Monument nie gesehen und sich darauf gefreut, es sich mit Grace anzuschauen. Aber als sie auf den verlassenen Hotelparkplatz fuhren, war es dunkel. Außerdem regnete es, und Annie dachte, wie gut, daß wir heute keine höflichen Gespräche mit Gastgebern führen müssen, die wir nie getroffen haben und auch nicht wiedersehen werden.

Die Zimmer waren alle nach diversen Präsidenten benannt. Ihr Zimmer war das Abraham Lincoln. Auf gerahmten Drucken reckte er ihnen von allen Wänden seinen Bart entgegen, und ein Auszug der Rede von Gettysburg hing über dem Fernseher, teilweise von einer Hochglanzpappe verdeckt, die Filme für Erwachsene anpries. Zwei große Betten standen Seite an Seite, und Grace ließ sich auf das Bett fallen, das am weitesten von der Tür entfernt stand, während Annie wieder hinaus in den Regen ging, um nach Pilgrim zu sehen.

Das Pferd schien sich an den täglichen Ablauf der Reise zu gewöhnen. Eingezwängt in die enge Box des Hängers explodierte er nicht mehr jedesmal vor Wut, wenn Annie den engen Schutzraum vor ihm betrat. Er wich nur in die Dunkelheit zurück und beobachtete sie. Sie konnte seinen Blick fühlen, wenn sie ein frisches Bündel Heu aufhängte und behutsam die Eimer mit Futter und Wasser zu ihm durchschob. Er rührte sie nie an, solange Annie noch bei ihm war. Sie spürte seine fiebrige Feindseligkeit und fand sie zugleich beängstigend und aufregend, so daß ihr Herz raste, wenn sie die Tür hinter sich schloß.

Als sie zurück auf ihr Zimmer kam, hatte Grace sich bereits ausgezogen und ins Bett gelegt. Sie kehrte ihr den Rücken zu, aber ob sie schlief oder nur so tat, konnte Annie nicht erkennen.

»Grace?« sagte sie leise. »Willst du nichts essen?«

Keine Reaktion. Annie überlegte kurz, ob sie allein ins Restaurant gehen sollte, konnte sich aber nicht dazu aufraffen. Sie nahm ein langes, heißes Bad und hoffte, im Wasser Trost zu finden. Statt dessen begann sie zu verzagen. Wie Dampf hing der Zweifel in der Luft und hüllte sie ein. Was um alles in der Welt trieb sie hier eigentlich? Warum schleppte sie diese beiden verwundeten Seelen über den Kontinent, als wäre sie ebenso närrisch wie einst die Pioniere? Graces Schweigen und die unbarmherzige Leere der Landschaft, die sie durchquert hatten, weckten in Annie plötzlich ein schreckliches Gefühl der Einsamkeit. Und um sich abzulenken, ließ sie ihre Hand zwischen die Beine gleiten und befühlte sich, streichelte sich und weigerte sich, der erst so widerspenstigen Taubheit nachzugeben, bis endlich ihre Lenden zuckten und sie sich auflöste und verlor.

In jener Nacht träumte sie, daß sie mit ihrem Vater über einen verschneiten Hügelkamm ging, angeseilt wie Bergsteiger, dabei hatten sie so etwas nie getan. Links und rechts neben ihnen fielen steile Fels- und Eiswände hinab ins Nichts. Sie waren auf einer Wächte, einem dünnen, überhängenden Schneebrett, das ihr Vater für sicher hielt. Er ging vor ihr her, wandte sich zu ihr um und lächelte so, wie er auf ihrem Lieblingsfoto lächelte, ein Lächeln, das mit absoluter Gewißheit verkündete, daß er bei ihr und daß alles in Ordnung war. Und während er sie anlächelte, blickte sie über seine Schulter und sah, wie ein zickzackförmiger Spalt aufriß und der äußere Rand des Schneebretts abbrach und den Berg hinabstürzte. Sie wollte aufschreien, brachte aber keinen Ton hervor, und kurz bevor der Spalt sie erreichte, drehte ihr Vater sich um. Dann war ihr Vater fort, und Annie sah, wie das Seil in die Tiefe schnellte, und sie begriff, daß es nur dann noch eine Hoffnung auf Rettung gab, wenn sie zur anderen Seite hinuntersprang. Also warf sie sich die andere Kammseite hinab. Doch statt zu spüren, wie sich das Seil straffte und spannte, fiel sie immer weiter, ein freier Fall ins Leere.

Als sie aufwachte, war es heller Tag. Sie hatten verschlafen. Der Regen draußen war noch heftiger geworden. Mount Rushmore und seine Steingesichter blieben hinter wirbelnden Wolkenmassen verborgen, die sich laut Aussage der Frau an der Rezeption heute auch nicht mehr auflösen würden. In der Nähe gäbe es allerdings noch ein Bergmonument, auf das sie vielleicht einen Blick werfen könnten, sagte sie, die riesige Statue von Häuptling Crazy Horse, Häuptling Verrücktes Pferd.

»Danke«, sagte Annie. »Wir haben selbst eins.«

Sie frühstückten, bezahlten und fuhren zurück auf die Interstate. Sie überquerten die Staatsgrenze nach Wyoming, ließen Devils' Tower und Thunder Basin südlich hinter sich und fuhren dann über den Powder River hinauf nach Sheridan, wo der Regen endlich aufhörte.

Immer häufiger sahen sie jetzt Pickups und Sattelschlepper, die von Männern mit Cowboyhüten gefahren wurden. Manche tippten an den Hutrand oder hoben eine Hand zum ernsten Gruß. Wenn sie vorbeifuhren, leuchteten Regenbogen in ihrem Spritzwasser auf.

Am späten Nachmittag erreichten sie Montana, doch Annie empfand keine Erleichterung und war auch nicht stolz auf ihre Leistung. Sie hatte versucht, sich von Graces Schweigen nicht unterkriegen zu lassen. Den ganzen Tag hatte sie einen Radiosender nach dem anderen eingestellt und sich bibelfeste Predigten, Agrarberichte und mehr Herzschmerzmusik angehört, als sie für möglich gehalten hätte. Aber es half nichts. Zwischen der gedrückten Stimmung ihrer Tochter und der eigenen heißen Wut fühlte sie sich in eine immer größere Enge gepreßt. Schließlich hielt sie es nicht mehr aus. Keine vierzig Meilen hinter der Grenze zu Montana nahm sie die nächste Abfahrt, ohne zu wissen, wohin sie führte – es war ihr auch egal.

Sie wollte parken, fand aber keinen geeigneten Platz. Gerade als sie ein riesiges, einsames Casino entdeckte, flackerte rot und grell im schwindenden Licht eine Neonreklame auf. Annie fuhr bergauf, an einem Café und einigen verstreuten Läden vorbei, vor denen es einen unbefestigten Parkplatz gab. Zwei Indianer mit langem schwarzem Haar und einer Feder in den hohen Cowboyhüten standen neben einem verbeulten Pickup und ließen den Lariat mit seinem Hänger nicht aus den Augen. Irgend etwas in ihren Blicken stieß Annie ab, und sie fuhr weiter den Berg hinauf, bog irgendwann nach rechts ab und hielt an. Sie machte den Motor aus und saß eine Weile stumm da. Sie spürte, daß Grace sie beobachtete. Als das Mädchen schließlich etwas sagte, klang seine Stimme sehr vorsichtig.

»Und jetzt?«

»Was?« fragte Annie schroff.

»Es ist geschlossen. Da steht's doch.«

An einem Schild an der Straße las sie: »Nationaldenkmal, Schlachtfeld am Little Bighorn.« Grace hatte recht, der Platz war vor einer Stunde geschlossen worden. Aber es machte Annie erst recht wütend, daß Grace ihre Stimmung derart falsch eingeschätzt hatte und annahm, sie sei wie eine Touristin absichtlich hierhergefahren. Sie konnte ihrer Tochter nicht ins Gesicht sehen, starrte einfach nur ins Leere und holte tief Luft.

»Wie lange soll das noch so weitergehen, Grace?«

»Was?«

»Du weißt genau, was ich meine. Wie lange soll das so weitergehen?«

Es folgte ein langes Schweigen. Schließlich drehte Annie sich nach Grace um, aber das Mädchen blickte zur Seite und zuckte die Achseln.

»Und? Ich meine, war's das jetzt?« fuhr Annie fort. »Wir sind fast zweitausend Meilen gefahren, und du sitzt da und redest kein Wort. Also dachte ich mir, ich frag dich mal, nur damit ich Bescheid weiß. Bleibt es von jetzt an so zwischen uns?«

Grace blickte zu Boden und fummelte an ihrem Walkman herum. Wieder zuckte sie die Achseln.

»Weiß nicht.«

»Sollen wir umdrehen und wieder nach Hause zurückfahren?«

Grace brach in ein leises, bitteres Lachen aus.

»Was ist? Was willst du?«

Grace hob den Blick, sah aus dem Seitenfenster und gab sich betont gelassen, aber Annie merkte, daß sie gegen ihre Tränen ankämpfte. Sie hörten ein dumpfes Geräusch, als Pilgrim sich im Hänger bewegte.

»Wenn du das nämlich willst, dann...«

Plötzlich drehte sich Grace zu ihr um, das Gesicht wutverzerrt. Die Tränen liefen ihr jetzt über die Wangen, und daß sie sie nicht länger zurückhalten konnte, machte Grace doppelt wütend.

»Das ist dir doch scheißegal!« schrie sie. »Du entscheidest! Machst du immer! Du tust doch nur so, als wenn dir wichtig wäre, was andere Menschen wollen, dabei kümmert dich das einen Dreck!«

»Grace«, sagte Annie sanft und streckte ihre Hand aus.

Grace schlug sie zur Seite. »Faß mich nicht an! Laß mich in Ruhe!«

Annie schaute sie einen Augenblick an, dann öffnete sie die Tür und stieg aus. Sie lief davon, blindlings, hielt ihr Gesicht in den Wind. Die Straße führte an einem Kiefernwäldchen vorbei zu einem Parkplatz und einem flachen Gebäude, die beide verlassen dalagen. Annie lief weiter. Sie folgte einem Pfad, der sich einen Hügel hinaufwand, und fand sich plötzlich vor einem Friedhof wieder, der von einem schwarzen Eisengitter eingefaßt war. Oben auf dem Hügel erhob sich ein einfaches Steinmonument, und hier blieb Annie stehen.

Auf diesem Hügel waren an einem Tag im Juni des Jahres 1876 George Armstrong Custer und mehr als zweihundert Soldaten von jenen niedergemetzelt worden, die sie selbst hatten abschlachten wollen. Ihre Namen waren in den Stein gemeißelt. Annie drehte sich um und schaute den Hügel hinab auf die verstreuten, weißen Grabsteine. Sie warfen lange Schatten im fahlen Licht der untergehenden Sonne. Annie stand da und schaute über das vom Wind niedergedrückte Gras der weiten, welligen Ebene, die sich von diesem kummervollen Ort bis zum Horizont erstreckte, dorthin, wo der Kummer ohne Ende war. Und sie begann zu weinen.

Später sollte sie es seltsam finden, daß der Zufall sie gerade hierher geführt hatte. Sie würde nie erfahren, ob auch ein anderer Ort die so lange zurückgehaltenen Tränen gelöst hätte. Das Denkmal war eine Art grausame Anomalie, da es die Vollstrecker des Völkermordes ehrte, während die zahllosen Gräber jener, die sie niedergemetzelt hatten, auf immer unbekannt blieben. Doch das Gefühl des Leidens und die Nähe so vieler Schatten der Vergangenheit löschten alle Einzelheiten aus. Es war einfach ein angemessener Ort für Tränen. Und Annie ließ den Kopf hängen und weinte. Sie weinte um Grace und um Pilgrim und um die verlorenen Seelen der Kinder, die in ihrem Schoß gestorben waren. Vor allem aber weinte sie um sich selbst und um das, was aus ihr geworden war.

Ihr Leben lang hatte sie dort gelebt, wo sie nicht hingehörte. Amerika war nicht ihre Heimat, England aber auch nicht mehr, wenn sie jetzt dorthin zurückkehrte. In jedem Land behandelte man sie, als käme sie aus dem jeweils anderen. In Wahrheit kam sie nirgendwo her. Sie besaß kein Zuhause. Nicht mehr, seit ihr Vater gestorben war. Sie trieb ziellos dahin, sippenlos, wurzellos.

Einst hatte sie dies für eine große Kraft gehalten. Sie besaß die Fähigkeit, sich einzubringen. Sie konnte sich umstandslos anpassen, sich in jede Gruppe einschmeicheln, sich jeder Lage fügen, mit jeder Kultur verschmelzen. Sie wußte instinktiv, was von ihr erwartet wurde, wen man kennen und was man tun mußte, wenn man gewinnen wollte. Und in ihrer Arbeit, der sie so lange verfallen gewesen war, hatte ihr dieses Talent geholfen, alles zu gewinnen, was sich zu gewinnen lohnte. Doch seit Graces Unfall schien ihr das Erreichte wertlos.

In den vergangenen drei Monaten war sie die Starke gewesen, hatte sich vorgemacht, daß es das war, was Grace brauchte. Dabei hätte sie gar nicht gewußt, wie sie anders reagieren sollte. Da sie jeden Zugang zu sich selbst verloren hatte, besaß sie auch keinen Zugang mehr zu ihrem Kind, und deshalb litt sie unter Schuldgefühlen. Aktivität war für sie zum Ersatz für Emotionen geworden. Zumindest zeigte sie keine Gefühle mehr. Und sie begriff nun, daß sie sich deshalb auf dieses verrückte Abenteuer mit Pilgrim eingelassen hatte.

Annie schluchzte, bis ihr die Schultern schmerzten, dann lehnte sie sich mit dem Rücken an den kalten Stein des Denkmals, sackte in sich zusammen und vergrub ihren Kopf in den Händen. So blieb sie sitzen, bis die fahle Sonne hinter den fernen, schneebedeckten Bighorn Mountains unterging und die Pyramidenpappeln unten am Fluß zu einer einzigen schwarzen Narbe verschmolzen. Als sie aufsah, war es Nacht, und der Himmel leuchtete wie eine Laterne über der Erde.

»Ma'am?«

Ein Parkranger hielt eine Taschenlampe in der Hand, wandte den Strahl aber taktvoll von ihrem Gesicht ab.

»Alles in Ordnung, Ma'am?«

Annie wischte sich über das Gesicht und schluckte.

»Ja. Danke«, sagte sie. »Mir geht's gut.« Sie stand auf.

»Ihre Tochter da unten hat sich ein bißchen Sorgen um Sie gemacht.«

»Tut mir leid. Ich komme schon.«

Er tippte an seinen Hut. »Nacht, Ma'am. Passen Sie auf sich auf.«

Sie spürte, daß er sie beobachtete, als sie zurück zum Auto ging. Grace schlief auf dem Rücksitz. Annie ließ den Motor an, schaltete das Licht ein und wendete am Ende der Straße. Sie kehrte zurück auf die Interstate und fuhr die Nacht durch, die ganze Strecke bis Choteau.

DREI

14

Zwei Flüsse durchschnitten das Land der Gebrüder Booker und gaben der Ranch ihren Namen: Double Divide, die Zweigeteilte. Sie strömten von den nahen Berghängen herab und glichen einander auf der ersten halben Meile wie Zwillinge. Der Hügelkamm dazwischen verlief anfangs niedrig, war an einer Stelle sogar so flach, daß die beiden Flüsse sich fast vereinten, doch dann stieg er steil zu einer zerklüfteten Felsenkette an, die die Bäche auseinanderdrängte. Derart gezwungen, sich ihre eigenen Wege zu suchen, begannen sie nun, sich deutlich voneinander zu unterscheiden.

Der nördliche Fluß floß rasch und flach durch ein weites, offenes Tal. Seine Ufer waren manchmal steil, boten dem Vieh aber leichten Zugang, und Reiher stakten gern über seinen Kieselstrand. Der südliche Fluß wurde durch viele Hindernisse und Bäume zu einem weit sanfteren Verlauf gezwungen. Er wand sich durch ein wirres Korbweidengestrüpp und verschwand dann für eine Weile in einem Sumpf. Später schlängelte er sich über eine flache Wiese, und seine Windungen vereinten sich oft zu einem Kreis, so daß ein Irrgarten voller stiller, dunkler Teiche und Grasinseln entstand, deren Lage sich durch die Biber immer wieder aufs neue veränderte.

Ellen Booker behauptete gern, daß die Flüsse ihren beiden Söhnen glichen; Frank sei wie der nördliche, Tom wie der südliche Fluß. Jedenfalls sagte sie dies bis zu dem Tag, an dem Frank, der damals siebzehn war, beim Abendessen meinte, der Vergleich sei nicht fair, daß er hin und wieder auch ganz gern versumpfe. Sein Vater schalt ihn, er solle sich den Mund auswaschen, und schickte ihn zu Bett. Tom war sich nicht sicher, ob seine Mutter den Witz verstanden hatte, sie benutzte allerdings den Vergleich nie wieder.

Das Haus, das sie das Flußhaus nannten und wo zuerst Tom und

Rachel und später Frank und Diane gewohnt hatten, stand auf einem Felsen an einer Biegung des nördlichen Flusses und war zur Zeit unbewohnt. Von hier aus konnte man über die Wipfel der Pyramidenpappeln hinab ins Tal bis zum etwa eine halbe Meile entfernten Ranchhaus sehen, das von weiß getünchten Scheunen, Korralen und Ställen umringt war. Die beiden Häuser verband ein Sandweg, der weiter hinauf zu den unteren Weiden führte, auf denen im Winter das Vieh stand. Jetzt, Anfang April, war der meiste Schnee auf dem tiefliegenden Farmland getaut. Nur vereinzelt fand man ihn noch in den schattigen, geröllübersäten Schluchten und unter den Kiefern und Tannen am nördlichen Hang.

Tom sah vom Beifahrersitz des alten Chevy zum Flußhaus hinauf und überlegt wie so oft, ob er dort einziehen sollte. Er kam mit Joe von der Weide zurück, und der Junge umfuhr geschickt die Schlaglöcher auf dem Weg. Joe war klein für sein Alter und mußte kerzengerade sitzen, wenn er über das Steuer blicken wollte. An den Wochentagen erledigte Frank das Füttern, aber am Wochenende nahm Joe es ihm gerne ab, und Tom half ihm dabei. Sie luden die Luzernenbündel ab und freuten sich über den Anblick der herbeistürmenden Kühe und Kälber.

»Können wir uns Brontys Fohlen anschauen?« fragte Joe.

»Klar, warum nicht?«

»Ein Junge in der Schule hat gesagt, wir hätten die Prägephase ausnutzen sollen.«

»Hm.«

»Er meinte, wenn man das gleich nach der Geburt tut, wird man später ganz leicht mit den Pferden fertig.«

»Tja, manche Leute behaupten das.«

»Und dann war diese Sache im Fernsehen mit dem Mann, der das auch mit Gänsen gemacht hat. Er hatte so ein Flugzeug, und die Babygänse haben es alle für ihre Mom gehalten. Der Mann fliegt damit, und sie fliegen einfach hinterher.«

»Stimmt, davon hab ich auch gehört.«

»Und was hältst du davon?«

»Weiß nicht, Joe, ich kenn mich mit Gänsen nicht so aus. Vielleicht ist es für die in Ordnung, wenn sie sich für ein Flugzeug-

halten.« Joe lachte. »Aber ein Pferd, ich glaube, dem muß man erst beibringen, was es heißt, ein Pferd zu sein.«

Sie fuhren zurück zur Ranch und parkten vor der langgestreckten Scheune, in der Tom die Pferde untergebracht hatte. Joes Zwillingsbrüder Scott und Craig liefen ihnen aus dem Haus entgegen. Tom sah, wie Joe das Gesicht verzog. Die Zwillinge waren erst neun Jahre alt, aber recht hübsch, und da sie alles in lärmendem Gleichklang gemeinsam taten, fanden sie immer mehr Aufmerksamkeit als ihr Bruder.

»Wollt ihr euch das Fohlen anschauen?« riefen sie. »Können wir mitkommen?« Toms Hände, groß wie Baggerschaufeln, legten sich auf ihre Köpfe.

»Aber nur, wenn ihr ganz leise seid«, sagte er.

Er führte sie in die Scheune und blieb mit den Zwillingen vor Brontys Box stehen, während Joe hineinging. Bronty war ein großes, zehn Jahre altes Reitpferd, ein heller Rotschimmel. Er beschnupperte Joe, und Joe legte ihm die Hand über die Nüstern, während er ihm sanft den Hals rieb. Tom sah gern zu, wenn der Junge bei den Pferden war, er hatte eine leichte, vertraute Art, mit ihnen umzugehen. Das Fohlen war etwas dunkler als die Mutter und hatte in einer Ecke gelegen, rappelte sich jetzt aber auf. Es stolperte auf seinen komischen, stelzenartigen Beinen auf die ihnen abgewandte Seite der Stute und schielte um ihr Hinterteil herum zu Joe. Die Zwillinge lachten.

»Es sieht so witzig aus«, sagte Scott.

»Ich habe ein Foto von euch beiden, als ihr in seinem Alter wart«, sagte Tom. »Und wißt ihr was?«

»Ihr habt wie zwei Ochsenfrösche ausgesehen«, sagte Joe.

Die Zwillinge langweilten sich bald und gingen wieder. Tom und Joe brachten die übrigen Pferde auf die Koppel hinter der Scheune. Nach dem Frühstück wollten sie mit einigen Jährlingen arbeiten. Als sie zurück ins Haus gingen, fingen die Hunde an zu bellen und rannten an ihnen vorbei. Tom drehte sich um und sah einen silberfarbenen Lariat um den Bergvorsprung biegen und die Auffahrt hinauffahren. Im Auto saß nur eine Person, und als der Wagen näher kam, konnte Tom erkennen, daß es eine Frau war.

»Erwartet deine Mom Besuch?« fragte Tom. Joe zuckte die Achseln. Erst als der Wagen mitten unter den immer noch bellenden Hunden hielt, erkannte Tom die Fahrerin. Er konnte es kaum glauben. Joe sah sein Erstaunen.

»Kennst du sie?«

»Ja. Aber ich weiß nicht, was sie hier will.«

Er befahl den Hunden, still zu sein, und ging auf sie zu. Annie stieg nervös aus dem Wagen und kam ihm entgegen. Sie trug Bluejeans, Turnschuhe und einen großen, cremefarbenen Pullover, der ihr fast bis auf die Oberschenkel fiel. Die Sonne in ihrem Rücken ließ das Haar rot aufleuchten, und Tom merkte, wie genau er sich seit jener Begegnung auf dem Gestüt an diese grünen Augen erinnerte. Sie nickte ihm zu, ein wenig verlegen, aber ohne zu lächeln.

»Mr. Booker. Guten Morgen.«

»Tja, guten Morgen.« Einen Augenblick blieben sie stumm voreinander stehen. »Joe, das ist Mrs. Graves. Joe hier ist mein Neffe.« Annie hielt dem Jungen ihre Hand hin. »Hallo, Joe. Wie geht's?«

»Gut.«

Sie blickte über das Tal und hinüber zu den Bergen, dann sah sie Tom wieder an.

»Ein wunderbarer Ort.«

»Das ist es.«

Er fragte sich, wann sie ihm verraten würde, was sie hier zu suchen hatte, aber er hatte da bereits so seine Vorahnungen. Sie holte tief Luft.

»Mr. Booker, Sie halten mich wahrscheinlich für verrückt, aber ich glaube, Sie können sich denken, weshalb ich hier bin.«

»Na ja, ich habe mir schon gedacht, daß Sie nicht nur auf der Durchreise sind.«

Sie lächelte. »Es tut mir leid, daß ich hier einfach so aufkreuze, aber ich konnte mir ausrechnen, was Sie sagen würden, wenn ich vorher mit Ihnen telefoniert hätte. Es geht um das Pferd meiner Tochter.«

»Pilgrim.«

»Ja. Ich weiß, daß Sie ihm helfen können, und ich bin hergekommen, um Sie zu fragen, nein, Sie zu bitten, ob Sie sich ihn nicht noch einmal anschauen könnten.«

»Mrs. Graves...«

»Bitte. Nur ein Blick. Es dauert nicht lange.«

Tom lachte. »Was? Nach New York zu fliegen?« Er wies mit einem Kopfnicken auf den Lariat. »Oder wollten Sie mich etwa hinfahren?«

»Er ist hier. In Choteau.«

Tom starrte sie einen Augenblick ungläubig an.

»Sie haben ihn hergefahren? Den ganzen Weg?« Sie nickte. Joe sah von einem zum anderen und versuchte, aus ihnen schlau zu werden. Diane trat auf die Veranda, hielt die Fliegengittertür auf und blickte herüber.

»Sie allein?« fragte Tom.

»Mit Grace, meiner Tochter.«

»Nur, damit ich ihn mir noch einmal ansehe?«

»Ja.«

»Kommt ihr endlich zum Essen?« rief Diane, aber eigentlich wollte sie wissen, wer diese Frau da war. Tom legte Joe eine Hand auf die Schulter.

»Sag deiner Mom, ich komme gleich«, sagte er und drehte sich wieder zu Annie um, als der Junge davonlief. Sie sahen sich lange an. Dann zuckte Annie die Achseln und mußte schließlich doch noch lächeln. Ihm fiel auf, wie sie dabei die Mundwinkel nach unten zog, aber der besorgte Blick in ihren Augen blieb. Sie setzte ihm die Pistole auf die Brust, und Tom wunderte sich, wieso es ihm nichts ausmachte.

»Entschuldigen Sie, wenn ich das so sage, Ma'am«, sagte er. »Aber verdammt, mit einem Nein finden Sie sich wohl nie ab.«

»Stimmt«, sagte Annie einfach. »Ich glaube nicht.«

Grace lag rücklings auf dem Boden des muffigen Schlafzimmers, absolvierte ihre Übungen und hörte dem elektronischen Glockenspiel der Methodistenkirche auf der anderen Straßenseite zu. Die Glocken gaben nicht nur die Stunde an, sondern spielten regelrecht Melodien. Grace gefiel ihr Klang, vor allem, weil er ihre Mutter in den Wahnsinn trieb. Annie telefonierte deswegen unten im Flur mit dem Makler.

»Wissen die hier denn nicht, daß es dagegen Gesetze gibt?« sagte sie. »Das nenne ich Luftverpestung.«

Zum fünftenmal in zwei Tagen telefonierte sie nun mit ihm. Der arme Mann hatte den Fehler begangen, ihr seine Privatnummer zu geben, und so verdarb Annie ihm das Wochenende und bombardierte ihn mit Beschwerden: Die Heizung funktionierte nicht, die Schlafzimmer waren klamm, und die zusätzliche Telefonleitung, um die sie gebeten hatte, war noch nicht installiert worden. Und jetzt diese Glocken.

»Es wäre längst nicht so schlimm, wenn sie etwas halbwegs Anständiges spielen würden«, sagte sie. »Einfach lächerlich, dabei haben die Methodisten doch all diese schönen Lieder.«

Als Annie gestern zur Ranch fahren wollte, hatte Grace sich geweigert, sie zu begleiten. Kaum war Annie fort, machte sie sich auf Entdeckungstour. Aber es gab nicht viel zu zu entdecken. Choteau bestand im Prinzip nur aus einer langen Hauptstraße mit einem Schienenstrang an der einen und einem Netz von Wohnstraßen an der anderen Seite. Es gab einen Hundesalon, einen Videoladen, ein Steakhouse und ein Kino, in dem ein Film lief, den Grace bereits vor über einem Jahr gesehen hatte. Die einzige Besonderheit war ein Museum, in dem man Dinosauriereier bewundern konnte. Schließlich ging sie in einige Geschäfte, und die Menschen waren freundlich, aber zurückhaltend. Grace spürte, daß man sie beobachtete, als sie langsam am Stock über die Hauptstraße zurückging. Wieder daheim, fühlte sie sich so niedergeschlagen, daß sie in Tränen ausbrach.

Annie war begeistert zurückgekommen und hatte Grace erzählt, daß Tom Brooker bereit sei, sich Pilgrim am nächsten Morgen anzusehen. Grace erwiderte daraufhin nur: »Wie lange müssen wir noch in diesem Kaff bleiben?«

Das Haus war ein riesiger, weitläufiger, mit blaßblauen Schindeln bedeckter Kasten, von dem die Farbe abblätterte und der im Innern überall mit stockfleckigen, gelbbraunen Teppichen ausgelegt war. Die wenigen Möbelstücke sahen aus, als stammten sie vom Trödel. Annie war entsetzt, als sie sich das Haus anschauten, Grace dagegen begeistert. Diese abstoßende Häßlichkeit schien ihr die perfekte Strafe zu sein.

Insgeheim stand sie dem Vorhaben ihrer Mutter gar nicht so ablehnend gegenüber, wie sie vorgab. Eigentlich empfand sie es sogar als Erleichterung, vor der Schule und diesem ermüdenden Anspruch fliehen zu können, ständig ein tapferes Gesicht aufsetzen zu müssen. Doch ihre Gefühle für Pilgrim verwirrten und ängstigten sie. Am besten vergaß sie einfach, daß es ihn gab. Aber ihre Mutter ließ das nicht zu. Alle ihre Handlungen schienen Grace zwingen zu wollen, sich ihm und seinem Schicksal zu stellen. Sie sorgte sich um Pilgrim, als ob ihr das Pferd gehören würde, aber das stimmte nicht, es gehörte Grace. Natürlich wollte Grace, daß Pilgrim sich wieder erholte, es war nur, daß... Und dann kam ihr zum erstenmal der Gedanke, daß sie vielleicht doch nicht wollte, daß Pilgrim sich erholte. Gab sie ihm etwa die Schuld an dem, was geschehen war? Nein, das war doch dumm. Vielleicht wollte sie, daß er so blieb wie er war, auf immer gezeichnet? Warum sollte er wieder gesund werden und sie nicht? Es war einfach nicht fair. Hör auf, hör auf damit, befahl sie sich. Ihre Mutter war schuld an diesen wirbeligen, verrückten Gedanken, und sie würde nicht zulassen, daß sie sich in ihrem Kopf breitmachten.

Sie verdoppelte ihre Anstrengungen bei den Übungen, bis ihr der Schweiß in den Nacken rann. Immer wieder reckte sie den Stumpf in die Höhe, bis die Muskeln in ihrer rechten Pobacke und im Schenkel schmerzten. Sie konnte dieses Bein jetzt in Ruhe ansehen und auch hinnehmen, daß dieser Stumpf zu ihr gehörte. Die Narbe sah sauber aus, kein entzündetes, juckendes rosiges Fleisch mehr. Und die Schwellung war zurückgegangen, sogar so stark, daß ihr das Hosenbein über dem künstlichen Bein etwas zu weit war. Sie würde das anpassen müssen. Grace hörte, wie Annie auflegte.

»Grace? Bist du fertig? Er kommt gleich.«

Grace gab keine Antwort, ließ ihre Worte einfach im Raum schweben.

»Grace?«

»Ja. Na und?«

Sie konnte Annies Reaktion spüren und stellte sich vor, wie ihr verärgerter Blick der Resignation Platz machte. Sie hörte, wie Annie seufzte und zurück ins triste Eßzimmer ging, das sie sich – natürlich mit höchster Priorität – zum Büro umgebaut hatte.

15

Tom hatte ihr nur versprochen, daß er vorbeischauen und sich das Pferd noch einmal ansehen würde. Das war das mindeste, was er tun konnte, da sie nun einmal den weiten Weg gekommen war. Aber er bat sich aus, daß er allein gehen würde. Er wollte nicht, daß sie ihm über die Schulter sah und ihn bedrängte. Darin war sie ziemlich gut, das wußte er bereits. Er mußte ihr allerdings versprechen, hinterher vorbeizukommen und ihr seine Entscheidung mitzuteilen.

Er kannte das Haus der Petersens außerhalb von Choteau, wo Pilgrim untergebracht worden war. Die Leute waren recht nett, aber wenn das Pferd noch in demselben elenden Zustand war, in dem Tom es zuletzt gesehen hatte, würden sie es nicht lange mit ihm aushalten.

Der alte Petersen hatte ein rechtes Verbrechergesicht, einen drei Tage alten Stoppelbart und Zähne so schwarz wie der Tabak, den er ständig kaute. Er ließ sein spitzbübisches Grinsen sehen, als Tom im Chevy vorfuhr.

»Wie heißt es doch? Wenn du Ärger suchst, bist du hier genau richtig. Hat mich fast umgebracht, als ich ihn ausladen wollte. Und seitdem randaliert und heult er wie ein Banshee.«

Er ging voran, vorbei an rostigen Autowracks, über einen schlammigen Pfad, zu einer alten Scheune, an die beidseitig Ställe angrenzten. Die übrigen Pferde waren ausquartiert. Tom hörte Pilgrim, lange bevor er ihn sah.

»Hab erst letzten Sommer eine neue Tür eingesetzt«, sagte Petersen. »Die alte wäre längst hinüber gewesen. Die Frau meint, du willst ihn wieder hinbiegen?«

»Ach, hat sie das gesagt?«

»Hm. Ich kann dir nur raten, vorher zu Bill Larson zu gehen, damit der bei dir Maß nimmt.« Er brüllte vor Lachen und klopfte Tom auf den Rücken. Bill Larson, erinnerte sich Tom, war Sargmacher.

Das Pferd war in noch schlechterem Zustand als an dem Tag, an dem Tom es zuletzt gesehen hatte. Seine Vorderbeine waren so abgemagert, daß Tom sich verwundert fragte, wie das Pferd überhaupt noch stehen, geschweige denn mit den Hufen ausschlagen konnte.

»Muß mal ein schönes Tier gewesen sein«, meinte Petersen.

»Schon möglich.« Tom wandte sich ab. Er hatte genug gesehen.

Er fuhr zurück nach Choteau und warf einen Blick auf den Zettel, auf den Annie ihre Adresse geschrieben hatte. Als er vorfuhr und zur Haustür ging, spielten die Glocken eine Melodie, die er nicht mehr gehört hatte, seit er als Kind in der Sonntagsschule gewesen war. Er klingelte und wartete.

Die Tür ging auf, und er blickte in ein Gesicht, das ihn erschreckte. Nicht, weil er die Mutter erwartet hatte, sondern weil ihn das blasse sommersprossige Gesicht eines Mädchens mit offener Feindseligkeit anstarrte. Er kannte dieses Gesicht von dem Foto, das Annie ihm geschickt hatte, ein Bild von einem glücklichen Mädchen mit ihrem Pferd. Der Gegensatz war erschütternd. Er lächelte.

»Du bist bestimmt Grace.« Sie erwiderte sein Lächeln nicht, nickte nur und trat zur Seite, um ihn einzulassen. Er nahm den Hut ab und wartete, während sie die Tür schloß. Er konnte Annie in einem angrenzenden Zimmer reden hören.

»Sie telefoniert. Sie können hier warten.«

Sie führte ihn in ein kahles, L-förmig geschnittenes Wohnzimmer. Als Tom ihr folgte, fiel sein Blick auf ihr Bein und den Stock, und er nahm sich vor, nicht wieder hinzuschauen. Das Zimmer war klamm und düster. Ein paar alte Sessel standen herum, ein ausgeleiertes Sofa und ein Fernseher, in dem ein alter Schwarzweißfilm lief.

Tom hockte sich auf eine Sessellehne. Die Tür zum nächsten Zimmer stand halb offen, und er konnte ein Faxgerät, einen Computerbildschirm und ein Gewirr von Kabeln erkennen. Von Annie sah er nur ein übergeschlagenes Bein und einen Schuh, der ungeduldig auf und ab wippte. Sie schien sich über irgend etwas ziemlich aufzuregen.

»Was? Er hat was gesagt? Ich faß es nicht. Lucy... Ist mir egal, Lucy. Mit Crawford hat das überhaupt nichts zu tun, ich bin, verdammt noch mal, die Chefredakteurin, und mit diesem Cover werden wir nicht rauskommen.«

Tom sah, wie Grace die Augen verdrehte, und er fragte sich, ob sie es seinetwegen machte. Im Film lag eine Schauspielerin, deren Namen er einfach nicht behalten konnte, auf den Knien und bearbeitete James Cagney, flehte ihn an, er möge sie nicht verlassen. Das taten sie immer, und Tom hatte noch nie verstanden, warum.

»Grace, würdest du Mr. Booker bitte einen Kaffee bringen?« rief Annie aus ihrem Zimmer. »Ich hätte auch gern einen.« Sie wandte sich wieder dem Telefon zu. Grace schaltete den Fernseher aus und stand sichtlich verärgert auf.

»Laß ruhig, ehrlich«, sagte Tom.

»Sie hat ihn gerade frisch aufgebrüht.« Grace starrte ihn an, als hätte er etwas Unverschämtes gesagt.

»Na dann, danke schön. Aber schau dir ruhig den Film an, ich kann mir den Kaffee selbst holen.«

»Ich kenne den Film schon. Er ist langweilig.«

Sie griff nach dem Stock und ging in die Küche. Tom wartete einen Augenblick, dann folgte er ihr. Als er hereinkam, warf sie ihm einen wütenden Blick zu und machte mehr Lärm mit den Tassen, als nötig gewesen wäre. Er stellte sich ans Fenster.

»Was macht deine Mutter?«

»Wie?«

»Deine Mutter. Ich habe mich gefragt, was sie arbeitet.«

»Sie gibt eine Zeitschrift heraus. Hier.« Sie gab ihm eine Tasse Kaffee. »Milch und Zucker?«

»Nein, danke. Muß ein ziemlich nervenaufreibender Job sein.«

Grace lachte. Tom war überrascht, wie bitter ihr Lachen klang.

»Ha, das kann man wohl sagen.«

Es folgte ein verlegenes Schweigen. Grace drehte sich um und wollte eine zweite Tasse einschenken, hielt dann aber inne und sah ihn an. Er konnte sehen, wie angespannt sie war, so sehr vibrierte der Kaffee in der Glaskanne. Offensichtlich hatte Grace ihm etwas Wichtiges zu sagen.

»Nur für den Fall, daß sie es Ihnen noch nicht gesagt hat. Ich will von der ganzen Geschichte nichts wissen, okay?«

Tom nickte langsam und wartete darauf, daß sie fortfuhr. Sie hatte ihm die Worte fast ins Gesicht gespuckt, und seine gelassene Reaktion brachte sie ein wenig aus der Fassung. Abrupt goß sie sich Kaffee ein, tat es aber zu schnell, so daß sie etwas verschüttete. Sie knallte die Kanne auf den Tisch, nahm die Tasse in die Hand und sah ihn nicht an, als sie sagte:

»Das Ganze war ihre Idee. Ich halte das für völlig verrückt. Wir sollten ihn einfach nur loswerden.«

Sie stürmte an ihm vorbei aus der Küche. Tom sah ihr nach, drehte sich dann um und starrte hinaus auf den trostlosen engen Hinterhof. Eine Katze fraß irgendein zähes Etwas hinter einer umgestürzten Mülltonne.

Er war hergekommen, um der Mutter des Mädchens zu sagen, daß dem Pferd nicht mehr zu helfen war. Es würde nicht einfach sein, sie hatten schließlich einen weiten Weg zurückgelegt. Aber seit Annie zur Ranch gekommen war, hatte er viel darüber nachgedacht. Ehrlich gesagt hatte er viel an Annie und an die Traurigkeit in ihren Augen gedacht. Und er hatte sich gefragt, ob er, falls er sich um das Pferd kümmerte, es letztlich nicht nur tat, um Annie zu helfen. Und das sollte er nicht. Es wäre der falsche Grund.

»Tut mir leid. Es war wichtig.«

Er drehte sich um und sah Annie hereinkommen. Sie trug ein weites Jeanshemd. Ihr vom Duschen noch feuchtes Haar hatte sie zurückgekämmt. Sie wirkte dadurch sehr jungenhaft.

»Ist schon in Ordnung.«

Sie ging zur Kaffeekanne und füllte ihre Tasse auf. Dann kam sie zu ihm herüber und schenkte ohne zu fragen auch ihm ein.

»Sie waren bei ihm?«

Sie stellte die Kanne ab, blieb aber vor ihm stehen. Sie roch nach Seife oder Shampoo, jedenfalls nach etwas Teurem.

»Ja. Ich komme gerade von ihm.«

»Und?«

Selbst als Tom zu reden begann, wußte er noch nicht, wie er es ihr sagen sollte.

»Na ja, sein Zustand könnte nicht schlimmer sein.«

Er schwieg einen Moment und sah ihre Augen aufflackern. Als er über ihre Schulter blickte, stand Grace im Türrahmen und tat so, als würde sie das Gespräch nicht interessieren, scheiterte aber kläglich.

Fast kam es ihm so vor, als hätte er mit diesem Mädchen das letzte Bild eines Triptychons kennengelernt. Alle drei – Mutter, Tochter und Pferd – waren im Schmerz unlösbar miteinander verbunden. Wenn er dem Pferd half, und sei es auch nur ein wenig, dann konnte er vielleicht allen helfen. Was wäre falsch daran? Würde er sich denn von solchem Leid einfach abwenden können?

Er hörte sich sagen: »Vielleicht können wir es schaffen.«

Erleichterung zeigte sich auf Annies Gesicht.

»Langsam, Ma'am. Ich habe nur ›vielleicht‹ gesagt. Und bevor ich weiter darüber nachdenke, muß ich etwas wissen. Die Frage richtet sich an Grace.«

Er sah, wie das Mädchen erstarrte.

»Weißt du, wenn ich mich bereit erkläre, ein Pferd anzunehmen, nutzt es nicht viel, wenn ich allein mit ihm arbeite. So geht das nicht. Der Besitzer muß dabei sein, schließlich soll er auf dem Pferd reiten. Mein Angebot lautet daher folgendermaßen: Ich weiß nicht, ob ich für Pilgrim was tun kann, aber wenn du mir hilfst, dann bin ich bereit, es mit ihm zu versuchen.«

Grace ließ wieder dieses bittere Lachen hören und zog ein Gesicht, als könnte sie es nicht fassen, wie er einen derart dämlichen Vorschlag machen konnte. Annie blickte zu Boden.

»Gibt es da für dich ein Problem, Grace?« fragte Tom. Sie warf ihm einen Blick zu, der offensichtlich ihre Verachtung ausdrücken sollte, aber als sie sprach, zitterte ihre Stimme.

»Das ist doch wohl kaum zu übersehen, oder?«

Tom dachte einen Augenblick nach, dann schüttelte er den Kopf. »Nein. Das ist es wohl nicht. Tja, so lautet jedenfalls mein Angebot. Vielen Dank für den Kaffee.« Er stellte seine Tasse ab und ging zur Tür. Annie sah, wie Grace sich umdrehte und im Wohnzimmer verschwand. Dann folgte sie Tom auf den Flur.

»Was müßte sie tun?«

»Einfach nur da sein, aushelfen, mitmachen.«

Irgend etwas riet ihm, kein Wort übers Reiten zu verlieren. Er setzte seinen Hut auf und öffnete die Haustür. Er konnte die Verzweiflung in Annies Augen sehen.

»Es ist kalt hier«, sagte er. »Sie sollten die Heizung mal nachschauen lassen.«

Er wollte gerade gehen, als Grace aus dem Wohnzimmer kam. Sie sah ihn nicht an und sagte etwas, aber so leise, daß er sie nicht verstehen konnte.

»Wie bitte, Grace?«

Sie trat unbehaglich von einem Fuß auf den anderen und hielt den Blick gesenkt.

»In Ordnung, habe ich gesagt. Ich mach's.«

Dann drehte sie sich um und lief zurück ins Zimmer.

Diane hatte einen Truthahn gebraten und tranchierte ihn, als müßte sie sich an ihm rächen. Einer der Zwillinge wollte naschen und bekam einen Klaps auf die Hand. Er sollte die Teller von der Anrichte zum Tisch bringen, an dem man bereits auf das Essen wartete.

»Was ist mit den Jährlingen?« fragte Diane. »Ich dachte, du willst mit den Kursen aufhören, damit du zur Abwechslung endlich mal mit deinen eigenen Pferden arbeiten kannst?«

»Dafür wird sich Zeit finden«, sagte Tom. Er begriff nicht, weshalb Diane so aufgebracht war.

»Was glaubt die denn, wer sie ist, daß sie so hereingeschneit kommt? Glaubt einfach, sie könnte dir die Sache aufzwingen. Die hat vielleicht Nerven, das muß ich schon sagen. Weg da!« Sie wollte dem Jungen noch einen Klaps geben, aber diesmal konnte er ein Fleischstückchen stiebitzen. Diane hob das Tranchiermesser. »Das nächste Mal setzt's was damit, kapiert? Was meinst du, Frank? Ist sie nicht ziemlich unverschämt?«

»Ach verdammt, ich weiß nicht. Sieht aus, als wär's Toms Sache. Craig, reichst du mir bitte mal den Mais rüber?«

Diane lud den letzten Teller für sich selbst auf und setzte sich. Das Gespräch verstummte, und Frank sprach das Tischgebet.

»Jedenfalls«, fuhr Tom danach fort, »wird Joe mir bestimmt bei den Jährlingen helfen. Nicht wahr, Joe?«

»Klar doch.«

»Aber nicht, solange du zur Schule gehst«, sagte Diane. Tom und Joe sahen sich an. Eine Weile sagte niemand ein Wort, alle waren damit beschäftigt, sich Gemüse und Preiselbeersoße aufzutun. Tom hoffte, daß Diane das Thema fallenlassen würde, aber sie verhielt sich wie ein Hund, der einen Knochen gefunden hatte.

»Dann wollen sie bestimmt auch mit uns essen, wenn sie den ganzen Tag hier draußen sind.«

»Ich glaube nicht, daß sie das erwarten«, sagte Tom.

»Was denn, fahren die jedesmal vierzig Meilen bis Choteau, wenn sie eine Tasse Kaffee wollen?«

»Tee«, sagte Frank.

Diane warf ihm einen vernichtenden Blick zu. »Wie?«

»Tee. Sie ist Engländerin. Die trinken Tee. Jetzt komm schon, Diane. Mach mal halblang.«

»Sieht das Bein von dem Mädchen komisch aus?« fragte Scott, den Mund voller Truthahn.

»Komisch!« Joe schüttelte den Kopf. »Du stellst aber eigenartige Fragen.«

»Nein, ich meine, ist es aus Holz oder was?«

»Jetzt kümmer du dich mal um dein Essen, Scott, okay?« sagte Frank.

Eine Weile blieben sie stumm. Dianes Stimmung hing wie eine düstere Wolke über ihnen. Franks Frau war groß und stark, Gesicht und Charakter waren vom Leben an diesem Ort gezeichnet, aber spätestens seit sie auf die Fünfundvierzig zuging, wirkte sie verbittert. Als Tom sie kennenlernte, wohnte sie auf einem Hof bei Great Falls. Einige Male waren sie miteinander ausgegangen, aber Tom hatte ihr deutlich zu verstehen gegeben, daß er noch keine Familie gründen wollte. Außerdem war er so selten daheim, daß ihre Beziehung schließlich im Sande verlief. Also heiratete Diane statt dessen den jüngeren Bruder. Tom hatte sie gern, nur hin und wieder, vor allem, seit seine Mutter nach Great Falls gezogen war, fand er ihre Fürsorge ein wenig bedrückend. Manchmal fragte er sich auch beklommen, ob sie ihm nicht mehr Aufmerksamkeit schenkte als Frank. Doch dieser schien davon nichts zu spüren.

»Was meinst du, wann sollten wir die Rinder brennen?« fragte sein Bruder.

»Am übernächsten Wochenende. Falls das Wetter bis dahin besser geworden ist.«

Auf vielen Ranchen fing man später damit an, aber Frank brannte das Vieh im April, weil seine Söhne viel Spaß dabei hatten und die Kälber noch so klein waren, daß die Jungs leicht mit ihnen fertig wurden. Sie machten immer ein Fest daraus. Freunde kamen, um zu helfen, und Diane tischte hinterher für alle ein großes Essen auf. Toms Vater hatte diesen Brauch eingeführt, und er gehörte zu den vielen Traditionen, die Frank beibehalten hatte. So erledigten sie etwa auch einen Großteil jener Arbeit noch mit Pferden, für die andere Rancher längst Maschinen einsetzten. Aber irgendwie ging etwas verloren, wenn das Vieh mit Motorrädern zusammengetrieben wurde.

Tom und Frank waren in diesen Dingen immer derselben Ansicht gewesen. Sie stritten sich kaum jemals darüber, wie die Ranch geführt werden sollte, auch sonst eigentlich selten. Einerseits sicherlich, weil nach Toms Auffassung die Farm eher Frank als ihm gehörte. Schließlich war Frank all die Jahre dageblieben, als er umherreiste und Pferdekurse abgehalten hatte. Andererseits war Frank schon immer der bessere Geschäftsmann gewesen und wußte mehr über das Vieh, als Tom je wissen würde. Die beiden standen sich sehr nahe und kamen gut miteinander aus; Frank war begeistert von Toms Idee, sich ernsthafter mit Pferdezucht zu beschäftigen, da das bedeuten würde, daß Tom häufiger daheim sein würde. Obwohl Frank sich in erster Linie um das Vieh und Tom sich um die Pferde kümmerte, sprachen sie sich gegenseitig ab und halfen sich, wo immer sie konnten. Als Tom letztes Jahr eine Reihe von Kursen abhielt, hatte Frank die Aufsicht über den Bau einer Arena und Reitpiste übernommen, die Tom für die Pferde entworfen hatte.

Tom merkte plötzlich, daß ihm einer der Zwillinge eine Frage gestellt hatte.

»Tschuldige, was hast du gesagt?«

»Ist sie berühmt?« Es war Scott.

»Ist wer berühmt, Herrgott noch mal?« fauchte Diane.

»Die Frau aus New York.«

Diane ließ Tom keine Gelegenheit zu einer Antwort. »Hast du schon mal von ihr gehört?« fragte sie den Jungen. Er schüttelte den Kopf. »Na also, dann kann sie doch wohl kaum berühmt sein. Und jetzt iß!«

16

Der nördliche Stadtrand von Choteau wurde von einem gut vier Meter hohen Dinosaurier bewacht, den Pedanten als Albertasaurus zu benennen wußten, der aber für die übrige Welt einem Tyrannosaurus Rex ziemlich ähnlich sah. Er stand auf dem Parkplatz am Old Trail Museum, und man konnte ihn sehen, wenn man auf der Neunundachtzig an dem Schild mit der Aufschrift »Willkommen in Choteau – Nette Leute, Großartiges Land« vorbeifuhr. Vielleicht hatte der Künstler gewußt, daß er diesem Willkommen gleich einen Dämpfer aufsetzte, und deshalb dafür gesorgt, daß seine Kreatur das Gebiß mit den Hackmesserzähnen zu einem wissenden Grinsen verzog. Die Wirkung war allerdings recht doppelsinnig. Man wußte nicht, ob das Ungeheuer einen fressen oder zu Tode lecken wollte.

Seit fast zwei Wochen kreuzte Annie viermal am Tag den Blick dieses Reptils auf dem Weg zur Double Divide und zurück nach Hause. Meistens fuhr sie gegen Mittag, wenn Grace die Schularbeiten erledigt oder einen zermürbenden Vormittag beim Physiotherapeuten hinter sich gebracht hatte. Annie setzte ihre Tochter an der Ranch ab, kam zurück, stürzte sich an die Telefone und ans Fax und holte Grace, so wie jetzt, gegen sechs wieder ab.

Sie brauchte für die Strecke etwa vierzig Minuten und genoß – vor allem seit dem Wetterumschwung – jede Sekunde der abendlichen Fahrt. Fünf Tage schon war der Himmel klar, und er kam ihr weiter und blauer vor, als sie es je für möglich gehalten hätte. Nach den hektischen Telefongesprächen mit New York glich die Fahrt durch diese Landschaft einem Sprung in einen riesigen Swimmingpool zu einem besänftigenden Bad.

Die Route entsprach ungefähr einem langgezogenen L, und auf den ersten zwanzig Meilen in nördlicher Richtung war Annie oft allein auf der Achtundneunzig. Endlos erstreckte sich zu ihrer Rechten die Prärie, und wenn die Sonne in weitem Bogen hinter den Rockies zu ihrer Linken versank, leuchtete das winterliche Gras um sie herum in fahlem Gold.

Sie bog nach Westen auf die nicht ausgeschilderte Schotterstraße, die in gerader Linie zur fünfzehn Meilen entfernten Ranch und der dahinterliegenden Bergwand führte. Der Lariat warf eine Staubwolke auf, die nur langsam von der abendlichen Brise fortgetrieben wurde. Brachvögel stolzierten über die Straße und erhoben sich erst im letzten Augenblick in die Luft. Annie klappte die Sonnenblende herunter und merkte plötzlich, daß ihr Herz rascher schlug.

In den letzten Tagen war sie ein wenig früher zur Ranch gefahren, um Tom Booker bei der Arbeit beobachten zu können. Die eigentliche Arbeit mit Pilgrim hatte allerdings noch gar nicht begonnen. Bis jetzt wurde er ausschließlich physiotherapeutisch behandelt, das heißt, die verkümmerten Schulter- und Beinmuskeln wurden im Swimmingpool wieder gekräftigt. Pilgrim schwamm eine Runde nach der anderen mit schreckensweiten Augen, als würde er von Krokodilen gejagt. Er war jetzt auf der Ranch in einem Stall direkt am Pool untergebracht, und bislang kam Tom nur dann mit ihm in engeren Kontakt, wenn er ihn ins Wasser brachte oder wieder herausholte. Aber auch das war schon ziemlich gefährlich.

Gestern hatte Annie neben Grace gestanden und zugesehen, wie er Pilgrim aus dem Pool holte. Das Pferd wollte nicht aus dem Wasser, weil es eine Falle fürchtete, also war Tom über die Rampe gegangen und stand schließlich bis zu den Hüften im Pool. Pilgrim hatte um sich getreten, Tom bespritzt und sich sogar vor ihm aufgebäumt, aber Tom wirkte vollkommen ungerührt. Annie schien es wie ein Wunder, daß der Mann sich so gelassen dem Tod aussetzte. Wie konnte er wissen, daß die Tritte ihn verfehlten? Selbst Pilgrim schien ziemlich verdutzt angesichts dieser Furchtlosigkeit, kam an den Beckenrand gestakst und ließ sich bald in den Stall zurückführen.

Tom ging zu Grace und Annie und blieb triefnaß vor ihnen stehen. Als er den Hut abnahm, strömte Wasser über den Hutrand.

Grace begann zu lachen, und Tom verzog das Gesicht, so daß sie noch lauter lachen mußte. Tom schaute Annie an und schüttelte betrübt den Kopf.

»Eine herzlose Frau, Ihre Tochter«, sagte er. »Sie weiß bloß noch nicht, daß sie beim nächstenmal ins Wasser muß.«

Annie konnte seither den Klang von Graces Lachen nicht mehr vergessen. Als sie zurück nach Choteau fuhren, erzählte Grace, wie es Pilgrim heute ergangen war, und berichtete ihr von den Fragen, die Tom über ihn gestellt hatte. Sie erzählte ihr von Brontys Fohlen, von Frank, Diane und den Jungen, von den Zwillingen, die eine Plage waren, und von Joe, den sie ganz in Ordnung fand. Seit sie New York verlassen hatte, redete Grace zum erstenmal fröhlich und ungezwungen drauflos, und Annie gab sich Mühe, ein gleichmütiges Gesicht zu machen und nicht so zu tun, als wäre es etwas Besonderes. Die Stimmung war rasch verflogen. Als sie am Dinosaurier vorbeifuhren, verstummte Grace, als hätte das Ungeheuer sie daran erinnert, wie sie sich neuerdings ihrer Mutter gegenüber verhielt. Immerhin, ein Anfang war gemacht, dachte Annie.

Mit quietschenden Reifen bog der Lariat um den Höhenzug, und vor Annie zog sich die Straße hinab ins Tal und unter dem Holzschild »Double D« hindurch zur Ranch. Annie sah die Pferde über die weite, offene Arena vor den Ställen laufen, und als sie näherkam, entdeckte sie Tom auf einem der Tiere. Er schwenkte einen langen Stock mit einer orangefarbenen Flagge und trieb die Pferde vor sich her. Etwa ein Dutzend Jungpferde lief vor ihm davon, stets eng aneinandergedrängt. Nur ein Pferd blieb fast immer allein, und jetzt erst sah Annie, daß es Pilgrim war.

Grace stand neben Joe und den Zwillingen am Zaun. Annie stellte den Wagen ab, ging zu ihnen und streichelte die Hunde, die bei ihrer Ankunft längst nicht mehr bellten. Joe lächelte sie an; er war der einzige, der sie begrüßte.

»Was tut er?« fragte Annie.

»Ach, er treibt sie nur ein bißchen vor sich her.«

Annie beugte sich über den Zaun. Die Pferde brachen immer wieder aus und stürmten von einem Ende der Arena zum anderen, warfen lange Schatten über den Sand und wirbelten amberfarbene Wolken auf, in denen sich die schräg einfallenden Strahlen der Sonne brachen. Mühelos jagte Tom der Herde auf Rimrock nach, brach manchmal seitwärts oder nach hinten aus, um ihr den Weg zu versperren oder einen Durchlaß zu öffnen. Annie hatte ihn zuvor noch nie reiten sehen. Auf weißbestrumpften Beinen führte das Pferd komplizierte Manöver durch, scheinbar ohne von Tom gelenkt zu werden, fast, den Eindruck jedenfalls hatte Annie, als würde es allein von Toms Gedanken geführt. Er und das Pferd schienen eine Einheit zu bilden. Sie konnte ihren Blick kaum von ihm abwenden. Als Tom vorbeiritt, tippte er sich an den Hut und lächelte.

»Annie.«

Zum erstenmal hatte er sie nicht »Ma'am« oder »Mrs. Graves« genannt. Als er so unaufgefordert ihren Vornamen aussprach, fühlte sie sich gut, irgendwie akzeptiert. Sie sah ihn zu Pilgrim reiten, der mit den übrigen Pferden am anderen Ende der Arena stehengeblieben war. Er hielt sich abseits und war das einzige Pferd, das schwitzte. Als er den Kopf in den Nacken warf und schnaubte, traten die Narben an Kopf und Brust im Sonnenlicht deutlich hervor. Er schien vor den anderen Pferden ebensoviel Angst zu haben wie vor Tom.

»Im Augenblick wollen wir versuchen, Annie, ihm wieder beizubringen, was es heißt, ein Pferd zu sein. Sehen Sie, die anderen Pferde wissen das schon. Sie verhalten sich wie Pferde in freier Wildbahn, nämlich wie Herdentiere. Haben sie ein Problem, so wie sie jetzt eins mit mir und dieser Flagge haben, dann halten sie zusammen. Aber Pilgrim hat das komplett vergessen. Er glaubt, keinen einzigen Freund mehr auf der Welt zu haben. Würde ich sie alle in den Bergen freilassen, kämen die hier prima zurecht. Aber der arme Pilgrim wäre ein gefundenes Fressen für die Bären. Dabei möchte er durchaus gern Freunde finden, er weiß nur nicht mehr, wie das geht.«

Er ritt ihnen auf Rimrock entgegen und riß mit scharfem Knallen die Flagge hoch. Die Pferde brachen nach rechts aus, und diesmal, statt wie bisher nach links auszuweichen, lief Pilgrim ihnen hinterher. Aber kaum glaubte er sich vor Tom in Sicherheit, trennte er sich von den anderen Pferden und hielt sich abseits. Tom grinste.

»Er wird's schon schaffen.«

Als sie Pilgrim zurück in seinen Stall gebracht hatten, war die

Sonne längst untergegangen, und es wurde kühl. Diane rief die Jungen zum Abendessen ins Haus, und Grace lief ihnen nach, um ihren Mantel zu holen. Tom und Annie schlenderten zum Lariat hinüber. Annie spürte plötzlich sehr deutlich, daß sie allein waren. Eine Weile sagten sie beide kein Wort. Eine Eule flog über ihren Köpfen hinweg zum Fluß, und Annie sah ihr nach, bis sie mit dem Dunkel der Pyramidenpappeln verschmolz. Sie fühlte Toms Blick auf sich gerichtet und drehte sich zu ihm um. Er lächelte sie still und ohne alle Verlegenheit an, und der Blick, mit dem er sie betrachtete, war nicht der Blick eines beinahe fremden Menschen, sondern der Blick eines Mannes, der sie bereits seit geraumer Zeit kannte. Annie brachte es fertig, sein Lächeln zu erwidern, und war erleichtert, als Grace aus dem Haus zu ihnen herüberlief.

»Morgen kriegen die Kälber ihre Brandzeichen«, sagte Tom. »Sie beide könnten kommen und uns ein wenig dabei helfen.«

Annie lachte. »Ich glaube, wir würden nur im Weg stehen«, sagte sie.

Er zuckte die Achseln. »Vielleicht. Aber solange Sie dem Brandeisen nicht in die Quere kommen, hat das nicht viel zu bedeuten. Und selbst wenn – es ist ein hübsches Brandzeichen. Vielleicht sind Sie sogar stolz darauf, wenn Sie wieder in der Stadt sind.«

Annie drehte sich zu Grace um und sah, daß sie gerne kommen würde, sich aber nichts anmerken lassen wollte. Sie wandte sich wieder an Tom.

»Na gut, warum nicht?« sagte sie.

Er erzählte ihr, daß sie am nächsten Morgen etwa um neun Uhr anfangen würden, daß sie beide aber kommen könnten, wann immer sie Lust dazu hätten. Dann wünschte er ihnen eine gute Nacht. Als Annie über die Auffahrt davonfuhr, sah sie in den Rückspiegel. Er stand noch da und schaute ihnen nach.

17

Tom ritt die eine, Joe die andere Talseite entlang, um die Nachzügler anzutreiben, aber heute mußten sie den Kühen keine Beine machen. Die Tiere konnten den alten Chevy unten auf der Weide sehen, wo er immer stand, wenn sie gefüttert wurden, außerdem hörten sie Frank und die Zwillinge schreien und gegen den Sack mit den Rinderpellets schlagen, um sie anzulocken. Sie strömten von den Hügeln herab, muhten wie zur Antwort auf das Geschrei, und die Kälber stürzten hinterher und muhten auch vor lauter Angst, zurückgelassen zu werden.

Toms Vater hatte reinrassige Herefords gezüchtet, aber seit einigen Jahren versuchte Frank es nun mit einer Kreuzung aus Black Angus- und Herefordrindern. Die Anguskühe waren gute Muttertiere und eigneten sich besser für dieses Klima, da ihre Euter schwarz und nicht rosafarben waren, so daß sie keinen Sonnenbrand durch die vom Schnee reflektierten Sonnenstrahlen bekamen. Tom sah ihnen eine Weile nach, wie sie den Hügel hinunterstürmten, wendete Rimrock und ritt dann hinab ins schattige Flußbett.

Der Fluß dampfte in der warmen Luft, und eine Tauchente schreckte auf und flog so niedrig flußaufwärts davon, daß die schiefergrauen Flügel beinahe das Wasser streiften. Hier unten ließ sich das Brüllen des Viehs nur gedämpft hören, der einzige Laut auf dem Weg zur oberen Weide war das leise Platschen der Pferdehufe. Manchmal blieb hier ein Kalb im dichten, roten Weidegebüsch hängen, aber heute war kein Jungtier zu sehen. Tom lenkte Rimrock zurück ans Ufer und ließ ihn in weiten Sätzen zur sonnenbeschienenen Hügelkuppe galoppieren, wo er stehenblieb.

Tom konnte Joe auf seinem braunweißen Pony weit draußen am anderen Talende sehen. Der Junge winkte ihm zu, und Tom winkte zurück. Unten sammelte sich das Vieh am Chevy und kesselte den Wagen ein, so daß es von hier oben aussah, als triebe ein Schiff in einer tosenden schwarzen See. Die Zwillinge streuten den Tieren einige Rinderpellets hin, um die Kühe bei Laune zu halten, während Frank sich auf den Fahrersitz zwängte und langsam von der Weide fuhr. Von den Pellets angelockt, lief das Vieh dem Wagen hinterher.

Vom Hügelkamm konnte man weit hinein ins Tal bis zur Ranch und den Korralen sehen, zu denen das Vieh getrieben wurde. Und dann sah Tom, wonach er – wie ihm jetzt klarwurde – bereits den ganzen Morgen Ausschau gehalten hatte. Annies Wagen fuhr über die Auffahrt und zog eine weite, graue Staubfahne hinter sich her. Als sie vor dem Ranchhaus hielten, brach sich das Sonnenlicht in der Windschutzscheibe.

Mehr als eine Meile trennte ihn von den beiden Gestalten, die aus dem Wagen stiegen. Aber Tom konnte sich Annies Gesicht vorstellen, als stünde sie neben ihm. Er sah sie, wie er sie gestern abend gesehen hatte, als sie der Eule nachschaute und noch nicht gespürt hatte, daß er sie betrachtete. Sie hatte so verloren und schön ausgesehen, daß er sie am liebsten in die Arme genommen hätte. Sie ist die Frau eines anderen Mannes, hatte er sich ermahnt, als die Rücklichter des Lariats in die Auffahrt einschwenkten. Trotzdem mußte er unaufhörlich an sie denken. Er trieb Rimrock an und ritt bergab, dem Vieh hinterher.

Staub und Geruch nach verbranntem Fleisch hingen über dem Korral. Getrennt von den unablässig nach ihnen rufenden Muttertieren wurden die Kälber durch eine Reihe miteinander verbundener Pferche gescheucht, bis sie sich in einem engen, schlauchartigen Gang befanden, aus dem es kein Zurück mehr gab. Eins nach dem anderen wurden sie gepackt und seitlich auf einen Tisch geworfen, an dem sich sofort vier Paar Hände über sie hermachten. Noch ehe die Kälber begriffen, wie ihnen geschah, bekamen sie eine Spritze, einen gelben Impfclip ins eine, eine Züchtermarke in das andere Ohr und das Brandzeichen auf den Hintern. Dann wurde der Tisch hochgeklappt, und plötzlich war das Kalb wieder frei. Verdutzt trottete es dem Ruf seiner Mutter hinterher und fand endlich Trost an ihrem Euter.

Mit faulem, königlichem Desinteresse beäugten ihre Väter, fünf riesige Herefordstiere, die wiederkäuend in einem angrenzenden Pferch lagen, das Geschehen. Annie allerdings sah mit wachsendem Entsetzen zu. Sie merkte, daß es Grace ähnlich erging. Die Kälber brüllten fürchterlich und rächten sich an ihren Angreifern so gut sie eben konnten, indem sie ihnen auf die Stiefel schissen und gegen jedes Schienbein traten, das ihnen vor die Hufe kam. Einige Nachbarn, die ihre Hilfe angeboten hatten, waren mit ihren Kindern gekommen, die an kleineren Kälbern das Lassowerfen übten. Annie sah, wie Grace die Kinder beobachtete, und hielt es für einen schrecklichen Fehler, hergekommen zu sein. Das Spiel der Kinder strahlte eine derartige Körperlichkeit aus, daß sich Graces Behinderung um so auffälliger dagegen abhob.

Tom konnte offenbar ihre Gedanken lesen, denn er ging zu ihr und hatte rasch eine Arbeit für sie gefunden. Er ließ sie am Anfang des schlauchartigen Ganges arbeiten, neben einem grinsenden Riesen mit Spiegelglasbrille und einem T-Shirt, auf dem in großen Buchstaben »Menschenfresser« stand. Er heiße Hank, stellte er sich vor und drückte Annies Hand, bis ihre Knöchel krachten.

»Unser freundlicher Nachbarschaftsirrer«, sagte Tom.

»Keine Angst, ich habe schon gefrühstückt«, grinste Hank.

Als Hank sie in ihre Arbeit einwies, sah Annie, wie Tom zu Grace ging, ihr den Arm um die Schultern legte und mit ihr fortging, aber ihr blieb keine Zeit festzustellen, wohin er sie führte, da ihr ein Kalb zuerst auf den Fuß und dann hart gegen das Schienbein trat. Sie schrie auf, und Hank lachte und zeigte ihr, wie man mit den Kälbern umging, ohne blaue Flecke oder einen Fladen abzubekommen. Die Arbeit war anstrengend, und Annie mußte sich ziemlich konzentrieren. Es dauerte nicht lange, und die warme Frühlingssonne und Hanks Witze sorgten dafür, daß sie sich besser fühlte.

Als sie einige Zeit später aufblickte, sah sie, daß Tom mit Grace ins Zentrum des Geschehens gegangen war und ihr das Brandeisen in die Hand gedrückt hatte. Zuerst hielt Grace vor Schreck die Augen fest geschlossen, aber Tom brachte sie bald dazu, so sehr auf die Handhabung des Brandeisens zu achten, daß sie alle Zimperlichkeit vergaß.

»Du darfst nicht zu fest zudrücken«, hörte Annie ihn sagen. Er stand hinter Grace und hatte die Hände sanft auf ihre Oberarme gelegt. »Nur behutsam drücken.« Flammen schossen auf, als das rotglühende Eisen mit dem Kalbsfell in Berührung kam. »So ist's gut, fest, und doch behutsam. Es tut weh, aber der Kleine hat das bald vergessen. Jetzt dreh das Eisen noch ein bißchen. Gut. Und wegnehmen. Ein perfektes Brandzeichen, Grace. Das beste ›Double D‹ des Tages.«

Alle applaudierten. Das Mädchen wurde rot, aber ihre Augen leuchteten. Sie lachte und machte eine kleine Verbeugung. Tom sah, daß auch Annie zuschaute; er grinste und zeigte mit ausgestreckter Hand auf sie.

»Und jetzt sind Sie dran, Annie.«

Am späten Nachmittag waren sämtliche Kälber bis auf die kleinsten gebrandmarkt, und Frank verkündete, daß es Zeit zum Abendessen sei. Alle machten sich auf den Weg zum Ranchhaus, die kleineren Kinder rannten vor Freude schreiend voraus. Annie sah sich nach Grace um. Niemand hatte sie eingeladen, und Annie fand es an der Zeit heimzufahren. Sie sah Grace, die sich munter mit Joe unterhielt und zum Ranchhaus ging. Annie rief ihren Namen, und Grace drehte sich um.

»Wir müssen los«, sagte Annie.

»Was? Wieso?«

»Ja, wieso? Sie dürfen noch nicht fahren.« Es war Tom. Er stand jetzt neben ihr, nahe am Bullenpferch. Sie hatten den ganzen Tag kaum ein Wort miteinander gesprochen. Annie zuckte die Achseln.

»Ach, wissen Sie, es wird langsam spät.«

»Ich weiß. Und Sie müssen zurück und das Faxgerät füttern, all die Anrufe erledigen und was weiß ich, richtig?«

Die Sonne stand ihm im Rücken, und Annie legte den Kopf zur Seite und betrachtete ihn aufmerksam mit zusammengekniffenen Augen. Sie war es nicht gewohnt, von Männern auf den Arm genommen zu werden. Es gefiel ihr.

»Wissen Sie, wir haben hier so einen Brauch«, fuhr er fort. »Wer das beste Brandzeichen des Tages macht, der muß nach dem Essen eine Rede halten.«

»Was?« rief Grace.

»Ganz recht. Oder zehn Krüge Bier trinken. Also Grace, geh lieber rein und bereite dich vor.« Grace sah sich nach Joe um und wollte ihn fragen, ob Tom nur einen Witz gemacht hatte. Aber Tom verzog keine Miene und wies mit einem Kopfnicken zum Haus. »Zeig ihr, wo's langgeht.« Joe ging voraus und konnte gerade noch rechtzeitig sein Grinsen unterdrücken.

»Wenn Sie meinen, daß wir eingeladen sind«, sagte Annie.

»Sie sind eingeladen.«

»Danke schön.«

»Es ist mir ein Vergnügen.«

Sie lächelten sich an, und einen Augenblick lang wurde ihr Schweigen nur vom Gebrüll der Rinder übertönt. Ihr Muhen klang jetzt ruhiger, nicht mehr so aufgeregt wie im Verlauf des Tages. Annie meinte als erste, die Stille brechen zu müssen. Sie betrachtete die Bullen, die sich faul im letzten Sonnenlicht rekelten.

»Wer möchte schon eine Kuh sein, wenn man den ganzen Tag wie diese Burschen rumliegen könnte«, sagte sie.

Tom besah sich die Stiere und nickte. »Tja. Den ganzen Sommer machen sie nur Liebe, und im Winter liegen sie faul herum und fressen sich satt.« Er schwieg, als dächte er über etwas nach. »Andererseits erhält kaum einer von ihnen die Gelegenheit zu einem solchen Leben. Wer als Stier zur Welt kommt, wird mit neunundneunzigprozentiger Wahrscheinlichkeit kastriert und endet als Hamburger. Unterm Strich wäre ich da vielleicht doch lieber eine Kuh.«

Sie saßen an einem langen, mit einem gestärkten, weißen Tuch bedeckten Tisch, der mit Schinken in Aspik, Truthahn und dampfenden Schüsseln mit Mais, Bohnen und Süßkartoffeln reichlich beladen war. Offenbar stand der Tisch im großen Wohnzimmer, das Annie aber eher wie eine große, das Haus in zwei Hälften unterteilende Diele vorkam. Die Decke war hoch, Boden und Wände aus dunklem, gemasertem Holz. An den Wänden hingen Bilder von Büffel jagenden Indianern und alte, sepiafarbene Fotografien von Männern mit langen Schnauzbärten und einfach gekleideten Frauen mit ernsten Gesichtern. An einer Seite wand sich eine offene Treppe hinauf zu einer großen Galerie, die sich über die ganze Zimmerlänge erstreckte.

Annie hatte sich anfangs ein wenig verlegen gefühlt. Während sie mit Grace beim Brennen gewesen war, hatten die übrigen Frauen offenbar das Essen vorbereitet. Doch niemand schien ihr etwas vorzuwerfen. Diane, die bis auf den heutigen Tag eigentlich nicht besonders freundlich zu ihr gewesen war, sorgte dafür, daß sie sich willkommen fühlte, und wollte ihr sogar frische Kleider leihen. Aber da die Männer ebenso staubig und verdreckt waren wie sie, lehnte Annie das Angebot dankend ab.

Die Kinder saßen am Tischende und machten einen derartigen Lärm, daß die Erwachsenen am anderen Tischende sich anstrengen mußten, wenn sie gehört werden wollten. Ab und zu brüllte Diane, sie sollten Ruhe geben, erzielte damit aber nur geringe oder gar keine Wirkung, und bald darauf war das allgemeine Tohuwabohu, angeführt von Frank und Hank, die links und rechts von Annie saßen, so groß wie zuvor. Grace saß neben Joe. Annie konnte hören, wie sie ihm von New York erzählte und von einer Freundin, die wegen ihrer neuen Nike-Turnschuhe in der U-Bahn zusammengeschlagen worden war. Joe hörte zu, und seine Augen wurden immer größer.

Tom saß Annie gegenüber zwischen seiner Schwester Rosie und ihrer Mutter. Sie waren am Nachmittag mit Rosies beiden Töchtern im Alter von fünf und sechs Jahren von Great Falls herübergefahren. Ellen Booker war eine sanfte, zierliche Frau mit schneeweißem Haar und Augen, die ebenso leuchtendblau waren wie die von Tom. Sie sagte nur wenig, hörte aber genau zu und betrachtete lächelnd, was um sie herum vorging. Annie fiel auf, daß Tom sich aufmerksam um sie kümmerte und ihr mit ruhiger Stimme von der Ranch und den Pferden berichtete. Von der Art, wie Ellen ihn anschaute, erriet sie, daß Tom ihr Lieblingskind war.

»Was ist, Annie, schreiben Sie jetzt einen großen Artikel über uns in Ihrer Zeitschrift?« fragte Hank.

»Darauf können Sie Gift nehmen, Hank. Sie kommen aufs Titelblatt.«

Er brach in dröhnendes Gelächter aus.

Frank sagte: »He, Hank, dann solltest du dich wohl lieber – wie nennt man das noch? – lipsen lassen.«

»Liften, du Idiot«, sagte Diane.

»Ich bleib bei lipsen«, sagte Hank. »Kommt bloß drauf an, wessen Lippen es sind.«

Annie stellte Frank einige Fragen über die Ranch, und er erzählte ihr von der Zeit, als er und Tom noch kleine Jungen waren. Er ging mit ihr hinüber zu den Fotografien an der Wand und erklärte ihr, wer diese Menschen gewesen waren. Irgend etwas an dieser Galerie ernster Gesichter berührte Annie zutiefst. Fast schien es, als ob das bloße Überleben in diesem Land schon ein mächtiger Triumph war. Einmal, als Frank ihr von seinem Großvater erzählte, warf Annie einen Blick zurück zum Tisch und sah, wie Tom aufblickte, sie anschaute und lächelte.

Als sie mit Frank zurückging und sich wieder hinsetzte, erzählte Joe Grace von einer Hippiefrau, die weiter oben in den Bergen wohnte. Sie hatte sich vor einigen Jahren ein paar Pryor-Mountain-Mustangs gekauft, sagte er, und sie einfach frei laufen lassen. Sie vermehrten sich jetzt, und mittlerweile gab es dort oben eine ziemlich große Herde.

»Und dann hat sie auch noch all diese Kinder, und die laufen da so rum, ohne was an. Dad nennt sie Granola Gay. Kam direkt aus Los Angeles.«

»Kalifornigamie!« sang Hank. Alles lachte.

»Also bitte, Hank!« mahnte Diane.

Später, beim Dessert, sagte Frank:

»Weißt du was, Tom? So lange wie du mit diesem Pferd da arbeitest, könnten Annie und Grace doch in dem Haus am Fluß wohnen. Ist doch verrückt, ständig diese Hin- und Herfahrerei.«

Fast wäre Annie der wütende Blick entgangen, den Diane ihrem Mann zuwarf. Offenbar hatten sie vorher nicht über seinen Vorschlag gesprochen. Tom sah Annie an.

»Klar«, sagte er. »Eine gute Idee.«

»Oh, das ist wirklich nett, aber...«

»Verdammt, ich kenne doch das alte Haus, in dem Sie da unten in Choteau wohnen«, sagte Frank. »Das fällt Ihnen doch fast über dem Kopf zusammen.«

»Frank, das Haus am Fluß ist auch nicht gerade bequem«, sagte Diane. »Außerdem möchte Annie bestimmt nicht auf ihre Unabhängigkeit verzichten.«

Noch ehe Annie etwas sagen konnte, beugte Frank sich vor und sah zum anderen Tischende. »Grace? Was sagst du dazu?«

Grace wandte sich hilfesuchend an Annie, aber ihr Gesicht verriet, was sie dachte, und mehr wollte Frank nicht wissen.

»Das wäre also entschieden.«

Diane stand auf. »Ich mach uns einen Kaffee«, sagte sie.

18

Ein fahler Viertelmond stand am Morgenhimmel, als Tom das Fliegengitter öffnete und auf die Veranda trat. Er verharrte einen Augenblick, zog sich die Handschuhe an und genoß die Kälte auf seinem Gesicht. Die Welt lag weiß und starr vor Frost, und kein Lufthauch kräuselte seine Atemwolken. Die Hunde stürzten schwanzwedelnd herbei, um ihn zu begrüßen. Ein kaum merkliches Kopfnicken jagte sie zu den Korralen, und sie balgten sich, schnappten nacheinander und hinterließen Spuren im wie mit Magnesium bestäubten Gras. Tom schlug den Kragen seiner grünen Wolljacke hoch und folgte ihnen.

Die gelben Jalousien vor den oberen Fenstern im Flußhaus waren heruntergelassen. Wahrscheinlich schliefen Annie und Grace noch. Er hatte ihnen gestern nachmittag beim Einzug geholfen, nachdem er Diane ein wenig beim Saubermachen zur Hand gegangen war. Seine Schwägerin hatte den ganzen Vormittag kaum ein Wort gesagt, aber ihr vorgeschobenes Kinn und der methodische Ingrimm, mit dem sie den Staubsauger handhabte und die Betten machte, verrieten ihre Gefühle. Annie sollte im großen Vorderzimmer mit Blick auf den Fluß schlafen, im selben Zimmer, in dem Diane und Frank und vor ihnen er selbst mit Rachel geschlafen hatte; Grace sollte Joes ehemaliges Schlafzimmer im hinteren Teil des Hauses beziehen.

»Wie lange wollen die hierbleiben?« fragte Diane, als sie Annies Bett bezog. Tom überprüfte in der Nähe der Tür einen Heizkörper. Er drehte sich zu ihr um, aber sie blickte ihn nicht an.

»Ich weiß nicht. Hängt wahrscheinlich davon ab, wie's mit dem Pferd läuft.«

Diane sagte kein Wort, schob nur mit den Knien das Bett so heftig zurück, daß das Kopfteil gegen die Wand krachte.

»Wenn du damit Probleme hast, können wir sicher...«

»Wer redet denn von Problemen? Ich hab keine Probleme.« Sie stürmte an ihm vorbei zur Treppe und raffte einen Stapel Handtücher zusammen, die sie dort hingelegt hatte. »Ich hoffe nur, die Frau weiß, wie man kocht. Das ist alles.« Damit ging sie die Treppe hinunter.

Diane ließ sich nicht blicken, als Annie und Grace bald darauf eintrafen. Tom half ihnen beim Ausladen des Lariats und trug ihre Taschen nach oben. Erleichtert stellte er fest, daß sie sich zwei große Kartons voller Lebensmittel mitgebracht hatten. Die Sonne schien durch das große Fenster ins Wohnzimmer und ließ es hell und luftig aussehen. Annie sagte, wie hübsch sie es hier finde, und fragte, ob sie den langen Eßtisch vors Fenster rücken dürfe, damit sie beim Arbeiten auf den Fluß und die Korrale sehen könne. Tom trug das eine und sie das andere Ende, und als der Tisch an seinem neuen Platz stand, half Tom ihr, sämtliche Computer und Faxgeräte hereinzutragen sowie weitere elektronische Apparate, deren Sinn und Zweck er nicht einmal erahnte.

Er fand es seltsam, daß Annie, noch bevor sie ausgepackt oder ihr Schlafzimmer in diesem neuen Haus inspiziert hatte, sich um ihren Arbeitsplatz kümmerte, aber Graces Gesicht verriet ihm, daß sie dies keineswegs seltsam fand; sie kannte es nicht anders.

Bevor er gestern zu Bett gegangen war, hatte er wie jeden Abend nach den Pferden gesehen und auf dem Rückweg zum Flußhaus hinübergeschaut. Es brannte noch Licht, und er hatte sich gefragt, was sie taten, diese Frau und ihr Kind, und worüber sie redeten, falls sie überhaupt miteinander redeten. Während er so das Haus betrachtete, das sich gegen den klaren Nachthimmel abzeichnete, hatte er an Rachel und an den Schmerz gedacht, den diese Mauern vor so vielen Jahren umschlossen hatten. Nun bargen sie erneuten Schmerz, großen Schmerz, von gegenseitigen Schuldgefühlen gestählt und von verwundeten Seelen als Bestrafung für jene eingesetzt, die sie am meisten liebten.

Tom folgte dem Weg entlang der Korrale, das gefrorene Gras knirschte unter seinen Stiefeln. Die Äste der Pyramidenpappeln am

Fluß sahen aus, als wären sie mit silberner Borte überzogen, und über den Wipfeln färbte sich im Osten der Himmel rot. Ungeduldig warteten die Hunde vor dem Tor auf ihn. Sie wußten, daß er sie nie zu den Pferden in den Stall ließ, aber sie versuchten es stets aufs neue. Er scheuchte sie fort und ging hinein.

Als die Sonne eine Stunde später schwarze Flecken auf das mit Rauhreif überzogene Dach getaut hatte, führte Tom ein Jungpferd hinaus, mit dem er letzte Woche zu arbeiten begonnen hatte, und schwang sich in den Sattel. Wie alle der von ihm selbst gezüchteten Pferde ließ es sich mit sanfter Hand lenken, und in leichtem Trab ritten sie den Sandweg hinauf zu den Weiden.

Als sie am Flußhaus vorbeikamen, sah Tom, daß die Jalousie vor Annies Schlafzimmerfenster inzwischen hochgezogen worden war. Etwas weiter entdeckte er im Rauhreif am Straßenrand einige Fußspuren und folgte ihnen, bis sie sich dort, wo der Weg in einer seichten Furt den Fluß durchquerte, zwischen den Weiden verloren. Felsen im Wasser dienten als Trittsteine, und die nassen Fußabdrücke verrieten Tom, daß die Person, die vor ihm hiergewesen war, genau diesen Weg genommen hatte.

Das Pferd sah sie vor ihm. Es spitzte die Ohren, so daß Tom aufblickte und Annie über die Wiese herbeilaufen sah. Sie trug ein blaßgraues Sweatshirt, schwarze Leggins und ein Paar dieser teuren Sportschuhe, für die man im Fernsehen ständig Reklame machte. Sie hatte ihn noch nicht entdeckt. Er zügelte das Pferd am Flußrand und beobachtete sie. Trotz des Rauschens des Wassers konnte er ihren Atem hören. Sie hatte sich das Haar zurückgebunden, und die Kälte und die Anstrengung des Laufens hatten ihr Gesicht gerötet. Sie sah zu Boden und konzentrierte sich ausschließlich darauf, wohin sie den nächsten Fuß setzen wollte, so daß sie bestimmt direkt in ihn hineingelaufen wäre, hätte das Pferd nicht leise geschnaubt. Das Geräusch ließ sie aufblicken, und zehn Schritt vor ihm blieb sie abrupt stehen.

»Hi!«

Tom faßte an seine Hutkrempe.

»Eine Joggerin, he?«

Sie verzog ihr Gesicht in gespieltem Hochmut.

»Ich jogge nicht, Mr. Booker. Ich renne.«

»Glück gehabt, die Grizzlys in dieser Gegend fallen nur über Jogger her.«

Sie machte große Augen. »Grizzlys? Im Ernst?«

»Ach wissen Sie, wir halten sie gut in Futter.« Er sah, daß sie es mit der Angst bekam, und grinste. »Ich mache nur Spaß. Na ja, natürlich gibt es welche in dieser Gegend, aber sie bleiben lieber weiter oben. Hier unten sind Sie ziemlich sicher.« Von den Berglöwen einmal abgesehen, dachte er, aber wenn Annie von der Frau in Kalifornien gehört hatte, würde sie die Bemerkung vielleicht nicht allzu witzig finden.

Weil er sie auf den Arm genommen hatte, maß sie ihn mit skeptischem Blick, grinste dann aber und ging auf ihn zu, so daß ihr die Sonne voll ins Gesicht schien und sie die Augen abschirmen mußte, um zu ihm hinaufsehen zu können. Ihre Brüste und Schultern hoben und senkten sich im Rhythmus ihres Atems; leichter Dampf stieg von ihr auf und verflog in der Luft.

»Haben Sie da oben gut geschlafen?« fragte er.

»Ich schlafe nirgendwo gut.«

»Funktioniert die Heizung? Es ist eine Weile her, seit…«

»Sie funktioniert prima. Alles ist prima. Es ist wirklich sehr nett von Ihnen, uns hier draußen wohnen zu lassen.«

»Tut dem alten Haus ganz gut, wenn es bewohnt wird.«

»Na ja, jedenfalls vielen Dank.«

Einen Augenblick lang schienen sie beide nicht zu wissen, was sie sagen sollten. Annie streckte die Hand aus und wollte das Pferd streicheln, aber ihre Bewegung kam ein wenig zu plötzlich, so daß das Tier den Kopf in den Nacken warf und einige Schritte zurückwich.

»Tut mir leid«, sagte Annie.

Tom tätschelte das Pferd. »Halten Sie einfach nur die Hand hin. Ein bißchen tiefer, so, damit es Ihren Geruch aufnehmen kann.« Das Pferd senkte die Nüstern, erkundete mit den Lippen Annies Hand und beschnüffelte sie. Annie sah zu, und ein zaghaftes Lächeln breitete sich auf ihrem Gesicht aus. Tom fiel auf, daß ihre Mundwinkel ein geheimnisvolles Eigenleben zu besitzen schienen, die jedem Lächeln eine persönliche Note verliehen.

»Ein schönes Tier«, sagte sie.

»Tja, er macht sich ziemlich gut. Reiten Sie?«

»Ach, das ist lange her. Als ich so alt war wie Grace.«

Etwas in ihrem Gesicht veränderte sich, und sogleich bedauerte er, die Frage gestellt zu haben. Außerdem kam er sich tolpatschig vor, da sie sich offensichtlich Vorwürfe machte für das, was mit ihrer Tochter geschehen war.

»Ich lauf lieber zum Haus, mir wird kalt.« Sie ging einen Schritt zurück, hielt sicheren Abstand zum Pferd und spähte mit zusammengekniffenen Augen zu Tom auf. »Ich dachte, hier ist Frühling?«

»Ach, Sie wissen ja, was man sich hier in Montana sagt: Wenn dir das Wetter nicht gefällt, dann warte einfach fünf Minuten.«

Er drehte sich im Sattel um und sah ihr zu, als sie erneut die Furt auf den Trittsteinen überquerte. Sie rutschte aus und fluchte, als sie mit einem Schuh kurz ins eiskalte Wasser eintauchte.

»Soll ich Sie mitnehmen?«

»Nein, alles in Ordnung.«

»Ich komme gegen zwei Uhr vorbei und hol Grace ab!« rief er.

»Okay!«

Sie erreichte das andere Ufer, drehte sich um und winkte. Er faßte an den Hut und sah ihr nach, wie sie sich umdrehte und wieder zu joggen begann und der Landschaft keinen Blick gönnte, da sie nur zu Boden sah und prüfte, wohin sie den nächsten Fuß setzen wollte.

Pilgrim kam in die Arena geschossen, als hätte ihn eine Kanone abgefeuert. Er galoppierte gleich ans andere Ende, spritzte eine rote Sandfontäne auf und blieb stehen. Sein Schweif zuckte und blieb dann eingeklemmt zwischen den Beinen hängen, seine Ohren drehten sich. Mit panischem Blick starrte er auf das offene Tor, durch das er gekommen war und durch das ihm, wie er wußte, der Mann folgen würde.

Tom kam zu Fuß und hielt einen orangefarbenen Flaggenstock und ein aufgerolltes Seil in Händen. Er schloß das Tor und stellte sich mitten in die Arena. Kleine weiße Wolken huschten über den Himmel, so daß gleißendes Sonnenlicht mit dämmrigem Zwielicht wechselte.

Fast eine Minute lang standen sie da, regungslos, Pferd und Mann, und nahmen Maß. Pilgrim bewegte sich als erster. Er schnaubte, senkte den Kopf und wich einige kurze Schritte zurück. Tom glich einer Statue, die Spitze des Flaggenstocks stak im Sand. Dann ging er endlich einen Schritt auf Pilgrim zu, hob im selben Moment die Flagge in seiner Rechten und ließ sie im Wind knattern. Das Pferd stürmte sofort nach links und galoppierte davon.

Immer wieder umkreiste er die Arena, warf Sand auf, schnaubte laut und warf den Kopf in den Nacken. Sein steil aufgerichteter, völlig verfilzter Schweif peitschte im Wind. Er rannte mit nach innen gestellter Kruppe und nach außen gestelltem Kopf, und jedes Gramm Muskel in seinem Körper war angespannt und auf den Mann in der Mitte gerichtet. Pilgrim hielt den Kopf in einem solchen Winkel, daß er mit dem linken Auge nach hinten schielen mußte, um Tom noch sehen zu können. Aber er ließ keine Sekunde von ihm ab; die Angst hatte ihn so in Bann geschlagen, daß ihm die Welt im anderen Auge zu einem kreisenden Nichts verschwamm.

Bald schimmerte der Schweiß auf seinen Flanken, und Schaumflocken spritzten aus den Mundwinkeln. Trotzdem trieb ihn der Mann weiter an, schnalzte mit der Flagge, sobald er langsamer wurde, und hetzte ihn immer weiter.

Von der Bank, die Tom hinter der Arenabande aufgestellt hatte, beobachtete Grace jede seiner Bewegungen. Sie sah ihn zum erstenmal ohne eigenes Reitpferd arbeiten, und er strahlte heute eine Intensität aus, die ihr gleich aufgefallen war, als er punkt zwei mit dem Chevy vorgefahren kam, um sie zum Stall zu bringen. Sie wußten beide, daß heute die eigentliche Arbeit mit Pilgrim begann.

Durch das Schwimmen hatten sich Pilgrims Muskeln gut erholt, und die Narben auf seiner Brust und in seinem Gesicht sahen von Tag zu Tag besser aus. Doch es waren die inneren Narben, um die es jetzt ging. Tom hatte den Wagen vor dem Stall abgestellt und Grace vorgehen lassen, den Gang zwischen den Boxen hinunter bis zur großen Box am Ende, in der Pilgrim stand. In der oberen Türhälfte waren Eisenstangen eingelassen, und sie konnten sehen, daß Pilgrim aufmerksam jeden ihrer Schritte beobachtete. Wenn sie an seine Tür kamen, wich er in die hinterste Ecke zurück, senkte den Kopf und legte die Ohren an. Aber er bäumte sich nicht mehr auf, wenn sie hereinkamen, und seit kurzem durfte Grace ihm Futter und Wasser bringen. Sein Fell war verfilzt, Mähne und Schweif knotig und verdreckt, und Grace hätte ihn liebend gern mit der Bürste bearbeitet.

In die hintere Wand der Box war eine Schiebetür eingelassen, die in einen nackten Betonraum führte, der Türen zum Schwimmbekken und zur Arena hatte. Wollte man Pilgrim ins Freie treiben, mußte man nur die entsprechende Tür öffnen und auf ihn zugehen, so daß er hinausstürmte. Aber als hätte er geahnt, daß heute etwas anders war als sonst, hatte er sich geweigert, den Vorraum zu verlassen, und Tom mußte nahe an ihn herangehen und ihm einen Klaps auf die Hinterhand geben, um ihn aus der Box zu treiben.

Als Pilgrim zum vielleicht hundertstenmal an ihr vorbeilief, sah Grace, wie er den Kopf wandte, Tom offen anstarrte und sich anscheinend wunderte, wieso er plötzlich langsamer werden durfte, ohne daß die Flagge hochgerissen wurde. Tom ließ ihn in Schritt fallen, dann anhalten. Das Pferd stand da, schnaufte, sah sich um und schien sich zu fragen, was als nächstes geschehen würde. Nach einigen Augenblicken ging Tom auf ihn zu. Pilgrims Ohren bewegten sich vor, dann zurück, dann wieder vor. Wie ein Wellenschlag zog ein Muskelzittern über seine Flanken.

»Hast du das gesehen, Grace? Hast du gesehen, wie verknotet die Muskeln da sind? Wir haben da ein verdammt störrisches Pferd vor uns. Mußt noch 'ne ganze Weile kochen, mein Alter, stimmt's?«

Sie wußte, was damit gemeint war. Tom hatte ihr gestern von einem alten Mann namens Dorrance aus Wallowa County in Oregon erzählt, den besten Pferdekenner, den er jemals getroffen hatte; wenn der ein Pferd beruhigen wollte, tastete er mit dem Finger die Muskeln des Tieres ab und sagte, er wolle nur nachschauen, ob die Kartoffeln schon gar waren. Aber Grace sah, daß Pilgrim so etwas nicht zulassen würde. Er drehte den Kopf zur Seite und musterte den näher kommenden Mann mit furchtsamem Blick. Als Tom noch fünf Schritte entfernt war, brach er nach links aus, doch diesmal versperrte Tom ihm den Weg und riß die Flagge hoch. Das Pferd stoppte ab und schwenkte nach rechts, fort von Tom, und als sein Hinterteil an ihm vorbeischleuderte, trat Tom rasch einen Schritt vor und versetzte ihm einen Klaps mit der Flagge. Pilgrim sprang mit einem Satz nach vorn. Dann rannte er im Uhrzeigersinn um die Arena herum, und das Ganze begann von vorn.

»Er würde gern normal sein«, sagte Tom. »Aber er weiß nicht mehr, was das ist.«

Und wenn er wieder normal wird, dachte Grace, was geschieht dann? Tom hatte kein Wort davon gesagt, wohin dies alles führen sollte. Er nahm jeden Tag, wie er kam, zwang nichts herbei, ließ Pilgrim viel Zeit und freien Willen. Aber was dann? Sollte sie auf Pilgrim reiten, wenn er wieder gesund wurde?

Grace wußte natürlich, daß man auch mit schlimmeren Behinderungen als der ihren reiten konnte. Grace hatte es auf Reitveranstaltungen gesehen und einmal sogar an einem Schauspringen zugunsten der Behindertenreitgruppe teilgenommen. Damals hatte sie gedacht, wie tapfer doch diese Menschen waren, und sie hatten ihr leid getan. Aber sie ertrug den Gedanken nicht, daß andere ähnliches für sie empfinden mochten. Sie würde keinem dazu Gelegenheit bieten. Sie hatte gesagt, daß sie nie wieder reiten wollte, und dabei blieb es.

Etwa zwei Stunden später, nachdem Joe und die Zwillinge von der Schule zurück waren, öffnete Tom das Arenator und ließ Pilgrim in seine Box laufen. Grace hatte bereits ausgemistet und neues Stroh aufgeschüttet, und Tom sah zu, wie sie Pilgrim einen Eimer Futter brachte und ein frisches Bündel Heu aufhing.

Als er sie das Tal hinauf zum Flußhaus fuhr, stand die Sonne bereits tief am Himmel, und die Felsen und Nußkiefern an den Hängen warfen lange Schatten auf das fahle Gras. Sie sprachen kein Wort, und Grace fragte sich, warum ihr das Schweigen mit diesem Mann, den sie erst so kurze Zeit kannte, nie unbehaglich wurde. Sie spürte, daß ihn etwas beschäftigte. Er fuhr den Chevy zum Hintereingang, hielt bei der Veranda und stellte den Motor ab. Dann lehnte er sich zurück, drehte sich um und sah ihr ins Gesicht.

»Grace, ich habe ein Problem.«

Er schwieg, und sie wußte nicht, ob er von ihr erwartete, daß sie etwas sagte, aber dann fuhr er fort: »Weißt du, wenn ich mit einem Pferd arbeite, habe ich es gern, wenn ich seine Geschichte kenne. Meistens verrät einem das Pferd so ziemlich alles, oft besser, als es sein Besitzer könnte. Aber manchmal ist es im Kopf so durcheinander, daß man mehr wissen muß, um weiterarbeiten zu können. Man muß wissen, was falsch gelaufen ist. Und oft geht es dabei nicht ums Offensichtliche, sondern um etwas, das kurz davor passiert ist, vielleicht sogar nur um eine Kleinigkeit.«

Grace wußte nicht, worauf er hinauswollte, und er sah, wie sie die Stirn runzelte.

»Stell dir einfach mal vor, ich säße in diesem alten Chevy, würde gegen einen Baum fahren und jemand fragt mich, was passiert ist. Dann würde ich doch nicht sagen: ›Na ja, weißt du, ich bin gegen einen Baum gefahren.‹ Ich würde ihm zum Beispiel sagen, ich hätte zuviel Bier getrunken, oder es hätte Öl auf der Straße gelegen, oder die Sonne hätte mich geblendet. Verstehst du, was ich meine?«

Sie nickte.

»Nun, ich weiß nicht, ob du darüber reden kannst, und wenn du nicht willst, kann ich das gut verstehen. Aber um herauszufinden, was in Pilgrims Kopf vorgeht, wäre es nicht schlecht, wenn ich ein bißchen mehr über den Unfall wüßte und darüber, was an dem Tag eigentlich genau passiert ist.«

Grace hörte sich nach Luft schnappen. Sie wandte den Blick ab, sah hinüber zum Haus und registrierte, daß man durch die Küche direkt ins Wohnzimmer sehen konnte. Sie konnte den blaugrauen Schimmer des Computerbildschirms erkennen und sah ihre Mutter telefonieren, eingerahmt vom Panoramafenster.

Sie hatte keinem Menschen erzählt, wie gut sie sich tatsächlich an jenen Tag erinnern konnte. Der Polizei, den Anwälten und Ärzten, selbst ihren Eltern hatte sie vorgemacht, daß sie so gut wie nichts wußte. Das Problem war Judith. Sie wußte nicht, ob sie es fertigbrachte, über Judith zu reden. Oder auch nur über Gulliver. Sie sah wieder zu Tom Booker, und er lächelte sie an. In seinen Augen lag keine Spur Mitleid, und Grace wußte in diesem Augenblick, daß er sie akzeptierte, ohne sie zu verurteilen. Vielleicht, weil er nur den Menschen kannte, der sie jetzt war – entstellt, halb –, nicht den ganzen Menschen, der sie einst gewesen war.

»Es muß nicht jetzt sein«, sagte er sanft. »Wenn du soweit bist. Und nur, wenn du willst.« Etwas in ihrem Rücken lenkte ihn ab, und Grace folgte seinem Blick und sah ihre Mutter auf die Veranda kommen. Grace drehte sich zu ihm um und nickte.

»Ich denke drüber nach«, sagte sie.

Robert schob die Brille hoch, lehnte sich in seinem Sessel zurück und rieb sich ausgiebig die Augen. Er hatte die Ärmel aufgekrempelt, und sein Schlips lag zusammengeknüllt unter Stapeln von Papieren und juristischen Fachbüchern, die seinen Tisch bedeckten. Er konnte die Putzfrauen systematisch durch alle Büros gehen und sie gelegentlich auf spanisch unterhalten hören. Die letzten Mitarbeiter waren schon vor vier oder fünf Stunden nach Hause gegangen. Bill Sachs, einer der Juniorpartner, hatte vorgeschlagen, sich zusammen den neuesten Film mit Gérard Départdieu anzuschauen, der offenbar in aller Munde war, aber Robert hatte dankend abgelehnt und gesagt, er müsse noch zu viel Arbeit erledigen. Außerdem fände er Depardieus Nase stets ein wenig zu anstößig.

»Weißt du, sie erinnert mich irgendwie an einen Penis.«

Bill, dem eine gewisse Ähnlichkeit mit einem Psychotherapeuten nicht abzusprechen war, hatte ihn über seine Hornbrille angestarrt und in komisch freudianischem Duktus gefragt, warum Robert denn eine solche Ähnlichkeit anstößig finde. Dann brachte er Robert mit einer Geschichte über zwei Frauen zum Lachen, die er tags zuvor in der Metro miteinander reden gehört hatte.

»Die eine Frau hatte dieses Buch gelesen, in dem stand, was Träume zu bedeuten haben, und sie erzählte der anderen Frau, daß man offenbar penisbesessen sei, wenn man von Schlangen träumt. Sagt die andere, Gott sei Dank, da bin ich aber erleichtert, ich träume nämlich nur noch von Penissen.«

Bill war nicht der einzige, der sich redlich Mühe gab, ihn aufzuheitern. Robert fand dies zwar rührend, aber eigentlich wäre es ihm lieber, man würde ihn in Ruhe lassen. Einige Wochen des Alleinseins rechtfertigten noch keine derartige Flut von Sympathiebeweisen, und so nahm er an, daß seine Kollegen ihn über einen tieferen Verlust hinwegtrösten wollten. Einer von ihnen hatte sich sogar erboten, ihm den Fall des Dunford-Sicherheitsdienstes abzunehmen. Herrgott, dabei war dies der einzige Fall, der ihn noch bei der Stange hielt.

Seit fast drei Wochen hatte er nun jeden Abend bis weit nach Mitternacht gearbeitet. Die Festplatte auf seinem Laptop war bis zum Bersten voll. Im Dunford-Fall, einem der kompliziertesten Fälle, an dem er je gearbeitet hatte, waren Wertpapiere in Höhe von mehreren Milliarden Dollar durch ein scheinbar endloses Gewirr von Firmen auf drei Kontinenten verschoben worden. Heute hatte er eine zweistündige Konferenzschaltung mit Anwälten und Klienten in Hongkong, Genua, London und Sydney abgehalten. Die Zeitverschiebungen waren ein Alptraum. Doch seltsamerweise half ihm das Chaos, seinen Verstand nicht zu verlieren; mehr noch, es beschäftigte ihn so sehr, daß er keine Zeit hatte, darüber nachzudenken, wie sehr er Grace und Annie vermißte.

Er schlug seine müden Augen auf und beugte sich vor, um die Wahlwiederholungstaste auf einem der Telefonapparate zu drükken. Dann lehnte er sich zurück und sah aus dem Fenster auf die erleuchtete Spitze des Chrysler-Gebäudes. Annie hatte angerufen und ihm die Nummer vom neuen Haus genannt, in das sie umgezogen waren, aber dort war immer noch besetzt.

Er ging zu Fuß bis zur Fünften, Ecke Neunundfünfzigste, bevor er sich ein Taxi herbeiwinkte. Die kalte Nachtluft tat ihm gut, und er spielte mit dem Gedanken, den Weg nach Hause durch den Park zu nehmen. Er war ihn schon öfter nachts gegangen, hatte aber einmal den Fehler begangen, Annie davon zu erzählen. Sie hatte ihn mindestens zehn Minuten lang angeschrien, wie verrückt er sei, sich nachts dort hineinzuwagen, und ob er sich den Bauch aufschlitzen lassen wolle? Er fragte sich verwundert, warum er in den Zeitungen nichts von diesem bestimmten Risiko gelesen hatte, hielt es aber nicht für den richtigen Zeitpunkt, Annie danach zu fragen.

Das Namensschild im Taxi verriet ihm, daß der Fahrer Senegalese war. Heutzutage begegnete er immer öfter Senegalesen, und Robert machte sich jedesmal den Spaß, sie auf Wolof oder Jola anzureden, woraufhin sie aus allen Wolken fielen. Dieser Mann war so erstaunt, daß er beinahe einen Bus gerammt hätte. Sie sprachen über Dakar und Orte, die sie beide kannten, und der Fahrer wurde so unaufmerksam, daß Robert sich fragte, ob der Park letztlich nicht doch sicherer gewesen wäre. Als sie vor seiner Wohnung hielten, kam Ramon ihm entgegen und öffnete die Tür. Der Fahrer bedankte sich bei Robert für das Trinkgeld und sagte, er würde Allah bitten, ihn mit starken Söhnen zu segnen.

Nachdem Ramon ihm einen heißen Tip über einen neuen Spieler

für die Mets gegeben hatte, bestieg Robert den Fahrstuhl und betrat das Apartment. Die Wohnung war dunkel, und das dumpfe Geräusch, mit dem die Tür ins Schloß fiel, hallte durch das leblose Labyrinth der Zimmer.

Er ging in die Küche und fand das Essen, das Elsa für ihn gekocht hatte, daneben den üblichen Notizzettel, auf dem stand, was es war und wie viele Minuten er es in die Mikrowelle stellen sollte. Wie jeden Abend kippte er den Teller schuldbewußt in den Müllschlukker. Er schrieb ihr Zettel, auf denen er sich bedankte und sie bat, bitte nicht für ihn zu kochen, da er sich etwas mitbringen oder sich selbst etwas kochen konnte, aber trotzdem stand jeden Abend das Essen bereit.

Ehrlich gesagt, die schmerzliche Leere der Wohnung machte ihn trübsinnig, und er versuchte, sie möglichst zu meiden. An Wochenenden war es besonders schlimm. Einmal war er nach Chatham gefahren, aber die Einsamkeit war dort sogar noch unerträglicher. Außerdem hatte es seiner Stimmung einen ziemlichen Schlag versetzt, als er bei seiner Ankunft entdeckte, daß der Thermostat an Graces Aquarium ausgefallen war und all die tropischen Fische durch die Kälte eingegangen waren. Der Anblick dieser winzigen, bleichen, auf dem Wasser schwimmenden Kadaver hatte ihn schrecklich mitgenommen. Er hatte weder Grace noch Annie davon erzählt, sondern sich zusammengerissen, sorgfältige Notizen gemacht und identische Exemplare aus der Tierhandlung bestellt.

Seit Annies und Graces Abreise war das Telefongespräch mit ihnen für Robert zum ersehnten Höhepunkt seines Tagesablaufs geworden. Und da er stundenlang vergeblich versucht hatte, sie zu erreichen, war das Bedürfnis, den Klang ihrer Stimmen zu hören, heute besonders stark.

Er wechselte die Mülltüte aus, damit Elsa das schmähliche Ende des von ihr gekochten Abendessens nicht entdecken mußte. Doch als er die Tüte vor der Tür des Hausmeisters abstellte, hörte er das Telefon klingeln, und so schnell er konnte, rannte er über den Flur zurück. Der Anrufbeantworter war bereits angesprungen, als er den Apparat erreichte, und er mußte laut in die Muschel sprechen, um sich gegen seine eigene Tonbandstimme verständlich machen zu können.

»Warte eine Sekunde. Ich bin da.« Er fand die Stopptaste. »Hallo. Ich bin gerade nach Hause gekommen.«

»Du bist ja völlig außer Atem. Wo bist du gewesen?«

»Ach, hab mich rumgetrieben. Du weißt schon, eine Runde durch die Bars und Clubs. Mein Gott, das macht müde!«

»Wem sagst du das!«

»Dir nicht! Und, wie steht's bei euch da draußen, wo sich Fuchs und Hase gute Nacht sagen? Ich habe den ganzen Tag versucht, dich anzurufen.«

»Tut mir leid. Wir haben hier nur einen Anschluß, und das Büro hat versucht, mich unter Faxen zu begraben.«

Annie sagte, Grace hätte vor einer halben Stunde versucht, ihn in seinem Büro anzurufen; jetzt sei sie zu Bett gegangen, richte ihm aber liebe Grüße aus.

Während Annie ihm von ihrem Tag erzählte, ging Robert durch das Wohnzimmer und setzte sich, ohne Licht zu machen, auf das Sofa am Fenster. Annie klang niedergeschlagen und müde, und Robert versuchte, allerdings ohne großen Erfolg, sie ein wenig aufzuheitern.

»Und wie geht's Gracie?« fragte Robert.

Annie schwieg, und er hörte sie seufzen.

»Ach, keine Ahnung.« Sie sprach jetzt leise, vermutlich wollte sie nicht, daß Grace sie hören konnte. »Ich sehe, wie sie zu Tom Booker ist und zu Joe, du weißt schon, dem Zwölfjährigen. Die verstehen sich wirklich prima, und bei denen benimmt sie sich ganz normal. Aber wenn wir beide allein sind – ich weiß nicht. Mittlerweile ist es so schlimm, daß sie mich nicht mal ansieht.« Wieder seufzte sie. »Na ja.«

Sie schwiegen eine Weile, und er konnte draußen auf der Straße das Wimmern einer Sirene hören, unterwegs zu irgendeiner namenlosen Tragödie.

»Du fehlst mir, Annie.«

»Ich weiß«, sagte sie. »Du fehlst uns auch.«

19

Annie setzte Grace kurz vor neun vor der Klinik ab und fuhr zurück ins Zentrum von Choteau zur Tankstelle. Dort stand sie neben einem kleinen Mann mit einem Gesicht wie Leder und einem Hut, dessen Krempe breit genug war, um einem Pferd Sonnenschutz spenden zu können. Der Mann überprüfte den Ölstand bei seinem Pickup, einem Dodge, auf dessen Ladefläche ein paar Kühe standen. Es waren Black-Angus-Rinder, dieselbe Sorte wie die Herde auf der Double Divide, und Annie unterdrückte den Drang, eine gescheite Bemerkung über das Vieh zu machen, die nur auf dem wenigen fußen konnte, was sie von Tom und Frank beim Brennen aufgeschnappt hatte. Stumm probierte sie: Sehen gut aus, die Rinder. Nein, Rinder würde man nicht sagen. Hübsche Tiere? Prachtexemplare? Sie gab es auf. Eigentlich hatte sie auch keine Ahnung, ob sie gut, schlecht oder völlig heruntergekommen aussahen, also hielt sie den Mund, nickte dem Mann zu und lächelte.

Als sie nach dem Bezahlen herauskam, rief jemand ihren Namen. Sie sah sich um und entdeckte Diane, die an der zweiten Reihe Zapfsäulen aus ihrem Toyota stieg. Annie ging zu ihr hinüber.

»Also hören Sie offenbar doch ab und zu mal auf zu telefonieren und gönnen sich eine Pause«, sagte Diane. »Wir haben uns schon gewundert.«

Annie lächelte und erzählte ihr, daß sie Grace dreimal die Woche morgens zur Physiotherapie bringe. Sie wolle jetzt zur Ranch zurück, etwas arbeiten und am Mittag dann wieder herkommen, um Grace abzuholen.

»Ach was, das kann ich doch machen«, sagte Diane. »Ich habe eine Menge in der Stadt zu erledigen. Ist sie oben im Bellview Medical Center?«

»Ja, aber wirklich, das ist nicht...«

»Das macht doch nichts. Wäre ja verrückt, wenn Sie deswegen noch mal die ganze Strecke fahren müßten.«

Annie protestierte, aber Diane wollte nichts davon wissen, und schließlich willigte Annie dankbar ein. Sie schwatzten noch ein paar Minuten darüber, wie es sich im Flußhaus lebte und ob Annie und Grace alles hatten, was sie brauchten, dann sagte Diane, sie müsse sich jetzt auf den Weg machen.

Auf dem Rückweg zur Ranch dachte Annie über diese Begegnung nach. Dianes Angebot war freundlich gemeint gewesen, aber durch die Art, wie sie es vorgebracht hatte, hatte es nicht besonders freundlich geklungen, eher wie ein Vorwurf. Fast kam es Annie vor, als wollte Diane sagen, daß sie, Annie, zu viel arbeitete, um wirklich eine gute Mutter sein zu können. Aber vielleicht bildete sie sich das auch nur ein.

Sie fuhr nach Norden und ließ den Blick über die Prärie zu ihrer Rechten schweifen, wo die schwarzen Schatten der Kühe auf fahlem Gras wie die Geister der Büffel vergangener Zeiten aussahen. Über dem Asphalt flirrte die Luft, und Annie kurbelte das Fenster herunter und ließ sich den Wind um die Nase wehen. Die zweite Maiwoche hatte begonnen, und endlich schien der Frühling tatsächlich anzubrechen und sein Kommen nicht länger nur vorzutäuschen. Als sie nach links auf die Neunundachtzig bog, ragte die Bergwand der Rocky Mountains vor ihr auf, die Gipfel wolkenverhangen. Wie mit Sahne verziert, dachte Annie. Jetzt fehlt nur noch eine Kirsche und eins dieser Papierschirmchen. Dann mußte sie an all die Faxe und Nachrichten auf dem Anrufbeantworter denken, die sie bei ihrer Rückkehr zur Ranch erwarteten, und merkte erst ein oder zwei Augenblicke später, daß sie bei diesem Gedanken den Fuß vom Gaspedal genommen hatte.

Der Monat Urlaub, um den sie Crawford Gates gebeten hatte, war fast vorbei. Sie würde ihn um eine Verlängerung bitten müssen, und sie freute sich nicht gerade auf dieses Gespräch. Denn trotz seiner großen Worte, daß sie sich soviel Zeit lassen könne, wie sie brauche, machte sich Annie keine Illusionen. In den letzten Tagen hatte es deutliche Anzeichen dafür gegeben, daß Gates unruhig wurde. Es war zu einer Reihe kleinerer Zwischenfälle gekommen, von denen jeder für sich genommen keiner so schwerwiegend war, daß es sich gelohnt hätte, deswegen Krach zu schlagen, aber die zusammen gesehen Gefahr im Verzug signalisierten.

Er hatte Lucy Friedmans Artikel über Salonlöwen, den Annie für ziemlich brillant hielt, kritisiert, hatte das Grafikerteam wegen zweier Titelbilder zur Rede gestellt – nicht einmal ungeschickt, aber doch so, daß ein gewisser Eindruck zurückgeblieben war –, und er hatte ihr ein langes Memo geschickt, in dem er ihr mitteilte, daß seiner Meinung nach die Berichterstattung über die Wall Street hinter der ihrer Konkurrenz zurückgefallen war. Daran allein war nichts auszusetzen, nur hatte er eine Kopie des Memos an vier weitere Abteilungsleiter geschickt, ohne ihr zuvor ein Wort davon zu sagen. Aber wenn der alte Bastard den Kampf wollte, dann konnte er ihn haben. Sie hatte ihn nicht angerufen, statt dessen aber prompt ein deftiges Antwortschreiben voller Fakten und Zahlen aufgesetzt und an dieselben Leute und sicherheitshalber auch gleich noch eine Anzahl anderer Leute geschickt, von denen sie wußte, daß sie zu ihren Verbündeten zählten. *Touché.* Aber Himmel, welche Kraft das kostete!

Als sie die Hügelkuppe überquerte und an den Korralen vorbeifuhr, sah sie Toms Jährlinge in der Arena, konnte von ihm selbst aber keine Spur entdecken und registrierte ein wenig amüsiert, wie enttäuscht sie war. Sie fuhr den Lariat hinter das Flußhaus und sah dort den Lieferwagen einer Telefongesellschaft stehen. Als sie ausstieg, trat ein Mann in blauem Overall aus dem Haus, wünschte ihr einen guten Tag und sagte, er hätte zwei neue Leitungen gelegt.

Im Haus entdeckte sie neben ihrem Computer zwei neue Telefonapparate. Der Anrufbeantworter zeigte vier Nachrichten an, und drei Faxe waren eingegangen, unter anderem eines von Lucy Friedman. Sie wollte es gerade lesen, als eines der neuen Telefone klingelte.

»Hi.« Es war eine männliche Stimme, die sie im Augenblick nicht erkannte. »Wollte nur wissen, ob sie auch funktionieren.«

»Wer sind Sie?« fragte Annie.

»Tut mir leid. Ich bin's, Tom, Tom Booker. Ich sah gerade den Mann von der Telefongesellschaft wegfahren und dachte, ich probiere mal die neuen Nummern aus.«

Annie lachte.

»Nun, sie scheinen zu funktionieren, jedenfalls eine von ihnen. Ich hoffe, es macht Ihnen nichts aus, daß ich die Tür aufgeschlossen habe.«

»Natürlich nicht. Vielen Dank. Das wäre wirklich nicht nötig gewesen.«

»Nichts zu danken. Grace hat erzählt, ihr Vater habe manchmal Schwierigkeiten durchzukommen.«

»Sehr nett von Ihnen.«

Wieder schwiegen sie, und dann, nur um etwas zu sagen, erzählte Annie ihm, daß sie zufällig Diane in Choteau getroffen habe und wie freundlich ihr Angebot gewesen sei, Grace zurückzufahren.

»Sie hätte Grace auch hinfahren können, wenn wir Bescheid gewußt hätten.«

Annie dankte ihm noch einmal und erbot sich, die Kosten für die Anschlüsse zu übernehmen, aber er wollte nichts davon hören und sagte, er hänge jetzt auf, damit sie die neuen Leitungen benutzen könne. Wieder machte sich Annie daran, Lucys Fax zu lesen, fand es aber aus irgendeinem Grund schwierig, sich zu konzentrieren, und ging in die Küche, um sich einen Kaffee zu machen.

Zwanzig Minuten später ging sie zurück an ihren Schreibtisch und schloß eine der neuen Leitungen an ihr Modem an. Die andere reservierte sie ausschließlich für das Faxgerät. Sie wollte gerade Lucy anrufen, die wieder mal ziemlich wütend auf Gates war, als sie Schritte auf der hinteren Veranda und ein leises Klopfen am Fliegengitter hörte.

Verschwommen erkannte sie Tom Booker durch das Gitter und sah, wie sich ein Lächeln auf seinem Gesicht ausbreitete, als er sie entdeckte. Er trat einen Schritt zurück, als Annie die Tür öffnete, und dann sah sie, daß er zwei gesattelte Pferde mitgebracht hatte, Rimrock und eine junge Stute. Sie verschränkte die Arme, lehnte sich an den Türrahmen und betrachtete ihn mit einem skeptischen Lächeln.

»Die Antwort lautet: Nein!« sagte sie.

»Sie kennen die Frage doch noch gar nicht.«

»Ich kann sie mir denken.«

»Ach ja?«

»Ja.«

»Nun, ich hab mir gedacht, daß Sie sich schließlich gerade vierzig Minuten für die Fahrt nach Choteau und noch mal vierzig Minuten für die Rückfahrt eingespart haben und daß Sie deshalb vielleicht Lust hätten, ein bißchen von der Zeit einfach zu verplempern und etwas frische Luft zu schnappen.«

»Auf einem Pferd.«

»Na ja, schon.«

Sie sahen sich einen Augenblick an und lächelten. Er trug ein verwaschenes rosafarbenes Hemd und über den Jeans seine alten, geflickten Lederchaps, die er sich immer zum Reiten überzog. Vielleicht lag es nur am Licht, aber seine Augen schimmerten so klar und blau wie der Himmel hinter ihm.

»Ehrlich gesagt, Sie würden mir auch einen Gefallen tun. Ich muß immerzu diese rastlosen Jungpferde reiten, und der arme alte Rimrock hier fühlt sich etwas vernachlässigt. Er wäre Ihnen so dankbar, daß er bestimmt besonders gut auf Sie achtgibt.«

»Ah ja, muß ich so für meine Telefone zahlen?«

»Nein, Ma'am, ich fürchte, die kommen zusätzlich.«

Die Physiotherapeutin, die sich um Grace kümmerte, war eine kleine Frau mit einer Lockenmähne und großen grauen Augen, die sie aussehen ließen, als sei sie ständig überrascht. Terri Carlson, einundfünfzig und im Zeichen der Waage geboren, hatte drei Söhne, die ihr Mann rasch hintereinander vor knapp dreißig Jahren gezeugt hatte, bevor er mit einer texanischen Rodeokönigin durchgebrannt war. Er hatte darauf bestanden, die Jungen John, Paul und George zu nennen, und Terri dankte dem Herrn, daß sich ihr Mann davongemacht hatte, bevor es zu einem vierten Jungen gekommen war. All dies hatte Grace bereits bei ihrem ersten Besuch erfahren, und an jedem folgenden Termin nahm Terri den Faden dort wieder auf, wo sie ihn beim letztenmal fallengelassen hatte, so daß Grace inzwischen mehrere Schulhefte mit dem Leben dieser Frau hätte füllen können. Aber eigentlich hatte Grace nichts dagegen einzuwenden; ihr gefiel es sogar. Sie konnte sich einfach auf die Sportbank legen, wie sie es jetzt gerade tat, und sich nicht nur den Händen, sondern auch den Worten dieser Frau überlassen.

Grace hatte sich beschwert, als Annie ihr sagte, daß sie drei Termine pro Woche für sie ausgemacht habe, aber sie wußte, daß dies nach all den Monaten mehr als unbedingt nötig war. Die New Yorker Therapeutin hatte Annie gesagt, je härter Grace trainierte, um so unwahrscheinlicher sei es, daß sie später einmal humpeln müsse.

»Wen kümmert es denn, ob ich einmal humple?« hatte Grace gefragt.

»Mich«, hatte Annie erwidert, und damit war die Sache entschieden.

Eigentlich gefielen Grace die physiotherapeutischen Sitzungen hier sogar besser als in New York. Zuerst machten sie Lockerungsübungen. Terri verlangte ihr allerhand ab. Bei den Übungen hängte sie noch zusätzlich Gewichte mit Klettverschluß an ihren Beinstumpf, brachte sie im Armrad ins Schwitzen und ließ sie sogar zu Discomusik vor den Wandspiegeln tanzen. Terri war Graces Miene an jenem ersten Tag nicht entgangen, als sie die Kassetten einlegte.

»Magst du Tina Turner nicht?«

Grace meinte, Tina Turner sei in Ordnung. Nur ein bißchen zu...

»Alt? Raus mit dir! Sie ist so alt wie ich.«

Grace errötete, und sie mußten beide lachen. Von da an verstanden sie sich prima. Terri bat sie, einige ihrer eigenen Kassetten mitzubringen, und diese boten Anlaß zu mancherlei Frotzeleien. Wenn Grace ihr eine neue Kassette gab, hörte Terri sie sich an, schüttelte den Kopf und seufzte: »Noch mehr Trübsinn aus der Gruft.«

Nach den Übungen ruhte Grace sich eine Weile aus und schwamm anschließend im Becken. In der letzten Stunde hieß es dann zurück vor die Spiegel, um Gehen zu üben, »Auftritt-Training« sagte Terri dazu. Grace hatte sich in ihrem ganzen Leben noch nie so fit gefühlt.

Heute jedoch fuhr Terri in der Erzählung ihrer Lebensgeschichte nicht fort, sondern berichtete ihr statt dessen von einem Indianerjungen, den sie jede Woche im Blackfeet Reservat aufsuchte. Er sei zwanzig Jahre alt, stolz und schön, sagte sie, wie jemand aus einem Bild von Charlie Russell. Das heißt, er war es bis letzten Sommer, als er mit einigen Freunden in einem Teich schwamm und mit einem

Kopfsprung gegen ein verborgenes Felsbrett prallte. Es hatte ihm glatt den Hals gebrochen, und seither war er gelähmt.

»Mann, war der Junge wütend, als ich das erste Mal zu ihm kam«, sagte sie und hantierte dabei mit Graces Stumpf, als hielte sie einen Pumpenschwengel in der Hand. »Er sagte, daß er nichts mit mir zu tun haben wollte, und falls ich nicht gehen würde, dann würde er gehen, jedenfalls würde er nicht hierbleiben, um sich demütigen zu lassen. ›Von einer Frau‹ – gesagt hat er es zwar nicht, aber gemeint hat er's. Ich dachte, was meint der mit ›gehen‹? Der geht nirgendwo mehr hin, der kann hier nur noch liegen bleiben. Aber weißt du was? Er ist tatsächlich gegangen. Ich habe mit ihm gearbeitet, und nach einer Weile habe ich in sein Gesicht gesehen, und er war – weg.«

Sie sah, daß Grace sie nicht verstand.

»Sein Verstand, sein Geist, wie immer man es nennen will. Einfach auf und davon. Und das war nicht gespielt, das konnte man sehen. Er war irgendwo anders. Als ich fertig war, kam er sozusagen zurück. Jetzt macht er es jedesmal, wenn ich zu ihm gehe. Rüber mit dir, Kleines, mach ein paar Jane Fondas.«

Grace drehte sich auf die linke Seite und übte Scherenschritte. »Hat er gesagt, wo er hingeht?« fragte sie.

Terri lachte. »Weißt du, ich hab ihn das auch gefragt, und er sagte, er würde es mir nicht erzählen, weil ich doch nur hinterherkäme, um ihm auf die Nerven zu gehen. So nennt er mich: alte Nervensäge. Klingt so, als würde er mich nicht mögen, aber ich weiß, daß das nicht stimmt. Wahrscheinlich versucht er nur, sich seinen Stolz zu bewahren. Macht wohl jeder von uns auf seine Weise. So ist's gut, Kleines. Noch ein bißchen höher! Gut so!«

Terri brachte sie zum Schwimmbecken und ließ sie allein. Es war friedlich hier, und Grace hatte heute das Becken ganz für sich. Ein sauberer Chlorgeruch hing in der Luft. Grace zog sich ihren Badeanzug an und ließ sich in den kleinen Whirlpool gleiten. Sonnenstrahlen schienen durch das Oberlicht auf die Wasseroberfläche, einige wurden zurückgeworfen und tanzten als schimmernde Lichtflecken über die Decke, andere fielen in schrägen Streifen durch das Wasser und warfen wellenförmige Muster auf den Beckenboden, die an eine Schar blaßblauer Schlangen erinnerten, die immerzu lebten, starben und wiedergeboren wurden.

Das wirbelnde Wasser tat ihrem Stumpf gut. Grace lehnte sich zurück und dachte an den Indianer. Wie gut, wenn man so etwas konnte – den Körper verlassen, wann immer man wollte, um anderswo hinzugehen. Sie mußte plötzlich an die Zeit denken, als sie im Koma lag. Vielleicht war damals etwas Ähnliches geschehen. Aber wohin war sie gegangen, und was hatte sie gesehen? Sie konnte sich an nichts erinnern, nicht einmal an einen Traum. Sie wußte nur noch, wie sie aufwachte und durch diesen klebrigen Tunnel der Stimme ihrer Mutter entgegengeschwommen war.

Sie hatte sich immer an ihre Träume erinnern können. Es war ganz leicht, man mußte sie nur jemandem erzählen, sobald man aufwachte, notfalls sich selbst. Als sie noch kleiner war, kletterte sie morgens immer zu ihren Eltern ins Bett, schmiegte sich in den Arm ihres Vaters und erzählte ihm von ihren Träumen. Er hatte immer allerhand detaillierte Fragen gestellt, und manchmal mußte sie einiges erfinden, um die Lücken im Traum zu füllen. Sie war immer zu ihrem Vater gegangen, weil Annie um diese Zeit schon auf war und im Park joggte oder unter der Dusche stand und schrie, Grace solle sich anziehen und mit ihrer Klavierstunde anfangen. Robert hatte ihr oft gesagt, daß sie ihre Träume aufschreiben sollte, denn wenn sie erwachsen sein würde, hätte sie viel Spaß daran, sie wieder zu lesen, aber Grace konnte sich nie dazu aufraffen.

Sie hatte nach dem Unfall mit grauenvollen, blutigen Träumen gerechnet, aber nichts dergleichen war geschehen. Nur von Pilgrim hatte sie ein einziges Mal geträumt, vor zwei Nächten. Er stand am anderen Ufer eines großen braunen Flusses. Seltsamerweise war er jünger, fast noch ein Fohlen, doch es war eindeutig Pilgrim, und Grace rief ihn, und er wagte sich behutsam erst mit einem Fuß ins Wasser, dann ging er ganz hinein und begann, zu ihr zu schwimmen. Aber er kam gegen die Strömung nicht an. Er wurde abgetrieben, und Grace sah, wie sein Kopf immer kleiner wurde, und sie fühlte sich hilflos und verzweifelt, da sie nichts machen konnte, außer seinen Namen zu rufen. Dann merkte sie, daß jemand neben ihr stand, und sie sah sich um und erkannte Tom Booker, und er sagte, sie solle sich keine Sorgen machen, Pilgrim würde es schon schaffen, weiter flußabwärts sei das Wasser nämlich nicht so tief, und er würde bestimmt eine Stelle finden, an der er den Fluß überqueren könne.

Grace hatte Annie nicht erzählt, daß Tom Booker sie gebeten hatte, ihm von dem Unfall zu erzählen. Sie hatte Angst, daß Annie sich darüber aufregen könnte oder versuchen würde, ihr die Entscheidung abzunehmen. Aber das ging Annie nichts an. Das war eine Sache ausschließlich zwischen ihr und Tom, es ging um sie und ihr Pferd, und Annie hatte damit nichts zu schaffen. Und jetzt begriff sie, daß sie sich bereits entschieden hatte. Sie scheute zwar davor zurück, aber sie würde mit ihm reden. Vielleicht würde sie Annie später davon erzählen.

Die Tür ging auf, und Terri kam zu ihr und fragte sie, wie sie sich fühle. Dann sagte sie, daß Graces Mom gerade angerufen hätte. Diane Booker würde am Mittag kommen, um sie abzuholen.

Sie ritten den Fluß entlang und durchquerten die Furt, an der sie sich gestern morgen getroffen hatten. Gemächlich wich das Vieh zur Seite, als sie sich der unteren Weide näherten. Die Wolken hatten sich von den schneebedeckten Berggipfeln gelöst und trieben davon. Im Gras zeigten sich erste, rosafarbene Krokusse, und wie ein grüner Schimmer hing eine Andeutung von Laub über den Pyramidenpappeln.

Er ließ sie eine Weile vor sich her reiten und betrachtete ihr im Wind wehendes Haar. Sie war noch nie zuvor nach Westernart geritten und sagte, der Sattel fühle sich wie ein Schiff an. Vorher hatte sie ihn gebeten, Rimrocks Steigbügel zu kürzen, so daß sie nun so lange wie bei einem Cutting Horse oder beim Arbeiten mit dem Lasso waren; Annie sagte, sie könne das Pferd so besser unter Kontrolle halten. Ihre Körperhaltung und die Art, wie sie sich dem Rhythmus des Pferdes anpaßte, verrieten ihm, daß sie eine geübte Reiterin war.

Als offensichtlich schien, daß sie ihr Pferd im Griff hatte, kam er längsseits, und sie ritten zusammen und sprachen kein Wort, nur manchmal, wenn sie ihn nach dem Namen von einem Baum, einem Gewächs oder einem Vogel fragte. Sie musterte ihn mit ihren grünen Augen, wenn er ihr den Namen nannte, nickte dann ernst und verstaute diese Information. Sie kamen an einigen Espen vorbei, die man auch Zitterpappeln nannte, weil ihre Blätter im Wind flirrten, und er zeigte Annie die schwarzen Narben in den blassen Stämmen, wo Futter suchende Elche im Winter die Rinde abgeschabt hatten.

Sie ritten einen langen, mit Kiefern und Fingerkraut bewachsenen Hügel hinauf und kamen an den Rand eines hohen Felsvorsprungs, von dem aus man in die beiden Täler hinabsehen konnte, die der Ranch ihren Namen gaben. Sie blieben dort eine Weile auf ihren Pferden sitzen.

»Was für eine Aussicht«, sagte Annie schließlich.

Er nickte. »Nachdem mein Daddy mit uns hergezogen war, kamen Frank und ich hin und wieder hier herauf und wetteten um zehn Cent – manchmal, wenn wir uns reich fühlten, auch um einen Vierteldollar –, wer als erster wieder unten im Korral war. Er den einen Fluß lang, ich den anderen.«

»Wer hat gewonnen?«

»Na ja, er war jünger und ritt meistens so verdammt schnell, daß er vom Pferd fiel, und dann mußte ich mich zwischen den Bäumen da unten verstecken und ihn so abpassen, daß es trotzdem noch ein Kopf-an-Kopf-Rennen wurde. Er war wirklich selig, wenn er gewann, also hat er auch meistens gewonnen.«

Sie lächelte.

»Sie reiten verdammt gut«, sagte er.

Sie verzog das Gesicht. »Auf diesem Pferd würde jeder Reiter eine gute Figur machen.«

Sie langte nach unten und tätschelte Rimrocks Nacken, und einen Augenblick lang war nichts als das sanfte Schnauben der Pferde zu hören. Sie setzte sich wieder auf und sah ins Tal. Über den Bäumen war das Dach des Flußhauses gerade noch zu erkennen.

»Wer ist R. B.?« sagte sie.

Er runzelte die Stirn. »R. B.?«

»Auf dem Brunnen am Haus. Da stehen einige Initialen. T. B. – ich nahm an, daß Sie das sind – und R. B.«

Er lachte. »Rachel. Meine Frau.«

»Sind Sie verheiratet?«

»Meine Ex-Frau. Wir sind geschieden. Schon lange her.«

»Haben Sie Kinder?«

»Hm, ja, einen Jungen. Er ist zwanzig Jahre alt. Wohnt bei seiner Mutter und seinem Stiefvater in New York.«

»Wie heißt er?«

Sie konnte wirklich viele Fragen stellen. Aber schließlich war das ihr Job, dachte er, und ihm machte es nichts aus. Im Gegenteil, ihm gefiel es sogar, daß sie so direkt war, ihm in die Augen schaute und mit den Fragen rausrückte. Er lächelte.

»Hal.«

»Hal Booker. Netter Name.«

»Ist auch ein netter Kerl. Das scheint Sie ein wenig zu überraschen.«

Er ärgerte sich selbst über seine Worte, und ihr Erröten sagte ihm, daß er sie in Verlegenheit gebracht hatte.

»Nein, gar nicht. Ich meinte nur...«

»Er wurde da unten im Flußhaus geboren.«

»Haben Sie dort gewohnt?«

»Genau. Rachel gefiel es hier draußen nicht besonders. Die Winter können ziemlich hart sein, wenn man nicht dran gewöhnt ist.«

Ein Schatten huschte über die Köpfe der Pferde. Tom sah zum Himmel auf, und Annie folgte seinem Blick. Ein Goldadlerpärchen war über sie hinweggeflogen, und Tom erzählte ihr, wie man sie an der Größe und an Form und Farbe der Schwingen erkennen konnte. Schweigend schauten sie den Adlern nach, die langsam über dem Tal aufstiegen, bis sie sich in der mächtigen grauen Bergwand dahinter verloren.

»Schon drin gewesen?« fragte Diane, als der Albertasaurus Rex sie auf dem Rückweg von der Stadt am Museum vorbeifahren sah. Grace verneinte. Diane fuhr aggressiv und saß am Steuer, als müßte sie dem Wagen etwas heimzahlen.

»Joe findet es phantastisch. Die Zwillinge spielen lieber mit ihrem Nintendo.«

Grace lachte. Sie mochte Diane. Sie konnte ziemlich kratzbürstig sein, war aber gleich von Anfang an sehr nett zu ihr gewesen. Na ja, das waren sie eigentlich alle, aber Dianes Art, mit ihr zu reden, hatte etwas Besonderes, war fast vertrauensvoll, beinahe schwesterlich. Vielleicht, dachte Grace, lag es daran, daß sie nur Söhne hatte.

»Es heißt, für die Dinosaurier sei diese ganze Gegend Brutgebiet gewesen«, fuhr sie fort. »Und weißt du was, Grace? Einige Dinosaurier gibt's immer noch. Wart nur ab, bis du ein paar von den Kerlen kennenlernst.«

Sie sprachen über die Schule, und Grace erzählte ihr, daß sie an den Vormittagen, an denen sie nicht zur Klinik fuhr, Schularbeiten machen mußte. Diane fand auch, daß Annie da ziemlich strikt war.

»Was hält denn dein Dad davon, daß ihr beide so weit weg seid?«

»Er fühlt sich ein bißchen einsam.«

»Kein Wunder.«

»Aber er hat gerade irgendeinen wichtigen Fall, also würde ich ihn wahrscheinlich sowieso nicht oft zu sehen bekommen.«

»Ein wirklich glanzvolles Paar, deine Mom und dein Dad, he? Diese tollen Karrieren und so.«

»Ach, Dad ist nicht so.« Der Satz war ihr einfach rausgerutscht, und die anschließende Stille schien ihn noch schlimmer klingen zu lassen. Dabei hatte Grace ihre Mutter gar nicht kritisieren wollen, doch der Blick, den Diane ihr zuwarf, sagte ihr, daß ihre Worte so aufgefaßt worden waren.

»Gönnt sie sich denn überhaupt keinen Urlaub?«

Die Frage klang verständnisvoll, mitfühlend, aber Grace fühlte sich wie eine Verräterin, da sie Diane eine Art Waffe an die Hand gegeben hatte, und sie wollte sagen, nein, du hast mich mißverstanden, so ist es überhaupt nicht. Doch statt dessen zuckte sie nur die Achseln und sagte: »Na ja, manchmal.«

Sie wandte den Blick ab, und während der nächsten Meilen sprachen beide kein Wort. Es gibt Dinge, die andere Leute einfach nicht verstehen, dachte Grace. Für sie mußte es immer entweder das eine oder das andere sein, aber so einfach war es nicht. Sie war stolz auf ihre Mutter, Herrgott noch mal. Sie würde zwar im Traum nicht daran denken, ihrer Mutter ein Wort davon zu sagen, aber Annie war so, wie sie selbst einmal sein wollte, wenn sie erwachsen war. Vielleicht nicht genauso, aber sie fand es richtig und wichtig, daß Frauen Karriere machten. Ihr gefiel es, daß ihre Freundinnen ihre

Mutter kannten und wußten, wie erfolgreich sie war. Sie wollte es gar nicht anders, und auch wenn sie Annie manchmal heftige Vorwürfe machte, weil sie nicht so oft daheim war wie die anderen Mütter, hatte sie, ehrlich gesagt, doch nie das Gefühl, zu kurz zu kommen. Oft war sie eben mit ihrem Dad allein, aber das war in Ordnung. Nicht nur das, manchmal war es ihr sogar lieber. Bloß daß Annie sich immer so verdammt sicher war! So radikal und fest entschlossen. Da hatte man einfach Lust, ihr selbst dann zu widersprechen, wenn man einer Meinung mit ihr war.

»Hübsch, nicht?« sagte Diane.

»Ja, sicher.« Grace hatte auf die Prärie gestarrt, sie aber nicht wirklich wahrgenommen, und als sie jetzt hinausschaute, dachte sie, daß »hübsch« wohl kaum das richtige Wort war. Es war eine trostlose Landschaft.

»Man sollte nicht glauben, daß da draußen genug Atomwaffen begraben liegen, um damit den ganzen Planeten in die Luft sprengen zu können.«

Grace sah sie an. »Wirklich?«

»Darauf kannst du wetten.« Sie grinste. »Überall Raketenabschußbunker. Menschen mögen hier draußen ja nicht viele wohnen, aber Rinder und Bomben, Mann, die gibt's hier mehr als genug.«

Annie hatte sich das Telefon in die Halsbeuge geklemmt und hörte mit halbem Ohr Don Farlow zu, während sie auf der Tastatur spielte und an einem gerade geschriebenen Satz herumdokterte. Sie wollte einen vernichtenden Leitartikel über eine Initiative gegen Straßenkriminalität schreiben, die der Bürgermeister von New York City eben angekündigt hatte, und es fiel ihr schwer, die alte Mischung aus Witz und Schärfe aufzubringen, die die besten Arbeiten von Annie Graves auszeichneten.

Farlow wollte sie dazu bringen, diverse Vorgänge zu beschleunigen, an denen er mit seiner Juristenmeute gearbeitet hatte und die Annie nicht im geringsten interessierten. Sie gab es auf, den Satz verbessern zu wollen, und schaute aus dem Fenster. Die Sonne stand tief am Himmel, und unten in der großen Arena konnte sie Tom erkennen, der sich an die Bande lehnte und sich mit Grace und Joe unterhielt. Sie sah, wie er den Kopf in den Nacken warf und lachte.

Der Stall hinter ihm warf einen langen Schattenkeil auf den roten Sand.

Sie hatten den ganzen Nachmittag mit Pilgrim gearbeitet, der jetzt mit schweißglänzendem Fell am anderen Ende der Arena stand und sie beobachtete. Joe war gerade erst aus der Schule gekommen und hatte sich ihnen wie stets gleich angeschlossen. Immer wieder hatte Annie in den letzten Stunden zu Tom und Grace hinübergesehen und die dunkle Ahnung eines Gefühls verspürt, das sie, wenn sie sich selbst nicht besser kennen würde, vielleicht für Eifersucht gehalten hätte.

Ihre Schenkel schmerzten vom morgendlichen Ausritt. Muskeln, die sie seit dreißig Jahren nicht mehr angestrengt hatte, beklagten sich jetzt, und Annie hütete den Schmerz wie ein Andenken. Seit Jahren hatte sie sich nicht mehr so gutgelaunt gefühlt wie heute morgen. Ihr war, als hätte jemand sie aus einem Käfig befreit. Noch ganz aufgeregt hatte sie Grace alles erzählt, sobald Diane sie nach Hause gebracht hatte. Ihre Tochter verzog kurz das Gesicht, um dann jene desinteressierte Miene aufzusetzen, mit der sie in letzter Zeit alle Neuigkeiten ihrer Mutter zur Kenntnis nahm, und Annie ärgerte sich, weil sie so mit ihrer Geschichte herausgeplatzt war. Wie gefühllos, dachte sie, aber später fragte sie sich, warum denn eigentlich?

»Und er meint, ich solle sie zurückziehen«, sagte Farlow.

»Was? Entschuldige, Don, kannst du das noch mal wiederholen?«

»Er sagte, ich soll die Klage fallenlassen.«

»Wer hat das gesagt?«

»Annie! Alles in Ordnung?«

»Tut mir leid, Don, ich fummle hier noch an einer anderen Sache herum.«

»Gates hat mir gesagt, ich soll die Klage gegen Fiske fallenlassen. Weißt du noch? Fenimore Fiske? ›Und wer, bitte schön, ist Martin Scorsese?‹«

Das war einer von Fiskes vielen unvergessenen Fauxpas gewesen. Und er hatte die Sache noch schlimmer gemacht, als er »Taxi Driver« einige Jahre später den dreckigen kleinen Film eines unbedeutenden Regisseurs nannte.

»Danke, Don, ich kann mich nur zu gut an ihn erinnern. Hat Gates wirklich gesagt, daß du die Klage fallenlassen sollst?«

»Ja. Er sagte, sie würde zuviel kosten und dir und der Zeitschrift mehr Schaden als Nutzen bringen.«

»Dieser Hundesohn! Wie kann der es wagen, so was zu sagen, ohne vorher mit mir zu reden. Dieser Dreckskerl!«

»Sag ihm um Himmels willen nicht, von wem du das weißt.«

»Dreckskerl!«

Annie fuhr in ihrem Stuhl herum und fegte mit dem Ellbogen eine Tasse Kaffee vom Tisch.

»Scheiße!«

»Alles okay?«

»Yeah. Hör zu, Don, darüber muß ich nachdenken.Ich ruf dich zurück, ja?«

»Gut.«

Sie legte auf und starrte lange auf die zerbrochene Tasse und den sich ausbreitenden Kaffeefleck.

»Scheiße.«

Dann ging sie in die Küche, um einen Lappen zu holen.

20

»Weißt du, ich dachte, es sei der Schneepflug. Ich habe ihn schon von ganz weitem gehört. Wir hatten alle Zeit der Welt. Hätten wir gewußt, was es ist, hätten wir die Pferde von der Straße gelenkt, aufs Feld oder sonstwohin. Ich hätte Judith was sagen sollen, aber ich habe einfach nicht daran gedacht. Außerdem war sie immer der Boß, wenn wir mit den Pferden unterwegs waren, verstehst du? Wenn zum Beispiel eine Entscheidung anstand, dann hat sie gesagt, was wir machen. Und zwischen Gulliver und Pilgrim war's genauso. Gully war der Boß, der vernünftigere von beiden.«

Sie biß sich auf die Lippen und schaute zur Seite. Es wurde dunkel, und ein kühler Wind wehte vom Fluß herüber. Zu dritt hatten sie Pilgrim in den Stall gebracht, und es brauchte nur einen Blick von Tom, damit Joe sagte, er müsse noch Hausarbeiten machen, und verschwand. Tom und Grace schlenderten zum hinteren Pferch, in dem Tom die Jährlinge unterbrachte. Einmal stolperte Grace mit ihrem künstlichen Bein über eine Furche, und Tom hätte beinahe nach ihrem Arm gefaßt, um sie aufzufangen, aber sie fand ihr Gleichgewicht allein wieder. Tom war froh, daß er ihr nicht geholfen hatte. Jetzt lehnten sie am Zaun und sahen den Pferden im Pferch zu.

Schritt um verschneiten Schritt war sie mit ihm den Morgen des Unfalls durchgegangen. Wie sie durch den Wald geritten waren, wie komisch Pilgrim sich angestellt und wie er mit dem Schnee gespielt hatte, wie sie vom Weg abgekommen waren und den steilen Abhang zum Fluß hinunter nehmen mußten. Sie redete, ohne ihn anzusehen, und hielt den Blick auf die Pferde gerichtet, aber Tom wußte, daß sie nur sah, was sie an jenem Tag gesehen hatte, ein Pferd und eine Freundin, die jetzt beide tot waren. Tom empfand tiefes Mitleid für sie.

»Dann haben wir die Stelle gefunden, nach der wir gesucht hatten. Es war eine steile Böschung, die zur Eisenbahnbrücke hinaufführte. Wir waren schon einmal oben gewesen, deshalb kannten wir den Pfad. Judith ritt jedenfalls voran, und weißt du, es war schon seltsam, aber Gully schien irgendwie zu spüren, daß was nicht stimmt. Er wollte nämlich nicht weiter, und Gully ist sonst nicht so.«

Sie hörte ihren eigenen Worten nach und merkte, daß sie die Zeiten verwechselt hatte. Sie warf ihm einen kurzen Blick zu, und er lächelte.

»Also ging Gully rauf, und ich habe Judith gefragt, ob alles okay sei, und sie sagte nur, ich solle vorsichtig sein, und dann bin ich hinterher.«

»Mußtest du Pilgrim antreiben?«

»Nein, überhaupt nicht. Mit ihm war es ganz anders als mit Gully. Er freute sich, daß es weiterging.«

Sie blickte zu Boden und schwieg einen Augenblick. Ein Jährling wieherte leise am anderen Pferchende. Tom legte eine Hand auf ihre Schulter.

»Alles in Ordnung?«

Sie nickte.

»Und dann ist Gully ausgerutscht.« Sie sah Tom an und wirkte plötzlich sehr ernst. »Weißt du, später hat man herausgefunden, daß der Pfad nur auf dieser Seite vereist war. Ein paar Zentimeter weiter links, und es wäre nichts passiert. Aber offenbar hat Gully mit einem Huf drauf gestanden, und das hat gereicht.«

Sie blickte zur Seite, und an der Art, wie sich ihre Schultern bewegten, erkannte Tom, welche Kraft es sie kostete, die Ruhe zu bewahren.

»Dann geriet er ins Rutschen. Man konnte sehen, wie er sich anstrengte und versuchte, die Beine in den Boden zu stemmen, aber er fand einfach keinen Halt. Die beiden kamen direkt auf uns zu, und Judith schrie, wir sollten aus dem Weg gehen. Sie klammerte sich an Gullys Hals fest, und ich wollt Pilgrim wenden. Ich weiß, daß ich viel zu heftig gewesen bin, hab richtig an seinen Zügeln gezerrt, verstehst du? Wenn ich doch bloß einen klaren Kopf behalten hätte und sanfter zu ihm gewesen wäre, dann hätte er sich vielleicht umgedreht. Aber ich glaub, ich hab ihm nur noch mehr Angst gemacht, und er… er hat sich einfach nicht vom Fleck gerührt!«

Sie schwieg einen Augenblick und schluckte.

»Dann sind wir zusammengestoßen. Ich habe keine Ahnung, wieso ich oben geblieben bin.« Sie lachte leise. »Es wäre viel geschickter gewesen, wenn ich nicht oben geblieben wäre. Zumindest, falls ich mich nicht so in den Steigbügeln verfangen hätte wie Judith. Als sie vom Pferd flog, war das, als hätte jemand mit einer Flagge gewinkt, verstehst du, als wäre sie federleicht und wie aus Nichts gemacht. Irgendwie hat sie im Fallen einen Salto geschlagen, jedenfalls hing ihr Bein im Steigbügel fest, und dann sind wir alle zusammen runtergerutscht. Es ist mir wie eine Ewigkeit vorgekommen. Und weißt du was? Das Verrückteste war, als wir runterschlitterten, da hab ich gedacht, Mensch, dieser blaue Himmel und die Sonne und der Schnee auf den Bäumen und all das, eigentlich ist heute ein wunderschöner Tag.« Sie drehte sich zu ihm um. »Ist das nicht das Verrückteste, was du jemals gehört hast?«

Tom fand es überhaupt nicht verrückt. Er wußte, daß es Augenblicke gab, in denen sich uns die Welt offenbarte, nicht, wie man manchmal glauben konnte, um sich über unser Los oder unsere Bedeutungslosigkeit lustig zu machen, sondern einfach, um uns und allem Leben das Schauspiel des Seins selbst zu präsentieren. Er nickte und lächelte ihr zu.

»Ich weiß nicht, ob Judith ihn sofort gesehen hat, den Truck, meine ich. Sie muß ganz schön heftig mit dem Kopf aufgeschlagen sein. Gully ist ziemlich ausgerastet und hat sie wie verrückt hin und her geschleudert. Aber sobald ich den Truck gesehen habe, wie er da durchgerast ist, wo mal die Brücke war, da hab ich gedacht, der Typ schafft's nicht, der kann nie rechtzeitig bremsen, und ich dachte, wenn ich Gully zu fassen kriege, dann kann ich uns alle vielleicht noch von der Straße schaffen. Ich war so blöd. Mein Gott, war ich blöd!«

Sie schloß die Augen und schlug die Hände vors Gesicht, aber nur für einige Augenblicke. »Ich hätte lieber abspringen sollen. Dann hätte ich ihn viel leichter zu fassen gekriegt. Ich meine, klar, Gully ist ziemlich durchgedreht, aber er hatte sich das Bein verletzt, und so schnell wäre der nirgends mehr hingelaufen. Ich hätte Pilgrim mit einem Klaps auf den Hintern weggeschickt, und dann hätte ich Gully von der Straße geholt. Aber ich hab's nicht getan.«

Sie schniefte und riß sich wieder zusammen.

»Pilgrim war unglaublich. Ich meine, er war natürlich auch ziemlich fertig, aber er hatte sich sofort wieder gefaßt. Es war beinahe so, als hätte er gewußt, was ich wollte. Schließlich hätte er auf Judith drauftreten können, aber mein Gott, er hat's nicht getan. Er wußte Bescheid. Und wenn der Typ nicht auf die Hupe gedrückt hätte, dann hätten wir's geschafft, ich hielt die Zügel ja schon fast in der Hand. Meine Finger waren nur noch so weit weg, nur noch so weit…«

Grace sah ihn an, und ihr Gesicht war schmerzverzerrt über das, was hätte geschehen können, und endlich flossen die Tränen. Tom nahm Grace in seine Arme, drückte sie an sich, und sie legte ihr Gesicht an seine Brust und schluchzte.

»Ich hab gesehen, wie sie mich angeschaut hat, als sie da unten zwischen Gullys Beinen lag, kurz bevor der Typ auf die Hupe drückte. Sie hat so klein ausgesehen, so verängstigt. Ich hätte sie retten können. Ich hätte uns alle retten können.«

Er sagte nichts, denn er wußte, wie machtlos Worte in solchen Fällen waren und daß Graces Gewißheit vielleicht noch Jahre überdauern würde. Lange standen sie so da, während die Nacht hereinbrach, und Tom strich ihr über den Kopf und roch den jugendlich frischen Geruch ihrer Haare. Als sie zu weinen aufhörte und Tom spürte, wie sie sich entspannte, fragte er sie sanft, ob sie weitererzählen wolle. Grace nickte, schniefte und holte tief Luft.

»Als der Typ auf die Hupe drückte, war nichts mehr zu machen. Aber Pilgrim hat sich irgendwie umgedreht, um es mit dem Truck aufzunehmen. Es war verrückt, aber offenbar wollte er es nicht zulassen. Er wollte nicht zulassen, daß dieses große Ungeheuer kam und uns alle verletzte, er wollte dagegen ankämpfen. Gegen einen Vierzigtonner ankämpfen, stell dir das mal vor! Ist das nicht irre? Aber er hatte das wirklich vor, das konnte ich spüren. Und als der Laster direkt vor uns war, hat er sich gegen ihn aufgebäumt. Und ich bin hingefallen und mit dem Kopf aufgeschlagen. An mehr kann ich mich nicht erinnern.«

Tom kannte den Rest, wenigstens ungefähr. Annie hatte ihm Harry Logans Nummer gegeben, und vor ein paar Tagen hatte er ihn angerufen und sich angehört, was der Mann zu erzählen hatte. Logan hatte ihm beschrieben, wie es für Judith und Gulliver ausgegangen war, und daß sie Pilgrim unten am Fluß mit einem großen Loch in der Brust gefunden hatten. Tom hatte ihm eine Menge detaillierter Fragen gestellt, von denen Logan einige offenbar ziemlich seltsam fand. Aber der Mann schien ein großes Herz zu haben, und geduldig hatte er ihm die Verletzungen des Pferdes aufgezählt und berichtet, was er dagegen getan hatte. Er erzählte Tom auch, daß sie das Pferd in die Klinik nach Cornell gebracht hatten, deren guter Ruf Tom bekannt war, und was dort für Pilgrim getan worden war.

Als Tom ihm sagte, daß er noch nie von einem Tierarzt gehört hätte, der ein derart schwer verletztes Pferd retten konnte, lachte Logan und meinte, ihm wäre es lieber, er hätte es nicht getan. Er sagte, später, bei den Dyers sei allerhand falsch gelaufen, und Gott allein wisse, was diese beiden Jungs dem armen Geschöpf angetan hätten. Er mache sich selbst auch Vorwürfe, sagte er, weil er einiges mitgemacht habe, etwa den Kopf des Tieres mit der Schiebetür einzuklemmen, um die Spritzen geben zu können.

Grace fröstelte. Es war schon spät, und ihre Mutter würde sich fragen, wo sie so lange blieb. Langsam gingen sie zurück zum Stall, durchquerten die dunkle, widerhallende Leere und stiegen dann in den Wagen. Die Leuchtkegel der Scheinwerfer hüpften auf und ab, als sie über den Sandweg zum Flußhaus rumpelten. Eine Weile rannten die Hunde vor ihnen her und warfen spitze Schatten, und wenn sie sich nach dem Auto umdrehten, blitzten ihre Augen grün und gespenstisch.

Grace fragte Tom, ob er mit dem, was er jetzt wisse, Pilgrim helfen könne, und Tom sagte, er müsse zwar erst eine Weile nachdenken, sei aber ganz zuversichtlich. Als sie anhielten, freute er sich, daß man ihr die Tränen nicht mehr ansah. Sie stieg aus und lächelte, und Tom merkte, daß sie sich gern bei ihm bedankt hätte, aber so schüchtern war, daß sie kein Wort hervorbrachte. Er schaute an ihr vorbei zum Haus und hoffte, Annie zu Gesicht zu bekommen, aber von ihr war keine Spur zu sehen. Er lächelte Grace zu und faßte sich an den Hut.

»Bis morgen also.«

»Klar, bis morgen«, sagte sie und schloß die Tür.

Als er hereinkam, hatten die anderen bereits gegessen. Frank half Joe am großen Tisch im Wohnzimmer bei einem Matheproblem und sagte den Zwillingen, die sich eine Komödie ansahen, zum letztenmal, daß sie den Fernseher leiser stellen sollten, da er sonst das Gerät ausschalten würde. Diane nahm wortlos sein Abendessen und stellte es in die Mikrowelle, während Tom ins untere Bad ging, um sich zu waschen.

»Gefallen ihr die neuen Telefone da oben?« Durch die offene Tür konnte er sehen, daß sie es sich mit ihrem Nähzeug am Küchentisch gemütlich gemacht hatte.

»Ja, sie war richtig dankbar.«

Er trocknete sich die Hände ab und ging zurück. Die Mikrowelle klingelte, und er nahm sich sein Essen – Mais, Bohnen, eine riesige gebackene Kartoffel und ein Stück selbstgebackene Pastete – und ging an den Tisch. Diane goß ihm ein Glas Milch ein. Er war nicht hungrig, wollte sie aber nicht verärgern und setzte sich, um zu essen.

»Ich versteh einfach nicht, wozu sie einen dritten Anschluß braucht«, sagte Diane.

»Wie meinst du das?«

»Na ja, sie hat doch bloß zwei Ohren.«

»Ach, na ja, sie hat ihr Faxgerät und diese anderen Maschinen, für die sie jeweils eine eigene Leitung braucht, und da sie ständig angerufen wird, braucht sie das eben. Sie hat mir sogar angeboten, für die neuen Leitungen zu bezahlen.«

»Und du hast dankend abgelehnt, möchte ich wetten.«

Er stritt das nicht ab und sah, wie Diane vor sich hinlächelte. Tom wußte, wenn sie in dieser Stimmung war, hatte es keinen Sinn, mit ihr zu streiten. Sie hatte von Anfang an keinen Zweifel daran gelassen, daß sie nicht besonders glücklich über Annies Anwesenheit war, und Tom hielt es für das Beste, ihr einfach nicht zu widersprechen. Er machte sich über sein Essen her, und eine Weile sprachen sie beide kein Wort. Frank und Joe stritten sich, ob irgendeine Zahl dividiert oder multipliziert werden sollte.

»Frank hat erzählt, sie sei heute morgen auf Rimrock mit dir ausgeritten.«

»Ja. Zum erstenmal seit ihrer Kindheit wieder auf einem Pferd. Reitet gar nicht schlecht.«

»Die arme Kleine. Schrecklich, was mit ihr passiert ist.«

»Yeah.«

»Scheint ziemlich einsam zu sein. Wäre wahrscheinlich besser, sie würde zur Schule gehen.«

»Ach, ich weiß nicht. Sie ist schon in Ordnung.«

Sobald er gegessen hatte, sagte er Diane und Frank, daß er einiges nachzulesen habe, und wünschte Ihnen und den Jungen eine gute Nacht.

Toms Zimmer nahm die ganze Nordwestseite des Hauses ein, und aus einem der Fenster hatte man einen freien Blick über das Tal. Das Zimmer war groß und wirkte noch größer, weil es so leer war. Das Bett, in dem schon seine Eltern geschlafen hatten, war hoch und schmal, das Kopfteil aus Ahorn und mit Schnitzereien verziert. Auf dem Bett lag eine Patchworkdecke mit Blockhausmuster, die seine Großmutter genäht hatte. Sie war früher einmal rot und weiß gewesen, aber das Rot war zu einem fahlen Rosa verblaßt, und stellenweise konnte man durch den zerschlissenen Stoff schon das Futter sehen. Ein kleiner Kieferntisch mit einem einfachen Stuhl, eine Kommode und ein alter, fellbezogener Sessel unter einer Lampe neben dem schwarzen Holzofen vervollständigten die Einrichtung.

Auf dem Boden lagen einige mexikanische Teppiche, die Tom vor ein paar Jahren aus Santa Fe mitgebracht hatte, aber sie waren zu klein, um das Zimmer gemütlich zu machen. Die rückwärtige Wand wies zwei Türen auf; die eine gehörte zur Schrankkammer, in der Toms Kleider hingen, die andere führte in ein kleines Bad. Auf der Kommode standen in schlichten Rahmen einige Fotografien seiner Familie. Ein Bild zeigte Rachel mit Hal als Baby, die Farben waren ein wenig verlaufen und nachgedunkelt. Daneben war ein neueres Foto von Hal zu sehen, auf dem sein Lächeln eine fast beängstigende Ähnlichkeit mit Rachels Lächeln auf dem ersten Bild hatte. Doch wenn man von diesen Dingen und von den Büchern und den alten Ausgaben der Pferdezeitschriften auf den Wandregalen einmal absah, würde sich ein Fremder gewiß wundern, wie ein Mann hier so lange wohnen und doch so wenig besitzen konnte.

Tom saß am Tisch und blätterte auf der Suche nach einem Artikel, den er vor einigen Jahren gelesen hatte, einen Stapel alter *Quarter Horse Journals* durch. Der Beitrag war von einem kalifornischen Pferdezüchter, den er einmal kennengelernt hatte, und handelte von einer jungen Stute, die in einen üblen Unfall verwickelt gewesen war. Man hatte sie zusammen mit sechs weiteren Pferden aus Kentucky herübergebracht, und irgendwo in Arizona war der Typ am Steuer des Hängers eingeschlafen, von der Straße abgekommen und hatte sich glatt überschlagen. Zum Schluß lag der Hänger auf der Seite, so daß die Tür blockiert war und die Rettungsmannschaft sich ihren Weg freischneiden mußte. Im Wagen entdeckte sie dann, daß man die Pferde in ihren Boxen angebunden hatte und daß sie jetzt am Hals aufgehängt an der zur Decke gewordenen Seitenwand hingen. Bis auf die Stute waren alle Tiere tot.

Dieser Züchter hatte eine Lieblingstheorie, derzufolge man die natürlichen Schmerzreaktionen eines Pferdes nutzen konnte, um ihm zu helfen. Die Theorie war kompliziert, und Tom war sich nicht sicher, ob er sie richtig verstanden hatte. Sie schien auf dem Gedanken zu basieren, daß Flucht zwar dem instinktiven Verhalten eines Pferdes entsprach, daß es sich bei akutem Schmerzempfinden aber umdrehte und sich der Schmerzursache stellte.

Der Mann untermauerte seine Theorie mit Geschichten von Wildpferden, die vor einem Rudel Wölfe davonrannten, sich aber, wenn sie die Fänge in ihren Flanken spürten, den Verfolgern »zuwandten« und sich dem Schmerz stellten. Er sagte, es sei wie bei einem zahnenden Baby, das den Schmerz nicht vermeidet, sondern draufbeißt. Und diese Theorie, behauptete er, habe ihm geholfen, der traumatisierten Stute, die den Unfall überlebt hatte, wieder auf die Beine zu helfen.

Tom fand den entsprechenden Artikel und las ihn noch einmal in der Hoffnung, ein wenig Klarheit in die Frage bringen zu können, was mit Pilgrim als nächstes geschehen sollte. Die Einzelheiten kamen etwas zu kurz, aber offenbar hatte der Züchter die Stute nur mit dem Grundsätzlichen konfrontiert, als wollte er mit ihr wieder von vorn beginnen. Er hatte ihr geholfen, zu sich selbst zu finden, und ihr das richtige Verhalten leicht –, das falsche schwergemacht. Das war soweit in Ordnung, aber für Tom nichts Neues; das tat er bereits. Und aus dieser Sache mit der Zuwendung zum Schmerz wurde er immer noch nicht richtig schlau. Aber was erwartete er auch? Suchte er einen neuen Trick? Es gab keine Tricks, das sollte er doch inzwischen wissen. Es gab nur ihn und das Pferd und das Wissen darum, was in ihrer beider Köpfe vorging. Er legte die Zeitschrift zur Seite, lehnte sich zurück und seufzte.

Als er am heutigen Abend Grace und davor Logan zugehört hatte, hatte er verzweifelt nach etwas gesucht, an das er sich halten konnte – ein Schlüssel, ein Hebel, den er ansetzen konnte. Und endlich verstand er, was er die ganze Zeit in Pilgrims Augen gesehen hatte: den totalen Zusammenbruch. Das Vertrauen des Tieres in sich selbst und in alle, die es kannte, war zerschlagen worden. Von jenen, die er geliebt und denen er vertraut hatte, war er betrogen worden. Von Grace, Gulliver, von allen. Sie hatten ihn auf diese Böschung hinaufgeführt, hatten getan, als wäre sie sicher, und als sich zeigte, daß sie nicht sicher war, da hatten sie ihn angeschrien und ihm weh getan.

Vielleicht machte Pilgrim sich sogar Vorwürfe für das, was geschehen war. Denn warum sollten nur die Menschen ein Monopol auf Schuldgefühle haben? Oft genug hatte Tom Pferde erlebt, die ihre Reiter, besonders Kinder, vor Gefahren bewahrt hatten, die von ihrer Unerfahrenheit heraufbeschworen worden waren. Pilgrim hatte Grace im Stich gelassen. Und als er sie vor dem Truck beschützen wollte, hatte er dafür nur Schmerz und Strafe erhalten. Und dann diese Fremden, die ihn ausgetrickst und gefangen hatten, die ihm weh getan und ihre Nadeln in seinen Hals gestochen und ihn in Dunkelheit und Dreck und Gestank eingesperrt hatten.

Als er bald darauf schlaflos im dunklen, längst zur Ruhe gekommenen Haus lag, spürte Tom, wie sich ein Gefühl der Schwere auf ihn niedersenkte und in sein Herz drang. Jetzt kannte er das Bild, wonach er gesucht hatte, und es war das düsterste und trostloseste Bild, das er je gekannt hatte.

Pilgrim hatte sich weder Illusionen gemacht, noch war er dumm oder maßlos gewesen, als er die Schrecken einschätzte, die über ihn hereingebrochen waren. Die Konsequenzen waren einfach logisch, und deshalb war es so schwierig, dem Tier zu helfen. Dabei wünschte Tom sich nichts so sehr, wie ihm helfen zu können. Er wünschte es sich um des Pferdes und um des Mädchens willen. Aber er wußte auch – und wußte gleichzeitig, daß dies falsch war –, daß er es sich vor allem der Frau zuliebe wünschte, mit der er heute morgen ausgeritten war und deren Augen und Mund er sich so genau vorstellen konnte, als läge sie hier an seiner Seite.

21

Die Nacht, in der ihr Vater starb, verbrachte Annie mit ihrem Bruder in den Blue Mountains von Jamaica. Die Weihnachtsferien gingen zu Ende, und Annies Eltern waren zurück nach Kingston gefahren und hatten den Kindern noch einige Tage gegönnt, da es ihnen dort oben so gut gefiel. Annie und George teilten sich ein Doppelbett, das von einem riesigen Moskitonetz wie von einem Zelt überspannt wurde, in das mitten in der Nacht die Mutter ihrer Freunde im Morgenmantel trat, um sie zu wecken. Sie machte die Nachttischlampe an und setzte sich auf die Bettkante, bis sich Annie und George den Schlaf aus den Augen gerieben hatten. Undeutlich erkannte Annie durch den Schleier des Moskitonetzes den Ehemann, der in gestreiftem Pyjama vor dem Bett stand, das Gesicht im Schatten.

Annie würde nie das seltsame Lächeln auf dem Gesicht der Frau vergessen. Später begriff sie, daß diese Frau aus Angst vor dem gelächelt hatte, was sie ihnen sagen mußte, aber in jenem Augenblick zwischen Wachen und Schlafen schien ihre Miene fröhlich, so daß Annie, als die Frau sagte, sie habe schlechte Nachrichten, ihr Vater sei tot, an einen Witz glaubte. Kein lustiger Witz, aber doch ein Witz.

Viele Jahre später, als Annie meinte, etwas gegen ihre Schlaflosigkeit unternehmen zu müssen (eine Anwandlung, die sie alle vier oder fünf Jahre befiel und stets dazu führte, daß sie viel Geld bezahlte, um sich Sachen anzuhören, die sie längst wußte), hatte sie eine Therapeutin aufgesucht, die mit Hypnose arbeitete. Die Methode der Frau war »ereignisorientiert«. Damit war offensichtlich gemeint, daß die Therapeutin es gern sah, wenn ihre Patienten mit einem Vorfall herausrückten, der den Beginn der jeweiligen Misere markierte, in der sie gerade steckten. Dann versetzte sie einen in Trance, sorgte dafür, daß man dieses Ereignis noch einmal durchlebte, und damit war das Problem gelöst.

Nach der ersten Hundert-Dollar-Sitzung war die Frau sichtlich enttäuscht, daß Annie nicht mit einem passenden Vorfall aufwarten konnte, also zermarterte sich Annie eine Woche lang das Hirn, um ein entsprechendes Ereignis zu finden. Sie redete mit Robert darüber, und ihm fiel es schließlich ein: Annie, die im Alter von zehn Jahren mit der Nachricht geweckt wird, daß ihr Vater gestorben war.

Die Therapeutin fiel vor Aufregung fast vom Stuhl. Und Annie war richtig stolz auf sich, so wie jene Mädchen, die in der ersten Reihe der Schulklasse immer fleißig mit den Fingern geschnippt hatten und die ihr stets so verhaßt gewesen waren. Schlaf nicht ein, denn jemand, den du liebst, könnte sterben. Besser konnte es doch gar nicht sein. Die Tatsache, daß Annie nach dem Vorfall zwanzig Jahre lang wie ein Holzklotz geschlafen hatte, schien die Therapeutin nicht zu stören.

Sie fragte Annie, was sie für ihren Vater, und dann, was sie für ihre Mutter empfunden hatte, und nachdem Annie es ihr erzählt hatte, fragte sie, wie es mit ein bißchen »Abschiedsarbeit« wäre. Annie sagte, sie hätte nichts dagegen. Die Frau versuchte also, sie zu hypnotisieren, war aber so aufgeregt, daß sie viel zu schnell vorging, und schließlich bestand nicht mehr die geringste Hoffnung, daß die Hypnose funktionierte. Um sie nicht zu enttäuschen, gab Annie ihr Bestes und imitierte eine Trance, hatte aber große Mühe, ein ernstes Gesicht zu bewahren, als die Frau ihre Eltern auf silberne, sich drehende Scheiben stellte, ihnen gefaßt zuwinkte und sie einen nach dem anderen hinaus ins Weltall schickte.

Doch wenn es auch keinen Zusammenhang zwischen dem Tod des Vaters und ihrer Schlaflosigkeit gab, wie Annie fest annahm, so war seine Wirkung auf alle anderen Dinge ihres Lebens doch kaum zu unterschätzen.

Nur einen Monat nach seinem Tod hatte ihre Mutter das Haus in Kingston ausgeräumt und sich von Dingen getrennt, um die sich für die Kinder bis dahin das Leben gedreht hatte. Sie verkaufte das kleine Boot, in dem ihr Vater ihnen das Segeln beigebracht und sie mit hinaus zu verlassenen Inseln genommen hatte, um zwischen Korallenriffen nach Krebsen zu tauchen und nackt über den weißen, von Palmen gesäumten Strand zu laufen. Sie verschenkte ihren Hund, einen schwarzen Labradormischling namens Bella, an einen Nachbarn, den sie kaum kannten. Als das Taxi sie zum Flughafen brachte, sahen sie ihn am Tor stehen.

Sie flogen nach England, einem merkwürdigen, nassen, kalten Land, in dem die Menschen niemals lachten. Ihre Mutter gab sie bei den Großeltern in Devon ab, um, wie sie sagte, nach London zu fahren und die Angelegenheiten ihres Mannes zu regeln. Sie verlor auch keine Zeit, sich einen neuen Mann zu angeln, denn nach nur sechs Monaten war sie wieder verheiratet.

Annies Großvater war ein sanfter, lethargischer Mann, der Pfeife rauchte und Kreuzworträtsel löste und dessen größte Sorge im Leben es war, den Zorn oder auch nur das Mißvergnügen seiner Frau zu erregen. Annies Großmutter war eine kleine, boshafte Frau mit einer Dauerwelle in den enganliegenden, weißen Haaren, durch die man die rosarote Kopfhaut wie ein Warnsignal leuchten sehen konnte. Ihre Abneigung gegen Kinder war nicht größer oder kleiner als ihre Abneigung gegen fast alle anderen Dinge im Leben. Doch während diese Dinge meist abstrakt, leblos oder sich ihrer Abneigung einfach nicht bewußt waren, löste sie in ihren Enkelkindern weit befriedigendere Reaktionen aus, und so machte sie sich daran, ihnen die nächsten Monate so unangenehm wie möglich zu machen.

Sie zog George vor, nicht, weil sie ihn lieber hatte, sondern um einen Keil zwischen die Kinder zu treiben und Annie, in deren Blick sie Trotz aufflackern sah, um so unglücklicher zu machen. Sie sagte Annie, das Leben in den »Kolonien« hätte sie vulgäre und liederliche Angewohnheiten gelehrt, die sie ihr rasch austreiben wolle, weshalb sie ihre Enkelin ohne Abendessen ins Bett schickte und für die geringsten Vergehen mit einem langen Holzlöffel auf die bloßen Beine schlug. Annies Mutter, die an jedem Wochenende mit der Bahn kam, um nach ihren Kindern zu sehen, hörte sich unvoreingenommen an, was diese zu erzählen hatten. Untersuchungen von erstaunlicher Objektivität wurden abgehalten, und Annie erfuhr zum erstenmal, wie man Tatsachen derart raffiniert verdrehte, bis sie andere Wahrheiten wiedergaben.

»Das Kind hat eine äußerst lebhafte Phantasie«, sagte ihre Großmutter.

Zu stummer Verachtung und hilflosen Racheakten verdammt, stahl Annie der Hexe Zigaretten aus der Handtasche, rauchte sie hinter tropfnassen Rhododendronbüschen und philosophierte – grün im Gesicht –, wie unklug es war zu lieben, denn jene, die man liebte, die starben nur und ließen einen im Stich.

Ihr Vater war ein lebhafter, fröhlicher Mensch gewesen, der einzige, der je große Stücke auf sie gehalten hatte. Und seit seinem Tod wollte sie immer wieder beweisen, daß er sich nicht in ihr getäuscht hatte. In der Schule, während des Studiums und ihrer Karriere war sie von einem einzigen Willen besessen: es denReckskerlen zu zeigen.

Nachdem sie Grace bekommen hatte, war sie eine Zeitlang überzeugt, den Beweis geliefert zu haben. Mit diesem runzligen, rosaroten Gesicht, das blind und gierig an ihrer Brust saugte, überkam sie eine tiefe Ruhe, als wäre sie an ihr Ziel gelangt. Dann kam die Fehlgeburt. Dann noch eine und noch eine und noch eine, Versagen nach Versagen, und bald war Annie wieder das blasse, wütende Mädchen hinter den Rhododendronbüschen. Aber sie hatte es ihnen schon einmal gezeigt, und sie würde es wieder schaffen.

Aber es war nicht mehr so wie früher. Seit ihren Anfängen bei *Rolling Stone* hatten jene Medien, die derlei Dinge aufmerksam verfolgten, sie »brillant und spritzig« genannt. Und nun, da sie eine eigene Zeitschrift hatte, blieb die erste dieser Charakterisierung haften, doch wie in Anspielung auf das kältere Feuer, das nun in ihr brannte, wurde »spritzig« bald durch »rücksichtslos« ersetzt. Annie sah sich sogar selbst von der beiläufigen Brutalität überrascht, mit der sie ihren jetzigen Job erledigte.

Im letzten Herbst hatte sie eine alte Freundin aus England getroffen, mit der sie im selben Internat gewesen war, und als Annie ihr vom Aderlaß in der Zeitschrift erzählte, lachte sie nur und fragte, ob Annie sich noch erinnere, wie sie die Lady Macbeth im Schultheater gespielt habe. Annie erinnerte sich. Und obwohl sie es mit keinem Wort erwähnte, erinnerte sie sich sogar noch sehr gut.

»Weißt du noch, wie du für diese ›Fort! Verdammter Fleck!‹-

Rede deine Hände in den Eimer mit künstlichem Blut getaucht hast? Sie waren rot bis hinauf zu den Ellbogen.«

»Klar. War ein verteufelter großer Fleck.«

Annie stimmte in ihr Lachen ein, doch das Bild bedrückte sie den ganzen Nachmittag, bis sie sich schließlich sagte, daß es absolut nichts über ihre gegenwärtige Lage aussage, da Lady Macbeth ihre Tat für die Karriere ihres Mannes und nicht für die eigene begangen hatte, außerdem war die Lady sowieso nicht ganz dicht im Oberstübchen. Am nächsten Tag hatte sie – vielleicht um sich selbst etwas zu beweisen – Fenimore Fiske gefeuert.

Nun, aus der törichten Distanz ihres Exilbüros, überdachte sie ihr Vorgehen und ihre inneren Verluste, die es veranlaßt hatten. Manches von alldem hatte sie bereits geahnt, als sie an jenem Abend am Little Bighorn am Denkmal mit den Namen der Toten gekauert und geweint hatte. Hier, an diesem Ort des weiten Himmels, begann sie, die Dinge klarer zu sehen, als würden ihre Geheimnisse sich mit der Jahreszeit selbst offenbaren. Und in leidvoller, aus dem Wissen geborener Stille sah sie, während der Mai verstrich, jene äußere Welt grün und wärmer werden.

Nur wenn er bei ihr war, fühlte sie sich als Teil dieser Welt. Dreimal war er seither mit den Pferden an ihre Tür gekommen, und sie waren zusammen an andere Plätze geritten, die er ihr zeigen wollte.

Es hatte sich so eingespielt, daß Diane Grace jeden Mittwoch von der Klinik abholte, und manchmal nahmen Diane oder Frank sie auch dann mit, wenn sie an anderen Tagen in die Stadt fahren mußten. An diesen Vormittagen überraschte Annie sich dann dabei, wie sie darauf wartete, daß Tom sie anrief, um sie zu fragen, ob sie mit ihm ausreiten wolle, und sie mußte sich zusammennehmen, um nicht allzu bereitwillig zu klingen.

Beim letztenmal hatte sie mitten in einer Konferenzschaltung gesteckt, als sie hinunter zu den Korralen sah und Tom entdeckte, wie der den gesattelten Rimrock und einen Jährling aus dem Stall führte. Annie hatte den Faden des Gesprächs völlig verloren, als ihr plötzlich einfiel, daß auf der New Yorker Seite alle verstummt waren.

»Annie?« fragte einer der Redakteure.

»Yeah, tut mir leid«, sagte Annie. »Ich habe hier allerhand Störgeräusche. Könnt ihr den letzten Teil noch mal wiederholen?«

Als Tom kam, war die Konferenz noch im Gange, und Annie winkte ihm durch das Fliegengitter zu, er solle hereinkommen. Er nahm den Hut ab und trat ein, und Annie formte lautlos mit den Lippen die Worte, er möge sie entschuldigen und solle sich einen Kaffee einschenken. Das tat er, und dann hockte er sich auf die Sofalehne und wartete.

Einige neuere Ausgaben ihrer Zeitschrift lagen auf dem Sofa, und Tom nahm sich ein Exemplar und blätterte darin herum. Er fand Annies Namen oben auf der Seite, die alle Mitarbeiter der Zeitschrift auflistete und tat, als sei er beeindruckt. Dann sah sie, wie er grinsend einen aufreißerischen Artikel von Lucy Friedman über »Die neuen Hinterwäldler« überflog. Sie hatten ein paar Models an irgendeinen gottverlassenen Platz in Arkansas gebracht, sie überall in dem urigen Ort verteilt und Fotos von ihnen geschossen, zusammen mit todernsten Männern mit Bierwampen, Tätowierungen und Gewehren über den Windschutzscheiben ihrer Pickups. Annie fragte sich, wie der Fotograf, ein brillanter, schriller Schwuler, der äußerst gern über sein Body-piercing sprach, mit dem Leben davongekommen war.

Es waren noch zehn Minuten bis zum Ende der Konferenz, und Annie, die sich nur allzu bewußt war, daß Tom zuhörte, wurde immer unsicherer. Sie merkte, daß sie in einen würdevollen Ton verfiel, um ihn zu beeindrucken, und kam sich sofort ziemlich dämlich vor. Lucy und die anderen Mitarbeiter um den Lautsprecher in ihrem Büro in New York hatten sich bestimmt verwundert gefragt, was heute mit ihr los war. Als das Gespräch vorbei war, legte sie auf und drehte sich zu ihm um.

»Entschuldigung.«

»Ist schon in Ordnung. Macht Spaß, Sie arbeiten zu hören. Und jetzt weiß ich auch, was ich anziehen muß, wenn ich das nächste Mal nach Arkansas fahre.« Er warf die Zeitschrift zurück auf das Sofa. »Sieht ziemlich lustig aus.«

»Ist aber eine mächtige Schinderei und kann einem ganz schön auf den Geist gehen.«

Annie hatte sich bereits umgezogen, und so gingen sie gleich nach draußen zu den Pferden. Sie sagte, sie wolle es mal mit längeren Steigbügeln probieren, und Tom zeigte ihr, was sie zu tun hatte, da die Lederriemen anders geschnallt wurden, als sie es gewohnt war. Sie trat nah an ihn heran, um seine Bewegungen verfolgen zu können und nahm zum erstenmal seinen Geruch wahr, den warmen, sauberen Geruch nach Leder und Seife. Ihre Arme berührten sich leicht, aber beide blieben sie eine Weile so stehen.

An diesem Morgen ritten sie hinüber zum südlichen Fluß und folgten seinem Lauf gemächlich stromaufwärts zu einer Stelle, an der man manchmal einige Biber sehen konnte. Aber sie ließen sich nicht blicken; nur zwei neue, meisterlich erbaute Inseln waren zu sehen. Tom und Annie stiegen ab und setzten sich auf den ausgebleichten Baumstamm einer umgestürzten Pyramidenpappel, während die Pferde aus ihren eigenen Spiegelbildern im Teich tranken.

Ein Fisch oder ein Frosch durchbrach vor dem Jährling die Wasseroberfläche, und wie eine verschreckte Figur aus einem Comic strip machte das Pferd einen Satz und sprang zurück. Rimrock warf ihm einen gelangweilten Blick zu und trank weiter. Tom lachte. Er stand auf, ging zum Jährling und legte ihm eine Hand auf die Kruppe, die andere auf sein Gesicht. Eine Weile stand er nur da und hielt ihn so fest. Annie konnte nicht sehen, ob er zu dem Tier sprach, aber ihr fiel auf, daß das Pferd ihm zuzuhören schien. Und ohne weiteres Zureden ging der Jährling wieder ans Wasser, schnupperte einige Male vorsichtig und trank dann, als wenn nichts geschehen wäre. Tom ging zurück zu Annie und sah, wie sie ihn anlächelte und den Kopf schüttelte.

»Was ist los?«

»Wie machen Sie das?«

»Was?«

»Ihm das Gefühl geben, das alles in Ordnung ist.«

»Ach, das hat er gewußt.« Sie sah ihn fragend an. »Er verhält sich manchmal nur ein bißchen melodramatisch.«

»Und woher wissen Sie das?«

Er betrachtete sie mit demselben amüsierten Blick, mit dem er sie angesehen hatte, als sie ihm all die Fragen nach seiner Frau und seinem Sohn gestellt hatte.

»Das lernt man mit der Zeit.« Er schwieg, aber irgend etwas in ihrem Gesicht sagte ihm, daß sie sich zurechtgewiesen fühlte, daher lächelte er und fuhr fort:

»Eigentlich geht es nur um den Unterschied zwischen Sehen und Erkennen. Wenn man lang genug hinsieht und es richtig anstellt, dann erkennt man auch, was los ist. Das ist bei Ihrer Arbeit nicht anders. Sie wissen, wann Sie einen guten Artikel für Ihre Zeitschrift vor sich haben, weil Sie viel Zeit dafür verwandt haben, diese Dinge in Erfahrung zu bringen.«

Annie lachte. »Klar, so wie diese Designer-Hinterwäldler?«

»Yeah, stimmt. Ich hätte in einer Jahrmillion nicht erraten, daß Leute so etwas lesen wollen.«

»Wollen sie ja auch nicht.«

»Doch, sicher. Ist doch lustig.«

»Es ist Schrott.«

Es klang verbittert und auf eine Weise endgültig, die ein Schweigen zwischen ihnen aufkommen ließ. Er sah sie an, und ihre Züge wurden weicher, als sie ihn entschuldigend anlächelte.

»Es ist blöd, arrogant und getürkt.«

»Ein paar ernste Artikel sind aber auch dazwischen.«

»Natürlich, aber wer braucht die schon?«

Er zuckte die Achseln. Annie sah hinüber zu den Pferden. Sie hatten sich satt getrunken und ließen sich das frische Gras am Uferrand schmecken.

»Was Sie machen, das ist wahre Arbeit«, sagte sie.

Auf dem Rückritt erzählte Annie ihm von den Büchern über Pferdeflüsterer und Zauberkunst, die sie in der Bibliothek aufgetrieben hatte, und Tom lachte und sagte, richtig, er habe auch einiges davon gelesen und sich schon verdammt oft gewünscht, ein Zauberer zu sein. Er hatte auch von Sullivan und J. S. Rarey gehört.

»Ein paar von diesen Typen – Rarey nicht, das war ein echter Pferdekenner, aber ein paar von den anderen –, die haben Dinge getan, die wie Zauberei aussahen, letztlich aber nur grausam waren. So haben sie den Pferden zum Beispiel flüssiges Blei in die Ohren gegossen, damit das Geräusch sie vor Angst lähmte und die Leute sagten: Mann, er hat das verrückte Tier gezähmt! Allerdings sollten sie nie erfahren, daß er es wahrscheinlich auch umgebracht hatte.«

Tom erzählte, daß sich der Zustand eines verstörten Pferdes oft erst verschlechtern müsse, ehe es mit ihm bergauf gehen könne, und man müsse es gehen lassen, hinein in den Abgrund, in die Hölle, und wieder zurück. Annie schwieg, denn sie wußte, daß Tom mit diesen Worten nicht nur Pilgrim im Sinn hatte, sondern etwas Größeres, das sie alle irgendwie einschloß.

Daß Grace mit Tom über den Unfall geredet hatte, wußte sie nicht von ihm, sondern von dem, was Grace einige Tage später Robert am Telefon erzählt hatte. Annie Neuigkeiten nur in Anspielungen zukommen zu lassen, so daß sie um so deutlicher das Ausmaß ihres Ausgeschlossenseins ermessen konnte, war zu einem bevorzugten Trick von Grace geworden. Am fraglichen Abend hatte Annie oben ein Bad genommen und durch die offene Tür alles mitanhören können – was Grace genau wußte, da sie sich auch keine Mühe gab, ihre Stimme zu senken.

Sie hatte keine Einzelheiten erwähnt, sondern Robert nur mitgeteilt, daß sie sich doch an mehr erinnern könne, als sie vermutet habe, und wie gut es ihr getan habe, darüber zu reden. Danach hatte Annie gehofft, daß Grace ihr mehr davon erzählte, aber sie ahnte, daß dies nicht geschehen würde.

Eine Zeitlang war sie wütend auf Tom, als hätte er sich irgendwie in ihr Zusammenleben gedrängt. Am nächsten Tag war sie ihm gegenüber ziemlich kurz angebunden gewesen.

»Ich habe gehört, daß Grace Ihnen alles über den Unfall erzählt hat?«

»Ja«, hatte er ganz sachlich gesagt. Und das war alles. Offensichtlich hielt er es für eine Angelegenheit zwischen ihm und Grace, und als Annie ihren Ärger verwunden hatte, flößte ihr sein Verhalten Respekt ein. Schließlich war nicht er es gewesen, der sich in ihr Leben gedrängt hatte, sondern eher umgekehrt.

Tom sprach kaum mit ihr über Grace, und wenn er es tat, dann redete er über unverfängliche Dinge. Aber Annie wußte, daß er sah, wie es um sie beide stand. Wie hätte er es auch übersehen können?

22

Die Kälber standen dichtgedrängt am anderen Ende des schlammigen Korrals, versuchten, sich hintereinander zu verstecken und stupsten sich mit ihren feuchten schwarzen Nasen gegenseitig nach vorn. Stand aber ein Kalb in vorderster Reihe, sah man, wie die Panik in ihm aufstieg, und wurde es ihm zuviel, brach es aus, stürmte nach hinten, und das ganze Spiel begann von vorn.

Es war der Samstagmorgen vor dem Volkstrauertag, und die Zwillinge zeigten Joe und Grace, wie gut sie mit dem Lasso umgehen konnten. Scott, der gerade an der Reihe war, trug brandneue Chaps und einen Hut, der ihm eine Nummer zu groß war. Er hatte ihn sich schon einige Male mit dem Lasso vom Kopf gestoßen. Joe und Craig hatten jedesmal vor Lachen gebrüllt, und Scott war rot angelaufen, hatte sich aber krampfhaft bemüht, so auszusehen, als würde er selbst es auch lustig finden. Er ließ das Seil jetzt schon so lange in der Luft kreisen, daß Grace ganz schwindlig wurde.

»Sollen wir nächste Woche wieder kommen?« rief Joe.

»Ich such mir nur eins aus!«

»Sie stehen da drüben. Schwarz, vier Beine, mit einem Schweif dran, klar?«

»Okay, Klugscheißer.«

»Herrje, jetzt wirf das verdammte Ding doch endlich.«

»Okay! Okay!«

Joe schüttelte den Kopf und grinste Grace an. Sie saßen nebeneinander auf der obersten Zaunstange, und Grace war immer noch ein wenig stolz darauf, daß sie es geschafft hatte hinaufzuklettern. Sie hatte so getan, als wäre nichts dabei, und obwohl es dort, wo die Stange sich in den Stumpf drückte, mörderisch weh tat, rührte sie sich nicht vom Fleck.

Sie trug eine neue Wrangler, nach der sie mit Diane ganz Great Falls abgesucht hatte. Sie wußte, daß sie ihr gut stand, da sie sich heute morgen eine halbe Stunde vor dem Spiegel darin bewundert hatte. Und Terri sei Dank füllten die Muskeln ihrer rechten Hinterbacke die Hose ziemlich gut aus. Komisch, in New York hätte sie um keinen Preis etwas anderes als eine Levis angezogen, aber hier trugen alle Wrangler. Der Typ im Laden hatte erklärt, daß die Innennähte beim Reiten bequemer seien.

»Ich bin sowieso besser als du«, rief Scott.

»Jedenfalls schwingst du eine größere Schlinge.«

Joe sprang in den Korral und watete durch den Matsch auf die Kälber zu.

»Joe! Geh mir aus dem Weg!«

»Mach dir nicht in die Hosen. Ich will dir doch nur helfen, sie ein bißchen auseinandertreiben.«

Als er näher kam, wichen die Kälber vor ihm zurück und drängten sich in der letzten Ecke zusammen. Fliehen konnten sie jetzt nur noch, wenn sie einen Ausbruch versuchten, und Grace sah, wie ihre Angst wuchs und jeden Moment zu explodieren drohte. Joe blieb stehen. Noch einen Schritt, und sie würden davonrennen.

»Fertig?« rief er.

Scott biß sich auf die Unterlippe und ließ sein Lasso etwas schneller kreisen, so daß sie es durch die Luft schwirren hörte. Er nickte, und Joe trat einen Schritt vor. Die Kälber stürmten in die nächste Ecke. Scott stieß vor lauter Anspannung unwillkürlich einen Schrei aus und warf das Seil. Die Schlinge schlängelte sich durch die Luft und fiel glatt über den Kopf des führenden Kalbes.

»Yeah!« schrie er und zog die Schlinge zu.

Doch sein Triumph dauerte nur einen kurzen Augenblick, denn kaum spürte das Kalb, wie die Schlinge sich zuzog, stürmte es auf und davon und riß Scott hinter sich her. Der neue Hut segelte durch die Luft, als Scott wie bei einem Startsprung zu einem Schwimmwettkampf mit dem Gesicht voran in den Schlamm stürzte.

»Laß los! Laß los!« schrie Joe, aber vielleicht konnte Scott ihn nicht hören, vielleicht ließ es sein Stolz auch nicht zu, denn er klammerte sich ans Seil, als wären seine Hände daran festgeklebt, und auf ging's. Was dem Kalb an Größe fehlte, machte es durch Temperament wieder wett. Es sprang, bockte und trat um sich wie ein Stier in einer Rodeo-Show und zerrte den Jungen wie einen Schlitten hinter sich her durch den Schlamm.

Grace schlug erschreckt die Hände vors Gesicht und wäre beinahe hintenüber vom Zaun gefallen. Doch als sie sah, daß Scott sich festhielt, weil er nicht aufgeben wollte, begannen Joe und Craig zu jubeln und zu lachen. Und Scott ließ immer noch nicht los. Das Kalb schleifte ihn von einem Ende des Korrals zum anderen, und die übrigen Kälber schauten amüsiert zu.

Der Lärm lockte Diane aus dem Haus, aber Tom und Frank waren noch vor ihr am Korral. Sie stürzten zu Grace an den Zaun, als Scott gerade das Seil losließ.

Er lag reglos da, mit dem Gesicht im Schlamm, und alle verstummten. O nein, dachte Grace, o nein. Im selben Augenblick erreichte Diane den Zaun und stieß einen erschreckten Schrei aus.

Langsam, wie zu einem komischen Salut, hob Scott eine Hand aus dem Matsch. Dann erhob sich der Junge theatralisch, stand da, mitten im Korral, wandte sich ihnen zu und ließ sie über ihn lachen. Und das taten sie auch. Als Grace Scotts weiße Zähne unter der geschlossenen braunen Dreckschicht sah, da war sie auch nicht mehr zu halten. Und zusammen lachten sie laut und lange und ohne alle Häme, und Grace fühlte sich in ihrem Kreis geborgen und dachte, vielleicht wird das Leben doch noch schön.

Eine halbe Stunde später hatte sich der Auflauf wieder zerstreut. Diane hatte Scott mit ins Haus genommen, damit er sich frische Kleider anzog, und Frank, der Toms Meinung über ein Kalb wissen wollte, um das er sich Sorgen machte, war mit ihm und Craig hinauf zur Weide gefahren. Annie hatte sich auf den Weg nach Great Falls gemacht, um für das – wie sie es zu Graces großer Verlegenheit unablässig nannte – »Dinner« einzukaufen, zu dem sie die Familie Booker an diesem Abend einladen wollte. Also blieben nur sie beide, Grace und Joe, und Joe war es, der vorschlug, nach Pilgrim zu sehen.

Pilgrim hatte jetzt einen Korral für sich allein neben den Jährlingen, mit denen Tom bereits zu arbeiten begonnen hatte und deren neugierige Blicke über den doppelten Zaun Pilgrim mit Mißtrauen und Verachtung begegnete. Er sah Grace und Joe schon von weitem und begann zu schnauben und zu wiehern und trottete auf seine neurotische Art über den aufgewühlten Pfad hin und her, den er am anderen Ende des Korrals ausgetreten hatte.

Grace fand es ein wenig schwierig, auf dem zertretenen Gras zu laufen, und sie konzentrierte sich darauf, ihr Bein immer wieder vorzuschwingen, aber obwohl sie wußte, daß Joe langsamer als sonst ging, machte sie sich deshalb keine Gedanken. Mit ihm verstand sie sich ebenso gut wie mit Tom. Sie erreichten das Tor zu Pilgrims Korral, lehnten sich dagegen und beobachteten Pilgrim.

»Er war so ein schönes Pferd«, sagte Grace.

»Ist es immer noch.«

Grace nickte. Sie erzählte Joe von dem Tag vor nunmehr fast einem Jahr, als sie nach Kentucky gefahren war. Und während sie redete, schien Pilgrim am anderen Ende des Korrals eine irre Parodie der von ihr beschriebenen Ereignisse aufzuführen. Wie zum Hohn stolzierte er am Zaun entlang mit erhobenem Schweif, doch der war verfilzt, verknotet und vor Angst, nicht aus Stolz, in die Höhe gereckt.

Joe hörte ihr zu, und sie sah in seinen Augen die gleiche gelassene Ruhe wie in Toms Augen. Es war verblüffend, wie ähnlich er seinem Onkel manchmal war, im Aussehen ebenso wie in seiner ganzen Art. Dieses unbeschwerte Lächeln und die Bewegung, mit der er seinen Hut abnahm und sich das Haar aus der Stirn schob. Hin und wieder ertappte sich Grace bei dem Gedanken, daß sie sich Joe ein oder zwei Jahre älter wünschte – nicht, daß er was für sie übrig haben könnte. Nein, das nicht, jetzt nicht mehr, nicht mit ihrer Prothese. Trotzdem, es war schön, einfach nur Freunde zu sein.

Sie hatte schon viel vom Zusehen gelernt, wenn Joe mit den jüngeren Pferden umging, besonders mit Brontys Fohlen. Er drängte sich den Tieren nie auf, ließ sie stets von allein kommen und sich anbieten, und dann akzeptierte er sie mit einer Leichtigkeit, die, wie Grace sehen konnte, ihnen ein Gefühl des Willkommenseins und der Sicherheit gab. Er spielte mit ihnen, aber sobald sie unsicher zu werden schienen, wich er zurück und ließ sie in Ruhe.

»Tom meint, man müßte ihnen sagen, wo es langgeht«, hatte er eines Tages gesagt, als sie beim Fohlen waren. »Aber wenn man sie zu stark bedrängt, werden sie ziemlich nervös. Sie müssen sich ihren eigenen Weg suchen. Tom sagt, es sei eine Frage des Selbsterhaltungstriebs.«

Pilgrim war stehengeblieben und beobachtete sie aus der entferntesten Ecke.

»Und, wirst du auf ihm reiten?« fragte Joe. Grace drehte sich zu ihm um und runzelte die Stirn.

»Was?«

»Wenn Tom mit ihm fertig ist?«

Sie stieß ein Lachen aus, das sich selbst für sie sehr hohl anhörte. »Ach, ich reite nie wieder.«

Joe zuckte die Achseln und nickte. Aus dem angrenzenden Korral klang Hufgedonner herüber, und sie sahen beide den Jährlingen zu, die eine Art Pferdeversion von »Fang mich« spielten. Joe bückte sich, pflückte einen Grashalm und schob ihn zwischen die Zähne. »Schade«, sagte er.

»Wieso?«

»Na ja, in ein paar Wochen will Dad das Vieh auf die oberen Weiden treiben, und wir reiten alle mit. Ist echt toll, richtig schön da oben, weißt du.«

Sie schlenderten hinüber zu den Jährlingen und gaben ihnen etwas Futter, das Joe aus seiner Tasche hervorzauberte. Als sie zurück zum Stall gingen, saugte Joe an seinem Grashalm, und Grace fragte sich, warum sie vorgab, nicht reiten zu wollen. Irgendwie hatte sie sich selbst ausgetrickst. Und sie fühlte, daß es wie so oft etwas mit ihrer Mutter zu tun hatte.

Grace war überrascht gewesen, als Annie ihren Entschluß unterstützte, und zwar so sehr, daß Grace mißtrauisch geworden war. Es hätte doch der arroganten, englischen Art entsprochen, gleich wieder aufzusteigen, wenn man heruntergefallen war, damit man den Mut nicht verlor. Und auch wenn ihr mehr widerfahren war als ein harmloser Sturz vom Pferd, wurde Grace den Verdacht nicht los, daß Annie irgendein hinterhältiges, doppelbödiges Spiel trieb, daß sie sich etwa mit Graces Entscheidung einverstanden erklärte, nur um das Gegenteil zu bewirken. Das einzige, was sie daran irritierte, war die Tatsache, daß Annie selbst nach all diesen Jahren wieder zu reiten begonnen hatte. Insgeheim war Grace ziemlich neidisch auf diese Morgenausritte mit Tom Booker. Verrückt war nur, daß Annie sicher ihre Gefühle kannte, und das allein reichte, um Grace vom Reiten abzuhalten.

Aber wohin, fragte sich Grace, führten all diese mißtrauischen Überlegungen? Was brachte es ihr, wenn sie ihrer Mutter einen vielleicht nur eingebildeten Triumph mißgönnte, wenn sie sich selbst etwas versagte, von dem sie nun beinahe sicher wußte, daß sie es sich wünschte?

Sie wußte, daß sie nie wieder auf Pilgrim reiten würde. Selbst wenn er gesund werden sollte, konnte sie ihm nie wieder so vertrauen wie zuvor, und er würde bestimmt diese tief in ihr lauernde Furcht spüren. Aber sie könnte versuchen, ein anderes Pferd zu reiten. Wenn sie es doch nur so hindrehen könnte, daß es nicht gleich wie eine große Sache aussah und es nicht weiter schlimm war, wenn sie Angst bekam oder sich blöd fühlte oder was auch immer.

Sie kamen zum Stall. Joe öffnete das Tor und ging hinein. Seit das Wetter wärmer geworden war, hielten sich die Pferde alle draußen auf, und Grace fragte sich, was Joe hier im Stall wollte. Ihr Stock klapperte laut über den Betonboden. Joe ging nach links in die Sattelkammer. Grace blieb in der Tür stehen und sah ihm verwundert nach.

Die Kammer roch nach der neuen Holzdecke und nach eingefettetem Leder, und Grace sah zu, wie Joe zu den Sätteln hinüberging, die an ihren Haken an der Wand hingen. Als er sie fragte, sprach er über die Schulter, den Grashalm noch zwischen den Zähnen, und seine Stimme klang eher beiläufig, als ließe er ihr die Wahl zwischen verschiedenen Limonadenflaschen aus der Kühlbox.

»Mein Pferd oder Rimrock?«

Annie bedauerte die Einladung schon, kaum daß sie sie ausgesprochen hatte. Die Küche im Flußhaus war nicht gerade für *haute cuisine* eingerichtet, wobei sich ihre Kochkünste sowieso nicht recht an die Regeln hielten. Einerseits gewiß, weil Annie sich für zu kreativ hielt, aber hauptsächlich wohl wegen ihrer Ungeduld, folgte sie beim Kochen eher ihrem Instinkt als dem Rezept. Und von drei oder vier Gerichten einmal abgesehen, die sie mit geschlossenen Augen kochen konnte, standen die Chancen fünfzig zu fünfzig, daß das Essen hervorragend oder abscheulich schmeckte. Und Annie ahnte schon, daß sich für den heutigen Abend die Waagschale eher dem letzteren zuneigte.

Um jedes Risiko zu vermeiden hatte sie sich für *pasta* entschieden, die sie letztes Jahr bis zum Überdruß zubereitet hatte. Es war chic, aber einfach. Den Kindern würde es gefallen, und es bestand sogar die Hoffnung, daß Diane beeindruckt war. Außerdem hatte sie gemerkt, daß Tom es vermied, zu oft Fleisch zu essen, und ihn wollte sie, mehr als sie es sich eingestehen mochte, zufriedenstellen. Man brauchte keine exotischen Zutaten. Sie mußte sich nur *penne regate*, Mozzarella, etwas frisches Basilikum und sonnengereifte Tomaten besorgen, und das sollte sich in Choteau auftreiben lassen.

Der Typ im Laden zog ein Gesicht, als hätte sie ihn auf Urdu angeredet. So mußte sie weiter zum Supermarkt in Great Falls fahren, konnte aber selbst da nicht alles finden, was sie haben wollte. Es war zum Verzweifeln. Sie mußte sich auf der Stelle etwas Neues einfallen lassen, wanderte zwischen den Regalen umher, wurde immer wütender und sagte sich, ich will verdammt sein, wenn ich Steak auftische. *Pasta* hatte sie gesagt, und *pasta* sollte es sein. Schließlich gab sie sich geschlagen und packte Spaghetti und fixfertige Tomatensauce in den Einkaufswagen, dazu ein paar Gewürze, mit deren Hilfe sie die Sauce als selbstgemacht ausgeben könnte. Mit zwei Flaschen guten italienischen Wein und ungebrochenem Stolz verließ sie den Laden.

Als sie zur Double Divide zurückkehrte, fühlte Annie sich wieder besser. Sie wollte für die Bookers ein Essen kochen, das war das mindeste, was sie tun konnte. Sie waren alle so nett gewesen, auch wenn Dianes Freundlichkeit manchmal nicht ohne Biß war. Immer wenn Annie die Geldfrage aufgeworfen hatte, ob nun wegen der Miete oder der Bezahlung der Arbeit mit Pilgrim, hatte Tom ihre Worte stets leichthin abgetan. Sie würden sich schon noch einigen, sagte er. Dieselbe Antwort erhielt sie von Frank und Diane. Das Dinner heute abend war daher Annies Weise, ihnen zwischenzeitlich einmal Dank zu sagen.

Sie räumte die Lebensmittel fort und legte den Stapel Zeitungen und Zeitschriften, die sie sich in Great Falls gekauft hatte, auf den Tisch, auf dem bereits ein kleiner Berg von ihnen lag. Ihren Anrufbeantworter hatte sie bereits abgehört; es gab nur eine Nachricht auf E-Mail von Robert.

Er hatte gehofft, zu ihnen fliegen und ein freies Wochenende mit ihnen verbringen zu können, war aber in letzter Sekunde zu einem Treffen am Montag nach London bestellt worden. Von dort aus mußte er nach Genua weiterfliegen. Er hatte gestern abend angerufen, sich eine halbe Stunde lang bei Grace entschuldigt und ihr versprochen, bald vorbeizukommen. Die Nachricht auf E-Mail war nur eine witzige Notiz, die er kurz vor seiner Abfahrt zum JFK-Flughafen abgeschickt hatte, geschrieben in einer verschlüsselten Sprache, die er und Grace Cyberspeak nannten und die Annie nur unzureichend verstand. Unten drunter hatte er per Computer ein Bild von einem Pferd gezeichnet, das sein Gesicht zu einem breiten Grinsen verzog. Annie druckte die Nachricht aus, ohne sie zu lesen.

Als Robert ihr gestern abend erzählt hatte, daß er nicht kommen konnte, war ihre erste Reaktion Erleichterung gewesen. Dann hatte sie sich besorgt gefragt, warum sie so reagierte, war aber einer weiteren Analyse ihrer Gefühle seither aus dem Weg gegangen.

Sie setzte sich und fragte sich träge, wo Grace sich wohl herumtrieb. Sie hatte keine Menschenseele auf der Ranch gesehen, als sie aus Great Falls zurückkam. Wahrscheinlich waren sie alle im Haus oder hinten bei den Korralen. Sie würde später nach ihnen sehen, sobald sie die Wochenzeitungen gelesen hatte, denn das samstägliche Ritual hatte sie beibehalten, auch wenn es sie hier weit mehr Kraft zu kosten schien. Sie schlug das *Time Magazine* auf und biß in einen Apfel.

Grace brauchte etwa zehn Minuten, um an den Korralen vorbei und durch den Pappelhain bis hinunter zu der Stelle zu kommen, von der Joe ihr erzählt hatte. Sie war vorher noch nicht hiergewesen, und als sie unter den Bäumen durchging, wußte sie, warum Joe sich für diesen Platz entschieden hatte.

Vor ihr lag hinter einem langgezogenen Hügel eine Wiese in perfekter Ellipsenform, auf einer Seite von einer Flußkehre wie von einem Burggraben geschützt. Es war eine natürliche Arena, die nur die Bäume und der Himmel einsehen konnten. Das Gras stand hoch in üppigem Blaugrün, und wilde Blumen wuchsen hier, wie sie Grace nie zuvor gesehen hatte.

Sie wartete und horchte auf Joes Schritte. Ein kaum wahrnehmbarer Windhauch rührte an den Blättern der Pyramidenpappeln, die hinter ihr aufragten, aber außer dem Summen der Insekten und dem Klopfen ihres Herzens hörte sie keinen Laut. Niemand sollte etwas davon erfahren, so war es vereinbart. Sie hatten Annies Wagen gehört und ihm durch einen Spalt in der Stalltür nachgeblickt. Scott würde bald wieder aus dem Haus kommen, und für den Fall, daß sie gesehen werden sollten, hatte Joe sie gebeten vorauszugehen. Er sattelte das Pferd, sah nach, ob die Luft rein war und folgte ihr.

Joe hatte ihr gesagt, daß Tom bestimmt nichts dagegen habe, wenn sie Rimrock nahmen, aber Grace war nicht wohl bei dem Gedanken, und so hatten sie sich für Gonzo, Joes kleinen Schekken, entschieden. Wie alle anderen Pferde, die Grace hier kennengelernt hatte, war er sanft und friedlich, und sie hatte sich bereits mit ihm angefreundet. Außerdem paßte er in der Größe besser zu ihr. Sie hörte einen Zweig knacken, dann das leise Schnauben eines Pferdes, und als sie sich umdrehte, sah sie Joe durch das kleine Wäldchen auf sich zukommen.

»Hat dich jemand gesehen?« fragte sie.

»Nein.«

Er ritt an ihr vorbei und lenkte Gonzo sanft die Hügel hinunter auf die Weide. Grace folgte ihm, aber die Böschung bereitete ihr Mühe, und knapp einen Meter, bevor sie unten war, blieb sie mit dem Fuß hängen und fiel. Es sah schlimmer aus, als es war. Joe stieg ab und ging zu ihr.

»Alles in Ordnung?«

»Scheiße!«

Er half ihr auf. »Hast du dir weh getan?«

»Nein, ich bin okay. Scheiße, Scheiße, Scheiße!«

Er ließ sie fluchen und klopfte wortlos ihren Rücken ab. Sie sah einen großen Fleck am Hosenbein ihrer neuen Jeans, aber zum Teufel, sei's drum.

»Mit deinem Bein alles okay?«

»Ja. Tut mir leid. Es macht mich manchmal nur so wütend.«

Er nickte und sagte eine Weile kein Wort, damit sie wieder zu sich finden konnte.

»Willst du es trotzdem noch probieren?«

»Ja.«

Joe führte Gonzo am Zügel, und zu dritt gingen sie hinaus auf die Wiese. Schmetterlinge flatterten vor ihnen auf und suchten sich ihren Weg durch das knietiefe Gras, das in der Sonne warm und süß roch. An dieser Stelle lief der Fluß flach über ein Kieselbett, und als sie näher kamen, konnte Grace das Wasser rauschen hören. Ein Reiher stieg auf, segelte träge davon und richtete im Flug die Beine aus.

Sie fanden einen niedrigen, knorrigen und überwachsenen Baumstumpf. Joe blieb stehen und lockte Gonzo um den Stumpf herum, so daß Grace ihn wie ein Treppchen zum Aufsitzen benutzen konnte.

»Gut so?« fragte er.

»Hm, nicht schlecht. Falls ich da raufkomme...«

Joe stellte sich neben das Pferd, hielt es mit der einen und Grace mit der anderen Hand. Gonzo bewegte sich unruhig, aber Joe strich ihm über den Hals und sagte ihm, daß alles in Ordnung sei. Grace legte eine Hand auf Joes Schulter und wuchtete sich mit dem gesunden Bein voran auf den Baumstumpf.

»Alles okay?«

»Ja, ich denk schon.«

»Sind die Steigbügel nicht zu kurz.«

»Nein, genau richtig.«

Mit ihrer linken Hand stützte sie sich noch auf seine Schulter. Sie fragte sich, ob er spüren konnte, wie sehr das Blut darin pulsierte.

»Also gut. Halt dich an mir fest, und wenn du soweit bist, greif mit der rechten Hand nach dem Sattelhorn.«

Grace holte tief Luft und tat, was er ihr gesagt hatte. Gonzo bewegte seinen Kopf, blieb mit den Beinen aber wie angewurzelt stehen. Als er merkte, daß sie ihr Gleichgewicht gefunden hatte, ließ Joe sie los und griff nach den Steigbügeln.

Der nächste Schritt würde nicht ganz einfach sein. Um ihren linken Fuß in den Steigbügel setzen zu können, mußte sie ihr ganzes Gewicht auf die Prothese verlagern. Grace dachte, sie würde abrutschen, aber sie spürte, wie Joe seine Muskeln anspannte und sie stützte, und in Sekundenschnelle stak ihr Fuß sicher im Steigbügel, als hätte sie es schon viele Male so gemacht. Nichts geschah, nur Gonzo rührte sich, aber Joe redete ihm gut zu, ruhig, aber bestimmt, und sofort stand er wieder still.

Jetzt mußte sie nichts weiter tun, als ihr künstliches Bein über den Pferderücken zu schwingen, aber sie fand es so seltsam, ihr Bein nicht zu spüren, und plötzlich fiel ihr wieder ein, daß sie diese Bewegung das letzte Mal am Morgen ihres Unfalls gemacht hatte.

»Okay?« fragte Joe.

»Ja.«

»Dann mach.«

Sie hielt ihr linkes Bein bereit, ließ den Steigbügel ihr Gewicht tragen und versuchte dann, ihr rechtes Bein über das Hinterteil des Pferdes zu schwingen.

»Ich krieg's nicht hoch genug.«

»Komm, stütz dich ein bißchen stärker auf mich. Beug dich weiter zu mir rüber, dann ist es einfacher.«

Sie folgte seinem Rat, nahm all ihre Kraft zusammen und schleuderte das Bein in die Höhe, als hinge ihr Leben davon ab. Dabei drehte sie sich halb, zog sich am Sattelhorn hinauf, spürte, wie Joe nachhalf, schwang ihr Bein hoch, dann seitwärts und schließlich über den Pferderücken.

Sie setzte sich im Sattel zurecht und war überrascht, daß es sich nicht merkwürdiger anfühlte. Joe sah, wie sie nach dem zweiten Steigbügel suchte, ging rasch auf die andere Seite und half ihr hinein. Sie konnte den Stumpf ihres Oberschenkels am Sattel spüren, und obwohl sie dort so empfindsam war, konnte sie unmöglich sagen, wo sie noch etwas fühlte und wo das Nichts begann.

Joe trat zur Seite, ließ sie vorsichtshalber aber keinen Moment aus den Augen, doch Grace war viel zu sehr mit sich selbst beschäftigt, um auf ihn zu achten. Sie nahm die Zügel in die Hand und trieb Gonzo an. Er schritt ohne zu zögern aus, und sie führte ihn in einer langen Kurve am Ufer entlang und warf keinen Blick zurück. Sie konnte stärkeren Druck mit dem Bein ausüben, als sie für möglich gehalten hätte, doch ohne Wadenmuskeln mußte sie die Bewegungen mit dem Stumpf ausführen und ihre Wirkung an der Reaktion des Pferdes abschätzen. Gonzo bewegte sich, als wüßte er Bescheid, und als sie das Ende der Wiese erreicht hatten und ohne einen falschen Tritt kehrtmachten, waren sie beide eins geworden.

Zum erstenmal blickte Grace nun auf und sah Joe zwischen den Blumen stehen und auf sie warten. Sie ritt eine einfache S-Kurve zurück und blieb stehen. Joe grinste zu ihr hinauf, die Sonne in den Augen und die Wiese in seinem Rücken, und Grace wollten die Tränen kommen. Aber sie biß sich fest auf die Innenseite ihrer Lippe und grinste statt dessen zurück.

»Ein Kinderspiel«, sagte er.

Grace nickte, und sobald sie ihrer Stimme wieder trauen konnte, sagte sie, klar, ein Kinderspiel.

23

Die Küche im Flußhaus war recht spartanisch eingerichtet, vom kalten Licht fluoreszierender Leuchtröhren erhellt, deren Glasmantel für eine Vielzahl von Insekten zum Sarg geworden war. Als Frank und Diane ins Ranchhaus umgezogen waren, hatten sie die besten Stücke der Einrichtung mitgenommen. Töpfe und Pfannen bestanden alle aus ziemlich lädierten Exemplaren, und der Geschirrspüler brauchte stets einen Klaps auf die richtige Stelle, um sein Programm beenden zu können. Das einzige, was Annie noch nicht richtig in den Griff bekommen hatte, war der Ofen, der seinen eigenen Willen zu haben schien. Die Ofendichtung war undicht und der Stufenschalter locker, so daß das Backen eine Mischung aus Rätselraten, Wachsamkeit und Glück verlangte.

Doch die Zeit für den als Nachtisch geplanten Apfelkuchen richtig einzuschätzen erwies sich als das geringere Problem angesichts der Frage, wie sie eigentlich essen sollten. Zu spät hatte Annie entdeckt, daß es an Tellern, Besteck und sogar an Sitzgelegenheiten fehlte. Und beschämt (denn irgendwie schien es ihr, als gebe sie sich nun doch noch geschlagen) mußte sie Diane anrufen, zu ihr hinüberfahren und sich das Fehlende ausleihen. Dann stellte sie fest, daß der einzige Tisch, der Platz genug für sie alle bot, von ihr als Schreibtisch genutzt wurde, den sie daraufhin abräumen mußte. Jetzt standen ihre Geräte auf dem Boden neben ihren Papieren und Zeitschriften.

Der Abend begann in Panik. Annie war es gewohnt, Gäste zu bewirten, die es cool fanden, möglichst spät zu kommen, und so hätte sie nicht im Traum daran gedacht, daß die Eingeladenen pünktlich auf die Minute sein könnten. Doch um sieben, als sie sich noch nicht einmal umgezogen hatte, kamen alle, bis auf Tom, den Hügel heraufspaziert. Sie rief nach Grace, flog die Treppe hinauf und warf sich ein Kleid über, das nicht einmal gebügelt war. Als sie unten Stimmen auf der Veranda hörte, hatte sie Lider und Lippen bemalt, das Haar gebürstet, sich einen Spritzer Parfüm gegönnt und war wieder unten, um ihre Gäste zu begrüßen.

Als Annie sie vor sich sah, dachte sie, was für ein dummer Einfall, diese Leute in ihrem eigenen Haus bewirten zu wollen. Alle schienen ein bißchen betreten zu sein. Frank sagte, Tom sei aufgehalten worden, ein Problem mit einem Jährling, hätte aber unter der Dusche gestanden, als sie gingen, und würde bestimmt bald nachkommen. Sie fragte, was sie trinken wollten, und dann fiel ihr ein, daß sie vergessen hatte, Bier zu besorgen.

»Ich nehm ein Bier«, sagte Frank.

Doch allmählich besserte sich die Stimmung. Annie öffnete eine Flasche Wein, Grace setzte sich mit Joe und den Zwillingen auf den Boden vor Annies Computer, wo sie sich bald begeistert durchs Internet führen ließen. Annie, Frank und Diane trugen ihre Stühle auf die Veranda und unterhielten sich beim schwindenden Licht der Dämmerung. Sie lachten über Scotts Abenteuer mit dem Kalb, da sie annahmen, daß Grace davon erzählt hatte, und Annie tat, als kenne sie die Geschichte. Dann berichtete Frank lang und breit von einem katastrophalen Rodeo an der High-School, bei dem er sich vor einem Mädchen lächerlich gemacht hatte, weil er es beeindrukken wollte.

Annie lauschte mit vorgetäuschter Aufmerksamkeit, wartete aber nur auf den Augenblick, in dem sie Tom um die Ecke biegen sehen würde. Und als er kam, nahm er seinen Hut ab, entschuldigte sich für die Verspätung und lächelte genauso, wie sie es sich vorgestellt hatte.

Sie führte ihn ins Haus und sagte entschuldigend, noch bevor er gefragt hatte, daß kein Bier im Haus sei. Tom antwortete, Wein sei prima, stand da und sah ihr zu, wie sie ihm einschenkte. Als sie ihm das Glas reichte, sah sie ihm zum erstenmal an diesem Abend in die Augen, und was immer sie sagen wollte, war vergessen. Einen Moment lang herrschte ein verlegenes Schweigen, bevor er zu ihrer Rettung eilte.

»Hier riecht's aber lecker.«

»Ach, das ist nichts Besonderes. Wie geht's dem Pferd?«

»Ganz gut. Hat nur ein bißchen Temperatur, aber es wird wieder. Und wie war der Tag?«

Bevor sie antworten konnte, rannte Craig in die Küche, rief nach Tom und sagte, er müsse kommen und sich etwas auf dem Computer ansehen.

»He, ich red gerade mit Graces Mom.«

Annie lachte und sagte, er solle ruhig mitgehen, Graces Mom müsse sowieso nach dem Ofen sehen. Diane kam, um ihr zu helfen, und zu zweit schwatzten sie unbeschwert miteinander, während sie das Essen vorbereiteten. Hin und wieder warf Annie einen Blick ins Wohnzimmer und sah Tom in seinem blaßblauen Hemd zwischen den Kindern hocken, die alle um seine Aufmerksamkeit wetteiferten.

Die Spaghetti waren ein Hit. Diane fragte sogar nach dem Rezept, und Annie hätte den Schwindel wohl durchgehalten, aber Grace kam ihr zuvor und verriet die Herkunft der Sauce. Annie hatte den Tisch mitten im Wohnzimmer aufgebaut und Kerzen aufgestellt. Grace hatte gemault, sie würde mal wieder übertreiben, aber Annie war froh, daß sie darauf bestanden hatte, denn das Kerzenlicht gab dem Raum einen warmen Glanz und warf zuckende Schatten an die Wand.

Und sie dachte daran, wie gut es tat, daß Lärm und Lachen die Stille dieses Hauses füllten. Die Kinder saßen an dem einen Ende, die vier Erwachsenen am anderen Ende des Tisches, sie und Frank saßen Tom und Diane gegenüber. Ein Fremder, mußte Annie denken, hätte sie für Paare gehalten.

Grace erzählte allen, wozu man mittels Internet Zugang hatte, etwa zum »Unsichtbaren Mann«, einem Mörder in Texas, der hingerichtet worden war und seine Leiche der Wissenschaft vermacht hatte.

»Sie haben ihn eingefroren und in zweitausend kleine Stücke zerschnitten, die einzeln fotografiert wurden«, erklärte sie.

»Ist ja widerlich«, sagte Scott.

»Müssen wir uns das denn beim Essen anhören?« fragte Annie. Es war eigentlich nicht als Tadel gemeint, aber Grace beschloß, die Frage so zu verstehen, und warf Annie einen vernichtenden Blick zu.

»Der Mann gehört zur medizinischen Datenbank der Nationalbibliothek, Mom. Das ist Bildung, kein idiotisches ›Hau drauf‹-Computerspiel.«

»Wenn schon, dann ›Schlitz-ihn-auf‹«, grinste Craig.

»Erzähl weiter«, sagte Diane. »Klingt faszinierend.«

»Na ja, das ist eigentlich alles«, sagte Grace. Sie redete jetzt ohne alle Begeisterung und signalisierte damit, daß ihre Mutter ihr wie üblich nicht nur den Spaß verdorben, sondern auch jedes Interesse und Vergnügen am Thema genommen hatte. »Sie haben ihn wieder zusammengesetzt, und man kann ihn auf den Bildschirm holen und wie in 3-D sezieren.«

»Und das kannst du alles hier auf diesem kleinen Bildschirm machen?« fragte Frank.

»Ja.«

Dieses eine Wort klang so ausdruckslos und endgültig, daß darauf nur ein Schweigen folgen konnte. Es dauerte nur einen Moment, aber Annie schien es wie eine Ewigkeit, und Tom mußte die Verzweiflung in ihren Augen gesehen haben, denn er nickte Frank mit sardonischem Grinsen zu und sagte: »Nun, kleiner Bruder, das wär doch deine Chance, in die Unsterblichkeit einzugehen.«

»Da sei Gott vor!« rief Diane. »Frank Bookers Körper als Schaustück für die Nation.«

»Ach, und was bitte gibt es an meinem Körper auszusetzen, wenn ich fragen darf?«

»Wo sollen wir anfangen?« sagte Joe, und alle lachten.

»Zum Teufel«, sagte Tom. »Zweitausend Stückchen? Die ließen sich doch auch anders zusammensetzen, damit man ein hübscheres Resultat erzielt.«

Die Stimmung hob sich wieder, und sobald Annie sich gefaßt hatte, warf sie Tom einen dankbaren Blick zu, den er mit einem fast unscheinbaren Lächeln um die Augenwinkel quittierte. Sie fand es schon beinahe unheimlich, wie dieser Mann, der sein eigenes Kind eigentlich nie so recht gekannt hatte, jede noch so winzige Verletzung verstand, zu der es zwischen ihr und Grace kam.

Der Apfelkuchen schmeckte nicht besonders. Annie hatte den Zimt vergessen, und sobald sie den Kuchen anschnitt, wußte sie, daß er noch eine Viertelstunde gebraucht hätte. Aber er schien allen zu schmecken, und die Kinder bekamen sowieso Eiscreme und hockten bald wieder vor dem Computer, während die Erwachsenen ihren Kaffee am Tisch tranken.

Frank beklagte sich über die Naturschützer, die »Grünlinge«, wie er sie nannte, die angeblich nicht die geringste Ahnung von der Arbeit auf einer Ranch hatten. Er wandte sich vor allem an Annie, da die anderen seine Argumente offensichtlich schon hundertmal gehört hatten. Diese Verrückten ließen Wölfe frei und holten diese verdammten Biester auch noch von Kanada rüber, damit sie den Grizzlys helfen konnten, über das Vieh herzufallen. Vor ein paar Wochen waren einem Rancher unten in Augusta zwei Färsen gerissen worden.

»Und da kommen diese Grünlinge aus Missoula mit ihren Hubschraubern und ihrem reinen Gewissen und sagen, tut uns leid, alter Knabe, wir fliegen ihn außer Landes, aber kommen Sie uns ja nicht auf die Idee, ihm eine Falle zu stellen oder ihn zu erschießen, sonst ziehen wir Ihnen vor Gericht das Fell über die Ohren. Das verdammte Biest räkelt sich jetzt wahrscheinlich an einem Swimmingpool in einem Fünf-Sterne-Hotel, und du und ich, wir kommen für seine Rechnung auf.«

Tom grinste Annie zu, und Frank zeigte mit dem Finger auf ihn.

»Der Typ gehört dazu, Annie, das sag ich Ihnen. Die Farmarbeit liegt ihm im Blut, aber er ist so grün wie ein seekranker Frosch auf einem Billardtisch. Warten Sie nur, bis Mr. Wolf eins seiner Fohlen reißt. O Mann, dann rückt er mit den drei großen ›S‹ an.«

Tom lachte und sah Annies Stirnrunzeln.

»Schießen, Schippen und Schnauze halten«, gestand er. »Die Antwort des Ranchers auf die Natur.«

Annie lachte und spürte plötzlich, daß Diane sie prüfend anschaute. Und als Annie ihren Blick erwiderte, lächelte Diane auf eine Weise, die nur betonte, daß sie zuvor nicht gelächelt hatte.

»Was halten Sie davon, Annie?« fragte sie.

»Ach, ich muß nicht damit leben.«

»Aber Sie haben doch bestimmt eine Meinung?«

»Eigentlich nicht.«

»Bestimmt. Über solche Dinge müssen Sie doch oft genug in Ihrer Zeitschrift berichten.«

Es überraschte Annie, daß Diane ihr derart zusetzte. Sie zuckte die Achseln.

»Ich schätze, meiner Meinung nach hat jedes Geschöpf ein Recht auf Leben.«

»Was denn, selbst Pest übertragende Ratten und Malaria verbreitende Mücken?«

Diane lächelte immer noch, und die Frage hatte beinahe beiläufig geklungen, aber irgend etwas ließ Annie vorsichtig werden.

»Sie haben recht«, sagte sie nach einer Weile. »Ich schätze, es hängt davon ab, wen sie beißen oder stechen.«

Frank brüllte vor Lachen, und Annie sah rasch zu Tom hinüber. Er lächelte. Das tat Diane auch, wenn ihr Lächeln auch eher unergründlich wirkte, aber immerhin schien sie nun bereit, das Thema fallenzulassen. Ob sie es wirklich wollte, blieb ein Geheimnis, denn es folgte ein lautes Geschrei, und dann packte Scott sie mit vor Wut glühenden Wangen von hinten bei der Schulter.

»Joe läßt mich nicht an den Computer!«

»Du bist noch nicht wieder dran!« rief Joe, der mit den anderen Kindern vor dem Bildschirm hockte.

»Bin ich wohl!«

»Bist du gar nicht, Scott!«

Diane rief Joe zu sich und versuchte zu vermitteln. Aber das Geschrei wurde immer schlimmer, und der Streit verlagerte sich vom Besonderen aufs Allgemeine.

»Du läßt mich nie was machen!« sagte Scott. Ihm standen die Tränen in den Augen.

»Benimm dich nicht wie ein Baby«, sagte Joe.

»Ruhe, Jungs.« Frank hatte ihnen seine Hände auf die Schultern gelegt.

»Du findest dich immer so toll...«

»Ach, halt den Mund.«

»...gibst Grace Reitstunden und so.«

Plötzlich waren alle still, nur ein Cartoon-Vogel krächzte vergessen am Bildschirm. Annie sah Grace an, die sofort ihrem Blick auswich. Offenbar wußte niemand, was zu sagen war. Scott schien ein wenig eingeschüchtert von der Wirkung, die seine Worte gehabt hatten.

»Ich hab euch gesehen!« Er klang immer noch höhnisch, aber nicht mehr so sicher wie zuvor. »Grace hat Gonzo geritten, unten am Fluß.«

»Du blödes Miststück!« zischte Joe zwischen zusammengepreßten Zähnen hervor und stürzte sich im selben Moment auf ihn. Alle sprangen auf. Scott krachte gegen den Tisch, und Kaffeetasse und Gläser flogen zu Boden. Die beiden Jungen verkrallten sich ineinander und fielen hin. Frank und Diane beugten sich über sie, schrien und versuchten, sie auseinanderzuzerren. Craig kam herbeigelaufen, da er meinte, er müsse auch irgendwie mit dabei sein, aber Tom streckte eine Hand aus und hielt ihn sanft zurück. Annie und Grace standen nur da und schauten zu.

Einen Augenblick später scheuchte Frank die Jungen aus dem Haus, Scott heulte, Craig weinte aus Mitgefühl, und Joe ging in stummer, dafür aber um so auffälligerer Wut. Tom begleitete sie bis zur Küchentür.

»Es tut mir so leid, Annie«, sagte Diane.

Wie die noch völlig benommenen Überlebenden eines Hurrikans standen sie vor dem Tisch, der einem Schlachtfeld glich. Blaß und allein stand Grace am anderen Zimmerende. Als Annie sie ansah, huschte weder Furcht noch Schmerz über ihr Gesicht, sondern der Widerschein eines Gefühls, das sich aus beidem zusammenzusetzen schien. Tom kam aus der Küche, ihm war das Mienenspiel nicht entgangen. Er ging zu Grace und legte eine Hand auf ihre Schulter.

»Alles in Ordnung?«

Sie nickte, sah ihn aber nicht an. »Ich geh nach oben.«

Sie nahm ihren Stock und durchquerte in unbeholfener Hast das Zimmer.

»Grace…«, sagte Annie leise.

»Nein, Mutter!«

Sie ging hinaus, und die drei Erwachsenen lauschten auf den Klang ihrer ungleichen Schritte auf der Treppe. Annie sah, wie verlegen Diane war. Toms Gesicht verriet so viel Mitleid, das sie zum Weinen gebracht haben würde, hätte sie sich gehenlassen. Sie holte tief Luft und versuchte zu lächeln.

»Haben Sie davon gewußt?« fragte sie. »Haben alle Bescheid gewußt, nur ich nicht?«

Tom schüttelte den Kopf. »Ich glaube nicht, daß irgendeiner von uns Bescheid gewußt hat.«

»Vielleicht wollte sie uns damit überraschen«, sagte Diane.

Annie lachte. »Tja, das ist ihr gelungen.«

Sie wollte nur noch allein sein, aber Diane bestand darauf, ihr beim Saubermachen zu helfen, und so räumten sie den Geschirrspüler ein und sammelten das zerbrochene Glas vom Tisch. Dann krempelte Diane ihre Ärmel auf und machte sich über die Töpfe und Pfannen her. Offenbar fand sie es angebracht, Heiterkeit zu demonstrieren, und so stand sie am Spülbecken und schwatzte von der Party, zu der Hank sie für den kommenden Montag eingeladen hatte.

Tom sagte kaum ein Wort. Er half Annie, den Tisch zurück ans Fenster zu tragen, und wartete, während sie den Computer abschaltete. Dann arbeiteten sie Hand in Hand und luden ihre Sachen wieder auf den Tisch.

Annie wußte nicht, wie sie dazu kam, aber plötzlich fragte sie ihn nach Pilgrim. Er antwortete nicht sofort, beschäftigte sich mit einigen Kabeln und sah sie nicht an, während er überlegte. Als er schließlich sprach, klang seine Stimme sehr sachlich.

»Ach, ich glaub, er schafft's.«

»Wirklich?«

»Yeah.«

»Sind Sie sich sicher?«

»Nein. Aber wissen Sie, Annie, wer Schmerz leidet, der fühlt, und wo Gefühl ist, da ist Hoffnung.«

Er schloß das letzte Kabel an. »Das hätten wir.« Er wandte sich zu ihr um, und sie sahen sich an.

»Danke«, sagte Annie leise.

»War mir ein Vergnügen, Ma'am. Und bleiben Sie für sie da.«

Als sie zurück in die Küche kamen, war Diane mit ihrer Arbeit fertig, und bis auf das Geschirr, das Annie sich ausgeliehen hatte, war alles wieder an jenen Plätzen verstaut, die Diane besser kannte als Annie. Und nachdem Diane Annies Dank abgewehrt und sich noch einmal für die Jungen entschuldigt hatte, wünschten Tom und sie ihr eine gute Nacht und gingen.

Annie stand unter dem Licht der Veranda und sah ihnen nach.

Und als ihre Gestalten von der Dunkelheit verschluckt wurden, wollte sie ihm zurufen, er solle noch bleiben, sie in den Arm nehmen und vor der Kälte schützen, die sich wieder über das Haus senkte.

Vor der Scheune verabschiedete sich Tom von Diane und ging hinein, um nach der kranken Stute zu sehen. Unterwegs hatte Diane unablässig davon geredet, wie dumm es von Joe doch gewesen sei, das Mädchen reiten zu lassen, ohne einer Menschenseele ein Wort davon zu verraten. Tom sagte, er fände es gar nicht dumm, er könne verstehen, warum Grace so etwas geheimhalten wollte. Joe verhalte sich nur wie ein Freund, das sei alles. Diane sagte, der Junge sollte sich besser da raushalten, und ginge es nach ihr, wäre sie froh, wenn Annie ihre Sachen packen und mit dem armen Mädchen wieder nach New York verschwinden würde.

Der Zustand der Stute hatte sich nicht verschlechtert, allerdings ging ihr Atem noch ein wenig zu rasch. Das Fieber war runter auf achtunddreißigneun. Tom strich ihr über den Nacken und redete sanft mit ihr, während er mit der anderen Hand den Puls fühlte, zwanzig Sekunden lang zählte und dann mit drei multiplizierte. Zweiundvierzig Schläge in der Minute, immer noch zu hoch. Sie hatte offensichtlich Fieber, und vielleicht sollte er den Tierarzt anrufen, damit er sich das Tier am Morgen mal anschaute.

Das Licht in Annies Schlafzimmer war noch an, als er aus dem Stall kam, und es leuchtete auch noch, als er zu lesen aufhörte und das Licht an seinem Bett löschte. Dieser letzte Blick war ihm zur Gewohnheit geworden, zum Flußhaus hinauf, zu den erleuchteten gelben Jalousien vor Annies Fenster, die sich vor dem Nachthimmel abhoben. Manchmal sah er ihren Schatten vorüberhuschen, wenn sie ihren unbekannten abendlichen Gewohnheiten nachging, und einmal hatte er sie gesehen, wie sie vom Lichtfleck umrahmt stehenblieb und sich auszog, aber er hatte sich wie ein Spanner gefühlt und sich rasch abgewandt.

Doch heute abend waren die Jalousien hochgezogen, und er wußte, daß etwas Besonderes geschehen war und vielleicht eben jetzt geschah, während er hinübersah. Aber er wußte auch, daß es etwas war, was nur sie beide lösen konnten, und auch wenn es närrisch war, so versuchte er sich doch einzureden, daß die Jalousien vielleicht nicht oben gelassen worden waren, um Dunkelheit hinein, sondern um Dunkelheit herauszulassen.

Seit vor vielen Jahren sein Blick zum erstenmal auf Rachel gefallen war, hatte er nie wieder eine Frau getroffen, die er so sehr begehrte.

Heute abend hatte er sie zum erstenmal in einem Kleid gesehen, einem einfachen, mit einer Unmenge von winzigen rosafarbenen Blumen bedruckten schwarzen Baumwollkleid, das vorn eine Perlmuttknopfleiste zierte. Es fiel ihr bis übers Knie und hatte angeschnittene Ärmel.

Als er eintraf und sie ihm sagte, sie würde ihm in der Küche einen Drink machen, konnte er den Blick nicht von ihr abwenden. Er folgte ihr ins Haus, atmete den Duft ihres Parfüms ein und beobachtete sie, während sie ihm den Wein einschenkte. Ihm fiel auf, wie sie die Zunge zwischen die Zähne schob, wenn sie sich konzentrierte. Außerdem bemerkte er einen Satinträger auf ihrer Schulter, und den ganzen Abend bemühte er sich vergebens, ihn nicht anzustarren. Sie gab ihm sein Glas, lächelte ihn an und legte dabei auf eine Art ihre Mundwinkel in Fältchen, von der er sich wünschte, daß sie nur ihm allein galt.

Beim Essen hätte er sich fast einreden können, daß sein Wunsch sich erfüllt hatte, denn das Lächeln, mit dem sie Frank, Diane und die Kinder bedachte, war damit nicht zu vergleichen. Vielleicht täuschte er sich, aber immer, wenn sie redete, wie allgemein das Thema auch sein mochte, schienen sich ihre Worte irgendwie an ihn zu richten. Er hatte sie nie zuvor geschminkt gesehen, und er sah, wie grün ihre Augen leuchteten und wie die Kerzenflamme sich in ihnen fing, wenn sie lachte.

Als es zum Eklat kam und Grace aus dem Zimmer stürmte, hielt ihn nur Diane davon ab, Annie in seine Arme zu nehmen und sie weinen zu lassen, da er spürte, wie gern sie das getan hätte. Er redete sich nicht ein, sie nur trösten zu wollen. Er wollte sie in den Armen halten und wissen, wie sie roch, wie sie sich anfühlte.

Tom fand sein Verlangen nicht verwerflich, selbst wenn andere so denken mochten. Der Schmerz dieser Frau, ihr Kind und der Schmerz dieses Kindes waren doch auch ein Teil ihrer selbst, oder nicht? Und welcher Mensch war Gott genug, über die feinen Unterschiede in den Gefühlen für das eine oder das andere urteilen zu wollen?

Alle Dinge waren eins, und wie beim Reiten konnte man nur seinem Gefühl folgen, ihm gehorchen und ihm so treu bleiben, wie die Seele es zuließ.

Annie löschte unten alle Lichter aus, und als sie nach oben ging, sah sie, daß Graces Tür verschlossen war und kein Licht unter dem Türspalt durchfiel. Annie ging zu ihrem Zimmer und knipste das Licht an. Sie blieb in der Tür stehen und wußte, wenn sie über die Schwelle trat, war etwas Unwiderrufliches geschehen. Wie konnte sie diesen Moment verstreichen lassen? Wie konnte sie zulassen, daß sich im Laufe der Nacht eine weitere wortlose Schicht des Schweigens zwischen ihnen ablagerte, als wäre eine unerbittliche Geologie am Werk?

Die Tür knarrte, als Annie sie öffnete und Licht vom Treppenabsatz in Graces Zimmer fiel. Einen Moment dachte sie, die Bettdecke hätte sich bewegt, aber sie war sich nicht sicher, da das Bett nicht im Lichtkegel lag und Annies Augen Zeit brauchten, um sich an die Dunkelheit zu gewöhnen.

»Grace?«

Grace lag mit dem Gesicht zur Wand, und die Reglosigkeit ihrer Schultern unter der Bettdecke wirkte angestrengt.

»Grace?«

»Was ist?« Sie rührte sich nicht.

»Können wir miteinander reden?«

»Ich will schlafen.«

»Das will ich auch, aber ich fände es gut, wenn wir vorher miteinander reden könnten.«

»Worüber?«

Annie ging zum Bett und setzte sich. Graces Prothese lehnte neben dem Nachtschränkchen an der Wand. Grace seufzte, drehte sich auf den Rücken und starrte an die Decke. Annie holte tief Luft. Mach keinen Fehler, sagte sie sich. Tu nicht so, als wärst du verletzt, sei locker, sei lieb.

»Du reitest also wieder.«

»Ich hab's versucht.«

»Wie war's?«

Grace zuckte die Achseln. »Okay.« Sie starrte immer noch an die Decke und versuchte, gelangweilt dreinzusehen.

»Ist doch phantastisch.«

»Findest du?«

»Du etwa nicht?«

»Ich weiß nicht, sag du's mir.«

Annie kämpfte gegen ihr Herzklopfen an und sagte sich, bleib ruhig, mach weiter, schluck's runter. Statt dessen hörte sie sich sagen: »Hättest du mir nicht Bescheid geben können?«

Grace sah sie an, und der Haß und der Schmerz in ihren Augen verschlugen ihr fast den Atem.

»Warum hätte ich dir Bescheid sagen sollen?«

»Grace...«

»Sag schon, warum? He? Weil du dir Sorgen machst? Oder bloß, weil du alles wissen und alles kontrollieren mußt und weil keiner was tun darf, wenn du nicht deinen Segen dazu gibst? Deshalb vielleicht?«

»Ach Grace.« Annie sehnte sich plötzlich nach Licht, und sie griff hinüber zur Lampe auf dem Nachtschränkchen, aber Grace schlug ihren Arm zur Seite.

»Laß das! Ich will kein Licht!«

Ihr Schlag traf Annies Hand und warf die Lampe zu Boden. Der Keramikfuß zerbrach in drei Teile.

»Du tust doch nur so, als würdest du dich um mich sorgen, aber eigentlich kümmerst du dich nur um dich und darum, was die Leute von dir denken. Und von deiner Arbeit und deinen tollen Freunden.«

Sie stützte sich auf ihre Ellbogen, als wollte sie einer Wut Nachdruck verleihen, die doch durch die Tränen, die ihr Gesicht entstellten, bereits schlimm genug war.

»Außerdem wolltest du sowieso nicht, daß ich wieder reite, warum sollte ich dir also davon erzählen? Warum soll ich dir überhaupt was erzählen? Ich hasse dich!«

Annie wollte sie in den Arm nehmen, aber Grace stieß sie fort.

»Verschwinde! Laß mich in Ruhe! Raus hier!«

Annie stand auf. Sie schien einen Augenblick zu schwanken und dachte schon, sie würde fallen, dann suchte sie sich beinahe blindlings ihren Weg durch den Lichtschimmer, der sie, wie sie wußte, zur Tür führen mußte. Sie hatte keine Ahnung, was sie tun würde, wenn sie dort ankäme, sie wußte nur, daß sie einem letzten Trennungsbefehl gehorchte. Als sie die Tür erreichte, hörte sie Grace etwas sagen, und sie drehte sich um und schaute zurück zum Bett. Sie konnte erkennen, daß Grace sich wieder zur Wand gedreht hatte und daß ihre Schultern bebten.

»Was?« fragte Annie.

Sie wartete, und sie wußte nicht, ob es ihr eigener oder Graces Kummer war, der die Worte ein zweites Mal verschluckte, aber etwas an der Art, wie sie ausgesprochen wurden, ließ sie noch einmal umkehren. Sie trat ans Bett und stand so nahe, daß sie Grace berühren konnte, tat es aber nicht, aus Angst, ihre Hand könnte wieder fortgeschlagen werden.

»Grace? Ich habe nicht verstanden, was du gesagt hast.«

»Ich sagte… es hat angefangen.«

Sie sagte es unter Schluchzen, und einen Augenblick lang wußte Annie nicht, was sie meinte.

»Was hat angefangen?«

»Meine Periode.«

»Was, heute abend?«

Grace nickte. »Ich habe unten gemerkt, wie es passiert ist, und als ich raufkam, war Blut in meinem Schlüpfer. Ich habe ihn im Badezimmer ausgewaschen, aber es ging nicht raus.«

»Ach, Gracie.«

Annie legte eine Hand auf Graces Schulter, und Grace drehte sich um. Die Wut war aus ihrem Gesicht gewichen, und nur noch Kummer und Schmerz waren zu sehen. Annie setzte sich aufs Bett und nahm ihre Tochter in die Arme. Grace klammerte sich an sie, und Annie fühlte, wie die Schluchzer ihres Kindes sie schüttelten, als wären sie beide ein Körper.

»Wer will mich schon haben?«

»Wieso, Kleines?«

»Wer will mich denn? Keiner.«

»Ach, Gracie, das ist doch nicht wahr…«

»Warum sollten sie auch?«

»Weil du du bist. Du bist unglaublich. Du bist schön, und du bist stark. Und du bist der tapferste Mensch, den ich je in meinem Leben kennengelernt habe.«

Sie hielten sich umklammert und weinten. Und als sie wieder reden konnten, sagte Grace, daß sie all diese schrecklichen Dinge nicht so gemeint hätte, und Annie sagte, das wisse sie, aber sie hätte gar nicht mal unrecht gehabt, und daß sie so vieles falsch gemacht hätte. Sie saßen da, aneinandergelehnt und ließen Worte aus ihren Herzen strömen, die sie sich selbst kaum eingestanden hätten.

»Weißt du noch, diese Jahre, in denen ihr versucht habt, noch ein Baby zu bekommen? Jeden Abend habe ich gebetet, daß es diesmal endlich klappt. Aber nicht euch zuliebe oder weil ich einen Bruder oder eine Schwester haben wollte, sondern nur, damit ich nicht immer so... ach, ich weiß nicht.«

»Sag's mir.«

»So was Besonderes war. Weil ich die einzige war, habe ich immer angenommen, ich muß in allem so gut, so perfekt sein, aber das war ich nicht, ich war nur ich selbst. Und dann bin ich hin und hab euch auch noch alles vermasselt.«

Annie drückte sie noch stärker an sich, strich ihr über das Haar und sagte ihr, daß es so nicht gewesen sei. Und sie dachte, sagte es aber nicht, was für ein gefährliches Gut doch die Liebe war, und daß das wahre Maß im Geben und Nehmen eine Genauigkeit verlangte, die die Fähigkeiten der einfachen Menschen überstieg.

Annie konnte nicht sagen, wie lange sie so dasaßen, doch hatte ihr Weinen längst aufgehört, und die Nässe ihrer Tränen war kalt geworden auf ihrem Kleid. Grace schlief in ihren Armen ein und wachte auch nicht auf, als Annie sie hinlegte und sich dann zu ihr legte.

Sie lauschte auf das gleichmäßige und vertrauensvolle Atmen ihrer Tochter, und eine Zeitlang beobachtete sie die hellen Vorhänge am Fenster, wie sie sich im Luftzug bewegten. Dann schlief Annie auch ein, sie fiel in einen tiefen, traumlosen Schlaf, während sich die riesige Erde draußen unter dem stillen Nachthimmel weiterdrehte.

24

Robert sah durch das regenverschmierte Fenster des schwarzen Taxis auf die Frau an der Plakatwand, die ihm seit zehn Minuten auf die immer selbe Weise zuwinkte. Eine dieser elektronischen Vorrichtungen sorgte dafür, daß sich ihr Arm tatsächlich bewegte. Sie trug Ray-Bans, einen leuchtend pinkfarbenen Badeanzug und hielt etwas in ihrer Hand, das offenbar ein Pina Colada darstellen sollte. Sie gab ihr Bestes, um Robert und hundert andere im Stau gefangene, vom Regen eingehüllte Reisende zu überzeugen, daß sie besser dran wären, wenn sie ein Flugticket nach Florida kaufen würden.

Darüber ließe sich streiten. Außerdem war ihr Job nicht so einfach, wie er aussah, da englische Zeitungen in letzter Zeit einen ziemlichen Wirbel um britische Touristen gemacht hatten, die in Florida ausgeraubt, vergewaltigt und erschossen worden waren. Als das Taxi vorwärts kroch, sah Robert, daß irgendein Spinner der Frau auf den Fuß gekritzelt hatte: »Vergiß deine Uzi nicht.«

Zu spät begriff er, daß er die Subway hätte nehmen sollen. Sooft er in den letzten zehn Jahren auch in London gewesen war, jedesmal hatte man einen neuen Abschnitt der Straße zum Flughafen aufgerissen, und er war sich ziemlich sicher, daß man nicht erst dann anfing, wenn er ins Land kam. Seine Maschine nach Genua ging in fünfunddreißig Minuten, und wenn sie im jetzigen Tempo weiter vorankämen, würde er sie um etwa zwei Jahre verpassen. In einem Ton, der verdächtig genußvoll klang, hatte ihn der Taxifahrer bereits wissen lassen, daß draußen am Flughafen eine regelrechte Erbsensuppe herrsche.

Und die gab es tatsächlich. Seinen Flug hatte er allerdings nicht verpaßt, der war abgesagt. Er saß im Wartesaal der Business Class und erfreute sich einige Stunden lang der Gesellschaft einer wachsenden Gruppe nervöser Manager, die alle auf ihre Weise den selbstsüchtigen Weg zu einem Herzinfarkt verfolgten. Er versuchte, Annie anzurufen, erreichte aber nur den Anrufbeantworter und fragte sich, wo sie sein mochte. Er hatte vergessen, welche Pläne sie für den ersten Volkstrauertag seit Jahren hatte, den sie nicht gemeinsam verbrachten.

Er hinterließ eine Nachricht und sang einige Takte aus dem Marsch »The Halls of Montezuma«, was er stets an diesem Tag beim Frühstück tat und womit er regelmäßig einiges Gestöhne auslöste und manches Wurfgeschoße auf sich lenkte. Dann warf er einen letzten Blick auf die Notizen der heutigen Konferenz (die gut verlaufen war) und in die Unterlagen für die morgige Konferenz (die sicherlich auch gut verlief, falls er je dorthinkam) und räumte dann die Papiere fort, um eine weitere Runde durch die Abflughalle zu drehen.

Er schaute gerade gedankenlos und ohne bestimmten Grund auf einen Ständer mit Golfpullovern aus Kaschmirwolle, die er seinem schlimmsten Feind nicht geschenkt hätte, als jemand hallo zu ihm sagte. Er sah auf und entdeckte einen Mann, der eindeutig zu dieser Kategorie gehörte.

Freddie Kane war eine mittlere bis kleine Nummer in der Zeitungswelt, einer von diesen Typen, die man nie allzu genau danach fragte, worin ihre Arbeit eigentlich bestand, weil man Angst hatte, nicht sich, sondern ihn in Verlegenheit zu bringen. Er glich alle Unzulänglichkeiten, die er auf diesem schwammigen Gebiet aufweisen mochte, dadurch aus, daß er, wie er selbst immer wieder betonte, ein Privatvermögen besaß und außerdem sämtlichen Klatsch kannte, den es über jene zu wissen gab, die in New York etwas zu bedeuten hatten. Daß er Roberts Namen bei den vier oder fünf Gelegenheiten, bei denen sie einander vorgestellt worden waren, jedesmal wieder vergessen hatte, sollte Robert deutlich zu verstehen geben, daß er Annie Graves Ehemann nicht dazu zählte. Ganz im Gegensatz zu Annie selbst.

»Hi! Hab mir doch gedacht, daß Sie das sind! Wie geht's?«

Er klopfte Robert mit der einen Hand auf die Schulter und pumpte mit der anderen Roberts Hand auf eine Art, die zugleich stürmisch und schlaff wirkte. Robert lächelte, und ihm fiel auf, daß der Mann eine jener Brillen trug, die Filmschauspieler neuerdings aufsetzten in der Hoffnung, damit etwas intellektueller auszusehen. Er hatte Roberts Namen offensichtlich schon wieder vergessen.

Sie schwatzten eine Weile über die Golfpullover, tauschten Informationen über ihre Reiseziele aus, schätzten ihre Ankunftszeit ein und fachsimpelten über die Unberechenbarkeit des Nebels. Robert gab sich einsilbig und zurückhaltend, als er gefragt wurde, warum er in Europa weilte, dabei war es durchaus kein Geheimnis, aber er konnte sehen, wie sehr er Freddie damit enttäuschte. Und so war es vielleicht ein Gefühl der Rache, das Freddie zu seinen abschließenden Bemerkungen veranlaßte.

»Ich habe gehört, daß Annie Probleme mit Gates hat«, sagte er.

»Wie bitte?«

Er legte eine Hand vor den Mund und zog ein Gesicht wie ein schuldbewußter Schuljunge.

»Herrje. Vielleicht sollten Sie nichts davon wissen.«

»Tut mir leid, Freddie, ich habe keine Ahnung, wovon Sie reden.«

»Ach, ein kleiner Vogel hat mir zugezwitschert, daß Crawford Gates wieder auf Kopfjagd ist. Ist wahrscheinlich kein wahres Wort dran an der Geschichte.«

»Was meinen Sie mit ›Kopfjagd‹?«

»Sie wissen doch, wie das mit so einem Job ist, ›Reise nach Jerusalem‹ und so. Ich habe nur gehört, daß er Annie ziemlich zusetzt, das ist alles.«

»Na, das ist das erste, was ich...«

»Sind ja nur Gerüchte. Hätte gar nichts davon sagen sollen.«

Er grinste zufrieden, und da er gesagt hatte, was zu sagen vielleicht der einzige Zweck dieser Begegnung gewesen war, erklärte er, jetzt lieber zum Schalter seiner Fluggesellschaft gehen zu wollen, um sich zu beschweren.

Als Robert wieder im Wartesaal war, holte er sich noch ein Bier, blätterte in einer Ausgabe von *The Economist* und dachte darüber nach, was Freddie ihm gesagt hatte. Er hatte zwar den Naiven gespielt, aber trotzdem sofort gewußt, worauf der Mann anspielte.

Es war bereits das zweite Mal in dieser Woche, daß er davon gehört hatte.

Am letzten Dienstag war er bei einem Empfang eines wichtigen Klienten seiner Firma gewesen. Es war eine dieser Veranstaltungen, für die er sich sonst gern entschuldigen ließ, auf die er sich aber, seit Annie und Grace fort waren, sogar ein wenig freute. Der Empfang fand in einem mehrere Hektar großen Büro am Rockefeller Center statt mit Bergen von Kaviar, groß genug, um darauf Ski fahren zu können.

Wie auch immer der neueste Sammelbegriff für ein Zusammentreffen von Anwälten lauten mochte (jede Woche tauchte ein anderes und noch häßlicheres Wort dafür auf), dieser Abend hatte zweifellos dazu gehört. Robert sah viele bekannte Gesichter aus anderen Anwaltskanzleien und nahm an, daß der Gastgeber mit dieser Einladung dafür sorgen wollte, daß seine eigene Firma auf Zack blieb. Zu den Anwälten gehörte auch Don Farlow. Sie hatten sich erste einmal zuvor getroffen, aber Robert mochte ihn, außerdem wußte er, daß Annie sehr viel von ihm hielt.

Farlow begrüßte ihn herzlich, und während sie miteinander redeten, stellte Robert erfreut fest, daß sie nicht nur einen an Gier grenzenden Appetit auf Kaviar miteinander teilten, sondern auch eine zutiefst zynische Haltung gegenüber jenen, die diesen Kaviar besorgten. Sie bezogen neben dem Idiotenhügel Stellung, und Farlow hörte verständnisvoll zu, als Robert ihm erzählte, wie der Rechtsstreit um Graces Unfall sich entwickelte – oder eben nicht entwikkelte, denn der Fall war inzwischen so kompliziert geworden, daß sich der Prozeß wohl über Jahre hinziehen würde. Dann redeten sie über andere Dinge. Farlow fragte nach Annie und Grace und wollte wissen, wie sie dort draußen im Westen zurechtkamen.

»Annie ist phantastisch«, sagte Farlow. »Die Beste, wirklich. Verrückt ist nur, daß Crawford das ganz genau weiß.«

Robert fragte ihn, was er damit sagen wolle, und Farlow sah ihn überrascht und ein wenig verlegen an. Er wechselte rasch das Thema. Nur beim Abschied sagte er noch, daß er Annie bitte ausrichten möge, so rasch wie möglich zurückzukommen. Robert war gleich nach Haus gefahren und hatte Annie angerufen. Sie würde ihm schon erklären, um was es ging.

»Bei denen geht's wirklich zu wie in einem Irrenhaus«, sagte sie. Ja, sicher, Gates würde ihr arg zusetzen, aber auch nicht mehr als sonst. »Der alte Bastard weiß, daß er mich mehr braucht als ich ihn.«

Robert ließ es dabei bewenden, obwohl er spürte, daß sie mit ihren Worten mehr sich selbst als ihn überzeugen wollte. Doch wenn Freddie Kane Bescheid wußte, dann durfte man davon ausgehen, daß ganz New York es auch wußte oder bald wissen würde. Er war zwar nicht in Annies Welt zu Hause, hatte aber genug davon kennengelernt, um zu wissen, was wichtiger war: das, was gesagt wurde oder das, was der Wahrheit entsprach.

25

Hank und Darlene gaben ihre Party normalerweise am vierten Juli, dem Unabhängigkeitstag. Aber dieses Jahr hatte Hank Ende Juni einen Termin im Krankenhaus für eine Operation an seinen Krampfadern, und da er keine Lust hatte, auf seinem Fest herumzuhumpeln, wurde die Feier um etwa einen Monat auf den Volkstrauertag vorverschoben.

Das war nicht ohne Risiko. Vor einigen Jahren hatte an diesem Wochenende noch ein halber Meter Schnee gelegen. Und manche der Eingeladenen fanden, ein Tag, der jene ehren sollte, die für ihr Land gestorben waren, sei nicht recht geeignet für eine Party. Scheiße, sagte Hank, wenn man so lange verheiratet sei wie er und Darlene, dann biete die Unabhängigkeit auch nur verdammt wenig Anlaß zum Feiern, und die Typen, die er gekannt habe und die nach Vietnam gegangen seien, die hätten eine verdammt gute Party zu schätzen gewußt, warum zum Teufel also nicht?

Wie um ihn zu ärgern, regnete es.

Bäche ergossen sich von wehenden Planen, Tropfen fielen zischend zwischen die Hamburger, Rippchen und Steaks auf dem Grill, und ein Sicherungskasten explodierte mit lautem Knall und löschte die bunten Lichter rund um den Hof. Niemand ließ sich deshalb die Laune verderben. Sie liefen einfach alle in den Stall. Irgend jemand gab Hank ein T-Shirt, das er sich gleich anzog. Auf seiner Brust stand nun in großen schwarzen Buchstaben SHIT HAPPENS.

Tom kam spät, da der Tierarzt erst nach sechs zur Double Divide kommen konnte. Er hatte der jungen Stute noch eine Spritze gegeben und nahm an, daß der Fall damit erledigt war. Sie hatten noch mit dem Pferd zu tun gehabt, als die anderen zur Party fuhren.

Durch die offene Stalltür sah Tom, wie die Kinder, Annie und Grace sich in den Lariat drängten. Annie hatte ihm zugewinkt und gefragt, ob er denn nicht mitkommen wolle. Er sagte, er käme später nach. Befriedigt stellte er fest, daß sie dasselbe Kleid trug, das sie zwei Abende zuvor angehabt hatte.

Weder sie noch Grace hatten ein Wort von dem erzählt, was an jenem Abend geschehen war. Am Sonntag war Tom vor Morgengrauen aufgestanden, hatte sich im Dunkeln angezogen und gesehen, daß Annies Jalousien immer noch hochgezogen waren und das Licht noch brannte. Er hatte rübergehen und nachsehen wollen, ob alles in Ordnung war, hielt es dann aber für angebracht, noch eine Weile zu warten, um nicht neugierig zu wirken. Als er sich um die Pferde gekümmert hatte und zum Frühstück in die Küche kam, sagte Diane, daß Annie gerade angerufen habe, um zu fragen, ob sie und Grace mit zur Kirche fahren könnten.

»Wahrscheinlich will sie bloß für ihre Zeitschrift einen Artikel drüber schreiben«, meinte Diane. Tom erwiderte, daß er diese Bemerkung unfair finde, und Diane solle Annie doch endlich in Ruhe lassen. Diane sprach daraufhin den ganzen Tag kein Wort mehr mit ihm.

Sie waren mit zwei Wagen in die Stadt gefahren, und Tom hatte auf Anhieb gemerkt, daß sich etwas zwischen Annie und Grace verändert hatte. In die Beziehung zwischen Mutter und Tochter war Ruhe eingekehrt. Ihm fiel auch auf, daß Grace ihrer Mutter jetzt in die Augen sah, wenn sie mit ihr redete, und daß die beiden, nachdem die Wagen abgestellt worden waren, Arm in Arm zur Kirche gingen.

Sie hatten nicht alle in einer Kirchenbank Platz, also rückten Annie und Grace eine Reihe auf einen Platz vor, auf den durch ein Fenster ein Sonnenstrahl fiel, in dem sich träge Staubwolken fingen. Tom sah, wie sich die übrigen Kirchgänger nach den Neulingen umschauten, Frauen ebenso wie Männer. Er merkte aber auch, daß sein eigener Blick immer wieder zu Annies Nacken zurückkehrte, wenn sie aufstand, um zu singen, oder wenn sie den Kopf im Gebet neigte.

Danach hatte Grace auf der Double Divide wieder Gonzo geritten, nur ritt sie diesmal in der großen Arena, so daß alle zuschauen konnten. Eine Weile blieb sie im Schritt, fiel aber auf Toms Anweisung in Trab. Zuerst war sie ein wenig verkrampft, aber kaum hatte sie sich entspannt und ihren Rhythmus gefunden, konnte Tom sehen, was für eine prächtige Reiterin sie war. Er gab ihr einige Ratschläge, wie sie ihr Bein einsetzen konnte, und als er sah, daß sie sich sicher fühlte, sagte er, jetzt könne sie loslegen und eine Runde galoppieren.

»Galoppieren?«

»Warum nicht?«

Und so galoppierte sie. Es war phantastisch, und als ihre Hüfte sich lockerte und Grace sich der Bewegung des Pferdes überließ, sah Tom, wie sich ein Grinsen auf ihr Gesicht stahl.

»Sollte sie sich nicht besser einen Reithelm aufsetzen?« fragte Annie leise. Sie dachte an einen dieser Sturzhelme, wie sie die Reiter in England und drüben an der Ostküste trugen, und er sagte nein, daß sei nicht nötig, solange sie nicht vorhabe, vom Pferd zu fallen. Er wußte, er hätte ihre Frage ernster nehmen sollen, aber Annie schien ihm zu vertrauen, und er ließ es dabei bewenden.

Grace zügelte Gonzo in perfekter Haltung und brachte ihn vor ihnen zum Stehen, und alle klatschten und jubelten ihr zu. Das kleine Pferd setzte eine Miene auf, als hätte es den Kentucky Derby gewonnen. Und Graces Lächeln strahlte so hell und klar wie der Morgenhimmel.

Nachdem der Tierarzt gegangen war, duschte sich Tom, zog sich ein sauberes Hemd an und fuhr durch den Regen zu Hanks Ranch hinüber. Es goß in solchen Strömen, daß die Scheibenwischer des alten Chevys beinahe versagten, und Tom mußte seine Nase fast gegen die Windschutzscheibe pressen, um den Wagen durch die überfluteten Krater der alten Sandstraße navigieren zu können. Vor dem Haus standen so viele Autos, daß er es vorzog, direkt in der Auffahrt zu parken, und wenn er nicht an seine Regenjacke gedacht hätte, wäre er doch noch auf dem Weg zum Stall bis auf die Haut naß geworden.

Kaum war er drinnen, entdeckte ihn Hank und brachte ihm ein Bier. Tom lachte über das T-Shirt, aber noch während er die Regenjacke auszog, merkte er, daß er die Menge nach Annies Gesicht absuchte. Der Stall war groß, aber immer noch zu klein für die riesige Menschenschar. Es wurde Country Music gespielt, die im Lärm des

Redens und Lachens jedoch fast unterging. Viele waren noch beim Essen. Hin und wieder trieb der Wind eine Rauchwolke vom Barbecue durch die offenen Türen. Die meisten Gäste aßen im Stehen, da die von draußen hereingetragenen Tische noch naß waren.

Während er mit Hank und einigen anderen Männern plauderte, ließ Tom seine Blicke durch den Raum schweifen. Am anderen Ende war eine leere Box zu einer Bar umgebaut worden, und er sah Frank am Tresen aushelfen. Grace und Joe standen mit einigen der älteren Kinder vor der Anlage, stöberten eine Kiste mit Musikkassetten durch und stöhnten bei dem Gedanken, ihre Eltern zur Musik von The Eagles und Fleetwood Mac tanzen zu sehen. Diane sagte den Zwillingen zum letztenmal, daß sie sie sofort nach Hause fahren würde, wenn sie nicht aufhörten, Brot durch die Gegend zu werfen. Er sah viele Gesichter, die er kannte, und viele Leute begrüßten ihn. Aber es gab nur ein Gesicht, nach dem er suchte, und endlich fand er es.

Annie stand mit einem leeren Glas in der Hand am anderen Ende des Stalls und unterhielt sich mit Smoky, der aus New Mexico herübergekommen war, wo er seit Toms letztem Kurs gearbeitet hatte. Smoky schien den größten Teil des Gesprächs zu bestreiten. Hin und wieder glitten Annies Blicke durch den Raum, und Tom fragte sich, ob sie jemand Bestimmten suchte, und wenn ja, ob sie vielleicht nach ihm Ausschau hielt. Dann sagte er sich, hör auf, dich wie ein Narr zu benehmen, und er ging, um sich etwas zu essen zu holen.

Smoky wußte, wer Annie war, sobald sie ihm vorgestellt worden war. »Sie sind das. Sie haben ihn angerufen, als er den Kurs in Marin County gegeben hat!« sagte er.

Annie lächelte. »Das stimmt.«

»Mann, ich weiß noch, wie er mich angerufen hat, als er aus New York zurückkam. Da hat er gesagt, daß er mit dem Pferd nichts zu tun haben will. Und jetzt Sie hier.«

»Er hat seine Meinung geändert.«

»Hat er wohl, Ma'am. Hab noch nie erlebt, daß Tom was getan hat, was er nicht tun wollte.«

Annie fragte ihn nach seiner Arbeit mit Tom und wollte wissen, was in den Kursen passierte. Der Ton, in dem Smoky antwortete, verriet ihr, daß er Tom über die Maßen bewunderte. Er sagte, es gäbe mittlerweile eine ganze Reihe Leute, die solche Kurse abhielten, aber keiner von denen könnte Tom das Wasser reichen, keine Frage. Tom helfe Pferden, die jeder andere fortgebracht und erschossen hätte.

»Wenn er ihnen seine Hände auflegt, kann man richtig zusehen, wie alle Probleme von ihnen abgleiten.«

Annie sagte, mit Pilgrim hätte er das noch nicht getan, und Smoky meinte, dann dürfe das daran liegen, daß das Pferd noch nicht soweit sei.

»Hört sich an wie Zauberei«, sagte sie.

»Nein, Ma'am, es ist mehr als Zauberei. Zauberei, das sind doch nur Tricks.«

Was es auch war, Annie hatte es gespürt. Sie spürte es, wenn sie Tom arbeiten sah und wenn sie mit ihm ausritt. Eigentlich fühlte sie es sogar in jedem Augenblick, den sie mit ihm zusammen war.

Daran hatte sie gedacht, als sie gestern morgen aufwachte, Grace noch an ihrer Seite schlief und die Morgendämmerung durch die verschlossenen Gardinen drang, die jetzt still herabhingen. Lange Zeit lag sie da, ohne sich zu rühren, geborgen in der Ruhe, die der gleichmäßige Atem ihrer Tochter ausströmte. Einmal murmelte Grace im Traum, aber Annie bemühte sich vergebens, sie zu verstehen.

Erst dann fiel ihr auf, daß unter dem Stapel Bücher und Zeitschriften am Bett jenes Exemplar von *The Pilgrim's Progress* lag, das Liz Hammonds Verwandte ihr gegeben hatten. Sie war noch nicht dazu gekommen, das Buch aufzuschlagen, und hatte auch keine Ahnung, warum es in Graces Zimmer lag. Annie glitt behutsam aus dem Bett und setzte sich mit dem Buch in einen Sessel am Fenster, wo das Licht zum Lesen gerade ausreichte.

Sie erinnerte sich, als Kind mit weit aufgerissenen Augen der Geschichte gelauscht zu haben, in den Bann geschlagen von den einfachen Sinnbildern jener heroischen Reise eines kleinen Christen zur Himmlischen Stadt. Als sie es jetzt wieder las, schien ihr die Allegorie allzu offensichtlich und plump. Doch gegen Ende des Buches fand sie einen Abschnitt, der sie innehalten ließ.

»Und dann sah ich in meinen Traum, daß die Pilger derweil die

Verzauberte Flur durchquert und das Land Beulah betreten hatten, dessen Luft allerliebst und willkommen ist; und da ihr Weg direkt durch dieses Land führte, ließen sie es sich eine Weile gut sein. Denn wahrlich, immerzu hörten sie hier der Vögel Gesang, sahen sie die Blumen der Erde erblühn und hörten der Schildkröte Stimme auf dem Land. Tag und Nacht leuchtete in diesem Land die Sonne, denn es lag jenseits des Tales der Todesschatten und auch außerhalb der Grenzen der Großen Verzweiflung; selbst das Zweifelschloß war von hier aus nicht zu erblicken. Doch sie hausten in Sichtweite der Stadt, zu der sie pilgern wollten, und trafen sogar schon einige ihrer Einwohner. Denn in diesem Land bewegten sich die Strahlenden unter den Gewöhnlichen, da es an der Grenze zum Himmel lag.«

Annie las den Abschnitt dreimal und hörte dann auf zu lesen. Diese Lektüre hatte sie veranlaßt, Diane anzurufen und sie zu fragen, ob sie und Grace mit zur Kirche fahren könnten. Allerdings hatte dieses plötzliche Verlangen – so völlig untypisch für Annie, daß sie selbst darüber lachen mußte – nur wenig mit Religion zu tun, sondern etwas mit Tom Booker.

Annie wußte, daß er irgendwie die Voraussetzungen für das Vorgefallene geschaffen hatte. Er hatte das Tor aufgeschlossen, durch das sie und Grace sich finden konnten. »Bleiben Sie für sie da«, hatte er ihr gesagt. Und sie hatte seinen Rat befolgt. Jetzt wollte sie einfach Dank sagen, doch auf ritualisierte Weise, so daß es niemandem peinlich sein mußte. Als sie Grace von dem Vorhaben erzählte, hatte ihre Tochter gestichelt und gefragt, seit wie vielen Jahrhunderten sie denn keine Kirche mehr von innen gesehen hätte. Doch sie sagte es liebevoll und freute sich offensichtlich darauf, sie zu begleiten.

Annie konzentrierte sich wieder auf die Party. Smoky hatte offenbar nicht gemerkt, daß sie in Gedanken abgeschweift war. Er erzählte ihr gerade eine lange, verwickelte Geschichte über den Besitzer der Ranch in New Mexico, auf der er arbeitete. Und während Annie wieder zuhörte, tat sie das, was sie die meiste Zeit dieses Abends getan hatte: Sie hielt nach Tom Ausschau. Vielleicht würde er doch nicht mehr kommen.

Hank stellte mit den übrigen Männern die Tische wieder hinaus in den Regen, und man begann zu tanzen. Die Musik, immer noch

Country Music, wurde lauter gedreht, und die Jugendlichen, angeführt von den coolsten Kids, stöhnten wieder, obwohl sie insgeheim sicherlich darüber erleichtert waren, nicht selber tanzen zu müssen. Schließlich machte es viel mehr Spaß, über die Eltern zu lachen, als sich von ihnen auslachen zu lassen. Einige der älteren Mädchen ließen sie aber im Stich und begannen zu tanzen, und bei diesem Anblick machte sich Annie plötzlich Sorgen. Bis jetzt hatte sie dummerweise nicht daran gedacht, daß der Anblick der Tanzenden für Grace schmerzlich sein könnte. Sie entschuldigte sich bei Smoky und machte sich auf die Suche nach ihrer Tochter.

Grace saß mit Joe bei den Boxen. Sie sahen Annie kommen, und Grace flüsterte Joe etwas zu, so daß dieser grinsen mußte. Doch das Grinsen war von seinem Gesicht verschwunden, als Annie sie erreichte, und er stand auf, um sie zu begrüßen.

»Darf ich bitten, Ma'am?«

Grace platzte fast vor Lachen, und Annie warf ihr einen mißtrauischen Blick zu.

»Du hast damit natürlich überhaupt nichts zu tun, nicht wahr«, sagte sie.

»Natürlich nicht, Ma'am.«

»Und es besteht auch nicht die geringste Chance, daß es sich um eine Mutprobe handelt?«

»Mom! Wie unhöflich!« sagte Grace. »Was für ein entsetzlicher Gedanke!«

Joe verzog keine Miene. »Nein. Ma'am, keineswegs.«

Annie sah Grace in die Augen, und jetzt begriff sie, was ihrer Mutter Sorgen machte.

»Mom, vergiß es. Du glaubst doch wohl nicht, daß ich zu dieser Musik mit ihm tanzen will?«

»Wenn das so ist – gerne, Joe.«

Also tanzten sie. Joe tanzte gut, die anderen Jugendlichen pfiffen ihn zwar aus, aber er zuckte mit keiner Wimper. Und während sie mit ihm tanzte, entdeckte sie Tom. Er stand an der Bar, sah ihr zu und winkte. Bei seinem Anblick war sie plötzlich aufgeregt wie ein Teenager, fühlte sich aber zugleich verlegen, da sie fürchtete, man könnte ihr etwas anmerken.

Als die Musik zu Ende ging, verbeugte sich Joe höflich und begleitete sie zurück zu Grace, die sich vor Lachen kaum wieder beruhigen konnte. Annie spürte, wie ihr jemand auf die Schulter klopfte, und drehte sich um. Es war Hank. Er bat sie um den nächsten Tanz und ließ sich nicht abweisen. Doch noch bevor der Tanz vorbei war, hatte er dafür gesorgt, daß Annie vor Lachen der Bauch weh tat. Sie kam nicht mehr zur Ruhe. Frank war der nächste, dann kam Smoky.

Beim Tanzen sah sie zu Grace und Joe hinüber, die mit den Zwillingen und einigen anderen Kindern eine Art Tanzparodie aufführten, die immerhin so witzig war, daß Grace und Joe sich einreden konnten, nicht wirklich miteinander zu tanzen.

Sie sah, wie Tom erst mit Darlene, dann mit Diane und danach, etwas enger, mit einer hübschen, jüngeren Frau tanzte, die Annie nicht kannte und auch nicht kennenlernen wollte. Vielleicht war sie eine Freundin, von der sie noch nichts gehört hatte. Und jedesmal, wenn die Musik aufhörte, sah sich Annie nach ihm um und fragte sich, warum er nicht herüberkam und sie zum Tanzen aufforderte.

Er sah, wie sie nach dem Tanz mit Smoky an die Bar ging, dankte seiner Partnerin so rasch, wie die Höflichkeit es zuließ, und folgte Annie. Zum drittenmal versuchte er nun, an sie heranzukommen, aber immer war ein anderer schneller gewesen.

Er schlängelte sich durch die dampfende Menge und sah, wie Annie sich den Schweiß von der Stirn wischte und ihn mit beiden Händen durch das Haar strich, geradeso wie damals, als er sie beim Joggen getroffen hatte. Auf ihrem Rücken zeigte sich ein dunkler Fleck, dort, wo das Kleid feucht geworden war und an ihrer Haut klebte. Als er näher kam, konnte er ihr Parfüm riechen, vermengt mit dem unaufdringlichen, aber faszinierenden Geruch, der ganz allein von ihr ausging.

Frank stand wieder hinter der Theke, und als er Annie entdeckte, fragte er sie über die Köpfe einiger wartender Gäste hinweg, was sie wolle. Sie bat ihn um ein Glas Wasser. Frank sagte, es täte ihm leid, aber Wasser hätten sie nicht, nur Dr. Peppers. Er gab ihr eine Flasche, und sie bedankte sich, drehte sich um und stand direkt vor Tom.

»Hi!« sagte sie.

»Hi. Aha, Annie Graves tanzt also gern.«

»Ehrlich gesagt, kann ich es nicht ausstehen. Aber die Leute hier lassen einem ja keine Wahl.«

Er lachte und beschloß, sie lieber nicht aufzufordern, obwohl er sich den ganzen Abend darauf gefreut hatte. Irgend jemand drängte sich zwischen ihnen hindurch und trennte sie für einen Augenblick. Die Musik hatte wieder angefangen, und so mußten sie sich anschreien, um sich verständlich machen zu können.

»Ihnen gefällt es offensichtlich«, sagte sie.

»Was?«

»Das Tanzen. Ich habe Sie gesehen.«

»Yeah, ich glaub schon. Aber ich habe Sie auch gesehen, und mir schien, Ihnen gefiel es besser, als Sie jetzt zugeben wollen.«

»Ach, wissen Sie, manchmal macht es Spaß. Wenn ich in der richtigen Stimmung bin.«

»Und Sie wollen Wasser?«

»Ich würde dafür sterben.«

Tom bat Frank um ein sauberes Glas und gab ihm die Flasche Dr. Peppers zurück. Dann legte er seine Hand auf Annies Rücken, steuerte sie durch die Menge und genoß es, die Wärme ihres Körpers durch das feuchte Kleid zu spüren.

»Dann kommen Sie.«

Er bahnte ihnen einen Weg durch die Menschenmenge, aber Annie dachte ausschließlich an seine Hand auf ihrem Rücken, direkt unterhalb der Schulterblätter und dem Verschluß vom BH.

Sie umgingen die Tanzfläche, und Annie ärgerte sich, weil sie ihm gesagt hatte, daß sie nicht gern tanzte, denn sonst hätte er sie bestimmt aufgefordert, und nichts wäre ihr lieber gewesen.

Das große Stalltor stand weit offen, und die Partylampen beleuchteten den Regen draußen, der wie ein Perlenvorhang von ständig wechselnder Farbe aussah. Der Sturm hatte sich gelegt, aber es regnete noch so heftig, daß der Wolkenbruch selbst eine leichte Brise erzeugte, und so hatten sich bereits einige Leute am Tor versammelt, um die Kühle zu genießen, die Annie jetzt auch auf ihrem Gesicht spürte.

Tom und Annie blieben am Rand des schützenden Dachs stehen

und spähten in den Regen, der so laut niederrauschte, daß er die Musik hinter ihnen beinahe übertönte. Es bestand kein Anlaß mehr für ihn, seine Hand noch länger auf ihrem Rücken liegen zu lassen, und obwohl sie hoffte, er würde es nicht tun, nahm er sie fort. Offenbar wollte er mit ihr zum Haus auf der gegenüberliegenden Hofseite laufen, dessen erleuchtete Fenster wie die gerade noch sichtbaren Lichter auf einem Geisterschiff wirkten.

»Wir werden klitschnaß«, sagte sie. »So durstig bin ich auch wieder nicht.«

»Ich dachte, Sie wollten für ein Glas Wasser sterben?«

»Sicher, aber nicht durch Ertrinken. Dabei soll es der angenehmste Weg sein. Ich habe mich immer gefragt, woher um alles auf der Welt man so etwas wissen will?«

Er lachte. »Sie denken wirklich eine Menge, stimmt's?«

»Klar, immer was los da oben. Kann gar nicht damit aufhören.«

»Kommt Ihnen nur manchmal in die Quere, wie?«

»Stimmt.«

»So wie jetzt zum Beispiel.« Er sah, daß sie ihn nicht verstand. Er zeigte auf das Haus. »Hier stehen wir, sehen in den Regen und sagen uns, Pech, kein Wasser.«

Annie warf ihm einen ironischen Blick zu und nahm ihm das Glas aus der Hand. »Ist wie mit den Bäumen und dem Wald, nicht?«

Er zuckte die Achseln und lächelte. Annie hielt das Glas hinaus in die Nacht. Sie zuckte zusammen, als die Regentropfen mit fast schmerzhafter Wucht auf ihren nackten Arm niederprasselten. Das Rauschen des Wassers schien sie beide einzuhüllen, sie allein. Und während sich das Glas füllte, hielten ihre Blicke eine Zwiesprache, die nur für den oberflächlichen Betrachter von Humor geprägt zu sein schien. Es dauerte nicht so lange, wie es ihnen vorkam oder wie sie es sich gewünscht hätten.

Annie bot ihm das Glas an, aber er schüttelte nur den Kopf und ließ sie nicht aus den Augen. Sie erwiderte seinen Blick über den Rand des Glases hinweg, und das Wasser schmeckte kühl und rein, so rein nach nichts, daß sie am liebsten geweint hätte.

26

Grace wußte, daß irgendwas los war, sobald sie sich zu ihm in den Chevy setzte. Das Lächeln verriet ihn. Er grinste wie ein Kind, das das Glas mit Süßigkeiten versteckt hatte.

»Was ist los?« fragte sie.

»Wie meinst du das?«

Sie betrachtete ihn mit zusammengekniffenen Augen, aber er spielte den Unschuldigen.

»Na ja, erstens bist du zu früh.«

»Wirklich?« Er schüttelte seine Armbanduhr. »Verflixtes Ding.«

Sie sah ein, daß es hoffnungslos war, und lehnte sich zurück. Tom betrachtete sie wieder mit diesem komischen Lächeln.

Der zweite Hinweis war das Seil, das er aus dem Stall mitnahm, bevor sie zu Pilgrims Korral gingen. Es war kürzer als das Lasso und in einem komplizierten dunkelrot und grünem Kreuzmuster geflochten.

»Was ist das?«

»Das ist ein Seil. Hübsch, nicht?«

»Was macht man damit, wollte ich fragen.«

»Ach, Grace, es gibt eine Unzahl von Dingen, die man mit einem Seil wie diesem machen könnte.«

»Zum Beispiel am Baum baumeln, sich selbst aufknüpfen...«

»Genau, so was eben.«

Als sie zum Korral kamen, lehnte sich Grace an den Zaun, so wie sie es immer tat, und Tom ging mit dem Seil hinein. In der gegenüberliegenden Ecke begann Pilgrim, ebenfalls wie immer, zu schnauben und hin und her zu traben, als wollte er eine letzte vergebliche Zuflucht markieren. Schweif, Ohren und die Muskeln am Bauch zuckten, als stünden sie unter Strom.

Aber Tom sah nicht zu ihm hin. Im Gehen machte er sich am Seil zu schaffen, doch da ihr sein Rücken die Sicht versperrte, konnte Grace nicht sehen, was er tat. Was es auch immer war, er hörte selbst dann nicht damit auf, als er mitten im Korral stehenblieb, und er hielt den Blick immer noch gesenkt.

Grace merkte, daß Pilgrim ebenso fasziniert war wie sie. Er lief nicht länger auf und ab, sondern stand nur noch da und sah zu. Und obwohl er den Kopf in den Nacken warf und mit den Hufen auf dem Boden scharrte, richteten sich seine Ohren auf Tom, als würden sie von Gummibändern bewegt. Grace ging langsam am Zaun entlang, um einen besseren Blickwinkel auf Tom zu bekommen. Sie brauchte nicht weit zu gehen, denn Tom drehte sich um, so daß seine Schulter jetzt für Pilgrim verdeckte, was er tat. Doch soweit Grace erkennen konnte, schien er nur eine Reihe von Knoten ins Seil zu schlagen. Tom blickte kurz auf und sah sie unterm Hutrand hervor lächelnd an.

»Scheint mir ganz schön neugierig, wie?«

Grace sah zu Pilgrim hinüber. Er war mehr als neugierig. Und da er nicht mehr sehen konnte, was Tom trieb, tat er, was Grace getan hatte, und machte ein paar Schritte, um einen besseren Blickwinkel zu bekommen. Tom hörte ihn, ging einige Schritte von ihm fort und drehte ihm auch noch den Rücken zu. Pilgrim blieb eine Weile stehen, blickte zur Seite und schien zu überlegen. Dann sah er wieder zu Tom und machte ein paar weitere zögernde Schritte auf ihn zu. Und wieder hörte Tom ihn und ging vor, so daß der Abstand zwischen ihnen fast, wenn auch nicht ganz, derselbe blieb.

Grace konnte sehen, daß Tom aufgehört hatte, Knoten ins Seil zu knüpfen, jetzt aber an ihnen zog und zerrte, und plötzlich erkannte sie, was er gemacht hatte. Es war ein einfaches Halfter. Sie konnte es nicht fassen.

»Willst du ihm das überwerfen?«

Tom grinste und sagte mit theatralischem Flüstern: »Nur wenn er mich darum bittet.«

Grace war zu aufgeregt, um sagen zu können, wie lange es gedauert hatte. Zehn, vielleicht fünfzehn Minuten, aber nicht länger. Jedesmal, wenn Pilgrim auf ihn zuging, rückte Tom von ihm ab, bewahrte sein Geheimnis und reizte somit Pilgrims Neugier. Und dann blieb Tom stehen, und jedesmal, wenn er stehenblieb, hatte er den Abstand zwischen ihnen ein wenig verringert. Als sie zweimal die Runde um den Korral gemacht hatten und Tom wieder zurück in die Mitte gegangen war, standen sie höchstens noch ein Dutzend Schritte auseinander.

Dann drehte Tom sich so weit, daß er im rechten Winkel zu Pilgrim stand, arbeitete gelassen weiter am Seil und sah wohl einmal lächelnd zu Grace hinüber, warf dem Pferd aber keinen Blick zu. Dermaßen ignoriert prustete Pilgrim laut und sah erst zur einen, dann zur anderen Seite. Schließlich machte er noch zwei, drei Schritte auf Tom zu. Grace sah, wie Pilgrim damit rechnete, daß der Mann sich wieder von ihm entfernte, doch der blieb diesmal reglos stehen. Diese Veränderung überraschte Pilgrim, und er sah sich wieder nach allen Seiten um, als wollte er schauen, ob nicht irgend etwas auf dieser Welt, Grace eingeschlossen, ihm helfen konnte, diesen Mann zu verstehen. Da er keine Antwort fand, ging er noch näher heran. Und dann noch näher. Er prustete, reckte den Hals und schnupperte, um jedwede Gefahr zu riechen, die dieser Mann verbergen mochte, und wägte das Risiko gegen das inzwischen überwältigende Verlangen ab, endlich zu erfahren, was der Mann in seinen Händen hielt.

Schließlich war er so nah, daß seine Nüstern beinahe Toms Hut berührten, und Tom mußte den Atem im Nacken gespürt haben.

Dann ging Tom einige Schritte zurück, und obwohl die Bewegung keineswegs plötzlich erfolgte, sprang Pilgrim wie eine erschreckte Katze auf und wieherte. Aber er lief nicht davon. Und als er sah, daß Tom ihn nun anschaute, beruhigte er sich. Jetzt konnte er das Seil erkennen. Tom hielt es in beiden Händen, damit Pilgrim es sich genau anschauen konnte. Doch ansehen war nicht genug, das wußte Grace; er würde auch daran schnuppern müssen.

Zum erstenmal sah Tom ihn nun an, und er sagte auch etwas, aber Grace konnte nicht hören, was es war, dafür war sie zu weit entfernt. Sie biß sich beim Zusehen auf die Lippen, trieb das Pferd stumm an. Geh schon, er tut dir nichts, geh! Aber Pilgrim brauchte keinen weiteren Antrieb als seine eigene Neugier. Zögernd, aber mit einem Zutrauen, das von Schritt zu Schritt wuchs, ging das Pferd auf Tom zu und stieß mit der Nase ans Seil. Und als es am Seil schnupperte, begann es auch an Toms Händen zu schnuppern, und Tom stand einfach da und ließ Pilgrim gewähren.

In diesem Augenblick, bei dieser bebenden Berührung zwischen Pferd und Mensch, fühlte Grace, wie mehrere Dinge sich zusammenfügten. Sie hätte es nicht erklären können, nicht einmal sich selbst. Sie wußte einfach nur, daß ein Siegel auf all jene Vorkommnisse gedrückt worden war, die in den vergangenen Tagen geschehen waren. Daß sie ihre Mutter wiedergefunden hatte, das Reiten, die Selbstsicherheit, die sie auf dem Fest gespürt hatte, all dem hatte Grace nicht recht getraut. Es war, als ob man es ihr jeden Augenblick wieder fortnehmen könnte. Doch in Pilgrims behutsamem Beweis des Vertrauens lag eine solche Hoffnung, ein solch strahlendhelles Versprechen, daß sie spürte, wie sich etwas in ihr bewegte und sich öffnete, und sie wußte, diese Veränderung war unvergänglich.

Offenbar mit der Einwilligung von Pilgrim legte Tom ihm nun langsam eine Hand an den Hals. Das Pferd zuckte kurz zusammen, schien für einen Moment zu erstarren, aber das war nur aus Vorsicht, und sobald Pilgrim die Hand spürte und merkte, daß sie ihm keinen Schmerz brachte, entspannte er sich und ließ sich von Tom streicheln.

Das dauerte lange Zeit. Langsam arbeitete sich Tom vor, bis er den ganzen Hals gestreichelt hatte, und Pilgrim ließ es geschehen. Schließlich durfte Tom auf der anderen Seite das gleiche tun, er konnte sogar die Mähne berühren, die so verfilzt war, daß sie wie Stacheln zwischen seinen Fingern aufragte. Dann legte ihm Tom sanft und ohne alle Hast das Halfter um. Und Pilgrim sträubte sich nicht, er scheute nicht einmal eine Sekunde lang davor zurück.

Bei dem Gedanken, Grace zusehen zu lassen, hatte er sich eigentlich nur besorgt gefragt, ob sie dem Ganzen nicht vielleicht zu viel Bedeutung zumaß. Es war stets eine heikle Angelegenheit, wenn ein Pferd diesen ersten Schritt machte, vor allem bei diesem Pferd. Dabei ging es gar nicht so sehr um die äußere Eierschale, sondern um die innere weiße Membran. An Pilgrims Augen und dem Zucken seiner Flanken konnte er erkennen, daß das Pferd kurz davor stand, ihn zurückzuweisen. Und wenn es ihn zurückwies, würde es beim nächstenmal – wenn es denn ein nächstes Mal gab – noch schwieriger sein.

Viele Tage lang hatte Tom morgens auf diesen Augenblick hingearbeitet, ohne Grace davon zu erzählen. Nachmittags, wenn sie zusah, arbeitete er an anderen Dingen, hauptsächlich mit der Flagge, trieb das Pferd immer wieder an und warf ihm das Seil zu, damit es sich daran gewöhnte. Doch Pilgrim mit einem Halfter vertraut zu machen, das tat er lieber allein. Und bis gestern hatte er nicht gewußt, ob es klappen würde, ob der Funke Hoffnung, von dem er Annie erzählt hatte, tatsächlich vorhanden war. Als er ihn dann sah, hatte Tom aufgehört, weil er wollte, daß Grace dabei war, wenn er in den Funken blies und ihn zum Glühen brachte.

Er brauchte Grace nicht anzusehen, um zu wissen, wie tief bewegt sie war. Allerdings wußte sie noch nicht – und vielleicht hätte er ihr vorher davon erzählen sollen, statt den Neunmalklugen zu spielen –, daß von jetzt an durchaus nicht alles eitel Sonnenschein sein würde. Noch stand ihm ein Kampf bevor, der Pilgrim aussehen lassen könnte, als wäre er wieder dem Wahnsinn verfallen. Doch das konnte warten. Aber Tom wollte jetzt nicht damit anfangen, denn dieser Augenblick gehörte allein Grace, und er wollte ihn ihr nicht verderben.

Also bat er sie, in den Korral zu kommen, denn er wußte, wie sehr sie sich das gewünscht hatte. Er sah, wie sie ihren Stock an das Tor lehnte und ihm mit kaum wahrnehmbaren Hinken entgegenging. Als sie fast bei ihnen war, bat Tom sie stehenzubleiben, denn es war besser, wenn das Pferd zu ihr und nicht sie zum Pferd kam. Ein leichtes Ziehen am Halfter, und Pilgrim setzte sich in Bewegung.

Tom sah, wie Grace sich auf die Lippen biß und ein Zittern unterdrückte, als sie dem Pferd ihre Hände unter die Nase hielt. Sie hatten beide Angst, und die Begrüßung fiel sicherlich weit verhaltener aus, als Grace sie je erlebt hatte. Doch als Pilgrim erst ihre Hände und später dann ihr Gesicht und ihre Haare beschnupperte, meinte Tom, einen ersten Eindruck von dem zu bekommen, was die beiden einmal füreinander gewesen waren und vielleicht wieder füreinander sein würden.

»Annie? Ich bin's, Lucy. Bist du zu Hause?«

Annie ließ die Frage eine Zeitlang in der Luft hängen. Sie verfaßte gerade ein wichtiges Memo an ihre engsten Mitarbeiter über den Umgang mit Crawford Gates' Eingriffen in ihre Arbeit. Im wesentlichen lief es darauf hinaus, daß sie ihm gefälligst sagen sollten, sich zu verpissen. Sie hatte den Anrufbeantworter angestellt, um sich etwas Ruhe zu gönnen und die nötigen Worte zu finden, die ihre Nachricht ein wenig eleganter umschrieben.

»Scheiße. Bestimmt säbelst du gerade einer Kuh die Eier ab oder was zum Teufel man da draußen sonst so treibt. Hör mal, ich... Ach, ruf mich einfach zurück, okay?«

Sie klang sichtlich beunruhigt, deshalb hob Annie den Hörer ab.

»Kühe haben keine Eier.«

»Was du nicht sagst. Hast also doch heimlich im Hintergrund gelauert, he?«

»Überwachen, Lucy, man nennt das überwachen. Was ist los?«

»Er hat mich gefeuert.«

»Was?«

»Dieses Arschloch hat mich gefeuert.«

Annie rechnete schon seit Wochen damit. Lucy war die erste Mitarbeiterin, die sie eingestellt hatte, ihre engste Verbündete. Sie zu kündigen bedeutete ein unmißverständliches Signal. Mit einem dumpfen Gefühl in der Brust hörte Annie zu, während Lucy ihr erzählte, wie es dazu gekommen war.

Den Vorwand lieferte ein Artikel über Lastwagenfahrerinnen. Annie hatte eine Kopie gesehen und fand ihn, auch wenn erwartungsgemäß viel von Sex die Rede war, ziemlich lustig. Die Bilder waren außerdem phantastisch. Lucy hatte eine große Aufmachung mit dem Titel TRUCKER-LADIES gewollt, aber Gates war dagegen und behauptete, Lucy sei »von frivolen Skandalgeschichten wie besessen«. Sie hatten sich vor versammeltem Büro einen Schlagabtausch geliefert, in dessen Verlauf Lucy Gates unumwunden gesagt hatte, wofür Annie in ihrem Memo gerade eine freundliche Umschreibung suchte.

»Damit wird er bei mir nicht durchkommen«, sagte Annie.

»Ach, es ist längst passiert. Ich bin weg.«

»Nein, bist du nicht. Das kann er nicht machen.«

»Er kann, Annie. Das weißt du auch, und verflixt, ich hatte sowieso genug. Es machte einfach keinen Spaß mehr.«

Einige Sekunden schwiegen sie, während sie beide darüber nachdachten. Annie seufzte.

»Annie?«

»Ja?«

»Du solltest lieber zurückkommen. Und zwar verdammt schnell.«

Grace kam spät nach Hause und schäumte über vor Begeisterung über Pilgrims Fortschritte. Sie half Annie, den Tisch für das Abendbrot zu decken, und erzählte ihr beim Essen, wie es sich angefühlt hatte, ihn wieder zu berühren, wie er gezittert hatte. Sie hatte ihn nicht streicheln dürfen, wie Tom es getan hatte, und war ein wenig beleidigt, weil sie nur so kurz in seiner Nähe bleiben durfte, aber Tom hatte gesagt, sie solle ihm Zeit lassen, er könne eben nur einen Schritt nach dem anderen machen.

»Er wollte mich nicht ansehen. Das war vielleicht komisch. Als ob er sich schämen würde oder so was.«

»Für das, was geschehen ist?«

»Nein. Ich weiß nicht. Vielleicht für den Zustand, in dem er sich befindet.«

Sie erzählte Annie, daß Tom dann das Pferd in den Stall gebracht hatte und daß sie Pilgrim abspritzen durfte. Er hatte sogar zugelassen, daß Tom seine Hufe aufnahm und den festgetretenen Dreck auskratzte, Mähne und Schweif durfte er allerdings nicht berühren, aber ansonsten hatte er das Fell fast überall abgebürstet. Grace hielt plötzlich inne und sah Annie besorgt an.

»Alles in Ordnung?«

»Ja, mir geht's gut. Warum?«

»Weiß nicht. Du siehst irgendwie bedrückt aus.«

»Wahrscheinlich bin ich nur müde, das ist alles.«

Als sie fast mit dem Essen fertig waren, rief Robert an,und Grace setzte sich an Annies Schreibtisch und erzählte ihm dieselbe Geschichte noch mal von vorn, während Annie den Tisch abräumte.

Sie stand am Spülbecken, wusch die Töpfe ab und hörte auf das rasende Flügelschlagen eines in der Leuchtröhre zwischen Insektenleichen gefangenen Käfers. Lucys Anruf hatte sie in eine nachdenkliche Stimmung versetzt, die nicht einmal durch Graces Neuigkeiten gänzlich vertrieben werden konnte.

Ihre Laune hatte sich kurzfristig gebessert, als sie das Knirschen der Reifen des Chevys draußen hörte, mit dem Grace von den Korralen zurückgebracht wurde. Seit dem Fest im Stall hatte sie kein Wort mehr mit Tom gesprochen, obwohl er ihr kaum aus dem Kopf ging. Rasch überprüfte sie ihr Aussehen in der gläsernen Herdklappe und hoffte, er würde hereinkommen. Aber er winkte ihr nur zu und fuhr zurück.

Lucys Anruf hatte sie – ebenso wie jetzt der von Robert, wenn auch auf andere Weise – in das zurückgeschleudert, was sie lustlos als ihr eigentliches, als ihr reales Leben anerkennen mußte. Doch was sie mit »eigentlich« meinte, war Annie längst nicht mehr klar. In gewisser Weise konnte nichts »eigentlicher« sein als das Leben, das sie hier kennengelernt hatte. Worin lag also der Unterschied zwischen diesen beiden Leben?

Das eine, so schien es Annie, setzte sich aus Verpflichtungen, das andere aus Möglichkeiten zusammen. Daher vielleicht auch das Gefühl von Realität. Denn Verpflichtungen waren greifbar, fest verwurzelt in wechselseitigen Handlungsweisen; Möglichkeiten dagegen waren Chimären, flüchtig und wertlos, sogar gefährlich. Und wenn man älter und weiser wurde, verstand man diese Dinge und klammerte die Möglichkeiten aus. Es war besser so. Natürlich war es besser so.

Der Käfer in der Lampe probierte es mit einer neuen Taktik, machte lange Pausen und warf sich dann mit verdoppelter Wucht gegen die Plastikhülle. Grace erzählte Robert, daß sie übermorgen mithelfen wolle, das Vieh auf die oberen Weiden zu treiben, und daß sie alle im Freien übernachten würden. Ja, sagte sie, natürlich wolle sie reiten, wie sollte sie denn sonst mitkommen?

»Mach dir keine Sorgen Dad, okay? Gonzo ist ein prima Pferd.«

Annie war mit dem Abwasch fertig und löschte das Licht, um dem Käfer etwas Ruhe zu gönnen. Langsam ging sie ins Wohnzimmer, blieb hinter Grace stehen und spielte gedankenlos mit dem Haar ihrer Tochter.

»Sie kommt nicht mit«, sagte Grace. »Sie sagt, sie hat zu viel zu tun. Sie steht direkt neben mir, willst du mit ihr reden? Okay. Ich hab dich auch lieb, Daddy.«

Sie überließ Annie ihren Platz und ging nach oben, um sich ein Bad einzulassen. Robert war immer noch in Genua. Er sagte, daß er wahrscheinlich am kommenden Montag zurück nach New York fliegen würde, und berichtete Annie, was ihm Freddie Kane vor zwei Abenden erzählt hatte. Daraufhin erzählte Annie ein wenig müde und lustlos, daß Gates Lucy gefeuert hatte. Robert hörte stumm zu und fragte sie dann, was sie dagegen unternehmen wolle. Annie seufzte.

»Ich weiß nicht. Was meinst du, was soll ich tun?«

Es folgte eine Pause, und Annie spürte, daß Robert sorgfältig überlegte, was er als nächstes sagen sollte.

»Na ja, ich glaube nicht, daß du von dort draußen sehr viel unternehmen kannst.«

»Heißt das, du willst, daß wir zurückkommen?«

»Nein, das habe ich nicht gesagt.«

»Jetzt, wo es mit Grace und Pilgrim so gut läuft?«

»Nein, Annie. So habe ich es nicht gemeint.«

»So hat es sich für mich aber angehört.«

Sie hörte, wie er tief Luft holte, und fühlte sich plötzlich schuldig, weil sie ihm die Worte im Mund verdrehte, ohne ihm ehrlich ihre Gründe zu nennen, warum sie bleiben wollte. Als er wieder zu sprechen begann, klang seine Stimme sehr beherrscht.

»Es tut mir leid, wenn es sich so angehört hat. Was mit Grace und Pilgrim passiert, ist einfach wunderbar. Ich finde es sehr wichtig, daß ihr alle so lange dort draußen bleibt, wie es nötig ist.«

»Du findest es also wichtiger als meinen Job, richtig?«

»Verdammt, Annie!«

»Tut mir leid.«

Sie redeten über andere, unverfänglichere Dinge, und am Ende des Gesprächs hatten sie sich wieder versöhnt, allerdings sagte er ihr nicht, daß er sie liebe. Annie legte auf und blieb sitzen. Sie hatte gar nicht derart über ihn herfallen wollen. Ihr kam es eher so vor, als wollte sie sich selbst für ihre eigene Unfähigkeit – oder ihr Zögern – strafen, dieses Chaos halb begriffener Sehnsüchte und Verleugnungen zu entwirren, das sie innerlich so aufwühlte.

Oben im Badezimmer hörte Grace Radio. Ein Oldie-Sender brachte eine Sendung, die immerzu ein Riesen-Monkey-Revival genannt wurde. Sie hatten gerade *Daydream Believer* gespielt, und jetzt legten sie *Last Train to Clarksville* auf. Entweder war Grace eingeschlafen, oder sie steckte mit den Ohren unter Wasser.

Plötzlich wußte Annie mit selbstmörderischer Klarheit, was sie zu tun hatte. Sie würde Gates sagen, wenn er Lucy Friedman nicht wieder einstellte, würde sie kündigen. Morgen wollte sie ihm das Ultimatum faxen. Falls die Bookers einverstanden waren, würde sie doch noch den verdammten Viehtrieb mitmachen. Und wenn sie zurückkam, dann hatte sie entweder noch einen Job, oder aber sie war arbeitslos.

27

Die Herde wogte um die Schulter des Bergrückens wie ein über die Ufer tretender schwarzer Fluß. Allein von den Konturen des Landes wurde sie einen gewundenen Pfad hinaufgeführt, der weder eingezäunt noch markiert war, ihr aber dennoch keine Wahl ließ. Tom ritt voraus, blieb auf einem Hügel stehen und beobachtete ihr Herannahen.

Nun waren auch die übrigen Reiter zu sehen, strategisch um die Herde verteilt, Joe und Grace rechts, Frank und die Zwillinge links davon, und am Ende tauchten jetzt Diane und Anne auf. Das Plateau hinter ihnen war ein Meer wilder Blumen, in dem die Tiere eine dunkelgrüne Rinne aufgewühlt hatten und an dessen fernem Ufer sie unter der Mittagssonne Rast gemacht und der Herde bei der Tränke zugesehen hatten.

Von dort, wo Tom mit seinem Pferd stand, konnte man das Tal, wo das Land zu den Weiden und zu den von Pyramidenpappeln gesäumten Flüssen der Double Divide abfiel, nicht mehr sehen. Das Plateau schien endlos und direkt in die weiten Prärien und den östlichen Horizont überzugehen.

Die Kälber sahen kräftig und gut genährt aus, ihr Fell glänzte. Tom lächelte vor sich hin, als er an die kümmerlichen Viecher dachte, die sie in jenem Frühjahr vor dreißig Jahren hinaufgetrieben hatten, als sein Vater gerade erst hergezogen war. Ein paar der Tiere waren so dünn gewesen, daß man gemeint hatte, ihre Rippen aneinanderklappern zu hören.

Daniel Booker hatte damals in Clark's Fork einige ziemlich schwere Winter überstehen müssen, aber die waren längst nicht so streng gewesen wie hier am Fuß der Rockies. In jenem ersten Winter verlor er fast die Hälfte seiner Kälber, und die Kälte und die Sorgen gruben tiefe Spuren in ein Gesicht, das bereits vom erzwungenen Verkauf seines Hauses gezeichnet war. Doch dort auf dem Bergrücken, auf dem Tom jetzt stand, hatte er sich umgesehen, gelächelt und zum erstenmal gewußt, daß seine Familie hier überleben, ja es vielleicht sogar zu einigem Wohlstand bringen konnte.

Beim Ritt über das Plateau hatte Tom Annie davon erzählt. Am Morgen und selbst bei der Mittagsrast war zu viel zu tun gewesen, um miteinander sprechen zu können, doch inzwischen wußten Vieh und Reiter, wie die Dinge liefen, und so blieb ihnen jetzt etwas Zeit. Er war an ihre Seite geritten, und sie hatte ihn nach den Namen der Blumen gefragt. Er hatte ihr die Hyazinthen gezeigt, das Fingerkraut, das Springkraut und den rostroten Almrausch, und Annie hatte auf ihre typisch ernste Weise zugehört und sich das Gehörte gemerkt, als würde sie eines Tages eine Prüfung darüber ablegen müssen.

Der Frühling war außergewöhnlich warm gewesen. Wenn die Beine der Pferde das üppige Gras streiften, ergab das ein nasses, glitschiges Geräusch. Tom hatte auf den Bergrücken gezeigt und Annie erzählt, wie er an jenem längst vergangenen Tag mit seinem Vater dorthin geritten war, um nachzuschauen, ob sie noch auf dem richtigen Weg zu den oberen Weiden waren.

Tom ritt eine seiner jungen Stuten, einen Rotschimmel, Annie saß auf Rimrock. Den ganzen Tag mußte Tom immer wieder daran denken, wie gut sie auf ihm aussah. Sie und Grace trugen Hüte und Stiefel, bei deren Einkauf er ihnen gestern, nachdem Annie gesagt hatte, daß sie mitkommen wolle, geholfen hatte. Im Laden hatten sie nebeneinander vor dem Spiegel gestanden und über ihren Anblick lachen müssen. Annie hatte gefragt, ob sie auch Revolver tragen sollten, woraufhin er sagte, das käme ganz darauf an, wen sie erschießen wolle. Da käme nur ihr Boß in New York in Frage, hatte sie geantwortet, aber in dem Fall wäre eine Langstreckenrakete vielleicht angebrachter.

Sie waren in gemächlichem Tempo über das Plateau geritten, doch als das Vieh den Fuß des Bergrückens erreichte, schien es zu spüren, daß ihm nun ein langer Aufstieg bevorstand, und es lief schneller und stieß ein Gebrüll aus, als wollte es zu einer großen, gemeinsamen Anstrengung aufrufen. Tom hatte Annie gefragt, ob sie mit ihm vorausreiten wolle, aber sie hatte ihn angelächelt und gesagt, sie bleibe besser zurück, um zu sehen, ob Diane ihre Hilfe brauche. Also war er allein hier heraufgekommen.

Die Herde hatte ihn inzwischen fast eingeholt. Er wandte sich um und ritt über den Kamm des Bergrückens. Vor ihm sprang eine kleine Herde Maultierhirsche davon, blieb in sicherer Entfernung stehen und beäugte ihn. Die Kühe trugen schwer an ihren trächtigen Bäuchen und richteten ihre großen Ohren auf ihn, bevor der Bock sie weiterscheuchte. Weit hinter ihren hüpfenden Köpfen konnte Tom den ersten der engen, von Kiefern gesäumten Bergpässe erkennen, die zu den hohen Weiden führten, und darüber ragten die mächtigen, schneebedeckten Gipfel der Wasserscheide auf.

Er hatte an Annies Seite sein und ihr Gesicht sehen wollen, wenn sie diesen Anblick zum erstenmal erlebte, und er war enttäuscht, als sie ablehnte und zurück zu Diane ritt. Vielleicht hatte sie eine Intimität in seinem Angebot vermutet, die er nicht beabsichtigt hatte beziehungsweise die er nicht zur Sprache bringen wollte, obwohl er sich danach sehnte.

Als sie den Paß erreichten, lag dieser bereits im Schatten der Gipfel. Und während sie sich langsam auf dem von Bäumen gesäumten Weg bergauf bewegten, warfen sie einen Blick zurück und sahen, wie sich hinter ihnen die Schatten wie ein Flecken ostwärts ausbreiteten, bis schließlich nur noch die weit entfernten Prärien in der Sonne lagen. Hinter den Bäumen stiegen zu beiden Seiten senkrecht graue Felswände auf und ließen das Geschrei der Kinder und das Geblöke des Viehs widerhallen.

Frank warf noch einen Ast aufs Feuer und schickte einen Funkenvulkan in den Nachthimmel. Sie hatten einen umgestürzten Baum gefunden, der ihnen das Holz geliefert hatte. Es war so trocken, daß es nach den Flammen zu dürsten schien, die mit der ihnen eigenen Wildheit darüber herfielen und hoch in die windstille Luft aufzüngelten.

Zwischen den zuckenden Flammen sah Annie die glühenden Gesichter der Kinder, und ihr fiel auf, wie die Augen und Zähne blitzten, wenn sie lachten. Sie gaben sich Rätsel auf, und Grace ließ sie alle fieberhaft an einem von Roberts Lieblingsrätseln herumraten.

Grace hatte sich ihren neuen Hut verwegen in die Stirn geschoben, und ihr Haar, das ihr wallend über die Schultern fiel, spiegelte den Feuerschein in roten, amberfarbenen und goldenen Tönen. Ihre Tochter, dachte Annie, hatte nie schöner ausgesehen.

Sie waren fertig mit dem Essen, einem einfachen, über dem Feuer gekochten Mahl aus Bohnen, Koteletts und salzigem Bacon, dazu in der Glut gebackenen Kartoffeln. Es hatte wundervoll geschmeckt. Und während sich Frank um das Feuer kümmerte, holte Tom Wasser vom Bach hinter der Wiese, damit sie Kaffee kochen konnten. Diane machte jetzt auch mit beim Rätselraten. Alle nahmen an, daß Annie die Lösung kannte, dabei hatte sie sie längst vergessen, aber sie war froh, sich an den Sattel lehnen und einfach nur zuschauen zu können.

Sie waren kurz vor neun Uhr an diesem Platz angekommen, als das Sonnenlicht über den fernen Prärien erlosch. Der letzte Paß war ziemlich steil gewesen, und die Berge hatten sich wie die Wände einer Kathedrale über ihnen emporgewölbt. Doch dann waren sie dem Vieh durch ein uraltes Felstor gefolgt und hatten die Weiden vor sich liegen sehen.

Das Gras bildete einen dichten Teppich, der dunkel im abendlichen Zwielicht schimmerte, aber da der Frühling hier oben später begann, fanden sich im Gras noch nicht so viele Blumen. Über ihnen war jetzt nur noch der höchste Gipfel zu sehen, und an seinem westlichen Abhang glitzerte ein Schneefeld im Glanz der längst untergegangenen Sonne rotgolden.

Die Weide war von Wald umgeben, doch auf einer Seite, wo der Boden leicht anstieg, stand eine kleine Blockhütte mit einem einfachen Verschlag für die Pferde. Der Bach schlängelte sich auf seiner Rückseite zwischen den Bäumen hindurch, und dort hatten sie auch als erstes Seite an Seite mit dem drängelnden Vieh die Pferde getränkt. Tom hatte sie gewarnt, daß die Nächte hier oben sehr kühl sein können, und er hatte ihnen geraten, warme Kleidung mitzunehmen, aber die Luft war sehr mild.

»Na, wie geht's, Annie?« Frank hatte Holz nachgelegt und setzte sich zu ihr. Sie konnte Tom aus dem Dunkel auftauchen sehen, in dem sie hin und wieder das unsichtbare Vieh muhen hörte.

»Bis auf meinen schmerzenden Hintern geht's mir ausgezeichnet.«

Er lachte. Aber es war nicht nur ihr Hintern. Ihre Waden taten ihr ebenso weh, und die Innenseiten ihrer Schenkel waren so wund, daß sie jedesmal zusammenzuckte, wenn sie sich bewegte. Grace hatte in letzter Zeit sogar noch seltener auf einem Pferd gesessen, aber als Annie sie fragte, ob ihr auch alles weh täte, sagte sie, nein, ihr gehe es ausgezeichnet, und ihr Bein würde sie überhaupt nicht spüren. Annie glaubte ihr kein Wort, ließ es aber dabei bewenden.

»Kannst du dich noch an diese Schweizer vom letzten Jahr erinnern, Tom?«

Tom goß Wasser in den Topf. Er lachte und sagte, klar, stellte den Topf aufs Feuer und setzte sich neben Diane auf den Boden.

Frank erzählte, er und Tom seien durch die Pryor Mountains gefahren, als ihnen eine Viehherde die Straße versperrte. Und dann seien diese Cowboys gekommen, alle auf das feinste nach Westernart herausgeputzt.

»Der eine trug handgemachte Chaps, die müssen ihm über tausend Scheinchen gekostet haben. Komisch war bloß, daß keiner von denen ritt, die kamen alle zu Fuß, hielten die Pferde an den Zügeln und sahen ziemlich belämmert aus. Jedenfalls haben Tom und ich unsere Fenster runtergekurbelt und gefragt, ob alles in Ordnung sei, aber sie haben kein Wort verstanden.«

Annie betrachtete Tom über den Rand des Feuers hinweg. Er sah zu seinem Bruder und lächelte sein gelassenes Lächeln, schien aber ihren Blick zu spüren, denn er sah von Frank zu ihr hinüber, und seinen Augen war keine Überraschung anzumerken; sie zeigten nur eine derart einladende Ruhe, daß ihr Herz einen Schlag auszusetzen schien. Sie erwiderte seinen Blick, so lange sie es sich traute, dann lächelte sie und sah wieder zu Frank.

»Da wir sie auch nicht verstehen konnten, haben wir ihnen nur zugewinkt und sie vorbeiziehen lassen. Etwas weiter treffen wir dann diesen alten Typen, der da am Steuer eines brandneuen Winnebagos vor sich hin döst, wirklich, ein Spitzenmodell. Und als er seinen Hut anhebt, da kenne ich den Kerl. Heißt Loonie Harper, hat dort drüben ein großes Stück Land, weiß aber nicht, wie man damit umgehen muß. Na ja, wir sagen jedenfalls Tag und fragen ihn, ob das seine Herde da hinten sei, und er sagt, ja, klar sei das seine, und die Cowboys kämen aus der Schweiz und machten hier Urlaub.

Sagt der Kerl, er hätte aus seiner Ranch eine Ferienfarm gemacht, und diese Typen würden ihm Tausende von Dollars zahlen, um herkommen und das machen zu können, wofür er bisher Arbeiter bezahlen mußte. Dann haben wir ihn gefragt, warum sie zu Fuß gingen. Und er hat gelacht und gemeint, das wäre noch das beste, denn nach einem Tag wären sie alle so wund geritten, daß nicht mal die Pferde unter ihnen zu leiden hätten.«

»Ganz schön verrückt«, sagte Diane.

»Stimmt. Diese armen Schweizer haben im Freien geschlafen und sich ihre Bohnen über dem Feuer selbst gekocht, während der in seinem Winnebago schläft, Fernsehen guckt und schlemmt wie ein König.«

Als das Wasser kochte, goß Tom den Kaffee auf. Die Zwillinge hatten alle Rätsel gelöst, und Craig bat Frank, Grace seinen Streichholztrick zu zeigen.

»O nein«, stöhnte Diane. »Auch das noch.«

Frank nahm zwei Streichhölzer aus der Schachtel, die er in seiner Westentasche aufbewahrte, und legte ein Streichholz auf die umgedrehte rechte Hand. Dann beugte er sich mit ernstem Gesicht zu Grace und rieb den Kopf des zweiten Streichholzes über ihre Haare. Sie lachte, wirkte aber ein wenig verunsichert.

»Ihr macht doch Physik und all den Kram in der Schule, nicht wahr, Grace?«

»Hm, sicher.«

»Na, dann kennst du dich ja mit statischer Elektrizität aus. Und das ist auch schon alles. Ich muß dieses Streichholz hier nur ein bißchen aufladen.«

»Klar, Mann«, sagte Scott sarkastisch, aber Joe ermahnte ihn gleich, still zu sein. Frank hielt das aufgeladene Streichholz zwischen Zeigefinger und Daumen der linken Hand, fuhr damit nun über seine rechte Hand und näherte sich langsam dem Kopf des zweiten Streichholzes. Kaum berührten sie sich, knackte es laut, und das erste Streichholz hüpfte ihm aus der Hand. Grace kreischte überrascht auf, und alle lachten.

Sie wollte, daß er ihr den Trick noch einmal zeigte und dann noch einmal, und schließlich wollte sie es selbst probieren, aber es klappte natürlich nicht. Frank schüttelte theatralisch den Kopf, als frage er sich verblüfft, warum es bei ihr nicht funktionierte. Die Kids hatten einen Riesenspaß. Diane, die diesen Trick bestimmt schon hundertmal gesehen hatte, sah Annie mit einem müden, nachsichtigen Lächeln an.

Die beiden Frauen verstanden sich gut, besser sogar, als Annie erwartet hatte, aber Diane hatte gestern, als sie erfuhr, daß Annie doch noch mit auf den Viehtrieb kommen würde, eine gewisse Kälte ausgestrahlt. Als sie heute jedoch nebeneinander herritten, hatten sie sich über alles mögliche unterhalten. Trotzdem spürte Annie unter Dianes Freundlichkeit einen Argwohn, der eher Mißtrauen als Abneigung ausdrückte. Vor allem fielen Annie Dianes Blicke auf, wenn sie mit Tom zusammen war. Aus diesem Grund hatte sie Toms Wunsch auch nicht nachgegeben, ihn auf den Bergrücken zu begleiten.

»Was meinst du, Tom?« fragte Frank. »Sollen wir es mit Wasser probieren?«

»Müssen wir wohl, Bruderherz.« Als willfähriger Mitverschwörer reichte er Frank den mit Wasser gefüllten Topf, und Frank sagte Grace, sie solle die Ärmel aufkrempeln und beide Arme bis zu den Ellbogen ins Wasser tauchen. Grace mußte so kichern, daß sie sich das meiste Wasser über ihr Hemd schüttete.

»Weißt du, dann kann der Strom besser fließen.«

Zehn Minuten später war Grace zwar kein bißchen klüger, dafür aber um so nasser, und sie gab sich geschlagen. Tom und Joe hatten mittlerweile beide das Streichholz erfolgreich von der Hand hüpfen lassen, und Annie hatte es auch probiert, aber kein Glück gehabt. Die Zwillinge schafften es auch nicht. Als Frank ihr diesen Trick zum erstenmal gezeigt hatte, gestand Diane Annie, hatte er sie dazu gebracht, sich gänzlich angekleidet in einen Viehtrog zu setzen.

Dann bat Scott Tom, den Seiltrick vorzuführen.

»Das ist kein Trick«, widersprach Joe.

»Ist es doch.«

»Ist es nicht, nicht wahr, Tom?«

Tom lächelte. »Na ja, hängt davon ab, was man unter Trick versteht.« Aus der Tasche seiner Jeans zog er eine einfache, etwa einen halben Meter lange, graue Kordel und band die Enden zu einer Schlaufe zusammen. »Okay«, sagte er. »Aufgepaßt, Annie.« Er stand auf und ging zu ihr.

»Aber nur, wenn es nicht weh tut«, sagte Annie.

»Ma'am, Sie werden nicht das geringste spüren.«

Er kniete sich hin und bat sie, den Zeigefinger der rechten Hand hochzuhalten. Das tat sie, und er legte die Schlaufe darüber und sagte, sie solle sorgfältig aufpassen. Er zog das andere Ende der Kordel mit der linken Hand straff, schob mit dem Mittelfinger der rechten Hand eine Seite der Schlinge über die andere und drehte jetzt die Hand, so daß sie unter der Schlaufe lag, drehte sie dann noch einmal und preßte seinen Zeigefinger an Annies Finger.

Es sah jetzt so aus, als läge die Schlaufe um die sich berührenden Finger und als ließe sie sich nur entfernen, wenn die Finger voneinander getrennt wurden. Tom wartete einen Augenblick und sah Annie an. Er lächelte, und seine klaren blauen Augen so dicht vor ihrem Gesicht überwältigten sie. »Schauen Sie«, sagte er leise. Und sie sah wieder auf ihre sich berührenden Finger, und Tom zog behutsam an der Kordel, und sie glitt trotz der Knoten von ihren Händen, ohne daß ihre Finger sich voneinander lösten.

Er zeigte es ihr noch einige Male, und dann versuchte Annie ihr Glück, dann Grace und danach die Zwillinge, aber keiner schaffte es. Joe war der einzige, dem es gelang, doch Annie konnte seinem Grinsen ansehen, daß Frank auch Bescheid wußte. Ob Diane eingeweiht war, ließ sich schwer sagen, denn sie saß nur da, nippte an ihrem Kaffee und sah ihnen amüsiert, aber auch ein wenig distanziert zu.

Als alle es versucht hatten, stand Tom auf, legte die Schlaufe um seine Hand und wickelte die Kordel auf. Er gab sie Annie.

»Ist das ein Geschenk?« fragte sie, als sie die Kordel annahm.

»Nein«, sagte er. »Eine Leihgabe – bis Sie wissen, wie es geht.«

Sie wachte auf und wußte einen Moment lang nicht, was sie vor sich sah. Dann fiel ihr wieder ein, wo sie war, und sie begriff, daß sie den Mond anstarrte. Er schien so nah, daß sie meinte, danach greifen und ihre Finger in seine Krater legen zu können. Sie wandte den Kopf und sah Graces schlafendes Gesicht an ihrer Seite. Frank hatte ihnen einen Platz in der Hütte angeboten, die sie gewöhnlich nur bei Regen benutzten, und Annie hätte gern zugestimmt, aber Grace bestand darauf, daß sie draußen bei den anderen schliefen. Annie konnte sie in ihren Schlafsäcken neben der verlöschenden Glut des Feuers liegen sehen.

Sie war durstig und so hellwach, daß an Schlaf nicht mehr zu denken war. Daher richtete sie sich auf und sah sich um. Der Wasserkanister war nirgendwo zu sehen, und wenn sie danach suchte, würde sie bestimmt nur die anderen wecken. Die schwarzen Schatten der Kühe auf der Weide warfen noch schwärzere Flecken auf das mondbeschienene Gras. Leise schälte sie sich aus dem Schlafsack. Sie trug noch ihre Jeans und ein weißes T-Shirt, denn sie hatten sich in ihren Kleidern schlafen gelegt und sich nur Stiefel und Socken ausgezogen. Barfuß ging sie zum Bach.

Das taunasse Gras unter ihren Füßen fühlte sich kühl und erfrischend an. Irgendwo hoch über den Bäumen schrie eine Eule, und sie fragte sich, ob sie von ihrem Ruf, vom Mond oder schlicht aus Gewohnheit wach geworden war. Die Kühe hoben den Kopf und sahen sie an, und Annie flüsterte ihnen einen Gruß zu, kam sich dann aber etwas dämlich vor.

Das diesseitige Ufer war von den Hufen der Herde aufgewühlt und matschig. Das Wasser floß langsam und still, in der gläsernen Oberfläche spiegelte sich der schwarze Wald. Annie ging stromaufwärts und fand eine Stelle, an der sich der Bach vor einem Baum wie vor einer Insel teilte. Mit zwei langen Sätzen erreichte sie die gegenüberliegende Seite, ging stromabwärts wieder zurück bis zu einer überstehenden Grasnarbe und kniete sich hin, um zu trinken.

Vor ihr spiegelte sich im Wasser nur der Himmel. Und der Mond schien so vollkommen, daß Annie zögerte, sein Abbild zu zerstören. Als sie es schließlich tat, war es wie ein Schock, der sie laut aufkeuchen ließ. Das Wasser war kälter als Eis, als strömte es direkt aus dem uralten Gletscherherzen der Berge. Mit geisterbleichen Händen schöpfte sie etwas Wasser und badete darin ihr Gesicht. Dann trank sie aus der hohlen Hand.

Sie sah ihn zuerst im Wasser, als er über dem Spiegelbild des Mondes aufragte, das ihren Blick so sehr gefangengehalten hatte, daß ihr jedes Zeitgefühl abhanden gekommen war. Sie erschrak nicht. Noch bevor sie aufblickte, wußte sie, daß er es war.

»Alles in Ordnung?«

Das gegenüberliegende Ufer lag höher, und sie kniff die Augen vor dem Mondlicht zusammen und blinzelte zu ihm auf. Sie sah ihm an, wie besorgt er war, und lächelte.

»Mir geht's gut.«

»Ich wurde wach, und Sie waren nicht mehr da.«

»Ich war nur durstig.«

»Der Schinken.«

»Glaube ich auch.«

»Schmeckt das Wasser so gut wie letztens das Glas Regenwasser?«

»Fast. Probieren Sie mal.«

Er blickte auf das Wasser und merkte, daß er von ihrer Seite aus leichter an das Wasser kam.

»Was dagegen, wenn ich rüberkomme? Ich will Sie nicht stören.«

Annie hätte fast gelacht. »Ach was. Seien Sie mein Gast.«

Er ging zur Bauminsel und überquerte den Bach. Annie sah ihm zu und wußte, daß nicht nur ein Bach überquert worden war. Lächelnd kam er ihr entgegen, und als er bei ihr war, kniete er sich neben sie, schöpfte wortlos mit seinen Händen etwas Wasser und trank. Einige Tropfen rannen zwischen seinen Fingern hervor, und das silberne blitzende Mondlicht brach sich darin.

Annie dachte – und sie würde es auch später stets denken –, daß sie bei dem, was nun folgte, nie eine Wahl gehabt hatte. Manche Dinge geschehen einfach und können nicht anders geschehen. Sie bebte und würde auch später immer wieder erbeben, wenn sie sich – ohne eine Spur des Bedauerns – an diesen Augenblick zurückerinnerte.

Nachdem er getrunken hatte, wandte er sich ihr zu und wollte sich einige Tropfen aus dem Gesicht wischen, als sie ihn berührte und es für ihn tat. Sie spürte die Kälte des Wassers auf ihrem Handrücken und hätte das vielleicht für eine Ablehnung gehalten und ihre Hand zurückgezogen, hätte sie nicht gleich darauf die beruhigende Wärme seiner Haut gefühlt. Und bei dieser Berührung stand die Erde still.

In seinen Augen war nur der alles übertönende Glanz des Mondes zu sehen. Frei von Farbe schienen sie von grenzenloser Tiefe zu sein, in die sie sich nun voller Erstaunen, aber ohne jegliche Bedenken fallen ließ. Sanft hob er seine Hand und bedeckte damit ihre Finger, die immer noch an seiner Wange lagen. Und er nahm ihre Hand und drückte sie an seine Lippen, als besiegelte er einen lang ersehnten Willkommensgruß.

Annie betrachtete ihn, und ein Schauer überlief sie, als sie tief Luft holte. Dann streckte sie die andere Hand aus und strich ihm über das Gesicht, von der rauhen, unrasierten Wange bis zum weichen Haar. Sie fühlte, wie seine Hand die Unterseite ihres Arms berührte und dann ihr Gesicht ebenso streichelte, wie sie ihn gestreichelt hatte. Sie schloß die Augen, und seine Finger zogen behutsam eine Spur von der Stirn bis zu ihren Mundwinkeln. Als seine Finger ihren Mund erreichten, öffnete sie die Lippen und ließ ihn zärtlich ihre Ränder erforschen.

Sie traute sich nicht, ihre Augen zu öffnen, aus Angst, sie könnte eine gewisse Zurückhaltung, Zweifel oder gar Mitleid in ihnen entdecken. Doch als sie ihn ansah, fand sie nur Ruhe, Gelassenheit und ein Verlangen, das ebenso leicht zu entziffern war wie das ihre. Er legte seine Hände auf ihre Ellbogen und ließ sie in die Ärmel ihres T-Shirts gleiten, um ihre Oberarme zu umspannen. Annie spürte, wie ein Beben über ihre Haut lief. Sie fuhr ihm mit beiden Händen ins Haar, zog seinen Kopf sanft zu sich herunter und spürte den gleichen Druck auf ihren Armen.

In jener Sekunde, bevor sich ihre Münder trafen, überfiel Annie das plötzliche Verlangen, sich bei ihm zu entschuldigen, ihn zu bitten, ihr zu vergeben, denn dies war nicht, was sie gewollt hatte. Er mußte in ihren Augen den aufkeimenden Gedanken erkannt haben, denn noch bevor sie etwas sagen konnte, forderte eine winzige Bewegung seiner Lippen sie zum Schweigen auf.

Als sie sich küßten, glaubte Annie, nach Hause zu finden. Sie meinte, diesen Geschmack und dieses Gefühl schon immer gekannt zu haben. Und obwohl sie fast zusammenzuckte, als sie seinen Körper spürte, hätte sie doch nicht sagen können, wo genau ihre Haut aufhörte und seine begann.

Nur daran, wie sein eigener Schatten über ihr Gesicht gewandert war, hätte Tom die Dauer ihres Kusses erraten können, als sie nun voneinander abließen, um sich anzusehen. Annie lächelte ihn traurig an, sah zum neuen Standort des Mondes am Himmel auf und fing einige Splitter seines Schimmers in ihren Augen auf. Er spürte noch die süße Feuchtigkeit ihres glitzernden Mundes und fühlte die Wärme ihres Atems auf seinem Gesicht. Er ließ seine Hände über ihre bloßen Arme gleiten und merkte, wie sehr sie zitterte.

»Ist dir kalt?«

»Nein.«

»Ich wußte gar nicht, daß Juninächte hier oben so warm sein können.«

Sie sah nach unten, nahm dann seine Hand in ihre Hände, barg sie in ihrem Schoß und fuhr den Schwielen an seinen Fingern nach.

»Deine Haut ist so rauh.«

»Tja, wirklich ein trauriger Anblick, diese Hand.«

»Nein, so ein Unsinn. Fühlst du, wie ich sie berühre?«

»Aber ja.«

Sie sah nicht auf. Unter dem dunklen Gewölbe ihrer fallenden Haare sah er eine Träne über ihre Wange rinnen.

»Annie?«

Sie schüttelte den Kopf und sah ihn immer noch nicht an. Er griff nach ihren Händen.

»Es ist alles in Ordnung, Annie. Wirklich, alles ist gut.«

»Das weiß ich ja. Es ist bloß so gut, daß ich nicht weiß, wie ich damit fertig werden soll.«

»Wir sind nur zwei Menschen, das ist alles.«

Sie nickte. »Zwei, die sich zu spät gefunden haben.«

Endlich sah sie ihn an, lächelte und wischte sich die Augen. Tom erwiderte ihr Lächeln, gab aber keine Antwort. Wenn es stimmte, was sie sagte, dann wollte er ihr nicht auch noch zustimmen. Statt dessen erzählte er ihr, was sein Bruder vor vielen Jahren in einer ganz ähnlichen Nacht unter einem allerdings nicht ganz so vollen Mond gesagt hatte. Er erzählte ihr, wie Frank sich gewünscht hatte, daß das Jetzt immer dauern möge, und wie ihr Vater erklärt hatte, das Immer sei nur eine Abfolge von vielen Jetzts, und das Beste, was man machen könne, sei, jeden dieser Augenblicke auszukosten.

Während er sprach, ließ sie ihn nicht aus den Augen, und als er aufhörte, blieb sie stumm, so daß er plötzlich fürchtete, sie hätte seine Worte mißverstanden und hielte sie nur für einen egoistischen Verführungsversuch. Wieder schrie hinter ihnen in den Kiefern die Eule, und diesmal fand ihr Ruf auf der anderen Seite der Weide eine Antwort.

Annie beugte sich vor, suchte seinen Mund, und er spürte ein Verlangen, das vorher nicht dagewesen war. Er schmeckte das Salz ihrer Tränen auf ihren Lippen, nach denen er sich so gesehnt und an die zu küssen er nicht einmal im Traum gedacht hatte. Und während er sie hielt und seine Hände über ihren Körper wanderten, fragte er sich nicht, ob dies falsch war, sondern sorgte sich nur, daß Annie vielleicht so denken könnte. Doch wenn dies falsch war, was um alles in der Welt war dann richtig?

Dann wandte sie den Kopf und ließ schwer atmend von ihm ab, als erschrecke sie ihr eigenes Verlangen und das, wohin es sicherlich führen würde.

»Ich gehe lieber zurück«, sagte sie.

»Ist wohl besser.«

Sanft küßte sie ihn noch einmal und legte dann den Kopf an seine Schulter, damit er ihr Gesicht nicht sehen konnte. Er hauchte ihr einen Kuß auf den Nacken und sog ihren warmen Atem ein, als wollte er ihn – womöglich für immer – aufbewahren.

»Danke«, flüsterte sie.

»Wofür?«

»Für all das, was du für uns getan hast.«

»Das war doch nichts.«

»Ach, Tom, du weißt, wieviel du für uns getan hast.«

Sie löste sich von ihm, blieb aber vor ihm stehen und legte die Hände auf seine Schultern. Sie lächelte zu ihm hinunter und streichelte ihm übers Haar, und er nahm ihre Hand und küßte sie. Dann verließ sie ihn, ging zur Bauminsel und überquerte den Bach.

Nur einmal drehte sie sich nach ihm um, doch da der Mond in ihrem Rücken stand, konnte er den Ausdruck auf ihrem Gesicht nur ahnen. Er sah ihrem weißen T-Shirt nach, sah, wie sie über die Weide ging, während das Vieh an ihr vorüberglitt, schwarz und stumm wie Segelschiffe.

Als sie zurückkam, war die letzte Glut im Feuer erloschen. Diane bewegte sich, doch offenbar nur im Schlaf. Leise glitt Annie wieder in den Schlafsack. Das Geschrei der Eulen verstummte, und bald war nur noch Franks Schnarchen zu hören. Später, als der Mond untergegangen war, hörte sie, wie Tom zurückkam, wagte es aber nicht, sich nach ihm umzudrehen. Lange Zeit lag sie da, schaute auf die wieder hell leuchtenden Sterne, dachte an ihn und fragte sich, was er von ihr dachte. Es war jene Stunde, in der sie gewöhnlich schwere Zweifel überkamen, und Annie erwartete, daß sie sich schämen würde für das, was sie gerade getan hatte. Doch das Gefühl von Scham stellte sich nicht ein.

Als sie am Morgen endlich den Mut fand, ihn anzusehen, war ihm nicht anzumerken, was zwischen ihnen vorgefallen war. Kein verstohlener Blick und, wenn er mit ihr redete, keine eingeflochtenen Doppeldeutigkeiten, die nur sie allein verstehen konnte. Eigentlich benahm er sich wie alle anderen auch, so sorglos und glücklich wie zuvor, daß Annie sich fast ein wenig enttäuscht fühlte, so groß war die Veränderung, die in der gestrigen Nacht mit ihr geschehen war.

Beim Frühstück sah sie über die Weide und suchte nach dem Platz, an dem sie gekniet hatten, aber das Tageslicht schien die geographische Beschaffenheit verändert zu haben, und sie konnte ihn nicht finden. Selbst ihre Fußspuren waren vom Vieh zertrampelt und auf immer in der Morgensonne verloren.

Nachdem sie gegessen hatten, brachen Tom und Frank auf, um die angrenzenden Weiden zu überprüfen, während die Kinder am Bach herumtollten. Annie und Diane machten den Abwasch und packten zusammen, und Diane erzählte ihr von der Überraschung, die sie mit Frank für die Kids arrangiert hatte: Nächste Woche sollten sie alle zusammen nach Los Angeles fliegen.

»Disneyland, Universal Studios, mit allem Drum und Dran.«

»Das ist phantastisch. Und sie haben keine Ahnung?«

»Nein. Frank wollte Tom überreden mitzukommen, aber er hat versprochen, runter nach Sheridan zu fahren und sich um das Pferd von irgend so einem alten Kerl zu kümmern.«

Dann sagte Diane, dies sei so ungefähr die einzige Zeit des Jahres, in der sie zusammen verreisen konnten. Smoky würde sich um das Notwendigste kümmern, aber ansonsten würde die Ranch verlassen sein.

Die Neuigkeit traf Annie wie ein Schock, und das nicht nur, weil Tom nichts davon gesagt hatte; vielleicht rechnete er damit, bis dahin mit Pilgrim fertig zu sein. Noch schockierender aber war die unausgesprochene Bedeutung dieser Worte. Freundlich, aber unmißverständlich hatte Diane angedeutet, daß es für Annie Zeit wurde, Grace und Pilgrim nach Hause zu bringen. Und Annie begriff jetzt, daß sie diesem Problem seit langem ausgewichen war – als würde sich eine Lösung von selbst ergeben.

Am späten Vormittag hatten sie bereits den letzten Paß hinter sich gebracht. Der Himmel hatte sich zugezogen. Ohne Vieh kamen sie rascher voran, allerdings war der Abstieg auf den steilen Strecken schwieriger als der Aufstieg und machte Annies malträtierten Muskeln grausam zu schaffen. Von der Begeisterung des Vortags war nichts mehr zu spüren, und vor lauter Konzentration verstummten sogar die Zwillinge. Unterwegs dachte Annie lange über das nach, was ihr von Diane gesagt worden war, doch länger noch über das, was Tom in der Nacht zuvor gesagt hatte. Daß sie einfach nur zwei Menschen waren und daß das Jetzt eben jetzt und nur jetzt war.

Als die Silhouette des Bergrückens auftauchte, auf den hinauf Tom mit ihr hatte reiten wollen, schrie Joe überrascht auf und deutete mit ausgestrecktem Arm nach Süden. Weit weg, jenseits des Plateaus, waren Pferde zu sehen. Das seien die Mustangs, erzählte Tom ihr, die von jener Hippyfrau freigelassen worden waren, die Frank Granola Gay nannte. Dies waren fast die einzigen Worte, die er den ganzen Tag mit ihr gesprochen hatte.

Es war Abend und begann zu regnen, als sie die Double Divide erreichten. Zu müde, um zu reden, sattelten sie stumm die Pferde ab.

Annie und Grace wünschten den Bookers vor dem Stall gute Nacht und stiegen in den Lariat. Tom sagte, er wolle noch nach Pilgrim sehen. Sein Gutenachtgruß für Annie schien sich überhaupt nicht von dem für Grace zu unterscheiden.

Auf dem Weg zum Flußhaus sagte Grace, daß sich der Schaft am Stumpf ziemlich eng anfühlte, also beschlossen sie, daß Terri Carlson sich die Prothese morgen ansehen sollte. Als Grace sich ein Bad einlaufen ließ, ging Annie an ihren Schreibtisch.

Das Band im Anrufbeantworter war voll, das Faxgerät hatte eine ganze Papierrolle auf den Boden gespuckt, und die E-Mail summte. Die meisten Nachrichten drückten auf die eine oder andere Weise Schock, Wut oder Bedauern aus, nur zwei unterschieden sich deutlich von dem Rest, und diese zwei waren die einzigen, die Annie in voller Länge las: die eine mit Erleichterung, die andere mit einem gemischten Gefühl, für das sie noch keinen Namen hatte.

Die erste Nachricht kam von Crawford Gates und besagte, daß er sich zu seinem tiefsten Bedauern gezwungen sähe, ihre Kündigung annehmen zu müssen. Die zweite Nachricht kam von Robert. Er würde nach Montana fliegen, um das nächste Wochenende mit ihnen zu verbringen. Er schrieb, daß er sie beide sehr liebe.

VIER

28

Tom Booker sah den Lariat um den Bergvorsprung verschwinden und dachte wie schon so oft über diesen Mann nach, den Annie und Grace nun abholten. Was er über ihn wußte, hatte er zumeist von Grace erfahren. Denn als hielte sie sich an eine unausgesprochene Übereinkunft, erwähnte Annie ihren Mann nur selten, und wenn, dann sprach sie nur unpersönlich über ihn und beschrieb eher seine Arbeit als seinen Charakter.

Trotz der vielen guten Dinge, die Grace über ihn zu erzählen wußte, und obwohl er sich größte Mühe gab, konnte Tom eine vorgefaßte Abneigung nicht gänzlich ablegen, was eigentlich nicht seiner Art entsprach. Er versuchte es mit rationalen Argumenten und hoffte, einen akzeptableren Grund zu finden. Schließlich war der Kerl ein Rechtsanwalt. Hatte er je einen von dieser Sorte gemocht? Aber darum ging es natürlich nicht; es ging einzig und allein darum, daß dieser Rechtsanwalt Annie Graves' Ehemann war. Und in ein paar Stunden würde er hier sein und wieder Besitz von ihr ergreifen. Tom wandte sich um und ging in den Stall.

Pilgrims Zaumzeug hing noch immer am selben Haken in der Sattelkammer, an den er es an jenem ersten Tag gehängt hatte, als Annie mit dem Pferd angekommen war, der englische Sattel lag noch immer auf demselben Bock. Eine dünne Staubschicht bedeckte ihn, und Tom wischte sie mit der Hand ab. Er warf sich das Zaumzeug über die Schulter, hob Sattel und Satteldecke auf und trug sie nach draußen.

Der Morgen war heiß und still. Einige Jährlinge auf der hinteren Koppel suchten bereits den Schatten der Pyramidenpappeln. Als Tom zu Pilgrims Korral ging, sah er hinauf zu den Bergen. Ihre klaren Konturen und eine erste Wolkenfahne verrieten ihm, daß es später Regen und ein Gewitter geben würde.

Er war ihr die ganze Woche aus dem Weg gegangen, hatte gerade jene Augenblicke vermieden, die er mit ihr allein hätte verbringen können und auf die er sich sonst immer gefreut hatte. Er wußte von Grace, daß Robert kommen wollte. Aber vorher schon, bereits als sie von den Bergen herabritten, hatte er beschlossen, daß er sich so verhalten mußte. Kaum eine Stunde verging, in der er sich nicht an ihren Geruch erinnerte, an ihre Haut auf seiner Haut, an ihre Münder, die miteinander verschmolzen waren. Die Erinnerung war zu stark, zu körperlich, als daß das Vorgefallene nur ein Traum gewesen sein konnte, doch genau das sollte es für ihn sein. Wie könnte er sich anders verhalten? Ihr Mann kam, und bald, in wenigen Tagen, würde Annie fort sein. Um ihretwillen, nein, um ihrer aller willen war es besser, wenn er bis dahin seine Distanz wahrte und Annie nur in Gegenwart von Grace traf. Nur so würde er seinen Entschluß durchhalten können.

Schon am ersten Abend wurde er auf eine harte Probe gestellt. Als Tom Grace nach Hause brachte, wartete Annie auf der Veranda. Er winkte ihr zu und wollte wieder fortfahren, aber sie trat an seinen Wagen, um mit ihm zu reden, während Grace ins Haus ging.

»Diane hat mir erzählt, daß sie nächste Woche alle nach Los Angeles fliegen.«

»Tja. Ist noch ein großes Geheimnis.«

»Und du willst runter nach Wyoming, sagt sie.«

»Stimmt. Ich hab vor einer Weile zugesagt, daß ich da mal vorbeischau. Ein Freund von mir hat ein paar Tiere, die zugeritten werden sollen.«

Sie nickte, und einen Augenblick lang war nur das ungeduldige Brummen des Motors zu hören. Sie lächelten sich an, und er spürte, daß ihr das Territorium, auf das sie sich vorgewagt hatten, ebenso unvertraut war wie ihm. Tom gab sich Mühe, kein Gefühl in seinen Augen aufscheinen zu lassen, das es Annie unnötig schwermachen könnte. Wahrscheinlich bedauerte sie längst, was zwischen ihnen vorgefallen war. Vielleicht würde es ihm eines Tages auch so gehen. Das Fliegengitter schlug zu, und Annie drehte sich um.

»Mom? Kann ich Dad anrufen?«

»Natürlich.«

Grace ging zurück ins Haus. Als Annie sich wieder Tom zuwandte, sah er ihr an, daß sie ihm etwas sagen wollte. Falls sie vorhatte, ihm zu sagen, wie leid es ihr tue, wollte er nichts davon hören, und um ihr zuvorzukommen, fragte er:

»Er kommt also an diesem Wochenende?«

»Ja.«

»Grace sprach den ganzen Nachmittag von nichts anderem.«

Annie nickte. »Sie vermißt ihn.«

»Ganz bestimmt. Wollen mal sehen, ob sich der alte Pilgrim bis dahin nicht ein bißchen in Form bringen läßt. Wir könnten ihm Grace auf den Rücken setzen.«

»Ist das dein Ernst?«

»Ich wüßte nicht, was dagegen spricht. Wir haben zwar diese Woche noch ein Stück harter Arbeit vor uns, aber wenn es klappt, mach ich den ersten Versuch, und geht alles gut, kann Grace ihrem Daddy was vorreiten.«

»Und dann können wir ihn nach Hause mitnehmen.«

»Tja.«

»Tom ...«

»Natürlich könnt ihr so lange hierbleiben, wie ihr wollt. Nur weil wir alle weg sind, müßt ihr nicht auch fahren.«

Sie lächelte tapfer. »Danke.«

»Es dauert doch mindestens ein, zwei Wochen, bis du deine Computer, das Faxgerät und all die anderen Sachen eingepackt hast.« Sie lachte, und er wich ihrem Blick aus, da er fürchtete, sie könne ihm den Schmerz ansehen, den der Gedanke an ihre Abreise in seiner Brust weckte. Er legte einen Gang ein und wünschte ihr eine gute Nacht.

Seither war es Tom gelungen, ihr aus dem Weg zu gehen. Er stürzte sich auf die Arbeit mit Pilgrim und bewies dabei eine Energie, wie er sie seit seinen ersten Pferdekursen nicht mehr gekannt hatte.

An den Vormittagen ritt er auf Rimrock und ließ Pilgrim im Korral Runden drehen, bis die Hufe der Hinterbeine haargenau in die Abdrücke der Vorderhufe trafen und Pilgrim so sanft vom Schritt in den Trab und wieder in den Schritt wechselte, wie es früher nicht besser gewesen sein konnte. An den Nachmittagen arbeitete Tom zu Fuß und legte Pilgrim Zaumzeug an. Er ließ ihn im Kreis laufen, trat dicht an ihn heran und ließ ihn wenden, so daß er sich auf der Hinterhand drehen mußte.

Manchmal versuchte Pilgrim, sich gegen ihn zu wehren, und scheute vor ihm, aber wenn er das tat, blieb Tom an seiner Seite, lief so lange neben ihm her, bis das Pferd wußte, daß es keinen Sinn hatte, vor diesem Mann davonzulaufen. Also lief Pilgrim langsamer, und schließlich standen die beiden schweißbedeckt da und lehnten sich aneinander wie zwei Sparringpartner, die Atem schöpfen mußten.

Anfangs fand Pilgrim Toms plötzliches Drängen verwirrend, denn nicht einmal Tom wußte, wie er ihm erklären sollte, daß ihnen nun eine Frist gesetzt war. Außerdem hätte Tom sich selbst kaum erklären können, warum er so fest entschlossen war, das Pferd zu kurieren, wenn er sich doch damit um das brachte, wonach er sich am meisten sehnte. Doch wie immer Pilgrim es auch auffaßte, diese merkwürdige und rastlose Dynamik schien ihn zu beleben, und bald war er ebenso eifrig bei der Sache wie Tom.

Und heute würde Tom endlich auf ihm reiten.

Pilgrim beobachtete ihn, als er das Tor schloß und mit Sattel und Zaumzeug über der Schulter zur Mitte des Korrals ging.

»Ganz recht, alter Junge, du hast dich nicht getäuscht. Aber überzeug dich selbst, wenn du mir nicht glaubst.«

Tom legte den Sattel ins Gras und trat einige Schritte zurück. Einen Augenblick lang sah Pilgrim zur Seite, gab sich gelangweilt und tat, als sei nichts Besonderes geschehen. Aber sein Blick wanderte immer wieder zum Sattel, und es dauerte nicht lange, da ging er einige Schritte darauf zu.

Tom sah ihn kommen und bewegte sich nicht. Das Pferd blieb etwa einen Meter vor dem Sattel stehen. Es wirkte fast ein wenig komisch, wie Pilgrim die Nase vorreckte und schnaubend die Luft über dem Sattel einsog.

»Na, was denkst du? Beißt er dich?«

Pilgrim warf ihm einen verächtlichen Blick zu und sah dann wieder den Sattel an. Er trug immer noch das Halfter, das Tom ihm geknüpft hatte. Er scharrte einige Male mit den Hufen, kam näher und stupste den Sattel mit der Nase an. Bedächtig langte Tom nach dem Zaumzeug auf seiner Schulter, nahm es in beide Hände und entwirrte es. Pilgrim hörte die Trense klirren und sah auf.

»Nun tu nicht so überrascht. Das hast du doch schon lange kommen sehen.«

Tom wartete. Er konnte kaum glauben, daß dies dasselbe Tier war, das er in jenem grauenhaften Stall im Staat New York gesehen hatte, von der Welt abgeschnitten und von allem isoliert, was es einst gewesen war. Pilgrims Fell schimmerte, seine Augen waren klar, und seine Nase war so gut verheilt, daß sie ihm einen beinahe edlen Zug verlieh und ihn wie einen narbenbedeckten römischen Krieger aussehen ließ. Noch nie hatte sich ein Pferd derart verändert. Und noch nie waren so viele Leben im Umkreis eines Pferdes verändert worden.

Wie Tom erwartet hatte, kam Pilgrim jetzt zu ihm und beschnupperte das Zaumzeug ebenso umständlich wie zuvor den Sattel. Als Tom ihm das Halfter abnahm und das Zaumzeug anlegte, zuckte er nicht einmal zusammen. Er war zwar noch ein wenig angespannt, und ein schwaches Beben durchlief seine Muskeln, aber er ließ sich von Tom den Nacken kraulen, ließ seine Hand weiterwandern und die Stelle reiben, auf der der Sattel liegen würde. Und er wich nicht zurück und warf auch nicht den Kopf in den Nacken, als er die Trense im Maul spürte. So zerbrechlich es auch noch sein mochte, das Gefühl der Sicherheit und des Vertrauens, um das Tom so lange gekämpft hatte, war endlich stark genug.

Tom führte ihn am Zügel im Kreis, wie er ihn so oft am Halfter geführt hatte, umrundete den Sattel und blieb schließlich direkt davor stehen. Er hob ihn langsam an, achtete darauf, daß Pilgrim jede seiner Bewegungen verfolgen konnte, legte ihn dem Pferd auf den Rücken und beruhigte ihn unablässig mit Worten oder streichelte ihn. Tom legte den Sattelgurt um und ließ Pilgrim einige Schritte gehen, damit er spürte, wie sich der Sattel beim Laufen anfühlte.

Pilgrims Ohren zuckten unablässig, doch in seinen Augen blitzte kein Weiß auf, und hin und wieder gab er dieses blasende Geräusch von sich, das Joe »die Schmetterlinge rauslassen« nannte. Tom beugte sich vor, zurrte den Sattelgurt fest, legte sich über den Sattel und ließ das Pferd wieder einige Schritte laufen, damit es sein Gewicht spürte. Dabei redete er die ganze Zeit beruhigend auf Pilgrim ein. Und als das Pferd schließlich soweit war, schwang er sein Bein auf die andere Seite und saß im Sattel.

Pilgrim lief und hielt sich dabei kerzengerade. Eine tiefe, unberührbare Spur der Angst, die vielleicht nie ganz verschwinden würde, ließ seine Muskeln zwar immer noch zittern, aber er schritt tapfer aus, und Tom wußte, wenn das Pferd nicht eine Art Spiegelbild seiner Angst in Grace verspürte, dann würde auch Grace auf ihm reiten können.

Und wenn sie auf ihm ritt, gab es weder für sie noch für ihre Mutter einen Grund, länger hierzubleiben.

Robert hatte sich in seiner Lieblingsbuchhandlung einen Reiseführer über Montana gekauft, und als das *Fasten Seatbelts*-Zeichen aufleuchtete und der Landeanflug auf Butte begann, wußte er wohl mehr über die Stadt als die meisten der dreiunddreißigtausenddreihundertunddreiundsechzig Einwohner.

Einige Minuten später lag er schon unter ihm, »der reichste Berg der Erde«, eintausendsiebenhundertvierundfünfzig Meter hoch, die größte Silberschürfstelle der Nation in den achtziger Jahren des letzten Jahrhunderts und dann noch mal dreißig Jahre lang das größte Kupferbergwerk. Robert hatte inzwischen erfahren, daß die Stadt heute nur noch einen blassen Abglanz ihrer einstigen Größe aufwies, daß sie aber »nichts von ihrem Charme verloren hatte«, von dem allerdings auf den ersten Blick von Roberts Fensterplatz aus nichts zu erkennen war. Die Stadt sah aus, als hätte jemand sein Gepäck auf einen Hügel gestellt und vergessen, es wieder abzuholen.

Er hatte nach Great Falls oder nach Helena fliegen wollen, aber in letzter Sekunde war ihm im Büro etwas dazwischengekommen. So blieb nur Butte übrig. Laut Karte war es mit dem Wagen zwar eine ziemlich weite Strecke für Annie, aber sie hatte trotzdem darauf bestanden, ihn abzuholen.

Robert hatte keine klare Vorstellung davon, wie sehr ihr der Verlust ihrer Arbeit zu schaffen machte. In den New Yorker Zeitungen hatte man sich die ganze Woche das Maul darüber zerrissen. »Gates geht Graves an die Gurgel« verkündete die eine mit schreiender Schlagzeile, während andere sich anstrengten, ihrem Namen ein neues Wortspiel abzugewinnen; das Beste davon lautete: »Graves [also *Gräber*] gräbt sich selbst ein Grab«. Es war eigenartig, Annie in den teilnahmsvolleren Artikeln als Opfer oder als Märtyrerin dargestellt zu sehen. Noch eigenartiger war es allerdings, wie leichthin Annie am Telefon darüber redete, als sie vom »Cowboy spielen« zurückkam.

»Ist mir völlig egal«, sagte sie.

»Wirklich?«

»Wirklich. Ich bin froh, daß ich da raus bin. Ich mach was Neues.«

Robert fragte sich einen Augenblick verwundert, ob er die falsche Nummer gewählt hatte, aber vielleicht machte sie nur tapfere Miene zum bösen Spiel. Sie sei all die Machtkämpfe und das Taktieren leid, sagte sie, und wolle sich wieder ans Schreiben machen, darin sei sie gut. Grace sei von der Entwicklung der Dinge begeistert. Er fragte sie, wie der Viehtrieb gewesen sei, und sie sagte einfach nur, daß es schön gewesen war. Dann reichte sie Grace den Hörer, die gerade aus der Badewanne kam, damit sie ihm davon erzählen konnte und die ihm sagte, daß sie ihn am Flughafen abholen würden.

Als er über das Rollfeld ging, konnte er Annie und Grace in der winkenden Menschenmenge nicht entdecken, nur zwei Frauen in Bluejeans und Cowboyhüten, die ihn anlachten, und zwar ziemlich unverschämt, wie er fand. Dann erst erkannte er sie.

»Mein Gott«, sagte er, als er auf sie zuging. »Pat Gerrett und Billy the Kid!«

»Heda, Fremder«, sagte Grace betont lässig. »Was treibt dich in diese Stadt?« Sie nahm ihren Hut ab und fiel ihrem Vater um den Hals.

»Mein Kleines, wie geht's dir? Alles okay?«

»Mir geht's gut.« Sie klammerte sich so eng an ihn, daß Robert fast die Tränen kamen.

»Stimmt. Das sehe ich. Laß dich anschauen.«

Er trat einen Schritt zurück und mußte plötzlich an den schlaffen, fahlen Körper denken, den er im Krankenhaus angestarrt hatte. Es war unglaublich. Ihre Augen sprühten vor Lebenslust, und die Sonne hatte alle Sommersprossen in ihrem Gesicht hervorgezaubert, so daß es fast zu glühen schien. Annie sah ihn an, lächelte und wußte offenbar genau, was er empfand.

»Fällt dir was auf?« fragte Grace.

»Von euch einmal abgesehen, meinst du?«

Sie wirbelte herum, und plötzlich verstand er.

»Kein Stock!«

»Kein Stock mehr.«

»Du bist spitze!«

Er gab ihr einen Kuß und griff im selben Augenblick nach Annie, die jetzt auch ihren Hut abgenommen hatte. Ihre Bräune betonte ihre Augen, die so besonders grün wirkten. Robert fand, daß sie noch nie so schön ausgesehen hatte, und er drückte sie an sich, bis er wußte, daß er sich wieder in der Gewalt hatte und sie alle nicht in Verlegenheit bringen würde.

»Mein Gott, es ist so lange her«, sagte er schließlich.

Annie nickte. »Ich weiß.«

Die Fahrt zurück zur Ranch dauerte ungefähr drei Stunden. Und obwohl sie es kaum erwarten konnte, ihren Vater herumzuführen, ihm Pilgrim zu zeigen und die Bookers vorzustellen, genoß Grace jede Meile. Sie saß hinten im Lariat und drückte Robert ihren Hut auf den Kopf. Er war ihm zu klein und sah komisch aus, aber er behielt ihn auf und brachte sie bald mit einer Geschichte über seinen Anschlußflug nach Salt Lake City zum Lachen.

Ein Kirchenchor hatte fast alle Plätze belegt gehabt und während des ganzen Fluges gesungen. Robert saß eingezwängt zwischen zwei voluminösen Altstimmen, die Nase in seinem Reisebuch über Montana vergraben, während alle um ihn herum »Näher, mein Gott, zu Dir« sangen, was in einer Höhe von fünfzehntausend Metern natürlich durchaus angebracht war.

Er ließ Grace in seinem Koffer nach den Geschenken suchen, die er für sie in Genua gekauft hatte, eine riesige Tafel Schokolade und eine winzige Kuckucksuhr mit dem merkwürdigsten Kuckuck, der ihr je zu Gesicht gekommen war. Robert gab zu, daß sein Ruf eher wie das Gekrächze eines Papageien mit Hämorrhoiden klang, aber er beteuerte, die Stimme sei absolut naturgetreu; taiwanesische Kuckucke, das wisse er ganz bestimmt, besonders solche mit Hämorrhoiden, sahen haargenau so aus und stießen exakt solche Rufe aus. Annies Geschenke, die Grace ebenfalls auspackte, waren die übliche Flasche ihres Lieblingsparfüms und ein Seidenschal, den sie, wie sie alle drei wußten, niemals tragen würde. Annie sagte, sie fände ihre Geschenke hinreißend, beugte sich zu Robert hinüber und küßte ihn auf die Wange.

Als sie ihre Eltern ansah, die Seite an Seite vor ihr saßen, fühlte sich Grace erst richtig glücklich. Fast schien es ihr, als hätte sich das letzte Stückchen vom zerbrochenen Puzzle ihres Lebens an die richtige Stelle gefügt. Jetzt mußte sie nur noch auf Pilgrim reiten, und wenn heute auf der Ranch alles gut gelaufen war, dann würde sich dieser Wunsch bald erfüllen. Aber bevor sie nichts Bestimmtes wußte, wollte sie Robert nichts davon erzählen.

Der Gedanke war aufregend und beängstigend zugleich. Eigentlich ging es nicht so sehr darum, ihn wieder zu reiten, sondern darum, daß ihr keine andere Wahl blieb. Seit sie auf Gonzo geritten war, schien niemand daran zu zweifeln, daß sie auch auf Pilgrim reiten würde, sobald Tom damit einverstanden war. Doch insgeheim hatte sie ihre Zweifel.

Dabei ging es nicht um Angst, jedenfalls nicht um Angst im einfachen Sinn. Sie fragte sich zwar, ob sie im entscheidenden Moment Angst verspüren würde, war sich aber ziemlich sicher, daß sie ihre Gefühle beherrschen konnte. Sie sorgte sich eher darum, daß sie Pilgrim enttäuschen könnte, daß sie nicht gut genug für ihn war.

Ihre Prothese saß nun so eng an, daß sie ihr ständig weh tat. Auf den letzten Meilen des Viehtriebs war der Schmerz fast unerträglich gewesen. Sie hatte keiner Menschenseele ein Wort davon gesagt. Als Annie auffiel, wie oft sie neuerdings das künstliche Bein abschnallte, wenn sie allein waren, tat Grace ihre Frage mit einem Scherz ab. Terri Carlson konnte sie nicht so leicht etwas vormachen. Terri sah, wie entzündet Graces Stumpf war, und riet ihr dringend, sich einen neuen Schaft machen zu lassen. Das Problem war nur, daß niemand hier im Westen diese Prothesen herstellte. Der einzige Ort, wo man ihr helfen konnte, war New York.

Grace hatte sich fest vorgenommen, bis zum Schluß durchzuhalten. Es würde höchstens noch ein oder zwei Wochen dauern, und sie konnte einfach nur hoffen, daß der Schmerz sie nicht zu sehr ablenkte und behinderte, wenn der Augenblick gekommen war.

Als sie die Fünfzehn verließen und westwärts abbogen, brach der Abend an. Entlang der Rocky Mountains vor ihnen türmten sich Gewitterwolken auf und schienen über den sich rasch zuziehenden Himmel nach ihnen greifen zu wollen.

Sie fuhren durch Choteau, so daß Grace ihrem Vater den Dinosaurier vor dem Museum und jene Absteige zeigen konnte, in der sie zuerst gewohnt hatten. Irgendwie schien der Dinosaurier längst nicht mehr so groß und so bösartig auszusehen wie am Tag ihrer Ankunft. In letzter Zeit rechnete Grace fast damit, daß er ihr im Vorbeifahren zuzwinkerte.

Als sie die Neunundachtzigste verließen und gemächlich unter schwarzen Wolken über die schnurgerade Schotterstraße zur Double Divide fuhren, verstummten sie nach und nach, und Grace wurde immer unruhiger. Sie wünschte sich so sehr, daß ihr Vater beeindruckt war. Vielleicht ging es Annie ähnlich, denn als sie schließlich um den Hügel bogen und die Double Divide vor ihnen lag, hielt sie an, damit Robert sich in Ruhe umsehen konnte.

Der Wagen hatte eine Staubwolke aufgeworfen, die langsam vor ihnen hertrieb und dem leuchtendhell hervorbrechenden Sonnenlicht einen goldenen Schimmer verlieh. An der nächsten Flußkehre grasten unter den Pyramidenpappeln einige Pferde, die nun ihre Köpfe hoben und zu ihnen herüberstarrten.

»Unglaublich«, sagte Robert. »Jetzt weiß ich, warum ihr nicht mehr nach Hause kommen wollt.«

29

Annie hatte bereits auf dem Weg zum Flughafen für das Wochenende eingekauft, statt die Lebensmittel erst auf dem Rückweg zu besorgen, und fünf Stunden in einem heißen Auto waren dem Lachs überhaupt nicht gut bekommen. Der Supermarkt in Butte bot die beste Auswahl, die sie bisher in Montana gefunden hatte. Sie hatte sogar getrocknete Tomaten und kleine Töpfe mit Basilikum entdeckt, das allerdings schon auf dem Rückweg ziemlich verwelkt aussah. Annie goß die Pflänzchen und stellte sie auf die Fensterbank. Vielleicht würden sie überleben, und das war immerhin mehr, als sich vom Lachs behaupten ließ. Annie legte ihn ins Spülbecken und ließ kaltes Wasser darüberlaufen, um den Ammoniakgeruch zu vertreiben.

Das Rauschen des Wassers übertönte das anhaltend tiefe Grummeln des Donners. Annie drehte den Fisch um und sah lose Schuppen im Wasser zittern, sich drehen und im Abguß verschwinden. Dann öffnete sie den ausgenommenen Bauch und spülte das geronnene Blut von der fleischigen Membran, bis das Innere grellrosa schimmerte. Der Geruch war nicht mehr so stechend, aber der schlaffe Fischleib in ihrer Hand ließ eine derartige Übelkeit in ihr aufkommen, daß sie ihn auf die Ablage legte und rasch durch die Fliegengittertür nach draußen ging.

Es war heiß und schwül, und sie fand keine Erleichterung. Obwohl es noch gar nicht spät war, brach die Dunkelheit herein. Bedrohlich schwarze, von gelben Adern durchzogene Wolken ballten sich am Himmel zusammen und hingen so tief, als wollten sie die Erde selbst erdrücken.

Robert und Grace waren seit fast einer Stunde weg. Annie hatte bis morgen warten wollen, aber Grace hielt es nicht länger aus und wollte Robert den Bookers vorstellen und ihm Pilgrim zeigen. Sie ließ ihm kaum Zeit, sich das Haus anzusehen, und drängte ihn, sie zur Ranch zu fahren. Sie wollte, daß Annie mitkam, aber Annie hatte abgelehnt unter dem Vorwand, bis zu ihrer Rückkehr das Abendessen vorbereiten zu wollen. Ihr war es lieber, nicht dabeizusein, wenn Tom und Robert sich trafen. Sie hätte gar nicht gewußt, wohin sie schauen sollte. Allein bei dem Gedanken verstärkte sich ihre Übelkeit.

Sie hatte geduscht und sich ein Kleid angezogen, fühlte sich aber schon wieder ganz klebrig. Sie verließ die Veranda und ging zur Vorderseite des Hauses, um nach ihnen Ausschau zu halten.

Sie hatte Tom und Robert und alle Kinder in den Chevy steigen sehen und dem Wagen nachgeschaut, als er an ihr vorbei zur Weide hochfuhr. Aus ihrem Blickwinkel konnte sie nur Tom auf dem Fahrersitz erkennen, aber er sah nicht zu ihr herüber, sondern redete mit Robert, der neben ihm saß. Annie fragte sich, was er wohl von ihm hielt, und fast kam es ihr so vor, als würde stellvertretend auch ein Urteil über sie gefällt.

Die ganze Woche war Tom ihr aus dem Weg gegangen, und obwohl sie glaubte, den Grund dafür zu kennen, fühlte sie seine Distanz wie eine sich ausbreitende Leere in ihrem Innern. Als Grace in der Physiotherapie in Choteau gewesen war, hatte Annie darauf gewartet, daß er wie sonst auch vorbeikam, um mit ihr auszureiten, aber tief in ihrem Inneren hatte sie gewußt, daß er diesmal nicht kommen würde. Und als sie zusammen mit Grace ihm bei der Arbeit mit Pilgrim zugeschaut hatte, war er so beschäftigt gewesen, daß er sie kaum wahrzunehmen schien. Ihr anschließendes Gespräch war höflich, beinahe trivial gewesen.

Sie wollte mit ihm reden, ihm sagen, daß ihr leid tue, was geschehen sei, auch wenn es nicht der Wahrheit entsprach. Nachts, allein im Bett, dachte sie daran, wie sie einander zärtlich erforscht hatten, und sie ließ ihrer Phantasie freien Lauf, bis sich ihr Körper nach ihm verzehrte. Sie wollte ihm nur deshalb sagen, daß es ihr leid tue, weil sie fürchtete, er könnte schlecht von ihr denken. Doch bis auf jenen ersten Abend, als er Grace nach Hause brachte, hatte sich ihr keine Gelegenheit geboten, und sobald sie damals zu reden anfing, hatte er sie unterbrochen, als wüßte er genau, was sie sagen wollte. Und der Blick in seinen Augen hätte ihr fast das Herz gebrochen.

Annie stand mit verschränkten Armen vor dem Haus und beobachtete die zuckenden Blitze über dem verhangenen Bergmassiv. Sie konnte jetzt die Scheinwerfer des Chevys zwischen den Bäumen an der Furt erkennen, und als der Wagen in den Weg einbog, spürte sie den ersten schweren Regentropfen auf der Schulter. Sie sah auf, und ein zweiter Tropfen klatschte ihr mitten auf die Stirn und rann über ihr Gesicht. Plötzlich wurde es kühler, und in der Luft hing der frische Geruch von Feuchtigkeit. Annie konnte den Regen wie eine Wand durch das Tal auf sich zukommen sehen, und sie lief ins Haus zurück, um den Lachs zu grillen.

Er war ein netter Kerl. Was hatte Tom denn erwartet? Er war klug, fröhlich und interessant und vor allem auch interessiert. Robert beugte sich vor und starrte durch den Halbkreis, den die Scheibenwischer vergeblich freizuhalten suchten. Außerdem trommelte der Regen derart auf das Dach des Chevys, daß sie schreien mußten, um sich verständlich machen zu können.

»Wenn dir das Wetter in Montana nicht gefällt, dann warte fünf Minuten«, sagte er.

Tom lachte. »Hat Grace Ihnen das erzählt?«

»Ich hab's in einem Führer über Montana gelesen.«

»Dad ist ein fanatischer Reisebuchfreak«, schrie Grace von hinten.

»Klar, danke, Kleines, ich hab dich auch lieb.«

Tom lächelte. »Tja, sieht so aus, als würde es regnen.«

Er war so weit mit ihnen hinaufgefahren, wie der Weg mit dem Wagen gut zu bewältigen war. Sie hatten Rotwild gesehen, einen oder zwei Falken und auf der gegenüberliegenden Hangseite eine Herde Elche. Wenn es donnerte, drängten sich die Kälber schutzsuchend an die Muttertiere. Robert hatte ein Fernglas mitgebracht, und so beobachteten sie die Tiere zehn Minuten oder länger, und die Kids rauften sich darum, wer als nächstes durch das Glas sehen durfte. Ein großer Elchbulle mit weitausladendem Geweih, ein Sechsender, stand bei der Herde, und Tom rief ihn mit einem Lockton, bekam aber keine Antwort.

»Wieviel Gewicht hat so ein Bulle?« fragte Robert.

»Ach, bis zu vierhundert Kilo, vielleicht sogar noch mehr. Im August wiegt allein sein Geweih schon an die dreißig Kilo.«

»Schon mal einen geschossen?«

»Mein Bruder Frank macht manchmal Jagd auf sie. Ich sehe ihre Köpfe lieber lebendig hier oben als tot an irgendeiner Wand.«

Robert stellte auf dem Rückweg noch viele Fragen, und Grace machte sich deshalb über ihn lustig. Tom dachte an Annie und an ihre Fragerei, als er die ersten Male mit ihr hier heraufgeritten war, und er fragte sich, ob Robert die Angewohnheit von ihr übernommen hatte oder sie von ihm, oder ob sie beide von Natur aus so waren und einfach nur zusammenpaßten. Das mußte es sein, dachte Tom, sie passen einfach nur zusammen. Er versuchte, an etwas anderes zu denken.

Es schüttete in wahren Sturzbächen, als sie zum Flußhaus zurückfuhren. Auf der Rückseite des Hauses schoß der Regen in Strömen von jeder Dachschräge. Tom meinte, er und Joe würden den Lariat später von der Ranch hochfahren. Dann fuhr er so dicht wie nur möglich an die Veranda heran, damit Robert und Grace beim Aussteigen nicht klitschnaß wurden. Robert stieg als erster aus. Er warf die Tür zu, und Grace beugte sich rasch vom Rücksitz herüber und fragte Tom flüsternd, wie es um Pilgrim stand. Sie waren vorher zwar beim Pferd gewesen, hatten aber noch keine Zeit gefunden, allein darüber zu reden.

»Es ist prima gelaufen. Du machst das schon.«

Sie strahlte über das ganze Gesicht, und Joe versetzte ihr vergnügt einen Klaps auf den Arm. Sie konnte keine weiteren Fragen stellen, da Robert ihr die Tür öffnete.

Tom hätte daran denken sollen, daß der Regen den Rand der Veranda rutschig gemacht hatte, aber er tat es erst, als Grace ausrutschte. Im Fallen stieß sie einen kurzen Schrei aus. Tom sprang nach draußen und lief um den Wagen herum.

Robert beugte sich besorgt über seine Tochter.

»Himmel, Gracie, alles in Ordnung?«

»Mir geht's gut.« Sie versuchte bereits, wieder aufzustehen, und wirkte eher verlegen als verletzt. »Wirklich, Dad, mir geht's gut.«

Annie kam aus dem Haus gerannt und wäre beinahe selbst gestürzt.

»Was ist passiert?«

»Alles in Ordnung«, sagte Robert, »sie ist nur ausgerutscht.«

Mittlerweile war Joe ebenfalls aus dem Auto gestiegen, und alle machten ein besorgtes Gesicht. Sie halfen Grace auf die Beine, und das Mädchen stöhnte auf, als es die Prothese wieder belastete. Robert hielt sie noch mit einem Arm fest.

»Geht's dir auch bestimmt gut, Kleines?«

»Bitte, Dad, mach kein Theater. Mir geht's prima.«

Sie humpelte, gab sich aber Mühe, es zu überspielen, als man sie ins Haus führte. Die Zwillinge mochten von dem Drama nichts verpassen und wollten ihr ins Haus folgen, aber Tom hielt sie zurück und schickte sie mit einigen leisen Worten wieder ins Auto. An Graces beschämter Miene merkte er, daß es Zeit wurde, sich zu verabschieden.

»Dann also bis morgen.«

»Ja«, sagte Robert. »Und vielen Dank für die Tour.«

»Nichts zu danken.«

Er blinzelte Grace zu und sagte ihr, sie solle gut schlafen, und sie lächelte und versprach zu gehorchen. Als er Joe durch die Fliegengittertür nach draußen schob, drehte er sich zu einem letzten Gutenachtgruß um. Seine Augen fanden die von Annie. Der Blick dauerte kaum einen Moment, aber er verriet, was ihre Herzen zu sagen hatten.

Tom tippte an seinen Hut und wünschte eine gute Nacht.

Als sie auf den Boden der Veranda aufschlug, wußte sie, daß etwas gebrochen war, und einen schrecklichen Augenblick lang dachte sie, es sei ihr Oberschenkelknochen. Erst als sie aufstand, spürte sie, daß ihre Knochen heil geblieben waren. Sie war durcheinander, und es war ihr alles entsetzlich peinlich, aber Gott sei Dank war sie unverletzt.

Doch es kam schlimmer, als sie erwartet hatte. Der Schaft der Prothese war von oben bis unten gerissen.

Grace saß auf dem Rand der Badewanne, ihre Bluejeans hingen um ihren linken Fuß, die Prothese hielt sie in der Hand. Die Innenseite des gerissenen Schaftes war warm und feucht und roch nach Schweiß. Vielleicht konnte man den Riß kleben oder den Schaft mit Tesafilm umwickeln. Aber dann mußte sie erzählen, was passiert war, und wenn es nicht funktionierte, würde sie Pilgrim morgen auf keinen Fall reiten können.

Nachdem die Bookers gegangen waren, gab Grace sich die größte Mühe und tat, als wäre nichts passiert. Sie lächelte, riß Witze und mußte ihren Eltern noch mindestens ein dutzendmal versichern, daß alles in Ordnung war. Und endlich schienen sie ihr zu glauben. Als es ihr sicher genug schien, flüchtete sie hinauf ins Bad, um sich den Schaden hinter verschlossener Tür anzuschauen. Sie spürte, wie sich das verdammte Ding an ihrem Stumpf bewegte, als sie durch das Wohnzimmer ging, und die Treppen waren eine ziemlich kitzlige Angelegenheit gewesen. Wenn sie nicht mal da problemlos hochkam, wie um alles in der Welt sollte sie da Pilgrim reiten? Verdammt!

Lange Zeit saß sie da und dachte nach. Sie konnte Robert aufgeregt vom Elch erzählen hören. Er versuchte Toms Lockruf nachzumachen, was ihm gründlich mißlang. Dann hörte sie Annie lachen. Phantastisch, ihn endlich hier zu haben. Aber wenn Grace ihnen jetzt erzählte, was passiert war, würde sie ihnen den ganzen Abend verderben.

Sie wußte jetzt, was sie tun wollte. Sie stand auf, hangelte sich ans Waschbecken und holte eine Pflasterschachtel aus dem Erste-Hilfe-Schrank. Sie würde den Schaft so gut wie möglich reparieren und morgen früh auf Gonzo reiten. Kam sie mit ihm zurecht, würde sie niemandem was sagen, bis sie Pilgrim geritten hatte.

Annie machte das Licht im Badezimmer aus und ging leise über den Treppenabsatz zu Graces Zimmer. Die Tür war nur angelehnt und knarrte, als Annie sie einen Spalt weit aufstieß. Die neue Nachttischlampe, die sie in Great Falls gekauft hatten, um die zerbrochene Lampe zu ersetzen, brannte noch. Jene Nacht schien Annie inzwischen zu einem anderen Leben zu gehören.

»Gracie?«

Keine Antwort. Annie trat ans Bett und machte das Licht aus. Eher zufällig fiel ihr auf, daß Graces Bein nicht an seinem üblichen

Platz an der Wand lehnte, sondern etwas versteckt auf dem Boden im Schatten zwischen Bett und Tisch lag. Grace schlief, ihr Atem ging so leise, daß Annie ihn kaum hören konnte. Ihr Haar ringelte sich wie das Delta eines dunklen Flusses übers Kissen. Annie blieb eine Weile stehen und betrachtete ihre Tochter.

Sie war so tapfer gewesen. Annie konnte sich vorstellen, wie weh der Sturz getan haben mußte, und trotzdem war sie beim Essen und den ganzen Abend über so fröhlich, lebhaft und lustig gewesen. Sie war einfach unglaublich. Als Robert vor dem Abendessen sein Bad nahm, hatte sie Annie in der Küche erzählt, was Tom ihr über Pilgrim gesagt hatte. Sie überschlug sich fast vor Aufregung und hatte sich genau ausgedacht, wie sie ihren Vater überraschen wollte. Joe sollte ihm Brontys Fohlen zeigen und ihn erst zurückbringen, wenn sie bereits auf Pilgrim saß. Annie hatte zwar einige Bedenken, und Robert hätte wohl auch welche gehabt, dachte Annie, aber wenn Tom es für sicher hielt, dann war es auch sicher.

»Scheint ein wirklich prima Kerl zu sein«, hatte Robert gesagt und noch vom Lachs genommen, der erstaunlich gut schmeckte.

»Er ist sehr freundlich zu uns gewesen«, sagte Annie so beiläufig wie nur möglich. In dem kurzen Schweigen, das folgte, hingen ihre Worte in der Luft, als sollten sie inspiziert werden. Glücklicherweise hatte Grace dann erzählt, wie Tom in der letzten Woche mit Pilgrim gearbeitet hatte.

Annie beugte sich vor und hauchte ihrer Tochter einen Kuß auf die Wange. Von weither murmelte Grace eine Antwort.

Robert war schon im Bett. Er war nackt. Als sie ins Zimmer kam und sich auszog, legte er sein Buch zur Seite, sah ihr zu und wartete auf sie. Es war ein Signal, das ihr seit Jahren vertraut war, und sie hatte es oft genossen, sich vor ihm auszuziehen, war nicht selten sogar davon erregt worden. Doch jetzt fand sie seinen stummen Blick beunruhigend, fast unerträglich. Sie wußte natürlich, daß er nach so langer Trennung damit rechnete, heute nacht mit ihr zu schlafen.

Sie zog ihr Kleid aus und legte es auf einen Stuhl. Plötzlich war sie sich seiner Blicke und der Intensität ihres Schweigens so deutlich bewußt, daß sie ans Fenster ging, die Jalousie öffnete und nach draußen sah.

»Der Regen hat aufgehört.«

»Schon vor einer halben Stunde.«

Sie sah hinunter zum Ranchhaus. Sie war zwar nie in Toms Zimmer gewesen, kannte aber sein Fenster und konnte sehen, daß sein Licht noch brannte. Himmel, dachte sie, warum kannst du nicht hier sein? Warum können wir nicht zusammen sein? Bei diesem Gedanken fühlte sie ein fast an Verzweiflung grenzendes Sehnen, so daß sie rasch die Jalousie schloß und sich abwandte. Eilig zog sie sich BH und Slip aus und griff nach dem weiten T-Shirt, in dem sie gewöhnlich schlief.

»Das brauchst du nicht«, sagte Robert leise. Sie sah ihn an, und er lächelte. »Komm her.«

Er streckte seine Arme nach ihr aus, und sie schluckte, erwiderte mühsam sein Lächeln und betete insgeheim, daß er nicht sehen konnte, was ihre Augen hoffentlich nicht verrieten. Sie legte das T-Shirt wieder hin, ging zum Bett und fühlte sich in ihrer Nacktheit schrecklich bloßgestellt. Sie setzte sich neben ihn aufs Bett und konnte einen Schauder nicht unterdrücken, als eine seiner Hände zu ihrem Nacken hinaufglitt und die andere ihre linke Brust umschloß.

»Ist dir kalt?«

»Nur ein bißchen.«

Sanft zog er ihren Kopf zu sich und küßte sie, wie er sie immer geküßt hatte. Und sie versuchte mit aller Kraft, jeden Vergleich aus ihrem Kopf zu verbannen und sich den vertrauten Konturen seines Mundes, dem vertrauten Geschmack und Geruch, dem vertrauten Gefühl seiner Hand auf ihrer Brust zu überlassen.

Sie schloß ihre Augen, konnte aber ein aufwallendes Gefühl von Verrat nicht unterdrücken. Sie hatte diesen guten und liebenden Mann betrogen, vielleicht nicht durch das, was sie mit Tom getan hatte, aber durch das, was sie rasend gern mit ihm tun würde. Und obwohl sie sich sagte, wie unsinnig das sei, überwog sogar das Gefühl, Tom mit dem zu verraten, was sie jetzt tat.

Robert schlug die Decke zurück und rückte zur Seite, um sie ins Bett zu lassen. Sie sah den vertrauten Wuchs der rotbraunen Haare auf seinem Bauch und seinen steif angeschwollenen, rosigen Penis, der sich hart an ihren Schenkel preßte, als sie sich neben ihren Mann legte und seinen Mund wiederfand.

»Ach, Annie, ich habe dich so vermißt.«

»Ich habe dich auch vermißt.«

»Hast du das?«

»Pssst. Natürlich.«

Sie spürte seine Hand über ihre Seite, die Hüfte entlang und auf ihren Bauch gleiten und wußte, gleich würde er sie zwischen ihren Beinen streicheln und spüren, daß sie nicht erregt war. Gerade als seine Finger den Haarrand berührten, rutschte sie im Bett etwas nach unten.

»Laß mich erst das hier machen«, sagte sie. Und sie beugte sich über seine Beine und nahm ihn in den Mund. Es war lange her, Jahre schon, seit sie dies zuletzt getan hatte, und ihn überfiel eine derartige Erregung, daß er plötzlich erschauerte und tief Luft holte.

»Annie, ich weiß nicht, ob ich das aushalte.«

»Das macht nichts. Ich möchte es so.«

Zu welch schamlosen Lügnern uns die Liebe doch macht, dachte sie. Welch dunkle und verworrene Wege sie uns führt. Und als er kam, wußte sie mit einer traurigen, alles überschwemmenden Gewißheit, daß sie, was immer auch geschehen würde, einander nie wieder das sein würden, was sie sich einmal gewesen waren, und daß dieser schuldbeladene Akt insgeheim ihr Abschiedsgeschenk war.

Später, als das Licht aus war, kam er in ihr. Die Nacht war so dunkel, daß seine Augen nicht zu sehen waren, und in diesem Schutz fand Annie endlich ihre Lust. Sie überließ sich seinem fließenden Rhythmus und fand jenseits ihres Kummers ein kurzes Vergessen.

30

Nach dem Frühstück fuhr Robert Grace zum Stall. Der Regen hatte die Luft reingewaschen und abgekühlt, der Himmel wölbte sich in makellosem Blau. Robert war bereits aufgefallen, daß Grace heute morgen stiller und ein wenig ernster als sonst schien, und er hatte sie auf dem Weg hierher gefragt, ob alles in Ordnung sei.

»Dad, hör auf, mich das zu fragen. Mir geht's gut. Bitte.«

»Tut mir leid.«

Sie lächelte und tätschelte seinen Arm, und er ließ es dabei bewenden. Vor der Abfahrt hatte sie Joe angerufen, der inzwischen bereits Gonzo von der Koppel geholt hatte. Als sie aus dem Lariat stiegen, begrüßte er sie mit einem breiten Grinsen.

»Guten Morgen, junger Mann«, sagte Robert.

»Morgen, Mr. Maclean.«

»Sag einfach Robert.«

»Okay, Sir.«

Sie führten Gonzo in den Stall. Robert sah, daß Grace stärker als gestern humpelte. Einmal schien sie sogar das Gleichgewicht zu verlieren und sich an der Tür zu einer Box festhalten zu müssen. Er sah zu, wie Gonzo gesattelt wurde, und fragte Joe über ihn aus, wollte wissen, wie alt und wie groß das Pony war und ob Schecken ein besonderes Temperament hatten. Joe antwortete höflich und ausführlich, Grace sagte kein Wort. An der Art, wie sie die Brauen zusammenzog, wußte Robert, daß ihr irgend etwas Sorgen machte. Joes Blicke verrieten ihm, daß er das gleiche dachte, aber beide kannten das Mädchen gut genug, um den Mund zu halten.

Sie führten Gonzo durch die Hintertür hinaus, und Grace machte sich ans Aufsitzen.

»Ohne Helm?« fragte Robert.

»Ja, Dad, ohne Helm.«

Robert zuckte die Achseln und lächelte. »Du wirst schon wissen, was du tust.«

Grace musterte ihn mit zusammengekniffenen Augen. Joe sah von einem zum anderen und grinste. Dann nahm Grace die Zügel in die Hand, stützte sich auf Joes Schulter ab und setzte den linken Fuß in den Steigbügel. Als sie die Prothese belastete, schien etwas nachzugeben, und Robert sah, wie sie zusammenzuckte.

»Scheiße«, murmelte sie.

»Was ist los?«

»Nichts. Alles in Ordnung.«

Sie grunzte vor Anstrengung, als sie das Bein über die Zwiesel schwang und sich in den Sattel setzte. Noch bevor sie saß, merkte er, daß etwas nicht stimmte. Dann verzog sie das Gesicht, und er sah, daß sie weinte.

»Gracie, was ist los?«

Sie schüttelte den Kopf. Im ersten Augenblick dachte er, sie hätte Schmerzen, aber als sie dann anfing zu reden, war klar, daß sie vor Wut weinte.

»Es geht verdammt noch mal nicht.« Sie spuckte die Worte beinahe aus. »So klappt's einfach nicht.«

Robert verbrachte den Rest des Tages mit dem Versuch, Wendy Auerbach zu erreichen. Die Klinik hatte den Anrufbeantworter eingeschaltet, der eine Notrufnummer angab, die seltsamerweise jedoch ständig besetzt war. Als Robert endlich durchkam, sagte die diensthabende Schwester, in der Klinik sei es nicht üblich, die privaten Rufnummern der Ärzte weiterzugeben. Wenn es jedoch wirklich so dringend sei, wie Robert behaupte (und ihrem Tonfall nach schien sie dies sehr zu bezweifeln), würde sie selbst versuchen, Dr. Auerbach zu erreichen. Eine Stunde später rief die Schwester zurück, Dr. Auerbach sei ausgegangen und würde erst am späten Nachmittag zurückkommen.

Während sie warteten, rief Annie bei Terri Carlson an, deren Nummer – im Gegensatz zu der von Wendy Auerbach – im Telefonbuch stand. Terri sagte, sie würde da jemanden in Great Falls kennen, der kurzfristig vielleicht eine provisorische Prothese anfertigen könnte, aber sie würde davon abraten. Wenn man sich einmal an eine bestimmte Prothese gewöhnt habe, sagte sie, sei es schwierig, sich an ein neues Bein zu gewöhnen, außerdem würde so etwas seine Zeit dauern.

Graces Tränen hatten ihn zwar bestürzt, und er konnte ihre Enttäuschung nachfühlen, aber insgeheim war Robert doch erleichtert, daß ihm diese eigens für ihn arrangierte Überraschung erspart geblieben war. Grace auf Gonzo sitzen zu sehen, war nervenaufreibend genug gewesen. Die Vorstellung, sie auf Pilgrim zu sehen, dessen ruhigem Äußeren er nicht über den Weg traute, hatte ihm regelrecht Angst gemacht.

Doch er hatte nichts gesagt, denn er wußte, daß dies allein sein Problem war. Die einzigen Pferde, in deren Nähe er sich jemals wohl gefühlt hatte, waren diese kleinen Dinger in den Einkaufszentren gewesen, in die man ein Geldstück einwerfen konnte, damit sie auf und ab schaukelten. Sobald offensichtlich war, daß nicht nur Annie, sondern auch Tom Booker mit Graces Vorhaben einverstanden war, hatte sich Robert dafür eingesetzt, als würde es seine volle Zustimmung finden.

Gegen sechs Uhr hatten sie einen Plan.

Wendy Auerbach rief schließlich an und ließ sich von Grace genau beschreiben, wo der Schaft gerissen war. Dann sagte sie Robert, wenn Grace nach New York zurückkommen und zu einer Anprobe am späten Montagnachmittag vorbeischauen könnte, ließe sich der neue Schaft am Mittwoch anpassen, und die Prothese wäre zum Wochenende fertig.

»Okey-dokey?«

»Okey-dokey«, sagte Robert und dankte ihr.

Auf einer Familienkonferenz im Wohnzimmer des Flußhauses beschlossen die drei das weitere Vorgehen. Annie und Grace würden mit Robert nach New York fliegen, und am kommenden Wochenende kämen sie hierher zurück, damit Grace auf Pilgrim reiten konnte. Robert würde dann allerdings nicht mehr dabei sein, da er noch einmal nach Genua mußte. Er gab sich alle Mühe, entsprechend traurig dreinzuschauen.

Annie rief die Bookers an und bekam Diane an den Apparat, die sehr nett und mitfühlend gewesen war, als sie von dem Vorgefallenen gehört hatte. Natürlich könnten sie Pilgrim hierlassen, meinte sie, Smoky würde ihn im Auge behalten. Sie und Frank kämen am Samstag aus Los Angeles zurück, wann Tom allerdings aus Wyoming zurückkommen würde, könne sie nicht genau sagen. Dann lud sie die Macleans zum Barbecue ein, und Annie sagte freudig zu.

Dann telefonierte Robert mit der Fluggesellschaft. Es gab da ein Problem. In der Maschine, die er für den Rückflug von Salt Lake City nach New York gebucht hatte, gab es nur noch einen einzigen freien Platz. Er bat darum, ihn zu reservieren.

»Dann nehme ich einen späteren Flug«, sagte Annie.

»Warum?« fragte Robert. »Du kannst doch ebensogut hierbleiben.«

»Grace kann doch nicht allein wieder hierherfliegen.«

»Und warum nicht?« rief Grace. »Ich bin doch schon mit zehn Jahren allein nach England geflogen!«

»Nein. Diesmal mußt du umsteigen. Ich will nicht, daß du allein auf einem Flughafen herumwanderst.«

»Annie«, sagte Robert. »Wir reden von Salt Lake City. Da laufen pro Quadratmeter mehr Christen herum als im Vatikan. Außerdem wird sich die Fluggesellschaft um sie kümmern. Und wenn es gar nicht anders geht, kann Elsa mit ihr hierherfliegen.«

Sie schwiegen, während Robert und Grace Annie beobachteten und auf ihre Entscheidung warteten. Etwas war neu an ihr, eine unbestimmte Veränderung, die Robert gestern auf dem Weg zur Ranch das erste Mal aufgefallen war. Am Flughafen hatte er es einfach ihrem Aussehen zugeschrieben, diesem neuen, gesunden Glühen in ihrem Gesicht. Unterwegs hatte sie sich dann seine Flachsereien mit Grace gelassen angehört. Später meinte er, unter ihrer scheinbaren Ruhe eine gewisse Schwermut wahrnehmen zu können. Was sie im Bett für ihn getan hatte, war herrlich, aber auch ein wenig schockierend gewesen, schien aber nicht sosehr ihrem Verlangen, als vielmehr einer tiefen, kummervollen Absicht zu entspringen.

Robert sagte sich, daß diese Veränderung sicher vom Trauma, aber auch von der Erleichterung herrührte, die der Verlust ihrer Arbeit für sie bedeutet haben mußte. Aber während er zusah, wie seine Frau sich zu einer Entscheidung durchrang, mußte er sich eingestehen, daß er sie unergründlich fand.

Annie blickte aus dem Fenster hinaus in einen vollkommenen Frühsommernachmittag. Dann wandte sie sich wieder ihnen zu und zog eine komisch-traurige Miene.

»Also bin ich ganz auf mich allein gestellt.«

Sie lachten. Grace legte einen Arm um sie. »Ach, meine arme, kleine Mommy.«

Robert lächelte sie an. »He, gönn dir die Pause! Genieße sie! Wenn jemand eine Pause nach einem Jahr mit Crawford Gates verdient hat, dann doch wohl du.«

Er rief die Fluggesellschaft an und bestätigte Graces Reservierung.

Sie schichteten das Feuer für das Barbecue in einer windgeschützten Flußschleife unterhalb der Furt auf, dort, wo das Jahr über zwei grob gezimmerte Tische mit fest verankerten Bänken standen, deren Holz durch die Witterung verzogen und zu blassem Grau verfärbt worden war. Annie hatte sie beim morgendlichen Joggen gesehen, eine tyrannische Routine übrigens, der sie offenbar ohne nachteilige Folgen entronnen zu sein schien. Nach dem Viehauftrieb war sie nur einmal laufen gewesen und hatte sich hinterher zu ihrem eigenen Entsetzen Grace erzählen hören, daß sie joggen gewesen war. Wenn sie nun zu den Joggern gehörte, hatte sie beschlossen, konnte sie ebensogut damit aufhören.

Die Männer waren vor ihnen aufgebrochen, um das Feuer vorzubereiten. Für Grace mit ihrem notdürftig geflickten Bein und dem wieder hervorgeholten Stock war es zu weit zu laufen, also fuhr sie mit Joe im Chevy und transportierte Essen und Getränke. Annie und Diane folgten mit den Zwillingen zu Fuß, ließen sich Zeit und genossen die Abendsonne. Die bevorstehende Reise nach Los Angeles war inzwischen kein Geheimnis mehr, und die Jungen sprudelten über vor Aufregung.

Diane war so freundlich wie nie zuvor. Sie schien sich aufrichtig darüber zu freuen, daß Graces Problem gelöst war, und war entgegen Annies Befürchtungen keineswegs über ihr Bleiben verstimmt.

»Ehrlich gesagt, Annie, bin ich froh, daß Sie hierbleiben. Der junge Smoky ist ja ganz in Ordnung, aber er ist schließlich noch ein junger Bursche, und ich werde nicht recht schlau aus ihm.«

Sie gingen zusammen weiter, während die Kinder vorausliefen. Nur einmal, als ein Schwanenpaar über ihren Köpfen dahinflog, geriet ihr Gespräch ins Stocken. Sie sahen den Abglanz der Sonne auf den schneeweißen Hälsen, die sich den Bergen entgegenreckten, und hörten auf das Klagen ihres Flügelschlags, der sich in der Stille des Abends verlor.

Die Männer hatten das Feuer auf einem kurzgeschorenen Grasflecken aufgeschichtet, der in den Fluß hineinragte. Frank stand am Ufer, ließ Steine über das Wasser hüpfen und wollte vor den Kindern damit angeben, doch die rümpften nur verächtlich die Nase. Robert, Bier in der Hand, waren die Steaks anvertraut worden. Er nahm seine Aufgabe so ernst, wie Annie es von ihm erwartet haben würde, unterhielt sich mit Tom und behielt dabei unablässig das Fleisch im Auge. Er hatte ständig etwas daran auszusetzen und richtete die Stücke mit einer langstieligen Gabel immer wieder neu aus. Neben Tom, dachte Annie, sah er in seinem karierten Hemd und den Halbschuhen irgendwie fehl am Platze aus.

Tom entdeckte die Frauen zuerst. Er winkte ihnen zu und holte einen Drink aus der Kühltasche. Diane nahm ein Bier, Annie ein Glas von dem Weißwein, den sie selbst zum Abend beigesteuert hatte. Sie konnte Tom kaum in die Augen sehen, als er ihr das Glas reichte. Ihre Finger berührten sich kurz, und ihr Herz machte einen Satz.

»Danke.«

»Sie wollen also in der nächsten Woche die Ranch für uns hüten.«

»Tja, natürlich.«

»Wenigstens haben wir dann jemanden hier, der clever genug ist, das Telefon zu benutzen, falls was passiert«, sagte Diane.

Tom lächelte. »Diane denkt, der arme alte Smoke könne nicht mal bis zehn zählen.«

Annie erwiderte sein Lächeln. »Sehr freundlich von Ihnen. Wir haben Ihre Gastfreundschaft wirklich schon viel zu lange in Anspruch genommen.«

Er gab keine Antwort, lächelte nur, und diesmal gelang es Annie, seinem Blick standzuhalten. Sie wußte, wenn sie sich gehen ließ, dann würde sie im Blau seiner Augen versinken. In diesem Augenblick kam Craig mit nassen Hosen angelaufen und schrie, Joe hätte ihn in den Fluß gestoßen. Diane rief nach Joe und ging, um ihn zu suchen. Allein mit Tom merkte Annie, wie Panik in ihr aufstieg. Es gab so vieles, was sie ihm sagen wollte, doch kein Wort schien ihr im Augenblick das richtige.

»Tut mir wirklich leid, die Sache mit Grace«, sagte er schließlich.

»Na ja. Wir haben das Problem gelöst. Ich meine, wenn du nichts dagegen hast, dann könnte sie ja auf Pilgrim reiten, wenn du aus Wyoming zurück bist.«

»Sicher.«

»Danke. Robert wird dann zwar nicht dabeisein können, aber du weißt ja, wie es ist, wenn man es soweit gebracht hat und dann nicht...«

»Kein Problem.« Er schwieg. »Grace hat mir erzählt, daß du deinen Job aufgeben willst.«

»So kann man es auch ausdrücken.«

»Sie sagte, daß es dir offenbar nicht viel ausmachen würde.«

»Nein. Ich find's gar nicht schlecht.«

»Das ist gut.«

Annie nahm noch einen Schluck Wein. Wieder breitete sich zwischen ihnen Schweigen aus. Sie sah zum Feuer hinüber, und Tom folgte ihrem Blick. Sich selbst überlassen schenkte Robert dem Fleisch seine ungeteilte Aufmerksamkeit; es würde, das wußte Annie, genau richtig sein.

»Wirklich ein Spitzenmann am Barbecue, dein Gatte.«

»O ja. Es macht ihm Spaß.«

»Ein prima Kerl.«

»Tja. Das ist er.«

»Ich habe mich gerade gefragt, wer wohl glücklicher dran ist.« Als Annie ihn ansah, blickte er immer noch zu Robert hinüber. Die Sonne schien ihm direkt ins Gesicht. Er sah sie an und lächelte: »Du, weil du ihn hast, oder er, weil er dich hat.«

Sie setzten sich und aßen, die Kinder an dem einen, die Erwachsenen an dem anderen Tisch. Die Sonne ging unter, und zwischen den Silhouetten der Bäume sah Annie, wie sich die rosafarbenen, roten und goldenen Töne des abendlichen Himmels in der wie geschmolzen wirkenden Oberfläche des Flusses spiegelten. Als es dunkel wurde, zündeten sie Kerzen in hohen Glaslichtern an, die die Flammen vor einer Brise schützen sollten, die nie aufkam, und sie beobachteten das gefährliche Geflatter der Motten über dem Licht.

Grace schien wieder glücklich zu sein, nun, da sie erneut hoffen durfte, auf Pilgrim reiten zu können. Nachdem alle gegessen hatten, bat sie Joe, Robert den Streichholztrick zu zeigen, und die Kinder versammelten sich um den Tisch der Erwachsenen, um zuzuschauen.

Als das Streichholz zum erstenmal aus der Hand hüpfte, brüllten alle vor Lachen. Robert war fasziniert. Er bat Joe, es noch einmal zu tun und dann noch einmal, aber diesmal langsamer. Er saß Annie am Tisch gegenüber, zwischen Diane und Tom, und sie sah das Kerzenlicht über sein Gesicht tanzen, während er sich konzentrierte, jede Bewegung von Joes Fingern genau verfolgte und wie stets nach einer vernünftigen Erklärung suchte. Annie merkte, daß sie hoffte, ja, fast darum betete, daß er die Lösung nicht finden möge, und wenn doch, daß er sie nicht preisgab.

Er probierte es selbst einige Male, hatte aber kein Glück. Joe gab den ganzen Sermon über statische Elektrizität zum besten und hielt sich dabei sehr gut. Er wollte Robert gerade dazu bewegen, die Hände ins Wasser zu stecken, um die »Spannung zu verstärken«, als Annie ihren Mann lächeln sah und wußte, daß er dahintergekommen war. Bitte, verdirb uns nicht den Spaß, bitte!

»Ich hab's!« rief er. »Du schnipst mit dem Fingernagel. Stimmt's? Komm, laß es mich noch einmal probieren.«

Er rieb das Streichholz an seinem Haar, fuhr langsam damit über seine Hand und näherte sich dem zweiten Streichholz. Als sich ihre Köpfe berührten, sprang das zweite Hölzchen mit einem lauten Knacken aus seiner Hand. Die Kinder jubelten, Robert grinste breit, und Joe gab sich Mühe, sich die Enttäuschung nicht allzusehr anmerken zu lassen.

»Sind einfach zu schlau, diese Anwälte«, tröstete ihn Frank.

»Und was ist mit Toms Trick!« rief Grace. »Mom? Hast du noch diese Kordel?«

»Natürlich«, sagte Annie. Seit Tom sie ihr gegeben hatte, bewahrte sie die Kordel in ihrer Tasche auf und hütete sie wie einen

Schatz. Es war das einzige, was sie von ihm besaß. Ohne nachzudenken, nahm sie die Kordel aus der Tasche und reichte sie Grace. Und bereute es im selben Augenblick. Eine plötzliche, furchtsame Ahnung befiel sie, die so stark war, daß sie fast aufgeschrien hätte. Sie wußte, wenn sie nichts unternahm, würde Robert ihr auch dieses Geheimnis entreißen, und wenn er dies tat, würde etwas über alle Maßen Kostbares verlorengehen.

Grace gab die Kordel Joe, der Robert bat, einen Finger hochzuhalten. Alle sahen zu außer Tom. Er hatte sich ein wenig zurückgelehnt, beobachtete Annie über eine Kerze hinweg, und sie wußte, daß er ihre Gedanken lesen konnte. Joe hatte die Kordel jetzt um Roberts Finger gelegt.

»Nicht!« rief Annie plötzlich.

Alle blickten sie an, so überrascht von dem besorgten Ton in ihrer Stimme, daß keiner ein Wort herausbrachte. Annie spürte die Hitze in ihren Wangen aufsteigen, lächelte verzweifelt und suchte verlegen in den Gesichtern nach Hilfe, doch ihr Publikum starrte sie noch immer gebannt an.

»Ich... ich möchte es erst mal für mich allein herausfinden.«

Joe zögerte einen Augenblick, um zu sehen, ob sie es wirklich ernst meinte, dann streifte er die Schlinge von Roberts Finger und gab sie ihr zurück. Annie meinte, in seinen Augen lesen zu können, daß er sie ebenso wie Tom verstanden hatte. Frank kam ihr schließlich zu Hilfe.

»Keine schlechte Idee, Annie«, grinste er. »Und zeigen Sie's keinem, bis Sie nicht das Patent in der Tasche haben.«

Alle lachten, selbst Robert. Doch als ihre Blicke sich trafen, spürte sie, daß er verwirrt, vielleicht sogar verletzt war. Und als sich das Gespräch anderen Dingen zuwandte, sah nur Tom, wie sie heimlich die Kordel aufrollte und zurück in ihre Tasche steckte.

31

Am späten Sonntagabend sah Tom ein letztes Mal nach den Pferden und ging dann ins Haus, um zu packen. Scott stand in Pyjamas auf dem Treppenabsatz und wurde von Diane ausgeschimpft, die ihm nicht glauben wollte, daß er nicht schlafen konnte. Ihr Flug ging um sieben Uhr morgens, und die Jungen waren vor Stunden ins Bett gesteckt worden.

»Wenn du jetzt keine Ruhe gibst, bleibst du hier, verstanden?«

»Willst du mich hier allein zurücklassen?«

»Darauf kannst du wetten.«

»Tust du ja doch nicht.«

»Laß es nicht darauf ankommen.«

Tom kam die Treppe hoch und sah das Durcheinander von Kleidern und halb gefüllten Koffern. Er blinzelte Diane zu und führte Scott ohne ein Wort zurück in das Zimmer der Zwillinge. Craig schlief bereits, und Tom setzte sich zu Scott ans Bett. Flüsternd berieten sie, in welcher Reihenfolge sie in Disneyland was unternehmen sollten. Schließlich wurden die Lider des Jungen schwer, und er schlief ein.

In seinem eigenen Zimmer packte Tom zusammen, was er für eine Woche benötigte, und das war nicht viel. Dann versuchte er eine Weile zu lesen, konnte sich aber nicht konzentrieren.

Als er draußen bei den Pferden gewesen war, hatte er Annie in ihrem Lariat vom Flughafen zurückkommen sehen. Nun trat er ans Fenster und sah hinüber zum Flußhaus. Hinter den gelben Jalousien ihres Schlafzimmers brannte noch Licht, und er wartete einige Augenblicke, in der Hoffnung, ihren Schatten vorüberhuschen zu sehen, aber nichts rührte sich.

Er wusch sich, zog sich aus, stieg ins Bett und probierte es noch einmal mit Lesen, doch ohne großen Erfolg. Er machte das Licht aus, lag mit hinter dem Kopf verschränkten Händen auf dem Rükken und stellte sie sich vor, wie sie da oben die ganze Woche allein im Haus wohnen würde.

Er würde gegen neun Uhr nach Sheridan aufbrechen müssen, wollte aber vorher bei ihr vorbeigehen und sich verabschieden. Er seufzte, drehte sich auf die Seite und zwang sich schließlich in einen Schlaf, der ihm keinen Frieden brachte.

Annie wachte gegen fünf Uhr auf, lag eine Weile reglos da und betrachtete das leuchtende Gelb der Jalousien. Die Stille, die das Haus erfüllte, wirkte so zerbrechlich, daß die leiseste Berührung ihres Körpers sie zu zerstören schien. Sie mußte noch einmal eingenickt sein, denn als sie aufwachte, hörte sie das leise Geräusch eines Motors und wußte, daß die Bookers jetzt zum Flughafen fuhren. Sie fragte sich, ob er aufgestanden war, um sie zu verabschieden. Bestimmt. Sie schlüpfte aus dem Bett und öffnete die Jalousien, aber der Wagen war bereits fort, und vor dem Ranchhaus war niemand zu sehen.

In ihrem T-Shirt ging sie nach unten, machte sich einen Kaffee und stand dann am Wohnzimmerfenster, die Tasse in der Hand. Nebelfetzen waberten über dem Fluß. Vielleicht war er schon draußen bei den Pferden, um noch einmal nach ihnen zu sehen. Sie könnte joggen gehen und ihm zufällig begegnen. Aber was war, wenn sie unterwegs war, und er kam wie versprochen vorbei, um sich zu verabschieden?

Sie ging nach oben und ließ ein Bad ein. Ohne Grace schien das Haus so leer, und die Stille wirkte bedrückend. Sie fand einen Sender mit ertragbarer Musik in Graces Transistorradio und legte sich in das heiße Wasser, rechnete aber nicht damit, daß es sie beruhigte.

Eine Stunde später war sie angezogen. Einen Großteil der Zeit hatte sie darauf verwandt, sich zu überlegen, was sie tragen sollte, versuchte das eine, dann etwas anderes, und regte sich schließlich so über sich selbst auf, daß sie sich bestrafte und ihre alte Jeans und dasselbe T-Shirt wieder anzog. Warum, zum Teufel, war es wichtig, was sie trug? Er kam doch sowieso nur vorbei, um sich zu verabschieden.

Endlich, nachdem sie mindestens zwanzigmal Ausschau gehalten hatte, sah sie ihn aus dem Haus kommen und seine Tasche in den Kofferraum des Chevys werfen. Als er an der Gabelung anhielt, dachte sie einen schrecklichen Augenblick lang, daß er den anderen Weg nehmen und über die Auffahrt verschwinden würde, doch dann lenkte er den Wagen zum Flußhaus. Annie ging in die Küche. Er sollte merken, daß sie beschäftigt war, daß ihr Leben weiterlief, als wäre es nicht sonderlich wichtig, daß er fortfuhr. Sie sah sich entsetzt um. Es gab nichts zu tun. Sie hatte bereits alles erledigt – die Spülmaschine ausgeräumt, den Müll fortgebracht, hatte sogar – war sie noch zu retten? – das Spülbecken auf Hochglanz poliert, nur um die Zeit bis zu seiner Ankunft totzuschlagen. Sie beschloß, noch einen Kaffee aufzusetzen. Als sie hörte, wie die Reifen des Chevys über den Kies knirschten, sah sie auf und beobachtete, wie er den Wagen wendete, so daß er gleich wieder fortfahren konnte. Dann entdeckte er sie und winkte ihr zu.

Er nahm den Hut ab und klopfte an den Rahmen der Fliegengittertür, als er eintrat.

»Hi.«

»Hi.«

Er stand da, drehte den Hut in den Händen.

»Waren Grace und Robert gestern rechtzeitig am Flughafen?«

»Ja. Danke. Ich habe heute früh Frank und Diane abfahren hören.«

»Wirklich?«

»Ja.«

Einen langen Augenblick war nur das Tröpfeln des Kaffees zu hören. Sie konnten kein Wort herausbringen und sich auch nicht in die Augen sehen. Annie lehnte am Spülbecken und versuchte, entspannt auszusehen, während sich ihre Fingernägel in ihre Handballen gruben.

»Möchtest du einen Kaffee?«

»Ach, nein, danke. Ich mach mich besser auf den Weg.«

»Okay.«

»Na dann.« Er zog einen kleinen Zettel aus seiner Hemdtasche und ging ihr einen Schritt entgegen. »Unter der Nummer bin ich in Sheridan zu erreichen. Nur für den Fall, daß es ein Problem gibt.«

Sie nahm den Zettel. »Okay, danke. Wann kommst du zurück?«

»Weiß nicht, irgendwann am Samstag, denke ich. Smoky kommt morgen vorbei, kümmert sich um die Pferde und all das. Ich habe ihm gesagt, daß du die Hunde fütterst. Und wenn du magst, kannst du jederzeit auf Rimrock reiten.«

»Danke. Vielleicht mache ich das.« Sie sahen sich an. Annie lächelte zaghaft, und er nickte.

»Okay«, sagte er, drehte sich um und öffnete die Fliegengittertür. Sie folgte ihm auf die Veranda und fühlte sich, als lägen Hände auf ihrem Herzen, die langsam alles Leben erdrückten. Er setzte sich den Hut auf.

»Mach's gut, Annie.«

»Wiedersehn.«

Sie stand auf der Veranda und sah ihn in den Wagen einsteigen. Tom startete den Motor, tippte sich an den Hut und fuhr los.

Er fuhr viereinhalb Stunden, doch er maß die Strecke nicht nach Stunden, sondern durch den Schmerz, der sich mit jeder Meile in seiner Brust vertiefte. Kurz hinter Billings war er in Gedanken so bei ihr, daß er fast auf einen Viehtransporter aufgefahren wäre. Er beschloß, die nächste Ausfahrt zu nehmen und auf der gemächlicheren Route, die durch Lovell führte, gegen Süden zu fahren.

Diese Strecke brachte ihn in die Nähe der Clark's Fork und führte durch Land, das er von klein auf kannte, auch wenn nur wenig von früher übriggeblieben war. Von der alten Ranch war nichts mehr zu sehen. Die Ölgesellschaft hatte sich längst geholt, was sie haben wollte, und war wieder verschwunden, nachdem sie das Land in so kleinen Parzellen verkauft hatte, daß niemand davon leben konnte. Er fuhr an dem abgelegenen kleinen Friedhof vorbei, auf dem seine Großeltern und Urgroßeltern begraben lagen. An einem anderen Tag hätte er wohl angehalten und Blumen gekauft, aber nicht heute. Nur die Berge schienen Hoffnung auf Trost zu versprechen, und so bog er südlich von Bridger nach links und fuhr auf Straßen aus rotem Sand in die Pryor.

Der Schmerz in seiner Brust wurde schlimmer. Als er das Fenster herunterkurbelte, fühlte er den heißen, salbeigetränkten Wind in seinem Gesicht, und er schimpfte mit sich, weil er sich wie ein liebeskranker Pennäler aufführte. Irgendwo mußte er anhalten und wieder zur Vernunft kommen.

Seit er das letzte Mal hiergewesen war, hatte man am Bighorn Canyon einen Aussichtspunkt eingerichtet, mit großem Parkplatz und Schildern, die einem alles über Geologie und wer weiß was verrieten. Vielleicht gar nicht so schlecht, dachte er. Zwei Wagenladungen japanischer Touristen fotografierten sich gegenseitig, und ein junges Paar bat ihn, von ihnen ein Foto zu machen. Er erfüllte ihren Wunsch, und sie lächelten und dankten ihm vielmal. Dann stiegen alle wieder in ihre Autos und ließen ihn und den Canyon allein.

Er beugte sich über das Metallgeländer und sah an tausend Fuß gelbrosafarbener Schichten von Kalkstein hinab zu dem in der Tiefe sich schlängelnden, leuchtendgrünen Wasser.

Warum hatte er sie nicht einfach in den Arm genommen? Er wußte, daß sie sich danach sehnte, warum also nicht? Seit wann benahm er sich in diesen Dingen so verdammt zurückhaltend? Bisher hatte in seinem Leben stets die einfache Maxime gegolten, daß ein Mann und eine Frau, die dasselbe füreinander fühlten, auch entsprechend handeln sollten. Okay, sie war verheiratet, aber das hatte ihn in der Vergangenheit auch nicht zurückgehalten, falls der Mann nicht gerade ein Freund war. Was war also los? Er suchte nach einer Antwort und fand keine.

Etwa fünfhundert Fuß unter sich sah er Vögel, deren Namen er nicht kannte, mit ausgebreiteten schwarzen Schwingen über dem Grün des Flusses schweben. Und plötzlich wußte er, daß er sie brauchte. So wie Rachel vor vielen Jahren ihn gebraucht hatte. Damals hatte er dieses Gefühl nicht erwidern können, und er hatte es auch weder zuvor noch danach je für ein anderes Lebewesen empfunden. Endlich wußte er, wie das war. Er war ganz gewesen, und jetzt war er es nicht mehr. Fast meinte er, Annies Lippen hätten ihm in jener Nacht etwas Lebenswichtiges gestohlen, das er erst jetzt vermißte.

Vielleicht ist es so das beste, dachte Annie. Sie war dankbar – oder glaubte es wenigstens zu sein –, daß er stärker gewesen war als sie.

Nachdem Tom gefahren war, hatte sie sehr resolut allerhand Vorsätze für den heutigen und die kommenden Tage gefaßt und sich vorgenommen, die Zeit zu nutzen. Sie würde Freunde anrufen, auf deren gefaxte Sympathiebekundungen sie nicht geantwortet hatte, sie würde ihren Anwalt anrufen, damit der sich um die langweiligen Details ihrer Kündigung kümmerte, und sie würde all die unerledigten Dinge angehen, die in der letzten Woche liegengeblieben waren. Und dann wollte sie ihre Einsamkeit genießen; sie würde spazierengehen, reiten, lesen. Vielleicht schrieb sie sogar ein wenig, auch wenn sie noch nicht wußte, worüber sie schreiben sollte. Und wenn Grace zurückkam, hatte sie ihren Kopf wieder klar und vielleicht sogar ihr Herz wieder im Griff.

Doch ganz so einfach war es nicht. Nachdem sich die ersten Frühwolken aufgelöst hatten, war der Tag vollkommen, klar und warm. Und obwohl sie sich bemühte, ihn zu genießen und all ihre selbstgesetzten Aufgaben zu erledigen, konnte sie die innere Leere nicht füllen.

Gegen sieben Uhr abends goß sie sich ein Glas Wein ein und stellte es auf den Rand der Badewanne, während sie badete und sich die Haare wusch. Sie fand einen Sender in Graces Radio, der Mozart spielte. Es klang zwar ziemlich verrauscht, half ihr aber, ein wenig das Gefühl der Einsamkeit zu zerstreuen, das sie beschlichen hatte. Um sich zusätzlich aufzumuntern, zog sie ihr Lieblingskleid an, das schwarze mit den kleinen rosafarbenen Blumen.

Als die Sonne hinter den Bergen unterging, stieg sie in den Lariat und fuhr zur Ranch, um die Hunde zu füttern. Sie kamen aus dem Nichts herbeigetollt, sprangen ihr entgegen und begleiteten sie in den Stall, wo das Futter aufbewahrt wurde.

Gerade als sie ihre Schüsseln aufgefüllt hatte, hörte sie einen Wagen und wunderte sich, daß die Hunde ihn nicht beachteten. Sie stellte die Schüsseln auf den Boden und ging zur Tür.

Sie sah ihn, kurz bevor er sie entdeckte.

Er stand vor dem Chevy. Die Wagentür war offen, und die Scheinwerfer hinter ihm strahlten hell. Als sie in der Tür zum Stall erschien, drehte er sich um und sah sie. Er nahm seinen Hut ab, drehte ihn aber diesmal nicht unruhig in den Händen wie am Morgen. Sein Gesicht war ernst. Sie standen da, und lange Zeit sagten beide kein Wort. »Ich dachte...« Er schluckte. »Ich habe einfach gedacht, ich komme zurück.«

Annie nickte. »Ja.« Ihre Stimme war so leicht wie der Wind.

Sie wollte ihm entgegengehen, konnte sich aber nicht bewegen, und er sah es ihr an, legte seinen Hut auf die Motorhaube des Autos und ging zu ihr. Als sie ihn kommen sah, fürchtete sie, daß die Flutwelle ihrer Gefühle sie verschlingen und mit sich fortreißen würde, noch bevor er sie erreicht hatte. Sie stemmte sich dagegen, griff wie eine Ertrinkende nach ihm, und er trat in den Kreis ihrer Arme, umfing sie, hielt sie, und sie war gerettet.

Die Welle brach über sie herein, Schluchzer erschütterten sie bis ins Mark, während sie sich an ihn klammerte. Er spürte, wie sie zitterte, und drückte sie enger an sich, schmiegte sein Gesicht an das ihre, fühlte die Tränen auf ihrer Wange und tröstete Annie, beruhigte sie mit seinen Lippen. Und als sie spürte, wie das Zittern nachließ, suchte und fand sie seinen Mund.

Er küßte sie, wie er sie in den Bergen geküßt hatte, doch mit einem Verlangen, vor dem sie beide nun nicht mehr zurückschreckten. Er hielt ihr Gesicht in den Händen, um sie besser küssen zu können, und sie ließ ihre Hände über seinen Rücken streichen und hielt ihn unter den Achseln fest. Er tat es ihr gleich, und sie erschauerte unter seiner Berührung.

Sie lösten sich voneinander, um Atem zu holen und sich anschauen zu können.

»Ich kann nicht glauben, daß du hier bist«, sagte sie.

»Ich kann nicht glauben, daß ich überhaupt fortgefahren bin.«

Er nahm sie bei der Hand und ging mit ihr am Chevy vorbei, dessen Tür noch immer offenstand und dessen Scheinwerfer im schwindenen Licht immer heller zu strahlen schienen. Über den Himmel zog ein dunkles Orange, bis es in einem Wirbel von karmesin- und zinnoberroten Wolken auf die Schwärze der Berge traf. Anna wartete auf der Veranda, während er die Tür aufschloß.

Er machte kein Licht, sondern führte sie an der Hand durch das dämmrige Wohnzimmer. Ihre Schritte knarzten und hallten auf dem Holzboden wider, und die sepiafarbenen Gesichter auf den Bildern an der Wand im Halbschatten sahen sie vorübergehen.

Ihre Sehnsucht nach ihm war so stark, daß ihr, als sie die breite Treppe hinaufgingen, fast übel wurde vor Verlangen. Sie kamen zum Treppenabsatz und gingen Hand in Hand an den offenen Türen der Zimmer vorbei, in denen wie auf einem verlassenen Schiff abgelegte Kleider und fortgeworfenes Spielzeug lagen. Die Tür zu seinem Zimmer stand ebenfalls offen, und er trat zur Seite, ließ sie vorgehen, folgte ihr dann und schloß die Tür.

Sie sah, wie groß und kahl der Raum war, ganz anders, als sie ihn sich in den vielen Nächten vorgestellt hatte, wenn das Licht hinter seinem Fenster noch brannte. Durch dasselbe Fenster konnte sie jetzt das Flußhaus sehen, das sich schwarz gegen den Himmel abhob. Das Zimmer war von einer verblassenden Glut erfüllt, die alles in Korallenrot und Grau tauchte.

Er zog sie an sich, um sie wieder zu küssen. Dann, ohne ein Wort, begann er, die lange Reihe Knöpfe auf der Vorderseite ihres Kleides aufzuknöpfen. Sie sah ihm dabei zu, betrachtete seine Finger, dann sein Gesicht, das konzentrierte Stirnrunzeln. Er blickte auf und sah, wie sie ihm zuschaute, lächelte aber nicht, erwiderte einfach nur ihren Blick und machte dabei den letzten Knopf auf. Das Kleid rutschte über ihre Schultern, und als er seine Hände hineingleiten ließ und ihre Haut berührte, keuchte sie auf und bebte. Dann senkte er seinen Kopf und küßte sanft ihre Brüste über dem BH.

Und Annie legte den Kopf in den Nacken und schloß die Augen. Es gibt nichts anderes, dachte sie, keine Zeit, keinen Ort, kein Sein außer dem Hier und Jetzt. Und angesichts ihres Tuns machte es keinerlei irdischen Sinn, über die Folgen, über Dauerhaftigkeit, Recht oder Unrecht nachzudenken, denn was geschah, das mußte sein, würde sein und war bereits geschehen.

Tom führte sie zum Bett, und sie blieben davor stehen, während sie ihre Schuhe abstreifte und begann, ihm das Hemd aufzuknöpfen. Nun war er derjenige, der zusah, und er betrachtete ihr Tun voller Erstaunen.

Nie zuvor hatte er in diesem Zimmer eine Frau geliebt. Und seit Rachel auch nie an einem Ort, den er sein Zuhause hätte nennen können. Er war zu den Frauen ins Bett gegangen, hatte sie aber nie in sein Bett gelassen. Er hatte Sex zur Nebensache degradiert, um frei bleiben und sich gegen jenes Gefühl des Verlangens schützen zu können, das er an Rachel kennengelernt hatte und das er nun für Annie empfand. Ihre Gegenwart in seinem Zimmer, seinem Allerheiligsten, bekam so eine Bedeutung, die zugleich erschreckend und wundersam war.

Dort, wo das Kleid ihre Haut freigab, brachte das durch das Fenster fallende Licht sie zum Glühen. Annie öffnete seinen Gürtel, dann den oberen Knopf seiner Jeans und zog das Hemd aus der Hose, um es über seine Schulter hochzuschieben.

In dem Augenblick der Blindheit, als er sein Hemd über den Kopf zog, spürte er ihre Hände auf seiner Brust. Er senkte den Kopf, küßte sie wieder zwischen die Brüste und atmete ihren Duft tief ein, als wollte er darin ertrinken. Sanft zog er ihr das Kleid von den Schultern.

»Ach, Annie.«

Sie öffnete ihre Lippen, sagte aber nichts, hielt einfach seinem Blick stand und faßte sich auf den Rücken, um ihren BH zu lösen. Er war schlicht, weiß und mit einfacher Spitze besetzt. Sie zog die Träger über die Arme und ließ ihn fallen. Ihr Körper war wunderschön, ihre Haut weiß bis auf Hals und Arme, die die Sonne mit Sommersprossen übersät und golden gefärbt hatte. Ihre Brüste waren voller, als Tom erwartet hatte, doch fest, ihre Brustwarzen groß und hoch angesetzt. Er berührte sie mit seinen Händen, dann mit seinem Gesicht, und er spürte, wie sie sich zusammenzogen und sich versteiften, als seine Lippen sie streiften. Ihre Hände waren an seinem Reißverschluß.

»Bitte«, keuchte sie.

Er zog die verschossene Quiltdecke fort und schlug das Oberbett zurück, und sie legte sich hin und sah ihm zu, als er Stiefel und Socken, dann Jeans und die Shorts auszog. Und er empfand keine Scham und sah ihr auch keine an, denn warum sollten sie sich für etwas schämen, was nicht in ihrer Macht lag, sondern einer tiefer wurzelnden Kraft entsprang, die nicht nur ihre Körper, sondern auch ihre Seelen zueinander trieb und die keinerlei Scham kannte?

Er kniete sich neben sie aufs Bett, und sie nahm seine Erektion in ihre Hände. Sie senkte den Kopf und umfuhr sie so behutsam mit den Lippen, daß er erschauerte und die Augen schließen mußte, um sich wieder zu beruhigen.

Als er sie wieder anschaute, blickten ihre Augen ihn verhangen an, von jenem Verlangen umschattet, das auch seine Augen überzog. Annie ließ ihn los, legte sich zurück und hob ihre Hüften, damit er ihren Slip ausziehen konnte. Er war aus hellgrauer, einfacher Baumwolle. Tom ließ seine Hand über die weiche Wölbung darunter gleiten, dann zog er ihn sanft nach unten.

Ihr Haar im Dreieck war lang und dicht und von dunkelstem Bernsteinbraun. In den gekräuselten Spitzen fing sich der letzte Lichtschimmer. Unmittelbar darüber war die blasse Narbe eines Kaiserschnitts zu sehen. Der Anblick rührte ihn, auch wenn er nicht wußte warum, und er beugte sich vor und bedeckte die Narbe mit Küssen. Ihr Schamhaar streifte sein Gesicht, und der warme, süße Geruch, den er dort fand, wühlte ihn derart auf, daß er den Kopf hob und sich aufrichtete, damit er zu Atem kommen und sie wieder ansehen konnte.

Sie musterten einander in ihrer Nacktheit, ließen die Blicke über ihre Körper wandern und sättigten ihren unfaßbaren, so lang erduldeten Hunger. Die drängende Synchronie ihres Atems erfüllte die Luft, und das Zimmer schien sich wie eine sie umschließende Lunge im gleichen Rhythmus auszuweiten und wieder zusammenzuziehen.

»Komm«, flüsterte sie.

»Ich habe nichts, um...«

»Das macht nichts. Ist schon in Ordnung. Komm einfach.«

Mit vor Verlangen leicht gerunzelter Stirn griff sie wieder nach seiner Steifheit, und als sich ihre Finger darum schlossen, dachte er, sie hätte von der tiefsten Wurzel seines Seins Besitz ergriffen. Auf Knien rutschte er vorwärts und ließ sich in sie hineinführen.

Als er sah, wie Annie sich für ihn öffnete, und er die sanfte Berührung ihrer Leiber spürte, mußte Tom wieder an jene Vögel mit ihren weiten Schwingen denken, schwarz und namenlos, wie sie sich unter ihm vor dem Grün des Flusses abhoben. Und er spürte, wie er aus einem fernen Land des Exils zurückkehrte und daß er hier und nur hier wieder eins sein konnte.

Als er in sie eindrang, glaube Annie, in ihrem Schoß würde eine heiße und sprühende Woge aufbranden, die nach und nach ihren ganzen Körper überschwemmte, um schließlich ihr Hirn zu umspülen und auszuhöhlen. Sie fühlte seine Erregung in sich, fühlte die gleitende Vereinigung ihrer beiden Hälften. Sie empfand die Zärtlichkeit seiner rauhen Hände auf ihren Brüsten, öffnete ihre Augen und sah, wie er den Kopf senkte, um sie zu küssen. Sie spürte seine Zunge über ihren Körper wandern, fühlte, wie er eine Brustwarze zwischen die Zähne nahm.

Seine Haut war blaß, doch nicht so weiß wie ihre, und auf seiner Brust waren die ein Kreuz formenden Haare dunkler als das sonnengebleichte Kopfhaar. Er besaß eine Art geschmeidiger Ungelenkheit, die von seiner Arbeit herrührte und mit der sie irgendwie gerechnet hatte. Er bewegte sich auf ihr mit derselben in sich ruhenden Gewißheit, die sie schon immer an ihm bemerkt hatte; nur war sie jetzt, da sie ausschließlich ihr galt, zugleich offensichtlicher und auch intensiver. Sie fragte sich verwundert, wie dieser Körper, den sie so nie gesehen hatte, den sie nie berührt hatte, sich doch so vertraut anfühlen und so wunderbar zu ihr passen konnte.

Sein Mund vergrub sich in der offenen Beuge ihres Arms. Sie fühlte, wie seine Zunge über ihr Haar leckte, das sie seit ihrer Ankunft auf der Ranch hatte lang wachsen lassen. Sie wandte den Kopf und sah die gerahmten Fotos auf der Kommode. Und einen flüchtigen Moment lang schien sie dieser Anblick mit einer anderen Welt zu verbinden, mit einem Ort, den sie in diesem Augenblick gerade veränderte und der, falls sie je genauer hinsehen konnte, mit Schuld besudelt sein würde. Jetzt nicht, noch nicht, sagte sie sich und umfaßte seinen Kopf mit beiden Händen, zog ihn zu sich und suchte blindlings nach dem Vergessen, das sein Mund verhieß.

Als ihre Lippen sich voneinander lösten, beugte er sich zurück, sah an ihr herab und lächelte zum erstenmal, bewegte sich langsam auf ihr im Rhythmus ihrer vereinten Körper.

»Erinnerst du dich noch an den ersten Tag, an dem wir zusammen ausgeritten sind?« fragte sie.

»An jede Sekunde.«

»Die Goldadler? Weißt du noch?«

»Ja.«

»Das sind wir. Jetzt. Das sind wir.«

Er nickte. Sie lächelten nicht mehr, ihre Blicke saugten sich mit wachsendem, konzentriertem Drängen aneinander fest, bis sie ein Zucken in seinem Gesicht entdeckte, spürte, wie er bebte und spritzte und sie überschwemmte. Und sie preßte ihn in sich hinein und fühlte im gleichen Moment in ihrem Schoß eine schockhafte, anhaltende Implosion ihres Fleisches, die ihr Innerstes erfaßte, dann brach und sich in Wellen bis an den äußersten Rand ihres Seins ausbreitete und ihn mit sich nahm, bis er jeden Winkel in ihr ausfüllte und sie ununterscheidbar eins geworden waren.

32

Er erwachte bei Tagesanbruch und spürte sie im selben Augenblick an seiner Seite, warm und noch schlafend. Sie hatte sich an ihn geschmiegt, geborgen im Schutz seiner Arme. Er konnte ihren Atem auf seiner Haut fühlen und das sanfte Heben und Senken ihrer Brüste. Ihr rechtes Bein hatte sie über sein Bein geschoben, und ihre rechte Hand lag auf seiner Brust über dem Herzen.

Es war jene erhellende Stunde, in der Männer oft aufstehen und Frauen wollen, daß sie noch bleiben. Er hatte schon so manches Mal die Versuchung gespürt, sich wie ein Dieb in der Dämmerung davonzustehlen, nicht sosehr aus Schuld als vielmehr aus Angst vor dem allzu fesselnden Verlangen nach Trost oder Gesellschaft, die sich Frauen nach einer in Sinneslust verbrachten Nacht so sehnlichst zu wünschen schienen. Vielleicht aber machte sich da auch eine eher urzeitliche Kraft bemerkbar: Der Mann säte seinen Samen und machte sich aus dem Staub.

Wenn dies so war, so verspürte Tom heute morgen nichts davon.

Er lag regungslos, um sie nicht aufzuwecken, und fragte sich, ob er sich nicht davor fürchtete. Nicht einen Augenblick in dieser Nacht, nicht einmal in den langen Stunden ihres unersättlichen Hungers hatte sie die leiseste Spur eines Bedauerns erkennen lassen. Aber er wußte, daß mit der Dämmerung zwar vielleicht kein Bedauern kam, aber daß sich eine neue Perspektive ergeben würde. Und so lag er im aufkommenden Licht des Morgens und freute sich an ihrer trägen und unschuldigen Wärme unter seinen Armen.

Er schlief wieder ein, und als er zum zweitenmal aufwachte, hatte ihn das Geräusch eines Motors geweckt. Annie hatte sich umgedreht, und er lag jetzt an ihren Rücken gepreßt, das Gesicht in der duftenden Beuge ihres Nackens vergraben. Als er behutsam von ihr abrückte, murmelte sie etwas, wachte aber nicht auf, und er glitt aus dem Bett und sammelte leise seine Kleider ein.

Es war Smoky. Er hatte neben ihren beiden Autos geparkt und inspizierte Toms Hut, der die ganze Nacht auf der Motorhaube des Chevys gelegen hatte. Die Sorgenfalten auf seinem Gesicht machten einem breiten Grinsen der Erleichterung Platz, als er das Klicken der Fliegengittertür hörte und Tom auf sich zukommen sah.

»Hi, Smoke.«

»Dachte, du wärst längst unten in Sheridan?«

»Yeah. Hab meine Pläne geändert. Tut mir leid, wollte dich noch anrufen.« Er hatte den Mann mit den Jährlingen von einer Tankstelle in Lovell angerufen, um zu sagen, daß ihm leider etwas dazwischengekommen sei, aber Smoky hatte er einfach vergessen.

Smoky reichte ihm seinen Hut. Er war noch feucht vom Tau. »Dachte schon, Außerirdische oder sonstwer hätten dich entführt.« Er warf einen Blick auf Annies Wagen. Tom sah ihm an, daß er versuchte, sich einen Reim darauf zu machen.

»Also sind Annie und Grace doch nicht zur Ostküste zurück?«

»Na ja, Grace schon, aber für ihre Mutter war in der Maschine kein Platz mehr. Sie bleibt, bis Grace zurückkommt.«

»Aha.« Smoky nickte langsam, aber Tom merkte, daß er aus der Situation nicht ganz schlau wurde. Tom sah hinüber zur offenen Tür vom Chevy, und ihm fiel ein, daß auch das Licht die ganze Nacht gebrannt haben mußte.

»Hatte gestern abend ein Problem mit meiner Batterie«, sagte er. »Könntest du mir vielleicht helfen und den Anlasser überbrücken?«

Damit war zwar nicht viel erklärt, aber Tom hatte erreicht, was er erreichen wollte, denn die Aussicht auf eine sinnvolle Aufgabe schien die restlichen Zweifel aus Smokys Gesicht zu vertreiben.

»Klar«, sagte er. »Ich habe das Überbrückungskabel im Laster.«

Annie schlug die Augen auf und wußte sofort, wo sie war. Sie drehte sich um und erwartete, ihn zu sehen. Als sie sich allein fand, spürte sie eine leise Panik. Dann hörte sie Stimmen, draußen wurde eine Autotür zugeschlagen, und ihre Panik wuchs. Sie setzte sich auf, zog ihre Beine unter den zerwühlten Laken hervor, stand auf und ging ans Fenster, mußte dabei aber ein feuchtes Rinnsal zwischen ihren Beinen abtupfen. Sie spürte dort unten einen leichten, aber zugleich irgendwie köstlichen Schmerz.

Durch einen schmalen Spalt zwischen den Vorhängen sah sie Smokys Laster davonfahren und Tom, der hinterherwinkte. Dann drehte Tom sich um und kam zurück zum Haus. Sie wußte, selbst wenn er aufblickte, würde er sie nicht sehen können, und sie fragte sich, welche Veränderungen diese Nacht in ihnen bewirkt hatte. Was mochte er nun von ihr denken, nachdem er sie so lüstern und schamlos erlebt hatte? Und was dachte sie jetzt von ihm?

Er sah mit zusammengekniffenen Augen zum Himmel auf, an dem die Sonne bereits die Wolken vertrieb. Die Hunde tollten um seine Beine, und er strich ihnen über die Köpfe und sprach mit ihnen, und Annie wußte, daß wenigstens für sie sich nichts verändert hatte.

Sie nahm eine Dusche in seinem kleinen Badezimmer und wartete darauf, daß Schuld oder Reue sie überfielen, aber nichts dergleichen geschah. Nur bei dem Gedanken, was er von ihr halten mochte, fühlte sie sich ein wenig beklommen. Sie fand den Anblick seiner wenigen Toilettensachen am Waschbecken irgendwie rührend und benutzte seine Zahnbürste. An der Tür hing ein großer blauer Morgenmantel, den sie anzog, als wollte sie sich in seinen Duft einhüllen. Dann ging sie zurück in sein Zimmer.

Er hatte die Vorhänge zurückgezogen und sah aus dem Fenster, als sie hereinkam. Er hörte sie kommen, drehte sich um, und sie erinnerte sich, daß es damals in Choteau genauso gewesen war, als er zu ihrem Haus gekommen war, um ihr seine Entscheidung in bezug auf Pilgrim mitzuteilen. Neben ihm auf dem Tisch standen zwei dampfende Tassen. Er lächelte sie erwartungsvoll an.

»Ich habe uns Kaffee gemacht.«

»Danke.«

Sie ging zu ihm, nahm eine Tasse und umschloß sie mit beiden Händen. Allein in diesem großen leeren Zimmer benahmen sie sich plötzlich sehr höflich, wie zwei Fremde, die zu früh zu einer Party gekommen waren.

Er zeigte mit einem Kopfnicken auf den Morgenmantel. »Der

steht dir.« Sie lächelte und nippte an dem Kaffee. Er war schwarz und stark und sehr heiß. »Es gibt noch ein größeres Badezimmer, wenn du…«

»Deines ist genau richtig.«

»Das war übrigens Smoky. Ich hatte vergessen, ihn anzurufen.«

Sie schwiegen. Irgendwo unten am Fluß wieherte ein Pferd. Er sah so besorgt aus, daß sie plötzlich Angst hatte, er würde sich entschuldigen wollen, würde behaupten, er hätte einen Fehler gemacht.

»Annie?«

»Was ist?«

Er schluckte. »Ich wollte nur sagen, egal, was du fühlst, was du denkst oder was du tun willst, es ist okay.«

»Und du? Was fühlst du?«

Er sagte schlicht: »Ich liebe dich.« Dann lächelte er und zuckte so verlegen mit den Achseln, daß es ihr fast das Herz brach. »Das ist alles.«

Sie stellte ihre Tasse auf den Tisch und ging zu ihm, und sie klammerten sich aneinander, als ob die Welt sie auseinanderreißen wollte. Annie bedeckte sein Gesicht mit Küssen.

Ihnen blieben vier Tage, bis Grace und die Bookers zurückkamen, vier Tage und vier Nächte. Ein verlängerter Augenblick in der langen Reihe der Jetzts. Und für etwas anderes wollte sie nicht leben und nicht atmen, an anderes nicht denken, beschloß Annie, an nichts, was davor gewesen war, und an nichts, was danach kommen würde. Und was auch geschehen würde, welche grausamen Rechnungen ihnen noch aufgemacht werden sollten, dieser Augenblick würde bleiben, auf immer unauslöschlich eingeschrieben in ihre Köpfe und Herzen.

Sie liebten sich erneut, während die Sonne über dem Giebel des Hauses aufstieg. Und hinterher, geborgen in seinen Armen, erzählte sie ihm von ihrem Wunsch. Sie beide sollten hinaufreiten zu den oberen Weiden, dorthin, wo sie sich das erste Mal geküßt hatten und wo sie nun zusammen sein konnten, allein, nur mit den Bergen und dem Himmel als ihren Richtern.

Kurz vor Mittag durchquerten sie die Furt.

Während Tom die Pferde gesattelt und ein Packpferd mit all dem beladen hatte, was sie brauchen konnten, war Annie zurück zum Flußhaus gefahren, um sich umzuziehen und ihre Sachen einzupakken. Sie würden beide etwas zu essen mitnehmen. Obwohl sie nichts davon sagte und er nicht danach fragte, wußte er, daß sie auch ihren Mann in New York anrief, um ihm irgendeinen Vorwand für ihre Abwesenheit zu nennen. Er hatte sich zu Smoky ähnlich verhalten, der von all diesen Planänderungen bereits ein wenig benommen war.

»Willst oben nach dem Vieh sehen, wie?«

»Ja.«

»Ganz allein oder...?«

»Nein, Annie kommt mit.«

»Aha. Gut.« Er schwieg, und Tom konnte beinahe hören, wie Smoky zwei und zwei zusammenzählte.

»Mir wäre es lieb, Smoke, wenn du das für dich behalten könntest.«

»Natürlich, Tom. Kannst dich auf mich verlassen.«

Er sagte, daß er wie vereinbart nach den Pferden sehen würde. Tom wußte, daß er sich in beidem auf ihn verlassen konnte.

Dann ging er zu den Korralen und brachte Pilgrim auf eine Weide mit Jungpferden, mit denen er sich schon ein wenig angefreundet hatte. Normalerweise stürmte Pilgrim gleich auf die anderen Pferde zu, aber heute blieb er am Gatter stehen und sah Tom nach, als der zu den bereits gesattelten Pferden ging.

Tom ritt den Rotschimmel, dieselbe Stute, die er auch beim Viehauftrieb geritten hatte. Als er zum Flußhaus ritt und Rimrock und das kleine, scheckige Packpferd an der Leine hinter sich herführte, drehte er sich um und sah, daß Pilgrim immer noch allein am Gatter stand und ihm nachschaute. Fast kam es ihm vor, als ob das Pferd wissen würde, daß sich etwas Grundsätzliches in ihrem Leben ändern sollte. Tom wartete mit den Pferden auf dem Weg unterhalb des Flußhauses und sah Annie in langen Sätzen über den Abhang zu ihm herunterlaufen.

Das saftige Gras auf der Weide hinter der Furt stand hoch und üppig. Die Pächter würden bald zum Heuen kommen. Grashalme streiften die Beine der Pferde, als Tom und Annie Seite an Seite über die Weide ritten und außer dem rhythmischen Knarren ihrer Sättel kein Laut zu hören war.

Lange Zeit schienen sie beide keine Lust zum Reden zu haben. Annie stellte diesmal keine Fragen nach dem Land, über das sie ritten. Allerdings nicht deshalb, weil sie die Namen der Dinge kannte, sondern weil die Namen unwichtig geworden waren. Wichtig war nur noch, daß sie beide hier waren.

In der nachmittäglichen Hitze hielten sie an und tränkten die Pferde am selben Tümpel wie beim letztenmal. Sie verzehrten ein einfaches, von Annie mitgebrachtes Mahl aus Krustenbrot, Käse und Apfelsinen. Annie schälte ihre Früchte geschickt in einem einzigen langen Streifen und lachte, als er es ihr vergeblich nachzumachen versuchte.

Sie überquerten das Plateau, auf dem die Blumen bereits ihre Blüten schlossen, und ritten diesmal zusammen zum Bergkamm hinauf. Sie schreckten kein Wild auf, sahen aber etwa in einer halben Meile Entfernung in Richtung der Berge eine kleine Herde Mustangs. Mit einer Handbewegung bat Tom Annie anzuhalten. Sie standen gegen den Wind, und die Mustangs hatten sie noch nicht wahrgenommen. Es war eine Gruppe von sieben Stuten, fünf davon mit Fohlen. Außerdem waren ein paar Jährlinge zu sehen, die noch zu jung waren, um schon vertrieben werden zu müssen. Den Hengst hatte Tom noch nie zuvor gesehen.

»Was für ein prächtiges Tier«, sagte Annie.

»Yeah.«

Es war ein herrliches Pferd, mit breiter Brust und starker Hinterhand, und wog bestimmt über fünfhundert Kilo. Sein Fell war von einem makellosen Weiß. Der Grund, weshalb das Tier Tom und Annie noch nicht gesehen hatte, war ein aufdringlicher Störenfried: Ein junger Hengst, ein Rotbrauner, forderte den Schimmel zum Kampf um die Stuten heraus.

»Um diese Jahreszeit geht es manchmal recht hitzig zu«, sagte Tom leise. »Es ist Paarungszeit, und der junge Bursche da hält den Augenblick für gekommen, es selbst auch einmal zu probieren. Wahrscheinlich folgt er dieser Herde schon seit Tagen, vielleicht sogar zusammen mit ein paar anderen Junghengsten.« Tom reckte sich im Sattel und sah sich um. »Stimmt, da sind sie.« Neun oder zehn Pferde standen eine halbe Meile entfernt im Süden.

»Das nennt man bei uns eine Junggesellenherde. Weißt du, sie hängen zusammen rum, besaufen sich, geben an und schnitzen ihre Namen in Bäume, bis sie alt genug sind, um jemand anderem die Stuten zu stehlen.«

»Soso.« Erst an ihrem Ton begriff er, was er da gerade gesagt hatte. Sie warf ihm einen ihrer Blicke zu, aber er blickte sie nicht an. Er wußte genau, was ihre Mundwinkel verrieten, und dieses Wissen befriedigte ihn.

»Ja.« Er ließ die Mustangs nicht aus den Augen.

Die beiden Hengste standen sich gegenüber, während die Stuten, ihre Fohlen und die Freunde des Herausforderers aus sicherer Entfernung zuschauten. Und plötzlich explodierten die beiden Hengste, warfen ihre Köpfe zurück und wieherten ohrenbetäubend. Normalerweise würde der Schwächere nun nachgeben, aber der Rotbraune blieb. Er bäumte sich auf und schrie, aber der weiße Hengst stieg noch höher auf und schlug mit den Hufen nach ihm aus. Selbst Tom und Annie konnten das Weiß der gefletschten Zähne sehen und das dumpfe Dröhnen hören. Dann, nur Sekunden später, war alles vorbei, und der Rotbraune trottete besiegt davon. Der weiße Hengst sah ihm nach und trieb dann seine Herde weiter.

Tom fühlte wieder ihre Augen auf sich gerichtet. Er zuckte die Achseln und grinste sie an.

»Mal gewinnt man, mal verliert man.«

»Kommt der zurück?«

»O ja. Er muß noch ein bißchen üben, aber er kommt zurück.«

Sie zündeten am Bach ein Feuer an, gleich neben der Stelle, an der sie sich geküßt hatten. Wie zuvor vergruben sie Kartoffeln in der Glut, und während sie garten, bereiteten Tom und Annie sich ein Lager, legten ihre Schlafrollen nebeneinander, nahmen die Sättel als Unterlage für den Kopf und vereinten ihre beiden Schlafsäcke mit Hilfe der Reißverschlüsse zu einem gemeinsamen. Einige neugierige Jungkühe standen mit gesenkten Köpfen am anderen Ufer und schauten ihnen zu.

Sie aßen die Kartoffeln mit der in einem schwarz angebrannten

Topf aufgewärmten Sauce und einigen Eiern, von denen Annie nie geglaubt hatte, daß sie die Reise überstehen würden. Mit dem restlichen Brot tunkten sie das dunkle Eigelb von ihren Tellern. Am Himmel waren Wolken aufgezogen. Sie wuschen ihr Geschirr im mondlosen Fluß und legten es zum Trocknen ins Gras. Dann zogen sie sich aus und liebten sich, während das Feuer Lichtzungen über ihre Körper flackern ließ.

Ihre Vereinigung geschah mit einem Ernst, den Annie für diesen Ort irgendwie angemessen fand. Fast schien es ihr, als wären sie gekommen, um das hier gegebene Versprechen einzulösen.

Hinterher saß Tom an seinen Sattel gelehnt, und Annie lag in seinen Armen, den Rücken an seiner Brust. Es war kühler geworden. Irgendwo hoch oben in den Bergen war ein Heulen und Klagen zu hören, das, wie er ihr erklärte, von Kojoten herrührte. Er legte eine Decke um seine Schultern und wickelte sie dann darin ein, hüllte sie in einen Kokon, der sie vor der Nacht und allen Übergriffen schützte. Nichts, dachte Annie, nichts aus jener anderen Welt kann uns hier etwas anhaben.

Viele Stunden lang starrten sie ins Feuer und erzählten sich ihr Leben. Annie sprach von ihrem Vater und von all den exotischen Orten, an denen sie gelebt hatten, bevor er starb. Sie erzählte ihm, wie sie Robert kennengelernt hatte und daß er so klug und verläßlich, so erwachsen und doch so feinfühlig auf sie gewirkt hatte. Und er war all das immer noch, ein guter, sehr guter Mann. Ihre Ehe war gut gewesen, war es in vieler Hinsicht immer noch. Doch wenn sie nun zurückschaute, erkannte sie, daß sie von ihm das gewollt hatte, was mit ihrem Vater verlorengegangen war: Stabilität, Sicherheit und Liebe, die nicht hinterfragt wurde. Genau das hatte er ihr spontan und vorbehaltlos gegeben. Dafür hatte sie ihm ihre Treue geschenkt.

»Ich will damit nicht sagen, daß ich ihn nicht liebe«, sagte sie. »Das tue ich. Wirklich. Es ist nur eine Liebe, die sich… ich weiß nicht, vielleicht eher wie Dankbarkeit anfühlt.«

»Dafür, weil er dich liebt.«

»Ja. Und Grace. Klingt fürchterlich, nicht wahr?«

»Nein.«

Sie fragte ihn, ob es mit Rachel auch so gewesen sei, und er sagte, nein, mit ihr sei es anders gewesen. Und Annie hörte schweigend zu, als er seine Geschichte erzählte. In Gedanken verlieh sie dem Foto Leben, das sie in Toms Zimmer gesehen hatte, das schöne Gesicht mit den dunklen Augen und dem glänzenden Haarschopf. Das Lächeln war nur schwer mit dem Kummer in Einklang zu bringen, von dem Tom nun redete.

Es war nicht die Frau, sondern das Kind in ihren Armen, das Annie zutiefst bewegt hatte. Sie hatte sich damals nicht eingestehen wollen, daß sie bei diesem Anblick quälende Eifersucht empfand. Es war dasselbe Gefühl, das sie überfiel, als sie Toms und Rachels Initialen im Beton des Brunnens entdeckt hatte. Das andere Foto, das vom erwachsenen Hal, versöhnte sie seltsamerweise wieder. Er war dunkel wie seine Mutter, hatte aber Toms Augen. Selbst erstarrt in der Zeit beschwichtigten sie alle Feindseligkeit.

»Siehst du sie noch?« fragte Annie, als er aufhörte.

»Seit einigen Jahren nicht mehr. Wir telefonieren manchmal, reden aber meistens nur über Hal.«

»Ich habe das Bild in deinem Zimmer gesehen. Ein schöner Junge.«

Sie spürte, wie Tom lächelte. »Yeah, das ist er.« Dann schwiegen sie. Ein mit weißer Asche überzogener Zweig fiel im Feuer zusammen und schickte einen Regen orangeroter Funken hinaus in die Nacht.

»Wolltest du noch mehr Kinder haben?« fragte er.

»Ja. Wir haben es versucht. Aber ich konnte sie nicht austragen. Schließlich haben wir einfach aufgegeben. Ich habe es Grace sosehr gewünscht. Einen Bruder oder eine Schwester.«

Wieder schwiegen sie, und Annie wußte oder meinte zu wissen, was er dachte. Doch der Gedanke war zu traurig, selbst hier am äußeren Rand der Welt, als daß ihn einer von beiden ausgesprochen hätte.

Der Chor der Kojoten war die ganze Nacht zu hören. Sie verbinden sich fürs Leben, erzählte Tom. Wurde einer von ihnen in einer Falle gefangen, brachte der andere ihm zu fressen, so treu blieben sie einander.

Zwei Tage lang folgten sie den Hochtälern und Flußläufen am Gebirgsrand. Manchmal ließen sie die Pferde zurück und gingen zu Fuß. Sie sahen Elche und Bären, und einmal meinte Tom, einen Wolf gesehen zu haben, der sie von einem hohen Felsvorsprung herab beobachtete. Er drehte sich um und verschwand, bevor Tom sich sicher sein konnte, und er sagte Annie nichts davon, damit sie sich keine Sorgen machte.

Sie fanden versteckte Täler voller Mondblumen und wilder Lilien und gingen durch Wiesen, die die kniehohen Lupinen in leuchtendblaue Seen verwandelt hatten.

In der ersten Nacht regnete es, und Tom stellte in einem weiten grünen Feld, das mit den gebleichten Ästen gestürzter Pappeln übersät war, ein mitgebrachtes Zelt auf. Sie wurden bis auf die Haut naß, wickelten sich in Decken und kuschelten sich im Zelteingang lachend aneinander. Sie nippten Kaffee aus verbeulten Blechtassen, während die Pferde draußen ungestört grasten. Eine Öllampe beleuchtete Annies nasses Gesicht, und Tom glaubte, noch nie ein so schönes Geschöpf gesehen zu haben.

Während sie in jener Nacht in seinen Armen lag, lauschte Tom auf den Regen, der auf das Zeltdach trommelte, und versuchte, nicht über den Augenblick hinauszudenken, ihn einfach nur zu leben. Aber es war unmöglich.

Der nächste Tag war klar und warm. Sie entdeckten einen Teich, der von einem schmalen, sich herabschlängelnden Wasserfall gespeist wurde. Annie schlug vor zu schwimmen, aber Tom lachte und meinte, er sei zu alt und das Wasser zu kalt. Aber damit kam er bei ihr nicht durch, und so zogen sie sich aus und sprangen ins Wasser. Es war so eiskalt, daß sie vor Schreck aufkreischten und gleich wieder herauskletterten, und sie umarmten sich, blau vor Kälte und bibbernd wie ein Paar aufgekratzter Kinder.

In jener Nacht strahlte das Nordlicht grün, blau und rot. Es wand sich in einem riesigen Leuchtbogen über den Himmel und zog vielfach gebrochene Farbstreifen hinter sich her, deren fächerförmigen Abglanz Tom in ihren Augen sah, als sie sich liebten.

Es war ihre letzte Nacht, aber sie erwähnten dies mit keinem Wort, nur die unersättliche Vereinigung ihrer Körper sprach davon. Und wie in stummem Einverständnis schienen ihre Körper beschlossen zu haben, sich keine Ruhe zu gönnen. Sie zehrten voneinander wie Kreaturen, denen man einen schrecklichen, endlosen Winter geweissagt hatte. Und sie gaben erst Ruhe, als ihre Knochen schmerzten und das wunde Reiben ihrer vereinten Haut sie vor Schmerz aufschreien ließ. Ihr Schrei schwebte durch die leuchtende Stille der Nacht, vorbei an schattigen Kiefern und weiter, hoch hinauf, bis zu den lauschenden Gipfeln der Berge.

Kurz darauf, als Annie schlief, hörte Tom wie einen fernen Widerhall den hohen urzeitlichen Schrei, der alle Geschöpfe der Nacht verstummen ließ. Und Tom wußte, daß er tatsächlich einen Wolf gesehen hatte.

33

Sie schälte die Zwiebeln, halbierte sie, schnitt sie klein und atmete dabei durch den Mund, damit ihr keine Tränen kamen. Sie spürte, wie er jede ihrer Bewegungen mit Blicken verfolgte, und sie gewann dadurch eine seltsame Stärke, als würden seine Blicke ihr Fähigkeiten vermitteln, über die zu verfügen sie nie geglaubt hatte. Das gleiche spürte sie, wenn sie sich liebten. Vielleicht – und sie mußte bei dem Gedanken lächeln –, vielleicht empfanden die Pferde in seiner Gegenwart ganz ähnlich.

Er lehnte am Raumteiler am anderen Ende der Küche. Das Glas Wein, das sie ihm eingeschenkt hatte, ließ er unberührt. Im Wohnzimmer war die Musik, die sie in Graces Radio gefunden hatte, von einer gelehrten Diskussion über einen Komponisten abgelöst worden, von dem sie noch nie gehört hatte. All diese Sprecher im Radio schienen dieselben öligen Stimmen zu haben.

»Was schaust du dir an?« fragte sie sanft.

Er zuckte die Achseln. »Dich. Stört es dich?«

»Ich hab's gern. Es gibt mir das Gefühl zu wissen, was ich tue.«

»Du kannst prima kochen.«

»Ich würde mich mit Kochen nicht über Wasser halten können.«

»Macht nichts, solange du mich damit halten kannst.«

Annie hatte befürchtet, daß bei ihrer Rückkehr zur Ranch am Nachmittag die Ernüchterung einsetzen würde, aber seltsamerweise war sie davon verschont geblieben. Sie fühlte sich eingehüllt in unerschütterliche Ruhe. Während er nach den Pferden sah, hatte sie ihre Nachrichten abgehört und nichts vernommen, was sie beunruhigen könnte. Die wichtigste Nachricht kam von Robert, der ihr Graces Flugnummer und die morgige Ankunftszeit in Great Falls durchgegeben hatte. Bei Wendy Auerbach sei alles okey-dokey gelaufen, sagte er, Grace fühle sich mit ihrem neuen Bein sogar dermaßen okey-dokey, daß sie überlege, sich für einen Marathonlauf anzumelden.

Annies Ruhe hielt auch dann noch an, als sie bei den beiden anrief und mit ihnen redete. Ihre Nachricht vom Dienstag, laut der sie einige Tage in der Berghütte der Bookers verbringen wollte, schien nicht den geringsten Argwohn geweckt zu haben. Im Verlauf ihrer Ehe hatte sie sich oft irgendwohin zurückgezogen, und Robert nahm vermutlich an, daß sie diese Tage gebraucht hatte, um nach der Kündigung wieder einen klaren Kopf zu bekommen und Ordnung in ihr Leben zu bringen. Er fragte einfach nur, wie es gewesen war, und sie hatte einfach nur »schön« geantwortet. Damit hatte sie nicht einmal gelogen – höchstens etwas verschwiegen.

»Du machst mir richtig angst mit all diesem Gerede von ›zurück zur Natur‹ und ›hinaus an die frische Luft‹«, witzelte er.

»Und warum?«

»Na ja, nachher willst du noch, daß wir umziehen, und ich muß mich auf Viehdiebstähle oder so etwas spezialisieren.«

Als sie auflegte, fragte sich Annie verwundert, warum seine oder Graces Stimme sie nicht in ein Meer von Schuldgefühlen gestoßen hatte, aber es war einfach nicht passiert. Fast schien es, als wäre dieser Teil ihres Empfindens ausgesetzt, als wußte es, daß ihr noch einige wenige, flüchtige Stunden mit Tom blieben.

Sie kochte ihm die Pasta, die sie damals, als die Bookers zum Abendessen gekommen waren, eigentlich hatte kochen wollen. Als sie das frische Basilikum kleinschnitt, trat er hinter sie, legte seine Hände auf ihre Hüften und küßte ihren Nacken. Die Berührung seiner Lippen verschlug ihr den Atem.

»Riecht gut«, sagte er.

»Was, ich oder das Basilikum?«

»Beides.«

»Weißt du, früher hat man Basilikum benutzt, um die Toten einzubalsamieren.«

»Die Mumien?«

»Basilikum diente zum Abtöten des Fleisches.«

»Ich dachte, damit sei ein Verbot körperlicher Lust gemeint?«

»Die wird dadurch allerdings auch reduziert, also iß nicht zuviel davon.«

Sie streute es in den Topf, in dem bereits Zwiebeln und Tomaten schmorten, und drehte sich langsam zu ihm um. Sie lehnte die Stirn an seine Lippen, und er küßte sie sanft. Annie sah nach unten und hakte ihre Daumen in die Taschen seiner Jeans. Und in der vertrauten Stille dieses Augenblicks wußte Annie, daß sie diesen Mann nicht wieder verlassen konnte.

»Ach, Tom. Ich liebe dich so sehr.«

»Ich liebe dich auch.«

Sie steckten die Kerzen an, die Annie damals für das Abendessen gekauft hatte, und machten die Leuchtröhre aus, damit sie an dem kleinen Tisch in der Küche essen konnten. Die Pasta war perfekt. Als sie mit dem Essen fertig waren, fragte Tom, ob sie den Kordeltrick bereits herausgefunden habe. Annie meinte, laut Joe sei es kein Trick, aber nein, sie habe es noch nicht wieder probiert.

»Hast du die Kordel noch?«

»Was glaubst du denn?«

Sie zog die Kordel aus ihrer Tasche und gab sie ihm. Er bat sie, einen Finger hochzuhalten und genau hinzusehen, da er es ihr nur einmal zeigen würde. Sie verfolgte jede einzelne Bewegung seiner Hand, bis die Schlinge um ihre Finger fiel und sie gefangenzuhalten schien. Dann, als er langsam an der Schlinge zog, wußte sie plötzlich, wie es ging.

»Laß es mich versuchen«, bat sie. Sie merkte, daß sie sich jede Bewegung seiner Hände genau vorstellen und in die spiegelbildliche Bewegung ihrer Hände übertragen konnte. Und sie hatte sich nicht getäuscht: Als sie an der Schlinge zog, löste sich die Kordel.

Er lehnte sich zurück und betrachtete sie mit einem zugleich liebevollen und traurigen Lächeln.

»Siehst du«, sagte er, »jetzt weißt du's.«

»Kann ich die Kordel behalten?«

»Du brauchst sie jetzt nicht mehr.« Und er nahm die Kordel und schob sie in seine Tasche.

Alle waren da, und Grace wünschte sich, es wäre nicht so. Doch sie hatten so lange auf diesen Augenblick gewartet, daß sie wohl mit einem großen Publikum hatte rechnen müssen. Grace betrachtete die wartenden Gesichter am Zaun der großen Arena: ihre Mutter, Frank und Diane, Joe, die Zwillinge mit ihren Schirmmützen von den Universal Studios, selbst Smoky war gekommen. Aber was, wenn es schieflief? Das würde es nicht, sagte sie sich bestimmt, sie würde es einfach nicht zulassen.

Pilgrim stand gesattelt in der Mitte der Arena, und Tom zurrte die Steigbügel nach. Das Pferd sah herrlich aus, allerdings hatte sich Grace noch nicht an den Anblick von Pilgrim mit Westernsattel gewöhnt. Seit sie auf Gonzo ritt, zog sie ihn dem alten englischen Sattel vor, da sie sich darin sicherer fühlte, und deshalb hatte sie sich auch heute dafür entschieden.

Am Morgen war es ihr gemeinsam mit Tom gelungen, die letzten Knoten aus Mähne und Schweif zu kämmen, und sie hatten ihn gebürstet, bis sein Fell glänzte. Von den Narben einmal abgesehen, dachte Grace, schaute er aus wie ein Paradepferd. Er hatte schon immer ein Gespür für sein Auftreten gehabt. Auf den Tag genau vor fast einem Jahr hatte sie das erste Foto von ihm gesehen, erinnerte sie sich, das, welches aus Kentucky herübergeschickt worden war.

Sie hatten alle zugesehen, wie Tom auf Pilgrim einige Male langsam um die Arena geritten war. Grace stand neben ihrer Mutter und atmete tief ein und aus, um ihren nervösen Magen zu beruhigen.

»Und wenn er sich nur von Tom reiten läßt?« flüsterte sie.

Annie legte einen Arm um sie. »Du weißt doch, Tom würde es gar nicht zulassen, wenn es nicht sicher wäre.«

Sie hatte recht. Aber deshalb war sie nicht weniger nervös.

Tom ließ Pilgrim stehen und kam jetzt auf sie zu. Sie ging ihm entgegen. Das neue Bein fühlte sich gut an.

»Bist du bereit?« fragte er. Sie schluckte und nickte, unsicher, ob ihre Stimme ihr gehorchte. Er sah die Angst in ihrem Gesicht, und als er bei ihr war, sagte er so leise, daß es niemand außer ihr hören konnte: »Weißt du, Grace, du mußt das jetzt nicht machen. Ehrlich gesagt, habe ich auch nicht gewußt, daß hier so ein Zirkus sein wird.«

»Ist schon in Ordnung. Das macht mir nichts aus.«

»Sicher?«

»Ja.«

Er legte einen Arm um ihre Schulter, und sie gingen zu Pilgrim, der auf sie wartete. Ihr fiel auf, wie er die Ohren spitzte, als er sie sah.

Annies Herz pochte so laut, daß sie glaubte, Diane neben ihr müßte es hören können. Sie hätte kaum zu sagen vermocht, wie viele Schläge Grace und wie viele ihr selbst galten. Denn was da auf dem roten Sand vor sich ging, war einfach zu wichtig, war zugleich ein Anfang und ein Ende, doch für was oder für wen konnte Annie nicht klar erkennen. Alles schien sich in einer riesigen, sich zuspitzenden Spirale der Gefühle zu befinden, und erst wenn der Wirbel nachließ, würde man wissen können, was danach aus ihnen werden würde.

»Ihre Tochter ist wirklich ein tapferes Kind«, sagte Diane.

»Ich weiß.«

Tom ließ Grace einigen Abstand zu Pilgrim einhalten, damit das Pferd sich nicht bedrängt fühlte. Die letzten Schritte ging Tom allein, blieb neben Pilgrim stehen und griff dann behutsam nach den Zügeln. Er blieb mit dem Kopf dicht an Pilgrims Ohren und strich dem Pferd mit der flachen Hand beruhigend über die Kruppe. Pilgrim ließ Grace nicht aus den Augen.

Selbst aus der Ferne konnte Annie erkennen, daß irgend etwas nicht stimmte.

Als Tom Pilgrim vortreiben wollte, weigerte er sich, hob den Kopf und sah auf Grace herab, so daß man das Weiße in seinen Augen erkennen konnte. Tom zog ihn fort und ließ ihn einige Male im Kreis gehen, wie er es oft am Halfter getan hatte, beugte seinen Hals und achtete darauf, daß das Tier dem Druck nachgab und die Hinterhand sich lockerte. Pilgrim schien sich zu beruhigen. Doch sobald Tom ihn zu Grace zurückbrachte, wurde er wieder nervös.

Grace stand mit dem Rücken zu ihr, so daß Annie ihr Gesicht nicht sehen konnte, aber das war auch nicht nötig. Selbst von ihrem Platz aus konnte Annie die Angst und die Kränkung spüren, die Grace empfinden mußte.

»Ich weiß nicht, ob das wirklich eine so gute Idee war«, sagte Diane.

»Er schafft das schon«, sagte Annie ein wenig zu vorschnell, so daß ihre Antwort eher schroff klang.

»Denk ich auch«, sagte Smoky, doch selbst er schien sich nicht ganz sicher zu sein.

Tom führte Pilgrim von Grace fort und ließ ihn wieder einige Runden drehen. Als auch das nicht half, schwang er sich auf seinen Rücken und ritt ihn im Trab einige Male um die Arena. Grace drehte sich langsam und folgte ihm mit den Blicken. Sie sah kurz zu Annie hinüber und tauschte ein Lächeln mit ihr aus, das aber auf beide nicht sonderlich überzeugend wirkte.

Tom redete kein Wort und kümmerte sich ausschließlich um Pilgrim. Er runzelte die Stirn, aber Annie hätte nicht sagen können, ob er sich nur konzentrierte oder ob er sich auch Sorgen machte. Sie wußte, daß er sich seine Sorgen nie anmerken ließ, wenn er mit Pferden arbeitete.

Tom stieg ab und brachte Pilgrim erneut zu Grace. Und wieder scheute das Pferd zurück. Diesmal drehte sich Grace auf dem Absatz um und wäre beinahe hingefallen. Als sie über den Sand zum Zaun ging, zuckte ihr Mund, und Annie sah, daß sie gegen die Tränen ankämpfte.

»Smoke?« rief Tom. Smoky kletterte über den Zaun und ging zu ihm.

»Das klappt schon noch, Grace«, tröstete Frank das Mädchen. »Warte einfach nur ein oder zwei Minuten. Tom kriegt ihn hin, wirst schon sehen.«

Grace nickte und versuchte zu lächeln, konnte aber niemandem in die Augen sehen, vor allem Annie nicht. Annie wollte sie umarmen, hielt sich jedoch zurück, denn sie wußte, daß Grace das nicht ertragen würde, daß sie weinen und sich schämen und auf sie beide wütend sein würde. Als daher ihre Tochter zu ihr kam, sagte sie ruhig: »Frank hat recht. Es wird schon klappen.«

»Er hat gesehen, daß ich Angst habe«, murmelte Grace.

Draußen in der Arena standen Tom und Smoky dicht beieinander und führten im Flüsterton ein hastiges Gespräch, das außer Pilgrim niemand hören konnte. Nach einer Weile drehte Smoky sich um, lief zum Tor am anderen Ende der Arena, kletterte hinüber und verschwand in der Scheune. Tom ließ Pilgrim stehen, wo er war, und ging zu den wartenden Zuschauern.

»Okay, Grace«, sagte er. »Wir werden jetzt etwas tun, von dem ich gehofft hatte, daß wir es nicht tun müssen. Aber irgendwas geht in Pilgrim vor, was ich anders nicht erreichen kann. Also werden Smoke und ich dafür sorgen, daß er sich hinlegt. Okay?«

Grace nickte. Annie merkte, daß ihre Tochter ebensowenig wußte wie sie, worauf Tom hinauswollte.

»Und was dann?« fragte Annie. Er blickte sie an, und sie sah plötzlich sehr deutlich das Bild ihrer vereinten Körper vor sich.

»Na ja, das ist es mehr oder weniger. Aber ich muß euch gleich sagen, daß es vielleicht kein angenehmer Anblick sein wird. Manchmal kämpft ein Pferd verdammt hart. Deshalb tue ich es nur ungern und auch nur dann, wenn es nicht anders geht. Dieser Bursche hat uns schon gezeigt, was für ein guter Kämpfer er ist. Wenn ihr also lieber nicht zuschauen wollt, solltet ihr besser reingehen. Wir rufen euch dann, wenn er soweit ist.«

Grace schüttelte den Kopf. »Nein. Ich will zusehen.«

Smoky brachte die Dinge in die Arena, die er für Tom holen sollte. Vor einigen Monaten hatten sie etwas Ähnliches auf einem Pferdekurs unten in New Mexico machen müssen, daher wußte Smoky ziemlich genau, was auf sie zukam. Trotzdem ging Tom in einiger Entfernung von den Zuschauern noch mal leise den Ablauf mit ihm durch, damit nichts schieflief und niemand verletzt wurde.

Smoky hörte ihm mit ernster Miene zu und nickte hin und wieder. Sobald Tom merkte, daß Smoky ihn begriffen hatte, gingen die beiden zu Pilgrim. Er war ans andere Ende der Arena zurückgewichen, und so, wie seine Ohren zuckten, ahnte er längst, daß irgend etwas geschehen würde. Er ließ Tom an sich heran und sich von ihm den Nacken kraulen, behielt aber Smoky, der einige Schritte abseits stand und all diese Seile und seltsamen Dinge in Händen hielt, unverwandt im Auge.

Tom nahm Pilgrim die Zügel ab und warf ihm statt dessen das Seilhalfter über, das Smoky ihm gegeben hatte. Dann reichte ihm Smoky nacheinander die Enden zweier langer Lassos, die er aufgerollt über dem Arm trug. Tom befestigte das eine am Halfter, das andere am Sattelhorn.

Er arbeitete ruhig und gab Pilgrim keinen Anlaß zur Panik. Tom haßte es, zu dieser List greifen zu müssen, schließlich wußte er, was jetzt kam und daß er das zu diesem Pferd aufgebaute Vertrauen wieder zerstören mußte, um es neu gewinnen zu können. Vielleicht habe ich mich diesmal geirrt, dachte er, vielleicht hat mich das, was zwischen mir und Annie geschehen ist, auf eine Weise verändert, die Pilgrim nicht entgangen ist. Vielleicht gibt es tief in mir eine Stimme, die dem Pferd befiehlt, nicht zu kooperieren, denn wenn es das tut, bedeutet das das Ende, und Annie wird fort sein.

Er bat Smoky um die Fußfessel, die aus einem alten Streifen Sackleinen und einem Seil bestand. Tom ließ seine Hand über Pilgrims linkes Vorderbein gleiten und hob den Huf an. Das Pferd reagierte nervös, und Tom beruhigte es unablässig mit Hand und Stimme. Kaum stand Pilgrim wieder still, ließ Tom die Sackschlinge über den Huf gleiten und achtete darauf, daß sie fest ansaß. Mit dem Seilende hievte er den Huf hoch, bis er das Seil am Sattelhorn befestigen konnte. Pilgrim war nun ein dreibeiniges Tier, das kurz vor der Explosion stand.

Wie Tom geahnt hatte, war es soweit, als er sich entfernte und das am Halfter befestigte Lasso von Smoky übernahm. Pilgrim wollte sich bewegen und merkte, daß er ein Krüppel war. Er machte einen Satz und hoppelte auf dem rechten Vorderbein, aber darüber erschrak er dermaßen, daß er bockte, wieder ein Stück hoppelte und sich immer größere Angst einjagte.

Wenn er nicht gehen konnte, dann konnte er vielleicht laufen, also probierte er es aus, und ihn befiel Panik, als er merkte, wie sich das anfühlte. Tom und Smoky wappneten sich, stemmten sich gegen ihre Lassos und ließen ihn einen Kreis von etwa drei Metern Radius laufen. Und Pilgrim drehte eine Runde nach der anderen wie ein verrücktes Schaukelpferd mit gebrochenem Bein.

Tom warf einen Blick auf die Gesichter der Zuschauer am Zaun. Er sah, daß Grace blaß geworden war und daß Annie sie nun festhielt, und er verfluchte sich, weil er ihnen die Wahl gelassen und nicht darauf bestanden hatte, daß sie ins Haus gingen und sich diesen Anblick ersparten.

Annies Hände lagen auf Graces Schultern, und ihre Knöchel traten weiß hervor. Bei jedem gequälten Hüpfer, den Pilgrim machte, zuckten die beiden zusammen.

»Warum tut er das?« schrie Grace.

»Ich weiß nicht.«

»Alles wird gut, Grace«, sagte Frank, »ich habe ihn das schon einmal machen sehen.« Annie blickte ihn an und sah, daß sein Gesicht seine Worte Lügen strafte. Joe und die Zwillinge wirkten fast ebenso verstört wie Grace.

Diane sagte leise: »Vielleicht sollten wir besser mit ihr ins Haus gehen.«

»Nein«, sagte Grace. »Ich will zusehen.«

Pilgrim war inzwischen schweißgebadet, trotzdem rannte er weiter. Beim Laufen baumelte sein festgezurrter Fuß wie eine verrückte, deformierte Flosse in der Luft herum. Seine hüpfende Gangart wirbelte bei jedem Schritt eine rote Staubwolke auf, die alle drei wie ein feiner roter Nebel einhüllte.

Was Tom tat, schien Annie so falsch zu sein, so völlig untypisch für ihn. Sie hatte schon vorher erlebt, daß er sehr bestimmt zu Pferden gewesen war, aber er hatte ihnen nie Schmerz oder Leid zugefügt. Seine ganze Arbeit mit Pilgrim hatte das Vertrauen und Selbstbewußtsein des Tieres aufbauen sollen, und jetzt tat er ihm weh. Sie konnte ihn einfach nicht mehr verstehen.

Endlich stand das Pferd still. Und fast im selben Augenblick nickte Tom Smoky zu, und sie ließen die Lassos locker durchhängen. Kaum spürte Pilgrim, wie die Seile nachgaben, rannte er wieder los, und Tom und Smoky zogen wieder an, bis Pilgrim erneut stehenblieb. Wieder gaben sie Seil nach. Das Pferd blieb stehen, die nassen Flanken hoben und senkten sich, und es keuchte wie ein asthmatischer Raucher. Die Lunge rasselte und hörte sich so entsetzlich an, daß Annie sich am liebsten die Ohren zugehalten hätte.

Dann rief Tom Smoky etwas zu, woraufhin dieser nickte, ihm sein Lasso gab und das aufgerollte Seil holte, das er im Sand liegengelassen hatte. Eine große Schlinge wirbelte durch die Luft und fiel im zweiten Versuch über Pilgrims Sattelhorn. Smoky zog das Seil straff, ging mit dem anderen Ende an die gegenüberliegende Seite der Arena und band es mit einem rasch wieder lösbaren Knoten an die untere Zaunstange. Er kam zurück und nahm Tom die beiden Lassos ab.

Dann ging Tom zu dem Zaun und begann an dem Seil zu ziehen.

Pilgrim fühlte den Druck und stemmte sich dagegen. Das Seil zog nach unten, und das Sattelhorn kippte nach vorn.

»Was macht er denn da?« Graces Stimme klang kleinlaut und verängstigt.

»Er versucht, ihn in die Knie zu zwingen«, erklärte Frank.

Pilgrim kämpfte lange und tapfer dagegen an, und als er schließlich in die Knie ging, geschah dies nur für einen kurzen Augenblick. Dann schien er seine Kräfte zu einer letzten Anstrengung zu sammeln und sprang wieder auf. Dreimal noch ging er zu Boden, wie ein widerstrebender Konvertit stand er jedesmal wieder auf, aber der Druck, den Tom auf den Sattel ausübte, war einfach zu stark und unerbittlich. Schließlich sank das Pferd krachend in die Knie und blieb am Boden.

Selbst Graces Schultern verrieten Annie ihre Erleichterung, aber es war noch nicht vorbei. Tom hielt den Druck unvermindert aufrecht und schrie Smoky zu, die Lassos fallen zu lassen und ihm zu helfen. Nun zogen sie gemeinsam an dem Seil.

»Warum lassen sie ihn nicht in Frieden?« fragte Grace. »Haben sie ihm nicht schon genug weh getan?«

»Er muß sich auf den Boden legen«, sagte Frank.

Pilgrim schnaubte wie ein verwundeter Stier, Schaum spritzte aus seinem Maul. Sein Schweiß hatte sich mit dem Sand vermischt, und seine Flanken waren völlig verdreckt. Wieder kämpfte er lange dagegen an, und wieder war der Druck zu groß. Schließlich kippte er langsam auf die Seite, ließ den Kopf in den Sand sinken und blieb reglos liegen.

Für Annie sah es wie eine totale, erniedrigende Unterwerfung aus.

Sie spürte, wie Graces Körper von Schluchzern geschüttelt wurde, fühlte Tränen in ihren eigenen Augen aufsteigen und konnte sie nicht zurückhalten. Grace warf sich herum und vergrub ihr Gesicht an Annies Brust.

»Grace!« Es war Tom.

Annie blickte auf und sah ihn mit Smoky neben dem liegenden Pilgrim stehen, wie zwei Jäger an der Seite der erlegten Beute.

»Grace?« rief er noch einmal. »Würdest du bitte herkommen?«

»Nein! Ich will nicht!«

Tom ließ Smoky stehen und kam auf sie zu. Sein Gesicht war grimmig, kaum wiederzuerkennen, als hätte eine düstere oder rachsüchtige Macht von ihm Besitz ergriffen. Annie hielt ihre Arme schützend um Grace. Tom blieb vor ihnen stehen.

»Grace? Ich möchte, daß du mit mir kommst.«

»Nein, ich will nicht.«

»Du mußt!«

»Nein, du tust ihm nur noch mehr weh.«

»Es tut ihm nicht weh. Er ist okay.«

Annie wollte einschreiten, ihre Tochter beschützen, aber Toms Drängen war so einschüchternd, daß sie Grace statt dessen freigab. Tom packte das Mädchen bei den Schultern und zwang es, ihm in die Augen zu sehen.

»Du mußt das tun, Grace. Vertrau mir.«

»Was soll ich tun?«

»Komm mit, ich zeig's dir.«

Widerstrebend ließ sie sich von ihm in die Arena führen. Vom Beschützerinstinkt getrieben kletterte Annie unaufgefordert über den Zaun und folgte ihnen. Sie hielt sich einige Schritte im Hintergrund, war aber nahe genug für den Fall, daß sie gebraucht wurde. Smoky versuchte zu lächeln, merkte aber gleich, wie unpassend das war.

Tom sah sie an. »Es wird alles gutgehen, Annie.«

Sie nickte kaum merklich.

»Also gut, Grace«, sagte Tom. »Ich will, daß du ihn streichelst. Ich möchte, daß du mit der Hinterhand anfängst, ihn abreibst, seine Beine bewegst und ihn überall berührst.«

»Und wozu das? Er ist doch so gut wie tot.«

»Tu einfach nur, was ich dir sage.«

Unschlüssig ging Grace zum Hinterteil des Pferdes. Pilgrim ließ den Kopf im Sand liegen, aber Annie sah, daß er versuchte, Grace mit den Blicken zu folgen.

»Okay. Jetzt streichle ihn. Mach schon. Fang mit dem Bein da an. Keine Angst. Schüttle es ein bißchen. So ist's gut.«

»Er fühlt sich ganz schlaff und wie tot an!« schrie Grace auf. »Was hast du mit ihm getan!«

Annie mußte plötzlich an Grace im Krankenhaus denken, daran, wie sie im Koma lag.

»Er wird schon wieder. Jetzt leg deine Hand auf seine Hüfte und reib ihn ab. Mach schon, Grace. Gut so.«

Pilgrim rührte sich nicht. Langsam arbeitete Grace sich vor, verschmierte den Staub auf seinen bebenden, verschwitzten Flanken und behandelte seine Gliedmaßen nach Toms Anweisungen. Schließlich rieb sie ihm den Nacken ab und streichelte das feuchte, seidenweiche Fell seines Kopfes.

»Okay. Jetzt will ich, daß du dich auf ihn draufstellst.«

»Was?« Grace sah ihn an, als ob er verrückt wäre.

»Du sollst dich auf ihn draufstellen.«

»Kommt nicht in Frage.«

»Grace...«

Annie trat einen Schritt vor. »Tom...«

»Sei still, Annie.« Er sah sie nicht einmal an. Und dann schrie er fast: »Tu, was ich dir sage, Grace. Stell dich auf ihn. Jetzt!«

Es war unmöglich, ihm zu widersprechen. Grace begann zu weinen. Er nahm sie bei der Hand und zog sie vor Pilgrims Bauch.

»Jetzt rauf mit dir. Mach schon, stell dich auf ihn drauf.«

Und sie gehorchte. Die Tränen strömten ihr über das Gesicht, als sie zart wie ein verlorenes Kind auf der geschundenen Flanke jenes Geschöpfes stand, das sie mehr als alles andere auf der Welt liebte, und sie schluchzte über ihre eigene Brutalität.

Tom sah sich um und merkte, daß Annie ebenfalls weinte, achtete aber nicht weiter darauf, sondern wandte sich wieder Grace zu und sagte ihr, daß sie jetzt herunterkommen könne.

»Warum tust du das?« fragte Annie verzweifelt. »Das ist so grausam, so demütigend.«

»Nein, du irrst dich.« Er half Grace zu Boden und sah Annie nicht an.

»Ach ja?« fragte Annie ironisch.

»Du irrst dich. Es ist nicht grausam. Er hatte die Wahl.«

»Was redest du denn da?«

Er drehte sich um und schaute sie endlich an. »Er hatte die Wahl, weiter gegen das Leben anzukämpfen oder es zu akzeptieren.«

»Er hatte keine Wahl.«

»O doch. Es war verdammt hart, aber er hätte weiter dagegen ankämpfen und sich weiter unglücklich machen können. Statt dessen hat er beschlossen, sich bis an den Rand vorzuwagen und einen Blick in den Abgrund zu riskieren. Und er hat gesehen, was es zu sehen gibt, und entschieden, sich damit abzufinden.«

Er drehte sich zu Grace um und legte seine Hände auf ihre Schultern. »Was ihm gerade passiert ist, nämlich so auf dem Boden zu liegen, das war das Schlimmste, was er sich vorstellen konnte. Und weißt du was? Er hat gemerkt, daß es okay war. Selbst als du auf ihm gestanden hast, war es okay. Er hat gemerkt, daß du ihm nichts Böses antun willst. Die dunkelste Stunde kommt vor der Morgendämmerung. Das hier war Pilgrims dunkelste Stunde, und er hat sie überstanden. Begreifst du das?«

Grace wischte die Tränen ab und versuchte, ihn zu verstehen. »Ich weiß nicht«, sagte sie unsicher. »Ich glaub schon.«

Tom drehte sich zu Annie um, und sie sah jetzt etwas Weiches und Bittendes in seinen Augen, endlich etwas, das sie wiedererkannte und an das sie sich klammern konnte.

»Annie? Verstehst du das? Es ist ganz, ganz wichtig, daß du das verstehst. Was manchmal wie eine Unterwerfung aussieht, ist in Wirklichkeit überhaupt keine. Es geht um das, was in unseren Herzen geschieht, darum, daß wir den Weg des Lebens klar erkennen, ihn akzeptieren und ihm treu bleiben, wie stark der Schmerz auch sein mag, denn der Schmerz ist viel, viel größer, wenn man sich selbst untreu wird. Ich weiß, daß du das verstehst, Annie.«

Sie nickte, wischte sich die Augen und versuchte zu lächeln. Sie wußte, daß er ihr etwas mitteilen wollte, etwas, das nur ihr allein galt. Dabei ging es nicht um Pilgrim, sondern um sie beide und um das, was mit ihnen geschah. Und sie tat, als hätte sie ihn verstanden, aber sie war noch nicht soweit, und sie konnte nur hoffen, daß die Zeit kommen würde, in der sie seine Worte begriff.

Grace sah zu, wie sie Pilgrim die Fußfessel und die Seile abnahmen, die an Halfter und Sattel festgebunden waren. Einen Moment blieb er liegen und sah mit einem Auge zu ihr hoch, ohne den Kopf zu bewegen. Dann rappelte er sich ein wenig unsicher auf, schüttelte sich, wieherte und prustete und lief einige Schritte, um zu sehen, ob alles wieder in Ordnung war.

Tom bat Grace, ihn zur Tränke am Arenarand zu führen, und sie stand neben ihm, während er einen langen, kräftigen Schluck nahm. Als er fertig war, hob er den Kopf und gähnte, so daß alle lachen mußten.

»Jetzt läßt er die Schmetterlinge raus!« rief Joe.

Dann legte Tom ihm die Zügel wieder an und bat Grace, einen Fuß in den Steigbügel zu setzen. Pilgrim stand ganz still. Sie stützte sich auf Toms Schulter ab, schwang ihr Bein hinüber und saß im Sattel.

Sie spürte keine Angst. Sie ließ ihn einmal links herum, dann rechts herum um die Arena laufen. Schließlich wechselte sie in den Trab, und Pilgrim bewegte sich so herrlich, so glatt und weich wie Seide.

Es dauerte eine Weile, ehe sie hörte, daß alle ihr zujubelten, so wie damals, als sie auf Gonzo geritten war.

Doch dies war Pilgrim. Ihr Pilgrim. Er hatte es geschafft. Und sie konnte ihn unter sich spüren, so, wie er stets gewesen war, treu, vertrauensvoll und ergeben.

34

Die Party war Franks Idee. Er meinte, er hätte dem Gaul aufs Maul geschaut, und Pilgrim hätte ihm gesagt, er wolle eine Party, also würde es auch eine geben. Er rief Hank an, und Hank sagte, kein Problem. Im Gegenteil, er habe das Haus voller gelangweilter Vettern aus Helena, und die seien Feuer und Flamme. Nachdem sie alle angerufen hatten, war aus der kleinen Party zunächst eine mittlere, dann eine große Party geworden, und Diane fragte sich verzweifelt, wie sie die Leute alle satt kriegen sollte.

»Verdammt, Diane«, sagte Frank. »Wir können doch Annie und Grace nicht zweitausend Meilen weit mit ihrem alten Gaul nach Hause fahren lassen, ohne ihnen eine anständige Abschiedsparty zu geben.«

Diane zuckte die Achseln, und Tom sah ihr an, daß sie das sehr wohl für möglich hielt.

»Mit Tanzen«, bestimmte Frank. »Tanzen muß auch sein.«

»Tanzen? Jetzt hör aber auf!«

Frank fragte Tom, was er davon hielt, und Tom sagte, Tanzen wäre nicht schlecht. Also rief Frank noch mal Hank an, und Hank sagte, er werde seine Anlage vorbeibringen, und wenn sie wollten, könnten sie auch die bunten Lichterketten haben. Eine Stunde später war er da, und die Männer und die Kinder bauten vor dem Stall alles auf, während Diane, die schließlich doch gute Miene zum bösen Spiel machte, mit Annie nach Great Falls fuhr, um das Essen einzukaufen.

Um sieben Uhr war alles fertig, und sie gingen ins Haus, um sich umzuziehen.

Als er aus der Dusche kam, fiel Toms Blick auf den blauen Morgenmantel an der Tür, und er spürte ein dumpfes Ziehen in seiner

Brust. Er nahm an, daß der Mantel noch nach ihr roch, aber als er sein Gesicht dagegendrückte, wurde er enttäuscht.

Seit Graces Rückkehr hatte er keine Gelegenheit mehr gehabt, mit Annie allein zu sein, und er empfand ihre Trennung wie einen grausamen, körperlichen Schnitt. Beim Anblick ihrer Tränen für Pilgrim wäre er am liebsten zu ihr gelaufen, um sie in die Arme zu nehmen. Daß er sie nicht berühren durfte, war beinahe mehr, als er ertragen konnte.

Er zog sich langsam an und verweilte noch ein wenig in seinem Zimmer, hörte die Autos vorfahren, das Lachen und die einsetzende Musik. Als er aus dem Fenster blickte, hatte sich unten bereits eine ziemliche Menge versammelt. Es war ein schöner, klarer Abend. Die Lampen hoben sich immer deutlicher vor der einsetzenden Dämmerung ab. Rauchwolken stiegen vom Barbecue auf, wo Frank auf seine Hilfe wartete. Er ließ seinen Blick umherschweifen und fand schließlich Annie. Sie redete mit Hank. Sie trug ein Kleid, das er nie zuvor an ihr gesehen hatte, dunkelblau und ärmellos. Während er sie beobachtete, warf sie den Kopf in den Nacken und lachte über eine Bemerkung von Hank, und Tom dachte, wie schön sie doch war. In seinem ganzen Leben war ihm noch nie so wenig nach Lachen zumute gewesen.

Sie entdeckte ihn, als er auf die Veranda trat. Hanks Frau ging mit einem Tablett voller Gläser ins Haus, und er hielt ihr die Fliegengittertür auf und lachte über etwas, das sie im Vorbeigehen sagte. Dann blickte er auf, fand ihre Augen und lächelte. Sie merkte, daß Hank ihr gerade eine Frage gestellt hatte.

»Entschuldigung, Hank, was haben Sie gerade gesagt?«

»Ich sagte, Sie wollen nach Hause zurückkehren?«

»Tja, leider. Morgen wird gepackt.«

»Kann euch Stadtmädchen wohl nicht zum Bleiben überreden, wie?«

Annie lachte, doch ein wenig zu laut, wie sie es schon den ganzen Abend getan hatte. Bleib ruhig, ermahnte sie sich. Sie sah, wie Tom in der Menge von Smoky abgefangen wurde, der ihm unbedingt einige Freunde vorstellen wollte.

»Herrje, das riecht aber gut«, sagte Hank. »Wie wär's, Annie, wollen wir uns auch was holen? Bleiben Sie einfach hinter mir.«

Sie ließ sich von Hank führen, als hätte sie keinen eigenen Willen. Hank besorgte ihr einen Teller, häufte ihr mächtige, angekohlte Fleischstücke auf und eine Portion Chilibohnen obendrauf. Annie wurde übel, aber sie hörte nicht auf zu lächeln. Sie wußte bereits, was sie tun würde. Sie würde mit Tom reden – notfalls sogar mit ihm tanzen – und ihm sagen, daß sie Robert verlassen wollte. Sie würde nächste Woche nach New York fliegen und es ihnen beibringen. Erst Robert, dann Grace.

O Gott, dachte Tom, das läuft genau wie beim letztenmal. Die Tanzerei dauerte jetzt schon über eine halbe Stunde, aber jedesmal, wenn er zu Annie vordringen wollte, stellte sich ihr oder ihm jemand in den Weg. Gerade als er glaubte, freie Bahn zu haben, klopfte ihm jemand auf die Schulter. Es war Diane.

»Dürfen Schwägerinnen denn nie tanzen?«

»Diane, ich habe schon geglaubt, du fragst mich überhaupt nicht mehr.«

»Daß du mich nicht fragen würdest, war mir durchaus klar.«

Er nahm sie in den Arm, und sein Herz sank, als ein langsamer Tanz gespielt wurde. Sie trug das neue rote Kleid, das sie in Los Angeles gekauft hatte, und hatte außerdem offenbar versucht, ihre Lippen passend anzumalen, was ihr aber nicht recht geglückt war. Sie roch aufdringlich nach einem Parfüm, das den Alkohol, der auch ihren Augen anzusehen war, nicht überdecken konnte.

»Du siehst phantastisch aus«, sagte er.

»Zu gütig, mein Herr.«

Es war lange her, seit er Diane zuletzt betrunken gesehen hatte, und irgendwie machte es ihn traurig. Sie preßte ihr Becken an ihn und beugte sich so weit zurück, daß sie hintenübergefallen wäre, wenn er sie losgelassen hätte. Sie warf ihm einen wissenden, irgendwie neckischen Blick zu, den er nicht verstand und auch nicht verstehen wollte.

»Smoky hat mir erzählt, daß du doch nicht nach Wyoming gefahren bist.«

»Ach ja?«

»Ja, ja.«

»Tja, das stimmt. Ich war nicht da. Da unten ist jemand krank geworden, also fahre ich statt dessen nächste Woche hin.«

»Soso?«

»Ja. Diane, was ist los?«

Natürlich wußte er, was los war, und er ärgerte sich, daß er ihr nun die Gelegenheit geboten hatte, darüber zu reden. Er hätte das Thema wechseln sollen.

»Ich will nur hoffen, daß du dich anständig benommen hast, mehr nicht.«

»Komm schon, Diane, du hast zuviel getrunken.«

Das war ein Fehler. Ihre Augen blitzten auf.

»Hab ich das? Glaub doch bloß nicht, daß wir nicht alle Bescheid wissen.«

»Was wißt ihr?« Noch ein Fehler.

»Du weißt genau, wovon ich rede. Es läßt sich wohl kaum übersehen, wie heiß ihr beide aufeinander seid.«

Er schüttelte den Kopf und sah weg, als wäre sie verrückt, aber sie merkte, daß sie ins Schwarze getroffen hatte, denn sie grinste siegesbewußt und drohte ihm mit dem Finger.

»Ein Glück, Schwager, daß sie nach Hause fährt.«

Sie redeten kein Wort mehr miteinander, und als der Tanz zu Ende war, warf sie ihm erneut diesen wissenden Blick zu und schwang beim Fortgehen ihre Hüften wie eine Nutte. Er hatte sich immer noch nicht von diesem Tanz erholt, als sich Annie an der Bar zu ihm gesellte.

»Schade, daß es nicht regnet«, flüsterte sie.

»Komm, tanz mit mir«, sagte er. Und er nahm sie bei der Hand, bevor jemand ihm zuvorkam, und führte sie auf die Tanzfläche.

Es lief eine schnelle Musik, und sie tanzten getrennt, lösten ihre Blicke aber nur voneinander, wenn sie fürchteten, es könnte zu sehr auffallen oder wenn die Gefühle drohten, sie zu überwältigen. Sie so nah und doch so unerreichbar zu wissen glich einer ausgeklügelten Foltermethode. Nach dem zweiten Tanz versuchte Frank, sie abzuklatschen, aber Tom machte einen Witz, sagte etwas vom Recht des älteren Bruders und gab nicht nach.

Das nächste Lied war eine getragene Ballade, in der eine Frau von ihrem Liebhaber in der Todeszelle sang. Wenigstens konnten sie sich jetzt berühren. Fast wäre er ins Taumeln geraten, als er ihre Haut spürte, den leichten Druck ihres Körpers durch die Kleider hindurch fühlte, und einen Moment lang mußte er die Augen schließen. Er wußte, irgendwo würde Diane stecken und ihnen zusehen, aber das war ihm egal.

Die staubige Tanzfläche war übervoll. Annie blickte sich um und sagte leise: »Ich muß mit dir reden. Weißt du wie?«

Was gibt es da noch zu reden, hätte er sie am liebsten gefragt. Du gehst. Mehr ist dazu nicht zu sagen. Statt dessen sagte er: »Am Pferdebecken. In zwanzig Minuten. Ich treff dich da.«

Sie konnte gerade noch nicken, denn gleich darauf war Frank wieder da und riß sie mit sich fort.

Grace drehte sich der Kopf, und das kam nicht nur von den zwei Gläsern Punch, die sie getrunken hatte. Sie hatte beinahe mit allen getanzt – mit Tom, Frank, Hank, Smoky, sogar mit ihrem süßen Joe –, und sie fand sich selbst einfach hinreißend. Sie konnte sich herumwirbeln lassen, sie konnte Shimmy tanzen, sogar Jive. Kein einziges Mal hatte sie ihre Balance verloren. Sie konnte einfach alles. Sie wünschte sich, daß Terri Carlson sie sehen könnte. Zum erstenmal in ihrem neuen Leben, vielleicht sogar in ihrem ganzen Leben, fand sie sich schön.

Sie mußte pinkeln. Es gab eine Toilette auf der Stallrückseite, aber als sie dort ankam, wartete bereits eine lange Schlange vor der Tür. Sie dachte, daß sicher niemand etwas dagegen hatte, wenn sie eins der Bäder im Haus benutzte – immerhin gehörte sie fast zur Familie, und schließlich war es doch irgendwie ihre Party –, also ging sie zur Veranda.

Sie ging durch die Fliegengittertür und hielt sie instinktiv mit der Hand fest, damit sie nicht ins Schloß fiel. Als sie durch die enge, L-förmig geschnittene Stiefelkammer ging, die zur Küche führte, hörte sie Stimmen. Frank und Diane hatten einen Streit.

»Du hast doch bloß zuviel getrunken«, sagte er.

»Leck mich.«

»Das geht dich einfach nichts an, Diane.«

»Vom ersten Tag an hatte sie es auf ihn abgesehen. Sieh sie dir doch mal an, sie benimmt sich wie eine läufige Hündin.«

»Das ist doch lächerlich.«

»Himmel, ihr Männer seid wirklich dämlich.«

Wütendes Geschirrklappern war zu hören. Grace stand wie erstarrt. Gerade als sie dachte, es wäre vielleicht doch besser, wenn sie zurück zum Stall ging und dort in der Schlange wartete, hörte sie Franks Schritte auf die offene Tür zur Stiefelkammer zukommen. Sie wußte, daß sie ungesehen nicht mehr verschwinden konnte. Und wenn er sie entdeckte, wie sie sich aus dem Haus schlich, dann würde er zweifellos wissen, daß sie den Streit mitangehört hatte. Also konnte sie nur in die Küche gehen und so tun, als wäre sie gerade ins Haus gekommen.

Als Frank vor ihr in der Tür auftauchte, blieb er stehen und drehte sich zu Diane um.

»Wenn man dich so hört, könnte man glauben, du wärst eifersüchtig.«

»Ach, laß mich doch in Ruhe!«

»Laß ihn lieber in Ruhe. Er ist ein erwachsener Mann, Herrgott noch mal.«

»Und sie ist eine verheiratete Frau mit einem Kind, Herrgott noch mal!«

Frank drehte sich um und sah Grace auf ihn zukommen.

»Hi«, sagte sie lächelnd.

Er schien erschrocken, faßte sich aber gleich wieder und strahlte sie an.

»He da! Die Königin des Abends! Wie geht's dir, Kleine?« Er legte seine Hände auf ihre Schultern.

»Hervorragend. Vielen Dank auch für die Vorbereitung und all das.«

»Es ist mir ein Vergnügen, Grace, das kannst du mir glauben.« Er gab ihr einen flüchtigen Kuß auf die Stirn.

»Darf ich mal die Toilette im Haus benutzen? Draußen wartet eine Riesenschlange…«

»Natürlich kannst du das! Geh einfach rein.«

Als sie durch die Küche ging, war niemand zu sehen. Sie hörte Schritte auf der Treppe. Auf der Toilette fragte sie sich, über wen sie sich wohl gestritten hatten, und zum erstenmal kam ihr die unangenehme Ahnung, daß sie wahrscheinlich wußte, wen sie gemeint hatten.

Annie war vor ihm da und schlenderte zum gegenüberliegenden Beckenrand. Es roch nach Chlor, und ihre Schritte hallten in der Dunkelheit wider. Sie lehnte sich an die getünchte Wand und spürte die tröstende Kühle im Rücken. Ein Lichtspalt fiel aus dem Stall, und sie betrachtete seinen Widerschein auf dem reglosen Wasser. Draußen, in der anderen Welt, endete ein Countrysong und ein neuer, nahezu gleich klingender Song begann.

Es schien unglaublich, daß sie erst gestern abend in der Küche im Flußhaus gestanden hatten und von niemandem belästigt oder getrennt worden waren. Sie wünschte sich, sie hätte ihm gestern gesagt, was sie ihm heute sagen wollte, aber sie hatte nicht geglaubt, die richtigen Worte finden zu können. Als sie heute morgen in seinen Armen aufgewacht war, hatte sich an ihrer Entscheidung nichts geändert, obwohl sie im selben Bett lag, das sie erst vor einer Woche noch mit ihrem Mann geteilt hatte. Scham empfand sie nur darüber, daß sie keine Scham empfand. Trotzdem hatte sie gezögert, es ihm zu erzählen, und jetzt fragte sie sich, ob die Angst vor seiner Reaktion sie zurückgehalten hatte.

Dabei zweifelte sie keinen Augenblick an seiner Liebe. Wie denn auch? Aber er strahlte etwas Eigenartiges aus, eine traurige, beinahe schicksalhafte Ahnung. Sie hatte sie heute gespürt, als er so verzweifelt darauf drängte, daß sie verstand, was er mit Pilgrim getan hatte.

Einen Moment lang wurde der Weg vor dem Stall in Licht getaucht. Tom blieb stehen und spähte in die Dunkelheit. Sie trat vor, und bei dem Geräusch drehte er sich um und kam ihr entgegen. Annie rannte die letzten trennenden Schritte, als fürchtete sie, er könne ihr plötzlich genommen werden. Sie spürte, wie sich in seiner Umarmung das bebende Verlangen entlud, das sie den ganzen Abend zurückgehalten hatte. Ihr Atem vereinte sich, ihre Münder, ihr Blut pulsierte, als pumpte dasselbe Herz es durch vereinte Venen.

Als sie schließlich wieder sprechen konnte, stand sie geborgen in seinen Armen und erzählte ihm, daß sie Robert verlassen wollte. Sie sprach mit aller Gefaßtheit, die sie aufbringen konnte, ihre Wange an seine Brust gepreßt, denn vielleicht hatte sie Angst vor dem, was sie sehen würde, wenn sie ihm in die Augen blickte. Sie sagte, sie wisse, wie schrecklich der Schmerz für sie alle sein werde. Doch im Gegensatz zu dem Schmerz bei dem Gedanken, Tom auf immer zu verlieren, konnte sie sich diesen Schmerz immerhin vorstellen.

Er hörte ihr schweigend zu, hielt sie an sich gedrückt und streichelte ihr Gesicht und Haar. Doch als sie zu reden aufhörte, blieb er weiterhin stumm, und Annie spürte, wie die ersten klammen Finger der Angst nach ihr griffen. Sie hob den Kopf, wagte es schließlich, ihn anzuschauen, und sah, daß er von seinen Gefühlen allzu überwältigt war, um zu sprechen. Er blickte auf das Wasser im Schwimmbecken. Von ferne dröhnte die Musik ohne Unterlaß. Dann sah er sie an und schüttelte beinahe unmerklich den Kopf.

»Ach, Annie.«

»Was ist? Sag's mir.«

»Das kannst du nicht tun.«

»Doch, ich kann. Ich geh zurück nach New York und sag's ihm.«

»Und Grace? Meinst du, du kannst es auch Grace erzählen?«

Sie sah fragend zu ihm auf. Warum tat er ihr das an? Sie hatte auf seine Unterstützung gehofft, aber er säte nur Zweifel, konfrontierte sie gleich mit dem einen Problem, dem sie sich nicht zu stellen gewagt hatte. Und da begriff Annie, daß sie in ihren Überlegungen zu ihrer alten, egoistischen Gewohnheit Zuflucht genommen hatte. Natürlich leiden Kinder unter diesen Dingen, hatte sie sich gesagt, das ist unvermeidbar, doch wenn man auf zivilisierte, vernünftige Weise vorging, mußte daraus kein bleibendes Trauma entstehen; schließlich verlor Grace weder Vater noch Mutter, sondern nur ihre alte Umgebung. Theoretisch, das wußte Annie, hatte sie recht; Scheidungen befreundeter Paare hatten gezeigt, daß es tatsächlich möglich war. Doch hier und jetzt auf sie und Grace angewandt war das natürlich Unsinn.

»Nach alldem, was sie durchgemacht hat…«, sagte er.

»Glaubst du, ich weiß das nicht?«

»Natürlich weißt du das. Und eben weil du dies weißt, wirst du dich niemals dazu entschließen, auch wenn du jetzt vom Gegenteil überzeugt bist.«

Sie spürte ihre Tränen aufsteigen. »Mir bleibt keine Wahl«,

brach es aus ihr heraus, und ihr Schrei brach sich wie ein Klageruf an den nackten Wänden.

»Das hast du auch über Pilgrim gesagt«, sagte er sanft, »und du hast dich geirrt.«

»Die einzige Wahl, die mir bleibt, heißt, dich verlieren!«

Er nickte.

»Das ist keine Wahl, verstehst du das denn nicht? Könntest du dich entschließen, mich zu verlieren?«

»Nein«, sagte er einfach. »Aber das muß ich auch nicht.«

»Weißt du, was du über Pilgrim gesagt hast? Du hast gesagt, er habe sich bis an den Rand vorgewagt, gesehen, was dahinterlag und beschlossen, sich damit abzufinden.«

»Aber wenn man nur Schmerz und Leid sieht, dann würde sich nur ein Narr damit abfinden wollen.«

»Aber für uns wäre es nicht Schmerz und Leid.«

Er schüttelte den Kopf, und Annie spürte, wie sie wütend wurde, wütend auf ihn, weil er aussprach, was sie tief innen längst als wahr erkannt hatte, wütend über sich selbst und auf die Schluchzer, die sie schüttelten.

»Du willst mich nicht«, sagte sie und haßte sich sogleich für dieses sentimentale Selbstmitleid und haßte sich noch mehr, als sie triumphierend sah, wie Tränen in seine Augen traten.

»Ach, Annie. Du wirst nie wissen, wie sehr ich dich will.«

Sie weinte in seinen Armen und verlor jedes Gefühl für Raum und Zeit. Sie sagte ihm, daß sie ohne ihn nicht leben könne, und dachte sich nichts dabei, als er ihr sagte, daß dies für ihn, aber nicht für sie stimmen würde. Er sagte, daß sie mit der Zeit lernen werde, diese Tage als ein Geschenk zu betrachten, das ihrer aller Leben zu Besserem verändert habe.

Als Annie nicht mehr weinen konnte, wusch sie sich ihr Gesicht im Wasser des Schwimmbeckens, und Tom fand ein Handtuch und half ihr, die verlaufene Wimperntusche um ihre Augen abzuwischen. Sie sprachen kaum noch miteinander, während sie darauf warteten, daß ihre geröteten Wangen wieder verblaßten. Und als es ihnen sicher schien, verließen sie getrennt den Rand des Schwimmbeckens.

35

Annie fühlte sich wie ein im Schlamm gefangenes Geschöpf, das die Welt vom Grunde eines Teiches aus betrachtete. Zum erstenmal seit Monaten hatte sie eine Schlaftablette genommen, eine von denen, die angeblich auch von Flugpiloten genommen werden, ein Gerücht, das Vertrauen in die Tablette und nicht Zweifel an den Piloten wecken sollte. Als sie früher die Pillen noch regelmäßig genommen hatte, waren die Nachwirkungen tatsächlich minimal gewesen, heute morgen jedoch schien ihr Hirn in eine schwere, dämpfende Decke eingehüllt, die sie einfach nicht abstreifen konnte, die jedoch immerhin so durchlässig war, daß sie sich erinnern konnte, warum sie die Tablette genommen hatte, und dankbar für ihre Wirkung war.

Kurz nachdem sie und Tom den Stall verlassen hatten, war Grace zu ihr gekommen und hatte ziemlich barsch gesagt, sie wolle nach Hause. Sie hatte blaß und verwirrt ausgesehen, doch als Annie sie fragte, was los sei, hatte sie abgewehrt und gesagt, sie sei nur müde. Sie hatte ihr auch nicht in die Augen sehen wollen. Dann hatten sie sich verabschiedet, und als Annie auf dem Rückweg zum Flußhaus mit ihr über die Party reden wollte, hatte sie kaum eine Antwort bekommen. Sie hatte sie noch einmal gefragt, ob alles in Ordnung sei, und Grace sagte, sie fühle sich müde und ihr sei ein bißchen übel.

»Vom Punch?«

»Weiß nich.«

»Wie viele Gläser hast du getrunken?«

»Ich weiß nicht! Ist auch nicht weiter schlimm. Und jetzt laß mich in Ruhe.«

Sie ging sofort ins Bett, und als Annie ihr einen Gutenachtkuß geben wollte, brummte sie nur und drehte sich zur Wand. Sie benahm sich genauso wie in den Tagen nach ihrer Ankunft auf der Ranch. Annie hatte gleich darauf die Schlaftablette genommen.

Sie griff nach ihrer Uhr und mußte ihr benebeltes Hirn zwingen, sich darauf zu konzentrieren. Es war kurz vor acht. Ihr fiel Frank ein, der sie gestern abend beim Abschied gefragt hatte, ob sie heute morgen mit zur Messe kommen würden, und da sie es angebracht fand, irgendwie bestrafend und endgültig, hatte sie zugestimmt. Sie stemmte ihren widerstrebenden Körper aus dem Bett und ging ins Bad. Graces Tür stand einen Spaltbreit offen. Annie beschloß, ein Bad zu nehmen, ein Glas Saft zu holen und sie dann zu wekken.

Sie lag im dampfenden Wasser und versuchte, sich an die letzte Nachwirkung der Schlaftablette zu klammern, doch sie spürte bereits, wie sich eine kalte Geometrie des Schmerzes in ihr formte. Diese Konturen werden dich jetzt bewohnen, sagte sie sich, und an ihre Seiten, Spitzen und Winkel wirst du dich gewöhnen müssen.

Sie zog sich an und ging in die Küche, um Graces Saft zu holen. Es war halb neun. Seit sie ihre Schläfrigkeit abgeschüttelt hatte, versuchte sie sich mit dem Aufstellen von Listen jener Dinge abzulenken, die sie an ihrem letzten Tag auf der Double Divide noch zu erledigen hatte. Sie mußte packen, das Haus saubermachen, Öl nachfüllen und die Reifen überprüfen, etwas zu essen und zu trinken für die Reise besorgen, die offenen Rechnungen mit den Bookers begleichen…

Als sie die Treppe hinaufging, sah sie, daß Graces Tür unverändert offen stand. Sie klopfte an und trat ins Zimmer. Die Vorhänge waren noch geschlossen, also ging sie ans Fenster und zog sie einen Spalt weit auf. Es war ein schöner Morgen.

Dann drehte sie sich um und sah, daß das Bett leer war.

Es war Joe, der entdeckte, daß Pilgrim auch nicht da war. Inzwischen hatten sie jeden spinnwebenverhangenen Winkel sämtlicher Stallungen der Ranch durchsucht und keine Spur von ihr gefunden. Sie teilten sich und kämmten die beiden Flußufer ab. Immer wieder riefen die Zwillinge ihren Namen, bekamen aber zur Antwort nur das Gezwitscher der Vögel zu hören. Dann kam Joe schreiend von den Korralen herübergelaufen und sagte, das Pferd sei verschwunden, und alle rannten zum Stall und sahen, daß Sattel und Zaumzeug ebenfalls fehlten.

»Ihr ist bestimmt nichts passiert«, sagte Diane. »Wahrscheinlich macht sie nur einen kleinen Ausritt.« Tom sah die Angst in Annies Augen. Sie wußten beide, daß mehr dahintersteckte.

»Hat sie so etwas schon mal getan?« fragte er.

»Noch nie.«

»Wie war sie, als sie zu Bett ging?«

»Ruhig. Sie hat gesagt, ihr sei etwas übel. Irgendwas muß sie ziemlich mitgenommen haben.«

Annie sah so zerbrechlich und verängstigt aus, daß Tom sie am liebsten in die Arme genommen und getröstet hätte, eigentlich eine Selbstverständlichkeit, aber unter Dianes Blick traute er sich nicht, und so tat Frank es statt dessen.

»Diane hat recht«, sagte Frank. »Ihr passiert schon nichts.«

Annie sah immer noch Tom an. »Ist Pilgrim sicher genug, um auf ihm auszureiten? Sie hat ihn erst einmal wieder geritten.«

»Er wird's schon schaffen«, sagte Tom. Das war nicht gelogen, aber die eigentliche Frage lautete, ob Grace ihn reiten konnte, und die Antwort hing davon ab, in welcher Verfassung sie war. »Frank und ich werden nach ihr suchen.«

Joe sagte, er wolle mitkommen, aber Tom lehnte ab und schickte ihn mit den Zwillingen los, um Rimrock und das Pferd ihres Vaters zu holen, während Frank und er sich die Sonntagskleider auszogen.

Tom war als erster fertig. Annie ließ Diane in der Küche stehen, ging mit ihm auf die Veranda und folgte ihm zum Stall. Ihnen blieben nur diese wenigen Augenblicke, um miteinander zu reden.

»Ich glaube, Grace weiß Bescheid.« Sie sprach leise und sah unverwandt geradeaus. Es fiel ihr schwer, sich nicht gehenzulassen. Tom nickte bedächtig.

»Das glaube ich auch.«

»Tut mir leid.«

»Es soll dir nicht leid tun, Annie. Niemals.«

Mehr konnten sie nicht sagen, denn Frank kam hinter ihnen hergelaufen, und zu dritt gingen sie zum Zaun am Stall, wo Joe mit den Pferden wartete.

»Da sind seine Spuren!« rief Joe. Er zeigte auf die deutlichen Abdrücke im Staub. Pilgrims Hufeisen waren anders als die der anderen beschlagenen Pferde auf der Ranch. Keine Zweifel, das da waren seine Hufspuren.

Nur einmal drehte Tom sich um, als er und Frank über den Weg zur Furt trabten, aber Annie war nicht mehr zu sehen. Diane hatte sie wohl mit ins Haus genommen. Nur die Kinder sahen ihnen noch nach, und er winkte ihnen zu.

Erst als sie die Streichhölzer in ihrer Tasche fand, kam Grace auf die Idee. Sie hatte sie in die Tasche gesteckt, nachdem sie am Flughafen den Streichholztrick mit ihrem Vater geübt hatte, während sie darauf warteten, daß ihr Flug aufgerufen wurde.

Sie wußte nicht, wie lange sie schon ritt. Die Sonne stand hoch am Himmel, also war sie wahrscheinlich schon seit Stunden unterwegs. Sie ritt wie eine Verrückte, überließ sich ganz bewußt und in voller Absicht dem Irrsinn und sehnte ihn sich für Pilgrim herbei. Das Pferd spürte das und rannte mit Schaum vor dem Maul wie ein Höllengaul. Fast schien ihr, Pilgrim könne fliegen, wenn sie ihn darum bat.

Anfangs hatte sie keinen Plan, empfand nur eine blinde, zerstörerische Wut, die weder Ziel noch Richtung kannte und sich ebenso gegen andere wie gegen sie selbst richten konnte. Als sie Pilgrim gesattelt und ihn in die Dämmerung hinaus in den Korral getrieben hatte, wußte sie nur, daß sie sie irgendwie bestrafen würde. Sie wollte dafür sorgen, daß es ihnen leid tat, was sie getan hatten. Erst als sie über die Weiden galoppierte und sich die kalte Luft um die Nase wehen ließ, begann sie zu weinen. Und dann waren da nur noch die Tränen; sie strömten ihr übers Gesicht, und Grace beugte sich über Pilgrims Ohren und schluchzte laut.

Als das Pferd am Tümpel auf dem Plateau seinen Durst stillte, spürte sie, wic ihre Wut nicht verlosch, sondern sich konzentrierte. Sie strich mit der Hand über Pilgrims verschwitzten Hals und sah wieder diese beiden schuldbewußten Gestalten aus dem Stall schleichen, wie Hunde vom Hof eines Schlachters, die sich beobachtet und über allen Verdacht erhaben glaubten. Und dann ihre Mutter, das Make-up verschmiert und noch erhitzt von der

Wollust, wie sie ruhig am Steuer saß und sie so sanft fragte, als könnte sie kein Wässerchen trüben, warum ihr übel war.

Und wie konnte Tom ihr das antun? Ihr Tom? Nach all der Fürsorge und Freundlichkeit trat jetzt sein wahres Selbst zutage. Alles war nur vorgetäuscht gewesen, ein prächtiger Vorwand, hinter dem die beiden sich hatten verstecken können. Erst eine Woche war es her, eine Woche, verdammt, seit er mit ihrem Vater geredet und gelacht hatte. Das war so widerlich. Erwachsene waren widerlich. Und alle wußten Bescheid, alle. Diane hatte das gesagt. Wie eine läufige Hündin, hatte sie gesagt. Es war so widerlich.

Grace sah über das Plateau zum Hügelkamm hinüber, dorthin, wo sich der erste Paß wie eine Narbe in die Berge schnitt. Dort oben, wo sie alle beim Viehauftrieb so viel Spaß gehabt hatten, dort hatten sie es getrieben. Hatten den Ort beschmutzt. Und dann hatte ihre Mutter derart schamlos gelogen. Hatte so getan, als würde sie ganz allein herreiten, um »ihren Kopf wieder klar zu bekommen«. Mein Gott.

Sie würde es ihnen zeigen. Sie hatte die Streichhölzer dabei und würde es ihnen schon zeigen. Wie Papier würde die Hütte brennen. Und man würde ihre verkohlten schwarzen Knochen in der Asche finden, und dann würde es ihnen leid tun. O ja, dann würde es ihnen leid tun.

Es ließ sich schwer sagen, wieviel Vorsprung sie hatte. Tom kannte einen jungen Mann im Reservat, der bei einer Spur bis auf die Minute genau feststellen konnte, wie alt sie war. Frank wußte durch die Jagd in diesen Dingen besser Bescheid als die meisten, jedenfalls viel besser als Tom, doch nicht genug, um sagen zu können, wie viele Stunden sie ihnen voraus war. Allerdings konnten sie erkennen, daß sie schnell wie der Teufel ritt und daß Pilgrim, wenn sie das Tempo beibehielt, bald zusammenbrechen würde.

Noch bevor sie seine Hufabdrücke im verkrusteten Schlamm am Tümpelrand fanden, waren sie sich ziemlich sicher, daß Grace zu den oberen Weiden wollte. Durch ihre Ausritte mit Joe kannte sie die untere Gegend der Ranch ziemlich gut, aber dort oben war sie nur einmal mit dem Viehauftrieb gewesen. Wenn sie einen Unterschlupf suchte, konnte sie nur zur Hütte wollen. Falls sie den Weg fand, wenn sie erst oben am Paß war. Nach zwei Sommerwochen würde es dort jetzt anders aussehen. Und selbst ohne den Wirbelwind, der – ihrem Tempo nach zu urteilen – in ihrem Kopf tobte, würde es leicht sein, sich dort oben zu verirren.

Frank stieg ab, um sich die Spuren am Wasserrand genauer anzusehen. Er nahm den Hut vom Kopf und wischte sich mit dem Ärmel den Schweiß von der Stirn. Tom ging zu ihm und hielt die Pferde, damit sie die Abdrücke im Schlamm nicht zerstörten.

»Was meinst du?«

»Ich weiß nicht. Ist schon angetrocknet, aber bei der Sonne will das nicht viel heißen. Eine halbe Stunde, vielleicht auch länger.«

Sie tränkten ihre Pferde, wischten sich über die Stirn und sahen hinaus aufs Plateau.

»Dachte, wir könnten sie von hier aus sehen«, sagte Frank.

»Ich auch.«

Eine Zeitlang sagten beide kein Wort und hörten nur auf das schmatzende Schlürfen ihrer Pferde.

»Tom?« Tom drehte sich um und sah, wie sein Bruder unbehaglich von einem Bein aufs andere trat und lächelte. »Eigentlich geht es mich nichts an, aber gestern abend hat Diane... na ja, du weißt schon, sie hatte einen Drink oder zwei zuviel, jedenfalls stand sie in der Küche und hat über dich und Annie geredet, tja... Ich sagte schon, daß es mich nichts angeht.«

»Ist okay, red weiter.«

»Nun, sie hat das eine oder andere gesagt, und Grace kam rein. Ich bin mir nicht sicher, aber sie könnte was mitangehört haben.«

Tom nickte. Frank fragte ihn, ob Grace deshalb so durcheinander sei, und Tom sagte, das vermute er. Sie sahen sich an, und etwas von seinem Schmerz mußte sich in Toms Augen gespiegelt haben.

»Steckst ziemlich tief drin, he?« sagte Frank.

»Tiefer geht's nicht.«

Sie sagten kein Wort mehr, lenkten nur ihre Pferde vom Wasser fort und überquerten das Plateau.

Also wußte Grace Bescheid. Er hatte es befürchtet, noch bevor Annie heute morgen dieser Furcht Ausdruck gegeben hatte, denn als sie gestern abend nach Hause gehen wollten, hatte er Grace gefragt, wie ihr das Fest gefallen habe, und sie hatte nur genickt und sich ein Lächeln abgerungen. Wie es sie geschmerzt haben mußte, so gehen zu müssen, dachte Tom. Schmerz, den er verursacht hatte. Und er nahm ihren Schmerz auf und fügte ihn seinem hinzu.

Wieder hofften sie, Grace zu entdecken, doch auch vom Bergkamm aus war sie nicht zu sehen. Ihre Spuren, soweit sie sichtbar waren, verrieten, daß sich ihr Tempo kaum verringert hatte. Nur einmal hatte sie angehalten, etwa fünfzig Schritte vor dem ersten Paß. Es sah aus, als hätte sie Pilgrim gezügelt und ihn in engem Kreis laufen lassen, als könne sie sich nicht entschließen oder müsse sich etwas ansehen. Dann war sie wieder davongaloppiert.

Dort, wo der Weg scharf bergauf zwischen die Kiefern führte, hielt Frank an und zeigte auf den Boden.

»Was hältst du davon?«

Vor sich sahen sie nicht nur die Spuren von einem, sondern von vielen Pferden, auch wenn sich Pilgrims Abdrücke durch die Hufeisen deutlich abhoben. Es ließ sich unmöglich sagen, welche von ihnen frischer waren.

»Offenbar ein paar Mustangs von der alten Granola«, sagte Frank.

»Sieht so aus.«

»Hab sie noch nie so weit oben gesehen. Du schon?«

»Nein.«

Sie hörten es, sobald sie die Krümmung auf halbem Weg erreicht hatten, und hielten an. Es war ein tiefes Grollen, das Tom erst für einen Felsrutsch weiter oben im Wald hielt. Dann hörten sie ein schrilles Wiehern und wußten, daß sie Pferde vor sich hatten.

Sie ritten zügig, aber vorsichtig zum oberen Paßausgang und rechneten jeden Augenblick damit, sich einer Stampede von Mustangs gegenüberzusehen. Doch bis auf die Spuren war nichts von ihnen zu erkennen. Es ließ sich schwer sagen, wie viele es waren. Vielleicht ein Dutzend, dachte Tom.

An seiner höchsten Stelle teilte sich der Paß wie eine enge Hose in zwei Pfade. Wollte man auf die oberen Weiden, mußte man den rechten Pfad nehmen. Wieder blieben sie stehen und musterten den Boden. Er war von Hufen so zerwühlt, daß sie weder Pilgrims Abdrücke erkennen noch sagen konnten, wohin er oder irgendein anderes Pferd gelaufen waren.

Die Brüder teilten sich, Tom nahm den rechten, Frank den linken Abzweig. Nach etwa zehn Metern fand Tom Pilgrims Abdrücke, aber sie führten bergab, nicht nach oben. Etwas weiter war die Erde wieder mächtig aufgewühlt, und er wollte sich gerade die Stelle ansehen, als er Frank rufen hörte.

Kaum hatte er sein Pferd neben Frank gezügelt, sagte sein Bruder, er solle sich das einmal anhören. Einige Augenblicke war kein Laut zu vernehmen, dann war es wieder da, das aufgebrachte Wiehern eines Pferdes.

»Wohin führt der Weg?«

»Ich weiß nicht. Hier bin ich noch nie gewesen.«

Tom stieß Rimrock die Fersen in die Flanken.

Der Pfad führte bergauf, dann bergab und schließlich wieder bergauf, war eng und gewunden und von beiden Seiten dicht von Bäumen gesäumt, so daß sie wie aus eigener Kraft an ihnen vorbeizufliegen schienen. Hier und da war ein Baum über den Weg gestürzt. Unter manchen konnten sie durchreiten, andere mußten sie überspringen. Rimrock zauderte nie, nahm Anlauf und sprang, ohne je einen Ast zu streifen.

Nach etwa einer halben Meile senkte sich der Pfad erneut, um auf einem steilen, felsübersäten Abhang auszulaufen, in den er sich in einer langen, aufwärts führenden Kehre eingegraben hatte. Daneben fiel der Boden steil ab, viele hundert Meter tief, in eine dunkle Unterwelt aus Kiefern und Felsen.

Der Pfad führte sie offenbar in einen riesigen, uralten Steinbruch, der aussah wie ein in den Kalkstein gegrabener Riesenkessel, dessen Inhalt sich über den Berg ergossen hatte. Hier hörte Tom trotz der donnernden Hufe Rimrocks das Wiehern der Pferde wieder. Dann vernahm er noch einen Schrei und wußte plötzlich mit erschütternder Gewißheit, daß Grace diesen Schrei ausgestoßen hatte. Doch erst als er Rimrock im klaffenden Eingang zum Kessel zügelte, konnte er auch hineinsehen.

Sie kauerte an der Rückwand, in Schach gehalten von einer tobenden Meute schrill kreischender Stuten. Insgesamt waren es sieben oder acht, außerdem noch einige Jährlinge und Fohlen, die alle im Kreis rannten und sich mit jeder Runde noch mehr Angst einjagten. Der Lärm hallte von den Wänden wider und verdoppelte ihre

Angst, und je schneller sie rannten, um so mehr Staub wirbelten sie auf, und ihre Blindheit vergrößerte wiederum ihre Panik. Sich aufbäumend, um sich tretend und wiehernd standen in ihrer Mitte Pilgrim und der weiße Hengst, den Tom vor einigen Tagen zusammen mit Annie gesehen hatte.

»Gott im Himmel.« Frank hielt neben ihm. Sein Pferd scheute bei dem Anblick, und er mußte fest in die Zügel greifen und es wieder an Toms Seite treiben. Rimrock schien beunruhigt, wich aber nicht vom Fleck. Grace hatte sie noch nicht entdeckt. Tom stieg ab und gab Frank Rimrocks Zügel.

»Bleib hier für den Fall, daß ich dich brauche, aber du mußt ihnen verdammt schnell aus dem Weg gehen, wenn sie kommen«, sagte er. Frank nickte.

Tom ging nach links rüber, behielt die Felswand im Rücken und ließ die Pferde keine Sekunde aus den Augen. Sie wirbelten vor ihm im Kreis wie ein verrücktes Karussell. Er spürte den Staub in seiner Kehle kitzeln. Die aufgeworfenen Wolken hingen so dicht in der Luft, daß Pilgrim nur ein dunkler, verschwommener Fleck vor dem sich aufbäumenden, weißen Schemen des Hengstes war.

Bis zu Grace waren es jetzt höchstens noch zehn Meter. Endlich hatte sie ihn entdeckt. Sie sah sehr blaß aus.

»Bist du verletzt?« schrie er.

Grace schüttelte den Kopf und wollte zurückrufen, daß ihr nichts passiert sei, aber ihre Stimme war zu schwach, um durch Lärm und Staub zu ihm durchdringen zu können. Sie hatte sich im Sturz die Schulter aufgeschlagen und den Knöchel verrenkt, das war alles. Gelähmt wurde sie nur durch ihre Angst – und Angst hatte sie mehr um Pilgrim als um sich selbst. Sie konnte den nackten, rosigen Gaumen des Hengstes sehen, wenn er nach Pilgrims Hals biß, wo bereits das dunkle Glitzern von Blut zu erkennen war. Doch das schlimmste war das kreischende Wiehern, ein Laut, den sie erst einmal zuvor gehört hatte, an einem verschneiten, sonnigen Morgen an einem anderen Ort.

Sie sah, wie Tom seinen Hut abnahm, zwischen die im Kreis laufenden Stuten trat und damit hin und her wedelte. Sie scheuten, wichen vor ihm zurück und stießen mit den nachfolgenden Tieren zusammen. Dann drehten sie sich alle um, und Tom trat rasch hinter sie und trieb sie vor sich her, fort von Pilgrim und dem weißen Hengst. Eine Stute versuchte nach rechts auszubrechen, aber Tom sprang zur Seite und blockierte ihr den Weg. Trotz der Staubwolke konnte Grace einen zweiten Mann erkennen, Frank vielleicht, der zwei Pferde aus dem Kesseleingang trieb. Die Stuten mitsamt ihren Fohlen und den Jährlingen stürmten an ihm vorbei und waren auf und davon.

Dann drehte Tom sich um, schob sich wieder an der Felswand entlang und ließ den kämpfenden Pferden reichlich Platz, um sie, wie Grace annahm, nicht dichter an sie heranzudrängen. Er blieb wieder an etwa derselben Stelle stehen und rief ihr zu:

»Bleib da, Grace. Dir passiert schon nichts.«

Und dann ging er ohne eine Spur von Angst auf die Kämpfenden zu. Grace sah, wie sich seine Lippen bewegten, konnte aber beim Geschrei der Pferde nicht hören, was er sagte. Vielleicht redete er nur zu sich selbst, vielleicht sagte er aber auch gar nichts.

Er blieb stehen, als er unmittelbar vor ihnen war, und erst dann schienen sie seine Gegenwart wahrzunehmen. Grace sah, wie er nach Pilgrims Zügeln griff und sie festhielt. Bestimmt, aber ohne abruptes Reißen, zog er, bis Pilgrim mit allen vieren auf dem Boden stand, dann führte er ihn vom Hengst fort, gab ihm einen scharfen Klaps aufs Hinterteil und ließ ihn laufen.

Um seinen Gegner gebracht richtete sich der Zorn des Hengstes jetzt auf Tom.

Was nun folgte, sollte Grace bis zum Tag ihres Todes nicht wieder vergessen. Und nie sollte sie wissen, was genau geschah. Das Pferd wirbelte in engem Kreis herum, warf den Kopf in den Nacken und schleuderte mit den Hufen eine Woge von Staub und Felssplittern auf. Da die übrigen Pferde fort waren, beherrschte seine schnaubende Wut die Szene und schien mit jedem von den Felswänden widerhallenden Echo noch zu wachsen. Einen Augenblick lang schien es nicht zu wissen, was es mit dem Mann anfangen sollte, der da so unerschrocken vor ihm stand.

Sicher war nur, daß Tom hätte fortgehen können. Zwei oder drei Schritte hätten ihn außer Reichweite des Hengstes gebracht, und er wäre aller Gefahr entronnen. Grace nahm an, daß das Pferd ihn einfach in Ruhe gelassen hätte und den anderen Tieren nachgelaufen wäre. Statt dessen aber ging Tom auf den Hengst zu.

Er mußte geahnt haben, daß der Hengst sich wiehernd vor ihm aufbäumen würde, sobald er sich bewegte. Und selbst jetzt hätte Tom noch ausweichen können. Grace hatte selbst gesehen, wie Pilgrim sich einmal vor ihm aufgebäumt hatte und wie geschickt Tom sich bewegen konnte, um sich zu retten. Er wußte, wohin die Hufe des Pferdes fallen, welchen Muskel es wann und warum bewegen würde, noch ehe das Pferd es selbst wußte. Doch an diesem Tag sprang er nicht zur Seite, duckte sich nicht, zuckte nicht einmal zurück, sondern trat nur noch einen Schritt näher heran.

Der Staub hing immer noch zu dicht in der Luft, als daß Grace sich hätte sicher sein können, aber sie meinte zu sehen, wie Tom mit einer kaum mehr als angedeuteten Geste seine Arme ein wenig ausbreitete und dem Pferd die offenen Hände zeigte. Fast schien es, als biete er dem Hengst etwas an, und vielleicht war es nur das, was er stets anbot, das Geschenk von Frieden und Freundschaft. Doch obwohl sie den Gedanken niemals äußern sollte, hatte Grace plötzlich den lebhaften Eindruck, daß es anders war und daß Tom sich diesmal ohne Angst oder Verzweiflung selbst anbot.

Mit einem schrecklichen Geräusch, das allein schon ausgereicht hätte, um ihm das Leben zu nehmen, krachten die Hufe auf seinen Schädel nieder und schleuderten Tom wie eine zerbrochene Statue zu Boden.

Wieder bäumte sich der Hengst auf, doch nicht mehr so hoch und auch nur, um für seine Hufe besseren Halt als auf dem Körper des Mannes zu finden. Einen Augenblick lang wirkte er wie benommen von solch rascher Kapitulation und scharrte unschlüssig im Staub um Toms Kopf. Dann warf er die Mähne in den Nacken, wieherte ein letztes Mal, galoppierte zum Kesseleingang und war verschwunden.

FÜNF

36

Der Frühling fand im nächsten Jahr erst spät seinen Weg nach Chatham. Eines Nachts fielen in den letzten Apriltagen noch zwanzig Zentimeter Schnee. Er gehörte zur schweren, feuchten Sorte, die innerhalb eines Tages wieder verschwindet, aber Annie fürchtete, die Knospen, die sich bereits an Roberts sechs kleinen Kirschbäumen zeigten, könnten erfrieren. Doch als es im Mai endlich warm wurde, schienen sie es sich noch einmal zu überlegen und standen bald darauf in voller, makelloser Blüte.

Ihre Pracht war bereits im Vergehen, das Weiß ihrer Blüten an den Rändern zierlich braun umrandet. Mit jedem Lufthauch löste sich ein neuer Blütenregen und bedeckte den Rasen in weitem Umkreis. Die meisten waren im langen Gras verloren, das unter den Bäumen wuchs, doch manche fanden kurze Rast auf der weißen Gaze einer Wiege, die seit Beginn des milden Wetters täglich im fleckigen Schatten der Bäume stand.

Die Wiege war alt und aus Korbgeflecht. Eine Tante von Robert hatte sie ihnen vermacht, als Grace geboren wurde, und sie hatte vor Grace die ersten Tage so manch eines mehr oder minder bemerkenswerten Anwalts behütet. Die Gaze, über die sich Annies Schatten jetzt beugte, war neu. Annie hatte bemerkt, wie gern das Kind die Blüten sah, die darauf herabfielen, und so ließ sie sie ungestört liegen. Sie blickte in die Wiege und sah, daß ihr Sohn schlief.

Es war noch zu früh, um sagen zu können, mit wem er Ähnlichkeit hatte. Seine Haut war licht, sein Haar in der Sonne hellbraun mit einem rötlichen Schimmer, der sicher nicht von Annie stammte. Seit dem Tag seiner Geburt vor nunmehr fast drei Monaten waren seine Augen unverändert blau.

Annies Arzt hatte ihr geraten, einen Prozeß anzustrengen. Sie trug die Spirale erst seit vier Jahren, ein Jahr weniger als die empfohlene Zeitspanne. Bei der Untersuchung zeigte sich dann, daß sich das Kupfer regelrecht aufgelöst hatte. Die Hersteller würden ihr bestimmt eine Abfindung zahlen, sagte er, aus Angst vor schlechter Presse. Annie hatte einfach nur gelacht, und die Empfindung war ihr schockierend fremd gewesen. Nein, sagte sie, sie wolle keinen Prozeß anstrengen, und trotz der Fehlgeburten und seiner beredsamen Auflistung aller möglichen Risiken wolle sie auch keine Abtreibung.

Annie zweifelte daran, ob sie, Robert oder Grace die Zeit überstanden hätten, wäre da nicht das stete Wachsen in ihrem Schoß gewesen. Es hätte die Sache schlimmer machen können, hätte das Zentrum ihrer vielen bitteren Leiden werden können, doch nach der erschütternden Entdeckung hatte ihre Schwangerschaft nach und nach Heilung und eine gewisse klärende Ruhe mit sich gebracht.

Annie spürte einen wachsenden Druck in ihren Brüsten und überlegte kurz, ob sie ihn wecken und füttern sollte. Er war so anders als Grace, die damals an ihrer Brust rasch ruhelos geworden war, als könnte sie ihr nicht geben, was sie brauchte. In diesem Alter war Annie längst zu Flaschennahrung übergegangen, aber der Junge klammerte sich fest und saugte, als wäre es für ihn nichts Neues. War er satt, schlief er einfach ein.

Sie schaute auf ihre Uhr. Es war fast vier. In einer Stunde würden Robert und Grace losfahren. Annie überlegte kurz, ob sie ins Haus gehen und noch ein wenig arbeiten sollte, entschied sich dann aber dagegen. Sie war heute gut vorangekommen und zufrieden mit dem Artikel, an dem sie gerade saß, obwohl er sich in Stil und Inhalt sehr von dem unterschied, was sie früher geschrieben hatte. Statt dessen beschloß sie, am Teich vorbei zum Feld zu gehen und einen Blick auf die Pferde zu werfen. Wenn sie zurückkam, würde das Baby bestimmt wach sein.

Tom Booker war neben seinem Vater begraben worden. Annie wußte das von Frank. Er hatte ihr einen Brief nach Chatham geschrieben, der an einem Mittwochmorgen Ende Juli eintraf, als sie allein war und gerade entdeckt hatte, daß sie schwanger war.

Sie hätten vorgehabt, schrieb Frank, die Beerdigung in ziemlich kleinem Kreis abzuhalten, eigentlich nur die Familie, doch an dem

Tag wären über dreihundert Leute erschienen, manche sogar aus Charleston oder Santa Fe. In der Kirche war nur Platz für die wenigsten, also hatte man die Türen und Fenster weit aufgemacht für die Trauergäste draußen im Sonnenschein.

Frank schrieb, er glaube, daß Annie dies gern wissen würde.

Doch der eigentliche Anlaß seines Briefes, fuhr er fort, sei, daß Tom am Tag vor seinem Tod Joe offenbar erzählt hatte, daß er Grace ein Geschenk machen wolle. Die beiden seien dann auf die Idee gekommen, ihr Brontys Fohlen zu schenken. Frank wollte wissen, was Annie davon hielt. Wenn sie einverstanden sei, würden sie das Fohlen zusammen mit Pilgrim in Annies Anhänger rüberbringen lassen.

Der Stall war Roberts Idee gewesen. Annie konnte ihn jetzt sehen, als sie über das Feld ging, eingerahmt vom Ende der langen Haselnußbaumallee, die sich vom Teich hier heraufzog. Das Gebäude erhob sich nackt und neu vor einer steilen Anhöhe mit frisch ergrünten Pappeln und Birken. Annie war immer wieder von seinem Anblick überrascht. Das Holz schien von den Elementen noch unberührt, ebenso das neue Tor und der angrenzende Zaun. Die verschiedenen Grüntöne der Bäume und der Gräser auf dem Feld leuchteten so satt, lebhaft und intensiv, daß sie fast zu vibrieren schienen.

Beide Pferde hoben den Kopf, als sie näher kam, und grasten dann ruhig weiter. Brontys Fohlen war zu einem ausgelassenen Jährling herangewachsen, der in der Öffentlichkeit von Pilgrim mit hochnäsiger Verachtung behandelt wurde. Doch das war meist nur Show. Annie hatte sie inzwischen schon oft dabei ertappt, wie sie miteinander spielten. Sie lehnte sich mit überkreuzten Armen auf den oberen Torholm, stützte ihr Kinn auf und sah ihnen zu.

Grace arbeitete an jedem Wochenende mit dem Jährling. Wenn sie ihr zusah, wurde Annie klar, wieviel ihre Tochter von Tom gelernt hatte. Man sah es ihren Bewegungen an, selbst der Art, wie sie mit dem Pferd sprach. Sie bedrängte ihn nie, half ihm einfach nur, sich selbst zu finden. Er machte sich wirklich gut. Man spürte bereits, daß er die gleiche sanfte Art hatte, die allen Pferden der Double Divide eigen war. Grace hatte ihn nach Gully benannt, allerdings erst, nachdem sie Annie gefragt hatte, ob sie glaubte, daß

Judiths Eltern damit einverstanden sein würden. Annie meinte, sie hätten bestimmt nichts dagegen.

Es fiel ihr neuerdings schwer, an Grace ohne ein Gefühl der Achtung und Bewunderung zu denken. Das Mädchen war jetzt fast fünfzehn und offenbarte sich immer wieder als ein Wunder.

An die Woche nach Toms Tod erinnerte sie sich nur verschwommen, und vielleicht war es für sie beide besser, wenn es so blieb. Sie waren nach New York geflogen, sobald Grace dazu in der Lage war. Das Mädchen war tagelang völlig apathisch gewesen.

Es war der Anblick der Pferde an jenem Augustmorgen, der offenbar die Veränderung herbeigeführt hatte. Ein Schleusentor schien sich zu öffnen, und sie weinte beinahe zwei Wochen lang und schwemmte all ihre Qual hinaus. Fast wären sie alle hinweggeschwemmt worden, doch in der anschließenden Ruhe schien Grace sich über etwas klarzuwerden, und wie Pilgrim entschied sie sich für das Leben.

In jenem Augenblick war Grace erwachsen geworden. Manchmal allerdings, wenn sie nicht wußte, daß sie beobachtet wurde, konnte man in ihren Augen einen Schimmer von etwas erhaschen, das mehr war als Erwachsensein. Zweimal hatte sie die Hölle durchlitten und war zurückgekehrt. Sie hatte gesehen, was sie gesehen hatte, und schöpfte daraus eine traurige, beruhigende Weisheit, die so alt war wie die Zeit selbst.

Im Herbst kehrte Grace zur Schule zurück, und die Begrüßung, die ihre Freundinnen ihr bereiteten, wog tausend Sitzungen bei der neuen Therapeutin auf, zu der sie jeden Morgen ging. Als Annie ihr schließlich äußerst beklommen vom Baby erzählte, war Grace überglücklich. Bis auf den heutigen Tag hatte sie nie gefragt, wer der Vater war.

Robert allerdings auch nicht. Kein Test hatte die Vaterschaft festgestellt, er hatte auch nie einen verlangt. Annie schien es, als würde er die Möglichkeit, daß das Kind von ihm stammte, der Gewißheit vorziehen, daß es nicht von ihm war.

Annie hatte ihm alles erzählt. Und geradeso, wie sich die Schuldgefühle in ihr und in Graces Herz auf immer eingegraben hatten, so auch der Schmerz, der ihm von ihr zugefügt worden war.

Um Graces willen hatten sie jede Entscheidung über die Zukunft ihrer Ehe – wenn es denn eine gab – vorläufig aufgeschoben. Annie blieb in Chatham, Robert in New York. Grace fuhr zwischen ihnen hin und her wie ein heilendes Weberschiffchen und fügte Faden um Faden des zerrissenen Gewebes ihres Lebens wieder zusammen. Seit Schulbeginn kam sie an jedem Wochenende, meistens mit dem Zug. Manchmal brachte Robert sie auch mit dem Wagen.

Anfangs setzte er sie nur ab, gab ihr einen Abschiedskuß und fuhr nach einigen höflichen Worten zu Annie den ganzen Weg in die Stadt zurück. An einem verregneten Freitagabend Ende Oktober flehte Grace ihn an, über Nacht zu bleiben. Zu dritt aßen sie zu Abend. Zu Grace war er so lustig und liebevoll wie immer, Annie gegenüber gab er sich reserviert und stets sehr höflich, nicht mehr und nicht weniger. Er schlief im Gästezimmer und fuhr früh am nächsten Morgen zurück.

Allmählich wurde daraus eine uneingestandene, freitägliche Gewohnheit. Und obwohl er aus Prinzip nie länger als eine Nacht geblieben war, reiste er am nächsten Morgen stets ein bißchen später ab.

Am Samstag vor dem Erntedankfest gingen sie alle drei zum Frühstück in die Bäckerei. Es war das erste Mal seit dem Unfall, daß sie als eine Familie dort auftauchten. Vor der Tür lief ihnen Harry Logan über den Weg. Er machte ein großes Theater wegen Grace und jagte ihr die Röte ins Gesicht, als er sagte, wie groß sie geworden sei und wie phantastisch sie aussehe. Er hatte recht. Dann fragte er, ob er mal vorbeischauen und Pilgrim hallo sagen dürfe, und sie waren natürlich einverstanden.

Soweit Annie bekannt war, hatte niemand in Chatham eine Ahnung von dem, was in Montana vorgefallen war. Sie wußten nur, daß das Pferd sich dort erholt hatte. Harry sah Annies vorgewölbten Bauch, schüttelte den Kopf und lächelte.

»Ihr seid mir welche«, sagte er. »Euer Anblick – von euch allen vieren – tut einem so richtig gut. Ich freu mich wirklich sehr für euch.«

Man wunderte sich, wie Annie nach so vielen Fehlgeburten diesmal problemlos austragen konnte. Der Gynäkologe behauptete, die seltsamsten Dinge geschähen manchmal bei älteren Schwangeren. Vielen Dank für das Kompliment, lachte Annie.

Das Baby wurde Anfang März mit einem Kaiserschnitt zur Welt gebracht. Die Ärzte fragten Annie, ob sie eine lokale Betäubung haben und zuschauen wolle, aber sie sagte, auf keinen Fall, sie wolle sämtliche Betäubungsmittel, die sie haben dürfe. Als sie aufwachte, lag, wie schon einmal zuvor, ein Baby auf dem Kissen neben ihr. Robert und Grace waren auch da, und alle drei weinten und lachten zusammen.

Sie nannten ihn Matthew, nach Annies Vater.

Der Wind trug das Weinen des Babys herüber. Als Annie sich vom Tor abwandte, um zurück zu den Kirschbäumen zu gehen, hoben die Pferde nicht einmal ihre Köpfe.

Sie würde ihn füttern, dann ins Haus bringen und die Windel wechseln. Dann würde sie ihn in die Küchenecke setzen, damit er mit seinen klaren blauen Augen zusehen konnte, wie sie das Abendbrot zubereitete. Vielleicht konnte sie Robert diesmal überreden, das ganze Wochenende zu bleiben. Als sie am Teich vorüberging, stoben einige Wildgänse auf.

Da war noch etwas, das Frank in seinem Brief vom letzten Sommer erwähnt hatte. Beim Aufräumen in Toms Zimmer sei ihm ein Brief in die Hände gefallen. Er sei an Annie adressiert, und deshalb lege er ihn mit in den Umschlag.

Annie hatte ihn lange angestarrt, bevor sie ihn aufgemacht hatte. Wie seltsam, dachte sie, daß sie bis zu diesem Augenblick nie Toms Schrift gesehen hatte. In dem Umschlag lag eingeschlagen in ein leeres weißes Blatt die Kordel, die er ihr an ihrem letzten gemeinsamen Abend im Flußhaus abgenommen hatte. Auf das Blatt hatte er nur geschrieben: »Damit du nicht vergißt.«

Mein Dank gilt folgenden Personen:

Huw Alban Davies, Michelle Hamer, Tim Galer, Josephine Haworth, Patrick de Freitas, Bob Peebles & seiner Familie, Tom Dorrance, Ray Hunt, Buck Brannaman, Leslie Desmond, Lonnie & Darlene Schwend, Beth Ferris & Bob Ream sowie den beiden Lastwagenfahrern Rick und Chris, die mich auf eine Fahrt in einem »Ameisenbär« mitnahmen.

Besonders dankbar bin ich vier guten Freunden: Fred & Mary Davis, James Long und Caradoc King. Und Robbie Richardson, der mir als erster von Flüsterern erzählte.